한국인이면 반드시 알아야 할 신문 속 언어지식

Your work is going to fill a large part of your life, and the only way to be truly satisfied is to do what you believe is great work. And the only way to do great work is to love what you do.

여러분이 하는 일은 여러분 인생의 많은 부분을 채울 겁니다.
그리고 진정으로 만족하는 유일한 방법은
당신이 위대한 일이라고 믿는 것을 하는 겁니다.
위대한 일을 하는 유일한 방법은 당신이 하는 일을 사랑하는 겁니다.

Steve Jobs 1955–2011

한국인이면
반드시 알아야 할
신문 속 언어지식

장진한

북코리아

서문

문장을 보는 즐거움

이 책은 우리가 자주 쓰는 일상어 중에서 △잘못 쓰는 예가 많거나 구분하기 어려운 말, △국어사전의 뜻풀이가 미진하거나 잘못되어 있는 말, △자주 쓰는 말인데도 국어사전에 올라 있지 않은 말, △써야 하느냐 버려야 하느냐로 논란이 있는 말, △생성·발전과정에 교훈적인 에피소드가 있는 말 중 일부를 골라 백과사전식으로 엮은 것이다. 특히 신문에 자주 나오는 말 중에서 글을 쓰거나 가공하는 사람, 또는 신문을 깊이 읽는 사람들에게 유익한 정보가 될 만한 것들을 우선적으로 골랐다.

말의 조어造語 구조나 유래에 대해서도 많은 정보를 실었다. "뜻대로 쓰면 그만이지 구조나 유래를 알아서 무엇 하느냐"라고 생각할 수도 있다. 그러나 말의 구조나 유래를 아는 것은, 그 말을 '말과 글' 속에서 정확히 사용하는 데 도움이 된다. 글을 쓰면서 하고 싶은 말을 풀어가는 소재로 삼거나, 새로운 말을 만들어내는 힌트를 찾을 수 있는 것도 구조나 유래를 앎으로써 얻어지는 부산물이다.

필자가 이 책을 만든 이유는 '말에 대한 궁금증' 때문이었다. 직업상 늘 국어사전을 뒤적여야 하는데, 그 속에 담겨 있는 짧은 풀이만으로는 그 궁금증이 다 풀리지 않았다. 그 궁금증이란 예를 들면 이런 것들이다.

'장본인張本人' 이라는 말을 국어사전에서 찾아보면 '나쁜 일을 빚어낸 바로 그 사람' 으로 풀이되어 있다. 따라서 누군가가 '그는 훌륭한 책을 저술한 장본인이었다' 라고 쓴다면, 그는 장본인을 잘못 사용한 것이다. 하지만 국어사전에는 왜 장본인이 '나쁜 일의 주동자' 란 뜻인지 설명되어 있지 않다(447쪽).

'타산지석他山之石' 을 찾아보아도 그렇다. 국어사전에는 '(다른 산에서 난 나쁜 돌도 자신의 옥돌을 가는 데 소용이 된다는 뜻에서) 하찮은 남의 언행일지라도 자신을 수양하는 데 도움이 된다는 말' 로 풀이되어 있으므로, 예를 들어 '우리는 그의 훌륭한 업적을 타산지석으로 삼아…' 처럼 표현하면 오용誤用이 되는 것이다. 하지만 국어사전에는 왜 '타산지석' 이 그런 뜻을 갖게 되는지 설명되어 있지 않다(525쪽).

국어사전에는 새로운 말도 빨리 올라가지 않는다. 예를 들어 '운칠기삼運七技三' 이나(400쪽) '유전무죄有錢無罪' (411쪽) '정면교사正面敎師' (203쪽) 같은 말은 자주 접하는 말인데도, 이를 표제어로 취급한 국어사전은 없다. 의미의 변천을 따라가지 못하는 것도 국어사전이다. 예를 들어 어느 국어사전이나 '장님' 을 '소경의 높임말' 로 풀이해 존경의 뜻이 있는 것으로 적고 있지만, 당사자들은 '맹인' 이나 '시각장애인' 으로 불려지기를 바란다(445쪽). 사전마다 한자를 다르게 적어 놓은 경우도 있다.

언어란 하나의 약속체계이다. 말할 것도 없이, 그 약속이란 똑같이 지켜질 때 빛나는 법이다. 만일 어떤 신문이나 책에 잘못 쓰인 문장, 잘못 적힌 글자, 잘못 인용된 성어成語가 난무한다면 우리는 그 신문이나 책을 신뢰하지 않는다. 인간관계에서도 마찬가지다. 만일 누군가가 '과전불납리瓜田不納履' 란 문자를 인용할 요량으로 '우리 속담에 오이밭에서는 갓끈도 고쳐쓰지 말라고 했는데…' 로 시작되는 편지를 보내오거나(386쪽), 약속을 자주 바꾸는 사람을 거론하며 "그는 조삼모사朝三暮四하는 친구다" 라고 말하거나(464쪽), '畵龍點睛' 이라고 적힌 신문만평의 제목을 '화룡점청' 으로 읽는다면(585쪽) 우리는 그의 교양수준을 의심하게 되는 것이다. 이런 일은 우리 주위에서 아주 쉽게 볼 수 있다.

필자는 이같이 우리 생활에 꼭 필요한 국어지식들을 신문 제작 현장에서 터득한 여러 가지 국어밖지식과 결부시켜 2001년 7월 『이젠 국어사전을 버려라』라는 책을 펴낸 바 있다. 책은 뜻밖에도 약간의 반향이 있었다. 입소문만으로 1만여 권이 팔렸으니 이런 유의 책으로서는 큰 성공이었다. 당초 필자는 이 책이 글 쓰는 일을 하는 사람이나, 필자처럼 남의 글을 가공하는 일을 하는 사람에게 읽혀지길 바랐다. 그러나 실제로는 고등학생들이 더 많이 읽었다. 수능시험에 도움이 될 것으로 생각했기 때문일 것이다.

그러나 지금 그 책을 보면 부끄러움으로 얼굴이 화끈거린다. 일부 잘못된 기술이 있었음은 물론이고, 부족한 설명과 미숙한 표현도 많았기 때문이다. 예를 들면, '산보散步' 항목에서 필자는 "'산보'는 일본 나라시대에 만들어진 일제한어이므로 '산책'으로 고쳐쓰는 것이 좋다"라고 적었는데, 이 책을 본 김영봉金永峯 연세대 교수(국학연구원)는 "산보가 일본 나라시대에 만들어진 말이라는 부분은 사실과 다른 듯합니다. 이미 6세기 남조 시대 양梁나라 사람 유효위劉孝威의 시에 용례가 있습니다"라는 내용의 편지를 보내왔다(272쪽).

해군 장교라고 밝힌 한 독자는 '유다의 키스' 항목에 문제를 제기했다. 필자는 "유다가 은전 30닢에 예수를 팔아넘긴 것은 예수가 세상사람들로부터 기피당하는 것에 실망했기 때문"이라고 적었는데, 그는 "유다가 예수를 판 이유는, 예수를 궁지에 빠뜨려 이스라엘의 독립투쟁에 이용하기 위해서였다"며, "유다는 '열심당熱心黨'이라는 정치결사의 조직원"이라는 얘기를 했다. 그러면서 그는 유다가 목매 자살한 것을 '회개悔改'라고 적은 것은 있을 수 없는 일이라고 했다(405쪽).

어쨌든 이런저런 이유로 예전 책의 형식을 그대로 유지하면서 완전히 다시 쓴 것이 이 책이다. 다룬 항목은 829개 항목에서 747개 항목으로 줄었지만, 원고분량은 800장이 늘었다.

이제 세상은 완전히 달라졌다. '우리말 바로쓰기'와 관련한 책은 그 사이 수없이 쏟아져 나왔고, 굳이 책이 아니라도 손가락만 움직이면 원하는 정보를 언제든 얻을 수 있는 세상이 되었다. 따라서 이 책은 책을 통해서 정보를 찾으려 하지 않는 사람들의 관심을 끌 수 있도록 나름대로 연구를 했다. 예를 들어 '위기일발危機一髮' 항목에는 조선일보 김도원金道源 화백의 기발한 그림이 실려 있다. 머리털이 세 가닥밖에 없는 대머리 아저씨가 낭떠러지에 위태롭게 서서 머리칼 하나로 무거운 짐을 끌어올리고, 그것을 바라보는 아저씨가 "긴長 머리彡 친구友!"라고 말하는 모습이다(403쪽). 이것을 보는 독자는 위기일발의 '발'이 '필발(發)'이 아닌 '머리발(髮)'이라는 것과, 머리발을 쓰려면 '긴장(長)'부터 써야 한다는 것을 잊어버리지 않을 것이다.

'계륵鷄肋' 항목에는 '너무 앞서 가면 그처럼 죽을 수 있다!'는 부제를 달았다(35쪽). 계륵은 '큰 소용은 못 되지만 버리기에는 아까운 것'을 비유하는 말이다. 이것을 모르는 사람은 많지 않다. 그런데 그 고사의 이면에 양수楊修라는 조조曹操의 천재 부관이 있다는 사실을 기억하는 사람은 많지 않다. 양수는 사람의 표정만 보아도 그가 무슨 생각을 하는지 읽어내는 비범한 인물인데, 어느 날 조조가 무심코 던진 '계륵(닭갈비)'이란 말을 '철군명령'으로 꿰뚫어보는 바람에 참수형을 당한 것이다. 이런 고사는 살아가면서 늘 기억해둘 가치가 있다고 보아 그 같은 제목을 달아놓았다.

한자의 자원字源과 관련된 정보도 그것이 본 항목과 관련이 있고 기억할 가치가 있다면 갖다 붙였다. 예를 들어 '민초民草' 항목에는, '민생' '민본' '국민'처럼 착한 이미지를 갖고 있는 '民(백성민)'이 사실은 노예의 눈을 날카로운 칼로 찌르는 모습을 그린 글자라는 내용을 실었다(194쪽). 이런 정보들은 책 읽는 사람에게 재미를 줄 뿐만 아니라 언젠가 자신의 글을 쓸 때 주장하고 싶은 말을 끄집어내는 쏘시개로 활용할 수 있을 것이다.

이 책의 밑거름이 된 것은 조선일보를 비롯한 국내 일간지 기사와 수많은 어문관계 저술이다. 따라서 이 책은 필자의 독창적 저술이 아니라 국어에 대한 기존의 연구 성과를 필자 나름의 생각을 곁들여 다시 정리하고, 필자가 정한 원칙에 따라 엮어 놓은 것에 불과하다. 참고한 도서도 독창적 기술이라고 판단되는 것만 출처를 밝혔을 뿐, 여러 책에서 공통적으로 언급되고 있는 경우에는 일일이 출처를 밝히지 않았다.

사람들은 지금을 '활자이탈의 시대'라고 말한다. 신문과 책에 실린 종이정보를 멀리하고 손끝에서 나오는 온라인정보에만 지나치게 의존하는 것이다. 그러나 온라인정보는 가볍고, 난잡하고, 어지럽고, 무책임해서 이런 정보를 아무리 접해도 생각이나 의견이 깊어지지 않는다. 하지만 종이의 정보는 무게가 있고, 질서가 있고, 책임이 있어 이것을 접하는 것을 생활화하면 더 무게 있는 생각, 더 신중한 의견, 더 독특한 아이디어가 나오게 되어 있다.

세상은 더 많이, 더 빠르게 변할 것이지만, 종이의 권위와 가치는 절대로 변하지 않을 것이다. 신문에서 볼 수 있는 무수한 말 이야기로 가득 찬 이 책이 '문자의 매력', '말의 묘미', '글의 힘'을 찾는 사람에게 조금이라도 도움이 되었으면 하는 바람이다.

장진한

일러두기

- 표제어는 목차를 따로 만들지 않고 색인(610쪽)에 다른 내용과 함께 실었습니다. 고딕으로 처리된 부분이 표제어로 다루어진 것입니다.
- 외래어 표기는 현행 규정을 따랐습니다. 단 중국어의 표기는 편의상 우리 한자음으로 적었습니다.
- 괄호쓰기에서는 낫표(「 」)를 안 쓰도록 되어 있으나 편의상 책 제목이나 영화 이름에 대해서는 이를 사용했습니다. 이때 상위개념에는 겹낫표를, 하위개념에는 낫표를 썼습니다. (『구약성서』「사무엘상」)
- 관련된 기술이 다른 항목에도 있을 경우 설명 끝에 ➡ 표시를 했습니다.

목 차 · CONTENTS

ㄱ

가구家口

'세대'는 일본의 행정용어다

주거와 생계를 같이 하는 사람의 집단을 세는 단위.

'家(집가)'와 '口(입구)'의 결합이므로 직역하면 '집의 입' '가족의 입'이란 뜻이다. 그러나 여기에서는 '口'를 '數(수)'로 보아 '집의 수' '가족의 수'로 해석해야 맞는다. '인구人口'를 '사람의 입'이라기보다 '사람의 수'로 풀이하는 것과 마찬가지다.

이 말을 이렇게 살피는 이유는, 우리가 전통적으로 써 왔던 '가구'라는 말 대신 일본의 행정용어인 '세대世帶'를 쓰는 경우가 많기 때문이다. 예를 들어 '정부는 가구별 합산과세 방식으로 부과한…'이라고 해야 할 것을 '정부는 세대별 합산과세 방식으로 부과한…'이라고 쓰는 것이다.

그렇다면 '세대'는 모두 '가구'로 바꾸어 쓰는 것이 옳지만, 그러기가 쉽지 않다. '세대'가 일본어에서 왔다는 인식이 없던 시대에 만들어진 법률 때문이다. 예컨대 주민등록법에는 '가구주'가 아닌 '세대주'로 되어 있고, 건축법에서는 '다세대주택'과 '다가구주택'을 별도 용어로 구분하고 있다. 이런 것들은 법이 개정되지 않는 한 바꾸어 쓰는 게 불가능하지만, 그렇지 않은 경우에는 '세대'보다는 '가구'로 바꾸어 쓰는 것이 좋다.

가라오케

그것은 '가짜' 라는 말이다

그림 김도원

반주만 녹음한 테이프나 CD. 또는 그것을 트는 장치.

'가라사인' '가라계약서' 등에서 알 수 있듯이 일본어로 '가라(空·カラ)' 는 '가짜' 라는 뜻이다. 여기에 '오케스트라orchestra' 의 앞부분인 '오케オケ' 를 합친 말이므로 '가짜 오케스트라' 라는 뜻이다. 1972년 일본 음향기기 메이커인 파이오니아사社가 만들어 고베神戸지방을 중심으로 유행하기 시작한 것이 세계 각지로 전파됐다.

'기모노(전통일본옷)' '게이샤(기생)' '망가(만화)' '벤토(도시락)' '사무라이(무사)' '사시미(회)' '스모(씨름)' '스시(초밥)' 등과 함께 『옥스퍼드사전』에 등재된 300여 개의 일본어 중 하나다. 한국어는 '김치' '기생' '시조' '양반' 을 비롯하여, 행정구역 단위인 '면', 화폐단위인 '원', 전통놀이인 '고누', 한글의 다른 이름인 '언문諺文' 등이 수록되어 있다.

'가름하다' 와 '가늠하다'

'가름하다' 는 '가르다分' 에서 온 말로 '나누어 가르다' '사물을 구별하거나 분별하다' 의 뜻이고, '가늠하다' 는 '어떤 목표나 기준에 맞고 안 맞음을 재다測' 라는 뜻이다. 따라서 '가르다' 의 뜻이 있으면 '가름하다' 로, '재다' 의 뜻이 있으면 '가늠하다' 로 쓴다.

→ 가름하는
생사를 [가늠하는] 극한적 상황 속에서 이루어지는 살상과 폭력에는 증인이 없는 수가 많고, 공정한 언론이 항상 지켜보는 것도 아니다.

→ 가늠하는
선진사회를 [가름하는] 척도는 그 속에 사는 사람들의 질서의식 수준에 달려있다. 길거리에 휴지나 껌, 꽁초 등을 아무데나 함부로 버리는 사회는 어디를 봐도 선진 문명사회라 할 수 없다.

가미카제

몽골이 돌아간 이유는 다른 데 있다

2차대전 말기에 등장했던 일본의 '자살공격대'를 일컫는 말.

주로 적의 군함에 의도적으로 충돌해 자살공격을 감행했는데, 지금은 그 무모함에 빗대 '생각없이 무턱대고 하는 행동', 또는 '결사적으로 하는 행동'이란 뜻으로 쓰이기도 한다.

'가미카제神風'는 1274년과 1281년 두 차례에 걸쳐 원元이 일본을 침공했

몽골군의 일본 침공 모습을 그린 그림(蒙古襲來繪詞·몽고습래회사) 대포와 화살이 난무하는 가운데, 한 무사가 비틀거리는 말을 타고 다수의 몽골군을 향해 돌진하고 있다. 일본인들은 "일본이 몽골군을 물리친 것은 몽골군의 일본 침공 때마다 우연히 '가미카제'가 불었기 때문"이라고 말한다. 그러나 몽골이 일본 정복에 실패한 진짜 이유는 보급이 원활하지 못한 데다 고려의 오랜 저항에 힘을 소진했기 때문이다.

을 때의 일에 뿌리를 두고 있다. 쿠빌라이 칸의 원이 일본 정벌을 위해 대군을 파견했는데, 그때마다 우연히 원의 함대에 불리한 방향으로 폭풍이 불어 원의 원정군이 전멸했다는 것이다. 일본사에서는 1274년의 1차침공을 '분에이노 에키文永の役'라 부르고, 1281년의 2차침공을 '고안노 에키弘安の役'라 부르는데, 이때 몽골군이 일본을 정벌하지 못한 것은 바람 때문이라기보다, 바다가 있어 보급이 원활하지 못한 데다 고려의 오랜 저항으로 힘을 소진했기 때문이다. 어쨌든 이 일 이후 일본사람들은 신이 일본을 지키기 위해 폭풍을 일으킨 것이라 하여 그 바람을 '신의 바람'이란 뜻의 '가미카제神風'라 불렀다.

출격 직전에 포즈를 취하고 있는 가미카제대원들의 모습. 강아지를 안고 있는 대원은 소년티가 역력하다.

수백 년 전 역사에서 '가미카제'란 이름을 찾아내 빛을 보게 한 것은 아사히신문朝日新聞이었다. 1937년 도쿄와 런던을 잇는 비행기가 등장했을 때, 아사히신문이 '가미카제'란 이름을 붙인 것이다. 그 말이 대중에게 먹혀들자, 그 해 실시된 중의원 선거에서 미키 다케오三木武夫라는 젊은이(훗날 총리가 된다)는 '가미카제 후보'란 닉네임으로 인기를 얻으며 금배지를 달았다.

가미카제의 인기는 여기에서 그치지 않았다. 2차대전 말기 전세가 불리해진 일본 군부가 해군항공대에 '자살공격대'를 만들 때 가미카제란 이름을 붙인 것이다. 착륙장치를 제거한 비행기에 폭탄을 가득 싣고 날아가 연합국 함대에 수직으로 내리꽂히는 이 무모한 작전은 결국 실패할 수밖에 없었지만, '가미카제'란 이름이 유명해지는 계기가 되었다. 속도제한과 신호를 무시하고 난폭한 운전을 일삼는 택시를 '가미카제 택시'라 말하기도 한다.

> 대선 후보 티켓 한 장 때문에 지금 한나라당에서 평생 동지들이 평생원수 사이가 되고 있다. 이명박의 '불도저 군단'과 박근혜의 '가미카제 군단'이 정면충돌을 향해 치닫고 있는 것이다. 문화일보 070706

가십

'신의 말' 이 이렇게 추락했다

흥미본위의 뜬소문. 근거 없는 이야기.

영어 'gossip' 에서 온 외래어로, 신문의 '만필漫筆' 이란 뜻도 있다. 하지만 어원은 'god', 즉 신神에 닿아 있으므로 매우 나쁜 쪽으로 뜻이 바뀐 경우다.

그 과정은 이렇다. gossip을 고대영어에서는 'godsibb' 으로 썼다. 'god' 는 '신', 'sibb' 은 '~에 관계가 있다' 란 뜻이므로 gossip은 '신과 관계있는 사람' '신의 혈연자' 란 말이 된다. 그래서 '대부代父' 의 뜻으로 사용되기도 했다. 나중에 이것이 '허물없는 사람' '친구' 란 뜻이 되었고, 다시 그런 사람들과의 '부담 없는 대화' 란 의미로 쓰이다 '뜬소문' '근거 없는 이야기' 란 뜻으로까지 추락해 버렸다.

> 회사 안의 가십, 파티 석상의 가십…. 그건 슬픔을 낳고, 죄 없는 사람의 베개를 눈물로 젖게 만든다. 또 그건 신문 머리기사를 만들어내고 두통거리가 된다.

가차없이

그 글자에는 개고기를 먹은 흔적이 있다!

조금도 사정을 봐주는 일 없이.

'가차假借' 란, 어떤 새로운 개념을 한자로 적고자 하지만 그 뜻을 나타낼 만한 글자를 만들 수 없는 경우, 그 단어의 음과 비슷한 한자를 뜻과는 상관없이 빌려 쓰는 것을 말한다. 예를 들어 '보리' 를 뜻했던 '來(래)' 를 빌려 '오다' 의 뜻으로 쓴다든가, '세상을 떠난 아버지' 를 뜻하는 '考(고)' 자를 빌려 '생각하다' 의 뜻으로 쓰는 것 등이 그것이다.

'가차없이' 는 '가차처럼 빌려 쓰는 일이 없이' 라는 뜻이므로 결국 조금도 사정을 봐주지 않고 원칙대로 한다는 말이다. '假借' 라는 말 자체는 한자학

'自然(자연)' 이란 말을 만드는 '然(그럴연)' 은, 사실은 개를 불에 태워 개고기를 장만하는 모습을 나타낸 '비자연적' 인 글자다. 이 글자는 원래는 '불사르다' 의 뜻이었다. 고기月=肉 옆에 개犬가 있고 그 아래에 불火이 있는 것을 보면 이를 알 수 있다. 가운데는 이것을 나타낸 옛글자(전서)다. 그런데 점차 사람들이 이 글자를 '그러다' 라는 뜻으로도 쓰게 됐다. 들에서 연기가 나면 '으레 그러겠지(개를 잡겠지)' 라고 생각했기 때문이다. 그러자 '불사르다' 의 뜻으로는 옆에 火를 붙여 '燃(탈연)' 이라는 글자를 만들고 然은 '그러다' 의 뜻으로만 쓰게 됐다. 다시 말해 '그러다' 는 뜻의 글자는 새로 창안한 것이 아니라 기존의 글자를 빌려 쓴 것이다. 이것이 가차다.

용어(육서·六書)로 중국에서 만들어진 말이지만, '가차없이' 란 관용어는 일본어 '假借なきまでに' 의 직역이다. 따라서 일부에서는 '사정없이' '용서없이' 등으로 순화해 써야 한다고 말하기도 한다.

각광脚光을 받다

사회적으로 널리 주목을 받다.

'각광' 은 영어 'footlights' 를 직역한 말로, 무대 전면의 아래쪽에서 배우를 비추는 조명(광선)을 가리킨다. 따라서 이것을 받는 '각광을 받다' 는 원래는 '무대에 서다' '각본脚本이 무대에 올려지다' 라는 뜻이었는데, 지금은 '사회적으로 인기의 대상이 되다' 의 뜻으로 쓰인다.

각색脚色

탐관오리는 왜 이력서에 색칠을 했을까?

시·소설 등을 연극에 올릴 수 있도록 시나리오로 고쳐 쓰는 일.

'脚(다리각)' 은 '바탕' 의 뜻이 있고, '色(색색)' 에는 '겉으로 나타내다' 의 뜻이 있어 고대 이래로 중국에서는 '각색' 을 관리가 출사할 때 내는 '이력서' 나 '신분증명서' 란 뜻으로 사용했다. 그러던 것이 원元·명明 이후에는 연극계에서 속어적으로 '배우' '연기자' 의 뜻으로 쓰기 시작했다. 탐관오리가 관리의 임용심사를 하면서 이력서의 경력 부분에 색깔을 칠해 등급을 매기는 방법으로 재물을 탐했다 해서, 본래와 다른 모습을 하는 직업 연기자를 그렇게 부른 것이다. 이것이 근세 이후 일본에 들어가 '작품을 배우의 역할에 맞게 고쳐 쓰는 일' 로 말뜻이 더욱 확대되어 사용됐다.

각축角逐

⻌은 흔히 '책받침' 이라고 부르지만, 사실은 '착받침' 을 잘못 말한 것이다. 이 글자는 '발동작' 이나 '이동' 을 뜻하는 辵이 변한 것으로, '길갈착(또는 '달릴착')으로 불리기 때문이다. 따라서 '착받침' 이 사용된 글자는 대부분 '동작' 이나 '이동' 을 의미한다. 道(길도) 連(이을련) 遠(멀원) 逸(달아날일) 등을 보면 이를 알 수 있다.

이기려고 맞서서 다툼.

'角(각)' 은 뿔, '逐(축)' 은 '다투다' '쫓다' 의 뜻이므로, 각축은 뿔을 맞대고 다투는 것을 일컫는 말이다. '逐' 은 '달리다' 는 뜻의 '⻌(길갈착)' 과 '돼지' 의 뜻인 '豕(시)' 가 결합된 것이므로 '뛰쳐나온 돼지를 쫓아가는 것' 이 본래 뜻이다. ➡수양제

각하閣下

원래는 3등급 호칭에 불과했다

특정 고급관료에 대한 경칭.

특정 고급관료란 대통령·국무총리·국회의장 등을 생각할 수 있으나 실

제로는 대통령 한 사람에게만 붙여왔다. 그러나 각하란 말은 원래는 신분질서가 엄격하던 시절에 만들어진 3등급 호칭에 불과할 뿐 대통령에게 붙일 만한 극존칭이 아니다. 즉, 황제는 '폐하陛下', 제후는 '전하殿下', 대신大臣은 '각하'라 했던 것이다.

중국에서 만들어져 한때 지방수령들에게까지 붙이던, 아주 흔한 호칭이었던 이 말은 근세 일본에서 부활해 칙임관(勅任官·임금이 임명하던 벼슬) 이상의 문관, 육군 소장 이상의 무관에게 사용되었고, 이런 관행이 일제강점기에 우리나라에 들어왔다. 일본의 관례에 따라 처음에는 국무총리·국회의장 등 고급관료들에게도 붙여 주었으나 점차 대통령에게만 쓸 수 있는 말로 굳어졌다. '閣(각)'은 대신이 집무를 보는 집을 뜻한다. ➡ 폐하

간지干支

예전에는 다 '육갑'을 했다고?

'10간十干'과 '12지十二支'를 조합해 해를 나타낼 때 쓰는 말.

'10간'은 갑甲 을乙 병丙 정丁 무戊 기己 경庚 신辛 임壬 계癸의 10가지 문자로, 포괄하는 숫자가 10이므로 '10간'이라 한다. '12지'는 자子 축丑 인寅 묘卯 진辰 사巳 오午 미未 신申 유酉 술戌 해亥의 12가지 문자다. '10간'은 천간天干, '12지'는 지지地支라 부르기도 한다.

간지는 이 둘을 순서적으로 결합하여 구성한다. 예를 들어 10간의 첫 번째인 甲과 12지의 첫 번째인 子를 결합하여 '甲子(갑자)'라 하고, 10간의 두 번째인 乙과 12지의 두 번째인 丑을 결합하여 '乙丑(을축)'이라 하는 식이다.

십간	甲 갑	乙 을	丙 병	丁 정	戊 무	己 기	庚 경	辛 신	壬 임	癸 계		
십이지	子 자	丑 축	寅 인	卯 묘	辰 진	巳 사	午 오	未 미	申 신	酉 유	戌 술	亥 해

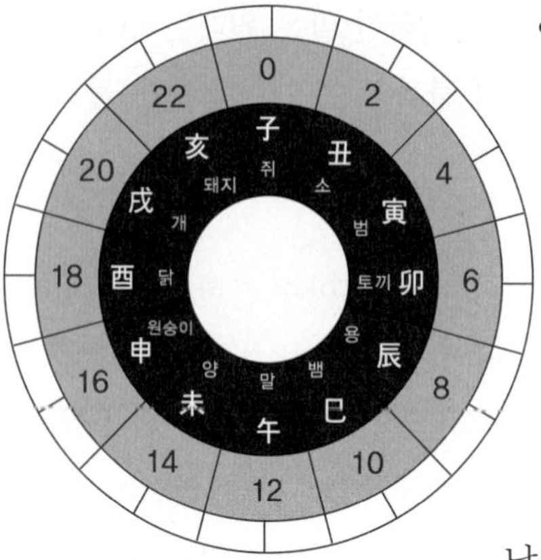

시각과 띠로 본 십이지

이 수는 모두 60개여서 '六十甲子(육십갑자)' 또는 '六甲(육갑)' 이라 하기도 한다. 따라서 이것을 따지면 간지로 명명된 사건이 일어난 해를 알 수 있다. 예를 들어 '병인양요丙寅洋擾' '신미양요辛未洋擾' 에서 '병인' '신미' 가 간지인데, 이를 계산하면 병인양요는 1866년에 일어났고, 신미양요는 1871년에 일어났음을 알 수 있다.

'육갑' 이란 표현을 할 때는 주의해야 한다. 이 말은 "육갑 떨고 자빠졌네" 처럼 남이 하는 언동을 비속하게 이르는 말로도 쓰이기 때문이다. 옛날에는 날짜나 시간을 계산하려면 손가락으로 "갑자, 을축…" 하고 짚어야 했는데, 이에 익숙해 있지 않으면 틀리는 경우가 많아 '육갑 떤다' '병신 육갑한다' 처럼 말했다.

> 오늘 새 천년 21세기가 이미 출발했다. 간지로는 신사년, 뱀의 해다. 허튼 기대에 들떴던 '용의 해' 다음에 찾아온 '뱀해' 다.

간추리다

한 교열자의 독단이 방언의 족쇄를 풀었다

흐트러진 것을 가지런히 바로잡다.

지금은 표준어가 되어 있지만 원래는 경상도 일부 지역에서만 사용되는 방언이었다. 우리나라는 표준어에 대한 강제가 심한 만큼, 글을 다루는 사람에게 표준어와 방언의 차이는 크다. '간추리다' 가 방언의 족쇄를 벗은 것은 한 교열자의 독단 때문이었다. 그 주인공은 출판인 김성재(金聖哉·1927~2005)다.

서울대 국어교육과를 다니다 1951년 대영출판사(학원사의 전신)에 입사한

1960년대에 발행된 '간추린 시리즈' 학습서다. 지금 책과는 비교할 수 없을 만큼 어설프지만, 베이비붐세대들은 이런 책으로 치열하게 공부해서 오늘의 대한민국을 만들었다.

김성재는 새로운 참고서 개발에 참여했다. 집필이 끝나자 출판사는 책 제목을 사내에 공모했는데, 이때 김성재는 대구 피란 시절 알게 된 '간추린' 이란 말을 넣어 '간추린○○○' 을 제안해 채택되었다. 책은 제목 덕분인지 크게 성공했고 '간추린' 은 많은 사람들에게 익숙해졌다.

그 후 김성재는 서울신문 교열부 기자를 거쳐 1956년 출판사 일지사一志社를 차렸다. 그러나 일거리가 없어 다른 출판사의 국어사전 교열작업을 하게 되었는데, 원고에 '간추리다' 가 들어 있지 않았다. 이렇게 되면 교열자는 필자에게 보고하고 삽입 여부를 결정해야 하는데, 그는 이 과정을 생략하고 슬쩍 삽입해버렸다. 보고하면 보수적인 사전 집필진이 자신의 말을 들어줄 리가 없다고 생각했기 때문이다.

직업윤리적인 측면에서 본다면 그는 큰 반칙을 한 것이지만, 결과적으로는 그의 반칙 때문에 소중한 우리말 하나가 방언의 족쇄를 벗게 되었으니 그런 반칙은 좋은 반칙인 셈이다. 훗날 그는 『출판현장의 이모저모』(일지사)란 저서에서 "'간추리다' 는 나의 '월권' 에 의해 표준어가 된 말이었다"고 고백했다.

갈등 葛藤

윈돌이와 오른돌이가 한곳에서 만나면?

이해관계나 견해가 뒤엉켜 쌍방이 서로 대립하는 것.

칡나무와 등나무 칡나무(왼쪽)는 잡목을 왼쪽으로 휘감고 있고, 등나무(오른쪽)는 낙엽수를 오른쪽으로 감고 있다. 언뜻 칡나무는 오른쪽으로, 등나무는 왼쪽으로 감았다고 할 수 있다. 그러나 나무를 왼손으로 잡았을 때 덩굴식물이 엄지와 같은 방향으로 자라면 왼손 방향 식물이고, 오른손으로 잡았을 때 엄지와 같은 방향이면 오른쪽 방향 식물이다. 사진 장진한(아오모리현 오이라세 계류)

'葛(갈)' 은 '칡', '藤(등)' 은 '등나무' 를 가리킨다. 콩과식물인 이들은 스스로는 뻗어나가지 못하고 항상 다른 물체를 감아야만 성장할 수 있다.

그런데 그 감는 방식이 재미있다. 칡나무는 왼쪽으로만 감고, 등나무는 오른쪽으로만 감는 것이다. 만일 사람이 이를 풀어서 반대로 감아 놓으면 곧 원상태로 돌아갈 정도로 감는 방식이 정해져 있다. 따라서 나무 하나를 칡나무와 등나무가 함께 감고 올라간다면, 이같이 반대로 감는 습성 때문에 서로 엉켜서 풀기 어려운 상황이 된다. '서로 적대시하거나 불화를 일으키는 것' 을 갈등이라고 말하는 것은 이런 이유 때문이다.

간혹 '갈등' 에 직접 '하다' 를 붙여 '정치권과 재계가 갈등하고 있다' 처럼 표현하는 경우가 있으나, 이것은 정석이 아니다. '하다' 를 붙일 수 있는 한자어는 동작성이 있을 경우다. 예를 들어 '대립' 에 '하다' 를 붙여 '대립하다' 라고 할 수 있는 것은 '대립對立' 의 '立' 이 '서다' 라는 뜻이기 때문이다. 그러나 예를 들어 '그의 진단은 부정확한 이해에 기반한 경우가 적지 않다' 라는 문장이 있다면 왠지 이상할 것이다. 그것은 '터기(基)' 와 '소반반(盤)' 이 결합된 '기반基盤' 은 두 글자 모두 동작성이 없어 '하다' 를 동반할 수 없기 때문이다. ⇒ '삼가하다' 와 '염두하다'

→ 기반을 둔

지역에 기반한 정치인들이 자기 동네로 국책사업을 유치하려고 힘쓰다 서로 갈등하고 대립하는 건 흔한 일이다.

갈등을 일으키고 ←

갈매기살

돼지고기집에 웬 날짐승고기?

돼지의 횡격막과 간 사이에 붙어 있는 근육질의 힘살.

원래의 이름은 '안창고기' 다. 어떤 이들은 고깃집 벽에 붙어 있는 '갈매기살' 메뉴를 보고 '네 발 달린 고기 파는 집에 웬 날짐승 고기냐' 라고 생각할 수도 있으나, 날아다니는 갈매기와는 아무 상관이 없다.

횡격막橫膈膜은 배와 가슴 사이에 있는 근육성 막으로 수축과 이완을 거듭하면서 폐의 호흡운동을 돕는다. 우리말로는 이것을 '가로막' 이라 했기 때문에 처음에는 '가로막살' 이라고 했던 것이 '갈매기살' 로 바뀌었다. 그 변화과정을 충북대 조항범趙恒範 교수는 " '가로막살' 이 '가로막이살' 로 변했고, ㅣ 모음역행동화에 의해 '가로막이살' 이 '가로매기살' 로 되었다가 '갈매기살' 로 변했다" 고 했다. 『우리말 어원이야기』, 한국문원

감쪽같다

곶감쪽인가 곶감접인가?

남이 알아채지 못할 만큼 흔적이 없다.

더러 '깜쪽같다' 로 적는 수가 있으나 이 말이 어떻게 나왔는지 알면 그런 오류는 범하지 않는다. '감쪽같다' 의 어원에 대해서는 두 가지 이야기가 있다. 하나는, '감쪽' 은 곶감쪽을 말하는데, 곶감이 하도 달고 맛있어 누가 볼세라 재빨리 먹어치워 흔적을 남기지 않았다 해서 나온 말이라는 이야기다. 다른 하나는 '감쪽' 을 '곶감접' 으로 보는 견해다. 이것은 떼어냈다 다시 맞춰도 아무런 흔적이 나지 않으므로 '감접같다' 라고 했던 것이 훗날 '감쪽같다' 로 변했다는 주장이다. 어느 것으로 기억하든 '깜쪽같다' 로 쓰지 않는 데는 유익한 정보다.

'갑절'과 '곱절'

'갑절'은 '수량을 두 번 합친 양'이고, '곱절'은 '수량을 몇 번이고 합친 양'이다. 즉, 갑절은 2배를 나타내고, 곱절은 2배 이상을 나타낸다. 따라서 '세 곱절' '네 곱절'이라고는 쓸 수 있어도 '세 갑절' '네 갑절'이라고는 쓸 수 없다.

> 올해 강원도 내의 해수욕장을 찾은 피서객 수는 1077만여 명으로 사상 최대 인파를 기록했다. 지난해 555만여 명의 곱절(→갑절)이다.

> 어떤 문제에 부닥치면 나는 미리 남보다 시간을 서너 갑절(→곱절) 더 투자할 각오를 한다.

강강술래

강한 오랑캐가 물을 건너온다고?

여자들이 손을 잡고 빙빙 돌면서 추는 민속춤.

이 말은 '강강술래'로 쓸 것인가, '강강수월래'로 쓸 것인가에 대해 논란이 있다. '강강술래'로 써야 한다는 사람들은, 우리나라에 고래로 달밤에 부녀자들이 손잡고 돌며 놀던 풍습이 있었는데, 그것을 처음엔 '수레바퀴처럼 감고 감으며 돌고 돌아라'는 뜻으로 '감감수레'라 했는데, 나중에 '강강술래'가 되었다고 말한다.

'강강수월래'로 해야 한다는 사람들은 이순신李舜臣의 명량대첩鳴梁大捷 고사를 거론한다. 이순신 장군이 해남 우수영右水營에서 왜적과 대치했을 때, 아군의 수가 너무 적자 부녀자들을 모아 '강强한 오랑캐羌가 물水을 건너越 온다'는 뜻의 '강강수월래强羌水越來'를 외치며 옥매산 허리를 돌게 해 왜적으로 하여금 군사행군으로 오인하게 했다는 것이다.

과거에는 후자의 논리가 맞다고 생각하여 오랫동안 교과서에도 '강강수월래' 로 적어 왔으나, 지금은 전자의 논리가 유력하다고 보아 '강강술래' 로 적고 있다.

강태공 姜太公

그는 왜 바늘도 없이 낚싯줄을 드리웠을까?

강태공의 상상도 오랜 세월 은자隱者로 지내다 나이 일흔이 되어 문왕文王을 만나 은殷을 멸하고 주周를 세운 인물이다. 여상呂尙이라고 말하기도 하나 이는 부계혈통에 따른 이름이고, 당시는 모계혈통을 따르는 시대였으므로 강상姜尙이 본명이다. 자字가 자아子牙이므로 '강자아' 로 일컫기도 한다. 탁월한 군사전략가로, 병법서 『육도삼략六韜三略』 중 「육도」는 그가 지은 것으로 알려져 있다.

낚시꾼을 비유하는 말.

낚시꾼의 한자어가 '태공' 이고, 이들은 주로 '강' 에서 낚시를 하기 때문에 낚시꾼을 '강태공' 이라 부르는 것으로 잘못 알고 있는 사람도 있다. 그러나 강태공은 원래 중국 주周나라의 정치가인 강상姜尙을 가리키는 말이다. 강상이 오늘날 낚시의 상징처럼 여겨지는 것은 그와 관련한 다음과 같은 일화 때문이다.

훗날 주나라 문왕文王이 되는 서백西伯이 하루는 낚시를 하기 위해 위수渭水에 나왔는데 강가에서 낚싯바늘도 없이 낚싯줄을 드리우고 있는 노인이 있었다. 하도 신기해서 말을 건넸더니 보통인물이 아니었다. 서백은 무릎을 치며 "당신이야말로 나의 아버지 태공太公이 주를 번창케 할 성인으로 오래 기다리고望 있었던 인물이다" 하며 노인에게 군사軍師가 되어 줄 것을 청했다. 노인이 서백의 청을 수락하자 서백은 '태공망太公望' 이란 이름을 내렸다.

이 이야기가 사실인지는 알 수가 없지만, 어쨌든 강태공은 이 태공망의 '태공太公' 에 그의 성姓인 '강姜' 을 붙여 일컫는 말이다.

> 강물에 낚싯대를 드리워 놓고 물고기가 걸려들기를 기다리는 강태공의 마음. 이런 기다림에 견줄 수 있는 것이 주식 투자자들의 끝없이 기다리는 마음이다. 중앙일보 020913

'개발開發' 과 '계발啓發'

배우는 자가 알고자 힘쓰면 가르쳐주지 않고…

'자기개발' 이라 할 것인가 '자기계발' 이라 할 것인가. 흔히 '계발' 보다는 '개발' 에 익숙해져 있어 '자기개발' 로 적는 경향이 있으나 '자기계발' 로 적는 게 맞다.

開는 '열다' 의 뜻이고 啓는 '깨우치다' 의 뜻이다. 따라서 '개발' 은 '개척開拓하여 발전시키는 것' 이고, 계발은 '깨우쳐서 발전시키는 것' 이다. 더 자세히 설명하면, 개발은 '수자원 개발' 처럼 천연자원 등을 인간생활에 도움이 되게 하거나 '신제품 개발' '프로그램 개발' 처럼 새로운 것을 생각해 실용화하는 것이고, '계발' 은 '자기계발' '능력계발' '소질계발' 처럼 잠재돼 있는 소질을 향상시키는 것을 말한다. '개발' 은 물질적인 것에 사용하고, '계발' 은 정신적인 것에 사용한다고 할 수도 있다.

계발은 『논어』「술이편述而篇」에 나오는 '不憤不啓 不悱不發(불분불계 불비불발)', 즉 '(배우는 자가) 알고자 힘쓰지 않으면 가르쳐주지 않고, 알고자 애태우지 않으면 깨우쳐주지 않는다' 에서 온 말이므로 알고 보면 매우 정신적인 성격의 말이다.

개소주

소주병에 오자가 있다고?

개를 잡아 각종 약재를 넣고 고아서 짠 액즙.

'개' 와 '소주燒酒' 를 결합한 말이다. '소주' 라는 말이 붙은 것은 제조과정이 다소 비슷하기 때문이다. 즉, 소주는 이미 익은 술(막걸리)이나 술지게미를 소줏고리에 넣고 밑에서 불을 때 수증기가 올라오면 이를 차게 해 이슬처럼

소주의 상표를 보면 대개 '稀釋式燒酎(희석식소주)' 라고 적어놓은 것을 볼 수 있다. 한자에 관심 있는 사람이라면 당장 '燒酒' 를 잘못 적은 것으로 생각할 수 있다. 그러나 이것은 단순한 오류가 아니라 의도된 오류다. 酒는 그냥 '술' 이란 뜻이지만, 酎는 '여러 번 걸러서 빚은 술' 이란 뜻이다. 그러니까 酒보다는 酎가 훨씬 좋은 술이다. 원래 소주는 막걸리처럼 이미 충분히 익은 술을 소줏고리(그림 오른쪽)에 넣고 불을 때燒 이슬처럼 받아 만든다. 이것이 진짜 燒酎다. 그러나 우리가 마시는 '희석식소주' 는 그렇게 만들지 않기 때문에 燒酎라고 적는 것은 잘못이다.

받아 모으는데, 개소주도 찜통에 개고기와 보약을 넣고 오랫동안 가열해 그 정수精髓를 받아낸다 해서 이런 이름이 붙었다. 그러나 개소주는 증기를 액화液化한 것이 아니라 증기로 고기를 쪄 그 아래에 고인 진액을 모으는 것이므로 소주를 만드는 방법과는 다르다.

거덜나다

사업 등이 흔들려 결딴나다.

'거덜' 은 원래 조선시대 사복시司僕寺에 속한 종을 일컫는 말이었다. 사복시란 궁중의 마구간과 목장을 관리하는 관청이었는데, 거덜은 이곳에서 허드렛일을 하거나 '벽제辟除' 를 하는 것이 소임이었다. 벽제란 왕이나 고관이 행차할 때 "물렀거라!" 등의 소리를 외쳐 잡인을 물리치는 일이다. 서민들은 이 벽제소리를 들으면 길을 비켜 허리를 굽혀야 하기 때문에 이를 외치던 거덜은 자연히 우쭐거리며 몸을 흔들게 되어 있었다. 몸을 흔드는 것을 '거덜거린다(➡건들거린다)' 고 하고, 살림이 흔들려 망가지는 것을 '거덜난다' 고 하는 것은 여기에서 나온 말이다.

의보재정은 거덜나는데 "아직, 마, 괘안타" 하며 끼리끼리 감쌌던 조폭 같은 행정에 또 속았다. 돈 날린 것은 좋지만 내 한 몸은 내가 지키겠다는 의지까지 양보할 순 없다.

건곤일척 乾坤一擲

영웅은 말머리를 돌리고 도박을 감행했다!

운명을 걸고 단판으로 승부를 겨루는 것을 일컫는 말.

'건곤乾坤'은 주역의 괘卦명으로 '하늘과 땅'을 뜻하고, '일척一擲'은 '단숨에 던지다'는 뜻이므로, '운명을 하늘과 땅에 맡기고 승부를 던진다'는 비장한 의미가 담겨 있다.

복희씨의 팔괘도 팔괘八卦란 중국 상고시대에 복희씨伏羲氏가 지었다는 8가지의 괘로, 주역의 핵심이다. 건乾 태兌 이離 진震 손巽 감坎 간艮 곤坤의 여덟 가지가 있는데, 이 여덟 가지 괘를 두 개씩 겹쳐 64괘로 만들어 인간의 운명을 점친다. 건곤일척의 '건곤'은 이 주역의 괘명이다.

당나라의 대문호인 한유(韓愈·768~824)가 홍구鴻溝를 지나가다 읊은 『과홍구過鴻溝』라는 시에 나오는 말이다. 홍구는 초楚의 항우(項羽·기원전 232~202)와 한漢의 유방(劉邦·기원전 256~195)이 천하를 양분하고 싸움을 멈춘 경계지역이다. 유방이 휴전협약을 끝낸 뒤 군사를 물리려고 하는데, 부하인 장량張良과 진평陳平이 "이때야말로 항우를 칠 절호의 기회입니다"라며 공격을 간언했다. 그러자 유방은 말머리를 돌리는 일대 도박을 감행하여 항우를 무너뜨리고 천하를 거머쥐게 된다.

이때의 모습을 훗날 한유가 '誰勸君王回馬首(수권군왕회마수), 眞成一擲賭乾坤(진성일척도건곤)', 즉 '누가 군왕에게 말머리를 돌리게 하여, 진정 한 번에 천지를 걸게 하였는가'라는 시로 읊은 것이다. 시저가 말한 '주사위는 던져졌다'와 비슷한 뉘앙스의 말이다. ➡권토중래

건곤일척의 승부를 겨룬 지난 두 차례 선거에서 '6월항쟁 세대'가 잇따라 이김으로써 그들은 드디어 우리 사회의 새로운 주류로 부상했다.

건달乾達

원래는 음악 담당 천신이었다

하는 일 없이 빈둥거리며 살아가는 사람.

범어(梵語·고대인도어) '간다르바gandharva' 의 음역音譯인 '건달바乾闥婆' 에서 온 말이다. 건달바란 제석천왕(帝釋天王·고대 인도의 대표신)을 모시며 음악을 담당하는 천신天神이다. 팔부중(八部衆·불법을 지키는 여덟 신장)의 하나로 고기나 밥을 먹지 않고, 향香을 영양삼아 생활한다 해서 '심향尋香' 이라고도 부른다. 말하자면 좋은 이미지의 신인 셈이다.

건달바 제석천왕의 음악담당 비서실장격인 불교의 수호신이다. 착한 신인 그가 나쁜 뜻으로 쓰인 것은, '음악은 무위도식하는 사람이 하는 것' 이란 옛날의 정서가 반영된 것이다.

그렇다면 그런 착한 신을 왜 우리는 나쁜 뜻으로 받아들이고 있을까. 이에 대해 민속학자 임석재任晳宰 선생은 이렇게 설명하고 있다. "음악을 맡은 신이 우리나라에서는 무위도식하는 자와 같은 범주로 인식되어 그 이름이 옮겨진 것 같다. 불교의 지식이 우리나라에 전파될 때 정확성을 잃고 왜곡되어 전파된 예가 더러 있는데 건달바도 그런 것 중 하나다." 『한국민족문화백과사전』

'걸맞은' 과 '알맞은'

동사는 '-는' 으로, 형용사는 '-은' 으로 수식한다

만일 누군가가 '나는 어느 면으로 보나 그녀에게 걸맞는 신랑감이 못 됐다.' 라고 썼다면 이것은 잘못 쓴 글이다. '걸맞다' 가 형용사이기 때문에 '걸맞은' 으로 고쳐 써야 한다. 동사를 관형사형으로 만드는 어미는 '-는' 이지만, 형용사를 관형사형으로 만드는 어미는 '-은(ㄴ)' 인 것이다. 예를 들어 동사인 '먹다' '가르치다' 는 '먹는 물' '가르치는 학생' 처럼 활용되지만, 형용사인 '작다' '올바르다' 는 '작은 나라' '올바른 사람' 처럼 활용된다. '알맞다' 도 그렇다. 예를 들어 '그곳은 여행하기에 알맞는 곳이다.' 는 '…알맞은 곳이다' 의 잘못이다. '알맞다' 가 형용사이기 때문이다.

이처럼 적지 않은 사람들이 '걸맞은' 이 들어가야 할 곳에 '걸맞는' 을 집어넣고, '알맞은' 이 들어가야 할 곳에 '알맞는' 을 집어넣는 것은 '맞다' 를 '맞는' 으로 쓰는 데 영향을 받기 때문이다. 그러나 '맞다' 는 동사이지만 '알맞다' '걸맞다' 는 형용사이다.

게릴라

정복자를 괴롭힌 '스페인의 궤양'

정면에서 싸워 승산이 없을 때 몇몇 소부대로 하여금 적의 허를 찔러 소전투나 기습을 반복하여 적을 교란하는 전법. 또는 그 부대.

고야의 『1808년 5월 3일(The 3rd of May·1808)』 1808년 5월 2일 일단의 마드리드 시민들이 거리를 활보하는 프랑스 군인들을 살해하자 나폴레옹은 그날 밤부터 다음날까지 이렇게 무자비한 보복을 자행했다.

한자어로 '유격전遊擊戰' 이나 '유격대遊擊隊' 라고도 일컫는 이 말은 '작은 전쟁' 이라는 의미의 스페인어 'guerilla' 에서 왔다. 유럽의 지배자가 된 나폴레옹이 1808년 인접국인 스페인을 정복하고 양민들을 괴롭히자 한 무리의 마드리드 시민들이 돌과 몽둥이를 들고 일어섰다. 그러나 폭동은 곧 프랑스군에 의해 진압되었고, 그 보복으로 수많은 시민들이 학살을 당했다. 이를 보다 못한 청년들이 전국에서 일제히 무기를 들고 산악지대로 숨어들어 프랑스군과 '작은 전쟁guerilla'을 벌이게 된다.

게릴라란 말은 이 같은 스페인의 저항이 전 세계로 알려지면서 정착되었다. 나폴레옹은 이때의 일을 가리켜 '스페인의 궤양이 나를 파괴했다'는 말을 남겼다.

> 올여름 날씨는 1998년을 닮았다. 그해도 7월 비보다 8월 비가 훨씬 많았다. 7월 31일~8월 1일엔 지리산에서 게릴라 폭우로 100여 명의 인명피해가 났다.

견강부회牽强附會

당치도 않은 주장을 억지로 끌어다 조리에 맞는 것처럼 말하는 것.

'牽(견)'은 '끌다', '强(강)'은 '강제로', '附(부)'는 '붙이다', '會(회)'는 '일치시키다'의 뜻이다. 따라서 '강제强制로 견인牽引해다 부착附着하는' 것이 견강부회다.

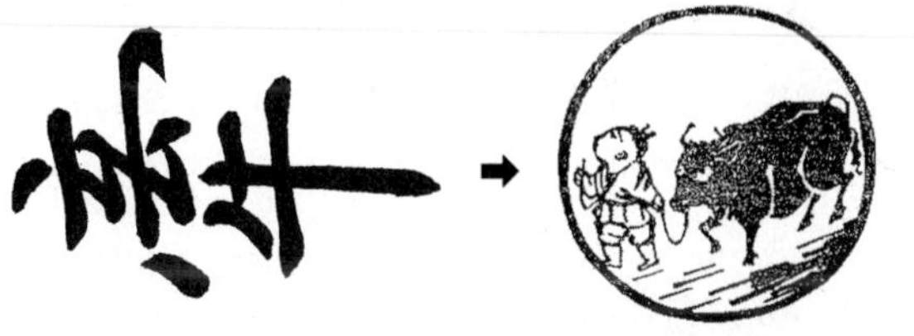

'牽'은 '牽制견제' '牽引견인' 등 사용빈도가 많은 말을 만드는 글자지만 이것을 척척 쓰기는 쉽지 않다. 그러나 이 글자가 '소를 코뚜레를 꿰어 끌고 가는 모습'을 나타낸 글자라는 것을 알면 어렵지 않다. 맨 아래에 있는 牛는 소를, 그 위의 冖(멱)은 코뚜레를 나타낸 것이다. 그리고 그 위의 幺(실타래요)를 고삐로, 亠를 고삐를 잡은 손으로 생각하면 된다. 이것을 뉘어보면(왼쪽그림) 더 이해가 쉽다. 오른쪽 그림은 곽암廓庵이 그린 『심우도尋牛圖』의 한 장면으로, 牽은 이 글자를 그대로 옮겨놓은 듯한 느낌을 준다. 심우도란 불자가 본성을 찾아 수행하는 단계를 동자童子가 소를 찾는 것에 비유해 묘사한 선화禪畵다. 처음 선을 닦게 되면 동자가 본성이라는 소를 찾기 위해 헤매다 마침내 도를 깨닫게 되고, 최후에는 이상향에 이른다는 내용을 담고 있다. 글씨 정진택

> 자신이 대통령이나 국회의원을 해야 하는 이유에 대해 '국가'와 '민족'을 갖다 붙이며 견강부회하는 인간들은 보았어도 이렇게 명확하게 자신이 정치를 안 해야 하는 이유에 대해 설명하는 이는 보지 못했다. 국민일보 110620

'일하다' '수고롭다'의 뜻을 가진 勞(로)는 불난 집의 불을 끄기 위해 힘쓰는 모습을 그린 글자다. 力(력)은 힘들여 불을 끄는 사람, 冖(멱)은 지붕, 그 위의 火(화) 두 개는 불이 난 모습이다.

견마지로犬馬之勞

개나 말이 되어 주군을 위해서 충성을 다하는 것을 일컫는 말.

한자 뜻 그대로 하면 '개犬나 말馬의 하찮은 힘勞'이란 뜻이다. 주군을 위해서라면 이처럼 개나 말이 되는 것도 불사한다는 뜻이므로 자신을 극도로 낮춘 표현이다.

'견마지성犬馬之誠' '견마지심犬馬之心'도 비슷한 말이다. '견마지성'은 임금이나 나라에 바치는 충성을 낮추어 이르는 말이고, '견마지심'은 신하나 백성이 임금이나 나라에 충성하는 마음을 낮추어 이르는 말이다.

> 이전의 JP는 대통령에게 견마지로를 다하고 대통령의 그림자도 밟지 않는다는 '영원한 이인자'였다. 그러나 이번에는 사정이 다르다. 이인자로서 단순히 권력에 복귀하는 것이 목표가 아닌 것이다.

결국結局

일의 마무리단계.

'국면局面' '종국終局'처럼 바둑이나 장기에서 나온 말이다. '局(국)'은 '바둑·장기 등의 승부'를 이르고, '結(결)'은 '만물의 매듭(결말)'이란 뜻이므로, 원래는 '바둑·장기에서 한판 승부가 끝나는 것'을 일컫는 말이었다. 이것이 바둑·장기 이상으로 확대되어 '일의 마무리단계'란 뜻이 되었다. 지금은

'결국 그는 구속되고 말았다' 처럼 부사로 쓰이는 경우도 많다.

경기京畿

임금의 도읍지와 왕실을 먹여살린 땅

두 가지 뜻이 있다. 하나는 '왕도王都를 보호하기 위해 설치된 외곽지역' 이란 뜻의 보통명사이고, 다른 하나는 현재의 행정구역(경기도)인 고유명사로서의 '경기' 다.

'京(경)' 은 '사방이 잘 보이도록 만든 인공 언덕' 이란 뜻으로, 임금이 이렇게 언덕을 만든 뒤 집(궁궐)을 짓고 살았다 해서 '임금의 도읍지' 를 의미했다. '畿(기)' 는 그 왕실을 먹여 살렸던 땅田이란 뜻으로, 대체로 왕성을 중심으로 한 사방 500리 이내의 지역을 '기내畿內' 또는 기전畿甸이라 일컬었다.

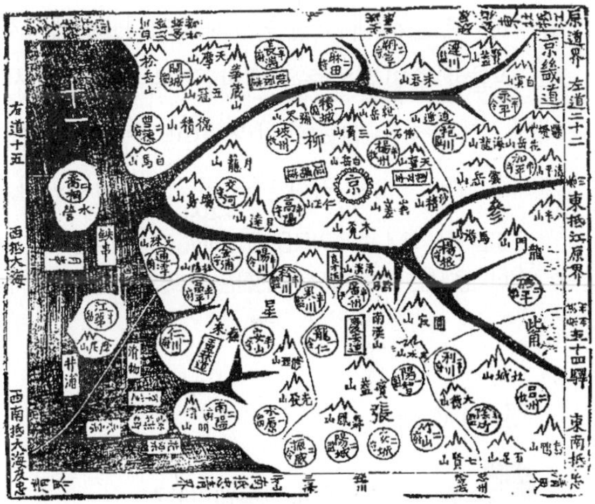

김정호가 대동여지도에 그린 경기도 지역. 동·서에 가평加平 강화江華가 보이고, 북쪽 끝엔 개성開城, 남쪽 끝엔 안성安城이 보인다. 양주楊州는 북악산北岳山·白岳山 바로 옆에, 고양高陽은 인왕산仁王山 바로 앞에 있다.

결국 '경기' 는 왕궁이 있는 곳과 그 주위의 땅을 일컫는 말이므로 시대별로 위치가 다를 수밖에 없었다. 즉, 고려시대에는 개성開城을 중심으로 한 지역이 경기지역이었고, 조선시대에는 한양漢陽을 중심으로 한 지역이 경기지역이었다.

> 경기 가평군과 포천군에 걸쳐 있는 운악산은 기암괴석이 절경을 이뤄 '경기의 금강' 으로 일컬어진다. 주봉인 만경대를 중심으로 웅장한 암봉들이 구름을 뚫을 듯 하늘로 솟았다고 하여 '운악산' 이 되었다. 만경대 위쪽으로 궁예왕의 성터가 있다. 한국일보 110127

'경신更新' 과 '갱신更新'

새로운 정보가 추가되면 '경신' 이다

같은 말 같지만 미묘한 차이가 있으므로 구분해 써야 한다.

'更' 은 읽는 방법에 따라서 뜻이 달라지는 글자로, '경' 으로 읽으면 '고치다' 의 뜻이 되고, '갱' 으로 읽으면 '다시' 의 뜻이 된다. 따라서 '경신' 은 과거의 내용을 새로 고치는 것이고, 갱신은 없어질 상태에서 다시 새롭게 하는 것이다. 예를 들어 주택의 전세금을 1억 원에서 1억2000만 원으로 올리는 등 기존 조건에 새 조건을 덧붙이거나 빼 계약서를 작성하는 것은 '경신' 이고, 분실한 주민등록증을 재발급하는 것은 '갱신' 이다. '기록갱신' 이라는 말 대신 '기록경신記錄更新' 이라 하고, '추가갱정예산' 이라는 말 대신 '추가경정예산追加更正豫算' 이라 하는 것은 이 때문이다.

> 8년 연속 최대 순익 기록을 갱신(→경신)하며 지난 회계연도에 2조2700억 엔의 사상 최대 영업이익을 냈던 도요타의 적자 전환은 글로벌 경기침체의 심각성을 잘 알게 한다.

경위涇渭

뭐? 경우 바르게 행동하라고?

사리의 옳고 그름과 시비의 분간.

중국 황하의 지류인 '경수涇水' 와 '위수渭水' 의 머리글자를 딴 말이다. 이 두 물은 서안西安 부근에서 만나 합쳐지는데, 경수는 맑고 위수는 항상 흐려 두 물이 섞여 흐르는 동안에도 구별이 분명하다 해서 나온 말이다. 『시경詩經』「곡풍편谷風篇」에 실린 '경이위탁涇以渭濁', 즉 '경수는 위수 때문에 탁해진다' 가 출전이다. 따라서 이 말은 '경위가 바르다' '경위가 분명하다' '경위가 없다' 처럼 써야 옳다. 그런데 많은 사람들이 '경우가 …' 로 잘못 쓰고 있다. 예를 들어 다툴 때 "경우 바르게 행동해!", "그렇게 경우 없는 짓을 할 수 있나!"처럼 말하는 것이다.

'경우境遇'는 '(어떤 조건이 있는) 특별한 형편이나 사정'이라는 뜻으로, '만일 비가 올 경우에는 가지 않겠다'처럼 쓴다. 일부 국어사전에는 경우境遇를 '사리나 도리'로 풀이하고 '경우에 어긋나는 행동을 하지 마라'와 같은 예문이 실려 있는데, 이는 명백한 잘못이다. '境'은 '형편'이라는 뜻이고 '遇'는 '때' '기회'라는 뜻이므로 '사리나 도리'로 풀이할 근거가 없다.

경수와 위수 황하의 지류인 두 강은 서안 부근에서 만나 합쳐지는데, 경수는 늘 맑고 위수는 흐려 두 물이 섞여 흐르는 동안에도 구별이 분명하다 해서 '사리의 옳고 그름과 시비의 분간'이란 뜻의 '경위'란 말이 생겼다. 일부 국어사전에는 '경수는 흐리고, 위수는 맑다'고 반대로 설명되어 있다.

> 김열규 교수는 욕이 더럽고 추잡하고 상스럽게만 여겨지는 것에 동의하지 않는다. 오히려 염치가 있고 경우가 바른 것이 욕이라고 말한다.
> → 경위

경을 치다

그것은 가혹한 형벌의 흔적이다

호된 꾸지람을 듣거나 벌을 받다.

이 말의 내력에 대해서 널리 알려진 것은 통행금지와 관련된 내용이다. 조선시대에는 밤을 일경一更에서 오경五更까지 다섯 등분했다. 일경은 저녁 7~9시까지이고, 이경은 9~11시까지, 삼경은 11시~다음날 1시, 사경은 1~3시, 오경은 3~5시까지다. 그런데 당시에도 통금通禁이란 것이 있어서 이경인 밤 10시경 종을 쳐(이를 인정이라 했다) 통행을 금지하고 오경인 새벽 4시쯤 다시 종을 쳐(이를 파루라 했다) 해제했다. 통금을 어긴 사람들은 순라꾼들이 잡아들였다가 경更이 바뀔 때 종을 치게打 하는 벌을 준 뒤 풀어주었는데, '경을 치다'는 바로 여기에서 왔다는 것이다.

한자를 활용한 독특한 디자인이다. 지금은 하도 유명해져 누구나 '신라면'으로 읽고 辛이 '매울신'이란 것을 알지만, 어린이들 중에는 '푸라면'이라 하는 경우도 있다. 농심이 굳이 한자를 앞세워 상품명을 정한 것은 지적 호기심을 앞세운 고도의 마케팅 전략일 것이다. 그렇다면 辛은 무엇을 나타낸 글자일까. 어떤 이는 '십자가十 위에 면류관立을 쓴 예수의 형상'이라고 말해 웃음을 짓게 하지만, 알고 보면 전혀 근거 없는 해석은 아니다. 辛은 경형을 시행할 때 뺨이나 이마에 먹을 넣는 칼을 나타낸 글자이기 때문이다. '맵다'는 뜻은 이 뾰족한 칼에 찔리는 따끔따끔한 느낌에서 파생됐다.

그러나 연세대 홍윤표洪允杓 교수는 『새국어소식』(국립국어원) 2004년 12월호에 기고한 글에서 "1880년에 간행된 『한불자전韓佛字典』에는 '야경치다'란 항목이 나오고 한자로 '타야경打夜更'으로 해석한 기록도 보이지만, 이것은 단순히 '경을 치는 것'을 말하는 것이지 혼나는 일의 '경치다'와는 관계가 없다"고 했다. 이어서 홍 교수는 '경을 치다'는 죄인의 이마나 팔뚝에 먹물로 죄명을 새겨 넣는 '경黥'이라는 형벌에서 왔다며 다음과 같이 적었다.

'경을 치다'의 '경'은 한자로 '경黥'이고 '치다'는 '줄을 치다'의 '치다'이다. '경'은 '경형黥刑'의 준말이다. 이 '경형'은 중국의 다섯 가지 형벌五刑 중 하나다. '오형'은 궁형(宮刑, 생식기를 없애는 형벌), 대벽(大辟, 목을 베는 형벌), 비형(剕刑, 팔꿈치를 베는 형벌), 의형(劓刑, 코를 베는 형벌), 그리고 경형(黥刑, 이마나 팔뚝 등에 먹줄로 죄명을 써 넣는 형벌)을 말한다.

> 온 세상을 정밀하게 조종하는 '시계공'으로서의 하느님은 증명할 수 없다. 물론 신도들에게는 경을 칠 소리다. 하느님이 어디 사람의 짧은 머리로 이해될 수 있는 분이던가. 서울신문 060429

경제經濟

조조의 아들이 만든 정치용어라고?

인간의 생활에 필요한 재화나 용역을 생산·분배·소비하는 활동.

중국의 고대사상인 '경세제민經世濟民'에서 온 말이다. '經(경)'은 '다스리다', '濟(제)'는 '구하다'의 뜻이므로, 경세제민은 '세상을 다스리고 백성을 구제한다'는 뜻이다. 그렇다면 이것은 정치용어인데, 줄어서 '경제'가 된 것이다.

최초로 이렇게 한 사람은 다자이 슌다이(太宰春臺, 1680~1747)라는 일본인이다. 막부 말기의 유학자인 그는, 서구의 개념인 'economy'가 일본에 들어오자 이를 어떻게 번역할지 고민하다 중국 고대사상인 '경세제민'을 찾아내 'economy'의 역어로 채택하고 『경제록經濟錄』이란 책에 최초로 사용했다. 그렇다면 그는 '경제는 안정된 정치기반 아래서 이루어진다'는 철학을 갖고 있었을 것이다. 영어의 'economy'는 고대 그리스어로 '집'이란 뜻의 'oikos(오이코스)'와 '관리하다'의 뜻인 'nomia(노미아)'를 결합한 'oikonomia(오이코노미아)', 즉 '집안살림을 관리하다'에서 왔으므로 다자이의 역어가 더 포괄적인 셈이다. '경세제민'이란 말을 만든 사람은 조조曹操의 아들인 조비(曹丕·187~226)다.

조비 조조의 셋째아들로, 조조가 죽자 아버지를 이어 위왕魏王에 올랐으나 곧 헌제獻帝를 압박해 근 200년 가까이 이어져온 후한後漢을 무너뜨리고 위나라 황제(文帝·문제)가 된다. 11살 때부터 아버지를 따라 종군從軍한 탓에 포악하고 간교한 성품을 가졌으나, 아버지를 닮아 문학적 재능은 매우 뛰어났다. 문장론의 명언으로 꼽히는 '文章經國之大業 不朽之盛事(문장경국지대업 불후지성사)', 즉 "문장이란 나라를 다스리는 위대한 사업이며 영원히 썩지 않는 일이다"라는 말은 그가 한 것이다. '경제'의 뿌리가 된 '경세제민'이란 말도 그가 만들었다.

계륵鷄肋

너무 앞서 가면 그처럼 죽을 수 있다!

큰 소용은 못 되지만 버리기에는 아까운 것을 비유하는 말.

'鷄(계)'는 '닭', '肋(륵)'은 '갈비뼈'이므로 '닭갈비'라는 말이다. 이것이 이런 뜻이 된 것은 조조曹操가 무심코 내뱉은 한마디 때문이다.

후한後漢 말, 중국이 삼국시대로 접어들기 전인 218년경, 중국 중서부 한중(漢中·섬서성 서남쪽)에서는 북방의 최강 군벌인 조조와 서북지역에 발판을 마련한 유비劉備가 한판승부를 벌였다. 원래 이 땅은 조조가 차지한 곳이었는데, 유비가 중원 진출의 교두보로 삼기 위해 진격한 것이다.

유비는 한중의 요새지인 정군산定軍山을 점령하고 조조군을 압박했다. 이에 조조는 맹장 하후연夏候淵을 보내 싸우게 했으나, 제갈량諸葛亮의 전술에 걸려 전사한다. 다급해진 조조는 직접 군대를 이끌고 출정하지만 유비군이 완강하게 버텼으므로 전쟁은 오랫동안 대치상태에 들어갔다.

그러던 어느 날 저녁식사가 들어왔는데, 그릇에는 살점이 별로 없는 닭갈비 한 덩이가 들어 있었다. 조조가 젓가락으로 이것을 들고 생각에 빠져 있을 때 한 부장이 "오늘 밤의 군호(軍號·암호)는 무엇으로 할까요"라고 묻자, 조조는 무심코 "계륵"이라 대답해버렸다. 문제는 여기에서 터졌다. 다른 사람들은 특이한 군호라고만 생각했지만, 주부(主簿·문서관리책임자) 양수楊修는 '조조는 한중을 취하고자 하지만 번번이 실패했고, 그렇다고 무작정 돌아가면 웃음거리가 될 것을 두려워해 은밀히 퇴각을 명한 것이다'고 생각하고 부하들에게 짐을 싸게 한 것이다. 다음날 이를 안 조조는 유언비어를 퍼뜨린 혐의로 양수를 참수하고 철군을 감행한다.

조조 『삼국지』에는 매우 음흉하고 사악한 인물로 묘사되어 있는데, 이것은 유비와 대결구도를 만들어 흥미를 높이기 위한 소설 기법으로 이해해야 한다. 조조에 대한 평은 시대마다 다르다. 송대宋代에는 '치세의 능신能臣이요, 난세의 간웅奸雄'이라 했고, 문호 노신魯迅은 '재능이 뛰어난 영웅'으로, 모택동毛澤東은 '위대한 인물'로 칭송했다. '호랑이도 제 말 하면 온다'는 말을 중국에서는 '조조 얘기를 하면 조조가 온다'고 하는데, 이것은 그에게 뛰어난 정보수집 능력이 있었다는 것을 의미한다.

일설에 따르면, 조조가 양수를 죽인 진짜 이유는 그의 재능이 두려울 정도로 뛰어났기 때문이라고 한다. 그의 총명함을 증명하는 일화에는 이런 것도 있다. 어느 날 변방에서 연유(煉乳·농축

우유) 1합盒을 보내오자, 조조는 합 위에 '一合酥(일합소)' 라고 써 책상에 놓아두었다. 사람들은 그것이 무엇을 뜻하는지 몰라 어리둥절했으나, 양수는 숟가락을 가져와 사람들과 나누어 먹어버렸다. 나중에 조조가 이유를 묻자 양수는 "합 위에 '一人一口酥' 라고 쓰여 있는데 누가 승상의 명을 거역하겠습니까" 라고 했다. '한 사람이 한 입(一人一口)' 씩 먹으라는 뜻으로 '一合' 이라 적은 조조의 뜻을 양수만 간파했던 것이다.

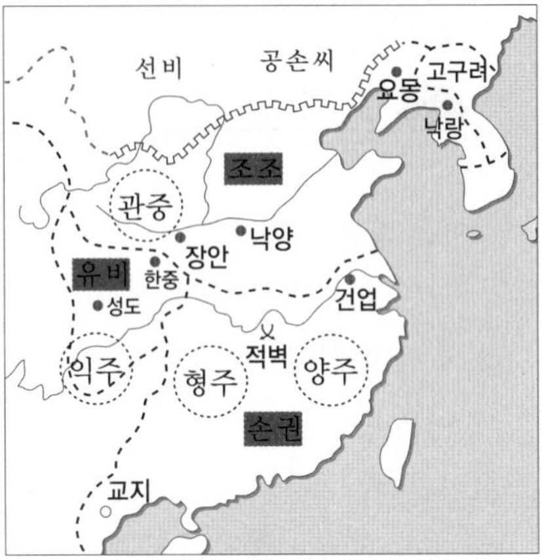

삼국시대로 접어들기 전의 중국 형세 조조는 중원中原과 관중關中, 형주荊州의 북쪽을 차지하고 있고, 유비는 익주益州와 형주의 서쪽을 차지하고 있다. 손권은 양주揚州와 형주의 동쪽을 차지하고 있다.

> '국가대표 코치' 는 현역생활을 마감할 때 선수들이 한 번쯤 마음속에 품는 꿈이다. 그러나 이제 국가대표 코치직이란 서로 사양하는 계륵과 같은 존재가 되어 버렸다.

고도리

화투놀이인 '고스톱' 을 달리 이르는 말.

일본어로 '다섯 마리 새' 란 뜻으로, '2월 매조梅鳥' 의 휘파람새 한 마리, '4월 흑싸리' 의 두견새 한 마리, '8월 공산空山' 의 기러기 3마리를 가져오면 모두 다섯 마리가 된다 해서 '고도리(五鳥 · ごどり)' 라고 부른다. 고스톱에서 '5점짜리 약約' 을 가리키기도 한다. 화투는 일본에서 건너왔지만 고도리 게임은 우리나라에서 만들었다.

고도리

고명딸

왜 '고명아들' 이란 말은 없지?

아들 많은 집의 외딸.

'고명' 과 '딸' 을 결합해 만든 말이다. '고명' 이란 식욕을 돋우고 모양을 좋게 하기 위해 음식 위에 얹는 것을 가리키는 순 우리말로, 예를 들어 국수에 얹는 당근이나 달걀지단 또는 실고추 같은 오색 양념을 말한다. 그러니까 고명딸이란 음식 위에 고명을 얹듯 '많은 아들 속에 고명처럼 예쁘게 얹힌 딸' 이란 뜻이다.

'외동딸' 과 같은 뜻으로 알고 있는 경우가 많으나 '고명딸' 은 반드시 '아들 많은 집에 하나뿐인 딸' 만을 가리킨다. 다시 말해 '무남독녀無男獨女' 나 '1남1녀 중 1녀' 를 두고 고명딸이라고는 하지 않는다.

딸 많은 집의 외아들을 가리켜 '고명아들' 이라고도 하지 않는다. 그런 때는 그냥 '외아들' 이다. 외아들은 원래 다른 자식 없이 아들 하나만 있는 경우를 가리켰으나, 지금은 여자형제가 있더라도 아들만 하나 있는 경우도 외아들이라 부른다. 여자형제가 없는 외아들임을 강조할 때는 '무매독남無妹獨男' '무매독자無妹獨子' 란 말을 쓴다.

고수레

굿을 하거나 들에서 음식을 먹을 때 음식을 떼어 던지면서 외치는 소리.

'고시레' 라고 말하는 사람이 많지만 '고수레' 가 표준어다. 단군 때 고시高矢라는 장수신將帥神이 백성들에게 농사짓는 방법과 불을 얻는 방법을 가르쳐주는 등 인간과 매우 밀접한 관계를 가지고 지냈는데, 그가 죽은 뒤 사람들이 고시의 넋을 기리는 마음으로 "고시네!" 하고 음식을 바친 뒤에 먹었던 데서 유래했다는 설이 많다.

의지할 곳 없이 들에서 일하는 사람들의 배려로 끼니를 이어가다 죽은 고씨高氏 노파의 넋을 위로해 들에서 일하는 사람들이 음식을 먹기 전에 첫 숟가락을 떠서 "고씨네!" 하고 던져 노파의 영혼에 바쳤다는 안동지방의 풍습에서 왔다는 이야기도 있다.

> 소주병을 따 첫 잔을 따르기 전에 '소주도 고시레(→고수레)를 해야 한다'는 등의 이유로 일부를 바닥에 버리는 습관은 소비를 늘리기 위한 소주업체의 농간에 의한 풍습일 가능성이 많다.

고수부지高水敷地

큰물이 날 때만 물에 잠기는 강가의 터.

일본어에서 온 말이다. '고수高水'는 '홍수를 막기 위한 하천 제방공사'란 뜻의 일본어 '고스이코지(高水工事·こうすいこうじ)'를 줄인 것이고, '부지敷地'는 '비어있는 터'를 가리키는 일본어 '시키치(敷地·しきち)'에서 왔다. 일본어라는 사실을 모르는 공무원들이 1980년대 한강변을 개발하면서 '한강고수부지'처럼 이것을 갖다 붙였다. 1986년 한국땅이름학회가 서울시에 건의하여 서울의 고수부지는 '한강시민공원'으로, 그 이외의 고수부지는 '둔치'로 순화해 쓰도록 하고 있다. '둔치'란 '물이 있는 곳의 가장자리나 물가의 언덕'이란 뜻이다.

> 한강에는 고수부지(→둔치)가 있어 서울을 빛나게 한다. 생태공원은 물론이고, 축구장·수영장·자전거코스도 그곳에 있다.

고육책苦肉策

영악한 조조가 몇 번씩이나 속았다는데…

어려운 상황을 벗어나기 위해 어쩔 수 없이 쓰는 계책.

'고육지책苦肉之策' 또는 '고육지계苦肉之計'라 말하기도 한다. '苦肉(고육)'

불타는 조조의 함대 황개가 기름을 실은 배로 조조의 함대에 부딪치자 조조 진영은 이처럼 일시에 불바다가 되었다(영화 『적벽대전2』). 조조의 배가 피할 수 없었던 것은, 조조가 배멀미에 약한 군사들을 위해 배와 배를 쇠사슬로 묶는 우를 범했기 때문이다.

이란 '몸肉을 괴롭힌다苦'는 뜻으로, 원래는 '적을 속이기 위한 수단으로 자신의 몸을 괴롭히는 계책'을 가리켰다. 그 고육책 중에서 가장 유명한 것은, 후한 말 적벽(赤壁·장강 중류)에서 손권孫權의 가신인 주유周瑜가 조조曹操에게 써먹었던 것이다. 내용은 이렇다.

조조는 천하통일을 노리며 대군을 몰고 남하했으나, 적벽에서 손권과 유비의 연합군을 만나 진격을 멈춘다. 당시 손권-유비 연합군은 조조의 80만 대군에 크게 못 미치는 전력이었지만 당대 최고의 전략가인 제갈량諸葛亮과 주유의 계책에 번번이 당한 것이다. 이에 조조는 채중蔡中·채화蔡和 형제를 주유에게 위장 귀순시켜 정세를 염탐하게 한다. 이를 알아챈 주유는 이들을 역이용하기로 하고, 노장 황개黃蓋에게 '고육책'을 제안한다. 즉, 주유가 핑계를 잡아 황개에게 매질을 하고苦肉, 이에 분노한 황개가 조조에게 가짜로 투항하기로 한 것이다. 곧 황개가 무자비하게 맞았다는 정보가 채중·채화를 통해 조조에게 전해지자, 조조는 황개의 투항을 받아들이기로 한다.

결전은 수일 뒤 야음에 이루어졌다. 황개는 주유의 수군에게 만반의 공격 준비를 하게 한 뒤, 기름을 가득 실은 투항선단을 이끌고 조조의 함대에 다가서는 척 하면서 화공을 가했다. 불길은 제갈량이 일으킨 동남풍을 타고 순식간에 조조의 선단에 옮아붙었고, 허를 찔린 조조는 삼십육계를 놓는다.

> 정부가 팔을 걷어붙인 자원 개발의 성과는 미흡하다. 지난달에는 실내 온도를 일정 수준으로 규제하겠다고 했지만 실효를 기대하기 어려운 고육책일 뿐이다. 문화일보 080827

고자질

그 거세된 남자가 일러바쳤다!

남의 잘못이나 비밀을 몰래 일러바치는 것.

이 말이 어디서 왔건 우리말을 바로 쓰자는 이 책의 취지와는 상관없는 일이지만, 매우 흥미로운 기술이 있어 적는다. 바로 박갑천朴甲千의 『어원이야기』(을유문화사)에 나온 내시內侍 관련설이다.

내시란 궁중에서 임금의 시중을 드는 거세된 남자를 말한다. '고자' 라고도 불린 이들 내시들은 권력의 틈바구니에서 간혹 임금에게 있는 말 없는 말을 일러바치기도 하는데, 바로 그런 행동을 비꼬아 '고자' 에 '강도질' '계집질' 등에 붙이는 접미사 '질' 을 붙였다는 얘기다.

그렇다면 '고자' 는 어디서 온 말일까. 이에 대해서도 위 책에는 두 가지 가능성이 제시되어 있다. 하나는 진시황秦始皇의 내시를 지낸 조고(趙高·?~기원전 208)와 관련한 이야기이다. 진시황의 막내아들 호해胡亥를 모시던 조고는 진시황이 죽자 승상 이사李斯와 짜고 진시황의 장남 부소扶蘇를 제압한 뒤 우둔한 호해를 2세 황제로 내세워 정권을 좌지우지한다.

그의 전횡이 얼마나 심했는지는 '지록위마指鹿爲馬' 의 고사에 잘 나타나 있다. 황제에게 사슴을 말이라고 속여 바쳤는데도 신하들이 조고의 보복이 두려워 아무 말도 하지 못했다는 것이 지록위마의 내용이다. 결국 조고는 사람들로부터 원성의 대상이 되었고, 누군가가 내시들을 '조고의 자식' 이라는 뜻으로 '고자高子' 라고 비아냥거린 것이 오늘날의 '고자' 가 되었다고 한다. ➡바카야로

조고

> 대다수 사람들이 학교 선생님이나 부모님으로부터 고자질은 나쁜 일이라고 배웠을 것이다. 잘못한 놈보다 일러바친 놈이 먼저 매를 맞는 경우도 많았다. 서울신문 031110

고주망태

망태

술을 많이 마셔 정신을 못 차리는 상태. 또는 그런 사람.

'고주'와 '망태'가 결합된 말이다. '고주'는 술주자(술을 거르는 틀)를 가리키는 말이고, '망태'는 가는 새끼로 촘촘히 엮어 만든 구럭을 가리킨다. 예전에는 고주에 망태를 올려놓고 발효가 끝난 막걸리 원액을 부어 누룩이나 밥알 등을 분리했다. 그렇게 되면 고주와 망태는 자연히 술냄새에 흠뻑 절어 곤드레만드레 술에 취한 사람과 비슷해진다 해서 나온 말이라고 한다.

고희古稀

왜 그의 작품 속엔 슬픔이 있을까?

'나이 일흔'을 장수를 기원하는 의미를 담아 일컫는 말.

당나라의 두보杜甫가 쓴 『곡강이수曲江二首』 두 번째 수의 한 구절인 '인생칠십 고래희人生七十古來稀'에서 왔다. '사람이 일흔 살까지 사는 것은 예古로부터 드물었다稀'는 뜻이므로, 인간수명이 길어진 지금과는 상당히 다른 셈이다. '희년稀年' '희수稀壽'도 같은 말이다.

곡강은 당나라 수도인 장안長安에 있었던 연못의 이름이다. 두보는 오랫동안 방랑생활을 하다 47세가 되어 좌습유左拾遺라는 벼슬에 올랐지만, 조정의 심한 부패상에 실망을 한다. 두보는 그런 괴로움을 곡강에서 술을 마시며 달랬는데, 시에는 그 같은 두보의 심정이 잘 나타나 있다. 『곡강이수』 두 번째 수는 이렇다.

朝回日日 典春衣 (조회일일 전춘의)

조회에서 돌아오면 날마다 봄옷을 저당잡혀

每日江頭 盡醉歸 (매일강두 진취귀)

매일 곡강에서 만취해 돌아온다

酒債尋常 行處有 (주채심상 행처유)

얼마 안 되는 술빚은 가는 곳마다 있기 마련이지만

人生七十 古來稀 (인생칠십 고래희)

사람이 일흔 살까지 사는 것은 예로부터 드물었다

穿花蛺蝶 深深見 (천화협접 심심견)

꽃 사이를 맴도는 호랑나비는 꽃 깊숙이 들어 있고

點水蜻蜓 款款飛 (점수청정 관관비)

강물 위를 스치는 물잠자리는 유유히 난다

傳語風光 共流轉 (전어풍광 공류전)

전해오는 말로 아름다운 경치도 모두 흘러가는 거라니

暫時相賞 莫相違 (잠시상상 막상위)

잠시나마 서로 상춘賞春의 기쁨 나누며 어기지 말자

두보 낙양洛陽 근처의 공현鞏縣에서 대대로 지방관을 지낸 호족 가문의 아들로 태어났다. 조부는 당나라의 유명한 시인인 두심언杜審言이므로, 그의 문재文才는 조부를 이어받은 것이다. 그의 시는 완성도가 높고, 특히 고시古詩와 율시律詩에 뛰어나 훗날 당나라 최성기의 '시성詩聖'으로 일컬어지지만, 관운이 없어 여러 차례 과거에 낙방한 뒤 방랑과 고난으로 점철된 일생을 보냈다. 그의 작품 속에 우수의 그림자가 농후한 것은 이 때문이다. 현종玄宗의 실정으로 야기된 '안녹산의 난' 와중에 잠시 중앙 관직을 맡기도 했으나, 곧 지방으로 좌천되자 관직을 그만두고 고향으로 돌아가다 59세의 나이로 객사했다.

> 고희를 바라보는 고은 시인의 삶 후미 한 켠 한 켠에서 이름 없이 '시의 꽃'으로 피어난 185편의 작은 가편들에는 마침표도 쉼표도 보이지 않는다. 세계일보 010507

곤두박질

몸이 거꾸로 내리박히는 일.

'근두跟頭'와 '박질撲跌'이 결합한 한자어 '근두박질'이 변한 것이다. 跟은 '발꿈치', 頭는 '머리'의 뜻이므로 '근두跟頭'는 머리와 발의 위치를 뒤집은 '공중제비'를 말하고, 撲은 '엎어지다', 跌은 '넘어지다'의 뜻이므로 '박질

撲跌'은 '엎어지고 넘어지다'의 뜻이다. 이 두 말이 결합해 '근두박질'이 되었고, 나중에 '곤두박질'로 바뀌었다. 『한자의 뿌리』, 김언종

이처럼 우리말 중에는 순 우리말 같은데 알고 보면 한자어에서 온 경우가 꽤 있다. 假家(가가) → 가게, 苦椒(고초) → 고추, 沈菜(침채) → 김치, 설합舌盒 → 서랍, 石硫黃(석류황) → 성냥, 숙냉熟冷 → 숭늉 등도 그런 예다.

> 충격이다. 설마 설마 했던 경제의 추락 속도와 폭이 예상을 훨씬 뛰어넘어 충격이다. 올해를 어떻게 버텨야 할지 앞이 캄캄하다. 실업의 칼바람 속에 덮친 성장률의 곤두박질로 서민경제는 벌써 동파위기에 몰렸다. 내일신문 090205

곤색

약간 검은 빛을 띤 진한 푸른 빛.

일본어 '곤이로(紺色·こんいろ)'에서 온 말로, 한 글자(紺)는 일본어로 적고 한 글자(色)는 우리 한자음으로 적은 것이다. '紺'의 우리말 독음이 '감'이므로 '감색'이라고 말하는 경우도 있으나, 이렇게 하면 먹는 감을 생각해 주홍빛을 상상하기 쉬우므로 '감청색' 또는 '진남색'으로 고쳐 쓰는 게 좋다.

> 전동차에 올랐던 K씨는 뒤에서 몸을 더듬는 20대 중반의 남자를 보고 눈을 의심했다. 치한은 곤색 점퍼의 경찰 복장을 하고 있었기 때문이다.
> → 감청색

곳간이 차야 예절을 안다

사람은 생활이 풍족해야 비로소 인간으로서의 도리를 안다는 뜻의 격언.

제齊나라 관중管仲의 언행록인 『관자管子』 「목민편牧民篇」에 나오는 말이다. 倉廩實則知禮節(창름실즉지례절) 衣食足則知榮辱(의식족즉지영욕), 즉 '곳간倉廩이 차면 예절을 알고, 의식衣食이 족하면 영욕을 안다'가 원문이다. 사람은 만물의 영장이기는 하지만, 먹을 것이 풍족해져야 비로소 도덕의식이 높

아지고, 먹고 입을 것이 충분해야 명예와 수치를 중히 여긴다는 말로, 원래는 정치에 참여하는 사람들의 임무를 언급한 말이다. ➡관포지교

> 『관자管子』에 이르기를 '곳간이 가득 차야 예절을 안다'고 했는데, 백성을 배불리 먹이는 것이 무엇보다 중요하다고 생각한 것이 유학자들이었다. 공산주의자들도 그 점에서는 매한가지였다. 세계일보 901220

공복公僕

권력자가 '종'의 자리로 내려왔다

'공무원'을 달리 일컫는 말.

'공적公的인 심부름꾼僕'이라는 뜻으로, 패전 후 일본 관리들이 만든 말이다. 2차대전이 끝난 뒤 일본에 들어온 미군은 여러 가지 개혁을 단행했는데, 그중 하나가 관공서를 민주적으로 만드는 것이었다. 이때 내건 기치가 바로 'public servant'라는 개념이었다. '공중에게 봉사하는 사람'이라는 뜻인데, 이것을 문부성文部省이 '공복'이라는 말로 번역한 것이다. 그때까지 공무원은 권력자와 같은 존재였는데, 이를 계기로 '국민을 섬기는 종'이라는, 당시로서는 획기적인 변화를 시도했다.

> 강우량이 어느 기준만 넘으면 기계가 알아서 문자만 보내게 해놓고 할 일 다 했다는 산림청이나, 비만 오면 시도 때도 없이 날아드는 메시지에 무신경해져 버린 일선 공무원들이나 빵점짜리 공복이기는 마찬가지다. 조선일보 110801

공화국共和國

공산당도 어쩌지 못한 일제한어

주권이 국민에게 있는 나라.

영어 'republic'을 일본 근세 지식인들이 사마천司馬遷의 『사기史記』에 있

자금성 벽에 붙어 있는 모택동의 사진 사진 좌우에는 '中華人民共和國萬歲(중화인민공화국만세)'와 '世界人民大團結萬歲(세계인민대단결만세)'가 간체자로 적혀 있다. 중국의 국호에 들어있는 '공화국'은 근세 일본인들이 만든 한자어다. 이처럼 일본인들이 만든 한자어를 중국이 역수입한 예는 의외로 많아, 일상어 중에는 10%, 사회과학이나 자연과학 용어 중에는 약 70%에 이른다고 한다. 예를 들면, 直接(직접) 電子(전자) 動脈(동맥) 決算(결산) 企業(기업) 廣告(광고) 國際(국제) 空間(공간) 政黨(정당) 社會(사회) 市場(시장) 出版(출판) 主體(주체) 相對(상대) 體育(체육) 投資(투자) 등도 모두 일본식 한자다.

는 내용을 토대로 만든 말이다. 사기의 내용이란 이런 것이다.

주周나라의 10대 왕이 여왕厲王인데, 그는 증세增稅 문제로 귀족 사이에 다툼이 발생하자, 이를 수습하지 못하고 기원전 841년 도성 밖으로 도망쳐 버렸다. 여왕은 14년 후인 기원전 828년에 망명지에서 죽지만, 나라는 의외로 평안하게 유지되었다. 재상인 소공召公과 주공周公이 태자 정靜의 섭정을 맡아 원만하게 정사를 꾸려갔기 때문이다. 사마천은 이 14년간의 제왕부재 기간을 두 재상이 '서로 도우며共 화목하게和' 꾸려갔다 해서 '공화共和'라고 기록했다.

그러니까 일본 근세 지식인들은 그때까지 동양에 없던 개념인 'republic'을, 사기의 기록을 찾아내 역어譯語로 채택한 것이므로 그 신중함에 혀를 내두르지 않을 수 없다. 나중에 이 말은 중국에도 역수입되어 널리 사용되었다. 일설에 따르면, 중국 공산당이 1949년 새 국호를 지으면서 일본식한자어를 피하기 위해 애를 썼지만 대안을 찾지 못해 '중화인민공화국中華人民共和國'으로 정했다고 한다.

복권·경마·경륜 등 6개 사행사업체의 총 매출액은 2010년 기준 약 17조 원. 세계 10위권이다. 게다가 불법 도박 규모는 합법의 3배가 넘는 53조 원 규모다. '도박공화국'이란 소리가 괜한 말이 아니다.

과유불급過猶不及

공자님 말씀은 다시 새길 가치가 있다

지나친 것은 미치지 못함과 같음.

'過(과)' 는 '지나치다', '猶(유)' 는 '같다' 의 뜻이다. 『논어』「선진편先進篇」에 실린 공자孔子와 그의 제자 자공子貢의 대화 중에 나오는 말이다.

공자의 제자 중에 자장子張과 자하子夏가 있었는데, 이들을 두고 자공이 공자에게 물었다. "선생님, 자장과 자하 중 누가 더 낫습니까?" 그러자 공자는 "자장은 지나치고過, 자하는 미치지 못하는不及 면이 있다"라고 대답했다. 모호한 대답에 궁금해진 자공이 "그렇다면 자장이 낫다는 말씀입니까?"라고 묻자 공자는 "지나친 것은 미치지 못함과 같다過猶不及"라고 대답했다고 한다. 이른바 중용中庸의 미덕을 강조한 말이다. '과불급過不及' 으로 줄여 쓰기도 한다. ➡하나를 듣고 열을 안다

> 많은 전문가들은 미국 기업들이 최근 내실보다는 규모에 더 집착하면서, '남들이 하니까 나도 한다' 는 식의 무책임한 자세로 M&A를 추진하고 있다고 비판하고 있다. 과유불급의 교훈을 실감케 하는 M&A붐이다.

관건關鍵

어떤 사물이나 문제 해결의 가장 중요한 부분.

원래는 '문빗장과 자물쇠' 를 아울러 이르는 말이다. '關(관)' 은 양쪽으로 된 문을 '가로지르는 빗장' 이란 뜻이고, '鍵(건)' 은 원래는 '열쇠' 란 뜻이나 여기에서는 '세워서 받치는 막대' 를 말한다. 이 빗장을 잡아빼고 막대를 제거하면 문이 열리기 때문에 '어떤 사물이나 문제 해결의 가장 중요한 부분' 을 관건이라 하게 되었다.

> 관건은 낙타가 바늘구멍 지나듯 좁디좁은 페어웨이를 무사히 통과한 뒤 과연 몇 개의 퍼트로 '공포의 그린' 에서 벗어나느냐 하는 것이다. 서울신문 070615

관록貫祿

사무라이의 값어치를 무게로 측정했다고?

일에 경력이 쌓여 몸에 갖추어진 위엄이나 무게.

등에 깃발을 꽂은 사무라이의 모습 싸우는 데 적잖이 방해가 되었을 텐데도 일본의 사무라이들은 '사시모노'라고 부르는 깃발을 이렇게 등에 꼽고 다녔다. 그것은 자신을 고용한 주군主君에게 자신의 존재를 드러내기 위해서였다. 주군의 평가도 엄정했다. 주군은 전장에 '이쿠사메쓰케軍目付'라고 부르는 감시자를 배치하고, 이들로 하여금 사무라이들의 움직임을 일일이 감시하여 등급을 매기거나 녹봉祿俸을 가감하는 데 활용한 것이다.

일본에서 만든 말로, 그 내력에 대해서는 두 가지 설명이 있다. 하나는 일본 전국시대(戰國時代·15세기 후반~16세기 후반)에 사무라이의 값어치를 나타냈던 말에서 나왔다는 설이다. 사무라이는 몸이 크고 힘이 셀수록 전투에 유리하다. 따라서 지휘관들은 사무라이들의 몸 크기를 당시의 무게 단위인 '관貫'으로 측정하여 그에 상응하는 '녹봉祿俸'을 주었다고 한다. 그러니까 당연히 녹봉을 많이 받는 쪽이 '관록 있는' 사무라이가 되는 것이다.

다른 하나는, '관貫'을 일본 중세 이후 전지田地에서 생산한 수확량을 돈으로 환산해 나타내는 데 쓰인 단위로 보는 견해다. '녹祿'은 사무라이가 받는 급여다. 따라서 '관록'은 원래 '사무라이가 소유한 영지의 크기나 급료의 양'을 나타내는 말로, 결국 강대하고 급여가 많은 자가 관록이 있었던 것이므로 '경력이 쌓여 몸에 갖추어진 위엄'이란 뜻이 되었다고 보는 것이다.

> 『TV문학관』은 노장 PD들이 주로 빚어낸다. 마디마디 탄탄하게 맺고 끊으면서도 전체적으로 물 흐르듯 자연스럽게 이끌어가는 연출 솜씨엔 세월의 힘이 묻어 있다. 노장의 관록은 장인적 기술에만 있는 것은 아니다. 삶에 대한 깊은 응시가 드라마를 관통한다. 한국일보 000303

관세음보살觀世音菩薩

아미타불阿彌陀佛의 왼편에서 교화를 돕는 보살.

범어 'Avalokiteșvara(아바로키테슈바라)'를 뜻을 살려 한자로 옮긴(漢譯·한역) '관세음觀世音=觀音'에다 '보살'을 결합한 말이다. '보살菩薩'은 범어 'bodhi-sattva(보디사트바)'를 뜻과는 상관없이 옮긴(音譯·음역) 말이다.

고려인이 그린 수월관음도水月觀音圖 1310년경의 작품으로 일본 사가현佐賀縣의 가가미신사鏡神社에 소장되어 있다. '수월관음'은 물에 비친 달을 내려다보고 있는 관음(관세음)이라는 뜻이다. 관음보살은 문수보살·보현보살·지장보살과 함께 사보살의 하나이다.

부처의 입적 이후부터 미래불인 미륵불이 나타날 때까지 화재·암살·맹수들로부터 지켜준다 하여 불자들은 수시로 "나무아미타불 (나무)관세음보살~" 하며 아미타불과 함께 그의 이름을 부른다. 이때의 '나무南無'는 '돌아가 의지함'을 뜻하므로, '나무아미타불'은 '아미타불님에 귀의하겠습니다'라는 뜻이 되고, '나무관세음보살'은 '관세음보살님께 귀의하겠습니다'라는 뜻이 된다.

아미타불은 성불하여 서방정토, 즉 극락세계에 있는 부처로, 성불成佛할 수 없는 사람도 진심으로 염불하면 그 구제력救濟力으로 극락세계에 갈 수 있는 것으로 알려져 있다. 원래는 보살(菩薩·구도자)이었는데, 오랜 수행 끝에 부처가 되어 사람이 죽은 뒤에 간다고 하는 세계에 머물고 있다고 한다. ➡보살

> "마하사다바야 마하가로니가야…." 세상 중생의 고난을 보살핀다는 자비의 관세음보살, 그의 그림 밑에서 불자들의 독경 소리는 그칠 줄 모른다. 달빛 아래 보타락가산 암벽에서 관음보살이 진리를 찾는 선재동자에게 불법을 일깨우는 그림, 이름하여 '수월관음도'가 고고히 빛나고 있다. 한겨레 090512

관포지교管鮑之交

먼저 양보하면 그런 친구를 만들 수 있다

친구 사이의 막역한 교제.

『사기史記』「관안열전管晏列傳」에 실린 제齊나라 관중管仲과 포숙아鮑叔牙의 이야기에서 온 말이다.

관중 춘추시대의 정치가로, 제갈량과 함께 중국의 2대 재상으로 불린다. 제나라의 환공이 춘추시대 최강의 자리에 오를 수 있었던 것은 오로지 그의 보좌 덕분이다. 『관자管子』는 그의 언행록으로, 후세사람들이 정리한 것이다.

죽마고우竹馬故友인 관중과 포숙아가 장성하여 벼슬길에 올랐는데, 관중은 양공(襄公· 당시의 제나라 왕)의 둘째아들 규糾를 모시고, 포숙아는 셋째아들 소백小白을 모셨다. 어느 날 두 왕자가 왕권다툼을 벌이자 관중과 포숙아는 서로 적이 되는 처지에 놓였다. 결국 셋째아들이 이겨 왕위에 올랐는데, 그가 바로 춘추오패春秋五霸의 한 사람인 환공桓公이다. 권력을 잡은 환공은 관중을 죽이려 했다. 그러나 포숙아는 이의 부당함을 간해 관중의 목숨을 구했을 뿐만 아니라, 오히려 환공에게 관중을 재상으로 천거하고 자신은 그의 밑에 들어가 일했다.

훗날 관중은 포숙아를 생각하며 이렇게 말했다고 한다. "그와 장사하며 나는 이익을 더 챙겼지만, 내가 가난한 것을 알기 때문에 그는 나를 욕심꾸러기라 욕하지 않았다. 전쟁에서 패해 도망쳤어도 그는 나를 겁쟁이라 하지 않았다. 내게 노모가 있는 것을 알고 있었기 때문이다. 나를 낳아 준 이는 부모였지만 나를 알아주는 이는 포숙아였다." 진정한 우정이란 빈부나 지위를 초월하고, 서로를 이해할 수 있어야 함을 일깨워주는 이야기다.

> 비록 수적으로는 열세이나 카프카 편지의 압권은 막스 브로트에게 보낸 250통의 편지다. 이 편지들은 브로트가 단지 카프카의 탁월한 편집자이기 전에 서양판 관포지교를 나눈 막역한 친구인 점을 실증한다. 한겨레 041016

괴발개발

'개발새발'은 틀린 말이라고?

글씨를 함부로 휘갈겨 써 놓은 모양.

글씨가 고양이 발자국인지 개 발자국인지 알 수 없다는 데서 온 말이다. '괴'는 '고양이'의 옛말이다. 고양이는 17세기부터 이 '괴'에 '작은 것'을 뜻하는 접미사 '-앙이'를 붙여 '괴양이'로 쓰다가 점차 '고양이'가 되었다(전북대 이태영 교수). 그러나 지금은 '괴발을 디디다(살금살금 발을 디디다)' 등 일부 관용어에만 흔적이 남아 있을 뿐 고양이를 '괴'라고 하는 경우는 거의 없다. '괴'는 사라진 말인 것이다.

위쪽은 고양이 발자국이고, 가운데는 개 발자국이다. 전체적인 윤곽은 비슷하지만 잘 보면 개 발자국에는 발톱의 흔적이 있다. 아래는 새(독수리)의 발자국이다.

그래서인지 대부분의 사람들은 '괴발개발'보다 '개발새발'로 쓴다. 개발犬足인지 새발鳥足인지 모른다는 뜻이다. 어떤 이는 '개발쇠발'로 쓰기도 한다. 개발인지 쇠발牛足인지 모른다는 뜻이다. 그러나 1988년 표준어가 제정되면서 '괴발개발'만 표준어로 인정하는 바람에 '개발새발'은 쓸 수 없는 말이 되었다. 국립국어원은 이 같은 문제를 인식해 2011년 8월 31일 '개발새발'도 '괴발개발'과 함께 표준어로 인정했다(복수표준어).

이처럼 현실과 동떨어진 표준어는 이 밖에도 많으나 '맨날'(만날), '나래'(날개), '내음'(냄새), '먹거리'(먹을거리), '떨구다'(떨어뜨리다), '걸리적거리다'(거치적거리다), '아웅다웅'(아옹다옹), '메꾸다'(메우다), '손주'(손자), '연신'(연방), '맨숭맨숭·맹숭맹숭'(맨송맨송) 등 39개의 비표준어가 원래 표준어(괄호 안)와 함께 복수표준어가 되었다. ➡ 짜장면

> 남학생들이 '여성화'하고 있다. 요새 남학생들, 여학생 못지않게 꼼꼼하고 깔끔하다. 옷에 흙을 묻혀가며 뛰놀거나 괴발개발 필기를 하던 모습은 이제 옛말이 됐다. 최소 다섯 가지 색깔의 펜을 사용해 화려하고 깔끔하게 노트를 정리한다. 동아일보 110405

교두보橋頭堡

세력을 확장하기 위해 상대방의 세력권 안에 만든 발판.

원래는 다리를 엄호하기 위해 쌓은 보루堡壘, 또는 하천을 사이에 둔 전투에서 부대가 강을 건너는 것을 보호하거나 엄호하기 위해 다리 앞이나 건너편 강가의 도하渡河지점에 구축하는 소규모 아군진지를 말한다.

비슷한 개념의 말로 '해두보海頭堡'와 '공두보空頭堡'가 있다. 모두 군사용어로, 해두보는 상륙전에서 선발부대가 확보한 상륙해안을 가리키는 말이고, 공두보는 공수작전을 통해 적지에 마련한 아군진지다. 이를 확보하는 것은 매우 위험한 작전이므로 특수훈련을 받은 병사들이 수행한다.

교열校閱

천재의 붓에 광채를 곁들이는 일

교정쇄에 나타난 내용상의 오류나 잘못된 글자를 바로잡는 것.

'교정校正'과 '검열檢閱'에서 한 자씩 떼어 만든 말이다. 안정된 원고로 충분한 시간을 가지고 인쇄물을 만드는 출판교정과 달리, 신문교열은 시시각각 변하는 원고의 오류를 신속하게 바로잡아야 하는데, 이런 모습이 마치 생산라인에서 불량품을 발견하는 '검열' 과정과 같다고 해서 만들어낸 조어다. 우리는 이런 일을 오랫동안 '교정'이라 불렀는데, 지금은 신문사뿐만 아니라 출판사에서도 교정보다 교열이란 말을 더 많이 쓴다.

국어사전을 보면 '교정'에는 '校正'이란 한자를 쓰는 것과 '校訂'이란 한자를 쓰는 것의 두 가지가 나와 있다. 뜻을 보면 '校正'은 '잘못된 글자를 대조하여 원고대로 바로잡는 것'이라고 되어 있고, '校訂'은 '잘못된 글자나 문구를 바르게 고치는 일'이라고 되어 있다. 그렇다면 '校正'은 원고와 다르게 된 글자만 잡는다는 것이고, '校訂'은 원고의 오류까지도 잡는다는

朴大統領 狙擊 危機 모면…無事

陸女史 머리에 銃傷…手術 가료중

光復節式場서 日旅券소지 怪漢 총격

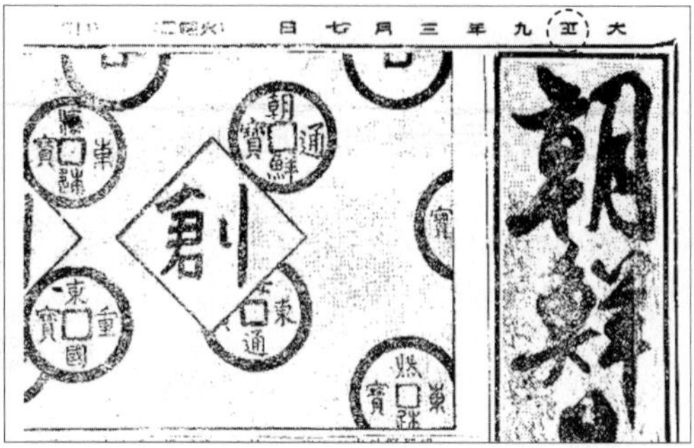

오자의 두 얼굴 왼쪽은 육영수陸英修 여사 참변 소식을 실은 1975년 8월 15일자 서울신문이다. 큰제목은 '박대통령, 저격 위기 모면…무사'라고 돼있고, 소제목은 '능여사 머리에 총상…수술 가료중'으로 '陸女史' 대신 '陵女史'로 돼 있다. 陸과 陵이 비슷해 일어난 일이지만, 陵(무덤릉)은 죽음을 암시한다는 점에서 자칫 대형 사건이 될 뻔했다. 그러나 다행히 이 오식은 신문 배포 직전 발견돼 참변을 면했다. 그런가 하면 일부러 오자를 내는 경우도 있는데, 조선일보 창간호의 '일본 연호 오식사건'이 대표적인 사례다. 오른쪽 사진은 1920년 3월 7일 발행된 창간기념호인데, 잘 보면 제호 위 '大正'의 '正'이 거꾸로 인쇄되어 있다. 이것은 남의 나라 신문에 자기 나라 연호를 넣게 하는 총독부의 조치는 '옳지 않다'는 것을 나타내기 위해 문선공이 일부러 활자를 거꾸로 박았고, 교열자는 이를 일부러 잡지 않은 것으로 보아야 한다. 이를 두고 우연이라고 말하는 사람도 있으나, 그보다 이틀 전에 발행된 창간호에도 똑같은 오식이 있었던 것을 보면 우연이라고 말하기는 힘들다.

말이므로, 결국 '校訂'은 '교열'과 똑같은 말이다. 그러나 지금은 '校訂'이란 말은 거의 쓰이지 않는다.

교열에 대한 선인의 말 중 다음 두 가지는 기억할 가치가 있다. 하나는, 빅토르 위고(프랑스 소설가)가 "교열은 천재의 붓에 광채를 곁들이는 일이다"라고 한 말이다. 아무리 뛰어난 사람의 글도 그 속에 오류가 있다면 가치를 잃게 된다는 것으로, 교열의 소중함을 일깨우는 말이다. 다른 하나는 북송北宋의 심괄沈括이 "교열은 글 속의 먼지를 털어내는 일과 같다"고 말한 것이다. 과학자인 그는 수필집 『몽계필담夢溪筆談』에서 '한쪽을 털면 다른 한쪽에 먼지가 생기듯, 서너 번씩 교열을 봐도 오·탈자를 완전히 없애기가 쉽지 않다'며 교열은 '고난도의 지적知的 작업'임을 말했다.

교편敎鞭을 잡다

체벌은 수천 년 전에도 있었다

교사가 되어 학생들을 가르치다.

'鞭(편)'은 '채찍'이란 말이므로 '교편'은 학생을 가르칠 때 교사가 쓰는 채찍(회초리)을 일컫는다. 가르치는 데는 늘 물리적 체벌이 따르는 것임을 일깨워주는 말이다. '잘못된 방향으로 나갈 때는 잘 일깨워 주십시오'라는 뜻으로 하는 '지도편달指導鞭撻'이란 말도 사실은 엄격한 체벌을 암시하는 말이다. '撻(달)'이 '매질하다'의 뜻이므로 '편달'은 '채찍으로 매질하는 것'을 뜻한다. ➡수렴청정

부수글자 攵은 '등글월문'이라고 부른다. '文(글월문)'처럼 생겼으되 맨 위의 획이 '등을 지고 있다'는 뜻이다. 원래는 攴으로 썼는데 이렇게 변했다. 그렇다면 이 글자는 무엇을 그렸을까. 의외지만 손에 몽둥이를 든 모습이다. 따라서 이 부수가 들어가는 글자는 공격적인 의미가 있다. 예를 들어 敗(깨뜨릴패), 攻(칠공), 敵(원수적) 등이 그런 의미를 안고 있다. 敎(가르칠교)나 政(정사정)을 보면 이미지가 더욱 선명하다. 敎는 몽둥이를 휘둘러 강제로 익히게 하는 것이고, 政은 몽둥이로 쳐서 바르게 한다는 뜻이다.

'敎(가르칠교)'의 옛글자(전서)다. 왼쪽 상단의 ×표 두 개는 '글씨'를 표현한 것이고, 그 아래의 '우'자 비슷한 것은 '어린이'를 표현한 것이다. 또 오른쪽은 손에 몽둥이를 든 모습이므로 敎는 '어른이 몽둥이를 들고 어린이에게 공부시키는 모습'을 나타낸 글자다. 교육현장에서의 체벌體罰이 동서고금의 진리인 것은 이를 보면 알 수 있다.

'교포僑胞'와 '동포同胞'

이 두 말은 한자의 생김새를 뜯어보면 쉽게 차이를 구분할 수 있다.

'僑(교)'는 '人'에 '높을고(高)'가 약간 모양을 바꾼 '喬'가 붙어 있으므로

'(높은 곳에) 더부살이하는 사람' 또는 '객지에 임시로 나가 사는 사람'이란 뜻이 있고, '胞(포)'는 어머니의 '태보勹'에 '아기巳'가 싸여 있는 형상이므로 '태(아기집)'란 뜻이다.

따라서 '교포'에는 '외국에 나가 더부살이하는(임시로 살고 있는) 자국민'이란 뜻이 담겨 있다. 엄밀하게 말하면, 교포는 출생지나 국적이 반드시 한국이어야 하고, 이들이 외국에 나가 외국 국적을 취득하면 교포의 개념을 상실한다. 이에 비해 '동포'는 '같은同 태胞에서 태어난 사람'이란 뜻이므로, 어디에 살든, 국적이 어디든 한 민족 한 핏줄이면 모두 포함하는 포괄적인 개념이다.

교활狡猾하다

호랑이 내장을 파먹는 짐승이 있었다고?

간사하고 약삭빠르다.

상상의 동물인 '교狡'와 '활猾'에서 나온 말이다. 『산해경山海經』에 나오는 이 두 짐승은 생긴 것이 매우 기이하다. 흉노匈奴지역에서 난다는 '교'는 개의 모습과 표범의 털무늬에 소의 뿔을 달고 있는데 행동이 매우 기민하여 간교함의 대명사로 여겨져 왔다. 고대 중국 남산경南山經 요광산堯光山에 산다는 '활'은 사람의 얼굴에 멧돼지의 털이 나 있고, 도끼로 나무를 패는 듯한 소리를 내며, 뼈가 없는 기이한

'교활하다'의 어원이 된 상상의 동물. 위쪽이 '교狡', 아래쪽이 '활猾'이다. 그림 박송림

동물이다. 또한 사악하기가 이를 데 없어, 예를 들어 호랑이가 지나가면 일부러 잡아먹혀 호랑이의 내장을 파먹는다고 전해진다. '교활하다'는 이런 '교'와 '활'처럼 간교하고 음흉한 행동에서 비롯된 말이다. ➡ 낭패

구라파전쟁

유럽인이 만든 한자어를 우리가 쓰고 있다!

소란스러운 싸움판, 또는 뱃속에서 꾸르륵꾸르륵 하는 것을 비유하는 말.

원래는 '제1차 세계대전'을 달리 이르는 말이다. 1914년 6월 28일 세르비아 청년이 오스트리아 황태자 부부를 저격한 사건(사라예보 사건)을 계기로 시작된 전쟁이 4년여에 걸쳐 전 유럽에 파란을 몰고 왔다는 데서 온 말이다.

마테오리치와 서광계 16세기 말 북경으로 건너온 마테오리치는 유럽의 학술을 관료와 지식인들에게 소개하여 관심을 끄는 방법으로 포교활동의 발판을 마련했다. 그는 신학만이 아니라 천문·지리·수학·과학에도 해박한 지식을 가졌는데, 이런 지식을 토대로 만든 세계지도는 해외사정에 어두운 중국의 지식인들에게 큰 충격을 주었다. 서광계는 리치와 가장 가까이 지낸 중국 고위관료로, 리치에게 세례를 받고 가톨릭 신자가 되어 리치의 선교사업을 도왔다.

'구라파'는 'Europe'의 중국어 음역音譯인 '歐羅巴(어우뤄바)'를 우리 한자음으로 읽은 것이다. 그런데 재미있는 것은 'Europe'을 최초로 歐羅巴로 음역한 사람은 이탈리아 출신의 선교사인 마테오리치(1552~1610)라는 점이다. 그는 이 말만이 아니라 그와 가까이 지내던 중국 고위관료 서광계徐光啓와 함께 '유클리드기하학'을 중국어로 번역해 『기하원본幾何原本』이란 책을 내기도 했는데, 지금 우리가 쓰는 '기하幾何'는 이때 그가 Geometry의 앞부분 geo의 발음을 음역해서 만든 것이다. '천주天主' '아세아亞細亞' '구라파歐羅巴' 등도 그가 중국어로 책을 집필하거나 번역하면서 만든 말이다.

구락부俱樂部

곤봉

동호회. 집단.

'클럽club' 의 일본어 음역音譯을 우리말로 읽은 말이다. 'club' 의 원뜻은 골프채(Golf Club)처럼 앞에 혹이 붙은 곤봉인데, 혹처럼 하나로 모인다 해서 이런 뜻이 생겼다. 뭉툭한 곤봉의 형상이 뭔가를 '묶어놓은' 형태와 비슷하다 해서 생긴 뜻이라고 말하는 사람도 있다. 트럼프의 'club' 도 곤봉을 디자인한 것이다.

이 말이 명치시대 초기에 일본에 들어왔을 때는 '고락苦樂을 함께 한다' 는 뜻에서 '고락부苦樂部' 라고 했는데, 나중에 '함께俱 즐긴다樂' 는 뜻의 '구락부(俱樂部 · クラブ)' 로 바뀌어 정착되었다. 일본티가 역력하므로 '단체' 나 '클럽' 으로 순화해 쓰는 것이 좋겠다.

> 16대 국회 임기가 개시된 30일, 국회에서 원내교섭단체가 아닌 무소속 구락부(→클럽) 신세가 된 자민련은 무거운 분위기였다.

구랍舊臘

그것은 중국 납제풍습의 흔적이다

지난해 섣달(12월).

'舊(구)' 는 '오래다' '묵다' 의 뜻이고, '臘(랍)' 은 '섣달' 의 뜻이다. '臘' 은 처음에는 '고기肉' 의 뜻인 '月(육달월)' 과 '사냥하다' 의 뜻인 '獵' 을 붙여 '臘' 으로 썼는데, 지금은 '犭(犬)' 을 빼고 쓴다. 따라서 '臘' 은 '사냥해온 고기' 가 원뜻이다. 이것이 '섣달' 을 가리키게 된 것은 중국의 납제臘祭 풍습 때문이다.

옛날 중국에서는 매년 동지 뒤 셋째 미일未日이 되면 마을사람들이 함께 사냥해 마을의 안녕을 비는 제사를 지냈는데, 이것을 납제라 했다. 그런데 처음에는 딱 하루만 지냈던 이 제사가 점차 확대되어 급기야 12월 한 달이 모두 제사지내는 달이 되어버렸다. '臘' 이 '섣달' 을 뜻하고, '섣달' 을 '납월臘月' 이라 이른 것은 이 때문이다. 따라서 구랍은 어디까지나 '음력의 개념' 이므로, 양력 새해 들어 지난 연말에 일어난 일을 언급하며 '구랍…' 운운하는 것은 잘못이다. 그냥 자연스럽게 '지난해 12월…' 하면 된다.

> 구랍(→지난해 12월) 25일 오후 8시 전남 목포 신도심 평화광장. 파도가 넘실대는 바다가 한눈에 보이고 주변이 하얀 눈으로 덮인, 그야말로 화이트 크리스마스다.

구설수口舌數

남에게 시비하거나 헐뜯는 말을 듣게 될 운수.

'시비하거나 헐뜯는 말' 이라는 뜻의 구설口舌과 '운수' 의 뜻인 수數를 붙인 말이다. 『주역』에 나오는 말로, '손재수損財數' '횡재수橫財數' 등과 함께 '점을 쳐서 나온 괘卦' 를 풀이한 말이다. 손재수는 '재물을 잃을 운수' 를 말하고, 횡재수는 '뜻밖에 재물을 얻을 운수' 를 말한다.

흔히 '구설수에 오르다' 형태로 사용하지만 '구설수가 있다' 또는 '구설수를 조심하다' 처럼 사용하는 것이 정석이다. '구설수에 오르다' 라고 하면 '말을 잘못해 곤욕을 당할 운수에 오르다' 라는 뜻이 되므로 자연스럽지 않다. 굳이 '-에 오르다' 형식으로 사용하려면 '구설에 오르다' 처럼 사용해야 한다.

> 여섯 개의 노벨상 가운데 가장 큰 주목을 받는 것이 문학상이지만, 동시에 모호한 선정 기준으로 가장 많은 구설수에(→구설에) 오르는 것도 문학상이다.

구수회의鳩首會議

즉석에서 머리를 맞대고 소곤소곤하는 회담.

'鳩(구)' 는 '비둘기', '首(수)' 는 '머리' 의 뜻으로, 비둘기들이 머리를 맞대고 모이를 먹고 있는 모습과 같다고 해서 생긴 말이다.

> 2시 20분으로 예정된 국회 연설이 시시각각 다가오는 가운데, 대통령과 참모들이 정확한 판단거리 없이 구수회의를 하는 황망한 모습이 벌어졌다. 한겨레 080715

구절句節

'글귀' 와 '귀글' 만 예외다

말이나 글을 여러 토막으로 나눈 각 부분.

'귀절' 로 적는 사람이 많다. 그러나 한글맞춤법의 표준어규정 13항은 "한자 구句가 붙어 이루어진 단어는 '귀' 로 읽는 것을 인정하지 않고, '구' 로 통일한다. 단, '글귀-句' 와 '귀글句-' 은 '귀' 로 적는다"고 되어 있다. '詩句' 도 흔히 '시귀' 로 적는 경우가 있으나 이 규정에 따라서 '시구' 로 적어야 어법에 맞다.

> '머무는 바 없이 그 마음을 내라.' 불자가 아닌 일반인들에게도 익숙한 이 경구는 '금강반야바라밀경', 즉 '금강경' 에 나오는 귀절이다.
> →구절

굴삭기掘削機

일본어 어문규정을 우리가 따를 필요 있을까?

'굴착기掘鑿機' 를 잘못 쓰는 말.

흔히 '포클레인' 으로 부르는 이 '굴삭기' 는 '굴착기' 를 일본어의 영향을 받아 잘못 쓰는 말이다. '굴삭' 은 '굴착' 의 일본어 대용한자가 들어 있는 말이기 때문이다.

대용한자代用漢字란 일본어에서 상용한자常用漢字 이외의 한자를 상용한자 이내의 한자로 대신 쓰는 한자를 말한다. 즉, 일본에서는 1981년부터 자주 쓰는 한자 중에서 1945자의 상용한자를 정하고 일반 문서는 그 범위 안에서만 쓰게 하고 있는데(2010년에는 2136자로 늘림), 만일 상용한자 범위 이외의 글자를 적을 때는 그와 똑같이 소리 나는 상용한자를 대신 사용하도록 하고 있다.

예를 들어 '聯合(연합)' 을 '連合' 으로, '編輯(편집)' 을 '編集' 으로, '煖房(난방)' 을 '暖房' 으로, '饑餓(기아)' 를 '飢餓' 로 적는 것은, '聯' '輯' '煖' '饑' 가 상용한자가 아니어서 '連' '集' '暖' '飢' 로 대신 적었기 때문이다. 굴삭기의 '削(삭)' 도 '鑿(착)' 의 대용한자다. 우리말에서는 '削' 과 '鑿' 의 음이 다르지만 일본어에서는 둘 다 '사쿠(さく)' 로 읽는다. 결국 '굴삭기' 는 일본어의 어문규정이 들어 있는 말인 것이다.

현재 '굴삭기' 를 표제어로 올리고 있는 국어사전은 없으나 중기관리법상 분류에는 '굴삭기' 로 등재되어 있다. 법을 만들 때 일본법령집을 베꼈다는 증거로, 이렇게 만들어진 행정용어가 우리말을 오염시키고 있는 사례는 한둘이 아니다.

권토중래 捲土重來

수치를 참으면 기회는 다시 오는 법인데…

한번 패한 사람이 다시 세력을 회복해 쳐들어오는 것을 일컫는 말.

'捲(권)' 은 '말다' 의 뜻이므로 捲土(권토)는 '흙土을 둘둘 말捲듯이 흙먼지를 뿌옇게 날리며 엄청난 기세로 다가오는 모양' 을 일컫는 말이다. 重來(중래)는 '다시 온다' 는 뜻이다.

이 멋진 광경을 연출했어야 할 사람은 항우項羽다. 하지만 그는 유방劉邦과의 운명을 건 '해하垓下의 싸움' 에서 패해 자결하고 만다. 그로부터 1000여 년이 지난 당나라 말기, 두목(杜牧·803~852)이란 시인이 항우의 자결을 슬퍼하며 『제

오강정題烏江亭』이란 시에 이렇게 썼다.

勝敗兵家事不期 (승패병가사불기)

승패는 병가의 상사라 예측하기 어려운 일

包羞忍恥是男兒 (포수인치시남아)

부끄러움을 안고 치욕을 참는 것이 남아다

江東子弟多才俊 (강동자제다재준)

강동의 자제들 가운데는 준걸들이 많으니

捲土重來未可知 (권토중래미가지)

흙먼지를 일으키며 다시 쳐들어올지

아직은 알 수가 없구나

『라스트 사무라이』의 한 장면 막부를 누르고 천황 중심의 정치를 시작한 명치유신 초기의 갈등을 그린 영화로, 유신에 반대하며 영원한 사무라이가 되고 싶었던 가쓰모토의 부대가 신식군대와의 결전을 위해 출진하는 장면이다. 그들 뒤에 뿌옇게 이는 흙먼지가 '권토捲土'다. 이 영화를 감독한 에드워드 즈윅은 정한론征韓論을 주장하다 뜻을 이루지 못하고 가고시마에서 반란西南戰爭을 일으킨 사이고 다카모리西鄕隆盛의 일대기를 읽고 영화를 구상했다 한다.

잠깐의 수치를 참고 훗날을 기약하면 반드시 설욕雪辱할 기회가 오는 법인데, 그렇게 하지 않고 자결해버린 항우에 대한 아쉬움을 시인 두목은 '권토중래'란 말로 압축한 것이다. ➡건곤일척

> 일본 기업이 '권토중래'를 선언했다. 전자·자동차 업체를 중심으로 대대적인 '반격'에 나섰다. 삼성전자나 현대기아차에 눌려 수세에 몰렸지만 신제품을 앞세워 자존심을 회복하겠다는 것이다. 서울신문 091105

귀감龜鑑

거북이와 거울이 '모범'의 뜻이 된 이유

본받을 만한 모범.

'龜(귀)'는 '거북이'의 뜻이고, '鑑(감)'은 '거울'의 뜻이다. 이것이 이런 뜻이 된 것을 이해하기 위해서는 옛 사람들의 일상을 살펴봐야 한다.

우선 거북이 이야기다. 중국 고대인들은 길흉吉凶을 판단할 때 거북이를 이용했다. 즉, 말린 거북이의 등딱지나 동물의 뼈에 홈을 파고 그 홈에 불을

거북의 배딱지에 새겨진 갑골문 한자의 성립 시기는 지금으로부터 5000년 이전으로 보고 있다. 그 시대에 만들어진 도기陶器에서 문자로 볼 수 있는 흔적들이 발굴되고 있기 때문이다. 그러나 확실하게 한자로 간주할 수 있는 것은 기원전 14~12세기에 기록된 은殷나라의 갑골문이 최초로, 그 수는 약 3000자에 이른다.

'監(볼감)'의 갑골문 세숫대야 같은 그릇에 물방울이 있고, 그 우측에는 물에 비친 얼굴을 들여다보는 여성이 있다. 따라서 이 글자는 원래는 '거울'이란 뜻이었다. 그러다 점차 사람들이 이 글자를 '보다'의 뜻으로 사용하자 '거울'의 뜻으로는 '金'을 붙인 '鑑'을 만들어 썼다.

붙인 나무를 집어넣으면 "퍽" 하고 터지면서 잔금이 생기는데, 이것을 분석해 길흉을 판단했던 것이다. 특히 은대(殷代·기원전 17~11세기)에는 국가의 대소 행사는 물론이고, 수렵이나 곡물의 흉풍凶豐에 이르기까지 모든 일을 이런 식으로 결정했는데, 이때 나온 점괘를 거북의 배딱지나 동물의 뼈에 새긴 것이 갑골문甲骨文이다.

이번엔 거울 이야기다. 거울은 예나 지금이나 자신의 용모를 아는 데 없어서는 안 되는 물건이다. 그러나 당시에는 지금처럼 유리거울이 없었기 때문에 세숫대야 같은 것에 물을 담고 거기에 비치는 모습을 보고 몸을 단장했다. '鑑'의 아래에 '皿(그릇 명)'이 있는 것은 그 때문이다.

그러니까 '龜'와 '鑑'은 '인간의 길흉을 판단하는' 것과 '자신의 용모를 알게 하는' 것이므로, 이것이 결합돼 '본받을 만한 모범'이란 의미가 된 것이 귀감이다. 간혹 귀감을 단순히 '모범'과 같은 말로 생각하고, "후배들에게 귀감을 보이고 싶다"처럼 말하는 경우가 많으나 "후배들에게 귀감이 되고 싶다"라고 쓰는 것이 더 좋다. 龜는 '거북이'를 뜻할 때는 '귀'로 읽고, 거죽이 트거나 벌어짐을 뜻할 때는 '균'으로 읽으며(龜裂=균열), 땅이름으로 쓸 때는 '구'로 읽는다(龜尾=구미). ➡타산지석

귀거래사歸去來辭

"자, 이제 고향으로 돌아가자"

동진東晋의 도연명(陶淵明·365~427)이 관직을 버리고 낙향하면서 지은 글.

'歸去來(귀거래)'란 '자來, (고향으로) 돌아가자歸去'란 뜻이고, 辭(사)는 '글(운문)'이란 뜻이다. 전문 240여자의 운문으로, 첫머리는 이렇게 시작된다.

歸去來兮 (귀거래혜)

자, 돌아가자

田園將蕪胡不歸 (전원장무호불귀)

논밭이 묵는데 어이 아니 돌아가리

旣自以心爲形役 (기자이심위형역)

스스로 마음이 몸의 부림을 받았으니

奚惆悵而獨悲 (해추창이독비)

어찌 홀로 근심에 슬퍼하고만 있으리요

悟已往之不諫 (오이왕지불간)

지난날은 돌릴 수 없음을 알았으니

도연명 강남 토착 귀족 출신으로, 관직에 나갔으나 곧 관료들의 기만적 생활에 염증을 느껴 『귀거래사』를 읊은 뒤 낙향해 자연과 술을 벗하여 많은 걸작 시를 남겼다. 일설에 따르면, 팽택현彭澤縣의 수령인 그에게 군郡의 장관이 의관을 갖추고 배알하라는 지시를 내린 데 격분해 그 날로 사직하고 고향으로 내려가면서 『귀거래사』를 지었다고 한다.

대체로 1장에서는 전원으로 돌아가는 정신의 해방을, 2장에서는 자녀들로부터 영접받는 기쁨을, 3장에서는 세속과의 절연絕緣선언과 전원생활의 기쁨을, 4장에서는 자연의 섭리에 따라 목숨이 다할 때까지 살아가겠다는 의지를 그렸다. 서문에는 여동생의 죽음을 구실로 관직을 그만두는 것으로 되어 있으나 양梁나라 소명태자昭明太子가 쓴 『도연명전陶淵明傳』에는 순시하는 감독관을 의관속대衣冠束帶하고 영접해야 하는 현실과 몇 푼 안 되는 봉급을 위해 향리의 소인배들에게 허리를 굽힐 수 없다는 자존심 때문에 사직한 것으로 되어 있다.

'떠나고 싶은 마음은 진정 없습니다. 하지만 떠나야 할 때가 되었음을 알리는 소리가 어지럽습니다.' 승진에 탈락한 한 중견 법관이 고별을 아쉬워하며 법관 전용 전산망에 올린 귀거래사의 한 토막이다.

그로기

술에 물타면 대대손손 욕먹는다!

권투에서 상대편의 공격으로 몸을 가누지 못하는 것.

영어 'groggy'에서 온 외래어로, 18세기 중엽 서인도제도 영국 총사령관이었던 에드워드 버논(1684~1757) 제독의 일화에서 나온 말이다.

버논은 늘 조악한 견모絹毛 혼방옷감으로 만든 그로그램grogram 외투를 애용했기 때문에 수병들로부터 '올드 그로그Old Grog'라는 별명으로 불렸다. 당시 수병들에게는 럼주酒라는 독한 술이 지급되었는데, 수병들이 이를 먹고 취하는 일이 잦자 제독은 럼주에 물을 섞어 주도록 했다.

에드워드 버논

이에 불만을 느낀 수병들은 그의 별명을 본떠 물탄 럼주를 '그로그Grog'라 불러 비아냥거렸고, 나중에는 이 말에 'y'를 붙여 술을 마시고 몸을 가누지 못하는 상태를 '그로기'라고 말하게 되었다. 지금은 술을 마시지 않고도 몹시 피곤하거나 취해서 비틀거리는 것까지 모두 그로기라고 한다.

그로기groggy. 마구 얻어맞아 몸을 가누지 못하고 비틀비틀함. 오늘 대한민국의 법이 이런 상태로 보인다. 차라리 법이 권력과 여론과 집단시위 앞에 흰 수건을 던져버리면 어떻게 될까, 이 나라는. 동아일보 040330

그리스도

원래는 '구세주'를 뜻하는 종교상 개념

이탈리아 산 비탈레 성당에 있는 예수의 모습(모자이크)이다. 예수는 30년경 로마의 팔레스타인 총독 필라투스(빌라도)에게 십자가형十字架刑을 받았고, 이 작품은 6세기경의 것이므로 실제 예수의 모습과 크게 다르지 않을 것이다.

예수에 대한 별도의 칭호.

원래는 '구세주(구원자)'란 뜻의 보통명사이지만, 지금은 '예수'를 가리키는 고유명사로 쓰인다. 예수가 세상의 주목을 받기 시작한 것은 세례요한으로부터 세례를 받고 본격적인 선교활동을 시작한 30세 무렵이다. 그가 한 설교의 핵심은 '신의 가르침을 아는 것보다 굳은 신앙을 갖는 것이 중요하다'는 것이었다. 이것은 '신의 가르침을 아는 자가 구원을 받는다'는 유대교 논리와 정면으로 대립하는 것이어서 유대교 지도자들의 미움을 살 수밖에 없었다.

그리스도는 헤브라이어 '마시이하(mashiah · 메시아)'의 그리스어 음역音譯인 '크리스토스(Χριστδς · Kristos)'에서 온 말이다. 이것은 '성유聖油를 머리에 부음받은 자'란 뜻이므로, '구세주'의 뜻을 갖고 있다. 고대 헤브라이(이스라엘)에서는 왕이 즉위할 때 왕의 머리에 기름을 붓는 관습이 있었기 때문에 '이스라엘을 구하기 위해서 신이 보내신 왕'이라는 뜻이 담겨 있다.

지금은 '예수'와 '그리스도'를 합친 '예수그리스도'가 '예수'를 호칭하는 말로 일반화되었다. 그러나 원래는 '예수'와 '그리스도'는 구별되는 말이었다. 즉, '예수'는 역사상 실재한 인물이고, '그리스도'는 '구세주'를 의미하는 종교상의 개념인 것이다. 이렇게 된 것은 예수가 십자가에 처형된 뒤 베드로를 중심으로 예수를 '그리스도(구세주)'로 보는 신앙집단을 결성되면서부터다. 우리말로는 '기독基督'이라고 하는데, 이는 '그리스도'의 중국어 음역을 그대로 갖다 쓴 것이다. ➡눈에는 눈 이에는 이

극락極樂

괴로움이 없고 즐거움만 가득한 곳

더없이 안락해서 아무 걱정이 없는 경우. 또는 그런 장소.

원래는 불교용어로, 아미타불이 사는 지극히 안락하고 자유로운 세상을 말한다. '극락정토極樂淨土'가 줄어든 말인데, 이는 '안락한 곳'이란 뜻의 범어 'sukhavati'를 한문으로 번역(漢譯·한역)한 것이다. 『아미타경阿彌陀經』에 따르면, 극락세계는 서방으로 기천만 기십만 국토를 지나서 있는 곳이며, 지금도 아미타불이 설법을 계속하고 있는데 여기에서 태어나는 사람은 몸과 마음에 괴로움이 없고 즐거움만 가득하다고 한다.

> 우리가 사는 곳이 바로 천당이요 극락이며 청산이다. 성냄도 벗어 놓고, 분노도 벗어 놓고, 우리 새봄에 정직하게 농사를 준비하자.

근하신년謹賀新年

중국인도 진흙을 먹었다고?

'삼가 새해를 축하합니다'라는 뜻의 의례문구.

사자성어로 알고 있는 사람이 있으나 사실은 하나의 한문 문장이므로 글 속에 사자성어처럼 사용하는 것은 잘못이다.

'謹(근)'은 '삼가다' '조심하다'의 뜻으로, '言(언)'과 '堇(근)'이 결합된 글자다. '堇'은 '黃(황)' 아래 '土(토)'를 붙인 글자로 '진흙'이 원뜻이다. 그러나 일반 진흙이 아니라 입자가 부드러워 흉년이 들면 식량 대신 먹는 진흙을 가리킨다.

堇(근)의 옛글자 옛날 중국에서는 기근이 들면 식량 대신 진흙을 먹었다는 이야기가 있는데, 堇을 보면 이것이 정말인 것을 알 수 있다. 지금 서체에서는 분간이 잘 안 가지만, 진시황 때 정리된 옛글자(전서체)를 보면 '黃(누를황)' 아래에 '土(흙토)'가 있는 것을 알 수 있다.

그래서인지 '堇'이 들어간 한자는 '조심' '정

성' 이란 뜻이 있는 경우가 많다. 예를 들어 '근근이僅僅-' 라는 부사를 만드는 僅은 '겨우' '간신히' 라는 뜻이고, '勤勉(근면)' 이란 말을 만드는 勤은 '부지런하다' 라는 뜻이며, '饑饉(기근)' 이란 말을 만드는 饉은 '흉년들다' 라는 뜻이다.

'근하신년' 을 서예가 이화근 선생이 전서체篆書體로 쓴 글씨다. '전서' 란 중원을 통일한 진시황이 그때까지 중국 전역에서 사용되던 글자 중, 진나라에서 쓰던 글자와 다른 것은 모두 없애고 자신들이 사용하던 글자를 중심으로 통일한 문자체계를 말한다.

2010년 아이티에서 지진이 났을 때, 아이티 사람들이 먹을 것이 없어 진흙쿠키를 먹는다는 사실이 알려져 많은 사람들이 충격을 받았는데, 사실은 수천 년 전부터 중국에서는 황토를 대용식품으로 사용했던 것이다. '賀(하)' 는 '축의금貝을 준다加' 해서 '축하하다' 의 뜻이 되었다.

금도襟度

'금도를 넘어서다' 는 틀린 말일까?

다른 사람을 포용할 만한 도량.

'襟(금)' 은 '옷깃', '度(도)' 는 여기서는 '도량' 의 뜻이다. 따라서 금도는 '넓은 소매로 품어주는 도량' 이라는 의미가 된다. 그런데 지금은 많은 사람들이 이 말을 '넘지 말아야 할 선' 이나 '지켜야 할 분수' 라는 뜻으로 쓴다. 예를 들면, '그들의 투쟁행태는 이미 금도를 벗어났다' 거나 '대통령은 품위와 금도를 지켜야 한다' 처럼 사용하는 것이다.

언론재단 홈페이지(미디어가온)에서 신문기사를 검색해 보아도 대략 80%가 이렇게 쓰는 것을 알 수 있다. 어쩌면 어려운 '襟' 자를 '금지하다' 는 뜻의 禁으로 착각했기 때문일 수도 있다. 실제로 문장 속에 '禁度' 라고 한자를 병기한 글도 많다. 그렇다면 이것을 오용誤用으로 보아야 할 것인가.

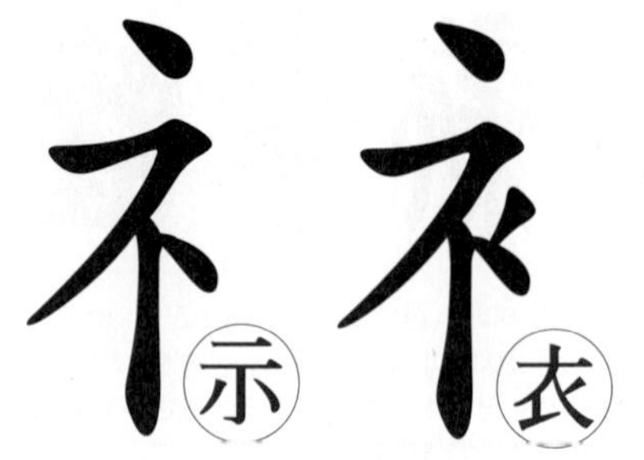

礻는 示(보일시)가 변으로 쓰일 때의 모양이고, 衤는 衣(옷의)가 변으로 쓰일 때의 모양이다. 많이 달라진 것 같지만, 붓을 움직이기 쉽도록 示의 1획(—)을 점으로 고치고, 衣의 4획(ㄴ)을 삐쳐올리지 않고 내려그었을 뿐이다. 점 하나의 차이지만, 礻는 제사상을 본뜬 모습이므로 神(신)과 관련된 말에 쓰고, 衤는 의복과 관련된 말에 쓰므로 두 글자의 차이는 크다. 따라서 이들 글자를 손으로 쓸 때는 혼동하지 않게 주의해야 한다.

어떤 이는 '禁度' 라는 말은 우리말은 물론, 중국어·일본어에도 없는 국적 불명의 말이므로 쓰지 말아야 한다고 주장한다. 그러나 이것은 옳지 않다. 말이란 어떤 말이건 언중言衆 사이에서 자연스럽게 만들어지는 것이고, 경위야 어떻든 그것을 따라 쓰는 사람이 많아 자연스럽게 세勢를 이루면 말로서 가치가 있는 것이다. 반드시 사전에 오른 말만 써야 하는 것은 아니라는 뜻이다.

조어법으로 볼 때도 문제가 없다. 禁은 '금지하다' 라는 뜻이고, 度는 '도량' 이라는 뜻도 있지만, '정도程度' '도수度數' '법도法度' 라는 뜻으로 더 많이 쓰이므로 禁度를 '넘으면 금해야 하는 정도나 도수, 또는 지켜야 할 법도' 라는 뜻을 가진 말로 풀이하면 되는 것이다. 다시 말해 '금도' 에는 '襟度' 도 있고 '禁度' 도 있다는 얘기다.

> 정치판은 어디나 왁자지껄하고 어지럽기 마련이다. 그러나 그런 속에서도 정치행위의 주체인 정치인들에게는 최소한의 자질이 요구된다. 견해가 다른 상대방을 수용하고 존중하는 일이다. 이는 정치인의 금도다. 한겨레 061026

금자탑金字塔

왜 1달러 지폐에 이집트의 흔적이 있을까?

'후세에까지 남을 뛰어난 업적' 을 비유적으로 이르는 말.

원래는 이집트의 피라미드를 가리키는 말이다. 피라미드가 위쪽은 뾰족하고 아래쪽은 넓은 사각형으로 되어 있어 마치 '金(쇠금)' 자처럼 생겼기 때문에 그렇게 불렀다. 이것이 '후세에까지 남을 뛰어난 업적'을 뜻하는 것은 변하지 않는 이 건축물의 위용 때문이다. 약 2.5t에 이르는 바윗덩어리 200여만 개를 쌓아 만든 피라미드는 지은 지 4500여 년이 지났음에도 건설 당시의 모습을 그대로 유지하고 있다. '훈글'에 한자등록이 잘못되어 있어 자칫 '金子塔'으로 적기 쉽다. ➡불사조

1달러 지폐의 뒷면 왼쪽에 있는 것은 이집트의 피라미드(금자탑)이고 오른쪽에 있는 것은 이집트의 불사조(피닉스·phoenix)를 넣은 미국의 국장(國章·Great Seal)이다. 미국인들은 왜 이렇게 1달러 지폐에 이집트의 흔적을 넣은 것일까. 피라미드 위쪽의 라틴어(ANNUIT COEPTIS)는 '신이 우리가 하는 바를 좋아하신다'란 뜻이고, 아래쪽(NOVUS ORDO SECULORUM)은 '세기世紀의 새로운 질서'란 뜻이다.

> 고고학사에 빛나는 유적발굴의 금자탑을 쌓은 인물 중에는 학자가 아닌 아마추어들이 의외로 많다. 트로이 유적지를 발견한 독일의 하인리히 슐리만은 어릴 적 '호메로스'를 읽고 꿈을 키운 상인이었다. 문화일보 030118

기라성綺羅星

실수로 생겼더라도 써먹을 가치는 충분하다

밤하늘에 빛나는 무수한 별.

'기라綺羅'는 '비단'이란 뜻이다. 더 자세히 구분하자면 '綺(기)'는 '무늬비단(綾絹·능견)'이고, '羅(라)'는 '얇은 비단(薄絹·박견)'이다. 이런 비단으로는 화려한 의복을 만들기 때문에 예부터 우리 조상들은 기라를 '화려한 옷을 입은 사람' 자체를 가리키는 말로 쓰기도 했고, '고귀한 인물의 위용'을 비유하는 말로 쓰기도 했다.

'기라성'은 이 '綺羅(기라)'에 '星(별성)'을 붙여 빛나는 인물임을 세련되게

표현한 말로, 일본사람들이 만들어냈다. 그런데 재미있는 것은, 처음부터 의도된 조어가 아니라 실수에 의해서 생긴 말이라는 점이다. 즉, 일본에서는 기라를 주로 '綺羅, 星のごとく'(화려한 옷을 입은 사람들이 별과도 같았다)처럼 관용적으로 사용했는데, 누군가가 쉼표를 빼고 綺羅에 바로 星을 바로 붙여(綺羅星のごとく) '권위있는 사람들이 늘어서 있는 모양'을 뜻하는 말로 쓰기 시작한 것이 굳어져버린 것이다.

그러니까 오늘날 우리말 속에 깊숙이 들어와 있는 '기라성'은 우리 조상들이 오래전부터 써왔던 한어漢語 '기라'에 뿌리를 두고 있지만, 일본인들의 실수에 의해 만들어진 '트기' 같은 일본식 한자어인 것이다. 일부 국어운동을 하는 사람 중에는 '기라성'이 단순히 일본식한자어라는 이유로 '기라성같이' '기라성처럼'이란 표현은 버리고 '쟁쟁한' '걸출한' 등으로 고쳐 써야 한다고 주장한다. 하지만 기라성은 완전한 일본어라고 볼 수 없고, 더욱이 그 뿌리가 한어에 있기 때문에 굳이 몰아낼 것까지는 없을 것이다.

어떤 이들은 '번쩍번쩍'을 일본어로 '기라키라(きらきら)'라고 하고, 그 'きら'의 취음인 綺羅에 星이 붙어 '기라성'이 되었다고 주장하는데, 이는 사실과 다르다. 한어 '綺羅'와 순일본어 'きら'는 별개의 말이다.

> 성적이 우수한 학생들이 많이 모이는 대학, 기라성 같은 석학들이 다수 포진한 대학, 또 졸업생들의 사회 진출이 활발해서 선배들의 음덕을 볼 수 있는 대학, 이런 대학이 세상이 알아주는 일류대학이다. 동아일보 900609

기린麒麟

누가 폭군에게 귀한 이름을 붙였지?

영락제

기린과의 포유류 동물.

거북·용·봉황과 함께 중국의 사대영물四大靈物인 '기린'과 똑같은 한자를 쓰고 있다. 그 이유는 무엇일까.

문헌에 따르면 상상의 동물인 기린은 사슴의 몸, 소의 꼬리, 말의 갈기, 이리의 이마에 머리 위에는 뿔이 나 있다고 한다. 중국인들이 기린을 영물로 보는 것은, 이 짐승이 나타나면 현인賢人이나 뛰어난 성군이 태어나는 것으로 믿었기 때문이다. 실제로 공자孔子의 어머니가 공자를 가졌을 때도 기린이 나타났다는 기록이 있다.

실제의 기린과 상상의 기린 왼쪽은 정화가 아프리카 소말리아에서 싣고 온 '실제의 기린'을 그린 그림이고, 오른쪽은 중국 사대영물의 하나인 '상상의 기린'을 그린 그림이다. 상상의 기린은 사슴의 몸, 소의 꼬리, 말의 갈기, 이리의 이마를 하고 있는 짐승으로, 중국인들은 이 기린이 나타나면 성군이 태어나는 것으로 믿었다. 1414년 아프리카에서 들여온 이 새로운 짐승에게 '기린'이란 이름을 붙인 것은 영락제를 성군으로 만들기 위한 아첨의 산물이었다.

동물원에서 볼 수 있는 '기린giraffe'과 상상의 동물인 '기린麒麟'의 이름이 똑같은 것은 황제에 대한 중국 위정자들의 아첨의 산물일 가능성이 크다. 즉, 정화鄭和를 중심으로 한 남해원정대가 1414년 아프리카에서 특이한 동물을 들여오자 처음 보는 이 동물을 누군가가 '기린'이라고 부른 것이다. 당시 명나라를 통치하고 있던 영락제(永樂帝·1360~1424)를 성군으로 받들기 위한 것임은 말할 것도 없다.

영락제는 조카(건문제·혜제)를 죽이고 무력으로 황위를 찬탈한 뒤, 자신의 자리를 지키기 위해 반대파를 무자비하게 숙청한 인물이다. 그러나 주변 지역에 대규모 정벌을 감행해 명나라의 국경을 확보하고 대선단(남해원정대)을 조직해 국위를 선양하는 등 중국사에 큰 업적을 남겼다. 명조가 300년 가까이 유지할 수 있었던 것은 그의 아버지(홍무제)와 그가 초석을 쌓았기 때문이다. ➡기린아

기린아麒麟兒

매우 드물게 볼 수 있는 천재아. 신동.

말 그대로 하면 '기린麒麟의 아이' 라는 뜻이다. 여기에서 말하는 기린이란 동물원에서 볼 수 있는 목이 긴 짐승이 아니라 성군이 나올 전조前兆로 중국인들이 믿었다는 상상의 동물을 가리킨다. 중국인들이 '어른도 놀랄 만큼 천재적 재능을 발휘하고 장래 나라의 발전에 크게 기여할 소년' 을 '기린의 아이' 라고 부른 데서 나온 말이다. ➡기린

> 데뷔한 지 반년 만에 광고계의 기린아로 급부상한 CF모델이 있다. 무엇보다 중학교 3학년 생인 앳된 소녀라는 점이 놀랍다. 4편의 CF에서 '천의 표정' 을 보여준 양민아(15)다. CF 감독들이 "몇 해 만에 보는 물건" 이라고 입을 모으는 유망주다. 국민일보 990703

기우杞憂

'걱정' 이나 '공포' 와 동의어라고?

그림 김도원

장래 일에 대해서 불필요한 걱정을 하는 것.

중국의 고대서인 『열자列子』「천서편天瑞篇」에 나오는 다음과 같은 이야기에서 비롯된 말이다.

옛날 중국 기杞나라에 쓸데없이 걱정憂을 하는 사내가 있었다. 그는 어찌나 근심이 많았던지 늘 '하늘이 무너지지 않을까, 땅이 꺼지지 않을까' 하며 잠도 제대로 자지 않고 밥도 잘 먹지 않았다. 이 소식을 들은 친구가 "하

늘은 기氣가 빈틈없이 쌓인 것이라 무너지지 않고, 땅은 흙이 빈틈없이 쌓여 만들어진 것이라 꺼지지 않는다"라고 말해주자, 그때야 걱정을 하지 않게 되었다고 한다. 기나라는 주周나라의 무왕武王이 남쪽의 송宋나라를 감시하기 위해 세운 나라로, 지금의 하남성河南省 개봉開封 근처에 있었다.

흔히 기우를 '걱정'이나 '공포'와 동의어로 생각하고 '~하는 기우도 있다' 처럼 사용하는 경우가 많다. 그러나 앞에서 본 바와 같이 기우는 '장래의 일에 대해 불필요한 걱정을 하는 것'을 말하므로, '~하는 것은 기우다' 처럼 사용하는 것이 정석이다.

> 일상생활에서 흔히 접하는 예술적 감성과 밀접하게 교우하는 삶이 희소성의 가치를 떨어뜨리지는 않을까 하는 기우도 있지만 선택의 폭이 넓어지는 것만은 설레는 일이다.
> → 하는 것은 기우다. 하지만

기중忌中

'상중喪中'이란 뜻의 일본어.

일본어 '기추(忌中=きちゅう)'를 우리 한자음으로 읽은 말이다. 우리나라에서는 초상집에서 '喪中'과 '忌中'을 혼용하고 있으나 '忌中'은 일본식 장례 용어이므로 '喪中'으로 적어야 한다.

'忌(기)'는 '꺼리다' '삼가다'의 뜻으로, 일본에서는 가족 중 죽은 사람이 있으면 죽은 날로부터 49일까지를 '삼가며 꺼리는 기간'이라 하여 '忌中'이라 했다. 우리나라에서는 상을 당하고부터 탈상脫喪까지의 기간을 '喪中'이라 하여 고인을 애도하고 언행을 삼갔다.

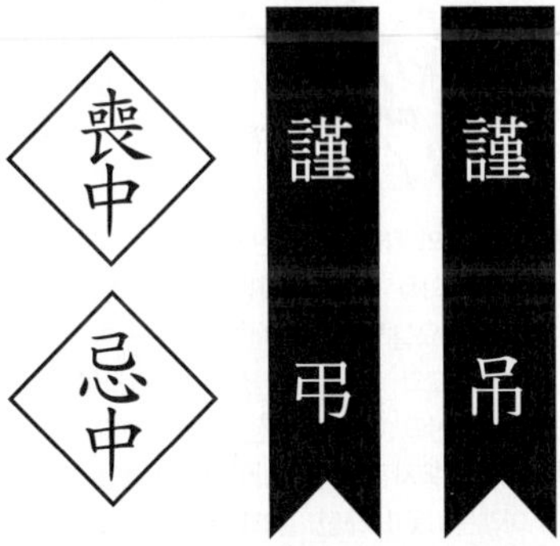

사람이 죽었을 때 어떤 집은 문앞 등에 '喪中(상중)'으로, 어떤 집은 '忌中(기중)'으로 써붙이는데, '喪中'으로 적어야 한다. '忌中'은 일본의 장례풍습에서 온 말이기 때문이다. 근조 표시도 어떤 곳은 '謹弔'로, 어떤 곳은 '謹吊'로 적는데, '謹弔'로 적는 것이 옳다. 吊는 弔의 속자이므로 결국 같은 글자지만, 吊는 글씨의 모양에서 목을 매는 것 같은 느낌을 주기 때문이다. 弔는 '문안하다' '안부를 묻다' '불쌍히 여기다' 등의 뜻이 있다.

기화奇貨

진시황의 출생비밀이 숨어 있다!

진기한 재물이나 보배.

원래는 이런 뜻이다. 그러나 지금은 이렇게는 거의 쓰이지 않고 대부분 '~을 기화로'의 형태로 '(나쁘게) 이용하는 어떠한 기회'라는 뜻으로 쓰인다. '진기한 보배'가 왜 이렇게 되었을까.

여불위 천자의 자리를 거래한 거상이면서 진시황이 통일을 이룰 수 있는 발판을 만든 인물이다. 장양왕이 요절하자 13세에 왕위에 오른 정(政·진시황)을 도와 대수로를 건설하는 등 업적도 남겼으나, 자신의 애인이자 진시황의 어머니인 태후太后의 밀통사건에 연루되어 사약賜藥을 받았다. 아래는 그가 쓰던 갈래창(동과·銅戈)으로, 진시황의 병마용갱兵馬俑坑에서 출토됐다. 오른쪽에 진시황 3년에 여불위가 만들었다는 글씨가 새겨져 있다.

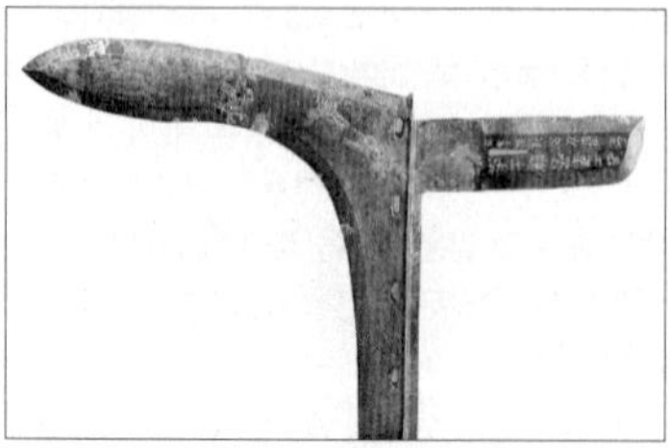

기화는 『사기史記』「여불위전呂不韋傳」에 나오는 '기화가거奇貨可居'가 줄어든 말이다. '진기한 물건은 잘 간직하여 나중에 이익을 남기고 판다'는 뜻으로, 진시황秦始皇을 도와 천하를 통일한 여불위呂不韋로부터 비롯된 말이다.

여불위는 하남성河南省 양적陽翟 출신의 상인이었는데, 천재적인 상술로 많은 돈을 모았다. 어느 날 그는 장사차 조趙나라의 도읍인 한단邯鄲에 갔다가 진秦나라 왕손 자초子楚가 인질로 잡혀와 있다는 사실을 알게 된다. 여불위는 자초를 보자, 잘만 하면 훗날 큰 이득을 볼 것이라는 직감이 들어 "차기화가거此奇貨可居!", 즉 "이 사람은 진귀한 물건이므로 사둘 만하다!"라고 외치고, 자초에게 이렇게 말한다. "진나라 소왕昭王은 연세가 많습니다. 머지않아 당신의 아버지 안국군安國君이 왕위에 오를 것입니다. 그런데 안국군의 정부인인 화양부인華陽夫人에게는 아들이 없어, 여러 서자 중 하나를 태자로 봉할 것입니다. 제가 돈으로 화양부인의 환심을 사 당신이 태자로 책봉될 수 있게 하겠습니다."

이렇게 해서 자초는 여불위의 도움으로 태자가 되었다가 안국군이 죽은 뒤 장양왕莊襄王이 되고, 장양왕의 배려로 여불위는 권력을 잡는다. 그런데 재미있는 것은, 장양왕(자초)이 여불위의 애인인 조희趙姬를 마음에 두자, 여불위는 흔쾌히 조희를 장양왕에게 주는데, 그때 이미 조희의 뱃속에 여불위의 아들이 들어 있었다. 그 아들이 태자 '정政'으로, 훗날 중원을 통일한 진시황이므로, 여불위는 자초를 활용하여 천하를 얻은 것이다.

'기화'는 이처럼 여불위가 자신의 이익을 꾀하기 위해 자초의 어려운 처지를 이용했다 해서 '(나쁘게) 이용하는 기회'란 뜻으로 쓰인다. 간혹 '기회'와 똑같은 뜻으로 생각해 나쁘게 이용하는 기회가 아닌 경우에도 기화를 사용하는 경우가 있으나, 이것은 정석이 아니다.

> 친구가 파리에서 전시회를 했다. 그걸 기화로(→ 계기로) 여럿이 파리에 갔다. 그 참에 프랑스 주변 나라를 돌아보자고 유레일패스를 끊어 갔지만 개봉도 하지 않았다. 발을 묶어 놓을 만큼 파리가 매력 덩어리였기 때문이다.

'깊숙이'와 '깊숙히'

ㄱ이나 ㅅ으로 끝나면 대개 '이'

글을 쓰다 보면 접미사로 '이'를 넣어야 할지 '히'를 넣어야 할지 고민이 될 때가 있다. 이에 대한 한글맞춤법 규정(51항)은 간단하다. 즉, '이'로 소리나는 것은 '이'로 적고(가붓이, 가까이), '히'로 소리나는 것은 '히'로 적으며(엄격히, 정확히), '이'와 '히' 두 가지로 소리나는 것은 '히'로 적는다(솔직히, 가만히)는 것이다.

그러나 이것은 원칙이 그렇다는 것일 뿐 실제로 적용하려면 문제가 많다. 예를 들어 '이'로만 소리나는 단어라도 사람에 따라서 '히'로도 소리나는 것으로 느낄 수 있기 때문이다. '깊숙□' '수북□' '깨끗□' 등이 그런 예다. '-하다' 가 붙는 말에는 '-히' 를 붙이고, 그렇지 않은 말에는 '-이' 를 붙인다는 말도 있지만, 이것도 크게 도움이 되지 않는다. 예를 들어 '깨끗하다' '뚜렷하다' '지긋하다' 의 부사형은 '깨끗이' '뚜렷이' '지긋이' 이기 때문이다.

반드시 그런 것은 아니지만, '이' 와 '히' 를 효과적으로 구분해내려면 '이' 로 끝나는 다음 네 가지 유형을 알아두는 것이 가장 좋다. ① 우리말인 앞말의 끝받침이 ㄱ으로 끝난 경우(깊숙이, 일찍이). ② 앞말의 끝받침이 ㅅ으로 끝난 경우(깨끗이, 다소곳이). ③ 첩어 또는 준첩어인 명사 뒤(간간이, 겹겹이). ④ 부사 뒤(곰곰이, 생긋이). 그밖에는 '히' 가 온다.

깍쟁이

인색하고 잇속에 밝은 사람. 매우 약삭빠른 사람.

옛날 궁중에서 거행하던 나례의식儺禮儀式이나 장례를 지낼 때 악귀를 쫓는 역할을 하는 '깍정이' 에서 온 말이다. 이들을 '방상시方相氏' 라고도 불렀는데, 때로는 상주에게 얄밉고 고약한 행동을 해서 돈을 뜯었기 때문에 위와 같은 뜻으로 쓰였다.

지금은 '모음의 발음변화를 인정하여 발음이 바뀌어 굳어진 형태를 표준어로 삼는다' 는 표준어규정(11항)에 따라 '깍쟁이' 를 표준어로 삼고 있다. 표준어로서의 '깍정이' 는 밤나무나 떡갈나무 등의 열매를 싸고 있는 술잔 모양의 받침이나 조그만 술잔을 말한다.

국어사전에는 뉘앙스가 좋지 않은 쪽으로 풀이되어 있으나 지금은 별로 나쁜 뜻으로는 쓰이지 않는다.

> "개성 토박이한테 음식을 만들어 보라고 했더니 파를 요만하게 썰어 넣습디다. 여기에서는 '개성 깍쟁이' 라고 하는데 서울사람도 깍쟁인가요?"

깡패

폭력으로 행패를 일삼는 무리.

광복 후 사회적 혼란기에 등장한 말로, 영어 'gang' 과 한자 '牌(무리패)' 를 붙여 만들었다. 'gang' 은 여기에서 '범죄집단' 의 뜻으로 쓰인 말이다. 하지만 영어의 'gang' 은 반드시 범죄집단만이 아니라 단순히 '패를 지어 다니는 집단' 이나 '동아리' 를 일컬을 때도 쓰인다. 즉, 취미가 비슷해 몰려다니는 아이들도 'gang' 이라 할 수 있으므로 영어 'gang' 은 우리나라에서 부당한 대접을 받고 있는 셈이다. '불량배' '범죄자' 를 가리키는 영어는 'gangster' 다. 결국 '깡패' 는 '집단' '동아리' 의 뜻인 'gang' 에 '무리' 의 뜻인 '패' 가 다시 결합된 말이므로 '역전앞' 이나 '그물망' 같은 이중표현인 셈이다.

> '용역깡패' 는 있었다. 재개발 지역 등 분규 현장을 전전하며 이권에 개입하는 전문 용역꾼이다. 의혹만 무성했던 이들의 실체가 확인됐다. 국민일보 100529

'깨치다' 와 '깨우치다'

그는 스스로 도를 깨우친 사람이라고?

만일 '그는 열심히 노력하여 스스로 도를 깨우친 사람이다.' 라는 문장이 있다면, 이것은 맞는 말일까. 맞는다는 사람이 틀린다는 사람보다 많을 것이지만 틀린 문장이다.

'깨치다' 는 '일의 이치를 깨달아 알다' 는 뜻이고, '깨우치다' 는 '깨치다' 의 어근에 사동접미사 '우' 가 들어가 '일의 이치를 깨닫게 하다' '일의 이치를 깨달아 알게 하다' 라는 뜻이다. 따라서 위 예문처럼 '스스로 깨우친…' 은 말이 안 되는 것이다.

> '개미 국민' 일본인들이 저금통을 깨기 시작했다. 소비의 단맛을 깨우친(→ 깨친) 것이 아니라, 불황과 고령화로 수입이 줄어 모아둔 돈을 쓸 수밖에 없는 탓이다.

'껍질' 과 '껍데기'

같은 말 같지만 구분이 있다. '껍질' 은 귤이나 바나나의 외피처럼 물체의 거죽을 싸고 있는 딱딱하지 않은 물질의 켜, 즉 포개어진 '층層' 을 말하고, '껍데기' 는 (조개나 달걀 같은 것의) 겉을 싼 단단한 물질, 즉 '각殼' 을 이르는 말이다. 따라서 '조개껍데기' '돼지껍질' 이란 말은 있어도 '조개껍질' '돼지껍데기' 란 말은 있을 수 없다.

어린이 둘이 포경수술한 고추와 하지 않은 고추를 두고 나눈 대화를 소재로 그린 만화 『광수생각』(조선일보 2000.11.10). 고추는 딱딱한 것이 아니므로 '껍질' 로 써야 어법상 옳다. 또 말맛이 좀 나지 않더라도 '꼬추' 도 '고추' 로 써야 어법상 옳다.

꼭두각시

전통인형극 꼭두각시놀이에서 박첨지의 아내로 나오는 색시인형.

인형극에서 인형은 뒤에서 사람이 조종해야 움직일 수 있는데, 이런 의미가 확대되어 '남의 조종에 의해 움직이는 줏대없는 사람' 을 비유하는 말로 쓰인다. 한자어는 '괴뢰傀儡' 다.

중국 『안씨가훈顔氏家訓』에 '성이 곽郭씨에다 대머리禿를 한 사람이 있었는데, 어찌나 우스갯짓을 잘하던지 후대 사람들이 곽독郭禿이라 불렀다' 고 한다. '꼭두' 는 이 '곽독' 이 '곡독 → 곡둑 → 꼭둑 → 꼭두' 로 변해 오늘에 이른 말이다. 1988년 한글맞춤법이 개정되기 전까지는 '꼭둑각시' 로 적었으나 지금은 '꼭두각시' 를 표준어로 하고 있다. 『안씨가훈』이란 중국 북제北齊의 안지추顔之推라는 사람이 자기 가문의 후손들을 위해 지은 일종의 처세집이다.

꽃놀이패

밑져야 본전인 거래.

원래는 바둑용어로, 한편은 패霸가 나면 큰 손실을 보지만 상대편은 패가 나도 별 상관이 없는 패를 말한다. '패'란 바둑에서 상대편과 자신이 모두 단수(單手·아다리·한 수만 더 두면 상대의 돌을 따내게 된 상태)일 때 한 수씩 걸러가며 잡으려 하는 한 집을 말한다. 그리고 패가 났을 때 서로 양보하지 않고 끝까지 패를 쓰는 것을 '패싸움'이라 한다. 이 패싸움에서 패와 연결된 집이 많으면 상대편은 그 한 집으로 인해 큰 손해를 보지만, 자신에게 연결된 집이 없으면 져도 패가 되는 한 집만 잃는다. '꽃놀이패'는 이처럼 자신이 이기면 큰 이득이 되고 져도 손해가 없는 패를 가리킨다.

> 일본의 입장에서 보면 독도문제는 꽃놀이패다. 독도 영유권 문제를 당장 한·일 간의 문제로 국한시킬 경우 일본은 손해 볼 것이 없는 논쟁일 뿐이기 때문이다.

끗발

'끝'과는 상관없는 삼팔따라지

노름에서 좋은 끗수가 잇달아 나오는 기세.

'끗수'는 화툿장의 달수를 합한 마지막 수를 말한다. 예를 들어 9월 국준과 10월 단풍을 들고 있다면 합쳐서 19가 되므로 '아홉끗', 즉 '가보'가 되어 득점에 유리하다. 만일 3월 사쿠라(벚꽃)와 8월 공산을 들고 있으면 11이므로 '한 끗'이 되는데, 이는 득점에 도움이 되지 않는다 해서 '삼팔따라지'라 부른다. '따라지'란 하찮은 처지에 놓인 사람을 이르는 말이다. 광복 후 이북에서 월남한 사람을 '삼팔따라지'라 하는 것은 이처럼 화투판에서 버림받은 끗수라는 뜻과, 38선을 넘어온 사람이라는 의미가 중첩된 것이다. '끝終'과 상관있는 것으로 알고 자칫 '끝발'로 잘못 적을 수 있다.

ㄴ

나락奈落, 那落

누구라도 그곳에 빠질 수 있다

도저히 벗어날 수 없는 절망적 상황.

원래는 불교어로, '지옥地獄' 이란 뜻의 범어 'naraka(나라카)' 를 중국에서 뜻과는 상관 없이 음만 살려 적은音譯 '나락가奈落迦' 가 바뀐 말이다.

> 생활이 나락으로 떨어졌다. 딸들이 아무리 아버지를 일으켜 세우려 해도 소용없었다. 비탈의 연속이었다. 지하 월세방은 1년 내내 푸른곰팡이로 뒤덮였다. 그 두께보다 더 빠른 속도로 집앞에는 각종 세금연체료 고지서가 쌓여갔다. 조선일보 110823

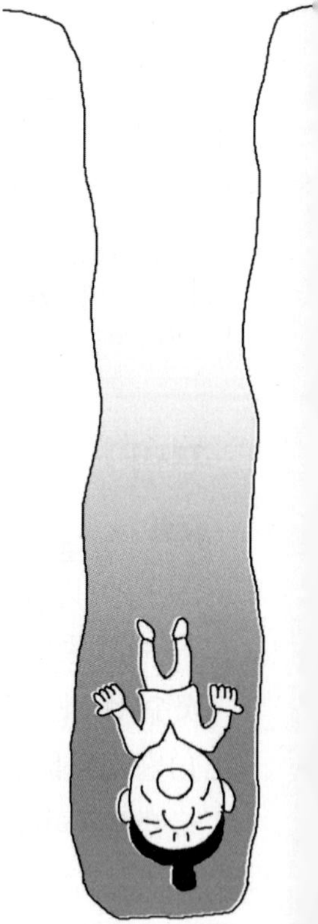

그림 김도원

나르시시스트

자기도취형의 사람.

영어 'narcissist' 에서 온 외래어로, 그리스 신화에 나오는 '나르키소스 Narkissos' 가 뿌리다. 이야기는 대충 다음과 같다.

절세의 미소년인 나르키소스('나르시스'는 프랑스어 이름)는 많은 요정(님프)들로부터 프러포즈를 받았으나 뒤도 돌아보지 않았다. '에코'라는 요정은 애를 태운 끝에 몸이 여위어 목소리만 남아 '메아리'가 되었다. 화가 난 에코는 나르키소스를 연못으로 끌어들였다. 우연히 물속에 비친 자신의 모습을 본 나르키소스는 그 아름다운 모습에 도취되어 움직이지 못하다가 물에 빠져죽게 된다. 그가 죽은 뒤 황색과 백색의 꽃이 피어올랐는데 그것이 바로 '나르시서스Narcissus', 즉 '수선화水仙花'다. '나르시시스트'는 이런 나르키소스의 자아도취적 행동에서 나온 말이다. 명사형은 '나르시시즘narcissism'이다. '수선水仙'은 '물속의 신선'이라는 뜻이다.

수선화

> 신세대 나르시시스트 소비자가 늘어나는 것은 여러 가지 시대적 변화에 기인한다. 이들은 '개인'으로 자라난 첫 세대다. 형제가 적어 어릴 때부터 방을 혼자 썼고, 성인이 돼서도 하숙이나 룸메이트보다는 원룸을 선호한다. 조선일보 091212

나무아미타불 南無阿彌陀佛

성불할 수 없는 사람도 진심으로 염불하면…

'아미타불에 귀의하겠습니다'라는 뜻으로 불자가 염불할 때 외는 말.

'나무南無'는 범어 'Namas'의 음역으로 '돌아가 의지함'이란 뜻이고, '아미타불阿彌陀佛'은 부처의 이름이다. 따라서 나무아미타불은 '아미타불에게 돌아가 귀의하겠습니다'라는 뜻이 된다.

아미타불은 성불成佛하여 서방정토, 즉 극락세계에 있는 부처로, 성불할 수 없는 사람도 진심으로 염불하면 그 구제력救濟力으로 극락세계에 갈 수 있는 것으로 알려져 있다. 원래는 보살(菩薩·구도자)이었는데, 오랜 수행 끝에 부처가 되어 사람이 죽은 뒤에 간다는 '극락세계'에 머물고 있다고 한다.

애써 노력한 일이 물거품으로 돌아갔음을 일컫는 '도로아미타불'은 이 '나무아미타불'을 풍자한 말이다. ➡관세음보살

낙양의 지가를 올리다

그의 한마디가 백수의 팔자를 고쳤다

책이 호평을 받아 매우 잘 팔리는 것을 이르는 말.

낙양洛陽은 중국 서주西周시대 이후 정치·문화의 중심지로 번영을 누렸던 하남성河南省 북서부의 도시 이름이고, 지가紙價는 '종잇값'이란 말이므로, 한 도시의 종잇값이 오를 정도로 어떤 책이 잘 팔린다는 뜻이다. 내력을 살펴보면 이렇다.

좌사 출신이 미천해 높은 벼슬을 지내지는 못했다. 그러나 문재文才가 탁월해 『삼도부』라는 명작을 남겼고, 이것이 엄청난 반향을 일으키는 바람에 관용어의 주인공이 됐다.

중국 서진西晉 때 낙양에 좌사(左思·252~307)라는 사람이 있었는데, 그는 출세할 전망이 없자 글을 쓰는 일로 소일했다. 그러다 10년에 걸쳐 위魏·촉蜀·오吳 삼국 도읍지의 풍물을 묘사한 『삼도부三都賦』란 책을 펴냈으나 아무도 알아주지 않았다. 그런데 어느 날 장화張華라는 당대 최고의 문호가 우연히 이 책을 보고 "반장班張에 필적할 만큼 훌륭한 작품이다!"라고 감탄하자, 이 소문을 들은 지식인들이 앞다투어 『삼도부』를 구해 읽기 시작했다. 당시에는 인쇄기술이 없어 사람들은 각자 종이를 구해 『삼도부』를 필사筆寫해 보았는데, 이로 인해 종잇값이 폭등하는 일이 벌어졌다. 반장이란 후한시대에 『양도부兩都賦』를 쓴 반고班固와 『양경부兩京賦』를 쓴 장형張衡을 일컫는 말이다.

이런 드라마 같은 일은 지금도 일어나고 있다. 1990년대 밀리언셀러가 되었던 『소설 동의보감』(이은성)이 그런 경우다. 출판평론가 한기호 씨는 1999년 11월 23일자 조선일보에 기고한 글에서 "『소설 동의보감』은 1990년 3월 출간 초반에는 판매가 저조하다 그 해 5월 16일자 조선일보에 작가 이문열의 서평이 실리고는 폭발적으로 팔리기 시작했다"라고 했으니, 1700년 전의 『삼도부』가 유명해진 경위를 쏙 빼닮은 셈이다.

> 『신오적』이란 풍자시가 눈에 띄었다. 60년대에 낙양의 지가를 올렸던 김지하 시인의 오적을 본뜬 것 같았다. 그때 김지하는 재벌, 장·차관, 고급공무원, 장성, 국회의원을 오적으로 꼽았다. 그런데 그 교수는 언도言盜, 법도法盜, 지도地盜를 '신오적'으로 치고 있다. 조선일보 950313

낙점落點

임금이 종이에 먹물을 뿌린 까닭

인사 대상자를 미리 내정함.

조선시대의 관리 임명 절차에서 나온 말이다. 2품 이상 관리의 경우 문관은 이조吏曹에서, 무관은 병조兵曹에서 3배수를 적어 임금에게 올리면 임금이 이들 중 한 명의 이름 위에 붓으로 점을 찍었다. 이를 '세 사람의 후보를 천망薦望한다' 해서 '비삼망備三望'이라 말하기도 한다.

사람의 추천을 이조와 병조가 장악했기 때문에 인사정책에 신하들의 의중이 많이 반영될 수밖에 없었고, 이로 인해 왕과 신하들 사이에 갈등이 생기는 경우가 많았다. 임금은 여러 가지 방법으로 이에 대응했다. 예를 들어 비삼망이 올라오면 붓으로 묽은 먹물을 뿌려 그 먹물이 떨어지는 사람을 등용하거나, 글을 모르는 궁녀에게 무작위로 낙점하도록 하기도 했고, 낙점 과정에서 비삼망이 마음에 들지 않으면 계속 망望을 올리게 하여 결국 자신의 마음에 드는 인물을 낙점하는 경우도 있었다.

> "청와대 낙점을 받았다." "큰 형님 뜻이다." "모처에서 출마 요청을 받았다." 한나라당 경남도지사 후보 자리를 두고 온갖 억측이 돌고 있다. 주로 권력 핵심의 힘을 빙자한 것이다. 내일신문 100223

낙타가 바늘구멍에 들어가는 것보다 어렵다

오역인가 쪽문인가

어떤 일이 전혀 가능성이 없음을 일컫는 말.

예수가 제자들에게 "부자가 천국에 들어가는 것은 낙타(약대)가 바늘구멍을 빠져나가는 것보다 어렵다"고 말한 『신약성경』(마태복음 19장)의 기록에서 온 말이다. 아주 작은 바늘구멍에 낙타가 들어가는 것이므로 전혀 불가능한 일을 나타낸 표현이다.

그런데 이 비유는 이상한 측면이 있다. 현실적으로 불가능한 것을 말하려는 것은 이해가 되지만, 하필 낙타가 바늘구멍을 통과하는 것에 비유하는 것은 자연스럽지 않은 것이다. 그래서 일부에서는 "부자가 천국에 들어가는 것은 '밧줄'을 바늘구멍에 끼우는 것보다 어렵다"를 잘못 번역한 것이라고 주장한다. 그리스어(헬라어·『신약성경』은 그리스어로 처음 기록됐다)로 낙타는 'kamelos(카멜로스)'라고 하고 밧줄은 'kamilos(카밀로스)'라고 하는데, 이 둘의 철자가 비슷해 생긴 오역誤譯이라는 것이다.

야파문 예루살렘성 서쪽에 있는 문으로, 두쪽문의 오른쪽에 있는 작은 쪽문이 '바늘구멍문'이다. 대문이 닫힌 뒤 소수의 사람만 출입시키기 위해 만든 이 문은 워낙 작아서 낙타 같은 큰 동물은 통과하기가 쉽지 않았다. 아래 사진은 아랍인으로 보이는 사람이 낙타에게 매질하며 바늘구멍문을 통과하려는 모습이다.

그럴 듯한 말이나, 성경 연구자들 중에는 "낙타의 비유는 예루살렘성에 실제로 있었던 '바늘구멍문'을 염두에 둔 것"이라고 말하는 사람도 있다. 이 문은 예루살렘성 서쪽의 '야파문Jaffa Gate'에 붙어 있는 쪽문을 가리키는데, 크기가 워낙 작아 낙타 같은 큰 동물이 지나가려면 짐을 내리고 무릎을 꿇어야 했기 때문에 '바늘구멍문'으로 불렸다는 것이다. 그런가 하면 '낙타가 바늘구멍에…' 는 예수가 살던 시대에 회자되던 속담이라고 보는 논자도 있다. '극심한 취업경쟁을 뚫고 취업한 대학생' 이란 뜻의 '낙바족' 은 이를 원용해 만든 말이다.

> 수많은 대학생들이 순간의 울림을 위해 온갖 스트레스를 견뎌내야 하는 '광고인' 을 꿈꾼다. 그러나 광고업계 취업은 "낙타가 바늘구멍을 통과했다가 다시 나오는 것"이라고 할 만큼 어렵다.

난장판

고양이 뿔과 중의 상투만 없었다고?

여러 사람이 뒤섞여 떠들거나 뒤죽박죽된 상황.

'난장亂場' 에 '개판' '노름판' 에 붙이는 접미사 '판' 이 붙은 말이다. '난장' 이란 정한 날 이외에 임시로 서는 장을 말한다. 옛날에 장은 5일 간격으로 서는 것이 보통이었는데, 난장은 특별한 일이 있을 때 비정기적으로 열려 10일 이상 지속되기도 했다.

거래되는 물건은 정기시定期市보다 훨씬 다양했다. 쌀 · 보리 등 곡물은 물론이고, 목기·유기·옹기 등 장인들이 만든 물건들이 대량으로 들어왔다. 뿐만 아니라 보부상褓負商들은 소금 · 해산물 등 일용잡화를 각지에서 지고 와 풀어놓았기 때문에 난장에는 '고양이 뿔과 중의 상투만 없다' 거나 '고양이 뿔과 중의 상투도 있다' 는 말이 있을 정도였다.

당연히 난장의 풍기는 문란했다. 각지의 장사꾼뿐만이 아니라 인근의 뜨내기 연예인·점술가·요식업자·도박꾼들이 몰려들어 노름 · 폭행 등 무질서가 난무했다. 그들이 쓰는 언행이 매우 거칠고 불손했음은 말할 것도 없다. 난장판이란 이런 난장의 모습에서 '몹시 어지러운亂 장場' 이란 뜻으로 생긴 말이다. ➡도떼기시장

> 주말 연예오락 프로그램을 개그맨이 장악한 지 오래다. 소리 지르고, 달리고, 그리고 온갖 쌍말을 내질러대면서 난장판을 만들 때 최고의 웃자판으로 평가받는다. 문화일보 110224

난형난제難兄難弟

그 선비의 기묘한 대답을 들어보면…

두 사람의 능력이 비슷해 우열을 가리기 어려운 것을 일컫는 말.

중국 후한後漢 때의 진식(陳寔 · 108~187)이란 선비는 두 아들을 두었다. 원방元方과 계방季方이다. 원방에게는 장문長文이란 아들이 있고, 계방에게는 효선孝先이란 아들이 있었는데, 어느 날 이들이 서로 자기 아버지가 더 훌륭하다며 싸웠다. 결말이 나지 않자 할아버지를 찾아가 물었다. 두 아들의 총명함을 알고 있는 진식은 민망한 나머지 '元方難爲兄(원방난위형), 季方難爲弟(계방난위제)', 즉 '원방은 형이라 하기 어렵고, 계방은 아우라 하기 어렵다'는 묘한 대답을 했다는 데서 온 말이다.

진식은 '도둑'이란 뜻의 '양상군자梁上君子'란 말을 만든 사람으로, 비록 미관인 현령縣令벼슬밖에 지내지 못했으나 학문이 높아 그가 죽었을 때는 전국에서 3만이 넘는 선비들이 찾아와 조문했다고 한다. ➡양상군자

> 프랑스 경찰은 메슬린이라면 치를 떤다. 10년간 경찰을 우롱하면서 살인과 탈옥을 일삼았던 인물이기 때문이다. 탈옥수 신창원을 그 메슬린과 비교할 바는 못 되지만 경찰을 우롱한 행위는 난형난제라 할 만하다.

낭만浪漫

'질펀한 물결'과는 아무 상관이 없다

논리적으로 사물을 보는 게 아니라 정서적이거나 이상적으로 사물을 파악하는 심리상태. 또는 그런 심리상태로 인한 감미로운 분위기.

말하기는 쉬우나 정작 그 뜻을 옮겨보라면 쉽지 않은 말이다. '浪(낭)'은 '물결'이란 뜻이고, '漫(만)'은 '질펀하다'는 뜻이므로 글자만 봐서도 뜻을 짐작하기가 어렵다. '낭만'의 풀이가 이렇게 어려운 것은 'romanticism(로맨

티시즘)' 이라는 철학용어를 '낭만주의' 로 번역하면서 태어난 말이기 때문이다.

'roman-' 을 '浪漫(낭만)' 이라 한 것은 일본 명치시대의 학자들이다. 하지만 번역어에 그 뜻을 담은 것이 아니고 일본어 음音에 맞는 한자를 골라 '로만(浪漫·ロマン)' 이라 했고, 우리는 이 번역어를 우리 음대로 읽었기 때문에 원어 'roman' 과는 전혀 닮지 않은 말이 생긴 것이다. 우리말 연구가 정재도鄭在道 선생은 "바로 이런 모순 때문에 한때 우리 한자음과 비슷한 '노만魯漫' 이란 말을 만들어 순화를 유도했으나 언중이 따라주지 않았다" 라고 말했다. ➡ 로망

> 간이역에는 양극단의 감정이 공존한다. 하나는 서정, 낭만, 추억 같은 것들이다. 이제 기차조차 지나치는 곳에 홀로 남은 간이역은 사라져가는 것에 대한 그리움을 상징한다. 문화일보 060629

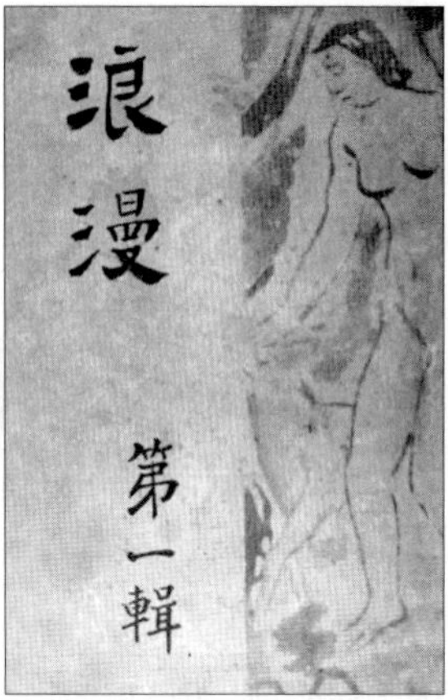

잡지 『낭만』의 표지 1936년 창간된 시 동인지다. '낭만' 은 명치시대 일본인들이 'romanticism' 을 한자의 뜻과 상관없이 '浪漫主義' 로 번역하면서 생겼다. 처음에는 철학적 용어로만 썼으나, 점차 '낭만' 에 독립된 뜻이 있다고 생각해 '아름다운 꿈' 이란 뜻으로도 썼다. 하지만 영어의 'roman' 에 그런 뜻이 있는 것은 아니다.

낭인浪人

100년간의 평화가 실업자를 양산했다니…

유랑하는 사람. 일정한 직업이나 주거가 없이 떠돌아다니는 사람.

국어사전의 뜻은 이렇지만, 명성황후 시해사건 때문에 '칼 찬 일본 사무라이(무사)' 의 이미지가 먼저 떠오르는 말이다. 그래서인지 일본말이라고 우기는 사람도 있으나 사실은 오래된 한어漢語다.

우리말에서는 위와 같이 '유랑하는浪 사람人' 이란 뜻으로만 사용된다. 하지만 일본에서는 시대별로 약간씩 의미가 다르다. 중고中古시대에는 세금을 안 내려고 호적에 등록된 주소지를 이탈해 전국을 떠돌아다니는 사람을 가리켰다. 근세에는 그 뜻이 약간 달라져 '주군主君을 잃어버린 떠돌이 사무라이(무사)' 를

1990년에 리메이크된 구로키 가즈오黑木和雄 감독의 영화 『낭인가浪人街』의 팸플릿이다. 에도시대 말기 100여 년간 지속된 평화시대의 도래로 일자리를 잃은 떠돌이 사무라이(낭인)들의 삶을 그렸다. 이때의 낭인들은 전혀 무사답지 않은 일을 하면서 생활을 이어갔다.

지칭하는 말로 쓰였다. 즉, 에도시대(江戶時代·1603~1867) 말기에 100여 년간 지속된 평화시대가 도래하자 사무라이 중 상당수가 일자리를 잃고 전국을 유랑하게 되었는데, 바로 이들을 '낭인'이라 불렀던 것이다.

이때의 낭인들의 생활은 처참했다. 생활고에 시달려 일부 사무라이들은 사무라이의 생명과 같은 진검眞劍을 팔고 목검木劍을 들고 다니는가 하면, 창녀들의 뒤를 봐주며 살아가거나 살인청부업자로 전락하기도 했는데, 많을 때는 그 수효가 50만 명에 육박했다고 한다. 지금은 의미가 더욱 확대되어 '일반 실업자'나 '재수생'을 가리키는 말로도 쓰인다.

> 그것은 실패할 것이 명백한 방안이다. 로스쿨 수료자의 합격률이 지나치게 저조하면 로스쿨을 통한 엄청난 교육 투자의 대부분이 새로운 형태의 고시낭인을 양산하는 데 쓰이는 셈이 되기 때문이다. 조선일보 051128

낭패狼狽

놈들이 붙어 다니는 것은 이유가 있다!

일이 뜻대로 되지 않아 고약한 처지가 됨.

'낭狼'과 '패狽'라는 전설상의 짐승으로부터 나온 말이다. 늑대처럼 생긴 이 짐승은 기이한 다리를 갖고 있다. '낭'은 앞다리가 길고 뒷다리가 짧은 반면, '패'는 반대로 뒷다리가 길고 앞다리가 짧은 것이다. 이 때문에 스스로는 걷거나 달릴 수 없어 패가 낭의 궁둥이에 올라타는 형태로 두 짐승이

긴 발만 사용해서 움직인다. 따라서 이들은 호흡이 잘 맞아야 한다. 만일 서로 싸우거나 중심을 잃으면 곤란한 상황이 닥치는 것이다. 일이 뜻하는 대로 되지 않아 고약한 처지가 되는 것을 뜻하는 낭패는 바로 여기에서 온 말이다. ➡교활하다

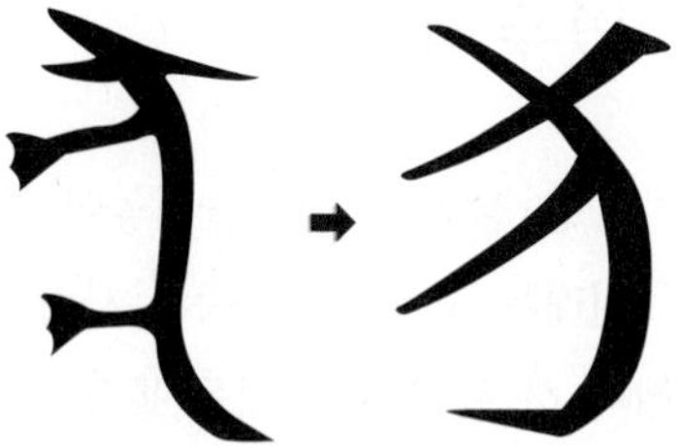

왼쪽은 犬의 갑골문으로, 옆으로 누워 있는 개를 위에서 본 모습이다. 이것을 단순화한 것이 오른쪽 그림으로, '개사슴록변'이라 부르는 부수글자다. 그러니까 犬에 찍힌 점의 정체는 귀이고, 그것을 하나밖에 찍지 않은 것은 누워 있는 개를 위에서 봤기 때문이다. 대개 이 부수가 붙은 글자는 '짐승'이나 '짐승 같은 행동'과 관련된다. 狼狽(낭패)를 비롯해 犯(범할 범) 狗(개구) 狂(미칠광) 등을 보면 이를 알 수 있다.

오른쪽이 낭狼이고 왼쪽이 패狽다. 이들은 앞다리와 뒷다리가 같지 않아 이처럼 서로 의지해 '이필사각二匹四脚'의 형태를 해야 거동할 수 있다. 그림 박송림

내로라하다

'바로 나다' 하고 자신하다. 스스로 젠체하며 뽐내다.

이것을 관형사형으로 쓸 때 '내노라하는' 처럼 쓰는 경우가 적지 않으나 '내로라하는'으로 써야 한다. 그 이유를 설명하면 다음과 같다.

'내로라'는 '나이로라'가 줄어든 형태로 '나다'와 같은 말이다. 이때의 '-로라'는 '-노라'와 똑같이 어미이지만 쓰임새가 다르다. 즉, '-로라'는 서술격조사 '이다'나 형용사 '아니다'의 어간에 붙어 자신의 동작을 의식적으로 쳐들어 말할 때 '-다'의 뜻을 나타내는 연결어미이지만, '노라'는 '왔노라' '보았노라' '이겼노라' 처럼 자신의 행동을 위엄있게 선포하거나 느낌을 나타내는 종결어미이다. '내로라하다'는 '바로 나다' 하고 자신감을 나타낼 때 쓰는 말이므로 '-로라'를 붙이는 것이다.

> 한국전쟁 이후 내노라(→내로라)하는 서구 과학자들이 내한해 유행성출혈열이란 괴질의 원인을 알아내려고 노력했지만 모두 허사였다.

넋두리

불평·불만을 길게 늘어놓아 하소연하는 말.

원래는 굿을 할 때 죽은 사람의 넋이 무당이나 그 가족 중 한 사람에게 내려서 하는 말이다. 이를 통해서 죽은 사람과 산 사람은 서로 이야기를 주고받거나 울면서 의사소통을 하게 된다고 한다. 말하자면 '망자亡者의 혼백(넋)이 살아있을 때의 한이나 원망을 무당이나 가족의 입을 빌려 조잘대는 말'이 넋두리의 본래 뜻이다. 그러나 지금은 그런 음산한 이미지는 없어지고 불평 · 불만을 길게 늘어놓는다는 뜻으로 사용된다.

'넘어' 와 '너머'

동작' 이 개입되면 '넘어' 가 맞다

'산 넘어 산' 이 맞는가 '산 너머 산' 이 맞는가. 또 '산 넘어 저쪽' 이 맞는가 '산 너머 저쪽' 이 맞는가. 많은 사람들이 두 경우 모두 '넘어' 는 틀리고 '너머' 가 맞다고 말할 것이지만, 그렇지 않다.

'넘어' 는 '넘다' 라는 동사의 활용형이고, '너머' 는 '높거나 넓은 것의 저쪽', 즉 공간적 위치를 나타내는 명사이다. 따라서 '넘어' 는 '기름이 넘어 꼭지를 잠갔다' 처럼 '동작' 이 개입되지만, '너머' 에는 '산 너머 저쪽에는…' 처럼 산을 넘는 동작이 없이 산 뒤의 일정한 공간만을 가리킨다.

위 경우도 이런 상식을 갖고 접근하면 쉽게 답을 찾을 수 있다. 즉, 산을 넘으니 다시 산이 있어 갈수록 고생이 심함을 이르는 말일 경우에는 '산 넘어 산' 이 바른 표기가 되지만, 산 저쪽에 있는 일정한 장소를 가리킬 때는 '산 너머 저쪽' 이 되는 것이다.

> 나라 안은 총선· 대선으로 몇 번 뒤집히고 휴전선 넘어(→너머)에선 강성대국 원년을 자축한다며 언제 미사일 발사와 핵실험의 불장난을 할지 모르는 상황이다.

노다지

가짜영어에서 온 말이라고?

귀한 광물이 많이 묻혀 있는 광맥.

영어 '노터치No Touch'에서 온 것으로 알려져 있다. 구한말에 미국인들이 우리나라에 들어와 광산을 개발했는데, 이때 금맥을 발견한 미국인이 울타리를 치고 '내 것이니까 아무도 손대지 말라'는 뜻에서 "No Touch!"라고 외치거나 'No Touch!'라고 쓰인 팻말을 우리말로 옮기는 과정에서 생긴 말이라는 것이다. 그러나 작가 안정효安正孝 선생은 『가짜영어사전』(현암사)에서 그 가능성에 대해 의심하고 있다. 'No Touch'가 완전한 영어가 아니라는 것이 그 이유다. 다음은 그의 설명이다.

> '노다지'가 금이 마구 쏟아지던 광산 입구에 미군이 써붙인 'No Touch'라는 경고문에서 유래했다는 주장은 신빙성이 없어 보인다. 미국인이 썼다면 'Don't Touch'라고 썼을 터이기 때문이다. 아마도 '노터치'가 제대로 된 영어라고 잘못 아는 한국인이 지어낸 이야기가 아닌가 싶다.

> "중국 방송 시장을 장악하자!" 억만장자이자 언론계의 거물인 루퍼트 머독은 자금성과 '짝퉁 명품'이 공존하는 베이징 뒷골목에서 이렇게 다짐했다. 1980년대 중반부터 중국을 드나든 그에게 중국 텔레비전 방송시장은 큰 이익을 남길 노다지로 보였다.

노틀

'늙은 남자'를 속되게 일컫는 말.

노인의 하얀 머리털에서 온 것으로 알고 있는 사람이 많으나 사실은 '늙은이'의 뜻인 중국어 '라오터우얼(老頭兒-laotour)'이 변화된 말이다. 일반적으로는 '노털'이라고 하나 국어사전에는 '노틀'로 올라 있다.

> 그는 세월이 흐르면서 자신도 어쩔 수 없이 노털(→'노틀')이 돼가고 있음을 인정했다. 대신 젊은 후배들을 열심히 배후조종하면서 한국연극의 새 스타일을 만들겠다는 것이 그의 의지다.

농단壟斷

얌체는 늘 숨어서 그런 짓을 한다

가장 좋은 자리를 차지하고 이익이나 권리 등을 독점하는 것.

'壟(농)' 은 '언덕' 의 뜻이고, '斷(단)' 은 '끊다' 의 뜻이므로 '언덕이 이어지다가 끊여져 높이 솟아오른 곳' 이 '농단' 이다. 이런 말이 위의 뜻이 된 것은 맹자孟子가 제齊나라 선왕宣王에게 들려준 다음 이야기 때문이다.

옛날 평화롭게 물물교환이 이루어지던 시장에 한 욕심쟁이 사내가 나타났다. 그는 사람들의 모습이 보이는 농단에서 시장의 정세를 둘러본 뒤 싼 물건을 모조리 사들였다가 비싸게 파는 방법으로 이익을 독점했다. 사람들이 사내의 행동을 비난하자 관리들은 그에게 세금을 부과하여 이익을 환수했다고 하는데, 이것이 상인에게 세금을 부과한 최초의 일이라고 한다.

> 우리는 대통령의 아들이 국정을 농단하고 끝내는 범법자로 전락하는 이 부끄럽고 비극적인 사태가 어째서 대를 이어 되풀이되고 있는가를 새삼 개탄하지 않을 수 없다.

농성籠城

용사들은 그렇게 나라를 지켰는데…

목적을 이룰 요량으로 한 자리에 줄곧 머물며 버티는 일.

'籠(농)' 은 '틀어박히다' 의 뜻이고, '城(성)' 은 성곽을 말하므로, 적에게 둘러싸여 성문을 굳게 닫고 지키는 것이 농성의 원래 뜻이다. 이를 더 자세히 설명하면 이렇다.

옛날에는 적의 침략을 막기 위해 곳곳에 성을 쌓았는데, 중요한 곳에는 이를 이중으로 쌓고, 안쪽의 것을 '성城' 이라 부르고, 바깥쪽의 것을 '곽郭' 이라 불렀다. 그러니까 '성곽' 이란 이 내성과 외성을 함께 이르는 말이다. 전략적 요충지에는 성 자체를 지키기 위해서 성문 앞에 또 하나의 성을 쌓기도 했는데, 이것을 '항아리甕 같다' 해서 '옹성甕城'이라 불렀다. 만일 적이 매우 강대하여 이 마지막 보루인 옹성이 무너지면 수비 병사들은 성 안으로 들어가 성문을 굳게 잠그고 버틸 수밖에 없는데, 이것이 바로 '농성籠城'이다. ➡철옹성

수원 화성華城의 옹성 전략적으로 매우 중요한 팔달문八達門을 지키기 위해 성문 바깥에 반달 모양의 성을 다시 지었는데, 이것을 '옹기 같다' 해서 '옹성'이라 한다. 서울의 8개 성문 중에서 옹성의 형태를 띠는 것은 동대문(흥인지문)이 유일하다. 사진제공: 수원시 공보담당관실

> 높이 40m 크레인에 올라가 200여 일 농성한 김진숙 씨를 '좌파 불순세력'으로 쉽게 욕한다. 하지만 우파에서는 그 누구도 그런 크레인에 올라갈 용기가 없다. 그늘 속 비정규직과 정리해고 문제를 우파의 고민으로 받아들이지도 않는다. 조선일보 110805

뇌졸중腦卒中

나쁜 바람 때문에 생기는 병이라고?

뇌의 핏줄이 막혀 갑자기 의식을 잃고 혼수상태가 되는 증상.

한방에서는 '졸중풍卒中風' 또는 '중풍中風'이라고 한다. '卒(졸)'은 '갑자기'의 뜻이고, '中(중)'은 여기에서는 '(바람을) 맞다'의 뜻이므로, 뇌졸중은 '뇌에 갑자기 바람을 맞다'의 뜻이다. 이것은 옛날 중국인들이 '뇌졸중은 나쁜 바람을 쐬어 생기는 병'이라고 생각했기 때문이다. 실제로 찬바람이 불면 혈관이 수축하고, 이로 인해 혈압이 올라가 뇌졸중에 걸리는 사람이 많으므로 중국인들의 그런 생

서울의 한 병원 앞에 걸린 플래카드인데 '뇌졸중'이 '뇌졸증'으로 잘못 적혀 있다. '중풍中風'으로도 일컫는 뇌졸중은 '우울증' '건망증' 처럼 '-증'자 돌림의 병인 것으로 알고 '뇌졸증'으로 적는 수가 많다.

각은 틀리지 않은 셈이다. '증세' '증상' 등을 연상하여 '뇌졸증'으로 잘못 쓰는 경향이 있다.

눈곱

'곱'은 '기름고'에 뿌리를 둔 명사다

눈에서 나오는 진득진득한 즙액.

'눈'과 '곱'이 합쳐져 생긴 말이다. '곱'은 '종기나 부스럼 등에 끼는 골마지 모양의 물질'이나 '이질 앓는 사람의 똥에 섞여 나오는 희거나 피가 섞인 점액'으로, '기름 고膏'에 그 뿌리가 닿아 있다.

이것을 소리나는 대로 '눈꼽'으로 잘못 적는 경우가 많은데, '곱'이 '기름고'에서 온 별도의 형태소(形態素·뜻을 가진 가장 작은 말의 단위)라는 사실을 알면 '꼽'으로 적는 일은 없을 것이다. 충북대 조항범趙恒範 교수에 따르면, "곱은 원래 '동물의 지방'이란 뜻으로, 과거에 많이 쓰이던 말이었는데, 점차 '기름'이란 말에 밀려 쓰이지 않게 되었고, 지금은 '눈곱'이나 '곱창' 등 일부 국어에만 흔적이 남아 있다"고 한다.

> 숨기고 거짓을 말하는 자보다 속마음을 그대로 드러내는 자가 더 낫다. 약삭빠른 자들은 이런 말을 하지도 못한다. 그러나 시정잡배도 아닌데 표현이 거칠고 품격이 눈꼽(→눈곱)만큼도 없는 것은 꼴불견이다.

눈살

'눈'과 '살'은 각기 독립된 의미가 있는 말

두 눈썹 사이에 잡힌 주름.

'눈곱'을 '눈꼽'으로 잘못 적듯이 '눈살'도 '눈쌀'로 잘못 적는 경우가 많다. 그러나 이것도 잘 생각해보면 '-살'을 '-쌀'로 적을 이유가 없다. '눈살' 이란 '눈眼' 과 '살肉' 이 결합된 말이다. 만일 '눈' 과 '살' 이 각각 아무 의미가 없는 별개의 말이라면 소리나는 대로 '눈쌀' 로 적어야 하겠지만, 이 둘은 각기 의미가 있는 말이므로, '둘 이상의 형태소가 더해진 말은 형태소 각각의 원형을 밝혀 적는다' 는 원칙에 따라 '눈살' 로 적어야 한다.

반대로 '–쌀' 을 '–살' 로 잘못 적는 경우도 있는데, 예를 들어 '시어머니 □□에 못살겠다' 고 할 때의 '등쌀' 이 그것이다. 이때의 '등쌀' 은 '등' 과 '쌀' 이 각각 별개의 독립된 의미가 있는 것이 아니다. 즉, '등' 과 '쌀' 은 떨어져 있어서는 아무 의미가 없고 둘이 합쳐져야 뜻을 갖기 때문에 소리나는 대로 '등쌀' 로 적는 것이다.

눈에는 눈, 이에는 이

왜 예수는 그들의 법칙에 반하는 말을 했을까?

해를 입은 만큼 무참하게 보복하는 것을 일컫는 말.

『구약성서』에 나오는 히브리(이스라엘)인의 율법 중에 나오는 말이다. 「출애굽기」에는 '사람이 서로 싸우다가 아이 밴 여인을 다쳐 낙태케 하였으나 다른 해가 없으면 그 남편의 청구대로 반드시 벌금을 내되 재판장의 판결을 좇아 낼 것이니라. 그러나 다른 해가 있으면 갚되 생명은 생명으로, 눈은 눈으로, 이는 이로, 손은 손으로, 발은 발로, 데운 것은 데움으로, 상하게 한 것은 상함으로, 때린 것은 때림으로 갚을지니라' (23~25장)라고 되어 있다. 이는 '누가 오른빰을 치거든 왼빰마저 돌려대고 또 재판에 걸어 속옷을 가지려고 하거든 겉옷까지도 내 주어라' (『신약성서』 「마태복음」 5장)라는 예수의 가르침과 대척對蹠되는 말로, 예수가 유대교 지도자들의 미움을 사게 된 한 단면을 볼 수 있는 말이다.

'동태복수同態復讐' 또는 '동해보복同害報復' 이라 말하기도 하는 이 『구약성서』의 사상은 기원전 1750년 무렵에 제정된 메소포타미아 함무라비법전의 기록과 비슷하다. 함무라비법전에는 '만일 사람(귀족)이 다른 사람(귀족)의 눈을 찌르면 그의 눈도 찌른다. 만일 그가 다른 사람(귀족)의 뼈를 부러뜨렸을 때는 그의 뼈도 부러뜨린다. 만일 그가 평민의 눈을 찌르거나 뼈를 부러뜨렸을 때는 은 1마나를 지급한다' 라고 기록되어 있다. ➡그리스도

> 테러사건을 계획한 아랍인 주모자들을 응징하는 것은 당연하지만 응징방법에서 '눈에는 눈, 이에는 이' 라는 보복전쟁을 해서는 안 된다. 보복전쟁은 끝없는 피의 보복만 악순환될 뿐이다. 국민일보 010927

능지처참凌遲處斬

그들이 아니면 차마 할 수 없는 형벌이다

물고기의 회를 뜨듯 죄인의 살점을 산 채로 뜯어내 죽이는 형벌.

'凌(릉)' 은 '업신여기다' 의 뜻이고, '遲(지)' 는 '더디다' 의 뜻이므로 '능지' 는 '천천히 죽인다' 는 뜻이다. 또 '處(처)' 는 '(일을) 처리하다', '斬(참)' 은 '베다' 의 뜻이므로 '처참' 은 '베어 죽인다' 는 뜻이다. 그러니까 능치처참은 글자 그대로 하면 '천천히 베어죽이는 형벌' 이란 말이다.

어떻게 생각하십니까 '막장'으로 가는 시위 퍼포먼스

경기일보 제공

2007년 5월 경기 이천시 주민들이 특수전사령부 이천 이전을 반대하며 서울 국방부 앞에서 시위를 벌이던 도중 새끼 돼지 다리들을 밧줄로 묶은 뒤 잡아당겨 죽이는 '능지처참' 퍼포먼스를 하고 있다.

시위 현장에서 대중의 눈길을 끌기 위해 벌이는 극렬 퍼포먼스에 대한 문제점을 보도한 조선일보 기사(2010.2.9)다. 2007년 5월 이천시 주민들이 특전사 이전을 반대하며 시위를 벌이다 돼지의 사지를 묶어 사방에서 잡아당기는 퍼포먼스를 벌이는 장면이다. 죄인을 이렇게 죽이는 형벌은 '거열형車裂刑' 인데, 많은 사람들은 '능지처참' 으로 잘못 알고 있다.

'능지처사凌遲處死' 라고도 하는 이 형벌은 중국 오대(五代 · 동진이 망하고 당이 건국되기 전까지 흥망한 다섯 왕조)에서 시작해 청나라가 망할 때까지 시행됐다. 우리나라에서는 중국의 영향으로 고려 공민왕 때 시작돼 조선조 고종 때 폐

지됐다. 많은 사람들은 이것을 '죄인의 다리를 두 대의 수레에 한 쪽씩 묶어 몸을 찢어 죽이던 형벌'로 알고 있는 경우가 많다. 그러나 그렇게 하는 것은 '거열형車裂刑'이고 능지처참은 그보다 훨씬 잔혹하다. 고려대 김언종金彦鍾 교수는 『한자의 뿌리』(문학동네)에서 이렇게 적고 있다.

> 죄인을 벗겨 나무등걸에 묶어놓고 며칠 동안 회칼로 살점을 한 점 한 점 떼어내는데, 불행히도 전문기술자를 만나면 최다 4700점이 뜯기는 고통을 당한다. 마지막엔 온몸에 살점이란 거의 간 곳이 없고 두 눈과 인후咽喉와 내장기관만 남은 상태에서 숨을 쉬고 의식이 있는 처참한 지경이 된다.

국어사전에는 한자를 '凌(업신여길릉)' 대신 '陵(언덕릉)'으로 적고, '죄인을 죽인 뒤 시신의 머리·몸·팔·다리를 토막쳐서 각지에 돌려 보이는 형벌'이라고 적혀 있으나, 한자와 풀이 모두 잘못된 것이다.

| '미친놈' '능지처참' '자폭하라' 같은 야유와 욕설, 핏발 선 목소리와 삿대질이 난무하고 있는 국회 본회의장이 바로 난장판이요 아수라장이다. 세계일보 021012

늦깎이

그런 성공이 10배나 더 아름답다

어떤 일을 보통사람보다 늦게 시작한 사람.

'뒤늦게 머리를 깎고 중이 된 사람'이란 뜻에서 온 말이다. 따라서 '-깎이'가 되었다. '늦깍이'로 받침을 잘못 쓰는 경우가 많은데, 이런 내력을 알면 잘못 쓸 일이 없다. '늦깎기'로 잘못 쓰는 사람도 있는데, 이 경우는 '-기'와 '-이'의 구분을 하지 못해 일어나는 혼선이다. 대개 '-기'가 붙으면 '행위'가 되고 '-이'가 붙으면 '사람'이 된다. 예를 들어 '구두닦기'는 구두를 닦는 행위를 말하고, '구두닦이'는 구두를 닦는 사람을 말한다.

| 고졸의 늦깍이(→늦깎이) 철강 근로자가 명장 호칭에 이어 세계 최대 열연공장의 공장장으로 승진했다.

ㄷ

다대기

‘다지기’ 라는 순 우리말이 있었다

얼큰한 맛을 내는 양념의 한 가지.

일본어 ‘다타키たたき’ 가 변음變音된 말이다. 일본어 다타키는 ‘다짐’ ‘두들김’ ‘때림’ 이란 뜻과, 요리에서 재료를 칼로 다지거나, 또는 그렇게 해서 만든 요리를 가리킨다. 우리말에서는 찌개 등에 풀어 얼큰한 맛을 내는 양념을 가리킬 때 이 말을 쓰므로, 음과 뜻이 약간씩 변화된 셈이다. ‘다지기’ 라는 순 우리말이 있었으나 일제 때 다대기란 말이 성행하면서 ‘다지기’ 는 별로 쓰이지 않는다. ‘다지기’ 를 살려 쓰거나 ‘다진양념’ 으로 고쳐 쓰는 것이 좋다.

> 아주머니는 즉석에서 수족관의 활어꽃게를 꺼내 산채로 토막내 미나리·당근·양파 등의 야채에 고춧가루·물엿·참기름에 갖은 양념을 한 다대기를 뿌려 시뻘겋게 무쳐 내놓는다.
> → 다지기

다스

왜 12개가 한 묶음이 됐을까?

연필 등 필기구 12개를 한 묶음으로 세는 말.

'12개'의 뜻인 영어 'dozen'을 일본에서 '다스ダース'라는 외래어로 만들어 사용하던 것이다. 한자식 표기인 '타打'는 'dozen'에서 음만 취한 것으로, 이 역시 일본에서 그렇게 쓰고 있다. 결국 '다스'나 '타'나 똑같은 단위어지만, '다스'는 주로 연필이나 볼펜 등에, '타'는 양말이나 장갑 등을 셀 때 쓰는 말로 굳어져 있다.

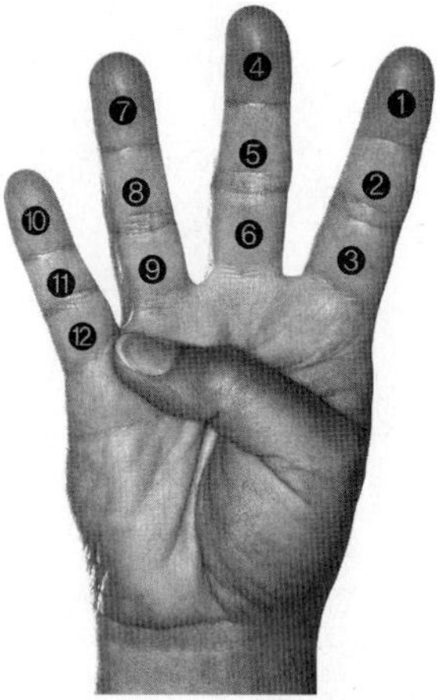

언뜻 12를 손으로 세는 것은 어려울 것 같지만 꼭 그렇지만도 않다. 엄지손가락으로 검지·중지中指·약지藥指·소지小指 순으로 네 손가락의 마디를 짚어나가면 12가 되기 때문이다.

그렇다면 왜 10개가 아닌 12개가 '한 묶음'이 됐을까. 이것을 알기 위해서는 먼저 십진법十進法을 살펴보아야 한다. 십진법이란 숫자 0, 1, 2, 3, 4, 5, 6, 7, 8, 9를 써서 10배마다 윗자리로 올려 나가는 표시법이다. 다시 말해 1을 10번 하면 10이 되고, 10을 10번 하면 100이 되는 개념이다. 사람들이 이 10이라는 숫자와 친숙한 것은 손가락이 10개이기 때문이다. '주먹을 쥐었다 폈다 하며 하는 셈법'이란 뜻의 '주먹구구'에서도 알 수 있듯이, 동서양을 막론하고 사람들은 이 10개의 손가락을 이용해서 간단한 셈을 했던 것이다.

그런데 10은 두 가지 단점이 있다. 하나는, 나누어떨어지는 숫자가 2와 5뿐이라는 점이다. 그러나 12는 2, 3, 4, 6으로 떨어지기 때문에 실생활에서 쓰기가 10보다 편리하다. 다른 하나는, 원을 10개로 등분等分하기가 쉽지 않다는 점이다. 즉, 원에 +표를 하면 4등분이 되고, 다시 ×표를 하면 8등분이 되는 것처럼 12등분도 간단하게 할 수 있지만, 10등분을 하기는 쉽지 않아 12를 기본수로 사용하는 경우가 생긴 것이다.

1년을 '12달' 또는 '24절기'로 하거나, 1시간을 '60분', 하루를 '24시간'으로 하는 것을 비롯해, 간지干支의 '십이지'(十二支·자 축 인 묘…), 별자리의 '황도십이궁黃道十二宮'도 십이진법十二進法에 의한 것이다.

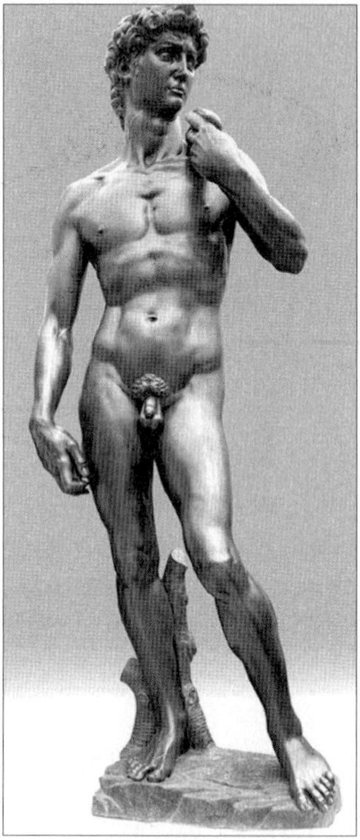

미켈란젤로의 다윗상 그는 이렇게 곱상한 모습을 하고 있지만 거인 골리앗을 단번에 쓰러뜨린 무서운 남자다. 그래서 매우 큰 것과 작은 것을 비유할 때 '다윗과 골리앗'이라 한다. 그렇다면 골리앗은 다윗보다 얼마나 컸을까. 『성경』에 골리앗은 '여섯 규빗 한 뼘'이라 했으므로 2m 97cm 정도다. 이에 비해 다윗은 16세 정도의 소년으로, 키가 작은 편인 이스라엘 사람의 체격으로 보면 167cm 정도다. 이런 다윗이 자기 체격의 두 배에 이르는 거인을 돌멩이 하나로 쓰러뜨린 것이다. 왼손으로는 물매의 가죽끈을 잡고 있고, 오른손으로는 돌멩이를 잡고 있다.

다윗과 골리앗

이 곱상한 남자의 거대한 행동을 보니…

매우 작은 것과 매우 큰 것을 비유하는 말. 『구약성서』(「사무엘상」 17장)에 기록된 다윗과 골리앗의 싸움에서 나온 말이다. 스토리는 대충 다음과 같다.

팔레스타인 지방에서 히브리(이스라엘)인들이 사울왕의 지휘 아래 블레셋족(고대 팔레스타인 민족)과 싸우고 있을 때 블레셋 진영에서 골리앗이란 장수가 나타났다. 키가 2m97cm(여섯 규빗 한 뼘)나 되는 그는 머리에는 놋(놋쇠)투구를 썼고, 몸에는 비늘갑옷을 입었다. 또 다리에는 놋각반을 찼고, 어깨에는 놋창을 멨는데 창날이 무려 철 6.8kg(600세겔)이나 됐다.

이런 골리앗을 보고 히브리인들은 모두 꽁무니를 뺐다. 그런데 군중 속에서 다윗이라는 곱상한 소년이 골리앗을 대적하겠다고 나섰다. 그러나 목동인 그가 가진 무기는 고작 양을 치는 데 쓰는 막대기와 물매뿐이었다. 물매란 당시 목동들이 맹수를 물리칠 때 쓰기 위해 갖고 다니던 새총 같은 무기를 말한다. 소년은 골짜기에서 돌멩이 다섯 개를 주웠다. 그리고 그중 하나를 물매에 끼워 가소롭다는 표정을 짓고 있는 골리앗을 향해 날리자 돌멩이는 보기 좋게 골리앗의 이마에 박혔다. 이로써 싸움은 히브리인의 승리로 끝났다. 골리앗을 쓰러뜨린 뒤의 행동도 예사롭지 않다. 그 장면을 『성경』은 이렇게 묘사했다.

'다윗이 이같이 물매와 돌로 블레셋 사람을 이기고 그를 쳐죽였으나 자기 손에는 칼이 없었더라. 다윗이 달려가서 블레셋 사람을 밟고 그의 칼을 그 칼집에서 빼내 그 칼로 그를 죽이고 그의 머리를 베니….'

> '다윗과 골리앗'의 싸움은 1%의 뒤집기를 암시한다. '여우' 신태용 성남 감독이 어떤 상대한테도 기죽지 않는 이유는 '한방'에 승패가 갈리기 때문이다. 더욱이 "죽기 아니면 까무러치기"라며 도전장을 낸 신 감독과 선수단의 사기는 높다. 한겨레 101215

다이어트

건강이나 미용을 위해 제한된 식사를 하는 일.

영어 'diet'에서 온 외래어다. '체중조절'이나 '살빼기' 등으로 알고 있는 사람이 많으나 사실은 위 설명처럼 '체중조절을 위한 식이요법'이란 말이다. 따라서 먹는 것과 무관한 살빼기를 '다이어트'라고 하는 것은 적절한 용법이 아니다. 영어로 체중조절은 'weight-control'이고, (운동을 통한) 살빼기는 'workout'이다.

다크호스

'실력은 잘 알 수 없지만 유력하다고 생각되는 경쟁상대'를 비유하는 말.

원래는 경마에서 실력이 확인되지 않은 말, 또는 의외의 결과를 가져올지도 모르는 말을 가리킨다. 영어 'dark horse'에서 온 외래어로, 1831년 영국 작가 벤저민 디즈레일리가 『The Young Duke』란 소설에서 경마용어로 사용한 것이 확산된 것이다. 'dark'에는 '미지의' '비밀의'란 뜻이 있다.

> 다크호스는 웃고, 기대작은 울었다. 막바지를 향하는 여름 극장가 흥행 기상도다. 대중에게 덜 알려졌던 영화들이 좋은 흥행 성적을 올리고 있는 반면 일찌감치 화제를 모았던 영화들은 고전을 면치 못하고 있는 것이다. 한국일보 110818

단골

그 집을 올라가면 무당집이 나온다!

정해 놓고 거래하는 집. 또는 그런 사람.

원래는 '당골'의 형태로 호남지역에서 '혈통에 따라 세습되는 무당', 즉 세습무世襲巫를 일컫는 말이었다. 『한국민족문화대백과사전』에 따르면, 세습무인 단골은 '단골네' '단골에미' '당골네' 등으로 불린다. 신의 영력靈力으로 무당노릇을 하는 강신무降神巫와 달리 세습에 의해 사제권司祭權을 부여받기 때문에 영력이 없었고, 주로 가무歌舞로 굿을 주관하는데, 무당이 자기와 신앙관계를 맺은 신도를 '단골집'이라 부르는 경우가 있어, 이것이 일반의 상거래에서도 '단골집' '단골손님' 등과 같은 말을 낳았다고 한다.

단도직입單刀直入

접미사 '적的'은 글속에 함부로 넣을 것 없다

여담이나 전제를 두지 않고 곧장 핵심으로 들어감.

'단도單刀'는 '한 자루의 칼'이란 말이고, '직입直入'은 목적하는 곳에 곧장 들어오는 것을 말한다. 따라서 단도직입은 '혼자 칼 한 자루만 들고 적진으로 곧장 쳐들어가는 것'을 일컫는 말인데, 비유적으로 '여러 말을 늘어놓지 않고 곧장 문제의 핵심으로 들어가는 것'이란 뜻으로 사용된다. 원래는 중국 송宋대의 선종사서禪宗史書인 『경덕전등록景德傳燈錄』에 나오는 불교용어다.

대개는 접미사 '적的'을 붙여 '단도직입적으로 말하겠다…'거나 '단도직입적으로 물으면…'처럼 말하지만 그럴 필요가 없다. 오히려 '적'을 빼고 '단도직입으로 말하겠다…'처럼 말하는 것이 간명하다. 명사에 '적'을 붙이는 흐름은 19세기 말 일본에서 유입됐다. '짧은 칼'이란 뜻의 '단도短刀'에 익숙해서인지 '短刀直入'으로 잘못 적는 경우도 많다.

단두대 斷頭臺

중국에는 수천 년 전에도 있었다고?

사형수의 목을 자르는 형구刑具.

18세기 프랑스혁명 때 많이 사용되었던 '기요틴guillotine'을 번역한 말이다. 중국이나 우리 옛 문헌에 나오지 않는 것으로 보아 근세 일본인들이 서양사를 연구하면서 만든 말일 가능성이 크다.

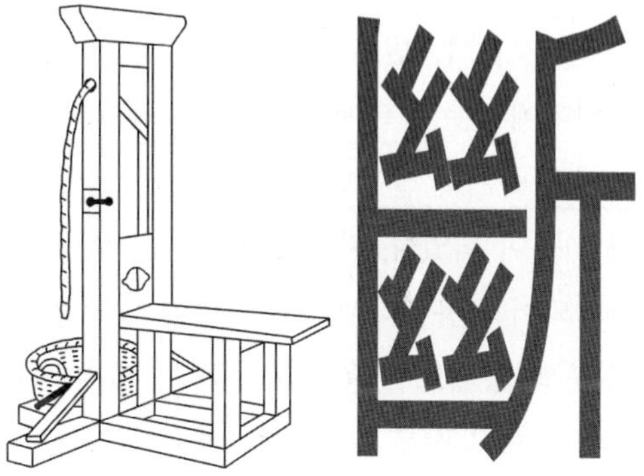

단두대 죄수를 널빤지에 엎드리게 하고 구멍으로 목을 집어넣은 뒤, 왼쪽으로 늘어져 있는 줄을 잡아당기면 가운데 빈 공간 위에 매달린 칼날이 내려오게 되어 있다. 뒤에는 목을 담는 바구니가 있다. 한자 '斷(자를단)'과 구조가 흡사한 게 신기하다. 우측에 붙은 '斤(도끼근)'은 도끼의 상형이지만, 단두대의 칼날이 내려오는 것과도 비슷하다.

날이 비스듬한 도끼를 기둥 사이에 달아 놓고 그 밑에 죄수를 엎드리게 한 뒤 밧줄을 당기면 도끼가 떨어져 목을 자르도록 되어 있는 이 형구의 원래 이름인 기요틴은 프랑스 의사 기요틴(Guillotine · 1738~1814)의 이름을 따서 붙였다. 그러나 흔히 전해지는 대로 의사 기요틴이 이 형구를 최초로 발명한 것은 아니고, 프랑스혁명 당시 헌법제정의원이었던 그가 스코틀랜드 · 독일 · 이탈리아 · 남프랑스 등지에서 이미 사용되던 형구를 죄수의 고통을 줄이기 위해 사용을 제안했을 뿐이다. 그때까지는 낫이나 도끼로 목을 베었는데 형리刑吏의 실수로 처참한 광경이 벌어지곤 했기 때문이다. 기요틴 자신도 기요틴에 죽었다는 말도 잘못 전해진 것이다.

> 16번의 단두대 칼날 소리와 죽음을 앞둔 수녀들의 아름다운 아리아가 공연장을 가득 채운다. '단두대의 미학'이라고 부를 만한 기괴하면서도 감동적인 피날레는 이 작품을 20세기 최고의 프랑스 오페라 반열에 올려놓았다. 한겨레 110506

단말마斷末魔

그것은 말馬이 아니라 급소다

숨이 끊어질 때의 모진 고통.

'말마末魔'는 범어 'marman'의 음역音譯으로 '급소'라는 뜻이다. 고대 인도의학에서는 몸속에 '말마', 즉 '육체의 치명적 부분'이 있는데 이것을 건드리면 죽거나 발광한다고 믿었다. '단말마'는 그 급소急所가 끊어진다 해서 위의 뜻이 되었다. 지금은 '죽음에 이른 때' '임종' 등의 뜻으로까지 의미가 확대되어 사용된다. 대개 '단말마적 고통' '단말마의 고통' '단말마와 같은 고통'의 형태로 사용된다. 간혹 '천리마'나 '경주마'처럼 특별한 말馬의 일종인 것으로 잘못 알고 있는 사람이 있다.

> →늑대
> 35년 전의 누런 신문 조각을 찾기 위해 서고를 뒤진 까닭은 다름이 아니다. 패전을 앞두고 단말마처럼 광분한 일제로부터 겁탈당한 이 겨레의 '과거사 바로 세우기'가 엉뚱한 방향으로 빠져들고 있다는 우려 때문이다.

단장斷腸

어미가 새끼를 찾다 죽은 애틋한 사연

창자가 끊어질 듯한 슬픔이나 괴로움.

'腸(장)'은 창자, '斷(단)'은 '끊어지다'의 뜻이다. '단장의 미아리고개'란 노래로 익숙한 이 말에는 어미 원숭이가 새끼 원숭이를 찾다 죽은 애틋한 사연이 담겨 있다. 남송南宋의 유의경劉義慶이 편찬한 『세설신어世說新語』에는 이런 이야기가 실려 있다.

동진東晋의 장수 환온(桓溫·312~373)이 촉蜀을 치기 위해 장강長江의 삼협三峽을 건널 때 한 병사가 장난삼아 원숭이 새끼를 잡아 배에 태웠다. 그러자 어미 원숭이가 슬피 울며 100여 리를 따라오다 배 안으로 뛰어들었는데, 숨을 헐떡거리더니 곧 죽어버렸다. 이상하게 생각한 병사들이 원숭이의 배를 갈라보았더니 창자가 토막토막 끊어져 있었다.

'단장'은 바로 이 이야기가 사람들에게 알려져 '가족을 잃은 엄청난 슬픔'을 비유하는 말로 쓰이게 되었다. '몹시 슬퍼 창자가 끊어질 듯하다'는 뜻의 형용사 '애끊다'도 이 고사와 관련이 있다. ➡'애끊다'와 '애끓다'

삼협은 중국 사천四川과 호북湖北 두 성의 경계에 있는 장강 중류의 세 협곡, 즉 구당협瞿塘峡 무협巫峡 서릉협西陵峡을 말한다. 이 일대의 강 연안에는 깎아지른 듯한 절벽이 솟아있고, 경관이 매우 수려해 관광명소가 되어 있다.

> 할머니가 당한 고통은 상상을 초월한다. 열여덟 어린 나이에 '일본군의 성 노예'로 끌려가 육신이 찢어지고, 그것도 부족해 캄보디아 내전으로 자식을 잃는 단장의 슬픔까지 맛보아야 했다. 한국일보 970615

달마達磨

소림권법은 그 도사가 만들었다

6세기경 인도 출신의 승려.

'법法'의 뜻인 범어 'dharma'의 음역音譯이므로 한자의 뜻과는 아무 상관이 없다. 그는 520년 전후에 인도에서 동쪽인 중국으로 건너와 소림사少林寺의 동굴에서 9년 동안의 면벽좌선面壁坐禪 끝에 깨달음을 얻고 중국 선종禪宗의 시조가 되었다. 무술영화의 단골 소재인 소림권법少林拳法은 그가 승려들의 건강증진과 정신수양을 위해 개발한 것인데, 훗날 호신술로 발전된 것이다.

송나라 때 불교서인 『오등회원五燈會元』에는 달마가 남천축국(南天竺國·남인도) 향지왕香至王의 셋째 아들인 것으로 기록되어 있다. 그러나 그에 대한 이

김명국(金明國, 1600~1662)**의 달마도** 수많은 달마도 중에서 가장 잘된 작품으로 평가되고 있는 이 작품은 김명국이 조선통신사朝鮮通信使로 일본에 갔다가 현지인들의 요청으로 즉석에서 그려준 것이라고 한다.

야기 중에는 비현실적인 것이 많다. 예를 들어 그가 중국에 온 나이가 140세였다거나, 죽은 뒤에 부활해 신발 한 짝만 남기고 서쪽으로 떠났는데, 군사들이 추격하자 갈대 잎을 타고 강물을 건넜다는 내용 등은 그대로 믿기 어렵다. 이 때문에 일부에서는 실존 인물이 아니라고 말하기도 한다.

> 수많은 동쪽 젊은이들이 달마의 고향 서쪽으로 떠났다. 당·신라·왜…. 청년들은 배낭족들처럼 이곳 서안에 모여 정보를 나누고 사막으로 떠났고 용케 살아남은 자들은 서역 천축에서 재회하곤 했다.

닭도리탕

순 우리말 '닭'에 일본어 '도리鳥'를 결합한 '닭도리'에 한자 '탕湯'을 붙인 국적불명의 말이다. '도리'는 '닭'의 뜻인 '니와토리(鷄·にわとり)'에서 앞부분을 뺀 것이므로 '닭도리'는 '역전앞' 같은 이중표현(겹말)이다. 따라서 '닭볶음탕' 또는 '닭매운탕'으로 고쳐 쓰는 것이 좋다. 일부에서는 '도리'를 '둥글게 빙 돌려서 베거나 파다'의 뜻인 '도리다'의 어간이므로, 국적불명의 말이 아니라 우리 고유어라고 주장하기도 하나 이는 사실과 다르다.

> 김혜수는 "운전면허를 따면, 동생과 어머니를 태우고 양수리에 닭도리탕을 먹으러 갈 것"이라고 소박한 소망을 얘기했다.
> (닭도리탕 → 닭볶음탕)

대원군大院君

그 말고도 이렇게 불리는 사람은 더 있다

왕이 왕위를 계승할 적자嫡子 없이 죽을 경우 가장 합당한 종친宗親이 왕위를 계승하게 되는데, 이렇게 왕이 된 사람의 아버지를 일컫는 말.

조선시대에는 모두 4명의 대원군이 있었다. 선조의 아버지 덕흥군德興君이 최초이고, 인조의 아버지 정원군定遠君이 두 번째다. 그 뒤 헌종이 죽고 철종이 왕위에 오르면서 그의 아버지 전계군全溪君이 대원군에 추존됐고, 마지막으로 철종이 후사後嗣 없이 죽은 뒤 고종이 왕위에 오르면서 그의 아버지 흥선군興宣君이 대원군이 됐다.

이중 가장 유명한 인물은 흥선대원군 이하응李昰應이다. 당시 법제에 따르면, 대원군은 왕의 본처 소생인 대군大君에 해당하는 예우를 받게 되어 있었으나, 고종은 12세에 왕이 되었으므로 흥선대원군은 10여 년 동안 최고 권력자로 국정에 많은 영향을 끼쳤다. 이 때문에 '대원군'과 '흥선대원군'을 동일시하는 경우가 많다. 그러나 고종의 아버지인 이하응만을 특정할 때는 '흥선대원군'이라고 해야 정확한 표현이 된다.

> 일본은 19세기 중엽 해군제독 페리를 앞세운 미국의 개항압력에 굴복해 일찌감치 나라 문을 열어 시야를 세계로 넓히고 서양의 지식과 문물을 빠른 속도로 흡수했다. 그러나 같은 시대 대원군은 미국과의 전투 같지도 않은 전투에서 이긴 승리감에 취해 미국에 대한 적개심을 불태우면서 우리나라 반미의 원조가 되었다.
> → 흥선대원군

대증요법對症療法

어떤 일에 대해 근본적인 해결을 하지 않고 나타난 상태에 따라서 임시방편으로 처리하는 방식.

원래는 병의 근원과 상관없이 겉으로 드러나는 증세에 따라 병을 치료하는 방법을 말한다. 열이 높을 때 얼음찜질을 하거나 해열제를 쓰는 것 등이 그 예다. 반대개념은 '원인요법原因療法' '병인요법病因療法'이다. '대중적大衆的'이라는 말이 연상되기 때문인지 '대중요법'으로 잘못 쓰는 경우가 많다.

> 2, 3년 전만 해도 부동산을 경기부양 수단으로만 인식해 각종 규제를 완화하던 정부가 이번에는 언제 그랬느냐는 식으로 모든 것을 뒤집어버렸다. 정책에 일관성이 없고 대증요법만 난무한다는 지적이 있어도 할 말이 없게 됐다. 문화일보 011012

더치페이

그런 계산법에 '네덜란드'가 붙은 이유

함께 음식을 먹은 뒤 값을 각자 내는 것. 각자부담.

일본어식으로 하면 '와리깡割り勘'이다. 음식을 같이 먹고도 통 크게 한 사람이 돈을 내는 것이 아니라 따로따로 내는 것이므로 다소 이기적인 느낌이 드는 계산법이다.

'네덜란드의'란 뜻의 'Dutch'와 '지급'의 뜻인 'pay'를 결합한 'Dutch pay'를 외래어표기법에 따라 적은 것이지만 Dutch pay가 올바른 영어는 아니다. 올바른 영어로 '각자부담'은 'Dutch treat'이고, '각자부담하다'는 'Go Dutch'다. 따라서 '각자부담하자'라고 하면 'Let's go Dutch'가 된다.

이런 계산법에 하필 '네덜란드'가 붙은 것은 다음과 같은 이유 때문이다. 남보다 일찍 해상무역에 손을 댄 네덜란드는 17세기 중엽 강력한 국력을 자랑했다. 이때 똑같이 해상세력의 확대를 꾀하던 영국과 갈등이 생겨 무려 3년여에 걸친 전쟁을 벌이는데, 이때 생긴 경멸과 증오의 기분이 영어에 나타난 것이 'Dutch'다. 즉, 'Dutch'는 원래 '독일의'란 뜻이었는데 그 일 이후로 '네덜란드의'란 뜻으로 변하고, 이 말이 붙으면 '냉소적인'이란 뉘앙스가 풍기게 된 것이다.

이를 뒷받침하는 예는 많다. 'Dutch act'(자살행위), 'Dutch auction'(값을 깎아 내려가는 경매), 'Dutch uncle'(심하게 비판하는 사람), 'Dutch bargain'(한잔 마시며 맺는 매매계약), 'Dutch comport'(반갑지 않은 위로), 'Double Dutch'(상대를 속일 목적으로 모호하게 하는 말), 'Dutch courage'(술김에 부리는 허세) 등이 그것이다. '더치페이'도 그런 전쟁의 응어리가 묻어 있는 말이다. 우리말 순화어로 '추렴'이 제시되고 있으나 '각자부담'으로 쓰는 것이 좋다.

> '더치페이'의 정반대편엔 '코리언페이'가 있다. '쏜다' 문화, '한턱' 문화다. 인정 많은 민족정서에서 비롯된 측면도 있지만, '코리언페이'는 분명 한국만의 독특한 경제사회 시스템의 산물이다. 한국일보 010628

데스크

신문 · 잡지 · 방송사의 취재 및 편집 책임자.

'desk' 의 여러 의미 중 '편집부編輯部' 란 뜻의 미국영어를 확대해 쓰고 있는 경우다. '데스크를 보다' 는 여기에서 파생된 말로 '책임기자(부장)가 아랫사람이 쓴 기사를 점검하거나 퇴고한다' 는 뜻이다.

> 시청자는 '젊음' 이 아니라 '고품질' 을 원한다. 마흔 갓 넘은 기자가 데스크로 안주하는 현실은 방송매체가 왜 저널리즘적 영향력이 없는가에 대한 답이다. 늙은 기자가 많은 사회는 '사회적 실수' 가 없다.

도구道具

수행승의 보따리에 있는 코털집게

어떤 일을 할 때 쓰는 연장.

원래는 '수행승이 쓰던 여러 가지 물건' 을 가리켰다. 그 물건을 크게 나누면 삼의三衣 · 육물六物 · 십팔물十八物 · 백일물百一物이다. '삼의' 는 세 가지 승려복으로 대의大衣 · 칠조七條 · 오조五條를 말하고, '육물' 은 삼의와 물병 · 그릇 · 깔개를 말한다. '십팔물' 은 육물과 향로 · 손수건 · (코털제거용) 족집게 · 경전 · 불상 등 18가지 물건을 말하고, '백일물' 은 삼의 · 육물 · 십팔물과 그밖의 여러 가지 생활용구를 말한다. 말하자면 이런 모든 것들을 '불도佛道를 닦는 데 쓰는 기구器具' 라 해서 '도구' 라 했다.

그림 김도원

도떼기시장

'도매'로 물건을 '떼는' 곳

상품·중고품·고물 등을 도산매·투매하거나 비밀거래하는 시끌벅적한 시장.

옛날부터 "고양이 뿔과 중의 상투만 없지 이 세상 물건치고 없는 것이 없다"거나 "고양이 뿔과 중의 상투도 있다"고 말해지던 곳이다. '도떼기'란 물건을 나누지 않고 한데 합쳐 흥정하거나 물건을 한꺼번에 여러 죽씩 팔아넘기는, 오늘날의 '도매都賣'에 해당하는 말이다.

'도'는 '도매·도급·도거리'의 '도'와 같은 쓰임새이고, '-떼기'는 '밭떼기'의 '-떼기'와 같은 쓰임새다. '돗데기시장' '돗대기시장' '돗떼기시장' '돗때기시장' 등으로 잘못 쓰기 쉽다. 그러나 '물건을 도매로 떼는 시장'이라고 생각하면 이런 일이 없다. ➡난장판

> 재킷을 입은 메신저들이 주문용지를 움켜쥐고 장내를 뛰어다닌다. 등장인물만 다를 뿐 겉모양은 가락동시장과 다를 바 없는 풍경이다. 돗데기시장이란 표현을 하기에 딱 적합하다.
> ↳도떼기시장

도로아미타불

애써 노력한 일이 물거품으로 돌아갔음을 일컫는 말.

'아미타불에 귀의하겠습니다'라는 뜻의 '나무아미타불南無阿彌陀佛'에서 '나무' 대신 '도로'를 넣어 '도로(다시) 아미타불을 외게 되었다'는 뜻을 일컬은 말이다. '아미타불'은 성불成佛하여 서방의 극락정토에 있는 부처로, 불교에서는 성불할 수 없는 사람도 진심으로 염불하면 그 구제력으로 인해 극락에 갈 수 있다고 말한다. '나무南無'는 범어 'Namas'의 음역音譯으로 '돌아가 의지함'의 뜻이다.

조선시대 부묵자副默子가 편찬한 『파수록罷睡錄』에는 '도로아미타불'과 관련한 다음과 같은 이야기가 실려 있다.

한 선비가 말을 타고 언 강을 건너려 했으나 아무래도 얼음이 깨질 것 같았다. 그래서 짐을 끈에 매달아 말안장에 매고, 자신은 고삐를 길게 해 말보다 몇 걸음 앞서 나갔다. 무게를 분산하기 위해서다. 그래도 마음이 놓이지 않아 '나무아미타불'을 외웠는데, 강을 거의 건너자 선비로서 염불한 것이 부끄러워 "지랄이나 나무아미타불" 하고 중얼거렸다. 그러고나서 돌아보니 안장에 묶은 끈이 풀려 짐이 강 한가운데 놓여 있기에 선비는 하는 수 없이 도로 '나무아미타불'을 외며 짐을 가져왔다고 한다. ➡나무아미타불

> 이래도 저래도 갈등은 피할 수 없고 힘의 쏠림현상에 따라서는 애써 쌓아온 쇄신이 도로아미타불이 되고 말 수도 있다. 문화일보 020111

도무지

자식이 용서할 수 없는 죄를 저지르면

아무리 해도. 도저히 어찌해 볼 도리가 없는.

도모지형을 받고 있는 죄인의 모습 반드시 부정어를 동반하는 부사 '도무지'는 이런 야만적 형벌에서 온 것으로, 조선조 철종 연간인 1860년경부터 사용됐다. 사진은 19세기 초 조선의 한 외딴섬에서 벌어지는 연쇄살인사건을 소재로 한 영화 『혈의 누』(김대승 감독)의 한 장면이다.

조선시대에 행해졌던 '도모지塗貌紙'라는 형벌에서 나온 말이라는 주장이 많다. 전북대 교수를 지낸 최창렬崔昌烈 선생에 따르면, '옛날 자식이 용서할 수 없는 죄를 저질렀을 때 아버지가 그 자식을 붙잡아 얼굴에 물먹은 창호지를 발라 질식사시켰는데, 이것을 얼굴貌에 바르는塗 종이紙라 해서 도모지라 했다 한다(『어원의 오솔길』, 한샘). 말하자면 '도모지'는 살상용 종이의 이름이자 형벌의 이름이었고, 오늘날의 '도무지'는 '도모지'라는 형벌을 당하면 옴짝달싹할 수

없는 상황에 이르기 때문에 생겼다는 것이다. 황현(黃玹·1855~1910)의 『매천야록梅泉野錄』에도 이를 뒷받침하는 기록이 있다.

> 근래 우리말에 '도모지都某知'라는 3자를 말머리로 삼고 있다. 폐일언하면 도대체 누가 알겠는가와 같은 말이니, 영문을 모르면 말하지 말라는 뜻이다. … 운현(흥선대원군)이 집권하고 있을 때 사학邪學 도주盜鑄 등으로 처형된 사람이 천여 명이나 됐다. 포도청 형졸들도 살인에 염증을 느껴 연좌된 죄인에게 백지 한 장을 죄수 얼굴에 붙이고 물을 뿌리면 죄수의 숨이 막혀 순식간에 죽곤 했다. 이를 해석한 사람의 말을 들으면 '도모지都某知'라고 한 것은 '도모지塗貌紙'라는 것이다.

도원결의桃園結義

짚신장수는 이렇게 거한을 얻었다

의형제를 맺음. 의형제와 같은 깊은 사이가 됨.

중국 후한 말 유비劉備·관우關羽·장비張飛가 복숭아밭桃園에서 의형제를 맺었다結義는 『삼국지』 이야기에서 온 말이다.

국정의 문란과 계속되는 흉년으로 도처에서 황건적黃巾賊이 일어나자 한나라 조정은 지방 수령들에게 자체적으로 의병을 모집해 진압하라는 명령을 내린다. 유주(幽州·하북성 북부)에서 의병모집의 방을 보고 있던 유비가 나라를 걱정하며 한숨을 쉬는데, 이 모습을 본 장비가 유비의 소매를 잡고 주막으로 이끌었다. 이때 관우가 우연히 주막에 들렀다가 유비·장비를 만나게 된다. 이렇게 첫 만남에서 의기투합한 세 사람은 장비의 집 뒤뜰에 있는 복숭아밭으로 자리를 옮겨 의형제를 맺고 대업을 도모하기로 맹세한다.

> 세 사람의 강단은 주위의 예상을 뛰어넘었다. 파투는커녕 서로 도원결의를 다지며 '한국고음반연구회'를 만들었다. 일이 점점 커져갔다. 그들은 해마다 고음반 전시회를 열고, 자료집을 냈다. 서울신문 101013

『삼걸도원결의도』三傑桃園結義圖 근세의 일본화가 쓰키오카 요시토시月岡芳年가 1883년에 그린 것이다. 유비(가운데)는 한때 짚신장수를 했지만 각고 끝에 촉한蜀漢의 황제가 된다. 장비(왼쪽)는 과격하고 술을 좋아하지만 장팔사모丈八蛇矛를 휘두르며 혼자서 1만의 병사를 상대할 수 있다는 괴력의 사나이다. 관우(오른쪽)는 82근에 달하는 청룡언월도靑龍偃月刀를 자유자재로 휘두르는 거한이다. 충성심이 강하고 당당한 성품을 지녀 지금도 중국인들은 '의리의 화신' 으로 추앙한다. 이들은 시골 저잣거리에서 우연히 만나 결의結義를 했지만, 오랫동안 친형제 이상의 관계를 유지하며 무수한 '남자들의 이야기' 를 만들어냈다.

도탄塗炭

몹시 곤궁하여 고통스러운 지경.

'塗(도)' 는 '진흙' 의 뜻이고, '炭(탄)' 은 '숯불' 의 뜻이다. 진흙수렁에 빠지면 헤어나기가 어렵고, 이글거리는 숯불에 빠지면 큰 화를 당한다 해서 온 말이다. 주로 '도탄에 빠지다' '도탄에서 허덕이다' 의 형태로 쓰인다.

독불장군獨不將軍

'지도자의 덕목' 이 왜 이렇게 쓰일까?

자기만 잘난 척하거나 일을 자기 생각대로 처리하는 사람.

한자 뜻대로 새기면 '혼자獨서는 장군將軍이 될 수 없다不' 는 말이다. 즉,

그림 김도원

장군이란 따르는 부하가 있어야 존재할 수 있다는 말이므로 '지도자의 덕목'을 언급한 말이다. 그러나 실제로는 이와 정 반대의 뜻으로 쓰인다. 따라서 학자들은 중국이나 조선시대에 용례가 없는 것으로 보아 독불장군은 개화기 전후에 우리나라에서 체계적인 조어과정 없이 만들어진 말로 본다.

일부에서는 '독단적인 사람'을 '뿔角난 도깨비'에 빗대 '독뿔장군'이라 한 것이 국어사전을 편찬하는 과정에서 獨不將軍이 됐다고 보기도 한다. 1947년에 한글학회가 발행한 『큰사전』에는 '독불장군'이란 표제어 뒤에 '獨-將軍'으로 병기해 '불'을 '不'로 특정하지 않았는데, 이듬해 나온 이윤재李允宰의 『표준한글사전』(고려서적 간)에는 '獨不將軍'으로 병기해 '불'이 '不'로 특정되어 있다.

돈가스

키 좀 커보려고 개발한 음식이라고?

돼지고기에 빵가루를 묻혀 기름에 튀긴 요리.

언젠가 "돼지고기로 만든 것을 '돈가스'라 하면, 쇠고기로 만든 것은 '우가스'라 해야 할 터인데, 왜 '비후가스'냐?"라고 말하는 사람이 있었는데, 말에 관심있는 사람이라면 충분히 가질 수 있는 궁금증이다.

'돈가스'는 일본어 '豚カツ(donkatsu)'에서 온 말이다. '豚カツ'는 '돼지 돈'의 일본어 독음인 '돈(トン·don)'에 영어 '커틀릿'(cutlet·얇게 저민 고기)의 일본어음인 '가쓰레쓰(カツレツ)'를 줄여 붙인 것이다.

일본에서는 불교를 받아들인 천무천황(天武天皇·631~686) 때부터 무려 1200년 동안 네 발 달린 짐승의 고기를 먹는 것이 금지됐었다. 이 같은 금육禁肉의

전통을 깬 것이 명치유신明治維新이었다. 유신의 주역들은 육식肉食으로 일본인의 작은 체형을 바꾸는 것이 근대화의 지름길이라고 생각한 것이다. 그러나 일반인들은 고기 요리를 쉽게 받아들이지 못했다. 이것을 재빨리 비즈니스에 이용한 것은 도쿄 우에노上野에 있는 '폰치켄ポンチ軒' 이라는 양식당이었다. 궁내성宮內省 조리사로 퇴직한 시마다 신지로島田信二郎라는 사람이 운영하는 이 양식당에서 1929년 양식에 일식을 결합해 절충식 요리를 개발했는데, 이것이 바로 '돈가스' 다.

돈까스, 돈카스, 돈가스…. 거리의 간판들은 이렇게 무질서하게 적혀 있지만, '돈가스' 로 적는 것이 현행 규칙에는 맞다. 그러나 이것은 엄연히 일본요리이므로 일본어표기법에 따라 '돈카쓰' 로 적도록 해야 했다.

똑같은 방법으로 쇠고기beef를 튀긴 것에는 '비후카쓰ビーフカツ' 라는 이름을 붙였다. '비프커틀릿beef-cutlet' 의 일본식 발음이지만, 왜 돈가스에는 '돼지돈' 을 붙이면서 비후카쓰에는 '소우' 를 붙이지 않았는지는 '폰치켄' 을 차린 시마다만이 알 일이다. 어쨌든 이 두 요리는 사마다의 뜻대로 크게 성공했고, 일제시대에 똑같은 이름으로 우리나라에 들어왔다.

거리의 간판들을 보면 '돈까스' '돈까쓰' '돈카스' '돈가스' 등으로 질서없이 적혀있는데, 외래어 표기는 '돈가스' 로 하도록 되어 있다. 그러나 '돈가스' 는 엄연히 일본요리이므로 일본어표기법에 따라 '돈카쓰' 로 적어야 할 텐데, 왜 '돈가스' 로 적도록 했는지 모를 일이다. ➡비후카쓰

돌아온 탕아蕩兒

"내 아들은 내가 잃었다가 다시 얻었노라"

집을 나가 방탕한 생활을 하다 자신의 행동을 반성하고 돌아온 사람.

렘브란트의 『탕아의 귀향』(1669) 거지가 되어 돌아온 아들은 아버지 앞에 무릎을 꿇고 이렇게 말한다. "하늘과 아버지께 죄를 지었사오니 지금부터는 아버지의 아들이라 일컬음을 감당하지 못하겠나이다." 그러나 아버지는 종들에게 이렇게 이른다. "제일 좋은 옷을 입히고, 가락지를 끼우고, 신을 신겨라. 그리고 살진 송아지를 잡아라. 내 아들은 죽었다가 다시 살아났으며, 내가 잃었다가 다시 얻었노라."

탕아蕩兒란 '방탕한 사람'이란 뜻이다. 예수가 제자들에게 회개의 참뜻을 알리기 위해 든 여러 가지 예화例話 중 하나로, 『누가복음』(15장)에 다음과 같은 이야기가 실려 있다.

어떤 사람이 두 아들을 두었다. 큰아들은 성실하고 아버지의 말을 잘 들었으나 둘째아들은 그러지 않았다. 어느 날 둘째아들이 아버지에게 자기에게 돌아올 유산을 미리 달라고 조르자 아버지는 아들들에게 재산을 나누어 주었다. 둘째아들은 곧 재산을 처분해 먼 나라로 떠났다. 하지만 그는 방탕한 생활을 한 나머지 재산이 모두 없어져버린다. 설상가상雪上加霜으로 그 나라에 기근이 들어 아들은 거지 신세가 된다. 배가 고픈 아들은 부잣집 머슴으로 들어가 돼지밥을 먹는 등 참혹한 생활을 한다. 그제야 아들은 자신의 잘못을 뉘우치고 아버지에게 돌아오는데, 아버지는 그런 아들을 나무라지 않고 오히려 성대하게 맞이한다.

> 돌아온 탕아의 눈길이 동구 밖 느티나무부터 더듬듯이, 오랜 방황과 외도를 끝내고 본디의 자리로 돌아오는 이들이 먼저 찾고 보는 것이 첫 마음, 그러니까 초심이다. 한겨레 010108

동냥

거지들의 구걸행각.

원래는 '스님이 시주施主를 얻으려고 돌아다니는 일, 또는 그렇게 얻은 돈이나 물건'을 가리키는 말이었다. 불가에 '요령搖鈴을 흔들고 다닌다'는 뜻의 '동령動鈴'이란 말이 있는데, 이것이 변한 것이다. '요령'이란 번뇌를 없애고 불심을 일으키기 위해 흔드는 놋쇠종이다. 스님들이 곡식을 얻기 위해 민가의 문 앞에서 이것을 흔들었기 때문에 '구걸'이란 의미가 되었다. '동네에서 구하는 양식'이라는 뜻으로 '동량洞糧'이라 하기도 한다.

동장군冬將軍

일본어가 녹아든 절묘한 의역

'혹독한 겨울 추위'를 비유적으로 일컫는 말.

나폴레옹 1세의 러시아 침략전쟁에 뿌리를 둔 말이다. 나폴레옹은 1812년 60만 대군을 이끌고 러시아원정을 감행한다. 러시아가 자신이 내린 '대륙봉쇄령'을 어기고 영국과 교역을 한 데 대한 보복이었다.

처음에는 프랑스군이 승승장구하는 듯했다. 그러나 겨울이 닥치자 추위에 충분히 대비하지 못한 프랑스군은 무려 40만 명의 희생자를 내며 패퇴해야 했다. 러시아는 수적 열세를 러시아의 맹추위를 이용해서 물리친 것인데, 이를 영국의 한 신문기자가 'general frost'라 표현하며 맹추위에 '장군'이라는 이름을 붙였다. '혹한酷寒'을 보통 'Jack Frost'라고 의인화하여 나타내는 데 착안한 것이다. 직역하면 '영하의 장군'이라는 뜻이다.

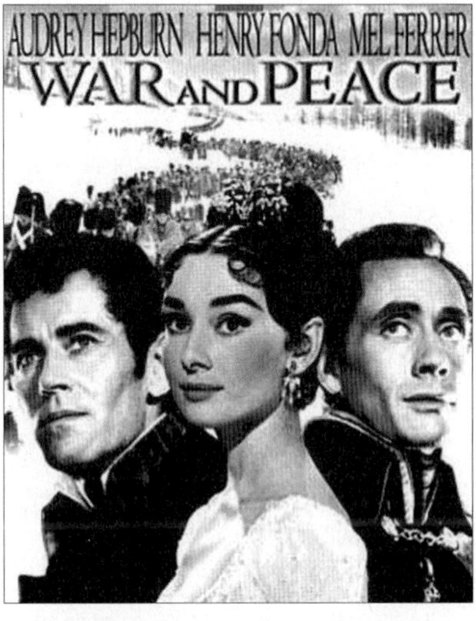

영화 『전쟁과 평화』(킹 비더 감독, 1956)**의 포스터** 눈밭을 걸어가는 긴 행렬이 배경으로 깔려 있다. 1812년 나폴레옹의 러시아 침략전쟁을 전후한 15년간의 격동기를 그린 톨스토이의 동명소설을 영화화했다.

이것을 '동장군'으로 번역한 것은 일본이다. 오상현吳相鉉 홍익대 겸임교수에 따르면, 독일 유학 경험이 있는 군의관 출신의 작가 모리 오가이森鷗外가 톨스토이의 『전쟁과 평화』를 번역하면서 'general frost'를 '동장군'으로 번역했다고 한다. 그러나 오가이는 처음에는 직역에 가깝게 '극한장군極寒將軍'이라고 했으나 탈고 직전에 나폴레옹의 러시아 침략전쟁 때 공을 세운 '알렉세이 후유시코프'(1785~1846) 장군을 염두에 두고 '동장군冬將軍'으로 바꿨다는 것이다. '후유시코프'의 '후유'가 일본어로 '겨울(冬·ふゆ·huyu)'을 의미했기 때문이다.

'돼라'와 '되라'

'사람이 되라'만 맞는다고?

'말이 통하는 사람이 돼라'와 '말이 통하는 사람이 되라' 중 어느 것이 맞는지 궁금할 때가 많다. 뉘앙스가 약간 다를 뿐 다 맞는 표현이다. 그 이유는 이렇다.

동사의 명령형에는 '직접명령형(구어체명령형)'과 '간접명령형(문어체명령형)'이 있다. 직접명령형은 어간의 끝음절 모음이 ㅏ(ㅑ)·ㅗ일 때 어미 '-아라'를 붙이고(말다 → 말아라, 놀다 → 놀아라), 그밖의 모음일 때는 '-어라'를 붙여서 만든다(풀다 → 풀어라, 걸다 → 걸어라). 간접명령형은 어간에 어미 '-라'를 바로 붙여 만든다. 이때는 어간 끝에 받침이 없거나 ㄹ이 오면 '-라'를 바로 붙이지만(밝히다 → 밝히라, 풀다 → 풀라), 받침이 있으면 매개모음 '으'를 추가해 '-으라'를 붙여 만든다(받다 → 받으라). 결국 '…사람이 돼라'는 '되다'의 어간에 '-어라'가 붙어 '되어라'가 된 것이 줄어든 직접명령형이고, '사람이 되라'는 '-라'가 바로 붙은 간접명령형인 것이다.

그렇다면 글 속에서 직접명령형과 간접명령형을 어떻게 구분해 쓸 것인가. 반드시 그래야 하는 것은 아니지만, 대화는 직접명령형으로, 지문地文은 간접명령형으로 쓰는 것이 좋다. 시험문제를 낼 때도 '맞는 답을 괄호 안에 쓰라' 라고 할 것인지 '맞는 답을 괄호 안에 써라' 라고 할 것인지 고민하는 사람이 있는데, 이때도 '지문은 간접명령형으로 한다' 는 것을 참고해 '쓰라' 로 하는 것이 좋다. 현수막이나 책 제목도 간접명령형을 쓰는 경우가 많다.

되놈

바지 내리고 오줌 갈긴 그의 행실을 보면…

홍타이지 여진족을 규합하여 후금後金을 세운 누르하치의 아들로, 한족의 명을 무너뜨리고 중국 전역을 정복했으니 가히 여진족의 영웅이라 할 만하다. 하지만 성품은 매우 포악하고 무모한 것으로 알려져 있다. 그는 청의 황제에 오르자 10만 대군을 이끌고 직접 조선을 침략해 갖은 만행을 저질렀다. 인조 조정의 남한산성 농성 행적을 기록한 『남한일기南漢日記』에는, '홍타이지가 인조에게 항복을 받은 직후 수항단受降壇 아래로 내려가 바지를 내리고 오줌을 갈겼다' 는 기록이 있다.

중국 사람을 낮잡아 이르는 말.

'되' 는 만주지방에 살던 여진족女眞族을 낮잡아 이르는 우리말이다. 세조 5년에 간행된 『월인석보月印釋譜』에 용례가 나오는 것으로 보아 조선 초기 이전부터 여진족을 그렇게 불렀음을 알 수 있다. 그 '되' 에 '사람' 이란 뜻의 '놈' 을 붙인 '되놈' 은 원래는 여진족만을 일컫는 말로 사용되었다. 그러다 여진족이 한족漢族의 명明을 무너뜨리고 청淸을 세운 뒤에는 '청나라 사람' 을 일컫는 말로 사용되었고, 나중에는 '중국사람 전체' 를 얕잡아 이르는 말이 되었다.

서울 성북구 돈암동 '미아리고개' 의 별칭이던 '되너미고개' 는 병자호란 때 '되놈(청나라 놈)들이 넘어 쳐들어온 고개' 라 해서 붙은 이름이다. 돈암동敦岩洞의 '돈암' 은 이 '되넘이' 를 한자식으로 표현한 것이다.

> '재주는 곰이 넘고 돈은 되놈이 번다' 는 말이 있다. 어렸을 때는 하고많은 재주꾼 중 왜 하필 곰인가, 밉기로는 일본인이 더할 텐데 왜 중국인인가 하고 의문을 가졌다. 지금 와서는 곰의 미련함과 화상의 약삭빠름을 대비시킨 선인의 해학을 짐작할 따름이다. 동아일보 060914

두각頭角

"유씨 가문에 자식다운 자식이 났다"

학식이나 재능이 두드러짐.

'두각頭角'이란 '짐승의 머리頭에 있는 뿔角'을 가리키므로 '매우 두드러지는 부위'라 해서 이런 뜻이 생겼다. 당나라의 문장가인 한유(韓愈·768~824)가 그의 절친한 친구인 유종원柳宗元이 죽자 그의 묘지명墓誌銘에 적은 '見頭角(견두각)'에서 따온 말이다. 묘지명은 이렇게 되어 있다.

"유종원은 어릴 때부터 총명하여 모든 것에 통달해 있었다. 부친의 생존시에는 소년이었지만 이미 완성의 경지에 도달해 있었다. 진사시進士試에 급제하여 '한층 높이 뛰어나 두각을 나타냈다(嶄然見頭角·참연견두각)'. 사람들은 모두 유씨 가문에 자식다운 자식이 났다고 말했다."

> 문학의 모양새는 원래 울퉁불퉁하다. 그렇다고 당장 발등에 떨어진 불똥이 아니라고 해서 지원을 게을리한다면 우리 문학이 세계로 뻗어나가 두각을 나타낼 시간은 요원하다.

'두껍다'와 '두텁다'

같은 말 같지만 약간 쓰임새가 다르다. '두껍다'는 '두께가 보통의 정도보다 크다'는 뜻이고, '두텁다'는 '인정이나 아끼는 마음이 깊다'는 뜻이다. 따라서 '두껍다'는 '아버지는 두꺼운 내의를 입고 계신다'와 같은 문장에 쓸 수 있고, '두텁다'는 '아들은 사장의 신임이 두텁다'와 같은 문장에 쓸 수 있다. 다시 말하면 '두껍다'는 '물질적인 두께'가 많은 것을 말하고, '두텁다'는 '추상적인 두께'가 많은 것을 뜻한다. 그러나 이런 구분에도 불구하고 바둑에서는 '두껍다'를 쓰지 않는다. 즉, 약점이 없이 차분히 실리를 추구하면서 돌을 놓아가는 것을 바둑에서는 '두텁다'고 하는 것이다.

> 손 회장의 코는 전형적으로 재복이 있는 코다. 윤곽이 두텁게(→두껍게) 뻗어 있고 양쪽 콧방울이 뚜렷하면서 앞에서 콧구멍이 보이지 않는다.

두문불출杜門不出

세상과 단절하는 것만이 능사는 아니다

집 안에만 틀어박혀 세상 밖으로 다니지 않음.

'두문杜門'은 '두문동杜門洞'을 일컫는 말로, 개성시 개풍군 광덕산 서쪽 기슭에 있었다는 마을 이름이다. '杜(두)'는 '막다' '닫아걸다'의 뜻이다.

1392년 이성계李成桂가 조선을 세워 집권하자 이를 반대하던 맹호성·조의생·임선미·이경·성사제·신규 등 72명의 고려 유신(두문동72현)들이 이곳에 들어와 마을에 문을 만들어 잠그고 세상과 단절하고 살았다는 이야기에서 나온 말이다. 이들은 결국 이방원李芳遠 일파에 의해 몰살당하는데, 훗날 정조正祖는 개성 성균관에 표절사表節祠를 세워 이들의 충절을 기리게 된다.

함흥차사咸興差使·이전투구泥田鬪狗·오비이락烏飛梨落 등과 함께 우리나라에서 만들어진 몇 안 되는 사자성어 중 하나다.

두찬杜撰

규칙을 어기는 게 인기의 비결이라고?

전거典據와 출처가 확실하지 않거나 틀린 곳이 많은 저술.

중국 송宋나라 두묵杜默이 지은 시는 운율이 맞지 않는 경우가 많아 격식이 틀린 것을 '두묵이 찬撰한 것'이라 했다는 이야기에서 온 말이다. '撰(찬)'은 '시문을 짓거나 책을 저술하다'의 뜻이다. 두묵의 시는 당대의 대가인 구양수歐陽修의 작품과 함께 인기가 있었는데, 그 비결은 정형시의 규칙과 완전히 다르게 짓는 파격破格 때문이었다. 『야객총서野客叢書』에 나오는 말이다.

> 책들이 망해가고 있다. 책장수가 망한다는 게 아니다. 책 자체가 엉망진창이라는 얘기다. 전거와 논거가 불확실하고 내용에 틀린 곳이 많은 이른바 '두찬'은 자세히 읽어봐야 알 일이지만 첫째 오자가 많다. 경향신문 910518

그림 김도원

'뒤처지다'와 '뒤쳐지다'

앞으로 뻗는 획이 하나냐 둘이냐로 의미가 크게 달라지는 말이다. 예를 들어 '초반에 뒤□지다 막판에 대 역전극을 펼쳤다.'라는 문장이 있다면 □안에 무엇을 넣어야 할 것인가. 10명 중 3명은 '쳐'를 넣을 것이지만 '처'를 넣어야 맞다.

'뒤처지다'는 '뒤로 남게 되거나 뒤에 떨어지다'의 뜻으로 '처지다'라는 동사에 접두사 '뒤'가 붙은 것이고, '뒤쳐지다'는 '뒤집혀서 젖혀지다'란 뜻이다. 그러나 실제의 언어생활에서는 대부분 '뒤처지다'이고 '뒤쳐지다'를 사용하는 예는 별로 없다. 굳이 예를 들자면 '바람에 현수막이 뒤쳐졌다'라고 쓸 수는 있다. '아 다르고 어 다르다'라는 말이 있는데, 이 경우는 '어 다르고 여 다른' 경우다.

> 중1 하반기부터 과고를 준비하는 것은 그리 녹록지 않았다. 과고를 준비하는 대부분의 아이들은 초등학교 고학년 때부터 공부를 시작했던 것에 비해 상당히 뒤쳐졌다고 느꼈기 때문이다.
> → 뒤처졌다고

'뒷돈'과 '뒤처리'

된소리와 거센소리는 ㅅ을 앞세우지 않는다

①뒷돈·뒤돈 ②윗쪽·위쪽 ③뒷사람·뒤사람 ④뒷쪽·뒤쪽 ⑤윗층·위층
⑥뒷통수·뒤통수 ⑦뒷편·뒤편

위의 예는 모두 두 개의 명사가 합쳐져 하나의 단어를 이룬 합성어다. 그런데 앞에는 모두 ㅅ이 붙어 있고, 뒤에는 붙어 있지 않다. 어느 쪽이 맞는 표기일까.

정답은 ① ③은 앞이 맞고, 나머지 ② ④ ⑤ ⑥ ⑦은 뒤가 맞다. 이것을 이해하기 위해서는 사이시옷규정(한글맞춤법 30항)을 알아둘 필요가 있다. 사이시옷규정이란, 간단히 말하면 두 개의 명사가 결합해 하나의 합성어를 이룰 때, 그 결합으로 인해 뒷말이 된소리(ㄲ·ㄸ·ㅃ 등)로 날 때 앞말에 ㅅ을 받쳐 적는 규칙이다. 예를 들어 '뒤'와 '돈'이 결합하면 '뒤똔'으로 소리나므로 '뒷돈'으로 적는 것이다. ① ③은 이 원칙에 따라서 '뒷돈' '뒷사람'으로 적어야 한다.

그럼 나머지는 왜 ㅅ을 받치지 않는 것일까? 그것은 뒷말이 원래 된소리나 거센소리(ㅊ·ㅋ·ㅌ·ㅍ)이기 때문이다. 즉, ②와 ④의 '쪽', ⑤의 '층', ⑥의 '통수', ⑦의 '편'이 원래 거센소리로 시작되기 때문에 ㅅ을 받쳐 적을 필요가 없는 것이다. ➡'머리말'과 '머릿말'

> 쌀값은 떨어지나 대책을 마련한다는 소식은 들리지 않아 쌀농사도 헛탕(→허탕) 칠라 걱정이 태산이다. 하늘도 무심한지 구제역마저 덮쳤다. 봄을 잃은 농촌은 통곡한다.

'-든지'와 '-던지'

- 기형아 출산으로 아이의 인수를 기피한다□□ 출산 과정에서 의뢰 부부가 이혼했을 때 오는 문제는 심각하다.
- 퇴출의 충격이 얼마나 컸□□ 그는 경기를 마친 후면 언제나 코치들에게 자신의 경기 자세에 대해 묻곤 했다.

이 문장의 □안에 '-든지'와 '-던지'를 구분해 넣을 수 있는 독자는 이 항목을 읽을 필요가 없다. 그러나 적지 않은 사람들이 바꾸어 적거나 '-든지'나 '-던지' 중 하나로만 적을 것이다.

우선 '-든지' 는 '어떤 상황이나 가리지 않음' 을 나타내는 (연결)어미나 조사다. 예를 들어 '가든지 말든지 네 맘대로 하라' 라고 하면 어미로 사용된 예이고, '볼펜이든지 연필이든지 아무거나 써라' 라고 하면 조사로 사용된 예다.

'-던지' 는 지난일을 회상하여 막연한 의문을 나타내는 (연결)어미 또는 조사로 쓰인다. 예를 들어 '내가 뭐라고 썼던지 기억이 안 난다' 는 (연결)어미로 쓰인 예이고, '그때가 언제였던지 기억이 나지 않는다' 나 '질문을 한 학생이 누구였던지 잘 모르겠다' 는 조사로 쓰인 예다. 쉽게 말해 두 개를 제시하고 비교·선택하는 문장이면 '-든지', 지난일을 회상하는 문장이면 '-던지' 라고 생각하면 된다.

동아희평 최 남 진

1999년 11월 23일 김대중 대통령이 김중권 비서실장을 경질하고 한광옥 당시 국민회의 부총재를 새 비서실장으로 기용하자 '옷로비 축소수사 의혹' 등으로 꼬인 정국을 어떻게 풀어갈 것인가에 대한 세간의 우려를 표현한 최남진 화백의 『동아희평』(동아일보 1999.11.24). '잘 나갈는지' 가 '잘 나갈런지' 로 잘못 적혀 있다.

'-든지' '-던지' 와 비슷한 빈도로 오용례가 많은 어미는 '-는지' 를 '-른지' 나 '-런지' 로 잘못 쓰는 경우이다. 예를 들어 '내가 그 일을 해낼 수 있을는지 모르겠다' 를 '…해낼 수 있을른지' 나 '…해낼 수 있을런지' 로 잘못 쓰는 것이다. '-는지' 는 막연한 의문이나 느낌을 나타내는 (연결)어미이지만, '-른지' 나 '-런지' 라는 어미는 없다.

등용문登龍門

힘차게 차고 오르면 누구나 넘을 수 있다!

입신출세나 성공을 위해서 반드시 통과해야 하는 어려운 관문.

언뜻 '인재를 뽑아서 씀'을 일컫는 '등용'에 '문door'을 붙인 것으로 생각할 수 있다. 그러나 '인재를 뽑아서 씀'을 일컫는 '등용'의 한자는 '登用' 또는 '登庸'으로 '등용문'과는 상관이 없다.

'登(등)'은 '오르다'의 뜻이므로 등용문을 직역하면 '용문에 오르다'이다. '용문龍門'은 '문문門'자를 썼지만 '문door'이 아니라 황하黃河 상류에 있는 지명이다. 황하가 장안長安과 낙양洛陽 사이를 가르며 힘차게 흘러오다 하진河津이란 곳에서 폭포가 되어 떨어지는데, 바로 이 지점이 용문이다.

이곳에는 봄이 되면 많은 물고기들이 몰려와 산란을 위해 상류로 오르려고 하는데, 워낙 물줄기가 세차 점핑에 성공하는 물고기는 극소수에 불과하다고 한다. 바로 이런 상황 때문에 예부터 이 '용문'에 모인 잉어가 급류를 차고 올라가면 용이 된다는 전설이 있었다. 등용문은 여기에서 나온 말이다.

용문을 차고 오르는 잉어 기후현岐阜縣 출신의 일본 근세화가인 노하라 오슈(野原櫻州·1886~1933)의 작품이다. 용문에 모인 잉어가 이처럼 점프에 성공하여 황하 상류로 거슬러 올라가면 용이 된다는 전설이 있다.

등용문에 대한 또 하나의 궁금증은 '靑龍刀'는 '청룡도'라 하는데 왜 登龍門은 '등룡문'으로 적지 않는 것일까' 하는 점이다. 이것은 '접두사처럼 된 한자(여기에서는 登)가 붙어서 쓰이는 말이나 합성어에서 뒷말의 첫소리가 ㄴ 또는 ㄹ로 소리나더라도 두음법칙에 따라 적는다'는 한글맞춤법(11항) 규정에 따른 것이다. 예를 들어 '新女性'을 '신녀성'이 아닌 '신여성'으로, '失樂園'을 '실락원'이 아닌 '실낙원'으로 '會計年度'를 '회계년도'가 아닌 '회계연도'로 적는 것과 마찬가지다.

> 서울에는 조선·한성·경성·대동·한남 등 다섯 개의 권번券番이 있었지만 평양에는 유일하게 기성권번箕城券番이 있었다. 이곳은 명기名妓의 등룡문(→등용문)이요, 이곳의 교직원은 그야말로 화중선花中仙이 아닐 수 없었다.

디스크자키

경마장 기수는 이렇게 DJ가 됐다

라디오나 디스코텍 등에서 가벼운 이야기와 함께 음악을 들려주는 사람.

영어 'Disk jockey'에서 온 외래어다. 'Disk'는 '레코드판'을 말하고, 'jockey'는 '(경마의) 기수騎手'란 뜻이므로 아주 이질적인 직업을 가리키는 말이 되었다. 사연은 이렇다.

'Jockey'는 스코틀랜드의 남자명인 'Jock'의 애칭이다. 이 애칭이 경마장의 기수를 뜻하게 된 것은 기수 중에 스코틀랜드 출신이 많았기 때문이다. 'Jockey'를 'Disk'와 결합해 신조어를 만든 것은 뉴스위크였다. 음악을 해설하며 노련한 솜씨로 레코드 기기를 조작하는 새로운 직업이 생기자 마치 말을 다루는 기수처럼 레코드를 잘 조작한다 해서 한 기자가 '디스크자키'란 이름을 만들어냈는데, 이것이 언론의 파급력에 힘입어 보통명사로 정착된 것이다.

순화어는 '음반사'나 '음반지기'이지만, 그렇게 말하는 사람은 거의 없고, 줄여서 '디제이DJ'라고 말하는 경우가 많다.

딜레마

두 개의 상반된 사실의 중간에 있어서 어느 쪽으로도 결정할 수 없는 상태.

영어 dilemma에서 온 외래어로, '두 번의 전제'란 뜻인 그리스어 dilēmma가 이 말의 뿌리다. di는 '두 번'이란 뜻이고, lēmma는 '제안·명제'란 뜻이다. 논리학에서는 이것을 '양도논법兩刀論法'이라 한다. 있을 수 있는 상황을 두 경우로 나누어 그 어느 쪽을 선택한다 하더라도 똑같은 결론에 이르는 것을 보여줌으로써 그 상황에서 그 결론이 피할 수 없음을 주장하는 논법이다. 대개는 이처럼 어느 한쪽을 선택하기 곤란한 상황을 '딜레마에 빠졌다'처럼 표현한다. 상반된 사항이 세 개인 것은 '트라일레마'(trilemma·삼중고)다.

보수우파 진영은 심각한 딜레마에 빠져 있다. 대통령은 힘을 잃고 있고 다음 주자들은 몸을 사리고 있는데, 당은 당권투쟁이고 국회의원들은 각자도생各自圖生에 열중하고 있는 판국이어서 지금 여권은 공백상태고 보수정치는 표류 중이다. 조선일보 110517

때마침

때마침 어머니께서 돌아가셨다고?

그때에 알맞게. 제때에 맞추어.

'알맞은 때를 우연히 맞추다'의 뜻인 '때맞추다'의 부사형이다. 따라서 이 말은, '찾고 있는 사람이 때마침 나타났다'처럼 긍정적인 뜻일 때만 쓸 수 있다. 만일 '유학을 가려 했는데 때마침 어머니께서 돌아가셨다'라고 부정적인 것에 쓴다면 어머니가 돌아가시기를 기다렸다는 느낌을 준다.

선진국에서는 오래전부터 컴퓨터 오작동 문제에 대처해 오고 있으나 우리는 문제인식도 늦었을뿐더러 때마침 닥쳐온 경제위기 때문에 대처도 미온적이었다.
→예기치 않게

'때문'과 '탓'

그것은 칭기즈칸이 저지른 악행의 흔적이다!

'때문'은 '(앞에 오는 말의) 원인이나 이유'를 나타내는 의존명사이고, '탓'은 '부정적인 현상이 생긴 원인이나 잘못된 이유'를 나타내는 의존명사이다. 따라서 '때문'은 긍정적인 내용이나 부정적인 내용에 두루 쓰일 수 있는 반면, '탓'은 부정적인 내용에만 쓸 수 있다.

일부에서는 '탓'이 부정적인 내용에만 사용되는 이유를 몽골족과 결부시키기도 한다. 즉, 여기에서 말하는 '탓'을 비롯하여 '뜻밖의 사고'라는 뜻의 우리말 '탈', '앙화殃禍'라는 뜻의 일본어 '다타리たたり'는 몽골족을 지칭하는 '타타르'에서 왔다고 보는 것이다. 13세기에 전 세계를 휘젓고 다니며 온

말 위의 타타르인 타타르족은 북北몽골리아에서 유목생활을 하던 민족으로, 원래는 칭기즈칸의 몽골족과는 다른 부족이었다. 그런데 두 부족이 다툼을 일으켜 원수가 되었고, 그런 가운데 칭기즈칸이 일어나 타타르족을 복속시키면서 타타르는 몽골인을 지칭하는 말이 됐다. 그들이 벌인 잔혹한 행각은 각국의 언어에 녹아 있다. 러시아에서는 몽골족에게 정복당한 공포의 시기(1240~1480년)를 '타타르의 멍에'라 하고, 유럽에서는 말 안 듣는 아이를 혼낼 때 "타타르가 온다!"고 했다. '뜻밖의 사고'란 뜻인 우리말 '탈'도 타타르에서 왔다고 한다.

갖 만행을 저질렀던 칭기즈칸과 그 후예의 흔적이 언어로 남아있는 셈이다.

> 백반 하면 남도를 생각하게 된다. 싼 가격에 반찬이 수십 가지가 올라오고, 인심이 후덕하기로 소문난 탓이다.
> → 때문

'땡잡다'와 '황잡다'

'땡잡다'는 '뜻밖에 생긴 좋은 수나 우연히 걸려든 복을 잡다'는 뜻이고, '황잡다'는 '계획한 일이 엇나가다'는 뜻이다.

둘 다 골패骨牌 놀음에서 왔다. '땡'은 '짝이 맞는 골패짝'이고, '황'은 반대로 '짝이 맞지 않는 골패짝'이다. 짝이 맞는 패를 잡으면 점수가 높아지고, 맞지 않는 패를 잡으면 낭패를 본다 해서 나온 말이다.

땡전

그것은 대원군이 저지른 폭정의 흔적이다!

얼마 안 되는 돈을 속되게 이르는 말.

『금성판 국어대사전』(1991)에는 민간어원설임을 전제로 "당백전當百錢을 발행해 화폐가치가 폭락하자 이 당백전의 '당'이 되게 발음되어 '땅돈'이 되었다가 다시 '땡전'이 되었다"는 설명이 실려 있다.

'당백전'이란 1866년(고종 3년) 11월부터 주조된 화폐로, 실제가치는 당시 통용되던 상평통보常平通寶의 5~6배에 불과했는데 액면가치는 100배로 한

고액전을 일컫는다. '당백當百' 은 '백 배에 해당한다' 는 뜻이다. 흥선대원군이 경복궁 중건을 위한 재정 확보를 위해 발행한 이 화폐는 물가가 폭등하는 등 부작용이 초래되어 주조된 지 6개월 만에 사용이 중지되었다. '땡전' 이란 결국 이 당백전을 비하해 일컫던 말이었다는 이야기다.

당백전 뒷면 '戶大當百'(호대당백)이라고 적혀 있다. 지름이 47mm, 두께가 2.5mm다.

그러나 이 말을 믿기에는 이상한 구석이 있다. '땡전 한 푼 없다' 의 땡전은 '매우 작은 단위의 동전도 없다' 는 것인데, 당시의 당백전은 상평통보의 100배 가치는 없었으나 그래도 5~6배의 가치가 있었던 돈이었다는 게 그 이유다.

'떼거리' 와 '떼거지'

'무리' 가 왜 '거지' 가 되었지?

'떼거리' 는 '무리群' 의 뜻인 '떼' 를 속되게 일컫는 말이고, '떼거지' 는 '떼(무리)를 지어다니는 거지' 란 뜻이다.

두 말의 발음이 비슷해서인지 혼동하는 경우가 많다. 예를 들어 '마음에 안 드는 글이 올라오면 떼거지로 달라붙어 공격하는 일이 벌어진다' 같은 표현이다. 이때의 '떼거지' 는 '떼거리' 로 바꿔 써야 한다. '떼거지' 는 '떼를 지어다니는 거지', 또는 '천재지변으로 갑자기 생긴 거지' 란 뜻이므로 '떼거지로 달라붙다' 는 말이 되지 않는다. 예를 들어 '한 상사원은 거지에게 무심코 1달러를 주었다가 갑자기 몰려든 떼거지들에 둘러싸여 한바탕 곤욕을 치렀다' 와 같이 쓰는 것이 '떼거지' 의 바른 용례다.

> 충무로에 여풍이 거세다. 남자들이 떼거지(→떼거리)로 몰려나와 수컷 냄새 풀풀 풍기는 영화들은 가고 여배우들이 중심이 되는 영화들이 속속 제작된다. 섬세한 멜로물에 머물렀던 과거와 달리 미스터리 스릴러에 실화를 소재로 한 스포츠 드라마, 코미디 등 장르도 다양하다.

떼어 놓은 당상

“떼어 둔 옥관자, 좀 먹을까 걱정하랴”

일이 확실하여 조금도 틀림이 없음을 일컫는 말.

당상堂上이란 망건網巾에 당줄을 거는 고리인 관자貫子를 일컫는 말이다. 금·옥·호박 등으로 만드는 이 관자는 당상관堂上官 이상의 벼슬을 가진 사람만 달 수 있었기 때문에 일명 ‘당상’이라 불렀다. 당상관은 임금이 조정회의를 주재할 때 당상(堂上·대청 위)에 올라앉을 수 있는 관직으로, 3품 이상의 품계를 받거나 왕의 특별한 교지敎旨를 받을 때 주어지는 직책이다. 이 당상관이 된다는 것은 왕과 같은 자리에서 국사를 논한다는 뜻이므로 당상관이냐 당하관이냐의 차이는 엄청난 것이다.

추사 김정희 영정 깃을 둥글게 만든 단령團領 차림에 오사모烏紗帽를 썼다. 귀 위로 살짝 보이는 것이 관자다. 3품 이상의 당상관만이 착용할 수 있는 이 관자(아래그림)는 당상관이란 신분의 상징으로, 1품은 소형 옥관자를, 2품은 대형 금관자를, 3품은 대형 옥관자를 사용했다. ‘떼어놓은 당상’의 ‘당상’은 바로 이 관자를 일컫는 말이다.

따라서 당상관의 상징인 관자는 매우 소중하게 보관할 필요가 있었다. ‘떼어놓은 당상’은 바로 이처럼 ‘(관자를) 잊어버리거나 변질되지 않도록 잘 떼어놓았다’는 데서 온 말이다. 이렇게 떼어놓으면 잃어버리거나 변질될 리가 없기 때문에 안심이 되었던 것이다. ‘떼어 둔 옥관자, 좀 먹을까 걱정하랴’라는 속담을 음미해보면 ‘떼어놓은 당상’이 어디서 나온 말인지 짐작할 수 있다. ‘따놓다’가 ‘떼어놓다’는 뜻이므로 ‘따놓은 당상’이라 쓰기도 한다.

> 더글러스 맥아더는 미국독립전쟁 영웅이었던 아서 맥아더 장군의 아들이었다. 1918년 처음 별을 단 이래 최연소 사단장, 웨스트포인트 교장, 육군 참모장, 대장, 원수에 올랐다. 1944년도 대통령 선거에서 공화당 후보는 떼어 놓은 당상으로 보였다. 서울신문 100623

뗑깡

투정. 행패.

순 우리말로 생각하는 사람이 있으나 '간질'을 뜻하는 일본어 '덴칸(癲癇·てんかん)'에서 온 말이다. '지랄병'이라고도 부르는 이 병에 걸리면 그 발작하는 모습이 마치 어린이들이 투정하거나 행패부리는 것과 비슷하다 해서 생긴 말이다. '투정'이나 '행패'로 고쳐 써야 한다.

> 북한이 아무리 [뗑깡](→투정)을 부려도 클린턴은 북한 달래기 정책을 쉽게 포기할 수 없으리라고 평양은 믿고 있는 것 같다.

'띠다'와 '띄다'

맞춤법을 파괴하고 지은 상품들 '누네띠네'(과자)는 '눈에 띄네'를, '타미나'(감귤)는 '탐이 나'를, '모메존'(차)은 '몸에 좋은'을 변형해 외국어처럼 보이려는 의도가 있었을 것이다. 발상은 기발하지만, 우리말을 외국어에 종속시킨다는 점에서 좋은 작명법이라고는 볼 수 없다. 이런 상품명이 과도하게 광고에 노출되면 국민들이 우리말을 바로 적는 데도 많은 지장을 준다.

'띠다'는 '용무나 사명을 가지다'(예:중요한 임무를 띠다), '빛깔을 조금 가지다'(예:파란색을 띠다), '감정이나 표정을 겉으로 나타내다'(예:미소를 띠다)의 뜻이다. '띄다'는 '눈에 보이다'는 뜻의 '뜨이다'의 준말(예:요즘은 모자를 쓴 사람이 자주 눈에 띈다)과, '사이를 뜨게 하다'는 뜻의 '띄우다'의 준말인데, 본말보다 준말로 쓰는 경향이 많다.

문장에 따라서는 구분이 모호한 경우도 있는데, '보이다見'나 '벌리다擴'와 같은 뜻이면 '띄다'로, 그밖의 경우는 '띠다'로 쓰면 된다. 어법과 다르게 지어진 '누네띠네'란 과자광고가 반복적으로 노출되는 바람에 '눈에 띤다'처럼 잘못 쓰는 경우도 많다.

> 금융·정보통신 쪽에는 우수인력이 꾸준히 들어오지만, 건설·섬유 등 이른바 '굴뚝산업' 쪽에는 입사 희망자가 눈에 [띠게](→띄게) 줄었다.

ㄹ

라면

그가 맨땅에서 일어선 것은 58세 때다

기름에 튀긴 국수에 수프를 넣어 조리해 먹는 식품.

'라면'이란 이름을 표기의 관점에서 보면 이상한 점이 있다. 그것은 느낌상 십중팔구 한자어에서 온 말일 것 같은데, 왜 두음법칙에 따라 '나면'이라고 적지 않는 것일까 하는 점이다. 또 일본어에서 온 말이라면 '라멘'이라고

"世界初のインスタントラーメン" 開発当時のままに再現した安藤百福の研究小屋

안도 모모후쿠 타이완계 일본인인 안도 모모후쿠는 2차대전 후 굶주림에 허덕이는 사람들을 위해 인스턴트 라면을 개발했다. 그는 오사카大阪에서 섬유도매상을 경영해 한때 큰돈을 벌기도 했으나, 탈세 혐의로 체포돼 무일푼이 됐다. 하지만 그는 좌절하지 않고 다시 움직였다. 1946년 오사카 남부의 이즈미오쓰泉大津시에서 복원병(復員兵·2차대전 패잔병)을 모아 해안에 철판을 늘어뜨리고, 그 위에 바닷물을 흘려 소금을 제조하는 방법으로 제염製鹽사업을 벌인 것이다. 이를 기반으로 1948년에는 닛신식품日清食品을 세우고 식품시장에 뛰어들어 최초로 '치킨라멘チキンラーメン'을 개발해 성공의 토대를 마련했다. 이때가 58세 때인 1958년이다. 우리나라에서만 연간 38억 개, 세계적으로 460억 개가 팔리는 라면은 안도의 이런 투지가 만들어낸 산물이다. 라면은 지금 '가라오케' '워크맨'과 함께 일본인이 만들어낸 20세기 세계적 물건 중 하나로 꼽히고 있다. 오른쪽은 인스턴트라면 개발 당시를 재현한 안도의 창고형 연구실이다.

적어야 하는데 그렇지 않은 것이다.

라면을 최초로 만든 나라는 일본이다. 1958년 안도 모모후쿠(安藤百福·1901~2007)라는 사람이 중국의 '납면拉麵'을 개량해 만들었다. '拉(납)'은 '비틀다'의 뜻이고, '麵(면)'은 '국수'의 뜻이다. 이것을 중국어로 읽으면 'lamian(라멘)'이 된다. 안도는 이 오래된 중국 음식으로 새로운 상품을 만든 뒤 'ラメン(라멘)'이라는 이름을 붙였는데, 우리는 이것을 받아들일 때 일본어표기법에 따라 '라멘'이라 하지 않고, 앞 글자는 일본어로, 뒷 글자는 우리 한자음대로 적어 '라면'이라 했다. 그러니까 라면이란 이름은 '중국어→일본어→일본어+한자'의 과정을 거쳐 만들어진 것이다.

라이벌

왜 강이 '경쟁자'란 뜻이 되었을까?

경쟁자. 호적수好敵手.

영어 'rival'에서 온 외래어로, 우리말에서는 호의적인 느낌이 있지만 영어에서는 그런 뉘앙스가 없다. 이 말의 뿌리를 거슬러 올라가면 놀랍게도 'river', 즉 '강'이 나온다. 왜 강이 '경쟁자'란 뜻이 되었을까?

라틴어에서는 강을 'rivus(리부스)'라 하고, 그 강물을 함께 사용하는 사람들을 'rivalis(리발리스)'라고 한다. 영어 'rival'은 이 'rivalis'에서 나온 말로 처음에는 '동료'란 뜻으로만 쓰였다. 강은 예나 지금이나 생명의 젖줄이기 때문에 도시는 강을 사이에 두고 만들어지게 마련이다. 그런데 비가 자주 내려 물이 넉넉하면 그 물을 중심으로 한 사람들은 친구가 되지만 오랫동안 비가 오지 않으면 물을 두고 싸움이 벌어진다. 라이벌에 '경쟁자'라는 뜻이 생긴 것은 이런 이유 때문이다.

> '업業'이란 말이 풀썩대는 먼지처럼 모락거렸다. 박정희와 김일성은 한국 현대사 최대 라이벌이었다. 오래전 저승으로 떠난 둘이 이제 동상이 돼 맞붙고 있다. 기 센 인간의 집념은 시공時空마저 뚫는 모양이다. 조선일보 110430

레미콘

축소지향인이 만든 기발한 축소어

시멘트에 자갈·모래를 물에 섞어 공사현장으로 싣고 가는 콘크리트.

영어로는 이것을 'ready-mixed concrete'(미리 반죽한 콘크리트)라고 길게 표현한다. 별도의 단어가 없기 때문이다. '레미콘'은 일본의 한 콘크리트 회사가 이 긴 어구의 앞부분인 're-mi-con'만 따서 'レミコン(레미콘)'이라 한 것이 퍼졌다. 마치 'Digital camera'의 앞부분인 'Di-ca'만 잘라 '디카'라고 하는 것과 같은데, 이 경우는 일본이 먼저가 아니고 우리가 먼저다. 업계에 따르면 '디카'란 표현은 엡손코리아가 1998년 디지털카메라를 한국에 출시했을 당시, 언론사에 보내는 보도자료에 사용한 것이 처음이라고 한다. 일본에서는 '데지카메'デジカメ라고 우리보다 더 길게 줄여 쓴다.

레임덕

"쓰러진 오리에 탄약을 낭비하지 말라!"

선거 실패로 한심한 신세가 된 한·미 대통령의 모습을 풍자한 신경무 화백의 『조선만평』(조선일보 2006.11.10). 노무현 전 대통령은 2006년 5월 31일 실시된 지방선거에, 부시 전 대통령은 11월 7일 실시된 중간선거에 참패했다. 두 대통령 모두 오리발에, 오리모자를 쓰고 있다. 생전의 신경무 화백은 힘빠진 대통령들을 그릴 때는 이처럼 오리모자를 씌우곤 했는데, 노무현 전 대통령에게 오리모자를 씌우면 "또 오리모자를 씌웠다"고 친노親盧 독자들로부터 공격을 받곤 했다.

임기 종료를 앞둔 대통령 등의 지도자. 또는 그 시기에 있는 지도력의 공백상태를 일컫는 말.

'절름발이 오리'란 뜻의 'lame

duck' 에서 온 말로, 1700년대 런던 증권거래소에서 비롯됐다. 지급불능(支給不能·default) 상태에 빠진 주식 중개인이나 증권회사를 이렇게 부른 것이다. 이것이 1860년대에 미국으로 건너가 힘 빠진 정치인, 예를 들어 선거 후 아직 임기가 남아 있는 낙선의원이나 대통령의 한심한 신세를 뒤뚱뒤뚱 걷는 오리 모습에 비유해 사용됐다. 하필 오리에 빗댄 것은 '이미 쓰러진 오리에 탄약을 낭비하지 말라' 는 사냥꾼들의 금언金言에서 비롯됐다고 한다.

> 대통령이 감동의 정치를 펼 때 관료가 움직이고, 민심도 중심을 잡을 수 있다. 여기서 실기하면 레임덕 현상은 더 빨리 찾아오고 통치 기반이 무너지면서 위기 극복 가능성은 멀어진다.

렌터카

돈을 받고 빌려주는 임대용 자동차.

'임대차' 란 뜻의 영어 'rent-a-car' 를 외래어표기법에 따라 적은 말이다. 'rent car' 에서 온 말로 알고 '렌트카' 로 잘못 적는 경우가 많다.

> 올여름 최대 휴가 성수기인 지난주 말부터 렌트카와 관광버스 예약률이 거의 100%에 육박하고 있다.
> ↳렌터카

로망

'낭만' 보다 더 근사하게 말하고 싶으면…

꿈. 이상. 낭만적 소망.

많은 사람들이 프랑스어로 생각하고 있으나 그렇지 않다. 프랑스어에도 '로망' 이란 말은 있지만 뜻이 다르다. 프랑스어의 로망roman은 12~13세기 중세 유럽에서 발생한 애정담·무용담 중심의 '운문적 통속소설' 을 가리키는 말로, 지금 우리가 쓰는 '로망' 과는 거리가 멀다.

'로망' 을 알기 위해서는 '낭만浪漫' 이란 말에 대해 먼저 살펴볼 필요가 있다.

사각턱 고치는 '꿈의 수술' 열풍 최대 8시간 전신마취 고난도 수술, 부작용은?

양악〈兩顎〉 수술, 여성의 로망이라는데 …

중앙일보 110603

'낭만'은 'romanticism(로맨티시즘)'이라는 철학용어를 일본 명치시대 학자들이 '浪漫主義(ロマンシュギ·romanshugi)'로 번역하면서 생겼다. 로맨티시즘이란 '꿈이나 공상의 세계를 동경하고 감상적인 정서를 중시하는 창작 태도'를 말한다. 하지만 번역어에 그런 뜻을 담은 것은 아니고, 단순히 일본어 음音에 맞는 한자를 골라 '浪漫(ロマン·로망)'이라 한 것이다.

일제강점기에 우리는 이것을 들여오면서 우리 한자음으로 읽어 '낭만'이라 했다. 즉, roman을 우리 한자음으로 옮긴다면, 예를 들어 '노만魯漫' 같은 것이 될 텐데, 일본이 일본어 한자음에 맞게 만든 말을 우리 한자음으로 읽는 바람에 원어 'roman'과는 전혀 닮지 않은 말이 된 것이다. 어쨌든 우리는 오랫동안 낭만을 '공상적인 것' '서정적인 것'이란 뜻으로 사용했다.

그런데 2000년대 초부터 이 '낭만'을 버리고 '로망'으로 쓰는 사람들이 생기기 시작했다. 그러니까 일본어 음역音譯 'ロマン(로망)'을 '낭만'으로 바꿔 쓰기 전 단계로 돌아가, 예를 들어 '베이비붐 세대에게 꿈 찾기란 로망이 아니라 피할 수 없는 선택이다'처럼 '낭만'보다는 더 근사하게 말하고 싶을 때 '로망'이란 말을 쓰기 시작한 것이다.

그리고 이 말은 다시 '로망'의 본디 뜻에 '꿈' '소망'이란 뜻을 곁들여 사용하는 것이 유행하게 되었다. 예를 들면 "탱탱한 피부는 여자들의 로망이다" 같은 것이다. 일부에서는 이런 현상을 우리나라에서 성공했던 일본 만화나 소설에서 영향을 받은 것으로 보기도 한다. 그러나 일본에서는 로망을 그렇게 사용하지 않는 것을 보면, 우리나라에서 발생한 자연스러운 현상으로 보는 것이 옳을 것 같다. ➡낭만

> 두 마리 토끼를 잡는 것이야말로 누구나의 로망이다. 기업가에게도 마찬가지다. 자신만의 '고슴도치'(핵심역량을 일컫는 비유)를 유지하되, '활동적 타성'에 빠지지 않고 늘 혁신하고 새로운 성장 동력을 찾는 조직을 만든다면 더 바랄 나위가 없을 것이다. 조선일보 101220

로봇

사람이 하는 일을 자동적으로 수행하도록 설계된 장치.

영어 'robot'에서 온 외래어로, 최초로 등장한 것은 20세기 초다. 체코의 극작가인 카렐 차페크가 1920년 희곡 『R.U.R.』(Rossum's Universal Robots)을 발표했는데, 이 작품에서 인체구조를 극도로 단순화한 화학적 · 생물학적 인조인간을 등장시켜 '로봇'이라 부른 것이다. '강제노동'의 뜻인 체코어 'robota'와 '노동자'의 뜻인 'robotik'의 영향을 받았다.

'로보트'라고 적는 사람이 많으나 '로봇'으로 적는 것이 정석이다. 그것은 '단모음 뒤의 어말 무성파열음 p · t · k는 받침으로 적는다'는 외래어표기 규칙 때문이다. 즉, 'robot'을 국제음성기호로 적으면 [róubɔt]가 되는데, 어말 't'의 앞이 'ɔ'로 단모음이기 때문에 받침을 붙여 '로봇'으로 적는 것이다.

> '괴물'로는 부족하다. '로봇 인간'이란 말은 어딘지 인간적이지 않은 것 같다. 급기야 신적인 존재로까지 올라섰다. 한 팬은 그에게 'Godvin(배구의 신 가빈)'이라는 애칭을 선사했다. 남자 프로배구 챔프전의 화제는 온통 가빈 슈미트다. 경향신문 110405

'로서'와 '로써'

얼마나 어려우면 책 제목이 됐을까?

구분이 쉬울 것 같지만 문장에 따라서는 꽤 고민이 되는 말이다. 예를 들어 다음과 같은 문장이 있다면 □□안에 '로서'와 '로써' 중 무엇을 넣어야 할까.

중앙일보어문연구소가 펴낸 『로서와 로써가 헷갈리니?』의 표지다. 틀리기 쉬운 우리말 55가지를 정리한 책인데, 제목을 이렇게 붙였다. '로서'와 '로써'의 구분이 간단치 않다는 얘기다. '서 있는有 지위·신분'일 경우에는 '로서', '-을 써서用'로 대치할 수 있으면 '로써'라고 생각하면 쉽다.

평생을 선비□□ 살아온 그는 오늘□□ 7년이란 세월에 걸쳐 법정싸움에서 이긴 승전보□□ 과거의 죄악을 미화해 역사를 왜곡해 온 세력들의 망언에 경종을 울렸다.

'로서'는 지위·신분·자격을 나타내는 조사로, 예를 들어 '학자로서 그럴 수가 있는가?' 처럼 사용한다. 조사 '로'에 '있다有'를 뜻하는 중세 한국어 '시다'의 부사형 '셔'가 결합된 형식이다.

'로써'는 재료(원료)·수단(도구)·시간(기한)을 나타내는 조사로, '로서'보다 사용범위가 넓다. 예를 들면, '콩으로써 메주를 쑨다'(재료), '칼로써 사과를 깎는다'(수단), '오늘로써 시험이 끝났다'(기한)처럼 사용한다. 조사 '로'에 '쓰다用'의 부사형 '써'가 결합된 형식이다.

이렇게 말하면 상당히 복잡한 것 같지만 그렇지 않다. '서 있는有 지위·신분'일 경우에는 '로서'이고, '-을 써서用'로 대치할 수 있으면 '로써'다. 그리고 양쪽의 경계가 불분명할 때는 대개 '로써'라고 생각하면 된다. 위 문장의 예에서는, '선비'는 '서 있는 지위'이므로 '로서', '오늘'은 '시간'이므로 '로써', '승전보□□'는 '승전보를 써서'로 대치될 수 있으므로 '로써'다.

루비콘강을 건너다

누구나 한 번은 그처럼 해야 할 때가 온다

어떤 일을 과감하게 행동으로 옮겨 되돌릴 수 없음을 비유하는 말.

고대 로마의 카이사르(기원전 102~44)가 만든 말이다. 루비콘강은 공화정 말기 로마의 속주(屬州·해외영토)였던 갈리아(이탈리아 북부에서 오늘날의 프랑스에 해당하는 지방)와 이탈리아의 경계를 이루었던 국경의 강이다.

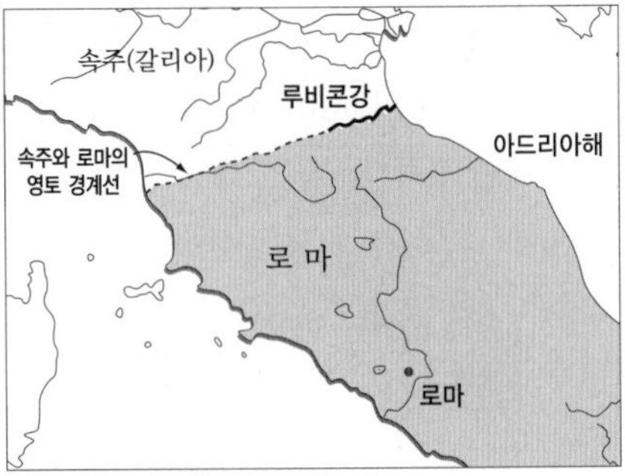

루비콘강의 개념도 루비콘강은 이탈리아 북부의 작은 강에 대한 라틴어 이름으로, 리미니와 체세나 사이에서 아드리아해로 흘러드는 강이라고 알려져 있으나, 정확히 어느 강인지는 확실하지 않다. 로마시대에는 이 강을 기점으로 로마의 본토와 속주가 갈라졌는데, 당시는 속주의 장군이 로마로 들어올 때는 이 강 밖에 군대를 두고 오도록 돼 있었다.

기원전 60년 카이사르는 삼두정치三頭政治를 시작해 원로원元老院에 대항하면서 폼페이우스와 함께 갈리아 지방을 평정했다. 그런데 갈리아에서 카이사르의 인기가 높아지자 폼페이우스는 카이사르를 배반하고 원로원의 보수파들과 결탁해버린다.

그 후 카이사르는 폼페이우스의 농간에 의해 기원전 49년 "이탈리아로 돌아오라"는 원로원의 명령을 받게 된다. 당시 로마법은 장군이 성 안에 들어올 때는 로마에 대한 충성의 의미로 루비콘강 밖에 군대를 두고 들어오도록 되어 있었다. 하지만 그렇게 하면 폼페이우스에게 죽을 것임을 알고 있었기 때문에 카이사르는 '주사위는 던져졌다Alea jacta est'는 말을 남기고 루비콘강을 건너 로마를 장악하게 된다. ➡제왕절개

> 지금도 아쉽고 가슴 아픈 것은 유신잔당이든 군 정치가이든 그 모든 정치세력들이 기회가 왔을 때 미련을 떨치고 민주로의 루비콘강을 한달음에 건너지 못한 것이었다. 한국일보 910423

룸펜

부랑자. 실업자.

독일어 'Lumpen'에서 온 외래어다. Lumpen은 '넝마' '누더기'의 뜻으로, '부랑자'라는 의미는 없었다. 그런데 '건달'이라는 뜻의 'Lumpenhund'

(룸펜헌드)' 나 마르크스가 부랑자 등을 포함한 최하층 노동자 계급을 가리킬 때 사용한 'Lumpen proletariat' (룸펜프롤레타리아트) 등의 표현이 있기 때문에 우리말에서는 '부랑자' '실업자' 의 형태로 정착됐다. '직업이 없이 빌빌거리며 노는 사내' 를 낮잡아 이르는 우리말 '놈팡이' 는 여기에서 비롯됐다.

> 우리나라에는 일반적 정치계급 외에도 또 다른 정치계급이 있다. '선거브로커' 라 불리는 룸펜 정치계급이 그것이다.

'-류流' 와 '유類'

선생님은 늘 그렇게 자기□의 설명을 늘어놓았으나 나는 그런 □의 장광설을 탐탁지 않게 생각해왔다.

위 문장의 □안에 '유' 와 '류' 를 골라서 넣는다면 어떻게 해야 할까. 틀림없이 많은 사람이 둘 다 '류' 라고 할 것이지만, 첫 번째는 '류', 두 번째는 '유' 를 넣어야 한다. 이유는 이렇다.

'-류流' 는 사람이나 유파流派를 나타내는 명사 뒤에 붙어 '그 특성이나 독특한 경향' 의 뜻을 더하는 접미사이다. 어말에 붙기 때문에 두음법칙의 적용을 받지 않고 본음대로 '류' 로 적는다.

'유類' 는 '종류' '부류' 란 뜻의 명사이다. 본음은 '류' 이지만, 어두에 오기 때문에 두음법칙에 따라 '유' 로 적는다.

류머티즘

나쁜 체액이 몸속을 흘러 다닌다고?

뼈·관절·근육 등이 굳거나 아프며 운동하기가 곤란한 증상을 보이는 병을 통틀어 일컫는 말.

영어 'rheumatism'에서 온 외래어다. '흘러내리는 액성液性물질'이라는 뜻의 그리스어 'rheuma(류마)'에 뿌리를 두고 있는 것으로 보아 옛날 사람들은 나쁜 체액體液이 사람의 몸속을 이리저리 흘러다녀 몸을 아프게 한다고 생각한 것 같다.

'류머티스' '류마티스' '류머티스관절염' '류마티스관절염' 등 여러 가지로 쓰고 있으나 외래어표기법에 따라 '류머티즘' '류머티즘관절염' '류머티즘성관절염'으로 적어야 한다. '류머티스'는 방언인 'rheumatiz'에 따른 표기다.

> 류머티즘
> 류머티스 하면 우선 생각나는 것이 류머티스 관절염인데, 이는 단순관절염이나 퇴행성관절염과 같은 것이 아니라 면역체계의 혼란으로 발생하는 자가면역질환이라는 것을 제대로 알지 못하는 경우가 많다.

'-리만큼'과 '-이만큼'

- 그가 나를 미워했으리만큼 내가 그에게 잘못한 일이 없다.
- 그가 나를 미워했을이만큼 내가 그에게 잘못한 일이 없다.

위 문장은 언더라인 부분이 약간 다르다. 어느 쪽이 맞을까.

'-리만큼'은 받침 없는 동사의 어간에 붙어 '그러할 정도로'의 뜻을 나타내는 연결어미로, 예를 들어 '그는 타의 모범이 되리만큼 성실하다'처럼 쓰인다. 이때 받침이 있으면 반드시 매개모음 '으'를 동반해, 예를 들면 '삼국지는 몇 번이나 읽었으리만큼 재미있는 책이었다'처럼 사용한다.

이에 반해 '-이만큼'은 어미나 조사가 아니라 문장의 흐름이다. '이'가 사람이나 사물을 뜻하는 의존명사이고, '만큼'은 '정도'의 뜻을 나타내는 조사로, 예를 들어 '찬성할 이도 반대할 이만큼이나 많을 것이다'처럼 사용한다.

'-리만큼'과 '-이만큼'을 자주 혼동하는 것은 1988년 한글맞춤법이 개정되기 전에는 양자를 구분하지 않고 모두 '-(ㄹ)이만큼'으로 썼기 때문이다.

리베이트

판매대금의 일부를 사례금 형식으로 되돌려주는 일. 또는 그런 돈.

영어 'rebate' 에서 온 외래어다. 우리말에서는 뇌물처럼 부정적인 의미로 쓰이지만 영어의 본뜻은 '환급하다' '(어음 등을) 할인하다' '감소시키다' 의 뜻으로, 나쁜 뜻은 없다. 우리가 쓰는 '(나쁜 뜻으로서의) 리베이트' 에 해당하는 영어는 'kickback' 이다.

영어 리베이트rebate는 '치다' '때리다' 의 뜻인 라틴어 'battre' 가 어원이다. 'battre' 에서 '쳐서 넘어뜨리다' 라는 뜻의 고대프랑스어 'rabattre' 가 생겼고, 이것이 '할인하다' '공제하다' 라는 뜻의 고대영어 'rebaten' 이 되었다. 'rebate' 는 이것이 변해서 된 말이다.

> 국내 제약업계는 사상 최대의 격변기를 맞고 있다. 리베이트를 주고받은 양쪽을 모두 처벌하는 쌍벌제, 약품을 싸게 구입한 병원에 정부가 인센티브를 주는 시장형 실거래가 상환제의 도입으로 많게는 20% 가까이 매출이 감소하는 사례가 나올 만큼 경영환경이 바뀌고 있는 것이다. 조선일보 100928

리어카

사람이 직접 끌고 다니는 두 바퀴 수레.

일본인들이 '뒤' 또는 '뒤에 있는' 이란 뜻인 'rear' 와 'car' 를 붙여 'rear car(リヤカー)' 라는 엉터리 영어를 만들어 쓰던 것을 우리가 그대로 쓰고 있는 말이다. 20세기 초 자전거 뒤에 붙여 쓰는 용도로 개발되었기 때문에 이런 이름이 붙었다. '리야카' 라고 하던 발음을 '리어카' 로 일본식 발음만 손질해 국어사전에 올라 있으나 엉터리영어이기는 마찬가지다.

> 부모님은 새벽부터 밤늦게까지 쉬지 않고 일했다. 사형제 중 둘째인 나는 할머니 손에 컸다. 할머니가 날 예뻐해 주시던 기억이 생생하다. 할머니가 "마사요시. 나갈 시간이데이–" 하면 서너 살인 나는 얼른 리어카에 올라타 떨어지지 않으려 매달렸다. 중앙일보 110915

린치

카리스마 때문에 대대로 이름을 남긴 사람

영어의 '린치lynch' 는 '사적私的 제재에 의해 죽이다' 는 뜻이지만, 특히 교수형에 의해서 죽이는 것을 일컫는다. 그것은 불법이 판치던 미 서부개척시대에 버지니아주 치안판사인 '찰스 린치' 가 용의자를 재판 없이 교수형에 처할 수 있는 '린치법Lynch' s Law' 을 만든 데서 이 말이 나왔기 때문이다.

사형私刑. 사적 제재. 정당한 법 절차에 따르지 않고 개인이 멋대로 가하는 벌이나 제재.

영어의 'lynch' 에서 온 말이다. 우리말 외래어 '린치' 는 누군가에게 개인적으로 폭력을 가하는 정도의 뉘앙스이지만, 영어 'lynch' 는 그보다 훨씬 정도가 심해 '누군가를 죽이거나 잔인한 형벌을 가하는 일' 을 뜻한다. 그 이유는 이 말이 만들어진 내력 때문이다.

18세기 개척시대의 미국은 치안이 미비하여 각지에서 흉악범죄가 들끓었다. 특히 서부지역은 더욱 심각했다. 이런 상황을 바로잡기 위해서 1774년 '찰스 린치' 라는 버지니아주 치안판사 겸 농장주는 사적재판권이 부여된 '린치법Lynch' s Law' 을 만들어 흑인을 비롯한 죄인들을 정식재판 없이 교수형絞首刑에 처하는 등 매우 잔혹하게 다스렸다. '린치' 는 바로 그 '찰스 린치' 의 이름에서 나온 말이다.

> 양반이, 상것이 불복종할 가능성이 보이자 가차없이 돌변해 가혹한 린치를 가했듯, 오늘날 이 나라의 '가지신 분' 들의 내심 역시 없는 자들의 항의를 동일한 방식으로 짓밟아 버리고 싶을 것이다. 한국일보 101221

ㅁ

마각馬脚을 드러내다

'탈춤꾼의 다리'가 욕먹는 사연

그림 김도원

숨기고 있던 일이나 정체를 부지중에 드러내다.

'마각'은 직역하면 '말馬의 다리脚'이지만, 그보다 더 깊은 뜻이 있다. 연극이 발달했던 중국 원元나라 때 만들어진 이 말은, 동물의 탈을 쓰고 벌이는 중국의 탈춤에서 말의 다리노릇을 하는 사람을 말한다. 두 사람이 천속에 들어가 한 사람은 앞발, 한 사람은 뒷발 역할을 하는데, 관객의 눈을 속인다 해서 '속임수' 또는 '비밀'이란 뜻이 파생됐다. 그러다 연극을 하다가 천을 들면 정체가 드러났기 때문에 '마각을 드러내다' '마각이 드러나다'는 말이 생겼다. 원곡(元曲·중국 북방계의 가곡을 바탕으로 한 희곡)의 『진주조미陳州糶米』라는 작품 속에 '伯我們露出馬

脚了(백아문노출마각료)', 즉 '우리들이 마각을 노출시킬까 두렵다' 라는 말이 나온다.

> 지난 1000년간 출현한 세계 최대의 괴물은 아돌프 히틀러. 그의 과대망상증은 권력을 잡은 1933년부터 마각을 드러냈다. 1700만 군인과 6000만 민간인, 그리고 600만 유대인이 그의 광기에 의해 희생된 것이다.

마녀사냥

그렇다면 왜 '마남' 은 없을까?

특정 집단이 특정한 신조를 앞세워 개인이나 집단에 무차별적인 탄압을 하는 행위.

『마녀의 집회』 스페인의 화가 고야(1746~1828)가 만년에 그린 작품이다. 유럽인들은 오랫동안 악마가 인간이나 동물 등을 이용해 악행을 저지른다고 믿었고, 그에 대한 근절책으로 악마의 하수인으로 지목된 사람을 재판의 형식을 빌려 규탄했다.

원래는 중세 말부터 근대에 이르기까지 로마교황의 공인 아래 이단자를 마녀로 몰아 화형火刑에 처했던 종교재판을 일컫는 말이다. '마녀재판' 으로도 일컫는 이 행위를 통해 적게는 수십만, 많게는 수백만 명이 희생됐다고 한다. '마녀魔女' 란 악마를 섬기며 저주로 농작물을 말라죽게 하거나, 초자연적인 능력으로 이웃에 사고를 일으키게 한다고 믿어졌던 악령惡靈을 말한다.

마녀사냥이란 말이 일반화된 것은 17세기 말 미국 매사추세츠주 세일럼 마을에서 일어난 마녀재판 이후다. 나체춤을 춘 소녀가 어른들의 추궁을 피하기 위해 평소 미워하던 사람들을 마녀로 몰아 처형당하게 만든 것이다. 이 사건 이후 마녀사냥이란 말은 '권력자들이 도덕적 공황상태를 이용하여 개인들이나 집단에 죄를 뒤집어씌우는 행위' 를 의미하게 되었다.

'마남魔男' 이란 말이 없는 것은 마녀에 대응하는 남성이 '마술사' '마법사'(영어 wizard, 독일어 Hexer) 같은 말로 쓰이기 때문이다.

> 대통령이 권력층 부인에 대한 언론의 비판을 마녀사냥식 여론몰이로 보는 것은 '현실을 모르고 따로 노는 고관 부인들을 비난해서는 안 된다'는 말처럼 들릴 수 있다. 용어란 잘 쓰면 본전이고 잘못 쓰면 부메랑이다.

마라톤

상식과 다른 두 가지 사실이 있다!

육상경기에서 42.195km를 달리는 장거리 경주.

아테네시 동북쪽에 있었던 '마라톤Marathon'이란 들판의 명칭에서 따온 말이다. 그런데 여기에는 일반인의 상식과 다른 두 가지 사실이 있다.

페르시아가 기원전 490년 전함 600척과 보병 10만, 기병 1만을 이끌고 마라톤 들판에 상륙해 그리스군을 공격했다. 제2차 그리스정벌이다. 그리스군의 수는 페르시아군의 10분의 1에 불과했으나 싸움은 그리스의 승리로 돌아갔다. 이때 페이디피데스란 전령傳令이 아테네까지 달려가 시민들에게 "여러분 기뻐하시오. 우리가 이겼소!"라는 말을 남기고 숨을 거두었다.

이것이 소위 마라톤 경주의 기원이 된 사건이고, 오늘날의 마라톤 풀코스인 42.195km는 마라톤 들판에서 아테네까지의 거리라는 것이 많은 사람들이 알고 있는 상식이다. 그러나 1927년 국제육상경기연맹이 그리스에 의뢰하여 실측實測한 결과 마라톤에서 아테네까지의 거리는 36.749km였고, 42.195km는 1908년 제4회 근대올림픽이 열렸던 영국의 런던스타디움에서 윈저성城까지의 거리였다고 한다.

고대올림픽에서 마라톤 경주가 행해졌다는 것도 사실이 아니다. 근대올림픽은 프랑스 쿠베르탱 남작男爵의 주도로 시작돼 1896년 그리스 아테네에서 제1회 대회가 열렸는데, 이때 프랑스 언어학자 미셸 브레알이 예의 '마라톤 이야기'를 기초로 페이디피데스를 기념하는 경주를 열자고 제안해 마라톤 경주가 최초로 이루어졌다.

마마

괴질에 왜 극존칭이 붙었지?

그림 김도원

천연두天然痘를 달리 이르는 말.

'마마媽媽'는 원래 '상감마마' '중전마마' '공주마마' 처럼 임금과 그 가족에 붙이는 경칭이다. 왜 임금과 그 가족에 '마마'를 붙이게 되었는지는 확실하지 않으나, '媽'가 '어머니'의 뜻인 것으로 보아 처음에는 어머니에 대한 경칭으로 쓰이다가 발전한 것이 아닌가 하는 견해가 많다. 그렇다면 왜 이것이 다시 천연두라는 괴질을 가리키는 말이 되었을까. 『한국민족문화대백과사전』(한국학중앙연구원)에 있는 다음 기술은 이를 이해하는 데 도움이 된다.

> 예부터 두창(痘瘡·천연두)은 좋지 않은 귀신 때문에 생겨난다고 믿었다. 따라서 우리나라 풍속에 두창신을 중히 여겨 '연회나 방사房事를 하지 말 것' 등의 여러 가지 금기를 만들었다. 이런 금기를 범하면 살아남기 어렵다고 하며, 살아남기 위해서는 목욕하고 정성으로 두창신에게 기도를 드려야 한다고 믿고 있다. 여기에서의 귀신을 '호귀마마胡鬼媽媽' '손님'으로 떠받들었다.

마이동풍 馬耳東風

사람들은 봄바람을 기분 좋게 느끼는데…

남의 의견이나 비평을 귀담아듣지 않고 흘려버리는 것을 일컫는 말.

'동풍東風'은 동쪽에서 부는 바람을 말한다. 간혹 '동쪽으로' 부는 바람으로 알고 있는 사람도 있으나 '동쪽에서' 부는 바람이 동풍이다. 그러나 여기에서 말하는 동풍은 그런 바람이 아니라 차가운 북풍北風 뒤에 부는 춘풍春風, 즉 '봄바람'이란 뜻으로, 어느 쪽에서 불어오는가보다는 '살랑거리며 잠시 스쳐가는 좋은 바람'이라는 뜻을 담고 있다.

사람들은 이 따뜻한 봄바람을 기분 좋게 느끼는데, 말귀馬耳는 이 동풍에도 아무런 반응도 보이지 않는다 해서 나온 말이 마이동풍이다. 북송北宋의 송민구宋敏求가 편찬한 『이태백집李太白集』에는 이와 관련한 다음과 같은 이야기가 실려 있다.

이태백이 살던 당시에는 투계鬪鷄를 잘하거나 오랑캐의 침입을 막아 공을 세운 무인들이 득세를 했고, 시를 쓰는 문인들은 천대를 받았다. 시인들의 작품이 아무리 좋아도 세상에서는 물 한 잔 값도 쳐주지 않아 생활이 매우 어려웠던 것이다. 그러자 왕십이王十二라는 시인이 이태백을 찾아가 세상을 원망하자 이태백은 다음과 같은 시를 지어 위로했다.

世人聞此皆悼頭 (세인문차개도두)

세상사람들은 다들 듣기만 해도 고개를 저으니

有如東風射馬耳 (유여동풍사마이)

마치 동풍이 말의 귀에 부는 것과 같다

'우이독경牛耳讀經', 즉 '쇠귀에 경읽기'와 비슷한 말이다. 그러나 뉘앙스는 약간 차이가 있다. 우이독경은 소가 애써 염불을 해줘도 조금도 고마워하지 않기 때문에 '고마움을 모르는 어리석은 자'라는 뉘앙스가 있어 비난의 강도가 강하지만, 마이동풍은 '아무리 말을 해도 다른 사람의 비평에 주의를 기울이지 않는 것'이므로 우이독경보다는 비난의 강도가 덜하다. 그러나 이 둘 모두 손윗사람에게 쓰면 불경不敬이다.

> 이제 민자당의 정치력 부재를 힐난하기에도 진력이 났다. 노태우 대통령의 결단력 부재도 논할 만큼 논했다. 이쯤 되면 집권세력이 마이동풍이거나 불감증인지, 아니면 국민들의 질책이 너무 부족한 것인지 아리송할 따름이다.

마지노선線

힘들면 쉬어가고
막히면 돌아가라

마지노선의 요새

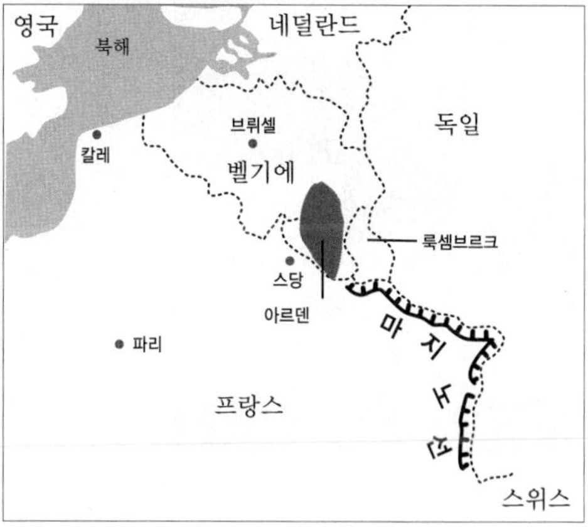

마지노선의 개념도 프랑스는 1차대전이 끝난 뒤 독일을 방어하기 위해 10년여에 걸쳐 요새선을 건설했다. 그러나 2차대전이 시작되자 나치독일의 기갑병단은 마지노선을 우회해 벨기에 아르덴 쪽으로 국경을 넘어버렸다. 당시 프랑스는 '삼림지대인 아르덴은 중포重砲나 전차가 다닐 수 없고 행군도 불가능하다'고 생각해 요새화하지 않았다.

더 물러설 수 없는 막다른 처지나 경우. 최후의 방어선.

원래는 1차대전 후 프랑스가 독일군을 방어하기 위해 국경에 구축한 요새선要塞線의 이름이다. 1차대전 때 프랑스는 독일로부터 엄청난 손실을 보았다. 결과적으로 프랑스가 독일에 승리하기는 했지만, 프랑스는 이것으로 독일의 위협이 사라졌다고 보지 않았다.

이에 육군 장관 앙드레 마지노는 정부에 북서부 벨기에 국경에서 남동부 스위스 국경까지 요새선을 건설해 방위 중심의 전략을 짜야 한다고 건의한다. 프랑스 정부는 그의 건의에 따라 1927년부터 1936년까지 총연장 750km의 요새선을 건설했다. 하지만 이 난공불락難攻不落의 요새선은 독일군을 막는 데 결정적인 역할을 하지 못했다. 2차대전 개전 후인 1940년 5월 독일군은 마지노선을 우회해 벨기에 삼림지대인 아르덴 쪽으로 국경을 넘었기 때문이다.

> 금융시장은 한 치 앞이 암흑이다. 미 증시는 다우지수가 또 508.39포인트 내려 9,447.11로 마감했다. 전날 심리적 마지노선인 10,000선 붕괴에 이어 하루 만에 9,500선조차 지키지 못한 것이다. 문화일보 081008

마타도어

그의 망토 뒤에는 칼이 숨겨져 있다!

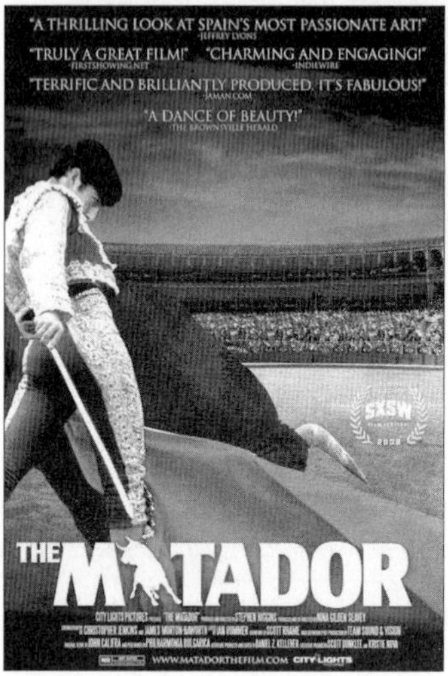

영화 『마따도르The Matador』의 포스터. 스티븐 히긴스가 2008년에 발표한 74분짜리 다큐멘터리다. 마따도르란 투우경기에서 주역을 맡은 '인기투우사'를 일컫는다.

정치무대에서 일어나는 처절한 흑색선전.

영어 matador에서 온 외래어다. 영어 matador는 스페인어 '마따도르matador'에서 왔다. 마따도르란 투우경기에서 주역을 맡은 '인기투우사'를 일컫는다. 피카도르picador라 불리는 기마騎馬투우사들이 긴 창으로 소의 약을 올린 뒤에 등장해 소의 정수리에 칼을 꽂아 숨통을 끊는 역할을 한다.

일설에 따르면 1, 2차 세계대전 당시 정부와 군대를 이간시키기 위한 '교란책동'을 가리키는 말로 이 말이 사용됐다고 한다. 마따도르가 붉은색 망토 뒤에 칼을 숨기고 황소를 유인해 찔러죽인다는 것에 착안한 것이다. 그러나 마따도르는 독일에서 성행하는 스카트라는 카드놀이에서 으뜸패를 일컫는 말이기도 하므로 도박판에서 나온 말이라는 주장도 있다.

> 선거 때면 상대방 후보를 죽이기 위한 모략과 마타도어가 횡행하고, 선거 후에는 아무 일도 없었다는 듯이 덮어버리는 행태가 되풀이된다면, 이 나라 사법권을 책임진 검찰의 위신과 명예는 어디 가서 찾을 것인가.

'마파람'과 '맞바람'

'마파람'은 주로 봄철에 남쪽에서 불어오는 따뜻한 바람이다. 그래서 이것이 들어간 관용어는 온화하고 정서적이다. 예를 들어 '마파람에 곡식이 혀를 빼물고 자란다'는 남풍이 불기 시작하면 곡식들은 놀랄 만큼 빨리 자라서 익어간다는 뜻이고, '마파람에 돼지 불알 놀듯'은 아무런 구속도 받지 않는 사람이 쓸데없이 흔들흔들하는 모습을 비유적으로 이르는 말이다.

이에 반해 '맞바람'은 '마주 불어오는 바람', 즉 '진행방향과 역으로 부는 바람'을 일컬으므로 거칠고 사나운 느낌이 있다. 따라서 예를 들어 '승승장구하는 은행원의 길을 걸어온 박 행장이 이제 매서운 마파람을 맞으며 경영능력을 검증받게 됐다'처럼 쓴 문장은 '마파람'을 '맞바람'으로 고쳐 써야 올바른 문장이 된다.

마피아

"프랑스인을 죽여라, 이것은 이탈리아인의 절규다!"

이탈리아의 시칠리아섬을 근거로 하는 세계적 범죄조직.

19세기 말 프랑스 병사에 의한 시칠리아인 폭행사건이 발단이 되어 생긴 말이다. 1882년 3월 30일 이탈리아의 시칠리아섬 팔레르모에서 프랑스 병사가 시칠리아인을 폭행하자 시칠리아인들은 이에 항의하기 위해 레지스탕스(저항)운동을 벌였다. 이때의 슬로건이 'Morte alla Francia, Italia anela!', 즉 '프랑스인을 죽여라. 이것은 이탈리아인의 절규다!'였다.

'마피아MAFIA'는 이 말의 머리글자를 모은 것이다. 나중에 이것을 가난한 시칠리아인을 보호하는 비밀조직이 사용함으로써 세상에 널리 알려지게 되었다. '아름다움'이나 '자랑'을 뜻하는 시칠리아의 방언에서 나왔다는 주장도 있다.

> 그 많은 선거비용을 들이고 당선됐으면 들인 돈을 회수하려 할 게 뻔하다. 'OO마피아'라고 불리는 교육감 측근들은 교장장학사직을 놓고 매관매직을 했고, 이런 걸 뻔히 보고 있는 그 아래 관료들도 교육감 상장을 돈 받고 팔거나 업체로부터 돈을 뜯어냈다.

마호병

보온병.

일본어 '마호빈(魔法瓶·まほうびん)' 에서 온 말이다. 보온병의 시초는 1881년 독일의 바인홀트가 개발한 특수유리병이다. 물리학자인 바인홀트가 액화가스를 보존하기 위해서 병의 벽간壁間을 이중으로 만든 것이다. 1904년 독일의 테르모스사社는 이 원리를 이용하여 세계 최초로 보온병을 만들어 상품화하는 데 성공한다.

이 상품이 일본에 들어온 것은 1909년이고, 그로부터 2년 후 오사카의 일본전구日本電球라는 회사가 일본산 보온병을 만들었는데, 이때 '마호빈' 이라는 이름을 붙였다. 뜨거운 물이 쉽게 식지 않는 '마법(魔法·마호)의 병' 이라는 뜻이다. 그러나 일본전구는 이를 상표등록하지 않아 마호빈은 보통명사로 쓰이게 되었다. 일본어가 확실하므로 '보온병' 으로 바꿔써야 한다.

> 버섯과 나물 몇 가지, 눈깔사탕만큼 조그맣게 지진 굴전과 동그랑땡, 그리고 제철 과일인 배와 단감, 마호병에는 식혜도 들어 있다.
> → 보온병

막가파

조폭영화가 그들의 교사였다

막무가내로 범죄를 일삼는 패거리.

원래는 90년대 중반 결성된 폭력조직의 이름이었다. 20대 초반의 두목 최정수를 비롯한 패거리는 1996년 10월 5일 새벽 서울 강남구에서 외제차를 타고 귀가하던 단란주점 여주인을 승용차에 태워 금품을 빼앗은 뒤 경기도 화성군의 한 염전창고로 끌고 가 생매장했다.

경찰에 붙잡힌 이들은 조직폭력배 조양은이 주연한 영화 『보스』 비디오를 보며 조직범행을 학습한 뒤, '돈 있는 놈은 다 죽이자' 는 등 행동강령을 만들었다고 말해 사회에 충격을 주었다. 두목 최정수는 "막가파란 무슨 뜻인가"란 기자들의 질문에 "막가는 인생이라는 뜻이다. 어차피 못사는 집에서 태어나면 평생 못사는 것 아니냐. 구차하게 살기 싫었고 세상에 복수하고 싶었다"고 대답했다. 이 같은 내용이 언론에 크게 보도되면서 막가파는 '패륜의 극치를 이루는 집단'을 가리키는 말로 쓰이고 있다.

> 요즘 여·야의 막가파식 논쟁은 우리 정치문화의 현주소를 적나라하게 보여주고 있다. '친일의혹' '창씨개명' 등 상대방 비방으로 확전되더니 이제는 '사회주의정책' 시비로 논란을 빚고 있다. 세계일보 010808

막부幕府

'칼쥔자'가 '칼준자'를 치는 것은 고금의 진리

일본 무가정권武家政權이 정사를 보던 곳. 또는 그 무가정권 자체를 가리키는 말.

이 시기의 천황은 상징적 존재이고 막부의 최고 통치자인 정이대장군征夷大將軍이 실질적인 통치권을 가졌다. 일본에는 이런 정권이 세 개가 있었다. 미나모토노 요리토모源頼朝가 1192년에 연 '가마쿠라鎌倉막부', 아시카가 다카우지足利尊氏가 1336년에 연 '무로마치室町막부', 그리고 도쿠가와 이에야스德川家康가 1603년에 연 '에도江戶막부'가 그것이다.

오다 노부나가織田信長나 도요토미 히데요시豊臣秀吉도 무가정권이기는

도쿠가와 이에야스 '막부' 하면 떠오르는 인물이다. "울지 않는 새가 있으면 울 때까지 기다려라"라고 했다는 얘기가 있듯이 그는 '기다림의 미덕'을 아는 인물이다. 도요토미 히데요시가 죽자 도쿠가와는 이런 뚝심을 통해 축적한 힘으로 일본 근대사의 판도를 바꾼 '세키가하라關ヶ原전투'를 승리로 이끌었다. 세키가하라전투는 1600년 도요토미가 죽은 뒤 권력 장악을 노린 도쿠가와와 도요토미의 가신인 이시다 미쓰나리石田三成가 겨룬 전투다. 이 전투의 승리로 도쿠가와는 1868년 일본이 근대국가에 들어설 때까지 2세기 반 동안 권력을 쥔다.

하지만, 그들은 정이대장군(쇼군·將軍)이 되지 못했으므로 '막부'라 부르지 않는다. 정이대장군은 천황으로부터 특정한 권한을 부여받은 사무라이 수장에게 주어지던 직책이었다. 그러니까 천황이 "나에게 반기를 든 무리夷를 토벌征하라"는 뜻으로 내린 직책인데, 이들의 세력이 커지자 천황을 허수아비로 만들고 권력을 휘두른 군부권력이 막부다.

그러나 막부는 일본이 원조가 아니다. 막幕은 '장막' 또는 '천막'이란 뜻이고, 부府는 원래는 왕실의 보물이나 문서를 보관하는 곳이었는데, 점차 '관청'을 뜻하는 말로 사용됐다. 이 두 글자를 합쳐 중국 전국시대戰國時代부터 '왕을 대신해 출정한 장군이 전장에 친 진지'를 '막부'라 했다. 그런데 중세 이후 일본이 중국에서 이 오래된 한어漢語를 가져와 '쇼군의 군대가 출정 중일 때 사용한 임시 본영本營'을 가리키는 말로 사용했으므로 막부의 뿌리는 중국에 있는 것이다.

> 구막부군舊幕府軍 부총재 에나모토 다케아키夏本武揚는 8척의 군함에 2000여 명의 반정부군을 태우고 에도만江戶灣 시나카와品川기지를 은밀히 탈출했다. 목적지는 홋카이도의 하코다테. 막부 충성파들을 홋카이도로 모아 공화국을 수립하고 힘을 키워 메이지정부를 타도하기 위해서였다. 서울신문 071111

막역莫逆

서로 뜻이 맞아 거스르지 않음. 서로 허물없이 썩 친함.

말뜻을 모를 사람은 없겠지만, 왜 이런 뜻이 되는지 확실히 모르는 사람은 많다. 莫이라는 한자가 생소한 탓이다. '莫막'은 '없다'는 뜻이다. 따라서 막역은 '거스름逆이 없다莫'는 말이 된다. 사자성어로 하면 막역지교莫逆之交다. 60~70년대에는 메리야스를 '막대소莫大小'라 부르기도 했다. '대소大小가 없다莫'는 뜻이므로 '신축성이 좋다'는 뜻이다. ⇒메리야스

> 금병산 자락 아래의 산국농장 농장주 김희목 씨와 소설가 전상국 씨는 막역한 사이이다. 그 막역함을 상징하는 것은 이런 대목이다. "이분이 산국농장 대표인 김희목 선생입니다." 전상국 씨가 낯선 이들에게 농장주를 소개하면 김희목 대표는 껄껄 웃는다. 세계일보 061116

'막히다' 와 '높이다'

ㅍ은 ㅎ을 싫어한다

①(길이) 막히다·막이다, ②(눈이) 덮히다·덮이다, ③(물을) 덥히다·덥이다, ④(자세를) 높히다·높이다

위 네 사례는 모두 접사 '히' 와 '이' 가 들어 있다. 둘 중 어느 쪽이 맞을까? 아마도 상당수의 사람은 모두 '히' 가 들어간 것이 맞다 할 것이다. 그러나 ①과 ③은 '히' 가 맞지만, ②와 ④는 '이' 가 맞다. 그 이유는 뭘까.

우리말에는 피동법被動法과 사동법使動法이란 게 있다. 피동은 '당하는 것' 이고 사동은 '시키는 것' 이다. 문장을 이렇게 만들기 위해서는 용언(동사, 형용사)에 '이' '히' '리' '기' 같은 접사를 넣어야 한다. 예를 들면, '차다 → 차이다' '막다 → 막히다' '밀다 → 밀리다' '쓸다 → 쓸리다' '안다 → 안기다' '쫓다 → 쫓기다'(이상 피동), '녹다 → 녹이다' '속다 → 속이다' '앉다 → 앉히다' '입다 → 입히다' '울다 → 울리다' '웃다 → 웃기다'(이상 사동) 등인데, 한국어가 모국어라면 대부분 자동적으로 구분이 되므로 문제될 것이 없다.

'리' 와 '기' 는 그렇지 않지만 '이' 와 '히' 는 좀 헷갈리는 경우가 있다. 이때는 한 가지 원칙만 알고 있으면 된다. 그것은 바로 'ㅍ은 ㅎ을 싫어한다' 는 것이다. 다시 말해 받침에 'ㅍ' 이 오면 뒤에는 '히' 가 오지 않고 '이' 가 온다는 말이다. 따라서 '눈이 덮혔다' 는 '덮였다' 로, '자세를 높혔다' 는 '높였다' 로 써야 어법에 맞다. 이렇게 정한 것은 'ㅍ' 과 'ㅎ' 이 음운적으로 비슷한 성격을 가져 연달아 오게 할 필요가 없기 때문이다.

『장독대Jangdockdae』 주물로 외국인의 형상을 만든 뒤 마치 실수로 위에서 눌러버린 듯한 모습이 신기해서인지, 덕수궁 돌담길에 있는 이 작품 앞에는 항상 사진을 찍는 사람들이 있다. 그러나 이 작품을 설명한 철판에는 '눈 덮인' 이 '눈 덮힌' 으로 잘못 적혀 있어 보는 이의 눈살을 찌푸리게 한다.

만끽滿喫

마음껏 먹고 마심. 충분히 만족할 만큼 즐김.

'喫(끽)' 은 '마시다' '먹다' '즐기다' 의 뜻이다. 따라서 끽연喫煙은 '담배를 피우다', 끽반喫飯은 '밥을 먹다', 끽다喫茶는 '차를 마시다', 끽주喫酒는 '술을 마시다' 는 뜻이 된다. ➡짬뽕

만두饅頭

마음을 얻어야 진짜 얻는 것이다

밀가루로 만든 피皮 속에 고기·야채 등을 넣어 찐 중국 음식.

'饅(만)' 은 '만두' 의 뜻이고 '頭(두)' 는 '머리' 의 뜻이다. 음식 이름에 머리가 들어간 것은 『삼국지』에 나오는 다음 이야기 때문이다.

223년 유비劉備가 죽자 촉蜀나라 각지에서 내란이 일어났는데, 가장 큰 골칫거리는 남만(南蠻·지금의 운남성 일대)이었다. 225년 제갈량諸葛亮은 직접 군대를 이끌고 온갖 신고辛苦 끝에 이들을 진압한 뒤 환도를 위해 여수(瀘水·장강 서쪽 끝에 있는 강)에 당도했다. 그런데 갑자기 거센 풍랑이 일어 도저히 강을 건널 수가 없었다.

제갈량이 남만의 장수 맹획孟獲에게 조언을 구하자 맹획은 "강의 수신이 앙화殃禍를 일으킨 것이기 때문에 사람의 머리 49개로 제사를 지내야 한다"는 것이었다. 그러나 제갈량은 전쟁 중에 사람을 죽일

맹획 삼국시대 운남지방의 호족으로 만두의 에피소드에 나오는 남만의 반란은 그의 주도 아래 이루어졌다. 그러나 제갈량은 기발한 계책을 써서 그를 사로잡지만 죽이지 않고 바로 놓아준다. 그가 마음으로부터 승복해야 진짜 이기는 것이라고 생각했기 때문이다. 그러나 그때마다 맹획은 다시 반기를 든다. 제갈량은 이렇게 맹획을 잡았다 놓아주기를 일곱 번이나 계속한 끝에 진정한 복속을 받아낸다. '마음대로 잡았다 놓아 주었다 하는 것' 을 일컫는 '칠종칠금七縱七擒' 은 여기서 온 말이다.

수는 없다며 이를 거부하고, 대신 양고기를 밀가루로 싸고 거기에 남만인의 얼굴을 본뜬 '만두蠻頭'를 만들어 제사를 지내게 했다. 그러자 거짓말처럼 바람이 멎고 강물도 평온해졌다고 한다. '蠻'이 '饅'으로 바뀐 것은 훨씬 뒤의 일로, '만두'라는 음식이 유행하자 '오랑캐'의 뜻인 '蠻' 대신 새로운 글자를 만들어 대치한 것이다.

만세萬歲

기원은 중국에 있지만 '왜색'인 것은 사실

환호를 나타내기 위해 두 손을 들면서 외치는 소리.

'歲(세)'는 '해年'란 뜻이므로 '1만년'이 원뜻이지만, '오래도록 사는 것' '영원히 살아 번영하는 것'을 함축하고 있다. 이 말은 처음 만들어졌을 때는 누구나 사용할 수 있었다. 그러나 후한後漢 때 천자天子의 장수를 비는 말로 제한되면서 일반인들은 함부로 쓸 수 없게 되었다. 우리나라에서는 고려조 때까지는 국왕에 대해서만 사용했으나 조선조에 이르러 중국에 더욱 예속되면서 '천세千歲'로 격을 낮추어 사용했다. 만세를 다시 사용한 것은 고종高宗이 황제에 즉위하면서부터다.

대표자가 단상에 올라서서 선창을 하고 단하의 사람들이 이를 따라 부르는 것은 확실히 왜색倭色적인 느낌이 든다.

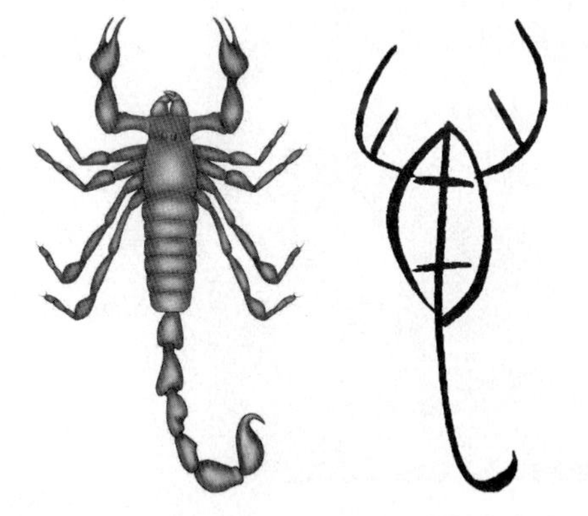

萬(일만만)은 놀랍게도 맹독을 뿜는 전갈의 모습을 그린 상형문자다. 갑골문(오른쪽)을 보면 이를 확실히 알 수 있다. 그렇다면 '1만'과 전갈은 무슨 상관이 있을까. 문자학자들에 따르면, 전갈과 '1만'을 나타내는 말의 발음이 같아 전갈을 뜻하는 萬을 빌려 '1만'을 나타냈는데, 훗날 사람들이 이 글자를 '1만'의 뜻으로만 쓰게 되어 '1만'의 뜻으로 고정됐다고 한다.

명치 22년(1889) 일본이 제국헌법을 반포하는 식장에서 이것을 처음 시도한 이래 의례적인 자리에서 곧잘 '만세'를 부르기 때문이다. 그러나 그 기원은 일본에 있는 것이 아니라, 중국 한나라 무제武帝가 숭산(嵩山·낙양 북서부)에 올라가 하늘에 제사 지낼 때 신민臣民이 만세를 삼창한 데서 비롯됐다.

만주滿洲

그들과 우리는 신앙으로 연결돼 있다고?

중국 동북지방인 요령·길림·흑룡강 세 성省을 이르는 말.

지금은 주로 '지역명'으로 사용되지만, 원래는 청나라를 세운 여진족女眞族을 가리키는 '민족명'이었다. 亞洲(아주·아시아주), 美洲(미주·아메리카주)처럼 '대륙'을 뜻하는 洲(주) 때문에 혼동이 일어난 것이다.

문수보살 석가모니여래의 왼쪽에 있는 보살로, 우리나라에서는 삼국시대 이래 이 보살에 대한 신앙이 널리 전승되었다. 오른손에 든 것은 '지혜의 검'이다. 중국의 동북 삼성을 가리키는 '만주'는 원래는 이 문수보살의 이름을 딴 민족명으로, 우리의 역사와 깊은 관계가 있다.

동북지방에서 일어나 중국 전역을 정복한 청조淸朝의 원래 민족명은 '여직女直' 또는 '여진女眞'이고, 국호는 '후금後金'이었다. 선주 종족은 숙신·읍루·물길·말갈·여진으로 연결되는데, 이들이 내몽골을 평정하고부터 국호를 '대청大淸'으로 바꾸고 민족명도 '만주Manju'로 바꾸었다. 이렇게 한 것은 그들의 신앙대상인 동북지방의 문수보살文殊菩薩에 영향을 받았기 때문이다.

조법종趙法鍾 우석대 교수가 『한국사연구』(147호, 2009.12)에 발표한 논문에 따르면, 고구려·통일신라·발해·고려의 백두산 숭배와 연결된 문화전통에 범어로 '만주슈리Manjusri'라 일컫는 '문수' 신앙이 결합해 형성된 신앙적 전통이 여진족에게 전해졌고, 이것이 청나라 건국 후 태종(太宗·홍타이지)이 자신들의 정체성을 상징하는 용어로 '만주' 라는 민족명을 창안하게 됐다고 한다. 이는 만주족이 과거 고구려시기에 말갈족이 고구려의 구성원이었던 역사적 전통과 문화적 공유성을 유지한 것으로, 이들의 역사가 한국사와 긴밀하게 연결됐음을 보여주는 것으로 이해할 수 있다.

다시 말하면, '만주' 는 '문수' 의 범어인 '만주슈리' 에서 온 민족명인데, 점차 이들이 사는 지역명으로도 사용되어 현재 한국과 일본에서는 주로 지역명으로 사용되고 있다. 중국에서는 만주가 '청나라를 세운 민족' 을 의미하지만 일본이 세운 '만주국滿洲國' 에 대한 부정적 기억 때문에 '만주' 라는 표현을 사용하지 않고 종족을 지칭할 때는 '만족滿族', 지역을 말할 때는 '동북삼성東北三省' 이란 표현을 사용한다. ➡사돈

만화漫畫

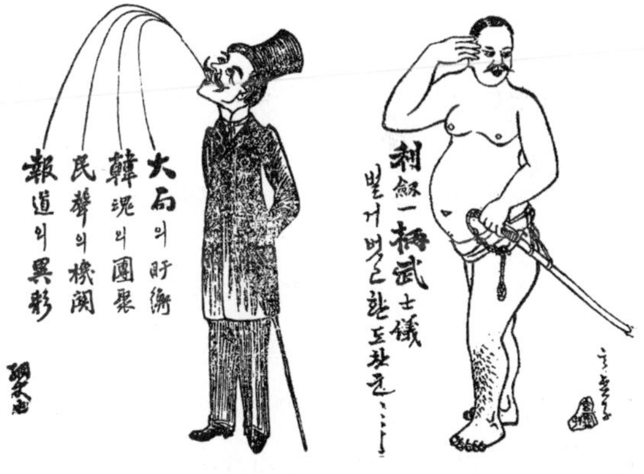

왼쪽은 1909년 6월 2일 대한민보 창간호에 실린 이도영의 만화다. 입에서 나온 네 갈래 선에 大韓民報를 사행시로 풀었다. 연구자들은 이 작품을 우리나라 만화의 효시로 본다. 오른쪽은 같은 해 9월 2일자에 실린 작품이다. 한자로 '利劍一柄武士儀(이검일병무사의)' 라고 쓰고, 그 옆에는 '벌거벗고 환도찻군…' 이라는 설명을 붙였다. 한자만 보면 무슨 뜻인지 알 수 없지만, 잘 보면 利와 柄武가 큰 글씨로 되어 있다. 이것을 붙이면 利柄武가 되므로, 당시 유명한 친일파 군인이었던 이병무李秉武를 조롱하는 내용임을 알 수 있다.

이야기 등을 간결하고 익살스럽게 그린 그림.

'漫(만)' 은 '멋대로' 의 뜻이므로 '멋대로 그린 그림' 이라는 말이다. 개화기의 일본인들이 만든 말로, 중세 이탈리아어 '카리카투라caricatura' 에서 온 영어 '캐리커처caricature' 를 漫畫(マンガ·망가)로 번역해 불렀다. 초기에는 '풍속화風俗畫' '희평戲評' '희화戲畫' '골계화滑稽畫' 등 다양한 이름으로 불렸다.

말을 타면 경마 잡히고 싶다

그 말은 경마장의 말과는 다르다

사람의 욕심에는 끝이 없음을 일컫는 말.

경마는 '견마牽馬'가 변한 말로 '남이 탄 말을 몰기 위해 잡는 고삐'란 뜻이므로 '경마 잡히다'는 '남에게 고삐를 들려 끌게 하고 말을 타다'는 뜻이다. 그러니까 처음에는 말만 타려 했지만 막상 타보니 아랫사람으로 하여금 그 말을 끌고 가게 하려는 마음이 생긴다는 뜻이다. 경마를 경마장의 '경마競馬'로 잘못 알고 '처음에는 말만 타려 했지만 경마까지 하게 된다'는 뜻으로 알고 있는 사람이 있다. '牽(견)'은 '끌다'의 뜻이다. ➡견강부회

> '말을 타면 경마 잡히고 싶어진다'는 속담처럼 한없이 쏠리는 우리의 욕구는 안전장치 없는 차처럼 굴러간다. 한겨레 010910

말짱 도루묵

반찬타령 하면 대대로 욕먹는다

아무 소득이 없는 헛일이나 헛수고.

'말짱'이란 '모두' '속속들이' '철저히'란 뜻이고, '도루묵'은 물고기의 이름이다. 목어木魚·환목어還木魚·은어銀魚 등의 별명을 갖고 있는 '도루묵'이 관용어의 주인공이 된 것은 한 임금의 변덕 때문이다. 허균許筠이 전국의 식품과 명산지에 대해 적은 『도문대작屠門大嚼』이란 책에는 다음과 같은 기술이 실려 있다.

> 도루묵은 동해에서 난다. 첫 이름은 목어木魚였는데 전조(前朝·고려)에 도루묵을 좋아하는 임금이 은어銀魚라고 고쳤다. 많이 먹어 싫증이 나자 다시 목어라고 고쳤다 해서 환목어還木魚라 한다.

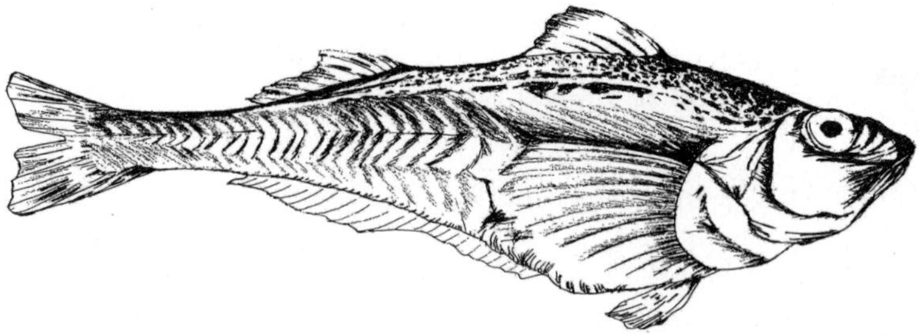

도루묵 보통은 이렇게 투박한 이름으로 불리지만, 은색의 몸통을 지녔다 해서 '은어銀魚'로 불리기도 한다. 녀석이 '말짱 도루묵'의 주인공이 된 것은 한 임금의 까다로운 입맛 때문이다. 그림 채정수

정조正朝 때 이의봉이 엮은 『고금석림古今釋林』에도 비슷한 기술이 있다.

> 고려의 왕이 동천東遷했을 때 목어를 드신 뒤 맛이 있다 하여 은어銀魚로 고쳐 부르라고 했다. 환도還都 후 그 맛이 그리워 다시 먹었을 때 맛이 없어 다시 목어로 바꾸라 하여 '도루목還木'이 되었다.

이를 살을 붙여 설명하면 이렇다. 임금이 피란지에서 밥상에 올라온 물고기를 맛있게 먹고 시중드는 상궁에게 물고기의 이름을 물었다. 그러자 상궁은 '목(묵)'이라고 대답했다. 임금은 이름이 너무 투박해 '은어'라는 고상한 이름을 하사했다. 그러나 전쟁이 끝나고 궁에 돌아와 다시 먹어본 그 고기는 옛맛이 아니었다. 그래서 임금은 "도로(다시·還) 묵木이라고 하라"고 해서 '도루묵'이란 이름이 생겼다는 것이다.

그 왕이 누구인지에 대해서는 여러 가지 의견이 있다. 앞에서 본 바와 같이 『도문대작』이나 『고금석림』은 '고려의 왕'이라고 적고 있지만, 『한국민족문화대백과사전』(한국학중앙연구원)에는 조선조의 인조仁祖가 이괄의 난으로 공주에 피신하는 과정에서 있었던 전설일 수 있다고 적혀 있고, 금성판 『국어대사전』에는 선조宣祖가 임진왜란으로 피란 갔을 때의 이야기라고 적혀 있다. '도로목'으로 잘못 적는 사람이 적지 않다.

> 아무리 훌륭한 연구라 해도 내용이 학생들에게 전달되지 않으면 말짱 도로목(→도루묵)이다. 그래서 교수들은 늘 효과적인 전달방법을 찾으려 노력한다.

맘모스

놈들이 멸종한 게 기후변화 때문이라고?

'매머드'를 잘못 이르는 말.

'거대한 것'을 비유할 때 쓰는 말로, '맘모스 빵' '맘모스 체육관' '맘모스 백화점'처럼 쓰는 경향이 있으나 '매머드 ○○○'로 써야 한다. 매머드는 빙하시대 유라시아 등 북반구에 살았던 거대한 코끼리를 말한다. 화석으로 추측해 볼 때, 큰 것은 어깨길이만 무려 4m에 이른다. '거대한 사물'을 비유하는 말로 쓰이는 것은 그런 엄청난 몸집 때문이다.

매머드의 상상도 큰 것은 어깨길이만 4m에 이른다. 이 거대한 매머드는 빙하기의 도래로 인한 기후변화로 멸종한 것으로 알려져 있지만, 최근에는 상아 때문이라는 학설이 대두되어 있다. 즉, 종족 번식과 구애求愛를 위하여 수컷들이 멋있게 보이려고 경쟁적으로 상아를 웃자라게 하는 바람에 몸무게의 3분의 1에 달하는 상아의 무게를 견디지 못해 멸종했다는 것이다.

영어 'mammoth'는 '흙의 동물'이라는 뜻의 슬라브어 'mámont'에서 왔다. 어쩌다 볼 수 있는 매머드가 시체상태였으므로 야쿠트족이나 퉁구스족이 '흙 속에서 살다 밖으로 나오면 죽는 동물'이라 생각해 그렇게 부른 것이라고 한다. 'mammoth'를 국제음성기호로 적으면 [mǽməθ]가 되므로 '매머드'로 적어야 하는데, 일본에서 '맘모스マンモス'로 적는 것에 영향받아 오랫동안 '맘모스'로 적어왔다.

> 원시시대에 소금을 찾아다녔다는 맘모스(→ 매머드) 조형물이 서 있는 박물관 내부에는 '생명의 근원'이라는 소금과 관련된 짭짤한 이야기가 가득하다. 단층 석조 건물인 이 건물은 원래 소금창고였던 곳으로, 근대문화유산으로 지정되어 있다.

망구望九

'81세' 를 달리 이르는 말.

'아흔을 바라보는 나이' 라는 뜻으로, 90세까지 살기를 바란다는 의미가 담겨 있다. 같은 이치로 망칠望七은 61세, 망팔望八은 71세, 망백望百은 91세를 이르는 말이다. 늙은 여자를 낮잡아 이르는 '할망구' 는 여기에서 파생된 말이다.

> 망구를 훨씬 넘긴 나이는 속일 수 없었음인지 친한 벗처럼 자꾸만 찾아오는 질병 때문에 몇 차례 입원하기도 했지만, 그는 타계하기 며칠 전까지도 자료수집에 몰두했었다.

망극罔極하다

(임금이나 어버이의 은혜가) 너무 커서 갚을 길이 없다.

역사드라마를 보면 쉽게 들을 수 있는 말인데도, 그 뜻을 정확히 알지 못하는 경우가 많다. '罔(망)' 은 '없다', '極(극)' 은 '끝' 의 뜻이므로 망극은 '끝이 없다' 는 뜻이다. 따라서 이 말을 쓸 때는 대개 "성은이 망극하옵니다" 처럼 '무엇이' 에 해당하는 말이 앞에 나온다.

그러나 망극은 이렇게만 쓰는 것이 아니다. '민망하기 그지없다' 거나 '슬프기 그지없다' 는 뜻으로도 사용되므로 앞뒤 문맥을 잘 살펴 보아야 무슨 뜻으로 사용했는지 알 수 있다. 예를 들어 임금이 신하를 칭찬하는 상황이라면 신하가 하는 "망극하옵니다" 는 '민망하기(황송하기) 그지없다' 는 뜻이고, 조문을 가서 "이렇게 망극한 일을 당하셔서 어떻게 말씀드려야 할지 모르겠습니다" 처럼 상주를 위로하는 상황에서 나온 말이라면 '슬프기 그지없다' 는 뜻이다.

> 2세 교육을 책임지고 있는 교사가 국가주석이 출제한 문제를 풀지 못했다는 것은 참으로 망극하기 짝이 없는 일이었다. 아마도 그들의 낭패감은 영취산 설법에서 석가모니가 들어 보인 한 송이 연꽃의 뜻을 미처 깨닫지 못한 불자들의 심정이나 마찬가지였을 것이다. 경향신문 050825

망년회忘年會

일본에서 들어온 말은 무조건 버리자고?

한 해의 모든 괴로움을 잊자는 뜻에서 연말에 갖는 모임.

'망년忘年' 은 '나이를 잊은 모임' 이란 뜻으로 중국이나 우리나라에서 예부터 쓰였던 말이다. 예를 들어 '망년지우忘年之友' 나 '망년지교忘年之交' 는 나이의 높고 낮음을 따지지 않고 친구로 깊이 사귀는 것을 가리켰다. 여기에 '會' 를 붙여 지금의 뜻으로 쓰기 시작한 것은 근대 일본이었다. 차분하게 묵은해를 보내고 경건하게 새해를 맞는 것이 동양의 전통이었는데, 개항開港과 함께 연말연시를 요란하게 보내는 서양 문화가 들어오면서 전혀 다른 연말 풍경이 생겨난 것이다. 이런 풍습이 일제시대에 망년회란 이름과 함께 우리 문화 속에 들어왔다.

특급호텔 모임 연말까지 예약 "끝"

들뜬 사람들 "忘年! IMF"

1인당 4~5만원 풀코스 인기
대학생 사은회까지 가세

서울의 특급 호텔마다 망년회와 사은회, 세미나 등 각종 행사 예약이 폭주, 12월 들어 예약이 일찌감치 끝나고 있다. 20세기 마지막 세모(歲暮)인데다 5개월여 앞으로 다가온 총선 특수까지 겹치면서 흥청망청 조짐까지 보인다. 일요일인 5일 오후 서울 서대문구 스위스 그랜드 호텔. 결혼식, 사은회, 고희연, 기업 세미나 등 6건의 행사가 동시에 열린 이 호텔 1~2층 로비와 예식장은 2000여명의 손님들로 발디딜 틈이 없었다. 600여대가 주차하는 주차장은 빈 자리를 찾을 수 없었다. 호텔측은 "작년 연말에는 사라졌던 각종 학회와 세미나, 기업 행사가 살아나 하루 10여차례 예약이 잡혀 있다"며 "연초에 열리는 대학생 사은회 문의전화가 하루 5건 이상 들어온다"고 말했다. 예약실 직원은 "사은회는 6가지 요리가 나오는 일인당 4만~5만5000원짜리 양식 풀코스가 인기"라고 말했다.

조선일보 991207

왜색어倭色語라 해서 국어 관련 단체들은 '송년회送年會' 나 '송년모임' 으로 쓸 것을 권장하고 있다. 하지만 잘 생각해 보면 일본에서 만들었다는 점만 빼면 '망년회' 처럼 훌륭한 조어도 없다. 연말이 되면 한 해 동안의 힘들고 어려웠던 일들을 모두 잊어버리고 새로운 각오를 다짐해야 하는 과정은 필요한 것이고, 그런 모임의 취지에 맞는 이름으로는 '송년회' 보다는 '망년회' 가 더 잘 어울린다.

> 바야흐로 망년회 시즌이다. 주당들은 때를 만나고, '비주류' 들은 술자리마다 곤욕을 치러야 할 판이다. 이제부터 도시의 밤은 왁자지껄 하는 소음과 취객들의 혼성합창과 알코올의 주향이 어우러져 불야성을 이룰 것이다. 경향신문 911205

망라 網羅

널리 받아들임. 모두 포함함.

'網(망)'과 '羅(라)'는 모두 '그물'이란 뜻이다. 단 網은 '물고기를 잡는 그물'이고, 羅는 '날짐승을 잡는 그물'이다. 이처럼 중국인들은 모든것을 세세히 구분했다. 얼굴의 털도 턱에 나는 것은 '鬚(수)', 귀밑에 나는 것은 '髥(염)'이라 해서 '수염'이라 한 것과 같다. 따라서 망라는 '모든 그물'이 본뜻으로, 물속과 하늘에 그물을 쳐 '물고기와 날짐승을 남김없이 잡는다'는 뜻이 담겨 있다.

망명 亡命

"놈의 호적명부를 없애라!"

정치적인 이유로 생명의 위협을 피해 남의 나라로 도피하는 것.

언뜻 '목숨命을 건지기 위해 도망亡치는 것'으로 해석할 수 있지만, 그보다 깊은 뜻이 있다. 여기에서 '亡'은 亡失(망실)에서 볼 수 있듯이 '잃다' '없애다'의 뜻이고, '命'은 명적名籍, 즉 호적명부를 뜻한다. 따라서 망명이란 '호적명부를 없애는 것'이 본래 뜻이다. 이것이 '해외도피'의 뜻이 된 것은, 옛날에는 사람이 망명하면 호적명부에서 이름을 삭제했기 때문이다.

맵시

곱게 다듬은 모양새. 보기 좋은 모양새.

발음은 '맵씨'로 나는데 왜 '맵시'로 적는지 궁금해하는 사람이 많다. 이것은 'ㄱ·ㅂ 받침 뒤에서 나는 된소리(ㄲ·ㄸ·ㅃ 등)는 같은 음절이나 비슷한 음절이 겹쳐 나는 경우가 아니면 된소리로 적지 않는다'는 한글맞춤법 5항

규정에 따른 것이다. '언덕빼기'를 '언덕배기'로, '법썩'을 '법석'으로, '색씨'를 '색시'로 적는 것도 이런 이유 때문이다.

'같은 음절이나 비슷한 음절이 겹쳐 나면 된소리로 적는다'는 규칙은 한글맞춤법 13항에 따로 규정되어 있다. 예를 들어 '똑닥똑닥'을 '똑딱똑딱'으로, '싹삭하다'를 '싹싹하다'로 적는 것이 그것이다.

맹모단기孟母斷機

짜던 베를 끊어버리면 못 쓰게 되듯이…

맹자가 학업을 중단하고 돌아오자 그 어머니가 짜던 베를 잘라 자식의 태만을 훈계한 말.

'맹모단기지교孟母斷機之教'를 줄인 말로 '단기지교斷機之教'라 말하기도 한다. 이야기는 다음과 같다.

맹자가 어느 정도 성장하자 어머니는 이름있는 스승을 찾아 유학을 보냈다. 학비는 길쌈질을 해서 근근이 감당했다. 그런데 맹자는 어느 날 중도에서 학업을 포기하고 돌아와 버렸다. 베틀에 올라 있던 어머니는 크게 낙담하여 갑자기 짜던 베를 가위로 잘라버렸다. 눈이 휘둥그레진 맹자가 "왜 그러시느냐"고 묻자 어머니는 "짜던 베를 끊어버리면 못쓰게 되듯이 공부도 하다가 말면 무용지물이 되는 것이다"라고 나무랐다. 자신의 경솔함을 깨달은 맹자는 그 길로 다시 스승을 찾아갔다고 한다.

마치 한석봉(韓石峯·1543~1605)의 어머니가 학업을 다 마치지 않고 하산한 아들에게 "불을 끄고 나는 떡을 썰 터이니 너는 글을 써라"며 학업을 독려했다는 이야기와 비슷하다.

> 그렇다고 흔해 빠진 예화를 다시 들려주는 것이 아니다. '맹모삼천'은 알려졌지만, '맹모단기'는 새롭게 환기할 만하다. 맹자 어머니는 3번 이사만 한 것이 아니라 유학 도중에 돌아온 자식 앞에서 짜고 있던 베틀의 날실을 끊어버리는 야멸참도 보였다. 세계일보 070505

맹모삼천孟母三遷

천재인 그도 공부가 싫기는 마찬가지였다

맹자 어머니가 세 번 이사하면서 맹자를 가르쳤음을 이르는 말.

'맹모삼천지교孟母三遷之敎'를 줄인 말로 '삼천지교三遷之敎'라 일컫기도 한다.

맹자 어머니가 조용한 산골에 거처를 정하자 묘지 곁이라 어린 맹자는 장사葬事 지내는 흉내만 냈다. 교육상 좋지 않다고 생각한 어머니는 시장 근처로 이사를 했다. 그런데 이번에는 맹자가 저울로 물건을 달거나 흥정하는 흉내를 냈다. 어머니는 다시 서당 근처로 이사를 했다. 그러자 맹자가 학생들을 따라 글을 읽거나 예법을 흉내내며 놀기에 어머니는 안심했다고 한다.

교육에는 환경이 중요하다는 것을 일깨워주는 말로, '맹모단기孟母斷機'와 함께 한나라 유향劉向이 쓴 『열녀전烈女傳』에 실려 있다.

『맹모교자도孟母敎子圖』에 나와 있는 맹자와 그의 어머니 모습이다. 이 그림은 송宋나라 시대에 그려진 것으로, 맹자가 공부에 흥미를 갖도록 하기 위해 세 번째로 이사해 서당으로 들어서는 상황을 그렸다. 맹자는 여전히 공부는 싫은 모습이고, 어머니는 이를 안타깝게 바라보고 있다.

맹점盲點

출구에는 눈이 없다!

미처 생각이 미치지 못한 모순점이나 틈.

안과용어인 'blind spot'을 직역한 말이다. '암점暗點' 또는 '맹반盲斑'이라고도 한다. 사람이 어떤 물체를 주시하면 물체의 빛은 각막角膜을 통해서 망막網膜에 도착한다.

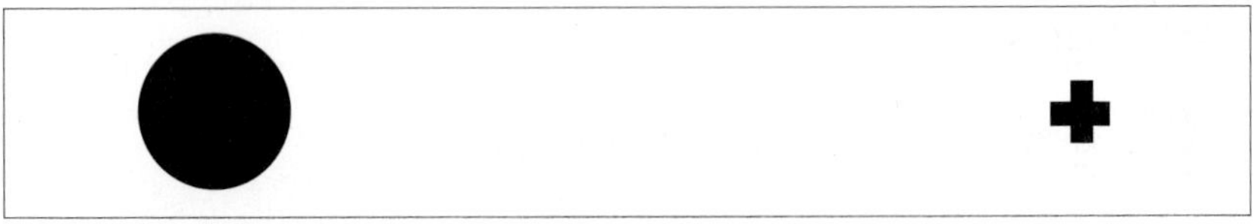

이렇게 하면 맹점을 확인할 수 있다! 먼저 눈을 ●와 +사이에 둔 뒤 책에서 10cm가량 떨어진다. 왼쪽 눈을 손으로 가리고 ●에 초점을 맞추면 +가 보이는 것을 알 수 있다. 그리고 서서히 얼굴을 뒤로 해 책에서 30~40cm에 이르면 +가 사라지고 가까이하면 나타나는데 사라진 점이 바로 맹점이다.

그러면 망막에 있는 100만여 개의 시신경이 이 빛신호를 뇌로 전달함으로써 인간은 사물을 볼 수 있게 된다. 시신경다발은 망막 중앙의 구멍을 통해 밖으로 빠져나가는데, 바로 이 부분이 맹점이다. 그런데 여기에는 시세포가 없어 상이 맺혀도 그것을 느끼지 못한다. 시야 속에 보이지 않는 곳이 있음에도 불구하고 전혀 의식할 수 없기 때문에 '모르거나 지나치기 쉬운 사실' '당연히 알고 있을 듯한데 의외로 알아차리지 못한 것'을 비유하는 말로 쓰이는 것이다.

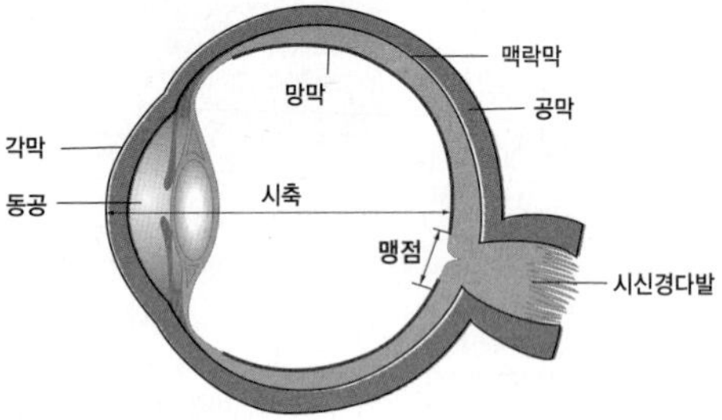

> 우리나라 교육이 안고 있는 맹점의 하나가 획일성에 있음은 새삼 강조할 필요가 없다. 개개인의 적성 능력을 도외시한 채 천편일률적인 수업을 강요함으로써 평준화라는 눈앞의 목표는 달성했지만 보다 원대한 가치인 창의성·수월성 계발에는 심각한 허점을 드러내고 있다. 국민일보 951215

'머리말'과 '머릿말'

규칙은 쉽지만 발음이 어렵다

'머리말'로 적어야 할지 '머릿말'로 적어야 할지, 또는 '머리기사'로 적어야 할지 '머릿기사'로 적어야 할지 혼동되는 경우가 있다. 이것을 알기 위해서는 사이시옷규정(한글맞춤법 30항)을 상기할 필요가 있다.

사이시옷규정이란, 두 개의 명사가 결합해서 하나의 합성어를 이룰 때 그 결합으로 인해서 ①뒷말이 된소리(ㄲ·ㄸ·ㅃ 등)로 나거나, ②ㄴ·ㅁ 앞에서 ㄴ소리가 덧나거나, ③뒷말 첫소리 모음 앞에서 ㄴㄴ소리가 덧나면 앞말에 ㅅ을 받쳐 적는 규칙이다.

이산가족 상봉을 허용해준 대신 남한의 지원을 노골적으로 요구하는 북한의 모습을 풍자한 신경무 화백의 『조선만평』(조선일보 2009.9.28)인데 '대가' 가 '댓가' 로 잘못 나와 있다. 한자어는 뒷말이 된소리로 발음되더라도 곳간·셋방·숫자·찻간·툇간·횟수 이외에는 시옷을 받쳐 적지 않도록 되어 있다.

예를 들어 '모기' 와 '불' 이 결합하면 뒷말이 된소리가 되어 '모기뿔' 로 소리나므로 '모깃불' 로 적고, '비' 와 '물' 이 결합하면 ㄴ소리가 덧나 '빈물' 로 소리나므로 '빗물' 로 적고, '뒤' 와 '일' 을 결합하면 '뒨닐' 로 ㄴㄴ소리가 덧나므로 '뒷일' 로 적는 것이다. 이때 합성어를 이루는 말은 순 우리말이거나(바닷가·조갯살 등), 순 우리말과 한자어이어야 한다(자릿세·샛강 등). 한자어끼리의 결합은 사이시옷규정과 관계가 없으나 곳간庫間·셋방貰房·숫자數字·찻간車間·툇간退間·횟수回數의 여섯 가지만은 예외다.

하지만 이런 원칙을 아는 것만으로 사이시옷을 넣어야 할 말을 완벽하게 구분하기란 쉽지 않다. 발음을 어떻게 하느냐의 문제 때문이다. 앞의 경우도 '머리말' 로 발음된다고 말하는 사람이 있는 반면 '머린말' 로 발음된다고 말하는 사람도 있다. 또 '머리기사' 로 발음된다고 말하는 사람이 있는가 하면 '머리끼사' 로 발음된다고 말하는 사람도 있다. 물론 '머리말' '머리기사' 를 표준발음으로 보아 국어사전에는 그렇게 올라 있지만, 사전에 올라 있지 않은 말은 이로 인해 혼선이 생길 수밖에 없다. ➡ '뒷돈' 과 '뒤처리'

‘머물렀다’ 와 ‘머물었다’

모음어미에 연결되면 준말을 인정하지 않는다

- 그는 워싱턴에 머물렀다.
- 그는 워싱턴에 머물었다.

이 둘 중에서 맞는 문장은 어느 쪽일까. “다 맞는다”고 말하는 사람이 의외로 많을 것이지만 전자만 맞다. 이유는 이렇다.

우리말은 준말과 본말이 널리 쓰일 때는 양쪽을 모두 표준어로 인정한다(표준어규정 16항). ‘머무르다=머물다’ 를 비롯하여 ‘가지다=갖다’ ‘디디다=딛다’ ‘서두르다=서둘다’ ‘서투르다=서툴다’ 등도 그런 말이다. 당연히 활용은 본말로도 할 수 있고 준말로도 할 수 있다.

그러나 여기에는 단서가 붙어 있다. 즉, ‘모음어미에 연결될 때는 준말의 활용형을 인정하지 않는다’ 는 것이다. 예를 들어 ‘머무르다=머물다’ 의 경우에는 준말인 ‘머물다’ 로 활용하는 것은 인정하지 않고, 본말인 ‘머무르다’ 로만 활용해야 한다는 말이다. ‘(모임을) 갖었다’ 로 쓰지 않고 ‘(모임을) 가졌다’ 로 쓰는 것도 이런 이유 때문이다.

“한걸음 내딛을 때마다… 꿈 한자락씩 키워줍니다”

‘내디딜’ 로 달아야 할 것을 ‘내딛을’ 로 잘못 단 1999년 10월 23일자 한 신문의 제목이다. 편집자는 ‘딛다’ 는 ‘디디다’ 의 준말로 복수표준어지만 모음어미에 연결될 때는 본말로 활용해야 한다는 원칙을 몰랐을 것이다.

머지않아

‘멀지 않아’ 가 ‘곧’ 의 뜻으로 자주 쓰여 하나의 부사로 굳어진 말이다. 과거에는 ‘멀지’ 의 ㄹ을 탈락시키지 않았으므로(한글맞춤법 18항) ‘머지않아’ 는

'멀지 않아'를 잘못 쓴 것이라는 주장이 많았지만 지금은 '머지않아'를 하나의 단어로 보는 견해가 대세다. 단, '시간'의 경우와 '부사적 용법'으로만 쓸 수 있다. 따라서 ① '동네까지는 그렇게 머지 않아 한달음에 달려갔다.' 거나, ② '나는 정년퇴직이 머지 않았다.' 라고 쓰는 것은 잘못이다. ①은 '거리'를 말한 것이고, ②는 부사적으로 쓰인 것이 아니므로 '동네까지는 그렇게 멀지 않아…' '나는 정년퇴직이 멀지 않았다' 처럼 써야 한다.

| 미북관계가 개선되면 일본도 멀지 않아 북한과 좋은 관계를 이룰 것이다.
→ 머지않아

먹거리

그럼 '뛰놀다' '접칼'도 틀리다고?

먹을 수 있는 모든 음식과 식료품을 통칭하는 말.

80년대부터 사람들이 자연스럽게 쓰기 시작해 입에 올라있는 말인데도 '먹을거리'를 잘못 쓴 것이라고 주장하는 사람들이 적지 않다. 잘못 쓴 말이라는 근거는 이렇다. '먹거리'는 '먹다'와 의존명사 '거리'가 결합해 만들어진 합성어다. 그런데 이런 경우 대부분은 관형형(수식형)으로 만들어 의존명사를 붙인다. 즉, '보다'와 '거리'를 합쳐 '볼거리'라 하고, '쓰다'와 '거리'를 합쳐 '쓸거리'라 하듯이 '먹다'와 '거리'를 합쳐 '먹을거리'라고 해야 맞는데, '먹거리'는 '먹다'의 어간인 '먹-'에 곧바로 '거리'를 붙였으므로 틀린 말이라는 것이다.

그러나 우리말 합성어는 어떤 경우에나 문법적으로 일치하는 것은 아니다. 예를 들어 '볼일' '들것' 같은 말은 문법적 구성을 유지하면서 하나의 단어로 굳어졌다. 하지만 '뛰놀다'나

식품회사 풀무원이 초등학생들을 대상으로 벌이고 있는 '바른먹거리' 캠페인의 로고. '먹거리'를 틀린 표현으로 알고 애써 '먹을거리'로 고쳐 쓰는 사람이 많다.

'접칼' 은 다르다. 문법적 구성을 유지하려면 '뛰어놀다' 나 '접는칼' 이라 해야 하는데도 국어사전에 올라 있다. 이런 단어들은 문법적 구성을 유지하지 않으면서 단어로 굳어진 것이다. '검붉다' '솟대' '열쇠' 등도 마찬가지다. 이와 같이 '먹거리' 도 문법적 구성을 유지하지 않으면서 자연스럽게 언중에 의해 세력을 얻은 말이다. 국립국어원은 이 같은 점을 인정해 2011년 8월 31일 '먹거리' 도 '먹을거리' 와 함께 표준어로 인정했다(복수표준어). ➡ 괴발개발

멍텅구리

사물을 제대로 판단하는 능력이 없는 어리석은 사람.

원래는 '뚝지' 라는 물고기의 이름이었다. 몸길이가 25cm가량 되는 이 물고기는 배에 빨판이 있어 바위 같은 데 붙으면 쉬 떨어지지 않는데, 못생긴데다 동작이 느려 위험이 닥쳐도 재빨리 피하지 못한다 해서 '어리석은 사람' 이라는 뜻으로 사용되었다.

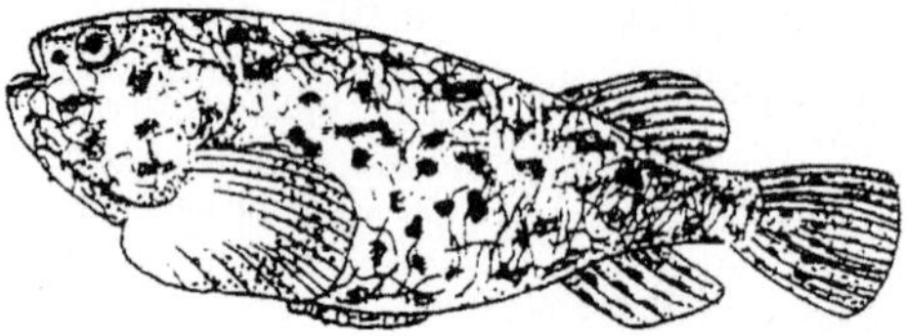

메리야스

무명실이나 털실 등으로 짠 내의.

영어에서 온 말인 것으로 생각하는 사람이 있으나 사실은 스페인어 'medias(메디아스)' 나 포르투갈어 'meias(메이아스)' 를 외국어 발음을 잘 못하는 일본인들이 'メリヤス(메리야스)' 로 변형시켜 사용하던 말이다. 그러나 '메디아스' 나 '메이아스' 는 원래 내의를 뜻하는 말이 아니라, '면사(綿絲·무명실)' 나 '모사(毛絲·털실)' 로 짠 직물을 가리키는 말이었다. 고대 오리엔트시

대에 발명된 이 직물은 매우 부드럽고 신축성이 있어 서구에서 내의나 장갑 · 양말 등을 만드는 재료로 사용되었다.

18세기 중반에 이르러 무역선을 타고 이것이 일본에 상륙했는데, 처음에는 '막대소莫大小' 라 불렀다. '莫(막)' 은 '없다' 는 뜻이므로 '대소大小가 없다', 즉, '신축성이 좋다' 는 뜻이다. 내의를 만드는 원료가 내의의 뜻으로 변화된 셈이다. ➡막역

메카

명동성당이 민주화운동의 메카라고?

동경이나 숭배의 대상이 되는 곳. 또는 주의·학문 등의 발상지를 비유적으로 일컫는 말.

메카에 있는 마지드 알 하람 모스크 가운데 있는 정육방면체 구조물은 무슬림의 기도의 중심점인 카바Kabba다. 순례의 달에는 약 200만~300만명의 신도들이 메카를 찾는다.

원래는 마호메트의 출생지인 사우디아라비아 홍해紅海 연안에 있는 도시 이름이다. 고대에는 'Bakkah(바카)' 라고 했으나 현대 아랍어로는 'Makkah(마카)' 라고 한다. 'Mecca(메카)' 는 영어식 발음이다. 현재 사우디아라비아 정부의 공식표기는 'Makkah(마카)' 인데, 이는 비유적 표현인 '메카' 와 구별하기 위해서 1980년대에 별도로 정한 것이다.

어떤 분야의 중심이 되어 숭배의 대상이 되는 곳을 일컫는 말로 쓰이는 것은, 이슬람교 최고 성지인 이곳에 많은 순례자가 찾아오기 때문이다. 신문에 따르면 약 10억여 명의 이슬람교도들이 매일 다섯 차례씩 메카를 향해 예배를 보는데, 라마단(금식월) 같은 순례의 달에는 약 200만~300만명의 신도들

이 방문한다고 한다. 이 같은 배경 때문에 글 속에서 메카를 사용할 때는 두 가지 점에 유의해야 한다. 하나는, 예를 들어 '명동성당은 민주화운동의 메카로 변했다' 처럼 이슬람교가 아닌 타종교를 비유하는 말로 써서는 안 된다는 것이고, 다른 하나는 '○○광장은 반정부 시위의 메카다' 처럼 불미스러운 일을 비유해서는 안 된다는 점이다.

> 1976년 함세웅·김승훈 신부와 김대중 대통령 등이 '민주구국선언문' 을 발표한 이후 명동성당은 한국 민주화 운동의 메카로 변한다.
> → 성지

'며칠' 과 '몇일'

왜 이것만 '몇' 자 돌림이 아니지?

우리말 바로쓰기가 어려운 것은 상식과 다른 예가 많기 때문이다. '며칠' 도 그중 하나로, 글쓰는 사람 10명 중 5~6명은 '며칠' 을 '몇일' 로 잘못 쓴다. '몇년' '몇월' 이므로 당연히 '몇일' 이 되어야 할 것이란 생각 때문이다.

그러나 학자들은 이것을 '몇년' '몇월' 처럼 '몇+일 → 몇일' 의 흐름으로 보지 않는다. 우리말 합성어에서는, 예를 들어 '뒤' 와 '일' 이 결합하면 '뒨닐' 로 소리나듯이 뒤에 오는 형태소의 두음이 '이' 일 경우 앞말의 받침이 대표음으로 바뀌면서 사이에 ㄴ소리가 덧나는데 '몇+일' 의 경우 그런 규칙과 무관하다는 이유 때문이다. 쉽게 말해 '몇+일' 이 어원이라면 '뒤+일' 이 '뒨닐' 로 발음되는 것처럼 '면닐' 로 발음되어야 하는

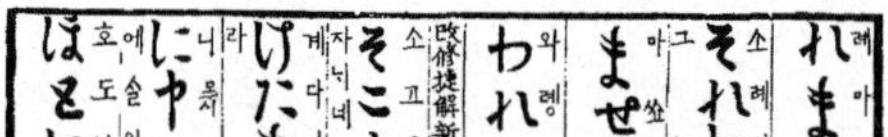

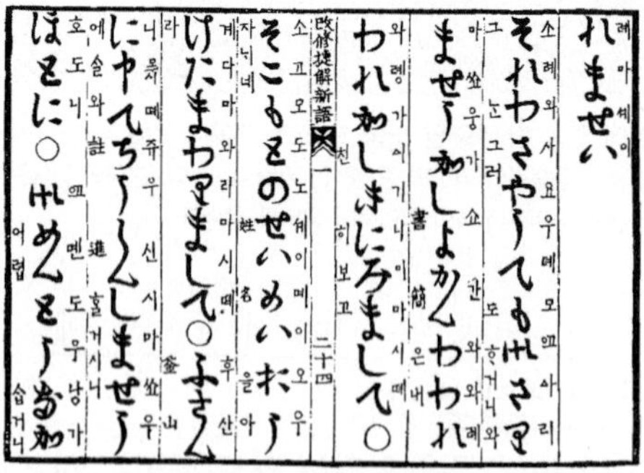

첩해신어 17세기 강우성(康遇聖·1581~?)이 임진왜란 때 일본에서 10년간 포로 생활을 하고 돌아와 편찬한 일본어 학습서다. '새로운 언어新語를 빨리捷 해독한다' 는 뜻으로, '새로운 언어' 란 일본어를 가리킨다. 조선의 사절使節과 일본 관리가 대화를 나누는 형식으로 구성되어 있다.

데, 사람들은 하나같이 '며칠'이라 하기 때문에 '몇+일'을 어원으로 볼 수 없다는 얘기다.

조선중기의 일본어학습서인 『첩해신어捷解新語』에 '며츨'로 나와 있는 것도 '몇+일' 설을 부정하는 근거가 된다. 결국 '어원이 분명치 않은 것은 원형을 밝혀 적지 않는다'는 한글맞춤법 27항 규정에 따라 '며칠'로 적고 있다.

도스토옙스키의 『죄와 벌』 일본어판 표지新潮文庫다. 罪와 罰의 큼지막한 글씨가 강한 인상을 주는 디자인이다. 두 글자의 머리에 있는 罒(그물망머리)는 그물의 모습을 본뜬 것으로, 비행非行이 있는 사람을 그물로 잡아 처벌한다는 뜻을 담고 있다.

면죄부免罪符

못된 짓 하더니 죄를 받고 말았다고?

중세 로마 가톨릭교회가 제물을 낸 사람에게 형벌을 경감한다는 뜻으로 교황이 발행한 증명서.

라틴어 'indulgentia(인둘겐티아)'를 번역한 말이다. 그러나 indulgentia는 '관용' '은혜' '관대한 용서'라는 뜻이므로, 이를 '죄罪를 면免해주는 서류符'라는 뜻의 '면죄부'로 번역한 것은 잘못이다. 국어적으로도 잘못임을 금방 알 수 있다. 죄罪는 잘못을 범하는 것이고, 벌罰은 지은 죄에 대해 대가를 치르는 것이기 때문이다. 간혹 이 둘을 혼동해, 예를 들어 "못된 짓을 하더니 끝내 죄를 받고 말았구나"라고 말하는 것을 볼 수 있는데, 이는 "…벌을 받고 말았구

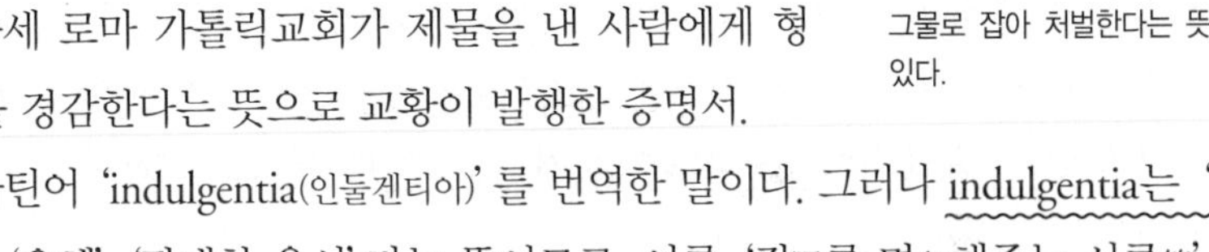

网(그물망)은 그물의 모습을 그린 글자이고, 부수글자인 그물망머리(罒)는 이것을 단순화한 것이다. 옥편에서 罪나 罰을 찾을 때 부수색인의 5획그룹이 아닌 6획그룹을 살펴야 하는 것은 이 때문이다.

나"를 잘못 말한 것이다. 당연히 라틴어 indulgentia를 '면벌부免罰符'가 아닌 '면죄부'로 번역한 것도 잘못이다. 교육 당국은 이에 대한 여론을 반영하여 2000년부터 교과서에 '면벌부'로 사용하도록 하고 있으나, 오랫동안 '면죄부'에 익숙해진 일반 언중은 이를 쉽게 받아들이지 못하고 있다.

명태

그물로 잡으면 망태, 겨울에 잡은 것은 동태…

대구과에 속하는 바닷물고기.

본명은 '명태明太'지만 잡는 방법이나 처리법 등에 따라 다양한 별명이 있다. 예를 들어 그물로 잡았으면 '망태網太', 낚시로 잡았으면 '낚시태釣太'다. 또 제철인 1~3월에 난 것은 '동태冬太', 말리지 않은 것은 '생태生太', 말린 것은 '북어北魚'라고 하는데, 특히 얼부풀어서 더덕처럼 마른 북어는 '황태黃太'라고 한다. 술안주로 많이 먹는 '노가리'는 명태 새끼를 말한다.

'명태'란 이름이 붙은 내력에 대해서는 조선조 말 이유원李裕元의 문집인 『임하필기林下筆記』에 기록이 있다. 그에 따르면, 함경북도 명천明川에 태太씨 성을 가진 사람이 물고기를 낚아 주방일을 맡아보는 관리로 하여금 도백(道伯·관찰사)에게 바치게 했다. 도백은 이를 먹고 무슨 고기냐고 물었으나 아무도 대답하지 못하자 도백은 "태씨 성을 가진 어부가 잡은 것이니 명태라고

"노가리에 왜 대가리가 없어!"

시비 끝에 호프집 주인 폭행 50대 입건

휴지통

노가리는 대가리가 제맛(?)

18일 오후 등산을 마치고 집으로 돌아가던 김모 씨(58)는 시원한 맥주 한잔을 마시러 서울 성북구 동선동의 한 호프집을 찾았다. 그가 맥주와 함께 시킨 안주는 평소 즐겨 먹던 노가리.

하지만 주인 김모 씨(59)가 내온 노가리에는 김 씨가 좋아하는 대가리가 없었다. 주인과 손님의 설전은 여기에서 시작됐다.

손님 김 씨가 "노가리는 대가리가 제맛인데 왜 대가리가 없느냐"고 항의하자 주인은 "대가리를 즐겨 먹는 손님이 별로 없는 데다 손님들이 대부분 버리기 때문에 일부러 먹기 편하라고 떼서 준다"고 설명했다. 하지만 김 씨는 "나는 노가리 대가리가 제일 맛있다"며 "대가리가 있는 노가리로 다시 가져다 달라"고 끈질기게 요구했다.

이에 심기가 불편해진 주인 김 씨는 "대가리가 있는 걸 주든 없는 걸 주든 내 마음"이라며 "그냥 주는 대로 먹어라"라고 말했다. 결국 말싸움이 벌어졌고 격분한 손님 김 씨는 급기야 가게 주인 얼굴을 주먹으로 네 차례나 때려 경찰에 입건됐다. 서울 성북경찰서는 19일 김 씨를 폭행 혐의로 불구속 입건했다.

경찰은 "손님 김 씨가 조사 과정 내내 '내가 시킨 노가리 값 6000원에는 대가리 값도 포함돼 있다'며 '어두육미(魚頭肉尾·물고기는 머리 쪽이 맛있고, 짐승 고기는 꼬리 쪽이 맛있다는 말)'를 수차례 외치기도 했다"고 전했다.

김지현 기자 jhk85@donga.com

한 등산객이 호프집에서 '대가리 없는 노가리'가 안주로 나왔다는 이유로 주인과 시비를 벌이다 경찰에 입건된 사실을 보도한 동아일보 2011년 9월 20일자 기사다. 호프집 주인은 대가리를 먹는 사람이 없어 떼어준 것이라 했으나, 등산객은 '노가리는 대가리가 제일 맛있다. 어두육미魚頭肉尾라는 말도 모르느냐"고 항변하다 주인의 얼굴을 주먹으로 쳤다는 내용이다. 노가리는 명태 새끼를 말한다.

하는 것이 좋겠다"고 하여 이런 이름이 붙었다고 한다.

모란牡丹

작약과의 낙엽 관목.

중국 원산으로, 신라 진평왕眞平王 때 우리나라에 들어왔다. '牡(모)'는 '수컷'이란 뜻이고, '丹(단)'은 '붉다'라는 뜻이다. 따라서 본음은 '모단'이지만 '丹'을 '란'으로 읽는 현실(속음)을 인정하여 이 경우만 '모란'으로 읽는다.

수컷이란 뜻의 글자가 들어간 이유는 이 식물의 번식능력과 관계가 있다. 즉, 이 식물은, 꽃은 피지만 수술과 암술이 꽃잎으로 변해 씨를 만들기 어렵기 때문에 예부터 '수컷'으로 형용된 것이다.

모순矛盾

"그럼 그 창으로 방패를 찔러보시오"

말이나 행동의 앞뒤가 다름.

'矛(모)'는 '창'의 뜻이고, '盾(순)'은 '방패'의 뜻이다. 공격무기와 방어무기가 이런 뜻을 갖게 된 것은 『한비자韓非子』에 실린 다음 이야기에서 비롯됐다.

중국 초楚나라의 한 장사치가 창과 방패를 늘어놓고 소리를 질렀다. "이 방패는 천하의 명장名匠이 만든 것으로 아무리 날카로

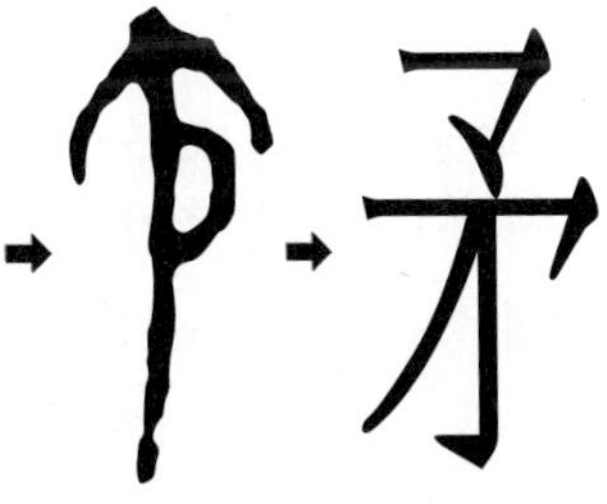

'矛(창모)'는 창의 모습을 본뜬 글자인데 아무리 보아도 창처럼 보이지 않는다. 그러나 위 그림을 차례로 보면 이해가 갈 것이다. 왼쪽은 중국 고대인들이 쓰던 창을 그린 그림이다. 창끝이 검처럼 되어 있지만, 삼각형 모양으로 만들기도 했다. 이것을 본떠 갑골문(가운데)이 만들어졌고, 다시 지금의 서체로 발전했다. 왼쪽 아래로 삐친 것(ノ)은 창에 매단 장식이다.

운 창도 뚫지 못합니다." 그리고 잠시 후에는 이렇게 외쳤다. "이 창은 매우 예리해서 어떤 방패도 뚫을 수 있습니다. 이 창을 막아낼 수 있는 방패가 있다면 가져와 보시오." 그러자 이 말을 듣고 있던 한 노인이 "그럼 그 창으로 방패를 찌르면 어떻게 됩니까?"라고 묻자 머쓱해진 장사치가 슬그머니 자리를 떴다고 한다.

목적目的

이방원이 이세민에게 한 수 배웠다고?

어떤 일을 이룩하거나 도달하고자 하는 것.

'目'은 '눈'이고, '的'은 '과녁'이므로 직역하면 '눈과녁'이란 말이다. 그렇다면 '눈과녁'과 '목적'은 어떤 상관이 있을까.

중국 남북조시대 북주北周에 두의竇毅란 사람이 있었다. 야심이 있는 그는 용맹한 사나이를 사윗감으로 고르고 싶었다. 그래서 생각한 것이 담에 공작孔雀을 그리고 그 '공작의 눈(눈과녁)'을 맞히는 사람에게 딸을 주기로 했다. 소문을 듣고 성 안의 내로라하는 젊은이들이 몰려와 활을 쏘았지만 아무도 성공하는 사람이 없었다. 이를 지켜보던 이연李淵이란 청년이 나서서 멋지게 공작의 눈을 맞히자 두의는 흔쾌히 딸을 주었다고 한다.

'목적'은 바로 이 에피소드에서 온 말이다. 이연은 수隋의 양제煬帝가 고구려 원정의 실패로 휘청거리자 아들 세민世民과 함께 군사를 일으켜 수를 멸하고 당唐을 건국한 인물(高祖)이다.

당 고조 이연 주색을 좋아하고 무능해 나라를 건국할 인물은 아니었으나, 지략과 용맹성을 갖춘 차남 세민(世民·훗날의 태종)의 도움으로 천하를 거머쥔다. 그러나 후계 문제로 만년을 불행하게 보냈다. 이연이 건국에 공이 큰 세민을 제쳐두고 장남인 건성建成을 태자로 책봉하자 세민이 궁궐 내 현무문玄武門에서 건성과 아우 원길元吉을 죽이고 실권을 장악한 것이다. 이 사건을 '현무문의 변'이라 하는데, 태종 이방원이 '왕자의 난'을 거쳐 집권하는 과정과 흡사하다.

몬도가네

마취 없이 뇌수술을 했다고?

기괴하거나 징그러운 것, 특히 이상한 식문화食文化를 비유하는 말.

원래는 1962년 이탈리아 괄티에로 야코베티가 세계 곳곳의 희한한 풍속을 다큐멘터리 형식으로 제작한 영화의 제목이다. 원제는 'Mondo Cane'이고 'A Dog's Life'라는 부제가 붙어 있다. Mondo는 '세상', Cane는 '개'를 뜻하므로 '개 같은 세상'이라는 말이다. 따라서 원래는 '몬도카네'라고 해야 맞지만, 영화수입상들의 잘못으로 '몬도가네'로 굳어졌다.

몬도가네의 포스터 1962년 치네리스필름이 제작하고, 괄티에로 야코베티가 감독한 이탈리아 영화로, '개 같은 세상'이란 말이다. 영화 속의 엽기적인 장면 때문에 이 영화의 성공 이후 기괴하거나 징그러운 것, 특히 이상한 식문화를 비유할 때 '몬도가네식'이라고 말하는 흐름이 생겼다.

기괴하거나 징그러운 것을 일컬을 때 이 말을 쓰는 이유는 영화 속의 쇼킹한 장면 때문이다. 예를 들면 이런 것들이다. 아프리카에서 하늘에 처녀를 재물로 바치는 모습, 마취 없이 뇌수술을 하는 광경, 토인들이 보이헌트를 하는 풍습, 아내가 진통하는 동안 남편이 강에서 물에 빠져죽는 시늉을 하는 모습…. 이런 희한한 사건사고를 비롯해, 타이완의 개고기 음식점, 엽기음식을 파는 뉴욕의 레스토랑 등 듣도 보도 못한 장면들이 담겨 있다. 더욱 놀라운 것은 이 사건들은 거짓말 같지만 모두가 실화라는 것이다. 너무 충격적인 장면이 많아 이 영화가 널리 알려진 이후 쇼킹한 다큐멘터리를 '쇼크멘터리 shockumentary'라 부르는 흐름이 생겼다.

> 휴전된 지 반세기가 넘었는데 아직도 미군 음식쓰레기로 조리한 '부대찌개'를 팔아온 식당 업주가 있다니 이건 '궁핍체험'인지 '몬도가네'인지 알 수가 없다. 조선일보 011005

무관無冠의 제왕

그들은 오직 펜으로만 권력에 대항한다

특별한 지위나 권력을 갖고 있지 않지만 매우 실력이 있는 사람. 언론인.

무관無冠이란 '벼슬冠이 없는 것'을 말하고, 그런 상태의 '제왕'이란 말이므로 매우 역설적인 표현이다. 이는 누구에게도 속박되지 않은 자유직업인이란 뉘앙스가 내포되어 있다. 특히 신문기자가 그런 직업으로, 신문기자는 지위나 권력을 갖고 있지 않으면서 어떠한 압력에도 굴하지 않고 오직 펜을 무기로 권력에 대항하기 때문이다.

과거 일본에 관직은 없지만 사위四位 또는 오위五位의 품계를 받고 귀족 노릇을 하던 사람을 '무관無官의 대부大夫'라고 한 것으로 보아 일본에서 만들어진 말일 가능성이 크다. 그러나 일본에서는 우리나라에서보다 사용범위가 넓다. 즉, 신문기자는 물론이고 상당한 실력을 갖고 있으면서도 그 실력에 상응하는 상이나 타이틀을 획득할 수 없는 사람, 특히 '뛰어난 운동선수'를 지칭할 때도 '무관의 제왕'이란 표현을 사용한다.

> 언론인이 무관의 제왕이라 불리던 시절이 있었다. 이제 그 말을 문자 그대로 믿는 사람은 별로 없지만 아직도 제왕이란 단어에 가장 근접한 언론인을 꼽는다면 아마도 기명 칼럼니스트일 것이다.

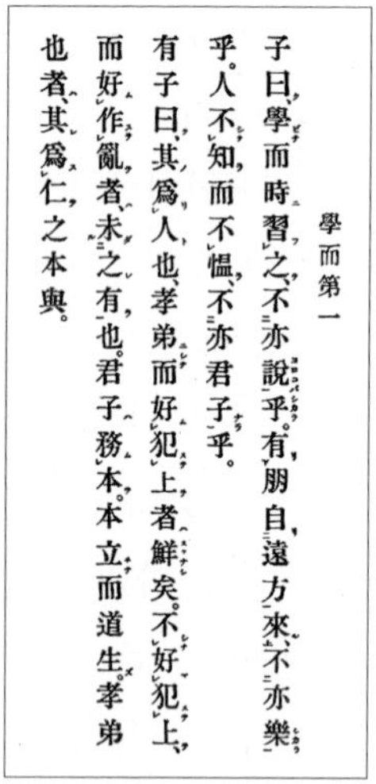
學而第一

子曰、學而時習之、不亦說乎。有朋自遠方來、不亦樂乎。人不知而不慍、不亦君子乎。

有子曰、其爲人也孝弟、而好犯上者鮮矣。不好犯上、而好作亂者、未之有也。君子務本。本立而道生。孝弟也者、其爲仁之本與。

일본판 『논어』「학이편」의 일부분. 子曰, 學而時習之 不亦悅乎(자왈, 학이시습지 불역열호), 즉, '공자가 말하기를, 배우고 때로 익히면 기쁘지 아니한가'로 시작하고 있다. 한자 옆에 가타카나로 적혀 있는 것이 훈점이다.

무데뽀

알고 쓰는 것과 모르고 쓰는 것은 차이가 있다

앞뒤를 잘 헤아려 깊이 생각하는 신중함이 없음을 속되게 이르는 말.

일본어 '무텟포(無鐵砲-むてっぽう)'에서 온 말이다. 뎃포(鐵砲-てっぽう)는 '총'이란 뜻이다. 따라서 언뜻 '총 없이 싸움터에 나가는 것은 무모하다' 해서 생긴 말일 것으로 생각할 수 있으나 사실은 그렇지 않다.

무데뽀는 일본어 '무점법(無點法·むてんぽう·무텐포)'에서 온 말이다. 그리고 이것을 '無鐵砲'로 적은 것은 일본어 독음讀音이 비슷하기 때문이다. 무점법이란 '훈점訓點을 넣지 않는 방법'이란 말이다. 훈점이란 우리나라의 구결口訣과 같은 것으로, 한문으로 글을 쓸 때 글을 쉽게 읽도록 하기 위해서, 또는 정확한 해석을 하기 위해서 문법 구조에 따라 구절마다 일본어 가타카나로 단 토를 말한다. 만일 이것이 없으면 중국어 어순으로 되어 있는 한문을 정확히 해석하기가 어렵다.

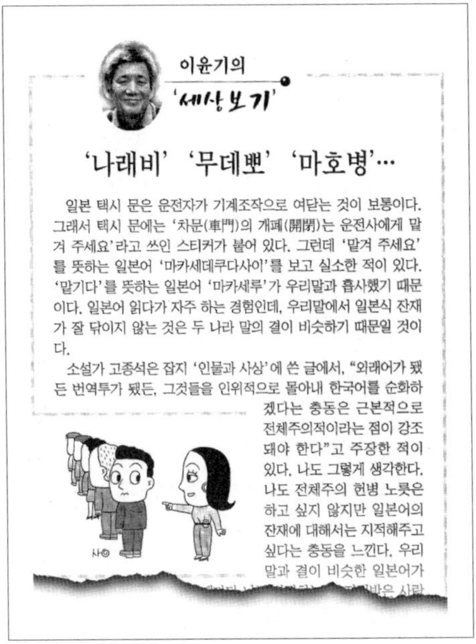
이윤기의 '세상보기'

'나래비' '무데뽀' '마호병'…

일본 택시 문은 운전자가 기계조작으로 여닫는 것이 보통이다. 그래서 택시 문에는 '차문(車門)의 개폐(開閉)는 운전사에게 맡겨 주세요'라고 쓰인 스티커가 붙어 있다. 그런데 '맡겨 주세요'를 뜻하는 일본어 '마카세데쿠다사이'를 보고 실소한 적이 있다. '맡기다'를 뜻하는 일본어 '마카세루'가 우리말과 흡사했기 때문이다. 일본어 읽다가 자주 하는 경험인데, 우리말에서 일본식 잔재가 잘 닦이지 않는 것은 두 나라 말의 결이 비슷하기 때문일 것이다.

소설가 고종석은 잡지 '인물과 사상'에 쓴 글에서, "외래어가 됐든 번역투가 됐든, 그것들을 인위적으로 몰아내 한국어를 순화하겠다는 충동은 근본적으로 전체주의적이라는 점이 강조돼야 한다"고 주장한 적이 있다. 나도 그렇게 생각한다. 나도 전체주의 헌병 노릇은 하고 싶지 않지만 일본어의 잔재에 대해서는 지적해주고 싶다는 충동을 느낀다. 우리 말과 결이 비슷한 일본어가

'나래비서다' '무데뽀' '마호병' '소라색' 등 일본에서 온 말은, 그것이 일본어인 줄 알고 쓰는 것과 모르고 쓰는 것에 큰 차이가 있다고 말한 소설가 이윤기 씨의 조선일보 칼럼(2000.11.2)이다. 그는 '외래어가 됐든 번역어투가 됐든 그것을 인위적으로 몰아내 순화하는 것은 전체주의적이라는 느낌이 들지만, 일본어의 잔재에 대해서만은 지적해주고 싶다는 충동을 느낀다'는 말도 덧붙였다.

그러니까 무점법은 이 같은 훈점을 찍지 않고 한문으로 글을 쓴다는 말이므로 '불분명하거나 이해하기 어려워 제멋대로 하는 것'을 가리키고, 이것이 나중에 '무데뽀'가 된 것이다. 일본어가 확실하므로 '막무가내'나 '무모함' 등으로 순화해 쓰는 것이 옳다.

> 잘 알지도 못하던 녀석이었지만, 무데뽀로(→막무가내로) 들이대는 그 열정이 예뻐서 내 앞 자리로 데려와 자기가 그토록 열망하던 명함을 내주고, 이른바 '싸가지' 없다는 녀석의 단점을 야생마 같은 매력으로 보듬어 주며 3년 넘게 동고동락한 아이였다.

무동 타다

남의 어깨 위로 올라가 목을 걸터타다.

우리의 전통 민속놀이인 '무동타기'에서 온 말이다. '무동타기'란 농악무農樂舞나 남사당패 놀이가 한창일 때 어린 소년에게 여자옷을 입혀 상쇠(놀이의 지휘자)의 어깨 위에 올라가 춤을 추게 하는 놀이다. 이 소년을 '춤추는 아이'란 뜻으로 '무동舞童'이라 불렀고, 이들이 추는 춤을 '무동춤'이라 했다. '무등 타다'로 잘못 쓰는 수가 있다.

> 울산암 바위들이 바다를 향해 일제히 함성을 지른다. 집채만 한 것들이 곧추서고 가부좌를 틀고, 무등 타고 땅재주를 넘는다.
> ↳무동

무릉도원武陵桃源

훗날 그곳을 다시 찾아가려 했으나…

세상과 따로 떨어진 별천지. 이상향.

중국의 도연명(陶淵明·365~427)이 쓴 『도화원기桃花源記』에 실려 있는 다음과 같은 이야기에서 온 말이다.

동진東晉의 무릉(武陵·호남성)에 사는 한 어부가 배를 타고 계곡을 거슬러 올라가는데 양쪽에 복숭아꽃이 만발해 있는 숲이 있었다. 복숭아 숲이 끝나는 곳에는 산이 가로막고 있고, 그 사이에 있는 구멍에서 묘한 빛이 흐르고 있었다. 배를 내려 구멍으로 들어가자 평평한 농토와 아름다운 집들이 있고 낯선 사람들이 보였다. 영문을

스즈키 가코(鈴木鷲湖·1816~1870)의 『무릉도원도武陵桃源圖』. 가고는 에도시대 말기의 화가로, 전문가들 사이에서 일본 근대미술의 초석을 쌓은 것으로 평가되고 있다. 『십륙나한상十六羅漢像』은 그의 고향인 지바현千葉縣의 지정문화재가 되어 있다.

물으니 진秦나라 때 전란을 피해 왔던 사람들의 자손인데 바깥세상과 떨어져 살고 있다는 것이었다. 어부는 그곳에 여러 날 머물며 융숭한 대접을 받고 돌아왔는데 나중에 다시 그곳을 찾아가려 했으나 구멍이 없어져 갈 수가 없었다. 이 일이 알려진 뒤 수많은 문인·학자들도 그곳을 찾고자 했으나 아무도 그 뜻을 이루지 못했다. 마치 '어디에도 없는 곳' 이란 뜻의 '유토피아 Utopia' 이야기 같은 것이다. ➡유토피아

> '산 너머 저쪽' 에는 무릉도원이 있을 것 같아 오로지 그쪽 하늘만 바라보며 살던 시대가 있었다. 산 너머 저쪽은, 꿈의 요람이요 자기 삶의 목표이자 이상향으로 사람들의 가슴에 희망의 샘물을 범람케 하던 신비한 영역이었다. 서울신문 991220

무진장無盡藏

아무리 가져가도 없어지지 않는 창고

한없이 많음. 다함이 없이 굉장히 많음.

'盡(진)' 은 '다하다' 의 뜻이고, '藏(장)' 은 '창고' 의 뜻이므로, 직역하면 '다함이 없는 창고', 즉 '아무리 가져가도 없어지지 않는 창고' 라는 뜻이다.

원래는 불교어로, 수행修行을 쌓아 깨달음을 얻은 사람이 행하는 선행은 '무한하고 그 끝이 없음' 을 비유한 것이다. 『유마경維摩經』에는 "빈궁한 중생을 돕는 것은 무진장을 실천하는 것이고, 보살은 궁한 사람들에게 무진장을 나타내 그들로 하여금 보리심(菩提心·불도의 깨달음으로 중생을 교화하려는 마음)을 생기게 한다"는 구절이 있다.

사찰 안의 금융기관을 가리키기도 했다. 평소 신도들이 맡긴 돈을 모아두었다가 기근이 들면 빈민구제를 하기도 하고, 서민이 급할 때 빌려주기도 했는데, 이것이 일반에 확산되어 '한없이 많음' 의 뜻이 되었다.

> 장사가 무진장 잘 되는 식당에 가면 가슴 한쪽에 부러움이 일어난다. 살짝 기가 죽기도 한다. 손님이 이렇게 많으니 돈도 많이 벌었겠지? 아, 저 집안은 참 좋겠다. 그런 쓸데없는 자기연민도 잠깐, 음식이 나오면 또 우걱우걱 한 끼 먹고 행복해지게 마련이다. 경향신문 110824

문화文化

피가 나오면 죽은 사람이 살아온다고?

인간의 정신적 활동에 의해 창출해 낸 학문이나 예술.

한마디로 정의하기 어렵지만 단순하게 말하면 위와 같다. 중국 한나라 때의 고전인 『설원說苑』에 처음 나오는 말로, 그때는 '예악禮樂으로 오랑캐를 교화하는 것', '무력이나 형벌 등의 권력을 사용하지 않고, 학문·교육에 의해 인민을 인도하는 것'을 뜻하는 말로 썼다.

이것을 현대적 의미로 사용한 것은 19세기 후반 일본 명치시대 학자들이 독일어 'Kultur'의 역어譯語로 채택하면서다. '문명文明'과 비슷하지만 약간 다르다. 문명은 '지식과 기술의 발달로 축적된 물질적 발전'을 말하는 데 비해, 문화는 '물질적으로 발전돼 있을 뿐만 아니라 정신적으로도 앞서 있는 것'을 일컫는다.

'文'의 갑골문 생각을 글로 적은 것을 文章(문장)이라 하고, 사람들이 자연스럽게 만들어낸 언어나 풍습을 文化(문화)라 한다. 文은 이렇게 우리에게 친숙한 문자다. 그러나 이런 느낌과 달리 이 글자가 생긴 내력은 섬뜩하다. 文은 죽은 사람의 가슴에 심장 모양의 문신을 한 모습이기 때문이다. 고대 중국에는 죽은 사람의 몸에서 피가 나오면 망자가 살아온다는 미신이 있어 사람이 죽으면 몸에 문신을 새겼다. 그래서 처음에는 文을 '무늬를 새기다'는 뜻으로 썼으나 '새기다'란 뜻이 확대되어 점차 '글'의 뜻이 되었다.

> 언론과 정부가 제아무리 '21세기는 문화의 세기'라는 말을 되새겨 봐도 철학 등으로 포장된 문화는 여전히 우리에게는 낯선 단어다. 세계일보 030830

물귀신작전

궁지에 빠졌을 때 다른 사람을 끌고 들어가는 행위.

물에 빠져 죽은 사람의 영혼이 익사한 곳에 머물러 있다가 지나가는 사람을 잡아당겨 익사시킨다는 물귀신 이야기에서 비롯된 말이다.

> 여권은 야당도 끌고 들어가는 파렴치한 물귀신작전을 재현하고 있는데, 이는 '너도 같이 죽자' 는 막가파식 작태다.

물망초勿忘草

소 잡는 칼이 그 속에 있다!

물망초

지칫과의 다년초.

'忘(망)' 은 '잊다' 의 뜻이고, '勿(물)' 은 '아니다(없다)', '~하지 말라' 등의 '부정의 뜻을 나타내는 어조사' 다. 따라서 '勿論' (물론)은 '논할 것이 없다' 는 뜻이고, 『논어』에 나오는 '過則勿憚改' (과즉물탄개)는 '잘못過을 했다면則 고치기改를 꺼리지憚 말라勿' 는 뜻이다. 이를 보면 물망초는 이 풀의 영어명인 'forget-me-not' (나를 잊지 말라)을 직역한 것임을 알 수 있다.

꽃이름과 관련해서는 이런 이야기가 있다. 다뉴브강을 산책하던 두 남녀가 강가에 핀 예쁜 꽃을 보았다. 남자는 애인에게 주려고 손을 뻗쳐 그 꽃을 꺾으려 했는데 발이 미끄러져 강으로 떨어지고 말았다. 남자는 필사적으로 헤엄을 쳤으나 거센 물살을 이길 수 없었다. 여자는 강가를 따라가며 발을

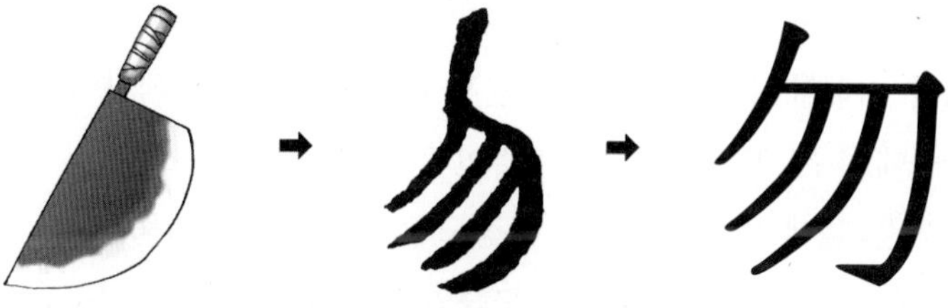

물망초는 봄 · 여름에 남색의 작은 꽃이 피는 아름다운 꽃이다. 주로 물가에 피기 때문에 첫 글자 '물' 은 '물水' 과 관련 있을 것으로 생각할 수 있으나 사실은 '~하지 말라' 라는 뜻의 한자 '勿(물)' 이다. 그런데 뜻밖에도 이 글자는 소 잡는 칼을 본떴기 때문에 꽃의 이미지와는 안 어울린다. 가운데 있는 두 가닥의 선은 칼에 묻은 피를 나타낸 것이다. 가운데 그림은 진시황 때 정리된 전서체다.

동동거렸고, 남자는 그런 애인을 향해 "나를 잊지 말라"고 외치면서 급류에 떠내려갔는데, 'forget-me-not' 이란 이름은 바로 여기에서 온 것이라고 한다. 그러나 이것이 실제 어원인지는 확실하지 않고, 오히려 꽃의 이름에서 전설이 만들어진 것으로 보는 견해가 많다.

물색物色

피부를 보면 그의 건강상태를 알 수 있다

쓸 만한 사람이나 적당한 물건을 고르는 일.

직역하면 '물건의 색깔' 이란 말이다. 그런데 그것이 왜 이런 뜻이 되었을까? 이유는 이렇다.

주周나라 때 마질馬質이란 관직이 있었다. 궁중의 말을 관리하는 것이 소임이지만, 전쟁에 투입하는 융마戎馬, 농사용인 전마田馬, 잡역용인 노마駑馬를 사들이는 것도 마질의 일이었다. 마질이 말을 고를 때는 여러 가지 방법을 활용했다. 그중 하나가 말의 털색을 보는 것이었다. 건강상태 등이 털에 잘 나타나 있기 때문인데, 이것을 지켜본 사람들이 '좋은 물건이나 인재를 고르는 것' 을 '물색物色' 이라 하게 되었다고 한다.

'馬色(마색)' 이라 하지 않고 '物色' 이라 한 것은, 당시에 物(물)이 '얼룩소' 를 뜻하는 글자로 쓰였기 때문이다. 物이 '牛(소)' 와 '勿(털)' 의 결합인 것을 보면 이를 이해할 수 있다. 얼룩소는 털무늬가 다양하고 색깔이 섞여 있다 해서 나중에 物은 '만물' '물건' 의 뜻이 되었다.

物의 자원字源에 대해서는 다른 주장도 있다. 즉, 勿은 피묻은 칼의 상형이고, 그 옆에 소머리를 정면에서 본 모습인 牛를 붙여 '소를 잡는 모습' 을 나타낸 것인데, 옛날 사람에게 소(소고기)는 매우 중요한 것이었기 때문에 '물건' 의 뜻이 되었다는 것이다.

미국美國

누가 '친미' '사대'를 여기까지 가져왔을까?

아메리카합중국.

구한말에 'America'를 음역音譯해서 '美利堅(미리견)'이나 '彌利堅(미리견)'으로 적던 것을 훗날 '美(아름다울미)'만 살려 만든 국명이다. 그러나 이 같은 이름은 우리의 독자적인 것이라기보다는 중국의 관례를 따른 것이다.

한국계 미국인 조승희가 32명을 살해한 '버지니아공대 총기난사사건'에 대해 한국인들이 지나치게 죄의식을 느끼자, "조승희는 미국인인데 한국인들이 과민반응한다"는 미국인들의 생각을 묘사한 이홍우 화백의 『나대로 선생』(동아일보 2007.4.21). 일본은 '米國'으로 적고, 한국은 '美國'으로 적는 것을 '미국에 대한 호감의 차이'로 보는 항간의 인식을 소재로 했다.

우리나라에 미국美國이란 말이 처음 등장한 것은 경상좌도 수군절도사 구주원具冑元이 고종 3년(1866) 부산진釜山津에 들어온 미국 상선에 대해 기록한 부산 첨사僉使의 보고서이다. 그 내용은 『고종실록』 3권에 다음과 같이 기록되어 있다.

다시 묻기를, 『그대들은 광동 사람인데, 무슨 연유로 함께 탔으며, 이 배는 어느 나라 배이고, 배의 이름은 무엇이고, 총과 대포와 모전은 어느 나라 소산이며, 음식물은 어떤 물건을 사려고 하는가?』 하니, 답하기를 『배는 미국美國의 샌프란시스코(屬金山)의 배입니다.…』
更問曰 : 「爾旣是廣東人, 則緣何同騎? 而此船卽何國船? 船號甚麽?, 鎗砲, 氈卽何國所産? 而食物欲買何物邪?」 答曰 : 「船是美國屬金山船也.…」

그 2년 후 제너럴셔먼호가 대동강으로 거슬러 올라와 강제로 통상을 요구하다 불탄 사건을 기록한 부분(『고종실록』 5권)에는 '미국인美國人'이란 말이 등장한다.

일본에서는 미국을 '베이코쿠べいこく'라 부르고 한자로는 '米國'으로 적는다. 같은 나라를 두고 우리나라에서는 '아름다울미美'를 쓰고, 일본에서는 '쌀미米'를 쓰는 데 대해 '친미'니 '사대'니 하는 말과 결부시키는 경우가 있으나 부질없는 일이다. 일본에서 '米國'이라고 쓰는 것은 '아메리카アメリカ'의 '메メ'에 해당하는 한자음을 찾아 1854년 미·일수교조약 때 공식호칭으로 미국을 '아미리가합중국亞米利加合衆國'으로 한 데서 비롯되었다.

> 우리는 이처럼 중요한 나라에 대해 과연 얼마나 알고 있을까? 거기에 대해서 자신 있게 말할 수는 없다. 아주 기본적인 지식, 예를 들어 미국 동해안에 있는 두 도시 워싱턴과 뉴욕 중 어디가 더 북쪽인지조차 알지 못하는 사람이 많은 것이다. 〈「미국사 500년의 이야기」〉

미다스의 손

무엇이든 할 수 있다는 것은 재앙이다

'무엇이든지 할 수 있는 초능력을 가진 사람'을 비유하는 말.

그리스 신화에 나오는 프리기아의 왕 '미다스'와 술의 신 '디오니소스' 간에 있었다는 에피소드에서 비롯된 말이다.

미다스는 고르디오스와 키벨레 여신 사이의 아들이다. 어느 날 미다스의 궁전에 디오니소스의 제자인 세일레노스가 만취해 들어왔다. 미다스는 그를 잘 대접해 돌려보냈는데, 그 이야기를 전해들은 디오니소스는 미다스에게 소원이 뭐냐고 물었다. 그러자 미다스는 "만지는 것은 모두 황금으로 변하게 해 달라"고 대답했다. 그러나 이것은 재앙이었다. 만지는 것마다 실제로 황금이 되어버렸기 때문이다. 먹는 것, 입는 것은 물론, 심지어 자신의 딸까지도 황금이 되어버렸다. 당황한 미다스가 원래대로 돌아가게 해달라고 애원하자 디오니소스는 파크트로스강에서 목욕을 하도록 해 원래대로 돌아가게 했다.

오랫동안 영어식 발음에 따라 '마이더스의 손'으로 써왔으나 지금은 그리스어 발음에 따라 '미다스의 손'으로 적는다.

> 요즘 체육계에서 박지원 문화관광부 장관은 '마이더스의 손'으로 통한다. 그가 나서면 안 되는 일이 없기 때문이다.
> (마이더스 → 미다스)

미라

죽은 시체가 강장제로 쓰였다고?

방부처리하거나 건조해 원래 상태로 보존하는 사람이나 동물의 시체.

포르투갈어 'mirra', 또는 네덜란드어 'mirre'에서 온 말이다. 원래는 방부제의 이름이었는데, 이집트 등에서 이것을 시체에 집어넣어 미라를 제조했기 때문에 의미가 확대되었다. 몰약沒藥이라고 부르는 감람과 식물의 수지樹脂가 이 방부제의 원료다.

그런데 재미있는 것은 중세유럽에서는 이 몰약을 사용해 만든 미라가 진통제나 강장제로 쓰였다는 사실이다. 일본에서도 미라를 만병통치약으로 생각해 17세기 중반 사람이나 원숭이의 미라가 대량으로 수입되어 조선인삼朝鮮人蔘과 함께 귀중한 약으로 사용되었다는 기록이 있다.

과거에는 '미이라'로 적었으나 지금은 '장모음은 표기에 반영하지 않는다'는 외래어표기원칙에 따라 '미라'로 적는다.

> 일본경찰은 죽은 아버지의 시체를 아직 죽지 않았다고 주장하며 미이라로 만들어 18개월 동안 집안에 놓고 돌봐 온 세 자매를 입건했다.
> (미이라 → 미라)

미루나무

미국장교는 미국버드나무 아래서 살해됐다

버드나무과의 낙엽수.

북아메리카 원산으로 '포플러'라고도 한다. 이 나무는 처음에는 미국에서 들어왔다 해서 '미국美버드나무柳'란 뜻으로 '미류美柳나무'라고 했다. 이렇게 쓰면 어원도 살리고 혼란도 없을 텐데, 1988년 한글맞춤법을 개정하면서 '모음이 단순화한 형태를 표준어로 삼는다'는 원칙(표준어 규정 10항)을 만들고 '미루나무'로 쓰도록 했다. 이런 말에는 이밖에도 '괴퍅하다 → 괴팍하다', '여늬 → 여느', '으례 → 으레', '켸켸묵다 → 케케묵다', '허위대 → 허우대', '허위적허위적 → 허우적허우적' 등이 있다.

→ 미루나무

길 양편에서는 미류나무들이 잎새를 가을색으로 조절하고 있었고 그 아래에서는 억새들이 춤을 추고 있었다.

1976년 8월 18일, 미군이 판문점 공동경비구역 안의 미루나무 가지를 자르는 모습. 미군은 이 나무가 북한 측을 감시하는 데 지장을 주자 가지 일부를 잘랐다. 이에 북한이 항의했는데도 미군이 계속 작업을 하자 북한 병사들은 도끼를 들고 미군장교 2명을 살해했다. 이 일이 일어나자 미국은 대규모 무력시위를 벌였고, 이에 놀란 김일성이 유감성명을 발표함으로써 사건이 종료됐다. 이른바 '판문점 도끼만행사건'이다. 대한민국 정부 기록사진집

미망인未亡人

재상이 수절여인의 마음을 흔들다니…

남편이 죽고 홀로 남은 여자를 일컫는 말.

남편이 죽었는데, 아직未 따라 죽지亡 못한 사람人이란 뜻이다. 이 말이 처음 기록된 것은 춘추시대의 역사책인 『춘추좌씨전春秋左氏傳』으로, 그 책 「장공편莊公篇」에 기원전 666년 문왕文王의 부인 식규息嬀가 과부인 자신을 낮추어 '미망인'이라 언급한 내용이 실려 있다.

초楚나라 제상인 자원子元이 홀로 된 문왕文王의 부인을 유혹하려고 부인의 집 근처에 누각을 짓고 무악舞樂을 했다. 부인은 이를 보고 "돌아가신 왕은 군사를 훈련할 때만 무악을 했는데, 자원은 이 미망인 옆에서 하고 있다而於未亡人側" 하며 눈물을 흘렸다.

이것을 보면, 미망인은 문왕의 부인이 자신을 유혹하려는 제상을 원망하

며 스스로를 낮추어 말한 '자칭自稱' 인 것을 알 수 있다. 따라서 다른 사람이 '남편 잃은 부인' 을 '미망인' 이라고 부르는 것은, 은연중 '당신도 따라 죽으시오' 하는 무언의 메시지를 전달하는 것이라고도 볼 수 있다.

성차별이 느껴지는 말이라 해서 일본에서는 세계여성의 해인 1978년부터 이 말의 추방운동을 벌이고 있다. 대부분의 언론사에서도 가급적 '부인夫人' 으로 고쳐 쓰고 있다.

> 이 소장은 아웅산사태로 순직한 고 이범석 외무장관의 미망인(→부인)이다. 가장을 잃은 슬픔을 딛고 10년 동안 여성문제의 불모지에서 보여준 그의 활약은 대단한 것이었다.

미시족

'족' 자 돌림의 말은 누가 먼저 썼을까?

처녀와 같은 모습을 한 20, 30대 주부들.

'아가씨' 의 구어인 'missy' 에 '족族' 을 붙인 말이다. '족' 을 붙이는 조어법은 일본이 먼저 시작했다. 발단이 된 것은 1947년 나온 다자이 오사무太宰治의 『사양斜陽』이란 소설이다. 이 소설이 인기를 끌며 '사양족' 이란 말이 유행했고, 그 뒤부터 일정한 집단을 지칭하는 말에 '–족' 이란 접미사를 붙이는 조어들이 등장했다. '사양족' 이란 '이제 별 볼일 없게 된 사람' 을 일컫는다. 기술혁신 등의 형세 변화에 대응하지 못하고 쇠퇴해 가는 산업이란 뜻의 '사양산업' 도 사양족으로부터 생겼다.

비교적 새로운 족자돌림의 말로는 '와시모족わしも族' 이 있다. '와시모족' 이란 정년 이후 외로워진 장년층을 말한다. '단카이團塊세대' 라 부르는 일본판 베이붐세대(1947~1950년 출생)인 이들은 회사일에만 매달려 청춘을 보냈다. 덕분에 국가는 고도성장을 이루었지만 정년이 된 그들에게 주어진 것은 허탈함뿐이다. 직장을 잃은 그들로부터 사람들은 떨어져나가고 오라는 곳도 없다. 평생을 회사만 오갔기 때문에 노는 법도 모른다. 게다가 경제의 주권은 아내가 쥐고 있어 뭔가를 해볼 수도 없다. 하는 수 없이 하루종일 집에서 빈둥거리다 아내가 외출하는 눈치를 보이면 "와시모(わしも·나도) 같이 갈게" 하며 아내에게 따라붙는데, 이들을 가르켜 '와시모족' 이라 한 것이다.

'미시족' 은 일본의 한 패션회사가 70년대에 만들어 쓴 말이다. 말하자면 이미 단물이 다 빠진 말인데, 90년대 초 우리나라의 한 여성복 업체가 이 말을 광고에 활용하면서 대중화되었다.

> 관객은 비교적 연령층이 높다. 오전 시간대는 남편 회사 보내고 애들 학교 보내고 부랴부랴 나들이에 나선 미시족들이 몰려와 영화도 보고 내친김에 '친목계' 까지 하고 간다. 조선일보 060329

미싱

머리는 어디 가고 꼬리만 남았지?

재봉틀.

일본인들이 영어 'sewing machine' 에서 'machine' 만 따서 'ミシン(미싱)' 이라고 이르던 것을 우리가 따라 쓰는 말이다. 일본인들의 조어능력은 알아줄 만하지만, 이 경우는 좀 문제가 있다. 작가 안정효安正孝 선생은 『가짜영어사전』(현암사)에서 다음과 같이 그 문제점을 지적하고 있다.

> '미싱' 역시 일본에서 절단낸 영어단어를 한국이 인수받아 꿋꿋하게 활용하는 이상한 영어다. '미싱' 은 '재봉틀' 이고, '재봉틀' 은 영어로 'sewing machine' 이다. '재봉하는 틀' 에서 머리가 되는 '재봉하는 sewing' 을 감춘 다음 꼬리격인 '틀machine' 만 남았으며, 그렇게 해서 남은 '틀' 인 영어단어 'machine' 을 일본식으로 발음한 것이 바로 '미싱' 이다. 기계machine는 기계인데 무슨 기계인지 알 수 없는 '머신' 이 '미싱' 이다.

> 김대중 대통령은 내외신 기자회견에서 "공업용 미싱 발언을 한 한나라당 김홍신 의원 처벌 방침이 권위주의적 발상이 아니냐"는 질문에 "좀 심했다. 며칠 동안 입이 자꾸 이상하더라" 라고 대답했다.

미증유未曾有

아직까지 한 번도 있어 본 적이 없음.

'전대미문前代未聞'과 비슷한 말이다. '드문 일'이나 '기적奇蹟'이란 뜻의 범어 'adbhuta'를 중국에서 한자로 번역(漢譯·한역)한 말로, 원래는 부처의 위대함이나 신비로움을 찬탄한 말이었다. 未(미)는 '아직 ~하지 않다', 曾(증)은 '일찍이' '이전에'의 뜻이다. ➡파천황

> 광복은 환희였으나 그 자체가 먹을 것을 갖다 주지도, 근대국가를 만들어 주지도 못했다. 분단과 동족상잔이란 미증유의 고통만이 기다리고 있었다.

민비閔妃

무조건 '명성황후'로 고쳐야 한다고?

조선조 고종의 비妃에 대한 호칭.

일부에서 '민비'는 을미사변乙未事變 이후 일본이 '조선왕조'를 천황이 통치하는 제후국으로 간주하여 '이씨왕조' 또는 '이조李朝'로 고치고, '고종황제'를 '이태왕李太王'으로 부르면서, 조선왕비의 정식 호칭인 '명성황후明成皇后' 대신 부른 것이라고 주장하나, 이는 사실과 다르다.

명성황후 이전에도 후세인들이 이전 왕비를 지칭할 때 왕비를 성을 따서 호칭하는 경우가 많았다. 덕종(德宗·추존왕·세조의 장남)의 비인 소혜왕후(昭惠王后·성종의 어머니) 한씨를 '한비韓妃'라 하고, 성종成宗의 계비이자 연산

소설 『민비암살』(新潮社)의 표지 쓰노다 후사코(角田房子·1914~2010)가 쓴 논픽션으로, 일제의 민비암살에 대한 전모가 그려져 있다. 이 소설이 나오자 일본인들은 자신들의 선대가 저지른 만행에 충격을 받았는데, 언론은 이것을 '쓰노다 쇼크'라 했다. 한국어판 제목은 『명성황후-최후의 새벽』(조선일보 간). 이 책에는 민비암살에 관여한 한국인 우범선禹範善의 이야기도 들어 있다. 우범선은 사건 후 일본으로 망명해 사카이酒井라는 일본여성과 살다 암살됐는데, 이 둘 사이에서 태어난 이가 육종학자 우장춘禹長春이다.

군의 생모인 제헌왕후齊憲王后 윤씨를 '윤비尹妃' 라 한 것 등이 그 예다. 또 이런 용어는 조선왕조실록에도 많이 사용되었으므로 성씨에 '비妃' 를 붙이는 것에 비하의 의미가 있다고 말하는 것은 옳지 않다.

민비가 왕비가 된 것은 1863년이고, 일본 낭인浪人에 의해 시해된 것(을미사변)은 1895년이다. 이 사건 이후 민비의 시호는 '명성왕후明成王后' 로 추존되고, 다시 1897년 대한제국大韓帝國이 선포되면서 '명성황후' 라는 시호를 갖게 되었다. 따라서 일반적으로는 '명성황후' 라 부르는 것이 옳겠지만, 대한제국 선포 이전의 일을 언급하면서는 '민비' 라는 이름을 써도 전혀 틀린 표현이 아니다.

민초民草

그들은 포로의 눈을 칼로 찔러 불구로 만들었다!

'민중' 을 약하지만 끈질긴 생명력을 가진 풀에 빗대어 이르는 말.

통치자를 '바람風' 에 비유하고, 백성을 '풀草' 에 비유했던 옛 중국인들의 생각을 반영하여 근세 일본인들이 만들어낸 말이다. 일본어에서는 '다미쿠사(民草·たみくさ)' 로 훈독訓讀하는데, 우리는 이를 음독音讀해 1980년대 이후부터 쓰기 시작했다.

최초로 백성을 풀에 비유한 사람은 공자로, 『논어』「안연편顔淵篇」에 '君

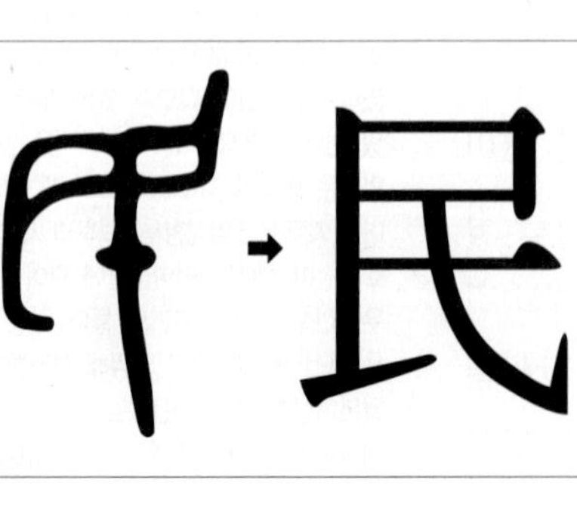

民生(민생), 民本(민본), 國民(국민)…. 민자돌림의 말에는 착한 이미지가 있다. 하지만 이 글자의 이면에는 간악한 정치가 있다. 진시황 때 만들어진 전서체(왼쪽)를 보면 이를 확실히 알 수 있다. 위쪽은 눈目이고, 그 아래는 눈을 찌르는 칼이다. 옛날 중국에서는 노예나 포로의 저항을 우려해 날카로운 칼로 눈을 찔러 불구를 만들던 시대가 있었는데, '백성민' 은 이를 표현한 글자다.

子之德風, 小人之德草, 草上之風, 必偃'(군자지덕풍, 소인지덕초, 초상지풍, 필언), 즉 '통치자의 품성이 바람이라면, 백성의 품성은 풀이다. 풀은 그 위에 바람이 불면 바람결에 눕게 마련이다' 라는 문구가 실려 있다.

> 그의 만행기에 등장하는 인물들은 평범하다 못해 '눈물 나게 하는' 민초들이다. 그들이 불교도이든, 기독교도든 그에겐 다 같은 '대비동체' 일 뿐이었다. 사회적 지위가 없으면 스님들과 마주 앉기도 힘든 세상에서 산골 노인들과 함께하는 한 비구의 모습은 가슴 한편에 군고구마 같은 따스한 기운을 전해준다. 한겨레 060510

밀월蜜月

부부가 열심히 벌꿀주를 먹은 이유

매우 친밀한 관계를 비유적으로 이르는 말.

'벌꿀蜜' 의 뜻인 'honey' 와 '달月' 의 뜻인 'moon' 을 붙여 만든 영어 'honeymoon' 을 직역한 말이다. 원래는 '결혼 후 1개월 동안의 달콤한 기간' 을 뜻하는 말인데, 이것은 결혼하면 아이를 낳도록 열심히 노력한다는 의미로 부부가 함께 1개월 동안 벌꿀주를 먹는 스칸디나비아 풍습에서 유래했다. 신혼 남성의 원기元氣를 북돋우기 위해서 벌꿀을 열심히 먹였다는 데서 나왔다는 이야기도 있다.

결국 외래어 '허니문' 과 이것의 번역어인 '밀월' 은 같은 말이지만 우리말에서는 이 둘을 분리해 사용하고 있다. 즉, '밀월' 은 반드시 신혼부부가 아니더라도 '신혼부부처럼 매우 친밀한 관계' 를 뜻하고, '허니문' 은 '신혼여행' 을 가리키는 말로 쓰는 경우가 많다. 그러나 어원적으로 볼 때 '허니문' 이란 말 자체에 '여행' 이란 뜻은 없다. '밀월' 에서 '은밀隱密하다' 는 뜻이 연상되어서인지 한자로 쓸 때 '密月' 로 잘못 적는 사람이 많다. ➡허니문

> 경제정책을 총괄하는 재정부 수장과 통화정책을 관장하는 한은 수장이 첫 만남 뒤 '정책 조화' 와 '긴밀한 협력' 을 밝힌 것은 정부와 한은의 새로운 밀월시대를 예고하는 것이나 다름없다. 한겨레 100406

ㅂ

바가지를 쓰다

당첨확률 9분의 1인 즉석복권이 뿌리

거래에서 부당하게 손해를 보다.

'십인계十人契' 라는 중국도박에서 온 말이다. 노는 방법은 이렇다. 1에서 10까지 숫자가 새겨진 10개의 나뭇조각에 참가자들이 각자 배팅할 숫자를 정하고 돈을 건다. 물주物主는 자신이 갈 숫자를 말한 뒤 나뭇조각을 바가지에 넣고 열심히 흔든다. 잠시 후 그중 한 개를 꺼내 숫자를 맞힌 사람에게 판돈의 9배를 주고 자신은 1을 먹는데, 맞히지 못한 사람은 돈을 잃기 때문에 '손해 보는 것' 을 '바가지를 쓴다' 고 했다.

십인계는 말하자면 당첨확률 9분의 1인 즉석복권인 셈이다. 갑오개혁(1894~1896) 이후 마작麻雀·쌍륙雙六 등과 함께 들어와 구한말에 크게 유행했던 이 십인계는 그 후 일본에서 들어온 화투에 밀려 급격히 퇴조했다.

'잔소리나 불만을 늘어놓다' 는 뜻의 '바가지를 긁다' 는, 옛날에 전염병이 돌면 귀신을 쫓아내기 위해 상 위에 바가지를 놓고 긁었는데, 그 소리가 워낙 시끄러웠다 해서 생긴 말이다.

바리바리

여러 바리. 여러 바리로.

'바리'란 '마소의 등에 잔뜩 실은 짐'이란 뜻이다. '곡식 바리' '양식 바리'처럼 일반명사로 쓰이기도 하고, '나무 한 바리' '달구지 세 바리'처럼 단위명사로 쓰이기도 한다. '바리바리'는 이 같은 바리가 겹쳐 '운반하는 짐이 많음'을 나타내는 명사나 부사가 되었다. 일본어로 생각할 수 있으나 순 우리말이다.

> 바리바리 싣고 가야 잘살고 그렇지 못하면 주눅이 드는 풍토를 정상으로 보면 그것은 병적인 현상이다. 한국일보 901027

바리캉

누가 그의 귀가 하나뿐이라 했지?

이발기.

빗처럼 된 두 장의 칼을 겹쳐 그중 하나를 재빨리 왕복시켜 털을 자른다. 이런 원리는 19세기 중엽 아랍인 니콜라 비즈믹Nikola Bizumic이 발명했다. 이를 이용용理容用 바리캉으로 발전시킨 것은 자동차회사인 캐딜락사社를 창업한 미국의 헨리 릴랜드다.

바리캉이 일본어 발음과 맞아떨어져서인지 순 일본어로 알고 있는 사람이 많으나, 사실은 일본이 바리캉 제조회사 이름인 프랑스 '바리캉 에 마르Bariquant et Marre'의

명치천황의 단발 전 모습과 단발 후 모습 그의 사진은 모두 이렇게 한쪽 귀가 보이지 않게 약간 옆으로 찍혀 있다. 그래서 항간에는 "귀가 하나뿐이다"는 말이 있지만, 이 두 사진으로 보면 그렇지 않음을 알 수 있다. 명치천황은 1871년 우리의 단발령격인 산발탈도령散髮脫刀令을 공포하고 자신이 먼저 머리를 잘랐다. 일본에 바리캉이 널리 보급된 것은 이 산발탈도령과 1873년 공포된 징병령에 의해 입대하는 병사들의 머리를 박박 깎은 것이 계기가 됐다.

앞부분만 따서 '바리캉バリカン'이라 한 것을 우리가 갖다 쓰는 것이다. 1882년 프랑스 주재 일본 외교관이었던 나가타 게이타로長田桂太郎가 프랑스 바리캉사社의 제품을 일본에 들여와 근대 일본의 군인·학생의 독특한 헤어스타일을 만드는 데 크게 기여했다.

바바리코트

전투복이 낭만의 상징이 된 이유

봄가을에 입는 간편한 방수외투.

원래는 영국의 우비 제조회사인 '버버리Burberry' 사에서 만든 방수외투의 상품명이었는데, 우리나라에서는 '방수외투'를 가리키는 보통명사처럼 쓰이고 있다.

영어로는 '트렌치코트trench coat'다. 적의 사격을 피해 숨는 '참호'라는 뜻의 '트렌치trench'가 코트의 이름이 된 것은, 이 코트가 처음에 전투용으로 개발됐기 때문이다. 즉, 1차대전 때 전쟁사령부가 버버리사에 전투용 코트의 제작을 맡겼는데, 버버리사는 군인들이 참호 속에서 입던 외투에서 아이디어를 얻어 디자인한 것이다. 바바리코트가 유명해진 것은 1942년에 제작된 미국영화 『카사블랑카』에서 남주인공 험프리 보가트가 이 코트를 입고 나온 것과 관련이 있다.

영화 『카사블랑카』의 포스터 2차대전 중 모로코의 카사블랑카를 무대로 펼쳐지는 사랑과 미덕을 다룬 영화다. 두 주인공 사이에 바바리코트를 입은 험프리 보가트가 서 있다. 이 영화의 성공으로 지금도 많은 관광객이 낭만의 카사블랑카를 보기 위해 모로코로 떠나지만 대개는 실망을 하고 돌아온다. 영화는 모두 세트를 만들어 찍었기 때문이다.

영어 발음은 버버리[bə́ːrbəri]이므로 '버버리코트'라고 해야 하지만, 사전에는 '바바리코트'로 올라 있다. 이것은 '굳어진 외래어는 관용을 존중한다'는 외래어표기 규정 때문이다. 예를 들어 camera의 발음은 '캐머러'에 가깝지만 '카메라'로 오래 써와 고치기가 쉽지 않기 때문에 '카메라'로 쓰는 것과 마찬가지다.

> 황해도 안악에서 태어나 어려서 서울에 온 주명덕은 사실상 서울 토박이. 바바리코트에 중절모 차림으로 광화문 나들이를 즐기는 도시 만보객의 전형이다. 한겨레 081203

바이블

원래는 그냥 '책'이었다고?

어떤 분야에서 지침이 될 만큼 권위있는 책을 비유하는 말.

영어 'Bible'에서 온 외래어로, 이것은 '책'의 뜻인 이탈리아어 '비블로스biblos'에 뿌리를 두고 있다. '비블로스'는 파피루스 내피內皮를 뜻하는 말이었다. 이것이 '책'을 뜻하게 된 것은 당시에는 파피루스로 종이를 만들어 문자를 적었기 때문이다. 나중에 이 비블로스의 복수형인 '비블리아biblia'는 『성서』만을 가리키게 되었고, 이것이 라틴어를 거쳐 영어의 'Bible'이 되었다. 동양에서 『성서聖書』라고 한 것은, 영어에서 신의 계시를 적은 '성스러운 책'이라는 뜻으로 'Holy Bible'이라 부르는 것을 번역했기 때문이다.

최초로 번역된 구약성서 『구약성서』는 맨 처음 히브리어로 기록되었다. 이것이 유대인들만의 것이었고, 유대인들이 히브리어만 사용했을 때는 외국어로 번역할 필요가 없었다. 그러나 시대 변화에 따라서 다른 언어로 번역해야 할 필요가 생겼는데, 이로 인해 기원전 300년경 구약성서 원본을 그리스어(헬라어)로 최초로 번역한 책이 『70인역성서七十人譯聖書』다. 현존하는 1500여 종의 성서 번역본은 이것이 모체가 되었다.

『성서』는 구약성서·신약성서·외경外經으로 구성된다. 구약성서는 원래 유대교의 경전이었고, 구약성서와 신약성서를 합친 『성경전서聖經全書』는 개신교의 경전이며, 이 성경전서에 외경을 합친 것이 가톨릭의 경전이다. 구약舊約·신약新約의 '約(약)'은 여호와(창조주)가 이스라엘 민족에게 준 '약속' '언약'이란 뜻이다.

> 그는 어느 누구보다 취재원의 핵심을 파고들었던 걸출한 기자였다. 수많은 특종기사를 남겼고, 그가 30대 초반에 낸 『파벌』이란 저서는 오랫동안 정치부 기자들의 바이블이 되어 왔다.

바자회

자선사업을 목적으로 하는 일시적 상품판매장.

'전시즉석판매회展示卽席販賣會'라는 뜻의 영어 'bazaar'에 '회會'를 붙인 말이다. 'bazaar' 자체에 '회'의 뜻이 포함되어 있으므로 '바자회'는 '역전앞' 같은 이중표현(겹말)이다.

그렇다고 반드시 '바자'로 고쳐 써야 한다고 주장하는 것은 무리다. '처가'와 '처갓집', '오라'와 '오랏줄'을 모두 인정하듯이 '바자'와 '바자회'도 같은 맥락에서 이해해야 한다. 우리말 중에는 기존의 단어구성에서 의미가 잘 드러나지 않을 경우 보충하는 말을 덧붙여 나타내는 경우가 종종 있고, 그렇게 함으로써 자연스럽게 보일 때가 있다.

바카야로

말과 사슴이 욕이 된 사연

'바보새끼'라는 뜻의 일본어 욕말.

일본어 '馬鹿野郎(ばかやろう·bakayarou)'를 우리말로 적은 것이다. 이는 '어리석은 사람'이란 뜻의 '바카(馬鹿·ばか)'에 '자식' '새끼'란 뜻의 '야로(野郎·やろう)'를 붙인 말이다. '바카'는 한자 뜻대로라면 '말과 사슴'이다. 우리나라에서는 주로 개나 돼지를 빌려 욕말을 만드는데, 일본에서는 말과 사슴을 내세웠다. 그 이유는 무엇일까.

어떤 사람들은 '지록위마指鹿爲馬'의 고사에서 연원을 찾는다. '지록위마'란 '사슴을 가리켜 말이라 하는 것'으로, 진시황秦始皇의 내시였던 조고趙高와 관련된 말이다. 조고는 진시황이 죽자 승상 이사李斯와 짜고 진시황의 큰아들 부소扶蘇를 제압한 뒤 우둔한 막내아들 호해胡亥를 황제로 내세워 정권을 좌지우지한다.

한번은 조고가 황제에게 사슴을 몰고 와 "하루에 1800리를 달리는 말입니다. 이 말을 폐하께 드리겠습니다"라고 했다. 어안이 벙벙해진 황제가 "사슴을 가지고 말이라니요?"라고 하자 조고는 "그렇다면 신하들에게 물어보십시오"라고 했는데, 대부분의 신하들이 "말이 맞습니다"라고 했다는 것이다. 조고의 보복이 두려웠기 때문임은 말할 것도 없다. 어쨌든 이 일 이후 말인지 사슴인지 분간을 못하는 바보를 '마록馬鹿'이라 하게 됐고, 그것이 일본어에 욕말로 살아있다는 얘기다.

김종필 전 자민련 총재가 주한 일본 특파원들 앞에서 이회창 전 한나라당 총재를 지칭해 '바카야로'라고 한 것을 풍자한 이홍우 화백의 『나대로 선생』(동아일보 2001.3.1). 원내교섭단체 요건을 완화해 달라는 자민련의 요구에 한나라당이 응하지 않자 일본어를 잘하는 김 전 총재가 이렇게 말했다.

그러나 일본의 학자 중 그렇게 보는 사람은 많지 않고, 다음 두 가지를 '바카'의 어원으로 본다. 하나는 '무지無知'의 뜻인 범어 'baka'를 음역한 '바쿠카(莫迦·ばくか)'가 바뀌었다는 것이다. 다른 하나는 '바카'의 한자로 쓰는 마록馬鹿은 단순한 취음에 불과하고, 사실은 '오코(尾籠·おこ)'라는 말에서 왔다는 주장이다. '오코'란 '바보' '미친짓'이란 뜻으로, '바카'가 나오기 훨씬 이전부터 쓰였는데, 교토京都 사람들이 입을 오므려 '오코'라고 했던 것을 관동지방 사무라이들이 입을 크게 벌려 '바카'라고 일갈했던 것이 굳어졌다는 것이다. ➡고자질

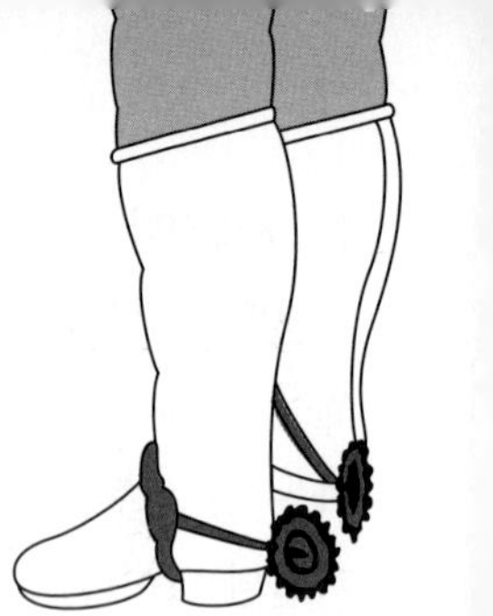

박차를 가하다

그러나 과하면 다칠 수 있다

일이 빨리 진행되도록 힘을 더하다.

'박차拍車'란 기수騎手의 구두 뒤축에 장착하는 톱니바퀴 모양의 물건을 말한다. '拍(박)'은 '두드리다'의 뜻이고, '車(차)'는 '수레바퀴'의 뜻이므로 역할과 모양을 묘사한 이름이다.

기수는 경마 도중 말이 자신의 의도대로 움직이도록 하기 위해서 여러 가지 행동을 하는데 이를 '부조扶助'라 한다. 예를 들면, 소리를 내거나 고삐를 움직이기도 하고, 다리나 손으로 자극을 주기도 한다. 이것이 여의치 않으면 채찍으로 치거나 신발에 매단 박차로 말의 배를 툭툭 차 명령을 전달하는데, 이것이 '박차를 가하는' 행동이다. 하지만 박차를 잘못 사용하면 자칫 말이 다칠 수 있으므로 초보자에게는 박차의 사용이 금지되어 있다.

> 현대차가 공격적인 투자를 통해 전 세계 자동차 메이커의 격전지로 떠오른 중국시장 공략에 박차를 가하고 있다. 한겨레 070910

반면교사反面教師

나쁜 행동도 때로는 쓸 때가 있다

다른 사람의 잘못은 자신의 잘못을 고치는 데 도움이 됨을 일컫는 말.

'반면反面'은 예를 들어 '그는 공부는 못하는 반면 운동은 잘한다'처럼 쓰이는 말이 아니라 여기서는 '부정적이거나 소극적인 것'을 일컫는다. '교사教師'는 말 그대로 스승이다. 그러니까 다른 사람의 부정적인 행동을 보면 자신이 반성하는 계기가 되므로, 그 나쁜 행동이 스승이 된다는 말이다.

마치 고사성어처럼 사용되고 있지만, 사실은 중국의 모택동毛澤東이 처음 사용한 말로 『모택동어록毛澤東語錄』에 내용이 기록되어 있다. 모택동은 1957

년 중국 공산당 간부들 앞에서 반동분자들을 가리켜 "가장 심한 범죄를 저지른 자 이외에는, 소수의 나쁜 사람들을 체포하거나 가두거나 제명하지 말고 단위(單位·소속기관 및 직장)에 남겨 그의 모든 정치적 세력을 박탈하고 고립시켜 반면교사로 삼아야 한다"라고 말했다. 이 말이 일본에 전해져 고사성어처럼 쓰이기 시작했고, 우리나라에서는 70년대 말 언론이 이를 따라쓰면서 알려졌다.

문화혁명 때 발행된 중국의 계몽포스터 혁명 완장을 두른 한 여인이 『모택동어록』을 받들고 있다. 『모택동어록』은 인민해방군 기관지인 『해방군보解放軍報』에 실린 모택동의 말을 묶은 책이다. 빨간 장정으로 되어 있어 '붉은 보서紅色寶書' 라 했으며, 문화혁명 때는 누구나 들고 다니며 내용을 암송해야 했다.

지금은 이를 모방한 '정면교사正面教師' 란 말도 쓰이고 있다. 정면교사란 예를 들어 '오바마 대통령이 레이건 대통령의 현명한 의사결정 과정을 정면교사로 삼았다면 비극적 사태는 일어나지 않았을 것이다' 처럼 '본받을 만한 대상' 의 행동을 보고 자신의 행동을 고치는 것을 일컫는다. 그러니까 반면교사는 '그릇된 모습으로의 교사' 를 말하고, 정면교사는 '올바른 모습으로서의 교사' 를 말한다.

> 한국은 지금 기로에 서 있다. 저출산 고령화로 사회구조가 근본적으로 바뀌는데도 이를 무시하다가 장기불황에 빠진 일본의 전철을 그대로 밟을 것인가, 아니면 일본을 반면교사로 삼아 새로운 성장 모델을 찾아 한 단계 더 발전할 것인가 선택해야 한다. 조선일보 110516

'반증反證' 과 '방증傍證'

'반증反證' 은 '어떤 사실이 틀렸다는 것을 증명하는 반대 증거' 란 뜻이고, '방증傍證' 은 '직접적인 증거는 아니지만 주변상황을 밝힘으로써 간접적으로 뒷받침하는 증거' 란 뜻이다. 따라서 '김씨가 사건현장에 없었다는 것은 그가 이 사건과 아무 관계가 없다는 사실을 반증한다' 라는 문장이 있다면, 이 문장의 '반증' 은 '방증' 또는 '입증' 을 잘못 쓴 것이다. 이는 『국어대사전』(금성출판사), 『우리말큰사전』(한글학회) 등 기존의 국어사전 풀이에 따른 것이다.

그러나 국립국어원이 펴낸 『표준국어사전』(1988)에는 이와 다르게 적혀 있다. 『표준국어사전』은 반증을 ①'어떤 사실이나 주장이 옳지 아니함을 그에 반대되는 근거를 들어 증명함. 또는 그런 증거'. ②'어떤 사실과 모순되는 것 같지만, 오히려 그것을 증명한다고 볼 수 있는 사실' 로 풀이한다. 그러니까 ①은 기존 국어사전의 '반증' 에 대한 설명이고, ②는 '방증' 에 대한 설명이므로, '반증' 을 서로 상반되는 의미로 설명하고 있는 것이다. 이것은 어느 사이엔가 사람들이 '어떤 사실을 뒷받침하는 증거' 란 뜻으로 방증보다는 반증이란 말을 더 많이 쓰게 되었기 때문일 것이다.

발호 跋扈

무모하게 날뛰기보다 머리를 쓰는 게 낫다

함부로 세력을 휘두르거나 제멋대로 날뜀.

'跋(발)' 은 '뛰어넘다' 는 뜻이고, '扈(호)' 는 '통발' 이란 뜻이다. '통발' 이란 대나무나 싸릿대를 엮어 통처럼 길게 만들고 입구에 깔때기 같은 작은 발을 달아 물고기가 한번 들어가면 나올 수 없게 한 도구를 말한다. 이 통발을 물꼬에 놓아두면 물고기들이 걸려드는데, 작은 물고기들은 통발 속에 고스란히 남지만, 큰 물고기들은 통발을 뛰어

통발 깔때기 모양의 작은 발을 입구에 넣어 설치하는데, 물고기는 이곳으로 한번 들어가면 나오기가 어렵다.

넘어 도망쳐버린다 해서 생긴 말이다. 『후한서後漢書』 「양기전梁冀傳」에 나오는 말로, 특히 하급자가 상급자를 능가하는 권세를 가진 뒤 제멋대로 행동하는 것을 가리킬 때 쓰는 경우가 많다.

> 태종이 유난히 좋아했던 주역의 구절은 '**履霜堅氷至**(이상견빙지)'였다. '서리를 밟으면 굳은 얼음에 이른다'는 뜻으로 세상 흐름의 징후를 먼저 알아서 대처해야 한다는 가르침을 담고 있다. 그래서일까? 처남 민씨 4형제는 '외척 발호의 조짐이 있다'는 이유로 세상을 떠나야 했다. 조선일보 080913

방약무인傍若無人

진시황 암살미수사건의 내막

주위에 사람이 없는 것처럼 멋대로 행동하는 모습.

'傍(방)'은 '옆'이란 뜻이고, '若(약)'은 여기에서는 '같다'는 뜻이므로 직역하면 '옆傍에 사람이 없는無人 것과 같다若'는 뜻이다. 『사기史記』 「자객열전刺客列傳」에 실린 자객 형가荊軻의 에피소드에서 온 말이다.

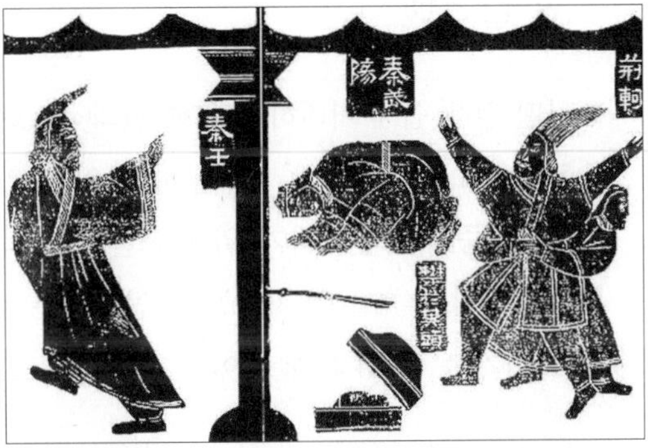

진시황 암살 기도 현장 기원전 227년 진왕秦王이 천하통일을 이루려는 바로 전날 밤, 진나라 궁정에서는 연나라 태자 단丹의 사주를 받은 자객 형가荊軻가 진왕의 암살을 시도한 사건이 일어났다. 그러나 이 사건은 미수에 그쳐 형가는 그 자리에서 참수됐다. 왼쪽의 도망치는 사람이 진왕이고, 오른쪽의 누군가의 제지를 받고 있는 사람이 형가다. 기둥에는 형가가 던진 비수가 꽂혀 있다. 비수 아래 상자에 들어 있는 것은 진나라 역장逆將 번오기樊於期의 목이다. 형가는 이 번오기의 목을 들고 진왕을 알현하다 비수를 날렸다. 이 그림은 산동성山東省 가상현嘉祥縣에서 출토된 화상석畵像石에 그려진 것이다.

형가는 전국시대 말기, 그러니까 훗날 시황제始皇帝가 되는 진왕秦王 정政이 천하를 통일하기 직전의 사람이다. 원래는 위衛나라 사람이었는데, 위나라 제후인 원군元君이 자신을 거들떠보지도 않자 연燕나라로 건너갔다.

그는 파락호破落戶처럼 축(筑·거문고의 일종)의 명인인 고점리高漸離와, 이름 없는 백정과 함께 어울려 저잣거리를 휘젓고 다녔다. 그러다 술이 거나해지면 고점리는 신나게 축을 뜯고, 형가와 백정은 그에 맞추어 노래를 불렀다. 고래고래 소리를 지르기도 하고 끌어안고 통곡을 하기도 했는데, 이런 모습을 사마천司馬遷이 '옆에 사람이 없는 것과 같다' 고 『사기』에 적은 것이다.

형가는 그 후 진나라에 볼모로 잡혀 갖은 수모를 당한 연나라 태자 단丹의 부탁을 받고 진왕의 암살을 도모했으나 뜻을 이루지 못하고 죽임을 당했다.

> 망국병이라는 지역감정이 위험수위를 넘다 못해 제방을 통째로 무너뜨릴 지경에 처한 지금에도, 그 죄를 일부 정치 부랑아들의 방약무인한 장난으로만 여기고 있다.

방편方便

어떤 일을 쉽게 처리하기 위해 편의적으로 사용하는 수단.

불교어로, '다가가다' '도달하다' 의 뜻인 범어 'upaya' 의 한역漢譯이다. '보살이 중생을 인도하기 위해 쓰는 편의적 수단', '훌륭한 방법을 써서 중생을 피안(彼岸·깨달음의 세계)으로 인도하는 것', '교묘하게 책략을 세워 목표에 다가가는 것' 이 본래 뜻이다.

밭다리걸기

씨름·유도기술의 한 가지.

상대편의 오른쪽 다리가 앞으로 나와 있을 때 자신의 오른쪽 다리로 상대편의 오른쪽 다리의 바깥을 걸고 끌어당겨 오른쪽 가슴으로 밀어넘기는 발기술이다. '안다리걸기' 는 이 반대의 기술이다.

밭다리걸기

'밭다리후리기' 는 상대편을 어깨로 밀고 좌측으로 틀며 오른쪽 다리로 상대편의 중심이 실려 있는 바깥다리를 후려치는 기술이다. '밭' 은 '바깥' 의 준말이므로 '밧다리걸기' '밧다리후리기' 로 쓰는 것은 잘못이다.

> 간판장사끼리 맞붙은 다섯 번째 판에서 LG는 '골리앗' 김영현이 현대 이태현의 기습 밧다리걸기에 당해 추격의 빌미를 주었다.
> → 밭다리걸기

'배상賠償' 과 '보상補償'

'배상賠償' 은 '자신의 잘못으로 남에게 끼친 손해를 물어주는 것' 이고, '보상補償' 은 '남에게 끼친 재산상의 손실을 채워주는 것' 이다. '賠' 가 '물어주다' 의 뜻이고, '補' 는 '채우다' '보태다' 의 뜻인 것을 알면 이해가 쉽다.

언뜻 보면 별 차이가 없는 것 같지만 자세히 들여다보면 차이가 있다. 즉, '배상' 은 '불법행위로 인해 발생한 손해를 물어주는 것' 이고, '보상' 은 '적법행위로 인한 손실을 물어주는 것' 이다. 예를 들어 일본이 정신대 할머니들에게 사죄의 뜻으로 돈을 물어주는 것은 '배상' 이고, 정부가 도로를 내기 위해 토지를 수용하고 주인에게 땅값을 물어주는 것은 '보상' 이다.

배수진背水陣

죽을 각오로 나서면 못 이룰 일 없다

더 이상 물러설 수 없는 절체절명의 입장을 일컫는 말.

원래는 군사 포진법의 하나다. '背(배)' 는 '등지다' 의 뜻이고, '陣(진)' 은 '진지' 의 뜻이므로 '물을 등지고 치는 진지' 를 말한다. 진시황秦始皇의 진나라가 퇴조할 무렵 한漢나라의 명장 한신韓信이 조趙나라 20만 대군을 1만수천의 군사로 물리친 고사에서 나온 말이다.

한신 처음에는 항우를 섬겼으나 능력을 인정받지 못하자 유방의 군에 들어갔다. 그 후 뛰어난 지략으로 항우의 토벌에 기여해 제왕齊王과 초왕楚王에 봉해졌으나, 한 제국이 성립된 뒤 유방의 의심을 사 참살된다. 어린 시절 그는 가정이 빈한해 늘 사람들로부터 조롱을 받았다. 그런 가운데에서도 그가 출세할 수 있었던 것은 스스로 낮출 줄 아는 처세술 덕분이었다. 어느날 무뢰배들이 한신을 욕보이기 위해 "내 가랑이 사이로 기어가라!" 라고 하자, 한신은 태연한 모습으로 무뢰배의 가랑이 사이로 기어갔다. 이를 '과하지욕跨下之辱' 이라 하는데, 훗날의 영광을 위해서는 순간의 치욕은 참아야 함을 일컬을 때 쓰는 말이 되었다.

한나라의 유방劉邦이 팽성彭城에서 초나라 항우項羽에게 패하자, 다른 제후국들이 초나라와 가까이하려 했다. 그러자 유방은 한신에게 그런 제후국들을 정복하도록 했다. 한신은 먼저 위魏나라를 정복한 후, 조趙나라를 치기 위해 색다른 계책을 생각했다.

한신은 우선 야음을 틈타 2000의 병사를 조나라 성 부근에 매복시키고, 1만의 병사로 하여금 강을 등지고 진을 치게 했다. 아침이 되어 한나라군이 배수진을 친 사실을 안 조나라군은 한신의 무모함을 비웃었다. 한신이 본대를 이끌고 조나라 성문을 향해 진격하자 한신을 얕본 조나라 군사들은 상당수가 성을 나와 응전했다. 이때 한신은 싸우는 척하며 뒷걸음질쳐 배수진에 합류했는데, 작전상 후퇴인지 알 리 없는 조나라군은 이를 추격하기 위해 성을 완전히 비워버렸다. 그 사이 매복해 있던 2000의 한나라군이 일제히 성으로 들어가 조나라 깃발을 뽑고 한나라 깃발을 내걸었다.

적장을 사로잡고 승전 축하 잔치가 벌어졌을 때 한 장수가 한신에게 물었다. "병법에는 산을 등지고 물을 앞에 두라고 했는데 그 반대로 진을 친 이유가 무엇입니까?" 그러자 한신은 이렇게 대답했다. "병법에는 분명히 그렇게 나와 있다. 그러나 병법에는 죽을 땅에 빠져야만 살길을 발견할 수 있다는 말도 있다." '솥을 깨고 배를 빠뜨린다' 는 뜻의 '파부침주破釜沈舟' 와 비슷한 말이다. ➡**토사구팽**

> 일본 사회 일각의 망언이나 도발에 단견적으로 대응해선 안 된다. 그런 의미에서 청와대가 "야스쿠니에서 전범 14명을 분사分祀해도, 총리 참배는 안 된다"는 식으로 배수진을 편 것은 현책賢策이 아니다. 동아일보 060829

백가쟁명 百家爭鳴

수많은 학파가 소리내어 다투었듯이…

여러 가지 입장의 사람들이 각자의 지론을 자유롭게 개진하고 거리낌 없이 논쟁하는 일.

'백가百家'는 '수많은 학파'라는 뜻이고, '쟁명爭鳴'은 '소리내어 다툰다'는 뜻이다. 이 두 말을 붙인 백가쟁명은 원래 춘추전국시대에 공자孔子·묵자墨子를 비롯한 많은 사상가(제자·諸子)가 나와 자유로운 언론활동을 벌인 것을 가리키는데, 1956년 모택동시대의 중국 공산당이 '백화제방, 백가쟁명'을 정치구호로 채택함으로써 유명해진 말이다.

백화제방百花齊放이란 '많은 꽃이 일제히 피는 것'을 일컫는다. 그러니까 "온갖 꽃이 다투어 피듯이(백화제방), 누구든 자신의 정치적 의견을 자유롭게 피력할 수 있다(백가쟁명). 공산주의 이론도 이처럼 다른 사상과 경쟁하는 가운데 발전해야지 처음부터 절대적인 사상으로 강요되어서는 안 된다"는 주장이 '백화제방, 백가쟁명'이란 정치구호에 담긴 뜻이다.

그러나 이 같은 방침이 대자보大字報를 통한 당 밖 사람들(특히 지식인)의 공산당 비판으로 이어지자 공산당은 1957년 당을 비판한 사람들을 우익분자로 몰아 반우파 투쟁을 개시하게 된다. ➡ 백화제방

> 이 책의 결정적인 약점은 18명 필자들의 입장과 주장이 일치하지 않는다는 데 있다. 그렇다면 누구도 결론이나 정답을 제시할 수 없는 백가쟁명을 펼치는 가운데 그 공통점을 밝히는 하나의 시도라는 데서 의의를 찾을 수밖에 없을 것이다. 조선일보 080301

제자백가 위에서부터 차례로 '공자' '묵자' '노자' '장자'다. 춘추전국시대에는 '제자백가諸子百家'라 불리는 많은 학파가 나타나 경쟁을 벌였다. '제자'는 '여러 선생'이란 뜻이고, 백가는 '수많은 학파'란 뜻이다. 오늘날 전해지는 고전의 상당수는 이 시대에 편찬되었다. 공자의 가르침을 중심으로 발전한 유가儒家 학설은 나중에 통일 왕조 한漢의 국교로 채택되어 중국 정치도덕의 뼈대를 이루었다.

백년하청百年河淸

'강'이 원래는 고유명사였다고?

아무리 기다려도 일이 이루어지기 어려운 일을 비유하는 말.

'河(하)'는 지금은 '강'이란 뜻의 보통명사지만, 원래는 중국의 황하黃河를 가리키는 고유명사였다. 그러니까 백년하청은 '백년이 가도 황하는 맑아지지 않는다'는 뜻이다. 중국에서 장강(長江·양자강)에 이어 두 번째로 긴 강인 황하는 청해성靑海省에서 발원하여 5464㎞나 흘러 발해만渤海灣으로 흘러드는데, 드넓은 황토고원을 통과하기 때문에 백년을 기다려도 물이 맑아지지 않는다 해서 만들어진 말이다. 황하는 매년 16억t의 토사土砂가 90억t의 물과 함께 하류로 이동한다.

황하와 장강 중국에는 동쪽에서 서쪽으로 흐르는 두 개의 거대한 강이 있다. 황하와 장강이다. 길이는 장강이 더 길지만 세계문명은 황하에서 일어났다. 황하는 비옥한 황토가 퇴적하여 농경에 적합했기 때문이다. 두 강에 쓰인 '河'와 '江'은 원래는 고유명사였다. 즉, 河는 황하만을, 江은 장강만을 가리켰다. 그렇다면 같은 물줄기를 두고 왜 서로 다른 이름을 썼을까? 이에 대해 고려대 김언종 교수는 이렇게 설명했다. "황하의 본이름인 河는 그 물줄기가 엄청난 분량의 모래흙을 실어나르며 내는 소리인 '크어~'와 같은 발음인 可를 빌려 썼고, 장강을 가리키는 江은 발음부호인 工이 이 물줄기의 도처에 자리잡은 협곡 사이를 흐르는 물소리인 '꾸우웅~'과 발음이 같았기에 차용되었다."『한자의 뿌리』

> 부정부패와 비리 게이트가 선거의 쟁점 핵심으로 부각되고 있는 걸 보면 아직도 우리 정치는 백년하청인 것이 분명하다. 조선일보 020611

백미白眉

자식복 많은 마씨 아저씨의 새옹지마

여럿 중에서 가장 뛰어난 사람이나 사물.

중국 촉蜀나라의 자식복 많은 '마씨' 아저씨의 이야기에서 나온 말이다.

마씨는 다섯 아들을 두었는데 하나같이 모두 재능이 뛰어났다. 그중에서도 가장 총명한 것은 맏이인 마량(馬良·187~223)이었다. 그런데 이상하게도 그는 하얀白 눈썹眉을 가지고 있어 사람들이 "마씨의 오상五常 중에서, 백미白眉가 가장 훌륭하구나"라는 노래를 만들어 불렀는데(형제들이 모두 常이라는 호를 썼으므로 '오상'이라 했다), 이것이 나중에는 '가장 뛰어난 사람'을 가리키는 말이 되었다고 한다.

마량은 유비가 형주를 다스릴 때 그의 종사從事로 들어가 제갈량과 문경지교(刎頸之交·목을 쳐도 후회하지 않을 정도로 가까운 사이)를 맺고 오계(五溪·호남성과 귀주성의 경계에 있는 다섯 계곡)의 이민족을 귀순하게 하는 데 큰 공을 세웠다. 그러나 오나라의 손권이 유비의 의형제인 관우를 죽임으로써 일어난 이른바 이릉대전夷陵大戰에 참전했다가 36세의 젊은 나이에 전사하고 만다. 마씨의 막내아들도 천수를 누리지 못하고 39세에 죽는데, 그가 바로 '읍참마속泣斬馬謖'의 고사에 나오는 '마속(馬謖·190~228)'이다. 똑똑한 자식을 둔 마씨 아저씨의 새옹지마塞翁之馬다. ➡**만두, 읍참마속**

> "수렵민족은 땅거미가 지기 전에 마을로 돌아가야 합니다." 가야노 시게루 참의원은 1998년 의사당을 떠나면서 이 한마디에 하고 싶은 얘기를 모두 담았다. 홋카이도 아이누족 중 첫 의원이었던 그가 여생을 보낼 곳은 고향이라는 뜻이었다. 그의 말이 지금도 일본 정치인 은퇴사 중에 백미로 꼽히는 것은 말이 품고 있는 여백 때문이다. 조선일보 110117

백미러

자동차나 자전거 등에서 뒤를 살펴보는 거울.

일본인들이 쓰던 'バックミラー(밧쿠미라)'가 우리말에 유입된 것이다. 그러나 'back-mirror'는 '잔등에 달린 거울'이란 뜻이 되므로 맞지 않는 영어다. 올바른 영어로는 'rear-view mirror(리어 뷰 미러)' 또는 'driver's mirror(드라이버스 미러)'다. 순화어는 '뒷거울'이지만, 마치 '아이스크림'을 '얼음보숭이'로 쓰는 북한어만큼이나 어색하다.

백발백중百發百中

잘 나갈 때 관두는 게 상책이라고?

활을 쏘면 어김없이 들어맞음.

여기에서 中은 '가운데' 란 뜻이 아니고 '맞히다' 의 뜻이다. 초楚나라 양유기養由基란 사람이 버드나무 잎을 100걸음 떨어진 거리에서 백 번 쏘아 백 번 맞혔다는 『사기史記』 「주본기周本紀」의 고사에서 온 말이다.

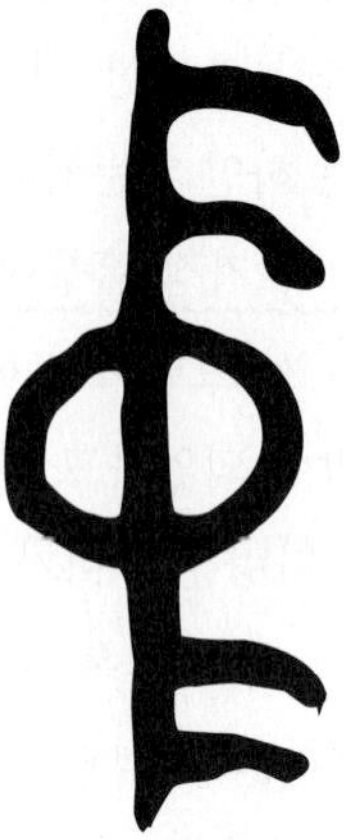

진시황 때 만들어진 '가운데 중中' 의 옛글자(전서체)다. 언뜻 보면 과녁에 화살이 내리꽂힌 모습 같기도 하다. 그러나 이렇게 보려면 과녁을 보는 방향과 화살이 꽂힌 방향이 일치하지 않는다. 따라서 학자들은, 中은 '바람에 나부끼는 깃발' 을 그린 것이고, 마을에서 일이 생기면 장대에 깃발을 달아 사람들을 한곳으로 모았기 때문에 '가운데' '중심' 의 뜻이 되었다고 한다.

주周나라 난왕赧王 때 진秦나라 장군 백기白起가 한韓나라와 위魏나라를 격파하고 양梁나라를 치려고 했다. 양나라가 진나라 수중에 떨어지면 주나라가 위험에 처하게 된다고 생각한 주나라 책략가 소려蘇厲는 난왕에게 백기를 설득할 것을 권하면서 이렇게 말했다.

"초나라의 양유기는 100보 떨어진 곳에서 버드나무 잎을 쏘아도 백발백중입니다. 이를 본 관중이 일제히 '활을 잘 쏜다' 고 했습니다. 이때 한 사나이가 양유기의 옆에 가서 '내가 한 수 가르쳐 줄 만하다' 라고 비꼬자, 양유기는 '당신이 내게 어떻게 궁술을 가르칠 수 있는가?' 라며 화를 냈습니다. 그러자 사나이는 '나는 활 쏘는 기술을 가르칠 수 없소. 지금은 버들잎을 쏘아 백발백중하는 사람이라도 적당한 때 그만두지 않으면 기력이 떨어져 활이 빗나가는 일이 있소. 한 번이라도 맞지 않으면 백발백중하던 명성은 아무것도 아니게 될 것이오' 라고 했답니다. 이는 백기에게 딱 들어맞으니 백기에게 이렇게 말하면 될 것입니다."

> 조선은 이성계의 신궁神弓이 있었기에 탄생할 수 있었다. 일반 활보다 세 배 이상 강한 활에 무거운 쇠로 만든 화살촉을 사용하면서도 백발백중이었다. 적까지도 끌어안는 포용력과 함께 당시로서는 최첨단 무기였던 활을 장악하고 있었기 때문에 이성계는 조선을 건국할 수 있었다. 조선일보 080906

백발삼천장白髮三千丈

몸은 늙고 근심은 날로 쌓여가는데…

'백발이 매우 길게 자랐다'는 뜻으로, '몸이 늙고 근심이 날로 쌓여 가는 것'을 비유적으로 일컫는 말.

이백李白의 시 『추포가秋浦歌』에 나오는 말이다. '삼천장'은 슬픔이나 괴로움이 쌓여 흰머리가 자꾸만 길어나는 것을 묘사한 것으로, 중국인 특유의 과장법이다. 굳이 지금 단위로 환산하자면, 1장丈은 10척尺이고 1척은 30.3센티이므로 3000장은 9090미터가 되는 셈이다. 『추포가』는 다음과 같다.

白髮三千丈 (백발삼천장)
백발삼천장
緣愁似個長 (연수사개장)
시름 때문에 이처럼 자라나니
不知明鏡裏 (부지명경리)
알 수 없구나. 밝은 거울 속의 몰골은
何處得秋霜 (하처득추상)
어디서 가을 서리를 맞았는지

이백은 두보杜甫와 함께 당나라 최전성기를 풍미한 시인으로, 두 사람의 성을 따 '이두李杜'라 한다. '이태백'으로도 부르는데, 이는 그의 성에 자호인 '태백太白'을 붙인 것이다. '太白'은 그의 어머니가 태백성(太白星·금성)이 품에 들어오는 꿈을 꾸고 회임했다 해서 붙였다 한다. 생애 대부분을 여행과 방랑으로 보내며 자유분방한 시를 써 많은 사람들의 사랑을 받았다. 그는 1400여 수의 시를 남겼는데, 그중에서 21%가 술에 관한 것일 정도로 술을 주제로 한 작품이 많다. 당연히 그와 관련된 에피소드에도 술이 개입된 것들이 많다. 예를 들어 양귀비楊貴妃와 함께 모란꽃을 구경하는 현종玄宗 앞에서 만취상태로 즉석시를 지었다거나, 술에 취해 물에 비친 달그림자를 떠내려다 배에서 떨어져 익사했다는 이야기 등이 그런 것들이다. 술을 좋아하는 사람을 '주태백'이라 부르는 것은 이 때문이다. 이 그림은 청나라 화가 황균黃均이 그린 『이백행음요월도李白行吟邀月圖』다.

> 약효를 두고 시비를 벌이는 속사정은 젖혀두고라도 97.5%의 치료효과를 갖는다던 대머리약 소동도 경험한 바 있으니 우리로서는 중국인들의 백발삼천장식 과장쯤으로 보면 크게 손해날 것도 없다. 세계일보 940222

백서白書

정부가 정치·경제·외교 등에 관한 현황을 국민들에게 알리기 위해 발표하는 보고서.

영국 정부의 이런 보고서가 하얀 표지로 되어 있어 'White Paper' 라 부르는 데서 온 말이다. 의회나 추밀원樞密院의 보고서는 푸른 표지로 되어 있기 때문에 '청서(靑書·Blue Book)' 라 한다. 프랑스에서 외교교섭의 경과를 발표하는 외교부 문서는 '황서(黃書·Libre Jaune)' 다.

백성百姓

성에 '어머니' 가 있는 이유

국민. 평민.

언뜻 '100가지 성씨' 라는 말처럼 보이지만, 여기에서 '百(백)' 은 '많음' 의 뜻이므로 '많은 성' 을 의미한다. 중국에서 온 말로, 원래는 지배층을 구성하는 백관(百官)을 가리키는 말이었다. 옛날에는 귀족들만이 성을 가질 수 있었기 때문이다. 그러다 점차 누구나 성을 가질 수 있게 되면서 '평민' 이란 뜻으로 사용됐다. 학자들은 춘추시대를 살았던 공자孔子와 전국시대를 살았던 맹자孟子가 '백성' 을 서로 다른 뜻으로 사용한 것으로 보아 춘추전국시대에 이 같은 의미변화가 있었을 것으로 본다. 성이 '女' 와 '生' 으로 이루어진 것은 이 글자가 만들어질 당시에는 모계중심사회였기 때문이다.

백수白手

가진 것이 없으면서 빈둥거리며 놀기만 하는 사람. 실업자.

'백수건달白手乾達'이 줄어든 말이다. 여기에서 '白(백)'은 '아무것도 없다'는 뜻이므로, '백수'는 '손에 아무것도 없는 빈털터리'란 뜻이다. '건달'은 원래는 제석천帝釋天을 모시면서 음악을 담당하는 불교의 천신天神인데, 우리나라에서는 무위도식하는 사람으로 인식되어 '빈둥빈둥 놀거나 게으른 사람'을 가리킨다. 이렇게 하는 일 없이 빈둥거리면 손이 하얗게 된다 해서 '백수'라고 한다는 우스개도 있다. ➡건달

<20대 90%는 백수> <30대 초 명예퇴직> <한겨울의 명퇴> <장기간 미취업자>

이구백… 삼초땡… 동태… 장미족…

2040의 서글픈 신조어

'이구백(20대 90%는 백수)' '삼초땡(30대 초 명예퇴직)' '동태(한겨울의 명예퇴직)'.

요즘 20~40대가 불안(不安)한 처지를 압축 설명할 때 자주 사용하는 신조어들이다. 이런 말들은 이미 인터넷과 SNS(소셜네트워크서비스)에선 '표준어'가 돼있다.

20대 사이에선 청년 실업을 빗댄 신조어가 많다. '장미족(장기간 미취업자)' '청백전(청년백수 전성시대)' '빌빌족(취업 못 하고 빈둥거리는 사람)' '대5족(취업 못 해 졸업 미루는 대학 5학년)' '삼일절(31세까지 취업 못 하면 끝장)' '행인(행정인턴의 준말로, 제대로 된 직업 못 갖는 사람)' '메뚜기 인턴(취업 못 하고 인턴으로만 옮겨다니는 것)' 등이다.

백수 탈출을 위한 20대의 몸부림이 담긴 신조어도 넘쳐나고 있다. '토폐인(토익 공부만 하는 폐인)' '에스컬레이터족(취업 위해 편입 반복하는 사람)' '강의 노마드족(취업용 강의만 쫓아다니는 사람)' '취집(취업 못 해 시집간다)' 같은 말이다.

30~40대에서 자주 통용되는 신조어는 '불안한 미래'에 대한 두려움이 담긴 경우가 대부분이다. '삼팔선(38세가 되면 퇴출 대상)' '오륙도(50~60대까지 회사 다니면 도둑놈)' 같은 말에서부터 최근엔 이들의 처지를 생선에 비유한 신조어도 생겨나고 있다. '조기'는 조기 퇴직, '명태'는 명예퇴직, '황태'는 황당 퇴직, '알 밴 명태'는 퇴직금을 제법 두둑이 챙긴 명예퇴직자를 말한다. 회사의 퇴직 압박에도 굴복하지 않고 한직으로 밀려나서도 끝까지 버티는 사람은 '생태'라고 한다.

조백건 기자 loogun@chosun.com

신조어를 통해 백수천지가 된 대한민국의 현실을 이야기한 조선일보 2011년 10월 28일자 기사다. '이구백'은 '20대 90%가 백수'란 뜻으로 기존의 '이태백'(20대 태반이 백수)이 발전한 것이고, '삼초땡'은 '30대 초 명예퇴직', '동태'는 '한겨울 명예퇴직', '장미족'은 '장기간 미취업자'란 뜻이다.

> 그들은 기성세대가 누린 복지잔치의 후유증 탓에 '잃어버린 세대'가 돼 거리로 나섰다. 우리 사회 신세대도 단군 이래 가장 풍족한 환경에서 자랐지만 '청년 백수' 소리를 듣는다.

백수白壽

'나이 99세'를 달리 일컫는 말.

'百'에서 하나가 부족하다는 뜻이므로, 장수에 대한 축하와 '100살 넘게 사시라'는 바람이 담겨 있다. 이런 식으로 나이를 돌려 표현하는 경우는 이밖에도 많다. 77세를 '희수喜壽'라 하는데 이것은 '喜(기쁠희)'를 초서로 쓰면 '七七'이 되기 때문이다. 88세를 '미수米壽'라 하는 것은 '米'를 파자(破字·한자의 자획을 풀어 나눔)하면 '八八'이 된다 해서, 80세를 '산수傘壽'라 하는 것은 '傘(우산산)'을 파자하면 '八十'이 된다 해서, 90세를 '졸수卒壽'라 하는 것은 '卒(마칠졸)'을 초서로 쓰면 '九十'이 된다 해서 만들어진 말이다.

백악관白堊館

벽을 하얗게 칠한 '대통령의 집'

미국 대통령 관저.

'堊(악)' 은 '벽을 하얗게 칠하다' 라는 뜻이고, '館(관)' 은 '집' 이란 뜻이므로 '벽을 하얗게 칠한 집' 이라는 말이다.

'White House' 를 이렇게 부른 것은 다음과 같은 내력 때문이다. 1812년부터 1814년까지 영국과 미국 사이에 벌어진 전쟁이 '영미전쟁' 이다. 나폴레옹전쟁 때 중립을 선언한 미국이 중립국으로서의 통상을 방해받았다 해서 영국에 선전포고해 일어났다. 그러나 독립 후 31년밖에 지나지 않았던 미국으로서 영국군을 상대하는 것은 무리였다.

1814년 영국군은 파죽지세로 수도 워싱턴으로 입성했는데, 그중 200여 명의 영국군이 미국 대통령 관저에 난입해 불을 질러버렸다. 결국 전쟁은 이 사건을 고비로 종결되고, 곧이어 대대적인 관저 수리작업이 진행됐는데, 이때 외벽을 하얗게 칠했다. 'White House' 란 이름은 이때부터 쓰이기 시작했다. 그러나 근세 중국인들은 이를 그대로 번역하지 않고 하얗게 된 과정을 구체적으로 반영해 '백악관白堊館' 이라 불렀다. 이것이 서양인과 중국인의 언어습관상 차이점이다. ➡빈축

20달러 지폐 앞면(위)의 초상화는 영미전쟁을 이끈 앤드류잭슨이고, 뒷면은 미 대통령 관저인 백악관이다. 잭슨은 전쟁 때 얻은 인기 덕분에 7대 대통령이 되었다. 백악관은 원래는 'President' s House(대통령의 집)' 라 불렸는데, 전쟁 후 불탄 관저를 수리하면서 외벽을 하얗게 칠했기 때문에 'White House' 라 고쳐 불렀다. '백악관' 은 이를 반영한 이름이다.

백안시白眼視

그는 사욕을 위해 꾸미거나 감추지 않았다

냉대하는 마음으로 흘겨봄.

'눈眼의 흰자위白가 많이 나오게 하여 본다視'는 말로, 중국 삼국시대 위魏나라 말기의 문인인 완적(阮籍·210~263)의 고사에서 온 말이다. 후한後漢의 명문 호족 출신인 그는 벼슬을 마다하고 죽림에 모여 청담淸談으로 세월을 보냈다는 죽림칠현竹林七賢의 한 사람이다. 완적이 죽림에 간 것은 위나라 장군으로 있다 위나라를 빼앗아 진晋나라를 세운 사마씨司馬氏에 대한 반발 때문이었다. 그러나 사마 일족은 그를 회유하기 위해 여러 차례 사람을 보내 입사(入仕)를 제안했으나 그때마다 "미친놈!" 하고 거절했다. 사사로운 욕심을 위해 꾸미거나 감추지도 않았다. 그래서 마음에 드는 사람을 만나면 두드러지게 반색을 했지만, 문자나 쓰고 잘난 척 하는 사람을 보면 눈을 흘기며 노려보았는데, 워낙 눈을 흘겨 흰자위가 드러났으므로 '백안시'라 한 것이다. 환영하는 마음으로 보는 것은 '청안시青眼視'다.

유유자적하는 죽림칠현 왼쪽부터 혜강, 완적, 산도, 왕융이다. 이 그림은 1960년 남경南京 서선교西善橋의 송나라 시대 고묘古墓에서 발굴된 대형 벽돌벽화 속에 그려져 있다. 죽림칠현의 멤버는 이밖에 유영, 완함, 향수가 있다.

백중伯仲

이름만 보면 그가 몇째인지 알 수 있다고?

두 세력의 낫고 못함이 없어 우열을 구분하기 힘든 상태.

伯(백)과 仲(중)은 원래 중국에서 형제간의 서열을 뜻하는 글자였다. 즉, 맏아들을 伯(백), 둘째아들을 仲(중), 셋째아들을 叔(숙), 넷째아들을 季(계)라 했다. 이것은 우리말에도 그대로 남아 맏형을 '백씨伯氏', 둘째형을 '중씨仲氏', 셋째형을 '숙씨叔氏', 넷째형을 '계씨季氏'라 한다. 그러니까 백중은 원래 '맏아들과 둘째아들'을 가리키는 말이었는데, 대개 맏아들과 둘째아들은 실력 차이가 없기 때문에 '백중지세伯仲之勢'란 말이 생겼고, 이것이 줄어든 것이 '백중伯仲' 또는 '백중세伯仲勢'다.

중국에서는 '伯-仲-叔-季(백-중-숙-계)'의 서열을 이름에 넣기도 했다. 즉, 남자가 20세가 되면 관례冠禮를 한 뒤 아호를 지었는데, 이때는 그가 몇째인지 알 수 있도록 '伯-仲-叔-季' 중 한 글자를 이름에 넣은 것이다. 예를 들어 주周나라 무왕武王이 은殷나라를 정벌할 때 "신하가 임금을 치는 것은 불의"라고 비난한 뒤 주나라의 '조'를 먹기를 거부하고 수양산에 들어가 고사리를 먹다 굶어죽었다는 백이伯夷와 숙제叔齊도 그런 경우로, 글자를 보면 백이는 맏이, 숙제는 셋째임을 알 수 있다.

우리나라 이름 중에도 胤(맏아들윤)·胄(맏아들주)·嗣(자손사)·壎(질나팔훈)이 들어가면 장남인 경우가 많다.

> 유난히 백중 지역이 많아 예측할 수 없는 판세 속에서 선거는 바야흐로 극도의 혼전이 벌어질 조짐을 보이고 있다. 서울신문 920321

백화제방百花齊放

온갖 꽃들이 다투어 피듯이…

온갖 학문 · 예술 · 사상 등이 거리낌 없이 많이 발표되어 자기주장을 폄.

'백화百花'란 '온갖 꽃'이란 뜻이고 '제齊'는 '가지런하다', '방放'은 '꽃이 피다'의 뜻이므로 '수많은 꽃이 일제一齊히 피는 것'을 말한다.

1956년 중국 공산당이 이 말에 '백가쟁명百家爭鳴'을 붙인 '백화제방, 백가쟁명'을 정치구호로 채택함으로써 유명해졌다. '백가쟁명'이란 여러 가지

입장의 사람들百家이 각자의 의견을 자유롭게 개진하고 거리낌 없이 논쟁爭鳴한다는 뜻으로, 원래는 춘추전국시대에 공자孔子를 비롯한 많은 사상가가 나와 자유로운 언론활동을 벌인 것을 가리킨다.

처음에는 중화인민공화국 건국 후 부르주아 사상 비판 캠페인 등으로 위축된 지식인들의 활동을 고양하기 위해 제안되었으나, 이 같은 방침이 지식인들의 공산당 비판으로 이어지자 중국공산당은 1957년 당을 비판한 사람들을 우익분자로 몰아 반우파투쟁을 개시하게 된다. ➡백가쟁명

> 학생운동의 대목이라 할 수 있는 대선大選을 앞두고 사회 각계에서 백화제방식의 의견을 제시했으나 한총련은 유구무언으로 일관했다.

'뱉어'와 '뱉아'

어간의 끝음절 모음이 ㅏ·ㅗ이면 '-아'로

'침을 뱉았다'라고 쓸 것인지 '침을 뱉었다'라고 쓸 것인지 혼동되는 경우가 있다. 정답은 후자다. "어간의 끝음절 모음이 ㅏ·ㅗ일 때는 어미를 '-아'로 적고, 그밖의 모음일 때는 '-어'로 적는다"는 한글맞춤법(16항) 규정 때문이다. 예를 들어 '막다'는 어간인 '막'의 끝음절 모음이 'ㅏ'이므로 '막아' '막아도' '막아라' 등으로 활용되지만, '뱉다'의 경우는 어간인 '뱉'의 끝음절 모음이 'ㅏ'나 'ㅗ'가 아니므로 '뱉어' '뱉어도' '뱉어라' 등으로 활용된다.

신경무 朝鮮漫評 kmshin@chosun.com

스파이 혐의로 복역 중인 로버트 김 문제 등 국내 인권문제를 제쳐두고 동티모르 평화유지군 파견 등 해외 인권문제를 더 챙기고 있는 김대중 전 대통령의 모습을 풍자한 신경무 화백의 『조선만평』(조선일보1999.10.14). "어간의 끝음절 모음이 ㅏ·ㅗ일 때는 어미를 '-아'로 적는다"는 규정에 따라 '내 남편 맞아'로 적는 것이 원칙인데 '맞어'로 적혀 있다.

버스

부도덕한 사장이 남의 이름을 훔쳤다!

영어 'bus' 에서 온 외래어로, 이것은 라틴어 '옴니부스omnibus' 에서 뒤쪽만 떼어내 만든 말이다. 그런데 옴니부스는 '수송수단' 이란 뜻은 전혀 없고, '만인을 위한' 이란 뜻이므로 의외다.

19세기 초 프랑스 낭트 교외에서 온천을 경영하던 보들레이라는 사람이 시내와 온천 사이에 승합마차를 운행하기 시작했다. 시내의 종점은 옴누라는 사람의 가게 앞에 있었는데, 그는 자신의 가게에 '만인을 위한' 이란 뜻의 'omnibus' 란 간판을 내걸었다. 독특한 이름의 간판을 본 보들레이는 옴누의 허락도 받지 않고 재빨리 승합마차에 같은 이름을 붙여버렸다. 그 후 'omnibus' 란 이름은 마차 홍보에 적잖이 기여했다. 이듬해 이 말이 영국으로 들어가 '승합마차' 의 뜻으로 사용됐고, 나중에는 '승합자동차' 의 뜻이 됐다. 1929년 7월 4일자 런던신문은 당시의 풍경을 다음과 같이 보도했다.

The new vehicle, called the omnibus, commenced running this morning from Paddington to the City. (옴니버스라 불리는 새로운 수송수단이 오늘 아침 패딩턴에서 시티로 움직이기 시작했다.)

벙어리 냉가슴

장애를 조롱하는 비유는 쓰지 마라

답답한 사정을 남에게 말하지 못하고 혼자 애태우는 것을 일컫는 말.

'냉가슴' 은 '몸을 차게 하여 생기는 가슴앓이' 라는 뜻의 한의학韓醫學 용어지만, 일반적으로는 '혼자서 속으로만 끙끙대고 걱정하는 것' 을 뜻하는 말로 쓴다. 따라서 '냉가슴' 만 단독으로 쓸 때는 문제가 없다. 다만 이 말과 함께 '벙어리' 를 앞세우는 것이 문제다.

입의 모양과 관련 있는 '벙'에 '사람'을 뜻하는 '어리'가 결합된 '벙어리'는 처음부터 차별어는 아니었다. 그러나 지금은 '말 못하는 사람을 천하게 일컫는 말'로 보는 것이 일반적이므로, 공적인 문건에 이런 표현을 하는 것은 옳지 않다. '꿀 먹은 벙어리' '눈뜬장님' '외눈박이 ○○○' 등도 신체장애를 조롱하는 비유이므로 사용하지 않는 것이 원칙이다.

참고로 벙어리는 '언어장애인', 귀머거리는 '청각장애인', 농아자는 '청각 및 언어장애인', 절름발이는 '지체장애인', 꼽추는 '척추장애인', 정신지체장애자·정신박약자는 '지적장애인', 소경·장님·외눈박이는 '시각장애인' 등으로 사용하는 것이 지금의 조류다. ➡장애인

장애인 비유 절제했어야

8일자 21면 '일사일언'이라는 코너에 '동물을 빗댄 욕설'이란 제목의 글이 실렸다. 쇠발개발 쓴 글씨, 곰 같이 미련한 사람, 여우 같은 사람, 새 대가리 등…. 이렇게 동물을 빗대 욕을 하는 것이 잘못됐다고 지적하고 있다.

그러나 10일자 9면의 '영어가 경쟁력이다'라는 주제의 글에는 장애를 빗댄 표현이 몇 군데 들어 있어 당혹감을 느꼈다. 절름발이 영어 교육, 벙어리 영어…. 이렇게 직설적인 표현은 장애인들의 마음에 상처를 줄 수 있는 잔인한 비유라는 점을 알아주었으면 한다. /黃泰根 45·회사원·서울성동구

"'곰 같이 미련한 사람' 처럼 동물을 빗대 욕하는 것은 잘못"이라는 외부필자의 글을 게재하면서, 자사 기자의 글에는 '절름발이 영어 교육' 등 장애인들에게 상처를 주는 말이 들어가 있는 것은 모순이라고 지적한 한 조선일보 독자의 2003년 3월 13일자 글.

벼룩시장

중고품 때문에 벼룩이 들끓었다고?

중고품 노점시장.

프랑스어 '마르쇼 퓌스marchaux puces'의 번역어다. 'marchaux'는 '시장', 'puces'는 '벼룩'의 뜻이다. 원래는 프랑스 등 유럽 몇몇 군데에서 열리는 '중고품 노점시장'을 일컬었으나, 지금은 '만물시장' '개미시장' 등 우리나라 전통 고물시장의 이름을 밀어내고 정착된 말이다.

그렇다면 왜 시장의 이름에 하필 '벼룩'이란 말이 붙었을까. 이에 대해 이규태(李圭泰·1933~2010) 선생은 1996년 5월 14일자 조선일보 『이규태코너』에 다음과 같이 적고 있다.

벼룩서커스의 한 장면 벼룩서커스는 책상 위의 도화지 위에 훈련시킨 벼룩으로 하여금 각종 묘기를 하게 하는 연예다. 묘기란 예를 들어 갑옷 입힌 여러 마리의 벼룩에 창을 들려 행진시키거나, 구령에 맞춰 둥그런 고리를 점프하게 하는 것 등인데, 관람객들은 약 3mm에 불과한 이런 벼룩의 공연을 확대경을 통해 보게 된다.

…중고품이 모이다 보니 벼룩이 끓었고, 페스트가 유행했을 무렵 이곳이 전염원이었다 해서 얻은 이름이라기도 하고, 이 싸구려 시장 인근에는 반드시 벼룩서커스가 벌어지게 마련이기에 붙은 이름이라고도 한다. 루이 14세 부부도 즐겼다고 하던 벼룩서커스는 벼룩이 벼룩을 태운 인력거를 끌거나 창을 든 벼룩 소대를 행진시키거나, 벼룩으로 하여금 축구까지도 시키는 17세기 이래의 장터 구경거리였다.

> 브루클린에 있는 아파트 겸 작업실에는 그가 뉴욕을 비롯한 전 세계의 벼룩시장에서 수집해온 독특한 오브제들이 빼곡하게 쌓여있다. 경향신문 090505

벽창호

그 지방 소만 특별히 성질이 나빴다고?

고집이 세며 완고하고 말이 통하지 않는 사람.

북한의 지명으로부터 유래된 말이다. '碧(벽)'은 북한의 벽동碧潼을 말하고, '昌(창)'은 창성昌城을 말한다. 압록강변에 있는 이 두 지방의 소가 크고 억셌다 해서 '벽창우碧昌牛'라 한 것이 변한 말이다. 어떤 사람들은 이 지방 소가 특별히 성질이 나빴다기보다는, 지역마다 "이랴 이랴" "워 워" 하는 부림말이 달라 소가 이를 알아듣지 못했기 때문이라고 말하기도 한다. 또 '벽창우'가 '벽창호'로 바뀐 것은, 벽에 조그맣게 구멍을 뚫고 벽을 쳐 만든 '벽창호壁窓戶'에 '말이 통하지 않는 꽉 막힌 사람'의 이미지를 덧붙인 것이라는 주장을 하기도 한다.

변죽을 울리다

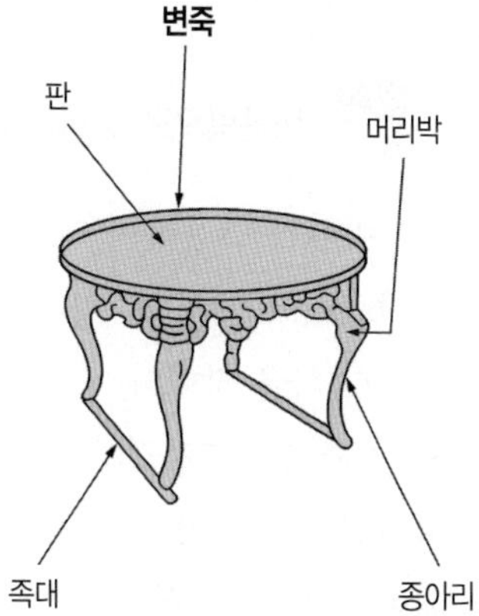

직접 대고 말하지 않고 상대가 알아들을 정도로 간접적으로 암시를 주다.

'변죽'이란 그릇이나 밥상 등의 가장자리를 말한다. '변邊'은 '가장자리'란 뜻이고, '죽'은 '각재角材의 모서리에 남아 있는 껍질 부분'을 가리킨다. 따라서 변죽을 울리는 것은 그릇이나 밥상의 복판을 치지 않고 가장자리를 치는 것이므로 소리가 제대로 날 리가 없다 해서 위와 같은 뜻이 되었다.

> 우선은 집을 벌고 보자는 실리파의 대가가 이토록 세력에 포맷을 맞춰 판을 짠다는 것은 매우 드문 현상이다. 변죽을 울리듯 사방에서 울타리를 치면서 공격의 그물을 서서히 좁히겠다는 발상은, 만일 그가 이 바둑을 이긴다면 명국名局으로 바둑사史에 남을 만한 그림이 될 것이다. 세계일보 060724

보살菩薩

부처가 되기 위해 수행하는 사람.

범어 'bodhi-sattva(보디사트바)'의 음역인 '보리살타菩提薩埵'에서 두 자를 따왔다. 'bodhi'는 '깨달음'을 뜻하고, 'sattva'는 '중생'을 뜻하므로, 'bodhi-sattva'는 '깨달음을 구하는 사람들', 또는 '깨달음을 구하여 수도하는 중생'이란 뜻이 된다. 요즘은 여성 불자만을 가리키기도 한다. ➡관세음보살

> 시인은 노래한다. "어머니는 보살이어라"고. 어머니야말로 보살이 중생衆生을 사랑하는 바로 그 사랑을 낳은 현세적인 척도라고 울먹였다. 어머니의 사랑은 바로 대자대비大慈大悲다. 지금도 어느 곳에 가든지 가족들이 모여 양주동의 노랫말 '어머니'를 부르면 금방이라도 울음바다가 되어버린다. 세계일보 050509

보이콧

비폭력으로 맞서면 굴복하게 되어 있다

소비자가 단결하여 어떤 상품을 사지 않는 일. 배척 · 불매운동.

'boycott' 에서 온 외래어로, '실루엣' 이나 '샌드위치' 처럼 사람의 이름으로부터 나온 말이다.

산업혁명 후 영국의 아일랜드 지배가 노골화되던 1870년대 어느 날, 찰스 커닝햄 보이콧이란 대위 출신의 영국인이 아일랜드 북동부의 한 경작지 지배인으로 부임했다. 그가 온 뒤 수년 동안 큰 흉년이 들자 소작인들은 지주에게 소작료를 25% 삭감해줄 것을 요구했다. 그러나 지주는 이를 거부하고 보이콧에게 어떻게든 소작료를 징수하도록 했다.

소작인들을 설득하는 데 실패한 보이콧은 강압적으로 소작료를 내도록 했고, 납부하지 못한 소작인들에게는 퇴거 영장을 발부했다. 이에 분노한 소작인들은 보이콧에게 비폭력 저항운동으로 맞섰다. 예를 들어 수확해야 할 농작물을 수확하지 않고 썩도록 내버려두거나, 보이콧에게 갈 우편물을 가로채거나, 보이콧이 거주하는 집의 전화선을 끊어버리거나, 심지어는 식량 보급을 중단하는 등 온갖 방법을 동원했다. 결국 소동은 인근 지역에서 파견된 50여 명의 봉사대와 90여 명의 영국군이 출동함으로써 일단락지어졌다. '보이콧' 은 바로 이런 소문이 독일·프랑스 등 유럽 각지로 퍼져 나가면서 생긴 말이다.

구조대가 도착하기 전 들에서 수확을 하고 있는 보이콧과 그의 가족들의 모습이다. 보이콧의 소작료 인상 통보에 분노한 소작인들이 수확물을 거두지 않는 방법으로 저항하자 가족들이 직접 수확에 나선 것이다. 이 소동은 인근 지역에서 파견된 봉사대와 영국군의 도움을 받아 일단락됐지만, 보이콧은 그후 오래 견디지 못하고 1880년 12월 경작지를 떠나게 된다.

'보존保存' 과 '보전保全'

'보존' 은 구체적인 사물을 '온전하게 잘 지키거나 지니는 것' 을 말하고, '보전' 은 나라 · 권리 · 건강 등 추상적인 것을 '처음 상태로 온전하게 보호 · 유지하는 것' 을 말한다. 문화재를 예로 든다면, 그것이 공예품이나 문서 등 유형문화재라면 '보존' 이라 해야 하고, 무용이나 공예기술 등 무형문화재라면 '보전' 이라 해야 한다.

> 경제학을 공부한 나는 개발과 성장에 대한 관심이 환경 보호나 생태계 보전(→보존)보다 앞설 수밖에 없다. 영양실조로 부황든 사람들 앞에서 다이어트 설교가 웬 말인가.

보헤미안

프랑스인들이 집시를 멸시해 그렇게 불렀다

관습이나 규율 등을 무시하고 방랑하면서 자유분방한 삶을 사는 예술가.

영어 'Bohemian' 에서 온 외래어로, 원래는 '보헤미아 사람' 이란 말이다. 보헤미아는 기원 이전부터 뿌리가 있었던 나라였으나 지금은 체코공화국의 한 지방으로만 남아있는 역사상의 국가다. 그러나 '보헤미안' 은 이런 원뜻보다는 '사회적 규범에 구애받지 않고 자유롭게 살아가는 사람' 을 뜻하는 말로 더 많이 쓰인다.

이렇게 된 것은 프랑스사람들 때문이다. 코카서스 인종의 떠돌이 유랑민족인 '집시Gypsy' 가 15세기경에 당시 체코슬로바키아 보헤미아 지방에 많이 들어와 살았는데, 프랑스사람들이 이들을 멸시해 '보헤미안' 이라고 부른 것이다. 이 말을 나중에 작가 새커리가 그들의 자유분방한 생활방법을 닮은 예술가그룹을 지칭하는 데 사용함으로써 전 세계로 확산되었다. ➡집시

> 여행 중 나와 이장희는 사막 한복판에서 벌거벗었다. 우리 나이 오십이었다. 주위엔 아무도 없었다. 옛날 인디언이 애용했다는 온천이 거기 있었다. 보헤미안 이장희가 죽음의 계곡 데스 밸리를 200번 가까이 다녀오며 발견했다는 곳이었다. 조선일보 110715

복마전伏魔殿

천계를 추방당한 108마성이 잠자던 곳

비밀리에 나쁜 일을 꾸미는 무리들이 모이는 곳을 일컫는 말.

'伏(복)'은 '숨다' '엎드리다'의 뜻이고, '魔(마)'는 '마귀'를 가리키므로 '마귀魔가 숨어伏 있는 집殿'이란 뜻이다. 원래는 『수호전水滸傳』 도입부에 나오는 말로, 천계天界를 추방당한 108의 마성魔星이 갇혀 있던 '복마지전伏魔之殿'을 가리킨다. 이야기는 이렇다.

송나라 4대황제인 인종仁宗 때(1036), 나라에 역병이 돌자 조정은 도교의 본산인 용호산龍虎山의 장진인張眞人에게 기도를 시키기로 했다. 이의 교섭을 위해 파견된 사람이 태위(太尉·근위군의 제상) 홍신洪信이다. 용호산에 온 홍신은 동자로 변신한 장진인의 안내로 도관(道觀·절) 곳곳을 구경하다 '伏魔之殿(복마지전)'이란 편액이 걸린 건물을 보게 된다. 문에는 큰 자물통이 달려 있고, 문짝은 종이로 봉인돼 있었다. 홍신이 물었더니 동자는 "당나라 때 천계를 추방당한 108의 마성을 가두어둔 곳이므로 열어서는 안 된다"고 했다.

그러나 홍신은 억지로 문을 열고 들어갔다. 텅 빈 전당 안에는 석비石碑가 세워져 있었다. 홍신은 이를 살펴보다 뒷면에 '우홍이개(遇洪而開·홍을 만나 연다)'라는 글이 새겨져 있는 것을 보고 돌을 파내게 했다. 수백 년 전부터 자신이 올 것을 알고 있었다면, 틀림없이 거기에 마귀가 있을 것으로 생각했기 때문이다. 사람들이 돌을 파내자 엄청난 섬광이 번뜩이면서 굉음이 일더니 108의 마성이 천장을 뚫고 하늘로 날아갔다. 겁이 난 홍신은 모두에게 이 사실을 함구하도록 하고 산을 내려왔다.

이로 인한 앙화殃禍는 약 84년 후인 휘종徽宗 때 일어났다. 장진인이 염려한 대로 108의 마성은 송강宋江·노지심魯智深·무송武松·양지楊志 등 108명의 사나이로 환생하여 『수호전』의 주역이 된 것이다.

> 우리가 겪고 있는 난맥상은 복마전의 태아적 원형이다. 남북 분단은 논외로 하더라도 '보수와 진보'로 나누어진 우리 안의 이분법은 한 세기 전 '개화와 수구'의 분열과 다를 바 없다.

봉선화鳳仙花

꼭 봉황이 홰치는 것을 닮았다

봉선화과의 일년생 화초.

'봉황鳳凰'과 '신선神仙'에서 한 글자씩 따서 만든 말이다. 명나라 왕상진王象晋이 편찬한 『군방보群芳譜』에는 이 말의 유래와 관련하여 '머리와 날개 꼬리와 발이 우뚝 서 있어서 마치 봉황이 홰치는 것을 닮았다 해서 봉선화라 한다'고 적혀 있다. '봉숭아'로 부르는 사람이 많은데, 이는 전라·함경방언이다. '금봉화金鳳花' '지갑화指甲花' '봉사꽃' 등의 이름도 갖고 있다.

봉선화 예부터 부녀자들이 손톱을 물들이는 데 사용해 우리와 친숙한 꽃이다. 7~8월에 줄기와 가지 사이에서 꽃이 피는데, 그 모습이 봉황이 홰치는 것을 닮았다 해서 만들어진 이름이다. 오른쪽은 이 꽃이 지고 난 뒤 생긴 호리병 모양의 열매다.

> 지금은 싹에 불과하지만 언젠가는 친구들의 해맑은 웃음이 담겨 있는 봉숭아(→봉선화)꽃이 무성하게 피어 내가 힘들 때 기댈 수 있고 힘이 되어줄 것이라 믿는다.

봉황鳳凰

암·수가 하나의 이름이 됐다고?

중국 전설에 나오는 상상의 새.

기린麒麟·거북龜·용龍과 함께 사대영물四大靈物의 하나로 꼽힌다. 태평성대를 이끌 성군과 함께 세상에 나타나는 새로 알려져 있어 지금도 대통령 표장標章에 사용되는 것을 볼 수 있다. 그런데 재미있는 것은 '鳳(봉)'은 수컷이고, '凰(황)'은 암컷이라는 점이다. 양성兩性이 하나의 단어를 이룬다는 점에서 기린麒麟·노비奴婢 등과 같은 명명법이다.

'鳳'은 '관八을 쓴 새鳥'의 형태이고, '凰'은 '관八을 쓴 황제皇'의 형태로 되어 있어 글자에도 지엄함이 배어 있음을 알 수 있다. 또 벽오동碧梧桐에만 깃들이고, 대나무 열매를 먹으며, 단물이 솟는 샘만 마시는 등 그 습성도 특이하다.

뜻하지 않은 행운을 얻음을 일컬을 때 쓰는 '봉잡다'의 봉은 '봉황'을 줄인 말이다. 봉황이 매우 귀한 새이기 때문에 '봉을 잡는' 것은 대단한 행운을 얻은 것이다.

일본돈 1만엔짜리(그림 아래)**에 있는 봉황** 허신許愼의 『설문해자說文解字』에는 봉황의 모습에 대해 '가슴은 기러기, 뒷모습은 수사슴, 목은 뱀, 꼬리는 물고기, 이마는 새, 깃은 원앙, 무늬는 용의 형상을 하고 있다'고 적혀 있다. 1만엔짜리 앞면에 있는 초상(그림 위)은 탈아입구脫亞入歐를 주창한 사상가 후쿠자와 유키치福澤諭吉다. 그는 1885년 시사신보時事新報에 기고한 글에서 '서구인들은 일본·중국·한국을 같은 문화를 가진 비슷한 나라들이라고 생각하는데, 이는 일본에 걸림돌이 될 뿐이다. 나쁜 친구를 사귀는 사람은 다른 사람들에게 나쁜 인상을 주기 때문에 일본은 이웃의 나쁜 아시아 나라들과 관계를 끊어야 한다'고 주장했다.

'부딪치다'와 '부딪히다'

물체와 물체가 강하게 마주치는 것이 '부딪다'이고, 이것의 힘줌말이 '부딪치다'이다. '부딪히다'는 '부딪다'의 피동형이다. 따라서 A라는 사람이 돈을 뜯어낼 요량으로 지나가는 오토바이에 뛰어들었다면 'A는 오토바이에 부딪쳤다'라고 해야 하고, 오토바이 운전자가 실수하여 A와 충돌한 것이라면 'A는 오토바이에 부딪혔다'라고 해야 한다.

부락 部落

내 고향마을이 천민의 주거지라고?

'시골 마을'을 '천민의 주거지'란 의미를 덧붙여 일컫는 말.

일본에서 부락은 '천민의 주거지'를 말하고, 그곳에 사는 사람을 '부락민'이라 한다. 이들은 일본 전역에 공동체를 형성하며 대부분 저임금 단순 업종에 종사하고 있다. 명치 초기 부락민해방령(部落民解放令·太政官宣布)을 공포하여 공식적으로는 해체되기는 했지만, 지금도 6000여 개의 '부락사회'가 있고, 100만~300만 정도의 부락민이 있다. 말하자면 일제 때 조선총독부가 그런 모멸적인 말을 우리나라의 자연취락에 갖다 붙인 것이다.

그러나 부락이 원래부터 천민의 주거지를 일컬은 것은 아니었다. '部(부)'는 '부분'이란 뜻이고, '落(락)'은 '따로 떨어져 모여살고 있는 촌락'이란 뜻으로, 여진이나 흉노 등 변방 부족들의 씨족단위 자연취락을 가리키는 말이었다. 우리나라 『고려사』『삼국사기』『태조실록』 등에도 부락이라는 말이 무수히 나오는데, 대부분 변방 부족들을 지칭할 때 사용했다.

하지만 일본 에도江戶시대 통치자들은 이 부락을 '천민의 주거지'를 가리는 말로, 그곳에 거주하는 사람을 '부락민'으로 불렀다. 일설에 따르면, 당시 막부 통치자들은 국민의 신분을 '사(士·사무라이)-농(農·농민)-공(工·장인)-상(商·상인)'의 4단계로 구분해 농민을 사무라이 다음에 놓았으나, 실제로는 가장 낮은 신분으로 취급했기 때문에 이에 대한 불만을 억제하는 방편으로 농민보다 더 낮은 부락민의 존재를 구체화했다고 한다.

부락을 '천민의 주거지'로 생각하는 일본인들의 생각은 한반도 식민통치에도 그대로 이어졌다. 즉, 일제가 들어오기 전의 우리나라 자연취락은 '-말(=마을)' '-골' '-내' 등으로 불렀다. '가는골' '샛말' '먼내' 등이 그런 예다. 그런데 조선총독부는 이런 우리 고유의 지명을 버리고 자신들이 읽기 쉽도록 한자어로 바꾸어 버렸다. 예를 들어 '가는골'은 '세곡細谷'으로, '샛말'은 '간촌間村'으로, '먼내'는 '원천遠川'으로 바꾸고, 새 한자지명 뒤에 '부락'을 붙여 '세곡부락' '간촌부락' '원천부락'으로 불렀던 것이다.

이에 대한 문제점을 인식한 것은 1990년대에 들어와서다. 뜻있는 사람들의 계속되는 건의에 따라 내무부는 1995년 7월 27일자 내무부 고시를 통해 '부락' 대신 '마을'로 고쳐 쓰도록 했다.

> 남양주시 봉현부락(→마을)에서 열린 식목행사에서 이 지역 출신 조정무 의원이 "왕의 터에서 왕이 될 이회창 총재를 모시고 행사를 갖게 됐다"고 말했다.

부르주아

역사의 변화에 따라 반대의 뜻이 됐다

자본가 계급에 속하는 사람. 부자.

프랑스어 'bourgeois'에서 온 외래어다. 원래는 '성 안에 사는 사람'이란 뜻으로, 중세 이후 도시의 발전과 함께 성장해 온 '평균적인 도시 시민'(중산층)을 가리키는 말이었다.

옛날 유럽의 도시들은 대개 성벽으로 둘러싸여 있었는데, 이처럼 성벽으로 둘러싸인 도시를 라틴어로 '부르구스burgus'라고 했다. 독일의 함부르크·브란덴부르크·뷔르츠부르크를 비롯해 오스트리아 잘츠부르크, 프랑스 스트라스부르 등은 모두 그런 도시다. 그리고 그 성벽 안에 사는 사람들, 즉 시민은 '부르겐시스burgensis'라고 했다. 부르주아는 이 '부르겐시스'가 프랑스어에 들어가 만들어진 말이다.

지금은 많은 사람들이 부르주아를 봉건주의의 담당자로 생각하는데, 역사적으로는 오히려 그 반대다. 즉, 17세기 이후 농민계급과 함께 영주에 의한 봉건사회의 타도와 자유·평등을 주창해 그것을 실현시킨 사람들이 부르주아였다. 18세기 산업혁명을 거쳐 이들의 지배 아래 자본주의가 발달하고 제4신분인 프롤레타리아가 대두하자 부르주아는 '유산계급'을 가리키는 뜻으로 변해 농민·노동자와 대립하게 되었다. 역사의 변화에 따라 정반대의 뜻을 갖게 된 셈이다. '부르조아'로 잘못 쓰는 경향이 있다.

> 새롭게 발흥한 집단들은 언제나 자기 집단의 미래인 어린이들을 식민화하기 위해 '동화 다시 쓰기'를 실천했다. 부르조아가 그랬고, 노동계급이 그랬다.
> ↳부르주아

부인夫人

그 부인은 평범한 부인이 아니다

남의 아내에 대한 존칭.

'夫人'의 '夫'는 '돕다' '떠받치다'의 뜻인 '扶'에서 왔다는 주장이 많다. 그렇다면 夫人은 '남편夫을 돕고 떠받치는 사람'이 원래 뜻이다. 여기에서 夫를 편의상 '남편'이라 했지만, 널리는 '사나이' '성인'이란 뜻이다. '우뚝 선 어른'의 상형인 大(클대)에 동곳(일종의 비녀)을 본뜬 '一'이 결합된 글자임을 생각하면 이를 이해할 수 있다. 중국에서는 천자의 비, 또는 제후의 처를 '夫人'이라 했다가 나중에는 널리 귀족의 처에게도 사용되었다.

우리말의 '부인'에는 이 부인 말고 다른 부인도 있다. '婦人'이 그것인데, 夫人과는 뜻 차이가 커서 잘 구분해 써야 한다. 만일 '영부인(令夫人 · 남의 아내를 높여 이르는 말)'을 令婦人으로 적거나, '정부인(貞夫人 · 정이품 문무관의 아내)'을 貞婦人으로 적는다면 망신이다.

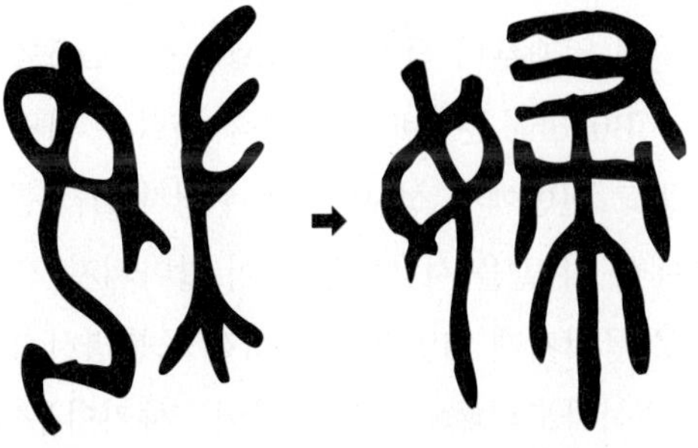

婦는 女(여성녀)와 帚(비추)가 결합된 글자이므로 '비를 들고 청소하는 여자'로 보는 것이 일반적이다. 그러나 학자에 따라서는, 그 여자는 일반 주부가 아니라 '비범한 여자'라고 말하기도 한다. 그 열쇠는 帚라는 글자에 있다. 어떤 이는 이 글자를 단순한 빗자루로 보고, 婦는 종묘의 청소를 담당하는 여자, 즉 '왕비'를 가리킨다고 하는 반면, 어떤 이는 이 글자를 특별한 권한을 상징하는 물건으로 보고, 그런 권한을 사용할 수 있는 여성권력자를 가리킨다고 한다. 한자가 만들어질 당시에는 모계중심사회였다는 것을 생각하면 충분히 일리 있는 얘기다. 왼쪽은 갑골문, 오른쪽은 진시황 때 쓴 전서체다.

婦人의 '婦(부)'는 '빗자루帚를 들고 청소하는 여자女'라는 뜻이다. '帚(추)'는 거꾸로 세워놓은 빗자루를 본뜬 글자로, 3획까지가 빗자루의 아랫부분(쓸리는 부분), 4획-5획이 빗자루를 쓰러지지 않게 하는 걸개, 나머지가 자루와 손잡이 부분이다.

그렇다면 夫人과 婦人의 구분은 명확해진다. 즉, 夫人은 '남편의 내조자'란 뜻으로 다른 사람이 경어적으로 일컫는 말이고, 婦人은 남편의 내조와는 상관없이 단순히 '가정주부'나 '결혼한 여자'를 일컫는 말이다. 한자를 병기한다면 꼭 구분해야 한다.

부처

'바른 진리를 깨달은 사람'이 원뜻

'석가모니'를 달리 이르는 말.

범어梵語 'Buddha'를 음역해 '불타佛陀'라고 한 것이 변했다. 그러나 이 말이 원래부터 석가모니(고타마 싯다르타)를 가리키지는 않았다.

'Buddha'는 '바른 진리를 깨달은 사람'이라는 뜻으로, 인도에서는 고대 종교 전반에서 성자聖者나 수행자修行者를 그렇게 불렀다. 그런데 불교세계에서 이 말을 사용하는 일이 많아지자 자연스럽게 석가모니에 대한 경칭으로 굳어지게 되었다. 그러니까 보통명사가 고유명사가 된 것이다.

'석가모니釋迦牟尼'도 범어 '샤키아무니sakyamuni'를 음역音譯한 것이다. '석가釋迦'는 북인도 '샤키아sakya'란 부족의 총칭이고, '모니牟尼'는 '성자'를 뜻하는 '무니muni'의 음역이다. 따라서 석가모니는 '샤키아족 출신의 성자'란 뜻이 된다.

> 석굴암 둥근 주실 안에 '부처님'이 앉아 계신다. 본존불이 아니라 거대한 곰인형이다. 백색 장삼, 가부좌를 틀고 앉은 웅불熊佛 앞에서 관람객들이 폭소를 터뜨린다. '신라, 그 천 년의 이야기' 전이 열리고 있는 경주 테지움 박물관. 부처님뿐 아니라 선덕여왕, 김유신, 원효대사 모두 테디베어로 환생했다.

'부치다'와 '붙이다'

'싸움을 □□다', '회의에 □□다', '흥정을 □□다'

□□안에 '부치다'와 '붙이다'를 정확히 가려 넣지 못하는 사람이 의외로 많다. 그러나 어렵게 생각할 필요가 없다. '붙는 행위'와 가까우면 '붙이다'를 쓰고, 멀어지면 '부치다'를 쓴다고 생각하면 간단하다.

'붙이다'를 쓰는 것에는 '이름표를 붙이다' '싸움을 붙이다' '우표를 붙이다' '흥정을 붙이다' '취미를 붙이다' '밀어붙이다' '갈라붙이다' '걷어붙이다' 등이 있고, '부치다'를 쓰는 것에는 '편지를 부치다' '경매에 부치다' '입찰에 부치다' '회의에 부치다' '비밀에 부치다' '불문에 부치다' 등이 있다.

북망산北邙山

여불위도 두보도 그곳에 묻혔다

무덤이 많은 곳이나 사람이 죽어서 묻히는 곳을 이르는 말.

원래는 중국 하남성河南省 낙양洛陽시 북동쪽의 묘지터를 일컫는다. 낙양은 후한後漢을 비롯해 서진西晉·북위北魏·후당後唐 등 13개 왕조의 도읍지였는데, 세도가들이 죽으면 황하黃河를 앞에 둔 배산임수背山臨水의 명당으로 알려진 이곳에 앞다투어 무덤을 썼다. '사람이 죽어서 묻히는 곳'을 일컫는 말로 쓰이는 것은 이런 이유 때문이다.

중국이 공산화되기 전에는 수십만 기의 묘가 있었으나 문화혁명 때 모두 갈아엎어 밭으로 만들어버렸다. 그러나 무덤의 가치를 알게 된 현 정부는 이곳을 대대적으로 발굴하여 진秦나라 재상 여불위呂不韋, 후한의 초대 황제 광무제光武帝, 진晋왕조를 연 사마씨司馬氏, 남조 진陳나라 황제 진숙보陳叔寶, 당나라 시인 두보杜甫와 서예가 안진경顔眞卿, 남당의 마지막 왕 이욱李煜 등의 무덤을 확인했다. 뿐만 아니라 백제 장군 흑치상지黑齒常之, 의자왕의 아들 부여융夫餘隆, 연개소문의 아들 남생南生·남산南産 등 우리나라 고대 인물들도 이 일대에 묻혀 있는 것으로 알려져 있다.

김세레나의 『성주풀이』에 나오는 '낙양성 십리허에 높고 낮은 저 무덤은 영웅호걸이 몇몇이며 절세가인이 그 누구냐…' 는 바로 이곳의 풍경을 보고 붙인 가사다. '죽음' 을 뜻하는 '亡' 자를 연상해서 '北亡山' 으로 잘못 적는 수가 있다.

> 46년 공산정부 수립 직후 당시 부총리였던 천이陳毅는 마오쩌둥毛澤東의 지지 아래 '바둑 종주국의 위치를 되찾는다' 는 슬로건을 내걸고 오래전에 북망산에 묻혀버린 중국 바둑을 되살려내는 데 앞장섰다.

'분노憤怒' 와 '대로大怒'

한글이 어려운 것은 예외규정 때문이다

이 책을 읽는 사람 중 이 '분노' 와 '대로' 의 뜻을 모르는 사람은 없을 것이다. 하지만 왜 '怒' 라는 한자를 두고 '憤怒' 는 '분노' 로 적고, '大怒' 나 '喜怒哀樂' 은 '대로' '희로애락' 으로 적는지 설명할 수 있는 독자는 많지 않을 것이다.

이것을 푸는 열쇠는 한글맞춤법(52항)의 '속음표기' 규정에 있다. 즉, 한자어에서 본음으로도 나고 속음으로도 나는 것은 각각 그 소리에 따라 적도록 한 것이다. 속음이란 한자가 가지고 있는 본래의 음 이외에 널리 사용되는 '익은 소리' 를 말한다. 예를 들어 '諾' 은 '낙' 이 본음이고, '락' 이 속음이다. 따라서 '承諾' 을 '승락' 이 아닌 '승낙' 으로 적는 것은 본음을 따르는 것이고, '許諾' 을 '허낙' 이 아닌 '허락' 으로 적는 것은 속음을 따르는 것이다.

또 '論' 은 '討論' 일 때는 본음을 따라 '토론' 으로 적지만, '議論' 일 때는 속음인 '의논' 으로 적는다. 마찬가지로 위의 '怒' 도 본음은 '노' 지만, 단어에 따라서는 속음인 '로' 로 적어야 하기 때문에 '분노' '대로' 로 적는 것이다. 결국 한글맞춤법의 속음표기 규정이란 표기에 예외(일종의 사투리)를 인정하는 것이고, 바로 이런 예외규정이 많기 때문에 우리말을 제대로 적기가 어렵다. ➡ '의론'과 '의논'

> 교계 인사들은 대지진과 쓰나미가 휩쓸고 간 일본 재난지역에 대한 한국민의 온정에 찬물을 끼얹는 후안무치한 행동이라며 대노했다.
> ↳ 대로

불감청고소원 不敢請固所願

'감히 청하지는 못하지만 사실은 오래전부터 바라던 일' 이라는 뜻.

'불감청不敢請' 은 '마음속으로는 간절하지만 감히 청하지 못함' 의 뜻이고, '고소원固所願' 이란 '본디부터 바라던 바' 란 뜻이다. 더 쉽게 살펴보면 '감敢히 청請하지는 못하不지만, 예로부터固 소원所願하던 일이다' 라는 말이다. '固(고)' 는 대개는 '굳다' 의 뜻으로 쓰이지만, 여기에서는 '예로부터' '처음부터' 의 뜻이다. '불감청이언정 고소원이다' 라고 풀어서 말하기도 한다. 고사故事와는 상관이 없고 유식하게 표현할 때 쓰는 한자 성구成句다.

> 저들이 말하는 통일이 북의 체제와 이념이 주도하는 통일이라면 우리는 목숨을 걸고 그런 통일에 반대하지만, 만일 남쪽에 의한 통일이라면 그것은 불감청이언정 고소원이다.

불구대천 不俱戴天

그들의 사전에 '용서' 는 없었다

'이 세상에서 같이 살 수 없을 만큼 큰 원한을 가지는 것' 을 이르는 말.

'俱(구)' 는 '함께하다' 는 뜻이고, '戴(대)' 는 '머리에 이다' 는 뜻이므로 '함께 하늘을 일 수 없다' 가 본뜻이다. '불공대천不共戴天' 이라 말하기도 한다. 옛날 중국에서는 주군이나 아버지의 원수에 대해서 이런 표현을 하는 경우가 많았다. 『예기禮記』 「곡례편曲禮篇」에는 다음과 같은 문구가 있다.

父之讐弗與共戴天 (부지수불여공대천)

아버지 원수와는 함께 하늘을 일 수 없고

兄弟之讐弗反兵 (형제지수불반병)

형제의 원수는 집에 가서 무기를 가지고 나올 틈이 없다.

交遊之讐弗同國 (교유지수불동국)

친구의 원수와는 같은 나라에서 살지 않는다.

복수극으로 점철된 중국영화의 한 장면 같은 말인데, 이 글의 첫 행에 나오는 '弗與共戴天(함께 하늘을 일 수 없다)'을 '不共戴天(불공대천)'으로 줄여 말한 것이 훗날 '不俱戴天'으로 변했다. '弗'은 '아니다'의 뜻이다.

> 이분법자들이야 선악과 기승전결이 확실한 대답만 원하겠지만, 현실의 삶이 어디 그리 명쾌하고 분명하던가. 불구대천의 원수처럼 싸우던 기독교와 이슬람 문명이지만, 종교전쟁 동안 세워진 교회와 성당은 문명 간 통정通情의 결과이기도 하다.

불사조 不死鳥

죽음이 가까워지면 스스로 불살라 죽는다는데…

이집트 신화에 나오는 전설의 새. '피닉스phoenix'라고도 일컫는데, 이것은 '비누bynw'의 그리스어명이다. 크기는 독수리 정도로, 빛나는 주홍빛과 금빛 깃털을 가지고 있으며, 우는 소리가 마치 음악과도 같다고 한다. 500~600년 정도 살다가 죽음이 가까워지면 향기나는 나뭇가지로 둥지를 틀고 스스로 불을 살라 죽는데, 신기하게도 그 재 속에서 새로운 불사조가 태어나는 것으로 알려져 있다. 이런 이

불사조의 상상도

야기 때문에 예부터 종교나 문학 등에서 '불멸과 재생'의 상징으로 묘사되어 왔다. ➡금자탑

> 우리는 잿더미 속에서 불사조처럼 다시 일어서 스스로 국력을 키워왔으며 구호물자로 연명하던 피원조국에서 이제는 국제사회의 당당한 일원으로 세계평화유지에 한몫을 하기에 이르렀다. 경향신문 930707

불야성 不夜城

왜 그곳은 밤에도 해가 떠 있었을까?

밤도 낮과 같이 밝고 화려한 곳. 흔히 홍등紅燈과 네온사인이 번쩍거리는 환락가歡樂街, 철야하는 사람이 많아 밤에도 불이 꺼지지 않는 건물을 비유하는 말로 쓰인다. 원래는 『한서지리지漢書地理志』에 나오는 말로, 중국 산동성山東省에 있었다는 고대도시의 이름이다. 이곳은 밤에도 해가 떠 있어 밝았기 때문에 사람들이 그곳에 성을 짓고 '불야성'이라 불렀다는 것이다.

2009년 11월 19일 한국을 방문한 오바마 미국 대통령이 불야성을 이루고 있는 한국의 학원가를 보고 놀라는 모습을 그린 신경무 화백의 조선만평(조선일보 2009.11.19). 불야성은 중국 산동성에 있었다는 고대도시의 이름이다. 오바마는 미국 지도자들 앞에서 한국의 교육열을 본받아야 한다고 여러 차례나 말했다. '백 번 듣는 것이 한 번 보는 것만 못하다'는 뜻의 '백문이 불여일견百聞不如一見'은 전한前漢의 장군 조충국趙充國이 한 말이다.

지리지에는 그 위치가 '양정(陽廷)의 동남방 120리에 있는 동래군東萊郡'이라고 되어 있다. 학자들은 양정은 현재의 위해(威海·웨이하이)로, 동래군은 현재의 연태(煙台·옌타이)시 부근으로 추정하고 있으나 지리지의 기술에 모순이 많아 정확한 지역을 단정하지 못하고 있다.

『한서지리지』란 후한의 반고班固가 편찬한 전한 왕조 1대의 역사를 기록한 『한서漢書』 중 지리에 관한 부분을 기록한 책으로, 고조선의 팔조금법八條禁法이 나와 있다.

불초不肖

요순은 못난 아들에게 왕자리를 주지 않았다

어버이의 덕망이나 유업을 이어받지 못함. 또는 그 정도로 못난 사람.

肖(초)는 '닮다'의 뜻이므로, 불초는 '닮지肖 않았다不'라는 말이다. '초상화肖像畵'의 '초'도 '닮다'의 뜻이므로 '얼굴 모습에 닮게 그린 그림'이 초상화다. 그러니까 불초는 자신이 '어버이를 본받지 못할 정도로 못나고 어리석다'며, 자식이 어버이에게 자신을 낮추어 말할 때 쓰는 말이다.

요임금 중국 전설상의 임금인 오제五帝 중 한 분이다. 만년의 그는 아들 단주가 제왕의 자질이 없음을 알고 세습世襲을 통해서 자식에게 왕위를 물려주지 않을 것을 결심한다. 그러다 효성이 지극하고 덕이 많은 사람을 찾아내 먼저 두 딸을 그에게 시집보내 부부의 금실琴瑟이 어떤지를 보고 왕위를 물려주게 되는데, 그가 바로 순이다. 이처럼 성이 다른 사람에게 왕권을 물려주는 것을 '선양禪讓'이라 한다.

『맹자孟子』「만장편萬章篇」에 나오는 말로, 여기에는 중국 고대의 요堯임금과 순舜임금, 그리고 하夏왕조를 연 우禹임금이 자신의 자식이 부족한 것을 알고 세습世襲으로 왕위를 물려주지 않았다는 다음과 같은 내용이 있다.

요임금의 아들 단주丹朱는 불초하고, 순임금의 아들 또한 불초하고, 순임금이 요임금을 도운 것과 우임금이 순임금을 도운 것은 오래되었고, 요와 순임금이 백성들에게 오랫동안 은혜를 베푸셨다.

丹朱之不肖 舜之子亦不肖 舜之相堯 禹之相舜也 歷年多 施澤於民久.

대개는 '불초소자不肖小子가…' '불초한 아들이…'의 형태로 쓴다. 간혹 직장의 윗사람 등에게 '불초소생不肖小生이…' 처럼 사용하는 경우도 있다. 이는 '훌륭한 당신을 닮지 못한 못난 제가…'의 뜻을 담은 것이지만, '불초'의 원래 쓰임과 다르므로 권장할 일은 아니다.

불혹不惑

마흔이 되면 방황하지 않아야 하는 이유

'마흔 살의 나이'를 달리 이르는 말.

원래는 '불혹지년不惑之年'이라고 한 것이 줄어졌다. '惑(혹)'은 '미혹하다' '갈팡질팡하다' '의심하다'의 뜻이므로 '불혹'은 '부질없이 엉뚱한 것에 마음이 갈팡질팡하지 않는다'는 뜻이다. 『논어論語』「위정편爲政篇」에 실려 있는 말로 공자가 제자들에게 자신의 인생을 돌이켜보며 한 이야기에서 왔다. 원문은 다음과 같다.

吾十有五而志于學 (오십유오이지우학)

나는 열다섯에 학문에 뜻을 두고,

三十而立 (삼십이립)

서른에 삶의 기초를 이루고,

四十而不惑 (사십이불혹)

마흔이 되어 남의 의견에 현혹되지 아니하고,

五十而知天命 (오십이지천명)

쉰에 하늘의 뜻을 헤아리고,

六十而耳順 (육십이이순)

예순이 되어 귀가 순해지고(어떤 의견이나 다 들을 수 있게 되고),

七十而從心所欲不踰矩 (칠십이종심소욕불유구)

일흔에 하고 싶은 바를 해도 법도를 넘지 않았다.

'불혹'에 쓰이는 惑의 원글자는 或이다. 또 이 或은 원래는 '나라'의 뜻이었으므로 좀 의외다. 설명하면 이렇다. 國(나라국)은 원래는 ①처럼 썼다. 口는 구획된 토지를 그린 것이고, 오른쪽의 戈는 '창'을 그린 것이다. 그러니까 옛 사람들은 병사가 무기를 들고 영토를 지키는 모습으로 '나라'라는 개념을 나타냈다. 그런데 영토를 가지면 늘 "혹或여, 다른 나라에게 영토를 빼앗기지 않을까" 하는 걱정이 들기 때문에 사람들이 은연중 이 글자를 '의심하다' '갈팡질팡하다'의 뜻으로 쓰게 되자, '나라'라는 뜻으로는 성이나 국경을 의미하는 큰네모(口)를 둘러 國이란 글자를 새로 만들었다②. 국회의원의 금배지에는 이 國자가 들어 있다③. 그런데 2009년 '왠지 의혹을 뜻하는 或으로 보인다' 해서 다른 글자로 바꾸려는 시도가 있었다. 혹시 의원님들이 디자인을 바꾸려 한 진짜 의도도 이와 같은 것이 아니었을까?

15세를 '지학志學', 30세를 '이립而立', 50세를 '지천명知天命', 60세를 '이순耳順', 70세를 '종심從心'이라 일컫는 것은 여기에 근거가 있다.

'비妃'와 '빈嬪'

다이애나는 '빈'으로 적는 게 옳다

'妃'는 '女'와 '己'의 결합이다. 따라서 원래는 '자신己의 여자女', 즉 '배우자' 또는 '아내'란 뜻이었는데 나중에 이것을 궁중에서 사용하자 일반인들은 쓸 수 없는 말이 되었다. '嬪'은 '복종하다'의 뜻이 있어 원래는 왕의 측실側室이나 궁녀를 가리키는 말이었는데 점차 왕세자의 아내에게 붙이는 호칭으로 굳어졌다.

이것을 이렇게 정밀하게 검토하는 이유는, '비'와 '빈'을 혼동해 적는 경향이 많기 때문이다. 그것이 극명하게 드러난 것은, 1997년 영국 왕실의 다이애나Princess Diana가 사망한 사건을 언론이 대대적으로 보도할 때였다. 즉, 'Princess'를 어떤 신문은 '비'로 적고, 어떤 신문은 '빈'으로 적어 혼란이 극심했었다.

다이애나는 '빈'으로 적는 것이 옳다. 전통적으로 중국에서는 황제의 아내는 '후后', 임금이나 황태자의 아내는 '비妃', 왕세자의 아내는 '빈嬪'이라고 했고, 우리도 그런 관행을 따르고 있다. 그렇다면 문제는 다이애나의 남편인 찰스Prince Charles를 '황태자'로 볼 것이냐 '왕세자'로 볼 것이냐가 관건이 되는데, 엘리자베스를 '여왕女王'이라고 부르는 것으로 보아 찰스는 '왕세자'가 맞기 때문에 다이애나는 '빈'이 되는 것이다.

2005년 고단샤講談社에서 출간된 『미치코 황후와 마사코비 평민비 10년의 고투』. 일본에서는 이처럼 아키히토의 아내인 미치코美智子를 '황후皇后', 그의 며느리인 마사코雅子를 '비妃'라 한다. 그러나 우리의 입장에서는 아키히토를 '천황'으로 부를 수도 있고, '일왕'으로 부를 수도 있으므로 두 여성에 대한 호칭은 상황에 맞게 써야 한다. 즉, 천황으로 부른다면, '미치코 황후' '마사코비(또는 마사코 황태자비)'가 맞겠지만, 일왕으로 부른다면 '미치코 왕비', '마사코빈(또는 마사코 왕세자빈)'으로 적어야 한다.

'비'와 '빈'의 문제는 일본에도 있다. 즉, 아키히토明仁의 며느리인 '마사코雅子'를 '황태자비'로 적어야 할지 '왕세자빈'으로 적어야 할지의 문제다. 이는 다이애나의 경우와 똑같이 배우자의 관위官位를 황제는 '후', 황태자나 왕은 '비', 왕세자는 '빈'이란 기준을 적용하면 간단하다. 따라서 아키히토를 '천황天皇'으로 부른다면 당연히 '비'가 맞겠지만, '일왕日王'으로 부른다면 '빈'으로 적어야 한다. 현재 일본 천황의 호칭은 공식적으로는 '일왕'으로, 비공식적으로는 '천황'으로 부르고 있다. ➡천황

비류직하삼천척飛流直下三千尺

향로봉에 해 비치니 보랏빛 연기가 일어나고…

'나는듯이 3000길을 떨어진다'는 뜻으로, 폭포수가 곧바로 떨어져내리는

모습을 표현한 말.

이백李白의 시 『망여산폭포望廬山瀑布』에 나오는 구절이다. 원문은 이렇다.

日照香爐生紫煙 (일조향로생자연)
향로봉에 해 비치니 보랏빛 연기가 일어나고
遙看瀑布掛前川 (요간폭포괘전천)
멀리 보니 폭포가 냇물처럼 걸쳐있다
飛流直下三千尺 (비류직하삼천척)
나는듯이 3000척을 수직으로 떨어지니
疑是銀河落九天 (의시은하낙구천)
하늘에서 은하수가 쏟아져 내리는 줄 알았다

『여산폭포도』 고기패(高其佩·1662~1734)의 작품으로, 왼편에 폭포수가 떨어지는 모습이 보인다. 장강 근처에 있는 여산은 경관이 수려해 예부터 시인·묵객들이 많이 찾았다. 청나라 때 화가인 고기패는 산수화·인물화·화조화花鳥畫에 두루 능했는데, 특히 붓 대신 손가락이나 손톱으로 그리는 지두화指頭畫로 더욱 유명하다.

장강長江 근처에 있는 여산廬山은 경관이 매우 수려한 곳으로, 중국의 시인·묵객들의 사랑을 많이 받아왔는데, 이 시는 그곳에 있는 여산폭포를 읊은 것이다. 폭포의 길이는 약 170m에 이르므로 그 웅장함은 능히 짐작하고도 남음이 있다. 하지만 500척 남짓한 길이를 3000척이라 표현했으므로 중국 특유의 과장법이다.

이런 식의 중국식 과장법은 이밖에도 많다. '넓은 세상'을 뜻하는 '삼천세계三千世界', '많은 궁녀'를 뜻하는 '삼천궁녀三千宮女' 등도 그런 것이다. 또 '백발삼천척白髮三千尺'은 '긴 백발'을 말하고, '삼천갑자동방삭三千甲子東方朔'은 '매우 오래 사는 사람'(3000×60년=18만년)을 비유하는 말이다.

> 대선에 출마한 후보들의 부정적 측면을 꼬집는 정치 풍자에 그 어떤 후보보다 나은 대통령감으로 등장하기도 했고, 경영의 모범을 보였다 하여 연구 대상이 되기까지 했던 그가 비류직하삼천척, 저 높은 곳에서 바닥으로 곤두박질쳐진 것이다.

비서秘書

왜 '비밀스러운 글'이 '사람'이 됐을까?

요직에 있는 사람의 측근에서 업무를 보조하는 사람.

한자 뜻 그대로 보면 '비밀스러운秘 글書'이라는 말이다. 그런데 왜 이것이 사람을 뜻하는 말이 됐을까.

비서는 전한前漢의 역사책인 『한서漢書』에 처음 나온 말로, 당시에는 궁중의 '장서藏書'란 뜻으로 쓰였다. '은밀히 간직해야 하는 서류'라는 뜻이다. 그리고 그 비서를 관리하는 벼슬을 '비서감秘書監'이라 했다. '비서'가 사람을 의미하게 된 것은 근대 일본인들이 이런 근거를 찾아 영어 'secretary'의 번역어로 채택하면서부터다.

> 祕 秘
>
> **'祕密과 秘密', '祕書와 秘書'** '비밀'과 '비서'에 들어가는 '신비할비'는 祕와 秘 중 어느 것이 맞을까? 꽤 많은 사람들이 "秘가 맞다"고 할 것이지만, 둘 다 맞다. 祕가 본자이고, 秘는 속자이기 때문이다. 속자란 본자를 잘못쓰기 시작한 것이 굳어져 불가피하게 인정한 글자를 말한다. 祕는 示와 必을 붙인 글자다. 示는 '제사상'을 옆에서 본 모습으로 '귀신'이 본뜻이다. 따라서 이 글자가 들어가면 神(귀신신) 祝(빌축) 祈(빌기) 등이 그렇듯 '신비한 것'과 관련된 뜻을 가진다. 따라서 祕는 '신령한示 경험이 반드시必 이루어짐'을 묘사한 글자다.

비위脾胃

음식이나 일에 대해 먹고 싶거나 하고 싶은 생각. 아니꼬운 일을 당해 참고 견디는 힘.

원래는 오장육부五臟六腑에 속하는 '비장脾臟'과 '위장胃臟'을 합쳐서 이르는 말이다. 위장은 음식물을 받아들이는 곳이고, 비장은 음식물이 잘 소화될 수 있도록 소화액을 분비하는 장기이므로, 이 두 장기가 항상 원활하게 작동해야 좋은 건강상태를 유지할 수 있다. 따라서 '비위(비장과 위장)가 좋으면'

입맛에 맞지 않는 음식이라도 삭여내는 힘이 있으므로 음식이나 일에 대해 먹고 싶거나 하고 싶은 생각이 들고, 또 그렇기 때문에 아니꼬운 일을 당해 참고 견디는 힘이 생기게 된다. 반대로 '비위가 상하면' 그런 의욕이 사라지는 것이다. 복모음 발음이 어려워서인지 '비유가 좋다' '비유가 상하다' 처럼 잘못 말하는 사람이 많다. ➡오장육부

> 은행에 수십억 원을 맡긴 갑부는 어떻게 해서든 고품질의 서비스를 얻어내려고 하고, 은행은 하늘 같은 고객의 비유를 거스르지 않으며 돈을 챙기려 한다.
> └→비위

비조鼻祖

중국 초상화가들은 코부터 그렸다고?

어떤 일을 가장 먼저 시작한 사람.

'원조元祖' 또는 '시조始祖' 와 같지만, 이보다 더 이전에 시작한 사람을 말한다. 이 단어를 보고 금방 뜻을 알 수 있는 사람이라면, 상당한 언어실력이 있다고 보아도 될 것이다. 일상회화에서는 별로 쓰이지 않고 한문투의 현학적인 글에서만 보이기 때문이다. 그러나 비조의 뜻을 아는 사람이라도 왜 '鼻'(코비)를 쓴 비조가 '원조의 원조' 란 뜻을 갖게 됐는지 아는 사람은 많지 않다.

세상에 '원조집' 을 표방한 음식점은 많기도 하다. 여기도 원조집, 저기도 원조집이다. 그것도 못마땅해 '원조의 원조집' 도 있고 '진짜원조집' 도 있다. 원조의 원조는 '비조' 다.

비조가 '원조의 원조' 의 뜻을 갖게 된 것은, 사람이 탯속에서 몸을 이룰 때는 태아가 숨을 쉴 수 있도록 코가 가장 먼저 생긴다는 옛날 중국인들의 생각 때문이다. 따라서 '鼻' 에는 '코' 의 뜻 이외에도 '최초' 라는 뜻이 있다. 첫 아들을 '비자鼻子' 라고 부르는 것이 그 예다. 사실인지는 알 수 없지만, 이런 생각을 반영하여 옛날 중국 화가들은 초상화를 그릴 때 코부터 그렸다는 말도 있다.

비조의 문헌상 기록이 확인되는 것은 『정

'祖(조상조)' 는 示(보일시)와 且(또차)로 이루어진 글자인데, 꽤 재미있는 이야기가 숨어있다. 우선, 示는 '제사상' 을 옆에서 본 모습이다. 맨 위에 있는 一(1획)은 제물(희생)이고, 좌우로 나온 두 가닥 선(4획과 5획)은 상을 덮은 천자락이라 하기도 하고, 제물에서 흘러나온 핏방울이라 하기도 한다. 따라서 이 글자가 들어가면 영적인 존재와 관련된 뜻을 가진다. 神(귀신신) 福(복복) 祝(빌축) 등을 생각하면 이를 이해할 수 있다. 나중에 '보이다' 의 뜻이 된 것은, 신은 좋고 나쁜 일을 사람에게 보여줄 수 있기 때문이다. 且(또차)는 좀 민망하지만, 남성의 발기한 성기를 그린 상형문자다. 금문(金文·가운데)을 보더라도 그 모습이 선명하지만, 그 이전에 만들어진 갑골문에는 귀두龜頭 부분까지 그려져 있는 것도 있다. '조상조' 는 '영적인 존재' 를 의미하는 示와 원시사회를 지탱했던 남성들을 상징하는 且를 붙여 '조상' 이라는 개념을 나타낸 글자다. 상명대 김경일 교수

자통正字通』이란 책이다. 『정자통』은 명나라 장자열張自烈이 지은 자전字典인데, 그 책에 '인간이 배태胚胎될 때 코가 제일 먼저 형태를 받는다. 따라서 시조를 일컬어 비조鼻祖라고 한다' 라고 기록되어 있다. 그러나 현대 의학자들의 말에 따르면, 인체기관 중에서 가장 먼저 생기는 것은 심장으로, 임신 5주면 '뇌와 척추가 형성되고 심장박동이 시작된다' 고 한다.

> 노반魯班은 목수의 비조로 불리는 춘추시대 노나라의 뛰어난 목수 공수반公輸般의 다른 이름이다. 동아일보 080312

비키니

그 속에 인간의 탐욕이 있었다!

상하가 나뉘어 가슴과 사타구니를 약간만 가리도록 된 여자 수영복.

'bikini' 에서 온 외래어로, 북태평양 마셜군도의 '비키니 환초環礁' 에서 따온 말이다. 이 수영복은 1946년 7월 5일 프랑스의 한 패션쇼에서 누드 댄서 미슐린 베르나르디니가 입고 나와 세계를 놀라게 했는데, 그 패션쇼가 있기 나흘 전인 1946년 7월 1일 미국이 비키니 환초에서 원자폭탄 실험을 한 것

에 착안해 디자이너 루이 레아르가 '비키니'라는 이름을 붙인 것이다.

일종의 마케팅 전략인 셈인데, 노출이 심해 원자폭탄처럼 '충격적인 패션'이라는 것과, 원자폭탄이 터지면 '숨을 곳이 없다'는 의미를 갖고 있다. 또 어떤 이는 핵폭발 뒤에 생기는 버섯구름에서 착안해 여성의 실루엣을 수영복에 접목시킨 것이라고 말하기도 한다. 그러나 몸의 대부분을 노출시키는 이런 파격적인 패션은 디자이너 루이 레아르가 처음 생각해낸 것은 아니고, 이미 기원전 1400년의 그리스 고분의 그림에도 나타난다고 한다.

'비키니 환초'에서 실시된 원폭실험 광경이다. 환초環礁란 고리環 모양으로 배열된 산호초珊瑚礁를 말한다. 대개 안쪽은 얕은 바다를 이루고 바깥쪽은 큰 바다와 닿아 있는데, 북태평양 마셜군도에 있는 비키니 환초는 약 20개의 환초로 구성되어 있다. 이 섬이 유명해진 것은 1946년 7월 1일 실시된 미국의 공개 원폭실험 때문이다. 핵실험은 그 후 1954년에 실시된 수폭실험을 포함해 1958년까지 이 섬에서만 모두 23차례나 실시됐다.

'비키다'와 '비끼다'

'태풍이 우리나라를 비켜갔다'와 '태풍이 우리나라를 비껴갔다' 중 어느 것이 맞을까. 같은 말 같지만 국어사전은 이에 대한 구분을 두고 있다.

'비키다'는 '장애물을 피해서 지나가다'는 뜻이고, '비끼다'는 '(방향을 조금 벗어나) 비스듬하게 지나가다'는 뜻이다. 따라서 앞에 고장 난 차가 있어서 피해 갔다는 뜻일 때는 '자동차를 비켜갔다'라고 해야 하고, 앞의 예처럼 태풍이 정면으로 지나가지 않고 비스듬히 지나갔음을 나타낼 경우에는 '태풍이 우리나라를 비껴갔다'라고 해야 한다.

> 열차가 진입하는 선로에 뛰어내린 여자가 열차 앞부분에 머리를 부딪혔으나 선로와 벽 사이의 공간으로 쓰러지면서 열차가 비켜가 머리를 꿰매는 상처만 입고 목숨을 건졌다.
>
> → 비껴가

비트

'간첩들의 은신처'를 일컫는 은어.

일종의 매복용 개인참호다. '비밀 아지트'를 줄인 말로, 간첩들이 쓰는 것이지만 조어造語로서는 독특하다. 간첩들은 도주하다 수색을 피하기 어렵다고 생각되면 낙엽이 깔린 곳을 찾아 누울 만큼 땅을 파낸 뒤 나뭇가지로 바구니를 짜듯이 덮개를 만들어 그 안에 은신한다.

> 공작원은 1~4년간 하루 15시간씩 혹독한 훈련을 거친 정예요원으로, 비트를 이용한 완벽한 은신기술을 갖추고 있는 것으로 알려졌다.

비후카쓰

돈가스가 있는데 왜 '우가스'는 없지?

쇠고기로 만든 튀김요리.

쇠고기를 뜻하는 영어 '비프beef'의 일본음인 '비후ビーフ'와 '얇게 저민 고기를 납작하게 다진 덩어리'란 뜻의 영어 '커틀릿cutlet'의 일본음인 '가쓰레쓰カツレツ'의 앞부분을 붙여 만든 말이다.

'가쓰カツ'는 돼지고기·쇠고기 등에 빵가루 등을 묻혀 기름에 튀긴 요리로, 근세 말 일본에서 만든 가장 대중적인 일본식 서양요리다. 7세기 이후 네 발 달린 짐승의 식용을 금지해 온 일본에서 명치유신 이후 금육禁肉의 전통이 해제되자 양식당을 중심으로 서양요리를 보급하기 위해 개발한 것이 가쓰요리다. 돼지고기 튀긴 것을 '돈카쓰トンカツ', 쇠고기 튀긴 것을 '비후카쓰ビーフカツ'라 했는데, 이것이 일제 때 그 이름과 함께 요리법이 우리나라에 들어왔다.

가쓰요리는 양식洋食이기는 하지만 어디까지나 일본요리이므로 일본어 표기법에 따라 적어야 이치에 맞다. 그러나 국어사전은 '비후카쓰'를 표제어

로 올리지 않고 영어식 표기에 따라 '비프커틀릿' 으로 적거나 아예 '쇠고기 튀김' 으로 순화해야 한다고 되어 있다. 이것은 마치 김치·비빔밥·갈비 등 일본인들이 좋아하는 한국요리를 일본에서 '기무치キムチ' '비빈파ビビンパ' '가루비ガルビ' 처럼 우리말을 살려 적지 않고 완전한 일본어로 고쳐 적는 것과 다르지 않다. ➡돈가스

빈축嚬蹙

자칫 그 주름이 앞길을 막을 수 있다

눈살을 찌푸리고 얼굴을 찡그림. 남을 비난하거나 미워함.

일상적으로 사용하는 말인데도 한자가 너무 복잡하다. '嚬(빈)' 과 '蹙(축)' 은 모두 '찌푸리다(찡그리다)' 의 뜻이다. 그런데 嚬은 '양미간을 찌푸리는 것' 이고, 蹙은 '이마를 찌푸리는 것' 이므로 '빈축' 은 불쾌함을 나타내는 뜻이 됐다.

제齊나라의 진중자陳仲子라는 청렴한 선비가 어느 날 고위관리를 지내는 형의 집에 들렀다가 누군가가 형에게 거위를 주는 것을 보고 뇌물이라는 생각에 얼굴을 찌푸렸다. 며칠 뒤에 어머니가 거위를 잡아 진중자의 밥상에 올렸는데, 알고 보니 그때 그 거위였음을 알고 밖에 나가 토악질을 했다는 『맹자孟子』의 고사에서 온 말이다. 주로 '빈축을 사다' 의 형태로 사용된다. ➡백악관

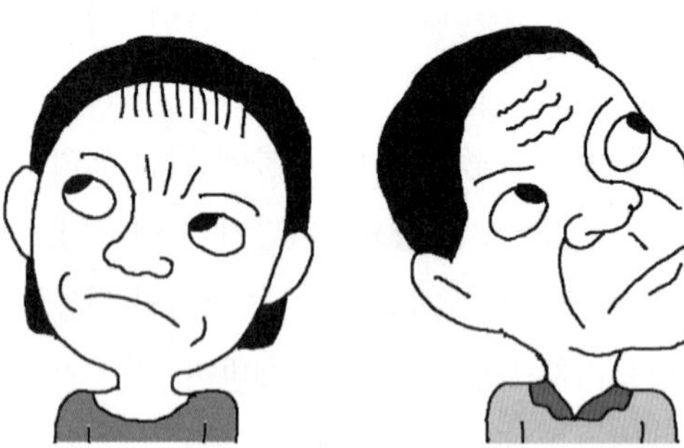

嚬蹙 이 글자를 읽으라면 머뭇거리지 않을 사람이 있을까. 답은 아주 가까이 있다. 바로 '얼굴을 찌푸리다' 는 뜻의 '빈축' 으로 중국인이 만든 말이다. 그런데 중국인들은 찌푸리는 것도 부위에 따라 다른 글자를 썼다. 嚬은 양미간을 찌푸리는 것에, 蹙은 이마를 찌푸리는 것에 쓴 것이다. '수염' 도 순 우리말 같지만, 사실은 이런 식의 한자어로, 鬚(수)는 '턱수염' 을, 髥(염)은 '구레나룻' 을 말한다. 중국인들의 표현은 이렇게 구체적이다. 그림 김도원

세종 때 윤회가 있었다면 성종 때는 손순효孫舜孝가 주호酒豪의 맥을 잇는다. 그러나 윤회의 호방한 기질과 달리 상당한 주사酒邪가 있는 편이었다. 술에 취하면 허풍이 심하고 '임금' 말만 나오면 눈물을 줄줄 흘려 주변 사람들로부터 빈축을 샀던 인물이다. 조선일보 081227

'빌리다'와 '빌다'

이젠 '빌다'와 '빌리다'를 구분하지 않는다

'이 자리를 빌어 감사의 말씀을 드립니다'와 '이 자리를 빌려 감사의 말씀을 드립니다' 중 어느 쪽이 옳을까. 아마도 반수 이상이 전자가 맞다고 할 것이지만, 정답은 후자다. 특히 책의 서문을 보면 그 책을 출간하는 데 도움을 준 사람들을 열거하며 '○○○ 님께 이 자리를 빌어 감사의 말씀을 드립니다'처럼 쓰는 경우가 많다.

喪事時에 바쁘신 中에도 鄭重하신
弔意를 베풀어 주신데 對하여 깊은
感謝를 드립니다.
 慌忙中이오라 일일이 찾아뵙지
못함을 罪悚스럽게 생각하오며
于先 紙面을 빌어서나마 머리숙여
人事를 드립니다.

한 유명인사의 초상이 끝난 뒤 유족들이 신문에 낸 감사광고의 일부분이다. '紙面을 빌려서나마'가 '…빌어서나마'로 잘못 되어 있다. 특히 의례적인 문구에서 이런 잘못이 많다. 慌忙中(황망중)이나 罪悚(죄송)은 한자병기가 없으면 읽기가 너무 어렵다.

많은 사람들이 '이 자리를 빌려'를 '…빌어'로 잘못 쓰는 것은 한글맞춤법이 개정되기 전에 오랫동안 '…빌어'로 써왔기 때문이다. 예를 들어 과거에는 '나는 철수에게 연필을 빌어썼다'처럼 '남의 물건을 돌려주기로 하고 쓸 때'는 '빌다'를, '나는 철수에게 연필을 빌려줬다'처럼 '다시 받기로 하고 물건을 쓰게 할 때'는 '빌리다'로 썼다. 다시 말해 '빌다'는 차용借用의 용도로, '빌리다'는 대여貸與의 용도로 사용한 것이다. 그러다 1988년 한글맞춤법이 개정되면서 이 같은 구분이 인위적이라 해서 어느 경우든 '빌리다'로만 쓰도록 했다.

그렇다고 '빌다'가 완전히 없어진 것은 아니다. 예를 들어 '아들을 점지해 달라고 부처님께 빌었다'처럼 기원祈願의 용도일 때나, '그는 집집을 전전하며 밥을 빌어먹었다'처럼 구걸求乞의 용도일 때는 '빌다'를 쓴다.

빠따

몽둥이.

'두들겨 패다' '강타하다' 란 뜻의 영어 'batter' 나 '몽둥이' 란 뜻의 'bat' 가 일본에서 '밧타バッタ' 로 바뀌어 쓰이던 것이 우리나라에 들어온 말이다. '빳따' 로 적는 수가 많으나 뒷말(따)이 된소리이므로 앞말에 ㅅ을 받쳐 적지 않아야 한다. 순화어는 '몽둥이' 다. 그러나 반드시 그렇게 고쳐 써야 하는 것은 아니다. '그는 매일 새벽 김해병에게 빠따를 맞았다' 라는 문장과 '그는 매일 새벽 김해병에게 몽둥이를 맞았다' 는 어감이 다르기 때문이다.

> 『애마부인』 같은 미성년자 관람불가 영화를 보다가 교무주임에게 걸려 빳따(→빠따)를 맞았던 기억이나, 뜻도 모른 채 오로지 집에 가기 위해 달달 외워야 했던 국민교육헌장조차 과거의 달콤한 순간으로 떠올린다.

과중한 국민세금에 대해 '정부가 국민에게 빠떼루를 주었다' 고 풍자한 이홍우 화백의 『나대로 선생』(동아일보 2000.9.27)

빠떼루

벌칙.

레슬링 용어로 '지상에' '땅바닥에' 란 뜻의 프랑스어 'par terre' 를 일본어식으로 하는 말이다. 프랑스어 발음은 '파르테르' 다. 경기를 하는 선수가 매트 밖으로 나가면 주심은 경기를 중지하고 두 선수를 가운데로 데리고 와 경기를 재개시킨다. 만일 어느 한 선수가 소극적으로 경기를 하거나 반칙을 범했을 때는 그 선수를 엎드리게 하고 다른 선수가 등 뒤에서 공격하게 하는데, 이때 주심이 선수에게 하는 "엎드려!" 구령이 'par terre' 다.

그 모양새가 군대에서 경험했던 '엎드려뻗쳐' 동작과 비슷했기 때문인지, 우리나라 레슬링 선수들이 크게 활약한 1996년 애틀랜타올림픽 이후 전국적 유행어가 됐다. 그 바람을 일으킨 주인공은 레슬링해설가 김영준 씨로, 애틀랜타올림픽 때 재치있는 해설로 인기를 모았다. 그는 이후 보령제약의 "겔포스 금메달 줘야 함다"로 시작되는 CF에 출연해서 '빠떼루 아저씨' 라는 닉네임을 얻었다.

빠찡꼬

도박기계가 알 낳는 여자가 됐다

일본에서 생긴 도박형 구슬게임.

여러 개의 못을 박아 수직으로 붙인 합판과 그 앞의 유리판 사이에 강철구슬을 흘려넣으면, 구슬이 못에 부딪혀 공처럼 튀면서 아래로 떨어지는데, 그중 하나가 아래쪽의 특정한 구멍으로 들어가면 수십 배의 구슬이 나오도록 되어 있다. '빠찡꼬' 는 이 구슬이 튈 때 들리는 의성어 '빠찡빠찡パチンパチン' 또는 '바찌바찌バチバチ' 에 '하나꼬' '나오꼬' 처럼 일본 여자이름에 붙이는 '꼬コ' 를 결합한 것이다.

빠찡꼬를 하는 남자의 모습을 그린 만화(『漫畫極道』, 가라사와 나오키). 그의 오른쪽에 가타카나로 써 있는 글자(バチバチ·바찌바찌)는 구슬이 떨어질 때 나는 의성어다. 빠찡꼬란 이름은 바로 이 소리에 여자 이름에 붙이는 '꼬' 를 붙인 말이다.

영어식으로는 '슬롯머신' 이다. 그러나 이 게임은 슬롯머신과는 다르므로 일본어를 쓰지 않겠다며 '슬롯머신' 으로 바

꿔 쓰는 것은 옳지 않다. 현 어문규정은 '파친코パチンコ' 로 적도록 되어 있지만 많은 사람들은 이 규정을 무시하고 '빠찡꼬' 로 적는다. '파친코' 에서는 일본도박의 느낌이 나지 않기 때문이다. 된소리(ㄲ·ㄸ·ㅃ) 대신 거센소리(ㅊ·ㅋ·ㅌ·ㅍ)를 쓰고 발음(撥音·ン)이 ㅇ받침으로 나더라도 ㄴ으로만 적도록 한 일본어표기법의 폐해인 셈이다.

획득한 구슬은 원래는 현금으로 돌려주지 않고 반드시 경품으로만 교환해주도록 되어 있다. 그러나 돈 따는 재미를 맛보려는 고객들은 대부분 편법으로 구슬을 현금화한다. 예를 들어 업소가 경품으로 금조각을 넣은 명함 크기의 카드를 주면, 고객은 그것을 인근 가게에서 현금으로 바꾸는 식이다. 일본의 국민적 오락이 된 빠찡꼬는, 참가자 2000만 명 이상, 업계 종사자 40만 명 이상, 연 매출은 400조 원 이상이다. 이 분야에서 가장 크게 성공한 사람은 경남 사천 출신의 재일동포 한창우韓昌祐씨로, 그가 세운 '마루한' 이 빠찡꼬 업계 점유율 70%(일본 재계순위 30위)를 차지한다.

빨치산

산에서 활동하는 붉은군대라고?

정규군이 아닌 민간인으로 조직된 유격대.

우리나라에서는 6·25전쟁 전후 각지에서 준동했던 '공산게릴라' 를 가리킨다. 공산당을 상징하는 색깔이 '빨강' 이고, 주로 '산' 에서 활동하기 때문에 '빨치산' 이라 하는 것이 아닌가 생각할 수 있으나, 러시아어 '파르티잔partizan' 이 한국어적으로 변한 말이다.

프랑스어의 '파르티parti' 에서 유래된 파르티잔은 원래는 '당원黨員' '도당徒黨' 이란 뜻이지만, 지금은 유격대원이나 편의대원便衣隊員을 가리킨다. '편의대' 란 예전에 중국에서 사복 차림으로 적 지역에 들어가서 후방을 교란하고 적정을 탐지하던 부대를 말한다.

일반적으로 '파르티잔(빨치산)'과 '게릴라'는 동의어로 간주되고 있으나 게릴라가 주로 '비정규전·유격전 등의 전투행위'를 가리키는 데 비해 파르티잔은 '비정규전을 행하는 구성원'을 말한다.

> 지리산 빨치산 대장 이현상. 게릴라 전략가였던 그는 1906년 금산군의 부농에서 태어나 학창시절 사회주의에 심취, 반일활동을 주도한 혐의로 옥고를 치렀다. 해방 이후 남로당 간부를 지내다 48년 지리산에 입산한다. 53년 지리산 빗점골에서 토벌대의 사격을 받아 사살되기까지 5년간 그는 지리산 남부군의 총사령관이었다. 세계일보 000615

삐라

테러조직이 불순한 목적으로 몰래 살포하는 불법광고물.

'광고·선전을 위해 붙이거나 배포하는 종이'란 뜻의 'bill'을 일본인들이 '비라ビラ'라는 외래어로 만들어 쓰던 것을 우리가 들여와 경음화한 말이다. 원래는 나쁜 뜻이 아니었는데, 남파간첩 등의 불법선전물을 '삐라'로 부름으로써 나쁜 뜻으로 굳어졌다. 순화어는 '전단'이지만, 전단에는 삐라에서 느낄 수 있는 으스스함이 없다는 점에서 적합한 순화어는 아니다.

> 6·25 당시 삐라는 상대방의 귀순이나 항복을 권유하며 전쟁 의욕을 잃게 하는 내용으로 대량 살포됐다. '안전보장증명서'로 일컬어졌던 이 삐라는 투항하면 살려주겠다는 것으로, 유엔군이 북한군과 중공군에게 뿌린 것도 있고, 공산진영에서 유엔군에게 살포한 것도 있다. 한겨레 080319

사갈시蛇蝎視

그것은 내 탓이다,
그가 뱀 보듯 나를 봤다면…

남을 몹시 싫어하는 눈빛으로 봄.

'蛇(사)'는 '뱀'의 뜻이고, '蝎(갈)'은 '전갈'의 뜻이므로, '뱀이나 전갈을 보듯 한다'는 말이다. 뱀으로부터는 징그럽다는 이미지를, 전갈로부터는 무섭다는 이미지를 취했다. 업신여기거나 냉대하는 마음으로 흘겨보는 것을 뜻하는 '백안시白眼視', 환영하는 마음으로 상대방을 보는 것을 뜻하는 '청안시靑眼視'와 똑같은 조어법이다.

그림 김도원

> 판타지문학이 어차피 우리 문학 현실의 일부를 이루고 있다면, 이를 사갈시하고 원론적 차원에서 비판하기보다는 그것의 수준 향상을 모색하는 데 진력하는 것이 더 나은 방법일 수 있다. 중앙일보 000113

사글세

그때는 매달 초하루에 집세를 냈나?

남의 집이나 방을 빌려 쓰면서 다달이 내는 세. 월세.

'삭월세朔月貰' 에서 온 말이다. '朔(삭)' 은 '음력으로 매월 1일' 이란 뜻이므로 삭월은 '매달 초하루' 란 뜻이 된다. 아마도 양력보다 음력을 더 많이 쓰던 시기에 만들어졌고, 당시에는 월초에 그달치 월세를 선불로 주고 살았던 것 같다.

'삭월세' 하면 뜻을 금방 짐작할 수 있을 텐데, 왜 '사글세' 가 표준어가 되었을까. 그것은 1988년 한글맞춤법을 개정하면서 '어원에서 멀어져 굳어진 것은 굳어진 대로 쓴다' 는 표준어규정 5항에 따른 것이다. 다시 말해 한자어 '삭월세' 에서 온 말인 것은 맞지만, 사람들이 어원과 달리 '사글세' 로 계속 써서 굳어졌다고 본 것이다.

> 주택이 투기의 대상이 돼 가진 자는 더욱 살찌고, 없는 사람들이 전세와 삭월세(→사글세) 방을 전전하게 된다면 그런 사회는 중병이 든 사회라 아니할 수 없을 것이다.

사돈査頓

우리말 속에 만주어가 있는 까닭

혼인한 두 집안 사이에서 서로 상대편을 일컫는 말.

중국이나 일본에 없는 순수한 우리식 한자 표기다. 이 말이 어떻게 생겼는지를 설명하는 이야기는 몇 가지가 있다. 그중 가장 그럴듯한 이야기는 윤관尹瓘과 오연총吳延寵에 관한 이야기다.

고려시대 장군인 윤관의 아들과 그의 부관인 오연총의 딸이 혼인을 하게 되었다. 어느 날 윤관이 술병을 들고 오연총의 집으로 가려 했으나 강물이 불어 건널 수가 없었다. 이때 마침 오연총도 술병을 가지고 나타나자 두 사

『만주원류고』(장진근 역) 청나라 건륭제의 명으로 쓰인 만주의 풍속·지리지다. 건륭제는 강희제·옹정제와 함께 청나라의 최전성기를 이끈 황제로, 청나라를 세운 여진족의 원류源流를 밝히기 위해 이 책을 편찬했다. 부여·삼한·백제·신라·완한(금)·발해에 관한 이야기를 중국의 각종 서적에서 발췌·정리해 우리 고대사의 수수께끼를 푸는 단서가 곳곳에 들어있다.

람은 강을 사이에 두고 나무등걸에 앉아 서로 머리를 조아리며 대작했다고 한다. 따라서 사돈은 '나무등걸'을 뜻하는 '査(사)'와 '머리를 조아리다'는 뜻의 '頓(돈)'이 결합되어 '나무등걸에 앉아 머리를 조아리는 관계'라 해서 나온 말이라는 것이다.

그러나 이런 이야기들은 査頓이라는 한자를 보고 지어낸 것일 뿐 어원과는 다르다. 査頓은 만주어 '사둔sadun'을 우리 한자음에 맞추어 적은 단순한 취음取音일 뿐이다. 이를 밝혀주는 증거는 여러 가지가 있는데, 조선조 사역원司譯院에서 편찬한 『한청문감漢淸文鑑』의 기록도 그중 하나다. 한글학회가 만든 『우리말큰사전』은 이런 의견을 따라 '사둔'을 표제어로 올리고 있지만, 국립국어원이 만든 『표준국어대사전』은 항간의 속설의 영향을 받은 탓인지 '사돈'을 표제어로 올리고 있다.

『만주원류고滿洲源流考』를 번역하기 위해 만주어를 연구한 재야 사학자 장진근張鎭根 씨에 따르면, 사둔 이외에도 (손)가락·각시·달구지·등잔·마누라·바다·바닥·수구레·순대·어미·우두머리·호미 등도 만주어에서 온 말이고, 더 놀라운 것은 『용비어천가龍飛御天歌』에도 만주어가 나온다며, 우리말 속에 이렇게 만주어가 많은 이유에 대해 다음과 같이 설명했다.

"만주는 지금은 주로 지역명으로 쓰이지만, 원래는 청나라를 세운 여진족을 가리키는 민족명이었다. 조선왕조의 발상지인 고려 때의 함흥 일대는 공민왕이 수복하기 전에는 원나라 강역이었고, 대대로 여진족이 살았던 곳이다. 따지고 보면 그들은 우리와 사촌쯤 되는 민족이었다. 청나라가 자신이 정복한 나라에는 모두 자기들 식으로 변발을 강요했지만 우리에게는 그렇게 하지 않은 것은 다 이유가 있다. 언어란 이웃나라와 영향을 주고받으면서 발생·변화·소멸하는 것이기 때문에 우리말에 만주어가 들어있는 것이다." ➡만주

사디즘

그가 소변기를 거꾸로 잡고 외쳤다고?

상대에게 고통을 주어 쾌락을 얻는 변태성욕. 가학성애加虐性愛.

프랑스의 작가 '마르키 드 사드(Marquis de Sade·1740~1814)'의 이름에서 비롯된 'sadisme'에서 온 말이다. 영어 'sadism'은 이것이 변한 것이다. 불어 'sadisme'을 외래어로 적을 때는 '사디슴'이 되지만, 국어사전에는 영어식 발음에 따라 '사디즘'으로 올라 있으므로 '외래어는 원어에 가깝게 적는다'는 외래어 표기원칙을 도외시한 예다. 그렇다면 왜 '인기영합주의'를 가리키는 'populism'은 '포퓔리슴'으로 올리고, 수음手淫을 뜻하는 'onanism'은 '오나니슴'으로 올리는지 앞뒤가 맞지 않는다.

왕가의 친척으로 후작(侯爵·Marquis)의 작위를 갖고 있었던 그는 자신의 집에 창녀를 불러들여 온갖 가학적加虐的인 행위를 일삼다 투옥되었고, 그가 투옥되어 있던 바스티유 감옥을 혁명대가 습격하기 며칠 전에는 소변을 밖으로 배출하는 깔때기를 메가폰처럼 거꾸로 잡고 "놈들이 죄수들을 학살하고 있다. 빨리 들어와 죄수들을 풀어줘야 한다"고 외친 기행奇行의 주인공이다.

사람은 빵만으로 살 수 없다

사탄이 예수에게 물었다, "배고프지?"

사람에게는 물질적 만족보다 정신적 만족이 더 중요하다는 말.

『마태복음』에 나오는 예수의 행적에서 온 말이다. 예수는 30세경부터

본격적인 선교를 시작하게 되는데, 그 준비 단계에서 두 가지 일을 한다. 하나는 세례洗禮를 받는 일이고, 다른 하나는 악마의 시험을 통과하는 일이다.

요르단강에서 세례요한으로부터 세례를 받은 예수는 곧바로 황야로 나가 40일日 40야夜 동안 식사도 하지 않고 기도에만 몰입한다. 기도를 다 끝낸 예수는 심한 현기증과 배고픔을 느끼는데, 이런 예수의 모습을 보고 있던 사탄이 예수를 상대로 세 가지 시험을 시작한다. 그 첫 번째 시험은 먹는 것과 관련된 것이다.

사탄이 예수에게 물었다. "배고프지? 만일 당신이 신의 아들이라면 이 돌을 빵으로 바꿔 보라." 자신의 배고픔을 해결하고 굶는 사람을 도울 수 있어야 메시아로서의 사명을 달성하는 것이라며 예수에게 이렇게 말한 것이다. 그러자 예수는 " '사람은 빵만으로 사는 것이 아니라 신의 입에서 나오는 하나하나의 말씀으로 사는 것이다' 라고 성서에 기록되어 있다"라고 대답함으로써 사탄의 유혹을 물리치게 된다.

사리

국수를 사려서 감은 뭉치.

언뜻 일본어로 생각할 수 있으나 '사리다' 에서 온 순 우리말이다. 하지만 그 '사리' 를 담는 쟁반인 '사라' 는 일본어다.

사면초가四面楚歌

애절한 이야기가 그 속에 숨어 있다!

'주위가 적으로 둘러싸여 도움을 청할 수 없는 상태' 를 이르는 말.

진시황秦始皇의 진나라가 멸망한 뒤 중원의 양대 세력으로서 자웅을 겨룬 것이 초楚의 항우項羽와 한漢의 유방劉邦이다. 일단은 항우가 먼저 패권을 잡고 서초패왕西楚霸王이라 칭하지만, 곧이어 유방에게 패하고 만다. 사면초가는 항우와 유방의 이 마지막 결투를 무대로 만들어진 말이다.

도주하던 항우가 해하(垓下 · 지금의 안휘성)에 진을 치자 유방은 그를 몇 겹으로 포위해 버렸다. 그리고 군사를 풀어 밤마다 초나라 노래를 부르게 하는 등 심리전을 펼치자 이를 들은 병사들은 고향을 생각하며 도주하거나 사기를 잃어갔다. 사면초가는 바로 이 광경, 즉 사면四面에서 '초나라의 노래楚歌'가 들려오는 상황을 일컫는 말이다.

항우는 결국 애마를 몰아 장렬히 싸우다 자결하고 만다. 그러나 이보다 슬픈 이야기는 따로 있다. 항우가 마지막 출전에 앞서 애첩 우미인虞美人에게 "우희(우미인의 본명)여, 우희여, 그대를 어이 한단 말이냐?"라고 근심하자 우미인은 항우에게 부담을 주지 않기 위해 스스로 목숨을 끊은 것이다. 세월이 흐른 뒤 그녀의 무덤에 한 송이 아름다운 꽃이 피어났는데 사람들은 이것을 "우미인이 환생한 것"이라며 '우미인초虞美人草'라 불렀다 한다. ➡ 건곤일척, 역발산기개세

항우가 마지막 출전에 앞서 애첩 우미인에게 "우희여, 그대를 어이 한단 말이냐?"라고 근심하자 우미인은 항우에게 부담을 주지 않기 위해 스스로 목숨을 끊어버렸다. 경극 패왕별희霸王別姬는 이 이야기를 묘사한 것인데, 경극에는 항우가 이별의 시를 읊고, 우희는 항우에게 마지막 술잔을 올린 뒤 검무를 추다 자결하는 것으로 묘사돼 있다. 아래는 우희가 환생한 것이라는 우미인초다.

그림 채정수

대통령은 지금 천길 벼랑 위에 섰다. 노는 부러지고 돛은 꺾였는데 바람은 거꾸로 불고 있다. 대통령의 절박하고 궁박한 처지는 그걸 표현할 단어조차 찾기 힘들다. 백척간두百尺竿頭 누란지세累卵之勢 내우외환內憂外患 사면초가四面楚歌 고립무원孤立無援이란 말을 모두 합해야 오늘의 상황을 겨우 전할까 말까 할 정도다.

사바娑婆

중생이 괴로움을 견디며 사는 곳. 속세.

'娑(사)'는 '춤추다'의 뜻이고, '婆'는 이때는 '바'로 읽지만 '파'가 본음이다. '늙은이'란 뜻으로 '노파老婆' '매파(媒婆·중매쟁이 할머니)' 등의 말을 만든다. 그러나 사바는 '노인이 춤추는 것'에서 온 말은 아니다. '인내忍耐'의 뜻인 범어 'saha'를 음역音譯한 말이므로 한자의 뜻과는 아무 상관이 없다. 불교는 이 사바에 사는 중생을 교화하기 위해 석가가 왔다고 가르치고 있다.

> 산문 밖에는 '건축행위 결사 저지'라는 구호가 요란했다. 결사라니…. 이 봄날, 산문 안에는 평화가 흐르는데, 사바세계는 어찌 그리 어지러운가.

사바사바

낚아올리는 동시에 죽는 고등어 이야기

뒷거래를 통해 은밀히 일을 조작하는 행동. 아첨하여 특혜를 받거나 불법거래를 하는 행동.

'수량을 속여서 이익을 탐하다'란 뜻의 일본어 관용어인 '사바오 요무鯖を讀む'에서 온 말이다. '사바(鯖·さば)'는 고등어, '요무讀む'는 이때는 '읽다'의 뜻이 아니라 '세다'의 뜻이므로 '고등어를 세다'는 뜻이다. 예전에 상인들이 고등어를 팔 때는 대충대충 재빨리 세어 주곤 했다. 고등어는 부패가 빨라 어물전에 들여온 고등어 중에는 상한 것이 많아 손님이 이를 눈치

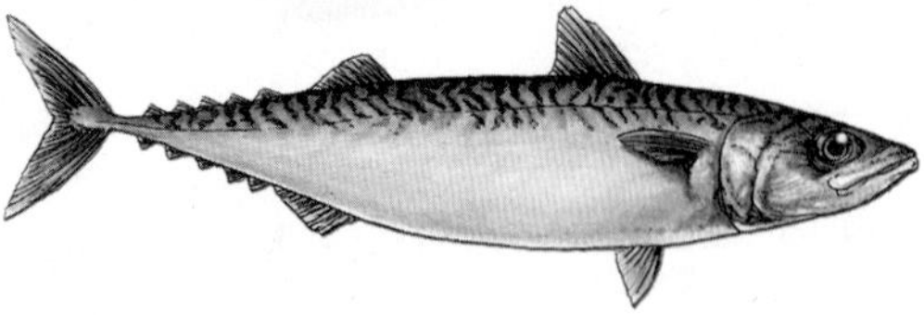

고등어 일본어로는 '사바'다. 녀석은 닥치는 대로 먹이를 먹어치우는 포식가다. 이것이 가능한 것은 고등어 내장에는 먹이를 부패시키는 효소류가 풍부하기 때문이다. 하지만 고등어의 이런 점은 어부들에게는 불편하다. 낚아올리는 동시에 죽고, 부패효소가 스스로를 부패시키는 데도 도움을 주어 겉으로는 멀쩡해도 안은 썩어 있는 경우가 많기 때문이다.

채지 못하게 하기 위해서다. 그러나 그런 사실은 곧 손님이 알게 되기 때문에 사바사바는 '은밀히 일을 조작하는 행동' 이란 뜻으로 쓰인 것이다.

> '적산敵産' 이니 '통역정치' 니 하는 말이 상징했던 것처럼 미 군정과 자유당정권 아래에서 정치적 연줄은 절대적 중요성을 지녔었고, 자연히 '사바사바' 와 '와이로' 로 표현된 부패가 성행할 수밖에 없었다.

사사師事

"난 그를 스승으로 섬기고 직접 가르침을 받았소"

스승으로 섬기어 직접 가르침을 받음.

'師(사)' 는 '스승', '事(사)' 는 여기에서는 '섬기다' 의 뜻이므로, 직역하면 '스승으로 섬기다' 이다. 그러나 정확하게는 '스승으로 섬기어 직접 가르침을 받는 것' 을 일컫는다.

'사숙私淑' 과 비슷하지만 어떻게 가르침을 받느냐는 점에서 구분된다. 즉, '사숙' 은 작품이나 책 등을 통해 '간접적으로' 배우는 것을 말하고, '사사' 는 문하생이 되는 등의 방법으로 '직접' 배우는 것을 말한다. 따라서 어떤 사람의 업적을 통해 은밀히 공경하고 간접적으로 배운 사람에게 "그는 ○○○ 선생을 사사했다"라고 표현하는 것은 잘못이다.

'사사' 를 사용할 때 가장 유의해야 할 것은 "그는 ○○○ 선생에게 사사받았다"라고 표현해서는 안 된다는 점이다. 이렇게 되면 "그는 ○○○ 선생에게 스승으로 섬김을 받았다"가 되어 섬김의 주체가 달라진다. 따라서 사사는 "그는 ○○○ 선생을 사사했다"라고 표현해야 한다. 그러나 일부에서는 '그는 ○○○ 선생을 사사했다' 라는 표현이 우리말의 어법구조와 맞지 않아, 마치 '그' 가 '○○○ 선생' 을 가르친 것처럼 느껴지기 때문에 관용상 "그는 ○○○ 선생에게 사사했다"라고 쓸 수도 있다고 말하기도 한다. ➡사숙

> 정읍 태생인 왕씨는 14세 때 박귀희 명창의 수양아들로 들어가 가야금을 배웠고, 조상현·김경숙·김소희 명창에게 사사받았다.
> ↳을 사사했다.

사숙私淑

"난 그의 책을 통해 간접적으로 가르침을 받았소"

존경하는 사람에게 직접 가르침을 받을 수는 없으나 그 사람의 인격이나 학문을 본으로 삼고 배움.

'私(사)'는 '은밀히'의 뜻이고, '淑(숙)'은 '사모하다'의 뜻이다. '사사師事'와 비슷하지만 어떻게 가르침을 받느냐 하는 점에서 구분된다. 즉, 사사는 스승으로 섬기며 '직접' 배우는 것이고, 사숙은 작품이나 책을 통해 '간접적으로' 배우는 것을 말한다. 따라서 '나는 학생시절에 논어를 읽은 이래로 공자를 사숙하고 있다'라는 글은 성립될 수 있어도, 실제로 가르침을 받은 스승을 가리켜 '그는 내가 사숙한 교수님이다'라고 쓰는 글은 성립될 수 없다. 『맹자孟子』 「이루편離婁篇」에 나오는 말이다. ➡사사

> 종이에 필묵을 주로 써서 그리는 그림을 중국화·한국화로 나누어 부르지 않고 그냥 동양화라고 부르던 시절에 우리나라의 허다한 화학생들도 그를 정신적으로 사숙했다. 필묵으로 그리는 그림이 미술의 중심이었던 시절 그의 세계는 화학생들이 거쳐야 할 학교 같은 것이었다. 조선일보 010207

'사양仕樣'과 '사양서仕樣書'

생활 속에서 자주 접하는 말인데도 대부분의 국어사전에 올라있지 않다. 일본어이기 때문이다.

'사양'은 '수단' '방법'을 뜻하는 일본어 '시요(仕様·しよう)'를 우리 한자음으로 읽은 말이고, '사양서'는 '주문품의 내용이나 그림 등을 나타낸 서류'란 뜻의 '시요가키(仕様書·しようがき)'를 우리 한자음으로 읽은 말이다. 그러나 우리나라에서는 '사양(시요)'을 본뜻과 달리 '규격' '품목' '내용'이란 뜻으로 쓰고 있다. 예를 들어 "이 기계의 사양이 어떻게 됩니까?" 하면 "이 기계의 규격이 어떻게 됩니까?"라는 말이고, 자동차를 살 때 "에어백은

선택사양"이라면 "에어백은 선택품목"이라는 뜻으로 알아듣는 것을 보면 이를 알 수 있다. '사양'은 '규격' '품목' '내용' 등으로, '사양서'는 '설명서' '명세서' '내용서' 등으로 고쳐 쓰는 것이 좋겠다.

> 인터넷 쇼핑몰의 값이 너무 싸다고 무턱대고 구입하지 말고, 제품 사양을(→규격을) 꼼꼼히 챙긴 뒤 구매해야 한다.

사우나

핀란드식 증기탕.

'증기탕'을 뜻하는 핀란드어 'sauna'에서 온 말이다. 돌을 달구어 얻은 열기와 그 돌에 물을 끼얹어 얻은 증기로 밀폐된 욕실의 온·습도를 높여 땀을 낸 뒤 냉수욕을 하는 것이 정통 핀란드식 증기목욕법이다.

흔히 '사우나탕湯'이라고 일컫는데, 이것은 사우나 자체에 '탕'의 뜻이 있으므로 '역전 앞' 같은 이중표현(겹말)이다.

> 본회의장이 법정 정족수조차 채우지 못한 그 시간, 일부 의원들은 사우나탕(→사우나)에, 또 일부 의원들은 그린 필드에서 백구를 날리고 있었다.

사원寺院

'종교의 교당'을 모두 가리킨다고?

불상을 놓고 승려가 거주하며 수행을 하는 곳.

많은 국어사전들이 '종교의 교당教堂을 통틀어 이르는 말'로 적어 성당·수도원·교회까지도 사원의 범주에 포함되는 것으로 알고 있는 사람이 많으나 이는 사실과 다르다.

'寺(시·사)'는 지금은 주로 '절'의 뜻으로 쓰이지만 원래는 중국에서 '관청'을 뜻하는 말이었다. 예를 들어 고려·조선조에서 병기 제조를 담당한 관

산피에트로대성당 네덜란드 화가 반 비텔(1653~1736)의 작품이다. 로마 바티칸시국市國에 있는 가톨릭의 총본산 교회로, '성베드로대성당' 이라고도 부른다. 적지 않은 사람이 이곳을 '산피에트로대사원' 이라고 부르나 '사원' 은 불교의 스님들이 거주하는 곳이므로 이는 잘못된 표현이다. 이렇게 성당·수도원·교회를 '사원' 으로 적는 것은, 잘못된 일본의 여행 서적을 우리나라 출판사들이 그대로 번역해 펴냈기 때문이라는 얘기가 있다.

청을 '군기시軍器寺', 궁중의 말에 관한 일을 담당한 관청을 '사복시司僕寺' 라고 한 것은 중국의 영향을 받은 것이다.

이 글자가 절을 뜻하는 말로 바뀐 계기는 이렇다. 후한後漢의 명제明帝 때 서역에서 모텅(摩騰·마등)과 주파란(竺法蘭·축법란)이란 두 스님이 백마에 불경을 싣고 중국으로 전도여행을 왔다. 조정은 이들을 홍려사鴻臚寺란 절에 모셨다가, 훗날 낙양洛陽 교외에 백마사白馬寺란 중국 최초의 절을 지어 기거하게 했는데, 이 일 이후 寺가 '절' 의 뜻으로 쓰이게 되었다고 한다. '院(원)' 은 '주위를 둘러싼 담장' 이란 뜻으로, 이를테면 관사官舍 같은 개념이다.

결국 '寺' 는 절 전체를 가리키는 말이고, '院' 은 그 가운데에 있는 스님들의 관사를 가리키는 말이므로, '사원' 은 '불교의 승려들이 모여 사는 곳' 이란 뜻이 된다. 그러나 우리나라에서는 '사원' 이란 말 대신 '사찰寺刹' 또는 '절' 이라고 부른다. 절이란 말이 생긴 것은, 신라에 처음 불교가 전해질 당시 아도화상阿道和尙이 일선군(一善郡·경북 선산) 모례毛禮의 집에 머물렀는데, 그것이 우리말로 '털례의 집' 이었고, 그 털毛이 '덜 → 절' 로 바뀌었다거나, 또는 절을 많이 하는 곳이라서 나온 말이라는 이야기가 있으나 사실은 '사찰' 의 '刹(찰)' 이 변한 것이다.

→ 대성당 ←

이 소설의 배경은 1487년 파리의 노트르담 사원이다. 출생이 비밀에 부쳐진 채 노트르담 사원에서 성장한 꼽추 콰지모도는 인간사회와 격리된 채 살아가는 성당의 종지기다. 그는 흉측한 외모 때문에 콰지모도라는 이름을 얻게 된다.

사육신死六臣

왜 '사륙신' '회계년도'는 안 될까?

세조 때 단종의 복위를 꾀하다 죽은 여섯 신하.

성삼문成三問·박팽년朴彭年·이개李塏·하위지河緯地·유성원柳誠源·유응부俞應孚가 그들이다. 이 말을 올린 이유는 '사륙신'으로 잘못 적는 사람이 있기 때문이다. '사륙신'으로 적어서는 안 되는 이유는, '접두사처럼 쓰이는 한자가 붙어서 된 말이나 합성어는 뒷말 첫소리가 ㄴ 또는 ㄹ로 나더라도 두음법칙에 따라 적는다'는 한글맞춤법 10항 규정 때문이다. 즉, '六'의 본음이 '륙'이라 하더라도 '六臣' 앞에 '死'가 접두사적으로 붙었기 때문에 '六臣'만 두음법칙을 적용하여 적는다는 말이다. '新女性'을 '신녀성'으로 적지 않고 '신여성'으로 적는 것, '會計年度'를 '회계년도'로 적지 않고 '회계연도'로 적는 것도 같은 이유다.

사육신이란 말을 최초로 사용한 사람은 남효온南孝溫이다. 그가 지은 『추강집秋江集』의 「육신전六臣傳」에서 성삼문·박팽년·이개·하위지·유성원·유응부를 사육신으로 부른 것이 일반에게 정착됐다. 그런데 이중 유응부를 빼고 김문기金文起를 넣어야 한다는 논란이 70년대 말 등장해 이른바 '사육신논쟁'이 불거졌다.

별운검의 모습 『정조세자책봉의례도』에 묘사된 것이다. 별운검이란 임금이 거둥할 때 운검雲劍을 차고 좌우에서 호위하던 임시 벼슬을 말한다. 마음만 먹으면 임금에게 즉시 위해를 가할 수 있기 때문에 임금이 가장 믿는 사람에게 맡긴다. 그러나 세조는 명나라 사신을 접견하는 자리에서 자신을 호위할 별운검으로 성삼문의 아버지인 성승과 유응부를 선택했다.

유응부는 함길도절제사를 지낸 인물로, 거사 당시 세조의 별운검別雲劍으로 임명되어 세조를 척살刺殺하는 임무를 맡았으나, 거사가 실패하는 바람에 참수됐다. 김문기는 당시 공조판서를 지낸 인물인데, 배후에서 사건에 깊숙이 관여한 것이 밝혀져 민신閔伸·조극관趙克寬 등과 함께 처형됐다. 지금도 사육신논쟁은 끝나지 않았지만, 김문기가 사육신이 아니라는 사람들은 "김문기의 18대손인 김재규金載圭가 정보부장의 직위를 이용해 학자들에게 압력을 넣은 것이다"라고 주장하고 있다.

→ 사육신 ←

사륙신 을 모르는 사람은 드물다. 그러나 사륙신이 누구인가를 아는 이도 드물다. 한 세대 전만 해도 어지간한 초등학생들은 성삼문·박팽년·이개·하위지·유성원·유응부라는 이름을 댈 수 있었으나 70년대에 김문기를 추가해야 한다는 주장이 나오면서 어지럽게 됐다.

사인

영어 실력 망치고 싶으면 그렇게 써라!

서류 등에 하는 서명署名. 야구 등에서 자기편끼리 손짓 몸짓으로 주고받는 비밀신호.

영어 'sign'에서 온 외래어로, 이렇게 크게 두 가지 뜻으로 통하지만, 제대로 된 영어에 따른 것이 아니라 잘못된 일본식 영어가 우리말에 들어온 경우다. 라틴어 'signum'에 뿌리를 두고 있는 영어 'sign'은 명사로 쓰면 '기호' '표시' '간판' 등의 뜻일 뿐 서명이란 뜻은 없다. '서명'의 뜻은 '서명하다'의 뜻인 동사 'sign'의 명사형인 'signature'다. 야구 등의 '비밀신호'란 뜻은 'signal'이다.

또 하나 유념해야 할 것은, 우리말 외래어 사인에는 '유명인의 친필서명'이란 뜻도 있지만, 영어에서는 이 경우 'autograph'를 쓴다는 사실이다. 따라서 서양인과 대화할 때는 우리말 외래어로서의 '사인'과 영어 'sign'의 의미를 분별해 사용해야 망신을 당하지 않는다. 예를 들어 우리나라에 온 할리우드 스타의 사인을 받을 요량으로 "Would you please sign here?" 하고 접근한다면, 그 스타는 무슨 뜻인지 알아듣지 못할 것이다.

사자후 獅子吼

목사님이 사자후를 토했다고?

사자처럼 우렁차게 소리치며 하는 연설.

'吼(후)'는 '으르렁거리다'의 뜻이므로 직역하면 '사자가 으르렁거리는 소리'라는 말이다. 그러나 여기에서 말하는 '사자의 울음소리'란 '석가의 설법'을 가리킨다.

송나라 도언道彦이 쓴 『전등록傳燈錄』에는, "부처는 태어나자마자 일곱 발짝을 걸어가 한 손으로 하늘을, 다른 한 손으로 땅을 가리키며 천상천하 유아독존天上天下唯我獨尊이라 하면서 사자후를 했다"라고 기록되어 있는데, 이것이 '사자후'의 첫 출전이다. '천상천하 유아독존'이란 '하늘 위와 하늘 아래天上天下에서 오직唯 나我만이 존엄尊하다'는 뜻이다. 따라서 언뜻 독재자나 할 수 있는 자기도취적인 말로 해석할 수 있다. 그러나 불교에서는, "이때의 '我(아)'는 '석가모니 자신'이 아니라 '인간 전체'를 가리키기 때문에 '천상천하 유아독존'은 '인간이라면 누구나 평등하다'는 인류 최초의 인권 선언"이라고 설명한다.

어쨌든 사자후는 사자가 포효咆哮하면 모든 짐승들이 도망쳐 숨듯이 부처님이 설법할 때는 모든 사람들이 머리를 조아린다는 것을 나타내는 말인데, 지금은 '열변을 토하는 것'을 비유하는 말로 바뀌어 사용되고 있다. 하지만 이 말의 뿌리는 어디까지나 불교에 있으므로, 예를 들어 기독교와 관련된 글을 쓰면서 "이 목사님은 장장 두 시간 동안 사자후를 토했다"처럼 쓰는 것은 정서적으로 맞지 않는다.

질투심이 강한 아내가 남편에게 암팡스럽게 떠드는 일을 비유적으로 이르기도 한다. ➡유아독존

> 이 책에는 이 목사가 복음적 관점에서 교회와 관련된 이슈에 대해 치열하게 고민한 기도의 흔적이 배어 있다. 그는 때로는 교회 대변자로서 사자후를 토했고, 때로는 필설로 복음적 가치관을 피력하는 데 앞장섰다.
> └➡열변을 토했고

'사전辭典'과 '사전事典'

한글로야 같지만 한문으로는 엄연한 구분이 있는 말이다. '辭典'은 낱말을 모아 일정한 순서로 배열하여 그 뜻을 설명한 것이고, '事典'은 여러 가지 사건이나 일의 조목을 일정한 순서대로 배열하여 설명한 책이다.

다시 말해 '辭典'은 단어의 뜻풀이를 위주로 만든 책이고, '事典'은 사물事物이나 현상現象을 설명한 책으로, '백과사전百科事典'을 줄인 표현으로 이해할 수 있다. 1930년 일본의 평범사平凡社가 『대백과사전大百科事典』을 만들면서 처음 사용한 말이다.

사족蛇足

할 일도 많은데 웬 헛수고?

그림 김도원

그냥 두어도 될 일에 불필요한 말이나 행동을 해 손해 보는 것을 일컫는 말.

'화사첨족畵蛇添足'이 줄어든 말로, 중국 전국시대 책사들의 글을 모은 『전국책戰國策』에 실려 있다. 내용은 이렇다.

초楚나라의 한 부자가 제사를 지낸 뒤 하인들에게 술을 내렸는데, 술이 딱 한 잔뿐이라 뱀을 가장 먼저 그린 사람이 술을 먹기로 했다. 이윽고 한 하인이 맨 먼저 뱀을 그리고 술을 마시려 했는데 문득 발을 그려야겠다는 생각이 들어 다시 붓을 들고 열심히 그림을 그렸다. 그러나 그 사이 다른 사람이 먼저 그림을 완성했기 때문에 술을 빼앗기고 말았다.

굳이 사족을 붙이자면, 일본이나 중국처럼 우리도 엘리베이터가 있는 새 한국기원 건물을 가져 봤으면 하는 소원이다. 중앙일보 010530

사주四柱

그거 믿다 신세 망친 사람이 한둘이던가…

사람이 태어난 해·달·날·시간을 계산하여 운명을 점치는 일.

사람을 하나의 집으로 보고 '생년生年' '생월生月' '생일生日' '생시生時'를 그 집의 네四 기둥柱으로 가정해 만든 말이다. 예를 들어 어떤 사람이 '甲子年(갑자년) 乙丑月(을축월) 丙寅日(병인일) 丁卯時(정묘시)'에 태어났다면 '甲子, 乙丑, 丙寅, 丁卯'의 네 간지干支가 그 사람의 사주다. 이것을 동양수학으로 풀어 보면 그 사람의 길흉화복吉凶禍福을 예측할 수 있기 때문에 사주는 곧 '운명'을 뜻하는 말로 쓰인다. 또 이 네 가지 간지가 여덟 글자로 이루어져 있기 때문에 '팔자八字'라고 말하기도 한다. 그러니까 '사주'와 '팔자'는 같은 말이다. 혹은 이 둘을 붙여 '사주팔자四柱八字'라고 일컫기도 하는데, 이것은 '처갓집' '그물망' '족발' 같은 이중표현인 셈이다.

하지만 이런 계산법은 근원적 한계가 있다. 즉, 이 지구상에는 70억이나 되는 인구가 있고 이중에서 동일한 사주를 가진 사람이 적지 않은데, 그들이 모두 같은 길을 가지 않는 이유를 설명하지 못하는 것이다. ➡간지

사즉생死則生

뭐? 이순신 장군이 무식했다고?

'죽고자 하면 산다'는 뜻의 한자 구문.

『오자병법吳子兵法』「치병편治兵篇」에 나오는 '必死則生'(필사즉생)을 줄여

일컫는 말이다. 원문은 '必死則生 幸生則死'(필사즉생 행생즉사), 즉 '반드시 죽고자 하면 살고, 요행히 살고자 하면 죽는다' 인데, 이것이 사람들에게 전해지면서 '必死則生 必生則死'(반드시 죽고자 하면 살고, 반드시 살고자 하면 죽는다) 등으로 바뀌어 사용됐다.

이 말은 이순신李舜臣장군이 명량해전鳴梁海戰을 앞두고 장병들에게 했다고 해서 더욱 유명하다. 명량해전은 원균元均의 모함으로 수군통제사에서 물러나 있던 이순신이 재기용되어 일본군과 맞선 전투로, 군사 120명과 병선 12척으로 왜선 31척을 격파한 전투다. 『난중일기』 1597년 9월 15일자에는 다음과 같이 적혀 있다.

고뇌하는 이순신 2004년에 방영된 KBS 드라마 『불멸의 이순신』의 한 장면이다. 전쟁(명량해전·1597)을 앞둔 이순신(김명민 분)이 '必死卽生 必生卽死' 라고 쓰인 문구 앞에서 깊은 시름에 빠져 있는 모습이다. 그러나 이것은 '則'을 '卽'으로 잘못 쓴 것이다. 만일 그의 시름이 무능한 조선을 혁파하고 바다로 진출하는 것까지 포함하는 것이었다면 동아시아의 역사는 달라졌을 것이다. 그러나 그는 명량해전 이듬해 이상한 모습으로 죽음을 맞았고, 곧 전쟁이 끝나자 조선은 다시 예전의 모습으로 돌아갔다.

정찰병의 정보에 이르면, 적함의 수가 물경 삼백 척을 헤아린다 하므로, 길이 좁고, 물살이 가장 빠른 명량이 적격이었다. 저녁에 휘하 장수와 수천 장수들에게 "병법에 이르기를, 반드시 죽으려고 하면 살고, 반드시 살려고 하면 죽는다 했다. 또 한 사람이 길을 막으면 천 명의 적도 두렵게 할 수가 있다고 했다. 이 말들은 모두 지금의 우리를 두고 한 말이다. 너희 여러 장수들이 조금이라도 명령을 어기는 날에는 즉시 군율로 다스려 용서치 않으리라" 하고 재삼 엄격히 약속했다.

그런데 이 말의 둘째 번 글자 표기에 혼선이 있다. 즉, '死則生' 또는 '必死則生'으로 써야 하는데, 적지 않은 사람이 '死卽生' '必死卽生'으로 적는 것이다. 則과 卽은 둘 다 '곧(바꾸어 말하면)'이란 뜻이 있어 '곧즉'으로 부른다. 그러나 則에는 '만일 ~이라면', '혹은 ~한다면'의 뜻도 있는데, '사즉생’ ‘필사즉생’에서는 바로 이런 뜻으로 쓰인 것이다. 예를 들어 『논어』 「학이편學而篇」에 있는 ‘過則勿憚改(과즉물탄개)’는 ‘잘못過을 했다면則 고치기改를 꺼리지憚 말아야勿 한다’는 뜻으로 새기는 것과 마찬가지다.

『난중일기』 1597년 9월 15일자에 적혀 있는 이순신 장군의 친필이다. 어떤 사람은 이를 보고 “이순신 장군도 ‘必死卽生 必生卽死’로 적었다”고 말한다. 그러나 세 번째 글자는 언뜻 ‘卽’처럼 보이지만 사실은 ‘則’의 초서체다.

그렇다면 왜 ‘死則生’을 ‘死卽生’으로 쓰는 사람이 많을까. 일부에서는 그 이유를 불교에서 말하는 ‘生卽死, 死卽生’에 익숙해진 탓으로 보기도 한다. 이때의 卽은 ‘곧’의 뜻으로, ‘삶은 곧 죽음이요, 죽음은 곧 삶이다’란 뜻이다. 즉, 인간은 태어난 순간부터 죽음을 지고 살아가기 때문에, 생과 사는 이항대립二項對立의 개념이 아니라 ‘불확정적不確定的 연속성’이라는 말이다.

사쿠라

소고기인 줄 알고 먹었는데 말고기였다고?

변절자·한통속·철새정치인 등을 일컫는 말.

일본어 ‘사쿠라さくら’에서 온 말이다. 사쿠라는 ‘벚꽃’ 이외에도 ‘노점露店 등에서 손님을 가장하여 물건을 사거나 칭찬하여 다른 손님의 구매욕구를 자극하는 사람’을 가리키거나 ‘공모共謀’ ‘첩자諜者’의 속어로 쓰이기도 한다.

‘벚꽃’이 이런 뜻을 가지게 된 이유에 대해서는 여러 가지 추측이 있다. 그중 가장 많이 언급되는 것은, 벚꽃의 색깔이 말고기 색깔과 같아 ‘소고기로 알고 먹었는데 알고 보니 말고기였다’ 해서 사쿠라에 ‘말고기’란 뜻이 생겼고, 여기에서 ‘외관은 비슷하지만 실제는 다른 것’을 가리키는 말로 쓰인 것이라는 얘기다. 노점상이 야바위꾼과 함께 사람들을 끌어들여 한바탕

멋지게 판을 벌이고 장사가 끝나면 사람들이 일시에 흩어지는 모습이 벚꽃의 모습과 비슷하다 해서 생겼다는 주장도 있다.

> 우리 정치가 제 모습을 찾아가려면 협상파·중간파가 자리를 잡아야 한다. 60~70년대식 사쿠라 정치인을 말하는 게 아니다. 분명한 철학과 소신을 가진 정치주체로서의 중간파가 필요하다. 경향신문 001108

산보散步

백제 귀족들이 환각제를 복용했다고?

가벼운 기분으로 이리저리 거닒.

중국 후한後漢시대부터 당대唐代에 걸쳐 유통됐던 오석산五石散이란 약에서 온 말이다. 오석산은 단사丹砂·웅황雄黃·백반白礬·증청曾青·자석磁石의 다섯 가지 광물을 볶은 뒤 가루로 빻아 만들었다. 여기서 '산散'이란 '가루약'이란 뜻이다. 예를 들어 진해거담제 용각산龍角散이 가루약인 것과 같다.

오석산은 허약체질을 개선하는 약으로 알려져 있다. 그러나 이 약이 널리 유행하게 된 것은 이 약에 들어 있는 환각성분 때문이다. 연구자들에 따르면, 중국의 위진남북조시대魏晉南北朝時代에 부유층들 사이에 이 약이 유행하여 사회질서가 크게 문란했다고 한다.

오석산에서 '산보'란 말이 나온 것은, 이 약의 부작용인 '산발散發' 때문이다. '산발'이란 오석산을 먹은 후 일어나는 '몸이 후끈거리는 현상'으로 일종의 환각현상이다. 만일 이 산발이 없으면 독이 몸에 퍼져 생명이 위태로우므로 오석산을 먹은 뒤에는 산발을 빨리 오

백제 귀족들이 오석산을 복용했음을 뒷받침하는 백제 사비시대의 목간. 매장문화재 전문 조사기관인 동방문화재연구원이 부여군 쌍북리에서 2010년 발견한 것으로, '五石九十斤(오석구십근)'이라 적혀 있다. 오석산 복용은 위나라 말기 이후 400여년간 중국 귀족들 사이에서 성행했는데, 학자들은 이들과 교유하는 부유층들을 통해 백제와 일본에 전해졌을 것으로 본다.

게 하려고 일부러 이리저리 걸어다녔다. '산보'는 바로 여기에서 온 말이다.

오석산으로 사회질서가 문란해졌다는 것은, 이 산발상태에서 귀족들이 부도덕한 행위를 저질렀다는 것을 의미한다. 이런 행태는 중국 귀족들과 교유하는 백제 귀족들에게도 전해졌고, 이들을 통해 다시 일본(나라 시대·8세기경)에도 전해졌다. 일부에서는 당나라 황제들을 제 명에 못 살게 한 것은 이 오석산 과용으로 인한 수은중독 때문으로 추정하기도 한다.

진해거담제 용각산龍角散 "이 소리가 아닙니다. 저 소리도 아닙니다. 용각산은 소리가 나지 않습니다"란 카피로 유명하다. 散은 대개 '흩어지다'의 뜻으로 쓰이지만, 여기에서는 '가루약'이란 뜻으로 쓰였다. 용각산은 약 200년 전 일본 동북지방의 무가인 사다케번佐竹藩의 전의典醫를 지낸 후지이藤井玄淵가 처음 만든 것으로, 생약제제인 용골龍骨·용뇌龍腦·녹각상鹿角霜을 혼합해 만들었다.

청나라 말의 문호 노신魯迅이 쓴 『위진魏晉의 시대상과 문학』이란 글에는 오석산에 대한 다음과 같은 설명이 있다.

> 오석산을 먹으면 계속 걸어야 한다. 그래야 약효가 나타나는데 이것을 '산발散發'이라고 한다. 산발이 일어나지 않으면 무서운 중독이 일어난다. 그래서 계속 길을 걸으면서 산발을 하는 것을 '행산行散'이라고 한다. 또 이 약을 먹은 뒤에는 냉수를 몸에 끼얹으며 찬 것을 먹어야 한다. 그래서 이 약을 '한식산寒食散'이라고도 하는데, 단 하나의 예외는 뜨거운 술을 마시는 것이다. 이것을 잘못하면 죽어야 한다. **『魯迅選集』, 이와나미출판**

> 아침기도가 끝난 뒤 아차산에 오른다. 그의 새벽산보는 거의 하루도 빠짐없이 해온 습관이다. 해방과 함께 중국에서 귀국한 후 적선동에 자리잡고 인왕산에 오르면서부터다. 동아일보 950902

산통算筒을 깨다

다 되어 가는 일을 이루지 못하게 뒤틀다.

'산통점算筒占'에서 나온 말이다. 산통점이란 나무를 파서 만든 산통算筒

속에 1~8까지의 숫자를 새긴 산가지를 넣고 이를 흔들어 뽑아 길흉화복吉凶禍福을 판단하는 점법이다. 우리나라만이 아니라 중국·일본에서도 유행했던 이 점은 주로 맹인들이 점쟁이로 나섰는데, 점괘가 나쁘게 나오면 손님들이 산통을 집어던지곤 했다 해서 나온 말이다.

산통에 산가지를 넣고 흔드는 모습 이렇게 흔드는 것은 산가지에 적힌 숫자를 보고 행불행을 점치기 위해서이다. 연필꽂이처럼 생긴 이 산통은 불구佛具로 쓰기도 했다. 즉, 불교 교육기관에서 스님들의 발표 순서를 정할 때, 산통에 미리 스님의 고유번호를 적은 산가지를 집어넣고, 이를 뽑아 발표자를 결정했다.

살무사

보지도 않고 누가 그런 참혹한 이름을 붙였지?

살무사과의 뱀.

우리나라와 중국, 일본 북부지방에 흔한 독사다. '어미를 잡아먹는 뱀'이라 해서 과거에는 '살모사殺母蛇'라고 했으나, 지금은 어원과 멀어진 말이라 하여 '살무사'를 표준어로 삼되 '살모사'도 인정하고 있다. 이렇게 두 가지를 표준어로 인정하는 것을 '복수표준어'라 한다.

새끼가 자신을 낳아 준 어미를 잡아먹는다는 것은 생각만 해도 소름끼치는 일이다. 하지만 이 이야기는 잘못 알려진 것이다. 살무사는 알로 태어나는 난생동물卵生動物이지만, 알이 몸 밖에서 부화되는 것이 아니라, 어미의 몸속에서 발생發生이 진행되어 밖으로 나온다. 이처럼 난생동물인데도 개체가 알이 아니고 유생幼生의 형태로 태어나는 것을 '난태생卵胎生'이라 한다.

대개 한 번에 적게는 4마리, 많게는 10여 마리까지 나오는데, 이렇게 많은 새끼를 낳은 어미는 탈진상태가 되고, 새끼들은 그런 어미뱀을 둘러싸고 입

그림 채정수

살무사의 해산 직후 모습을 그린 상상화 살무사는 어미의 몸속에서 발생이 진행되어 새끼 상태로 어미 몸속에서 나오는데, 그 수가 많게는 10여 마리에 이른다. 당연히 해산을 마친 어미는 기진맥진한 상태가 된다.

을 벌리고 있는 상태가 된다. '살모사'란 이름은 누군가가 이런 광경을 보고 "어미를 잡아먹는 뱀"이라고 잘못 말했기 때문이다. 백남극·심재한, 『뱀』

살색

내 살은 그런 색이 아니라고!

사람의 살갗과 같은 색깔.

같은 뜻의 일본어 '하다이로(肌色·はだいろ)'를 번역한 말이다. 1967년 기술표준원이 일본의 공업규격상 색명을 그대로 번역해 한국산업규격(KS)상의 색명으로 정한 것이다. '하다肌'는 '살'이란 뜻이다. 그러나 살색이란 일본인들의 살빛, 넓게는 황인종의 살빛만을 의미하기 때문에 국제적 시각에서 보면 어울리지 않는 말이다.

이런 이유 때문에 2000년대 초부터 재한 외국인들이 "다른 인종의 피부색에 대한 차별적 인식을 확대할 수 있다"고 주장했고, 기술표준원이 이를 받아들여 2005년 크레파스의 KS 표준 명칭을 '살구색'으로 바꿨다. 일본에서는 2001년부터 '엷은 오렌지색'(薄橙·うすだいだい·pale orange)으로 쓰고 있다.

'삼가하다' 와 '염두하다'

'하다' 는 멋대로 붙이는 게 아니다

- 그런 일은 삼가하시오.
- 내 말을 잘 염두해 두어라.

이렇게 말하는 사람이 적지 않지만, 둘 다 틀린 표현이다. 이유는 이렇다.

우리말 용언(동사·형용사) 중에는 체언(명사·대명사)에 접미사 '하다' 를 붙여 만들어진 말이 많다. 예를 들어 '자랑하다' 는 '자랑' (체언)에 '하다' (접미사)를, '운동하다' 는 '운동' 에 '하다' 를 붙여 만들었다. 이런 것들은 아주 흔하고 만들기도 쉽다. 그러나 '하다' 를 붙여서는 안 되는 말들이 있다. '삼가' 와 '염두' 가 대표적이다.

'삼가' 에 '하다' 를 붙일 수 없는 이유는, '삼가' 가 체언이 아니라 용언의 일부이기 때문이다. 다시 말해 이것은 '삼가+하다' 의 구조가 아니라, '삼가다' 가 그 자체로 용언(동사)이다. 따라서 '그런 일은 삼가하시오' 처럼 쓰는 것은 잘못이고, '그런 일은 삼가시오' 라고 써야 한다.

'염두' 에 '하다' 를 붙일 수 없는 것은 '삼가다' 와는 조금 다르다. '염두念頭' 는 '마음속' 이란 뜻으로 동작성이 없는 말이므로 뒤에 '하다' 를 붙이면 말이 되지 않는다. 다시 말해 '대립對立' 은 '立' 이 '서다' 의 뜻으로 동작성이 있기 때문에 '대립하다' 란 말이 되지만, '염두' 는 그렇지 않기 때문에 '염두

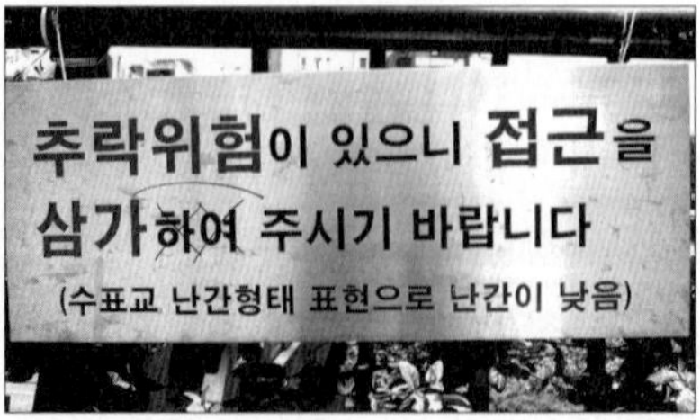

청계천 수표교 옆에 걸려 있는 경고표지판(2009년 6월 23일 촬영). '추락위험이 있으니 접근을 삼가하여 주시기 바랍니다' 라고 잘못 적혀 있다. 누군가가 오류를 지적했으나 오랫동안 그대로 있었다. 그 아래에는 '수표교 난간형태 표현으로 난간이 낮음' 이라고 되어 있는데, 언뜻 봐서는 무슨 뜻인지 알 수 없다. 그냥 '난간이 낮습니다' 라고만 해도 될 텐데, 왜 낮은지를 짧은 글속에 집어넣으려다 어려운 글이 돼버렸다.

하다' 는 이상한 것이다. 이때는 '염두에 두다' 라고 해야 한다. 간혹 '염두+하다' 를 생각하고 '내 말을 잘 염두해 두어라' 거나, '예방접종 후 염두해야 할 점은 뭐지요?' 라고 쓰는 사람이 있다. ➡갈등

삼고초려三顧草廬

그는 늘 겸손하고 함부로 감정을 드러내지 않았다

윗사람이 인재를 데려오기 위해 참을성 있게 노력하는 것을 일컫는 말.

'顧(고)' 는 '돌아보다' 의 뜻이므로 '삼고三顧' 는 '세 번 돌아보다(찾아보다)' 는 뜻이고, '廬(려)' 는 '오두막집' 의 뜻이므로 '초려草廬' 는 '초가집' 이란 말이다. 유비劉備가 제갈량諸葛亮을 얻기 위해 그의 초려를 세 번이나 찾아갔다는 데서 온 말이다. 내력을 되돌아보면 이렇다.

후한後漢 말, 한나라 왕조의 일족임을 자칭하는 유비는 한때 화북(華北 · 중국 북부지방)의 군웅 중 한 사람으로 입지를 마련했으나, 적대관계에 있던 조조曹操가 급부상해 화북을 제패하자 형주(荊州:지금의 호북성·호남성·광동성 북부)를 지배하던 유표劉表에게 몸을 의탁하는 처지가 됐다. 이때 그는 '대업을 이루기 위해서는 관우關羽·장비張飛 같은 맹장도 필요하지만, 이제부터는 지모 있는 신하가 더 필요하다' 는 것을 절감한다.

유비 중산정왕(中山靖王·전한 경제의 아들) 유승劉勝의 후손으로 알려져 있으나, 사실이 아니라는 얘기도 있다. 어려서 아버지를 잃고 어머니와 함께 짚신을 만들어 생계를 꾸려갔으나, 늘 남을 공손히 대하고, 함부로 감정을 드러내지 않았다. 외모도 전형적인 덕인德人의 모습인데, 일설에 따르면, 그의 팔은 무릎에 닿을 정도로 길고, 귀는 거울 없이도 자신의 귀를 볼 수 있을 정도였다고 한다. 이 같은 그의 모습이 '도원결의' 로 관우·장비를 얻고, '삼고초려' 로 제갈량을 얻는 자산이 되었다.

어느 날 유비는 양양(襄陽 · 형주 북부)을 지

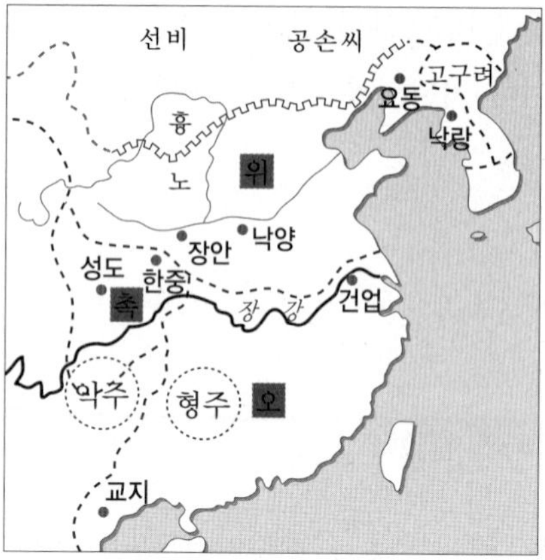

3세기 초반의 삼국지도 한 뼘의 땅도 갖지 않은 유비가 이렇게 중원천하를 삼분三分할 수 있었던 것은 오로지 제갈량이라는 천재를 만났기 때문이다. 그러나 221년 유비가 의형제 관우의 원수를 갚기 위해 일어섰던 '손권 토벌전'이 실패로 끝나고, 그 충격으로 유비도 죽자 '천하삼분지계'는 사실상 좌절된다.

나가다 사마휘(司馬徽·일명 수경선생)라는 기인을 만나 그런 속내를 털어놓자 사마휘는 "형주에는 복룡(伏龍·숨어 있는 용)과 봉추(鳳雛·봉황의 새끼)가 있는데, 복룡은 지금 청경우독(晴耕雨讀·부지런히 일하며 공부함)하고 있습니다"라고 대답한다.

유비는 곧 복룡이 제갈량임을 알고 두 번이나 찾아갔으나 제갈량은 그때마다 자리를 피해버렸다. 유비는 관우·장비의 반대를 무릅쓰고 세 번째 방문을 시도했고, 유비의 진심에 감복한 제갈량은 결국 마음을 연다.

이때 제갈량이 유비에게 제시한 비전이 '천하삼분지계天下三分之界'다. 천하삼분지계란, 형주를 발판으로 서쪽의 익주益州를 얻은 뒤, 강동의 오(吳·장강 하류지역)를 지배하는 손권孫權과 동맹을 맺어 북중원의 조조와 대항해야 대업을 이룬다는 논리다. 이때가 서기 207년, 유비의 나이는 47세, 제갈량은 27세였다. ➡도원결의

> 조장희 박사의 연구는 640억원이라는 엄청난 돈을 투자한 이길여 가천길재단 회장의 전폭적인 지원이 없었다면 불가능했을 일이다. 뇌영상 연구분야의 세계적 학자인 조 박사를 삼고초려를 통해 '15년 계약'을 맺어 세계적 규모의 뇌과학연구센터를 설립한 것이다.

삼림욕森林浴

피톤치드를 마음껏 씌고 싶다면…

삼림 속을 거닐면서 심신의 휴식을 꾀하는 일.

전문적으로는 '삼림의 정신적 · 과학적 · 신비적 분위기 속에서 의학적으

로 뒷받침되는 건강법을 실천하는 것'으로 정의되는데, 이런 일련의 행동을 '목욕沐浴'에 비유한 말이다. 숲이 방출하는 피톤치드Phytoncide는 실제로 항균抗菌 면역免疫효과가 있는 것으로 알려져 있다.

'산림욕山林浴'이라고 말하기도 하지만 '삼림욕'이 더 합당한 말이다. '山'은 단순히 '뫼'의 뜻이지만, '森'은 '나무가 빽빽하다'는 뜻이고, 삼림욕은 그런 곳에서만 할 수 있기 때문이다.

아오모리의 삼림 숲속의 나무는 '피톤치드'라는 것을 발산한다. 나무가 해충이나 미생물로부터 스스로를 방어하기 위해 발산하는 물질인데, 이것이 인체에 이로운 작용을 하는 것은 많은 연구에 의해 입증됐다. 예전에 어른들이 송편을 찔 때 솔잎을 넣어 향을 좋게 하고 쉬 쉬지 않게 했는데, 이것도 피톤치드의 방부효과 때문이었다. 만일 피톤치드를 마음껏 쐬고 싶다면 일본 아오모리靑森에 있는 '오이라세奧入瀨 계류'를 가보는 것도 좋다. 계류溪流란 '산골짜기에 흐르는 시냇물'이란 뜻인데, 도와다호十和田湖에서 넘쳐흐른 맑은 물이 계류를 만들어 첩첩 원시림 사이를 14km나 가로지른다. 그리고 그 계류 한쪽에는 오솔길이 있어 마치 신선이 된 느낌으로 삼림욕을 즐길 수 있다. 학자들에 따르면, 음이온은 물분자가 활발하게 움직일 때 주로 생성되기 때문에 피톤치드는 물 근처에 많고, 또 계곡이 있으면 물 때문에 피톤치드도 계곡 쪽으로 몰린다고 한다. 사진 장진한

삼매三昧

이 상태에 들면 바른 지혜가 일어난다

마음을 하나의 대상에 집중하여 다른 생각을 하지 않는 상태.

불교어로, 범어 'samadhi'를 음역音譯한 말이다. 뜻을 가미해 번역한(漢譯·한역) 말은 '삼마제三摩提'다. 스님들의 말씀에 따르면 이 상태에 들어가면 바른 지혜가 일어나 대상을 정확하게 파악할 수 있다고 한다. '부처의 진리를 얻을 수 있도록 열심히 염불을 하는 것'을 일컫는 염불삼매念佛三昧, '오직 책읽기에만 골몰하는 것'을 이르는 '독서삼매讀書三昧'는 여기에서 파생된 말이다.

> 나는 가끔 화장실에 앉아 중용을 외운다. 그러면 그 청아한 소리가 울려 감돌다가 귀를 통해 마음에 와 닿아 삼매로 들어간다. 나는 이를 녹음했다 친구에게 전화로 들려준다.

삼삼오오三三五五

몇몇 사람들이 모여 있거나 옆으로 늘어서서 걷고 있는 모습.

이백李白의 『채련곡采蓮曲』이란 시에 나오는 '岸上誰家遊冶郎, 三三五五映垂楊'(안상수가유야랑, 삼삼오오영수양)에서 따온 말이다. '언덕 위엔 누구 집의 놀이 나온 사내들이, 삼삼오오 모여서 수양버들에 가리웠네'란 뜻으로, 삼삼오오 모여 있는 유야랑遊冶郎들의 모습을 읊은 노래다. 유야랑이란 '즐겁게 노는 사람' 또는 '술에 빠져있는 남자'를 말한다. 『채련곡』은 같은 제목으로 여러 사람들이 지었는데, 이백의 작품이 특히 유명하다.

> 삼삼오오 모여 앉아 귀엣말로 소곤거리는 의원들, 오가며 악수하는 의원들, 아예 뒤로 돌아앉아 환담하는 의원들…. 이는 의원 사교모임이나 리셉션장의 광경이 아니다. 6공과 새 정부의 가교역을 맡았다는 제160회 임시국회 본회의장의 풍경이다. 한국일보 930216

삼수갑산三水甲山을 가더라도

이제 그곳은 오지가 아니다

무슨 일이 있더라도. 최악의 경우를 각오하고.

'삼수갑산三水甲山'이란 언뜻 '경치 좋고 아름다운 산'으로 생각할 수 있으나 사실은 산간벽지의 대명사로 여겨지는 함경남도(현재의 양강도) 북서단의 삼수군三水郡과 갑산군甲山郡을 일컫는 말이다. 개마고원에 속해 있는 이곳은 매우 춥고 교통이 나빠 예부터 유배지로 유명했다. 따라서 '오지로 좌천되는 것도

왼쪽은 현미 브랜드 '三水甲山'의 포장지이고, 오른쪽은 식당 '山水甲山'의 간판이다. 글 속에서도 '삼수갑산'을 '산수갑산'으로 잘못 쓰는 사례가 많지만, 식당명 중에도 이렇게 잘못 지은 사례가 더러 있다.

감수한다'는 비장한 각오를 말할 때 '삼수갑산을 가더라도'란 표현을 쓴다.

하지만 그 같은 이야기는 수십 년 전의 일이고, 지금은 상황이 많이 달라졌다. 지금의 삼수·갑산은 산이 깊어 귀한 약재들이 많이 나고, 목재공장과 대형 광산이 있어 교통이 편리할 뿐만 아니라, 백두산 자락에는 대규모 목장이 조성되어 있다. 유배지도 더 벽촌인 풍서군豊西郡과 풍산군豊山郡으로 옮겨갔다. 지명의 유래에도 자연이 그대로 묻어 있다. 삼수三水는 압록강·삼수동수·어면강이 모아졌다 해서 나온 이름이고, 갑산甲山은 산이 갑옷처럼 총총하게 솟아 있다 해서 나왔다고 한다.

간혹 '산수갑산山水甲山'이라고 하는 사람이 있는데, 아마도 낯선 '삼수'보다 익숙해진 '산수'에 쏠림현상이 일어났기 때문일 것이다.

> 이 같은 선언은 나중에 산수(→삼수)갑산을 가는 한이 있더라도 당장 표를 모으고, 일단 당선되고 보자는 고약한 발상이다.

삼십육계三十六計

안 될 때는 달아나서 훗날을 기약하라

'도망'을 달리 이르는 말.

'삼십육계 주위상책三十六計 走爲上策'이 줄어든 말이다. 삼십육계란 원래 '전쟁을 하는 데 쓰이는 36가지 계책'이다. 예를 들어 제1계 '만천과해瞞天過海'는 '하늘을 기만하고 바다를 건너라'라는 뜻이고, 제3계 '차도살인借刀殺人'은 '칼을 빌려서 사람을 죽여라'라는 뜻이며, 제6계 '성동격서聲東擊西'는 '동쪽으로 소리치며 서쪽을 쳐라'라는 뜻이다. 그리고 마지막인 제36계가 도망전술로, 앞의 여러 가지 술책으로 안 될 때는 달아나서 훗날을 기약하는 것이 최상이라는 것이다.

이 말이 최초로 인용된 것은 『자치통감資治通鑑』「왕경칙전王敬則傳」이다. 제齊나라의 명제明帝는 성격이 매우 포악해 자신의 뜻에 반하는 자는 무조건 죽였다. 이에 위협을 느낀 회계(會稽·지금의 소흥지방) 태수 왕경칙王敬則이 반군을 이끌고 제나라 수도를 향해서 진군하다가 '명제와 그의 아들이 도망칠 생각만 하고 있다'는 소문을 듣고 껄껄 웃으며 "단공檀公은 36가지 계책 중 달아나는 것이 가장 좋은 계책三十六計 走爲上策이라고 했다. 이제 너희 부자는 달아나는 길밖에 없다"라고 말했다. '단공'은 송宋나라(춘추시대 제후국) 무제武帝의 건국을 도운 명장 '단도제檀道濟'를 일컫는데, 연구자들은 그가 삼십육계를 만들었을 것으로 보고 있다.

우리말에서는 '주위상책走爲上策' 대신 '도망'이라는 뜻의 '줄행랑'을 붙여 '삼십육계 줄행랑'으로 쓰고 있다. 의미에서 '날출出'이 연상되기 때문인지 '삼십육계 출행랑'으로 잘못 쓰는 일이 허다하다.

> 줄행랑
> 산양은 가소로워서 "푸하하" 너털웃음을 터뜨리며 문을 열어주지 않았지만 개미는 열쇠구멍으로 안으로 들어가 산양의 배를 물어버렸지요. 놀란 산양은 "걸음아, 나 살려라"고 출행랑을 놓았고 집으로 돌아오게 된 토끼는 개미를 위해 맛있는 양배추국을 끓였답니다.

삼우제三虞祭

뭐? 절에서 제사를 지낸다고?

장사를 지낸 후 세 번째 지내는 제사.

원래는 망자의 영혼이 방황할 것을 염려하여 지내는 세 가지 제사로, 초우初虞·재우再虞·삼우三虞를 함께 일컫는 말이다. 그러나 지금은 초우와 재우를 생략하고 세 번째 제사만 지내는데, 이 세 번째 제사만을 가리켜 '삼우' 또는 '삼우제'라 한다. 날짜도 지금은 죽은 지 3일 만에 지내지만, 예전에는 간지干支를 따져 재우를 지낸 뒤 강일剛日에 지냈다. '강일'은 갑甲·병丙·무戊·경庚·임壬에 속하는 날이다. '삼오제'라고 잘못 말하는 사람이 적지 않은데, 아마도 '虞'를 '오'로 잘못 읽은 탓일 것이다.

이와 관련해서 더불어 알아둘 것은, 불교에서 망자의 영혼을 극락으로 인도하기 위해서 올리는 천도재薦度齋다. 꽤 많은 사람들이 이것을 삼우제와 같은 '제사'로 알고 '천도제薦度祭'로 적는다. 그러나 이때의 齋는 '몸을 가지런히 하다' '(목욕)재계하다'의 뜻으로 제사와는 다르다. 사람이 죽은 지 49일 되는 날에 지내는 '사십구재四十九齋'를 '사십구제四十九祭'로 적어서는 안 되는 이유도 마찬가지다.

> 시간만 주어진다면 먹고사느라 삼오제(→삼우제) 이후 찾아가보지 못했던 어머니 산소에서 어머니에게 진정으로 사과하는 일 같은, 어찌 보면 사소해 보이지만 자신에게는 참으로 소중한 일을 꼭 하겠다는 것이었다.

삼위일체三位一體

제각기 다른 세 요소가 하나인 것처럼 결부되어 있는 것.

원래는 기독교의 핵심교리 중 하나로, 하나님聖父과 그 아들(예수·聖子)과 하나님의 영靈인 성령聖靈은 3개의 다른 모습으로 나타나 있지만 그 실체는 하나라는 이론이다. 다시 말해 성경 속의 신은 '아버지'와 '아들'과 '성령'이라는 '세 위격三位'을 지니지만, 신이라는 사실(본질)에 있어서는 '하나의 실체一體'로 존재한다는 것이므로, 간단히는 이해되지 않는 측면이 있다.

『구약성경의 삼위일체』 러시아 출신의 성화작가 안드레이 루블료프(1360~1430)가 그린 것이다. 가운데 앉은 이가 예수(성자)이고, 왼쪽이 여호와(성부), 오른쪽이 성신이다. 기독교에서는 성경에서 이들이 각기 다른 모습으로 나타나 있지만, 실체는 하나라고 말한다.

> 고대인들은 교육의 기능을 세 가지로 꼽았다. 그 하나는 신체적 아름다움과 그 기능의 발전, 또 하나는 도덕적 성품의 형성, 그리고 마지막 하나는 지적 이해력의 계발이다. 이 세 가지가 삼위일체를 이룸으로써 교육의 궁극적인 목표를 달성할 수 있다는 뜻이다.

삼천갑자 동방삭三千甲子 東方朔

복숭아 따먹고 18만년을 살았다니…

매우 오래 사는 사람을 비유적으로 이르는 말.

중국 전한前漢의 동방삭東方朔이 갑자년甲子年을 3000번 겪으며 18만 살이나 살았다는 데서 온 말이다. 동방삭은 전한시대의 문인으로 한무제漢武帝의 측근이었다.

어느 날 그는 곤륜산崑崙山의 신선 서왕모西王母를 찾아가는 무제를 수행하다가, 서왕모의 정원에 있는 선도仙桃 두 개를 따먹고 삼천갑자를 살았다고 한다. 삼천갑자란 육십갑자(60년)의 3000배, 즉 18만년이라는 계산이 되므로 '백발삼천장白髮三千丈'과 같은 중국인 특유의 과장법인 셈이다. 그러나 문헌상으로 동방삭은 기원전 154년에 태어나 기원전 93년에 죽었으므로 간신히 1갑자를 넘기고 죽었다.

동방삭 장수의 상징인 그는 신선 서왕모를 찾아가는 한무제를 수행하다 서왕모의 정원에 있는 선도仙桃 두 개를 몰래 따먹고 삼천갑자, 즉 18만 년을 살았다고 한다. 그가 그처럼 오래 산 것은 그를 잡으러 온 저승사자를 잘 대접했기 때문이라는 이야기도 있으나 문헌상으로는 겨우 1갑자를 넘기고 죽었다.

> 원리 원칙대로라면 내가 활자로 빚은 당신은 삼천갑자 동방삭처럼 언제까지나 그때 그 나이로 존재해야 옳다. 엄밀히 말하면 그건 내 덕이다. 동아일보 960319

삼천포로 빠지다

굳이 '지역비하'로 볼 필요가 있을까?

일이 전혀 엉뚱한 방향으로 진행되다.

삼천포三千浦는 경상남도 남서쪽에 있었던 항구도시의 이름이었으나

1995년 '사천시泗川市'로 개편되면서 지금은 행정적으로는 사용하지 않는다. 왜 '삼천포로 빠지다'가 '엉뚱한 방향으로 나가는 것'을 일컫게 되었는가에 대한 정설은 없다. 그러나 일부에서는 교통편과 관련된 말이 아닐까 하며 다음 몇 가지를 제시한다.

첫째는, 남해고속도로가 없던 시절, 마산에서 진주를 거쳐 하동-순천으로 이어지는 국도 2호선을 타고 가다 진주 부근에서 국도 3호선으로 들어서면 삼천포로 빠지게 되어 있다. 지금은 삼천포(사천시 대방동)와 남해 창선昌善 사이에 연륙교가 놓여 있으나 과거에는 바다를 건널 수 없어 삼천포에서 국도 3호선이 끊어지는 형태를 띠었다.

둘째는, 부산에서 진주로 가는 기차에는 삼천포로 가는 손님과 진주로 가는 손님이 함께 타게 되어 있었다. 기차가 진주역 근처 개양역에 이르면 진주행과 삼천포행 객차를 분리해야 하므로 차장은 진주행 손님은 몇 호차로, 삼천포행 손님은 몇 호차로 옮기도록 방송했다고 한다. 그런데 진주로 가는 승객이 졸다가 이를 듣지 못해 삼천포까지 가게 되는 일이 많았다는 것이다.

셋째는, 진해에 해군기지가 생긴 뒤 해군들에 의해 생긴 말이라는 얘기다. 즉, 서울 출신의 수병들이 휴가를 마치고 귀대할 때는 삼랑진에서 기차를 갈아타도록 되어 있는데, 이때 진해로 가는 기차를 타지 않고 삼천포로 가는 것을 타는 바람에 귀대시간을 맞추지 못하는 일이 잦아 만들어진 말이라는 것이다.

모두가 비슷비슷한 이야기로, 말의 생성 배경에 어떤 악의도 들어 있지 않다. 오히려 한국적 정서가 듬뿍 묻어 있는 관용어랄 수 있다. 그런데 이 말만 나오면 지역을 비하했다는 이유로 옛 삼천포 사람들이 정색하고 나오는데, 지나친 반응이 아닌가 싶다.

색연필

'엄마찾아 삼천포' 표현 영화 홍보물 수정 소동

○…30일 개봉하는 일본 영화 '기쿠지로의 여름' 홍보 회사인 이손필름이 영화 포스터와 전단 등에 '엄마 찾아 삼천포'라는 문구를 제목으로 썼다가 삼천포 관계자들의 항의를 받고 제목을 고치는 소동을 빚었다.

기타노 다케시 감독이 연출·주연한 이 영화는 엄마를 찾아 나선 9세 소년의 여정에 52세의 백수 건달이 함께하는 영화. 이손필름은 "'엄마 찾아 삼만리'와 발음도 비슷해 '엄마 찾아 삼천포'라 표현했다"고 말했다. 그러나 삼천포를 관할하는 경남 사천시 김수영 시장은 "삼천포로 빠진다는 말은 그 어원이 명확하지 않은 상태에서 늘 우리 지역민을 비하시키고 명예를 실추시켜 왔다"며 공식 해명과 사과를 요구했다.

/金明煥기자wine813@chosun.com

일본 영화 『기쿠지로의 여름』의 홍보회사가 포스터에 '엄마 찾아 삼천포'라는 문구를 넣어 삼천포 관계자들의 항의를 받았다는 2002년 8월 30일자 조선일보 기사.

삼파전三巴戰

세 개의 세력이 겨루는 싸움.

뜻을 모르는 사람은 별로 없지만, 한자로 써보라면 '三派戰'으로 쓰는 경우가 많다. '三巴'를 세 파벌이란 뜻의 '三派'로 잘못 생각하기 때문이다.

三巴는 중국 사천성四川省 동쪽에 있는 파서巴西·파군巴郡·파동巴東을 가리키는 말로 삼국시대의 유비劉備와 조조曹操가 이 지역을 중심으로 권력다툼을 벌였다. '삼파전'은 이때 만들어진 말이다.

서울시장 선거,
벌써부터 치열한 四派戰

민주당 이상수·김원길, 한나라당 이명박·홍사덕씨 도전 의사
고건 시장 재출마가 최대 변수에 정동영 가세할 가능성도

'四巴戰'이 '四派戰'으로 되어 있는 한 잡지의 제목이다. '삼파'는 중국 서부의 巴西·巴郡·巴東을 가리키고, '三巴戰'은 이 지명에서 온 성어이므로 '四巴戰'으로 적는 게 옳다. 물론 "고사와 상관없이 파벌派閥을 의식한 것"이라면 할 말 없지만….

386세대

그때는 이것이 최상급 컴퓨터였다

80년대에 대학생활을 한 대학생 집단.

3은 '30대代', 8은 '80년대 학번', 6은 '60년대에 출생한 세대'란 뜻이다. 그러나 이면에는 90년대 초반에 사용됐던 '386컴퓨터'가 있다. 이때의 대학생들이 당시로서는 최상급 개인용 컴퓨터인 '386'을 잘 다루었으므로, 이를 다루지 못하는 기성세대는 무능하고 비효율적인 세대라는 뜻을 담아 1990년대 중반부터 젊은 정치인들이 사용하기 시작했다.

그러나 '30대'라는 시대구분은 가변적인 것이므로, 엄밀히 말하면 386세대는 존재하지 않는다. 즉, 말 그대로의 386세대는 1990년에 처음 등장하여 2000년에 사라져버린 것이다. 하지만 지금은 나이 구분을 생각하지 않고

'80년대에 대학생활을 겪으며 5공화국 정부에 맞서 민주화투쟁을 벌인 60년대 출생의 지식인 집단'을 일컫는 말로 쓰이고 있다.

> 80년 전후 대학을 다녔으면 한 번쯤 겪었을 이 눌림은 '민중해방'을 지향한 시대정신에서 비롯됐다. 그 시대정신의 직간접적 세례자 중에 '386세대'가 존재한다. 서울신문 031029

상생相生

물은 나무를 낳고, 나무는 불을 낳고

서로 도움을 주고받으며 사는 것을 일컫는 말.

원래는 '오행五行이 차례로 서로 도움을 주고받으며 생겨나는 선순환'이란 뜻의 철학적인 말이다. '오행'이란 만물을 조성하는 다섯 가지의 원기인 '금·수·목·화·토金·水·木·火·土'를 말하는데, 이것이 좋은 영향을 주고받으며 순환하는 것이 음양도에서 말하는 '상생'이다. 즉, 물은 나무를 낳고水生木, 나무는 불을 낳고木生火, 불은 흙을 낳고火生土, 흙은 금을 낳고土生金, 금은 물은 낳는金生水 것처럼 서로 도와 공동의 새것을 만드는 관계인 것이다.

상생과 대립되는 개념은 '상극相剋'으로, 물은 불을 죽이고水剋火, 나무는 흙을 파고木剋土, 불은 금을 녹이고火剋金, 흙은 물을 빨아들이고土剋水, 금은 나무를 패金剋木 서로를 억제해 없애버리는 관계다.

> 상생과 공유는 시혜나 자선이 아니다. 도요타 사태를 보라. 그 뒤에는 하도급과 재하도급이란 문제가 도사리고 있지 않은가. 세상은 벌써 탐욕에서 관용으로 트렌드가 바뀌고 있다.

2000년 5월 17일 '5·18민주화운동 20주년 전야제' 때 소위 '386세대'라고 일컬어지는 김민석金民錫·송영길宋永吉 등 민주당 국회의원 당선자들이 광주시내의 한 단란주점에서 술판을 벌인 사건을 풍자한 이홍우 화백의 『나대로 선생』(동아일보 2000.5.29). '술취한 시민운동가'는 부산의 한 호텔방에서 여대생을 강제로 성추행하려다 쇠고랑을 찬 전 총선시민연대 장원 대변인이고, '술취한 文교육'은 같은 날 밤 별도의 장소에서 술자리를 가졌던 문용린文龍鱗 전 교육부장관이다. 이 사건은 통일운동가인 임수경 씨의 폭로로 세상에 알려졌다.

상아탑象牙塔

목은 상아의 망대 같고…

속세를 떠나 학문이나 예술에만 잠기는 경지. 대학.

19세기 프랑스 문예비평가인 생트 뵈브(1804~1869)가 『8월의 단층斷層』에서 낭만파 시인 비니의 예술에 대한 태도를 비평한 '라 투르 디부아르la tour d' ivoire' 라는 표현에서 온 말이다. '상아탑에 틀어박히다' 라는 뜻으로, 예술가나 학자가 현실도피적 태도로 자기 이상만을 추구하며 예술이나 학문에 도취하는 것을 일컫는다. 따라서 원래의 상아탑은 현실세계와 동떨어진 학자들의 연구생활이나 태도, 또는 '대학의 연구실' 을 비꼬는 말이었는데, 점차 비꼰다는 의미가 없어지고 '대학' 을 진리탐구의 장으로 비유할 때 사용한다.

힌트는 『구약성서』에서 얻었다. 『구약성서』 「아가서雅歌書」(7장 4절)에 "목은 상아의 망대(望臺·탑) 같고, 눈은 헤스본 바드랍빔 문 곁의 못 같고, 코는 다메섹을 향한 레바논 망대 같구나"라며 '여성의 아름다움' 을 노래한 부분이 있는데, 생트 뵈브는 여기에서 상아탑이라는 말을 가져왔다.

> 상급자가 어떤 사역을 시켜도 이를 묵묵히 받아들여야 하는 '상아탑의 노예들' 을, 그 상급자들과 계급적 이해관계를 공유하는 국가가 진정하게 해방시켜줄 리는 만무하다. 한겨레 101108

새벽

뭐? 2시가 새벽이라고?

밤이 거의 지나고 날이 밝을 무렵의 어둑한 때.

'새' 는 동東을 뜻하는 우리말 '시新' 가 바뀐 것으로, '새로운 날이 밝아오는 쪽' 을 가리키는 말로 정착되었고, 그것은 다시 '새복 → 새(東)+벽(闢)' 의 과정을 거쳐 '새벽' 이라는 말이 되었다(崔昌烈, 『어원의 오솔길』). 그렇다면 예를 들어 '그는 사업계획을 세우느라 새벽 2시에 퇴근하는 생활을 3개월째 계속하고 있다' 와 같은 표현은 잘못된 것이다. 한밤중인 2시를 새벽이라고 말할 수는 없기 때문이다.

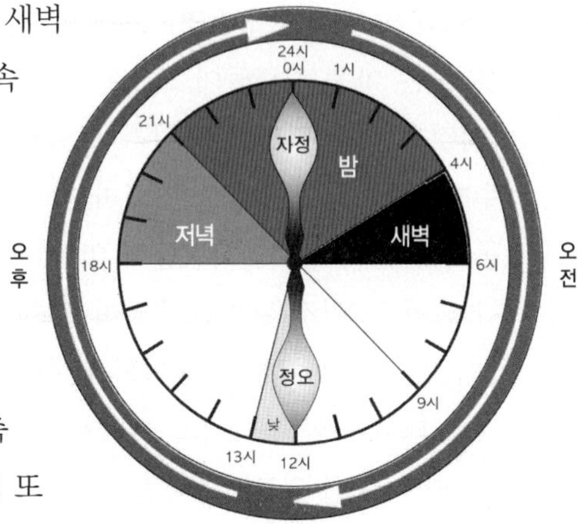

하루의 시간을 세분하는 방법에는 평균시법平均時法과 부정시법不定時法이 있다. 평균시법은 자시子時 · 축시丑時 · 인시寅時…처럼 균등하게 12 또는 24등분하는 것이고, 부정시법은 밤과 낮을 분리해 세분하는 방법이다. 즉, 밤은 '일경一更' 에서 '오경五更' 으로 나누고, 낮은 '효(曉:새벽)' '신(晨:이른아침)' '명(明:일출 직전)' 등 9단계로 구분한다. 결국 현재의 24시간제는 평균시법에 따른 시간구분이고, '새벽' '낮' '밤' 등은 부정시법에 의한 시간구분임을 알 수 있다. 계절에 따라 다르겠지만 새벽이라 표현할 수 있는 시간대는 일러야 4시, 늦어도 6시 전이다. ➡자정

→ 오전(또는 밤)

> 지난 20일 새벽 2시 경남 남해안의 한 해변. 수달의 울음소리가 고요한 봄바다의 정적을 깼다. 보름달 빛이 잔잔한 해면 위에 그득한 가운데 수달의 머리털이 유난히 반짝였다.

새옹지마塞翁之馬

괴로울 때 위로 되는 변방 노인 이야기

인생의 길흉화복吉凶禍福은 변화가 많아 예측하기가 어렵다는 말.

'塞(새)' 는 '변방' (국경지대)의 뜻이므로 '변방 늙은이의 말' 이란 뜻이다. 이것이 위의 뜻이 된 것은 다음과 같은 이야기에서 비롯됐다.

중국 북방의 국경 요새지에 점을 잘 치는 노인이 있었는데, 이유도 없이

기르던 말이 오랑캐 지역으로 도망쳐 버렸다. 소식을 들은 마을 사람들이 노인을 위로하자, 노인은 "이것은 길조요"라며 오히려 싱글거렸다. 그런데 수개월 뒤 그 말이 훌륭한 준마 한 마리를 데리고 돌아왔다. 다시 마을사람들이 입을 모아 축하했으나 노인은 "이것은 흉조요"라며 슬픈 얼굴을 했다. 노인의 말대로 며칠 뒤 노인의 외아들이 들어온 준마를 타다 낙마해 다리가 부러져 버렸다. 다시 사람들이 노인을 위로했으나 노인은 "길조"라며 개의치 않았다. 아니나 다를까, 얼마 후 오랑캐가 쳐들어와 모든 젊은이들이 군대에 끌려갔으나 노인의 아들은 다리가 부러진 덕분에 무사할 수 있었다.

인간의 길흉화복은 늘 바뀌게 되어 있음을 깨우쳐주는 이야기이다. 보통은 '인간만사새옹지마'라고 길게 말하기도 하는데, 이것은 원元나라 희회기熙晦機라는 승려가 '人間萬事塞翁馬 推枕軒中聽雨眠(인간만사새옹마 추침헌중청우면)', 즉, '이 세상의 모든 일은, 새옹의 말처럼 앞일을 알 수 없다. 집(추침헌) 한가운데에서 빗소리를 들으며 누워나 볼까'라고 읊은 것이 알려지면서부터다.

'수지김' 살해 혐의로 구속된 윤태식이 자신의 벤처기업 주식을 정관계 실력자들에게 나눠준 일명 '윤태식게이트'를 '새옹지마'로 풍자한 이홍우 화백의 『나대로 선생』(동아일보 2002.1.3). 윤태식은 부부싸움 끝에 자신의 아내인 수지김을 살해했는데, 5공화국은 이를 '간첩사건'으로 조작했다.

샌님

너무 얌전하고 융통성이 없는 사람을 얕잡아 일컫는 말.

'생원님'이 줄어든 말이다. '생원生員'이란 조선시대 과거시험인 생원시生員試에 합격한 사람을 말한다. 이들 중 일부는 성균관成均館에 들어가 고급관리로 진출했으나 대부분은 선비로서 사회적 지위를 부여받고 향촌사회에서 지도자로 군림했으므로, '생원'에서 비롯된 '샌님'은 원뜻과 상당히 다르게 쓰이고 있는 셈이다. 그 이유는 조선시대 후기로 들어오면서 과거제도가 문란해지고 합격자 수가 많아져 '샌님 인플레'가 발생한 데 있다. 이런 현상이 샌님을 과거 합격자에 대한 존칭보다는 단순히 상민이 '선비를 부르는 말'로 일반화하게 만들었고, 훗날 여기에 선비의 속성에 대한 서민들의 증오가 개입되어 오늘날의 뜻이 되었다.

샌드위치

그런 식사법은 로마시대에도 있었다

두 개의 빵조각에 고기·야채 등을 넣은 음식.

영어 'sandwich'에서 온 외래어로, 18세기 중엽 영국 '샌드위치' 가문의 4대 백작인 존 몬테규John Montagu가 밤새워 도박을 할 때 카드놀이를 멈추지 않고 식사를 해결할 수 있는 방법을 연구한 끝에 만든 음식이라 해서 나온 말이다. 하지만 샌드위치처럼 빵에 육류를 끼워 식사 대신 먹는 방법은 이미 로마시대에도 있었으므로 샌드위치 백작이 최초의 개발자는 아니다.

샌드위치맨

'샌드위치맨' '샌드위치휴일'은 여기에서 파생된 말이다. 샌드위치맨은 광고효과를 높이기 위해서 몸의 앞뒤에 두 장의 광고판을 달고 있는 사람을 말하고, 샌드위치휴일은 휴일 사이에 끼인 평일을 말한다. 이런 때는 평일을 연차나 월차휴가 등으로 대체하면 내리 3일을 쉴 수 있는데, 그 형상이 샌드위치와 같다 해서 이렇게 말한다.

샐러리맨

그때는 소금으로 월급을 받았다고?

봉급생활자. 월급쟁이.

'salary man' 에서 온 외래어다. 그러나 영어에서는 'salaried man' 또는 'salaried worker' 라 하므로 잘못된 영어가 만들어낸 외래어다. 일본인들이 자의적으로 'salaryman' 이란 말을 만들고 'サラリーマン(사라리만)' 이라고 하는 것이 영향을 미쳤다.

'salary' 는 '소금돈' 이란 뜻의 라틴어 'salarium(사라리움)' 에서 왔다. 'sal' 은 '소금' 의 뜻이다. 사람이 소금을 먹지 않고는 살 수 없으므로 소금을 양산量産하는 기술이 개발되기 전에는 소금이 돈처럼 거래되었던 것이다. 그러니까 'salarium' 이란 로마 정부에서 병사들에게 정기적으로 주어 '소금을 사게 하는 돈' 을 가리킨 말이다. 이것이 프랑스어를 거쳐 영어에 들어가 '월급' 이나 '정기적 급료' 를 뜻하는 'salary' 가 되었다. '병사' 의 뜻인 'soldier' 도 로마시대에 샐러리맨인 군인들에게 월급 대신 소금을 지급한 데서 유래됐다고 한다.

> 설을 앞둔 샐러리맨들의 표정이 밝다. 설 연휴가 주말과 겹친 탓에 맥이 풀렸던 지난해와 달리, 올해는 주중에 연휴가 끼여 황금연휴가 가능해졌다. 최장 9일을 쉬는 기업도 있다. 큰 폭은 아니지만 상여금도 지난해보다 두둑해졌다. 서울신문 080121

샛별

'태백성' '개밥바라기' 도 이 별의 이름이다

새벽에 동쪽 하늘에 반짝이는 금성金星을 달리 이르는 말.

같은 금성이라도 저녁 무렵 서쪽 하늘에 보일 때는 '개밥바라기' 라고 부른다. 개가 배가 고파 저녁밥을 바랄 무렵에 서쪽 하늘에 뜬다고 해서 그렇게 불렀다.

지구와는 가장 가까운 거리에 있어 하늘 전체에서 태양·달 다음으로 밝다. 중국에서는 그 빛이 백은白銀을 연상케 한다 해서 '태백太白' 또는 '태백성太白星' 이라고 불렀다.

괄목할 만한 신예가 나왔을 때 '샛별' 에 비유하는 것은 이 별의 밝기 때문이다. 원래는 이런 경우 '새별' 이라고 했는데, 태양계에서 새로 나타나거나 발견되는 별을 '새별' 이라 부르는 것과 구분하기 위해 '샛별' 로 쓴다. '새' 는 '새벽' 의 '새' 와 똑같이 '동쪽' 을 뜻하는 말이다. ➡새벽

> 그에게 '샛별' 이라는 표현은 어딘가 어색하다. 이미 누구나 부러워할 화려한 성적을 남겼기 때문이다. 하지만 그는 새해를 맞아 다시 출발한다는 각오로 매일같이 구슬땀을 쏟고 있다.
>
> 동아일보 070118

'생각지 않고' 와 '생각다 못해'

어간의 끝음에 ㄱ·ㅂ·ㅅ이 오면…

'생각치 않고' 와 '생각지 않고', '생각타 못해' 와 '생각다 못해' 중 어느 쪽이 옳을까. 의외라고 생각하는 사람의 많을 것이지만, '생각지 않고' 와 '생각다 못해' 가 맞는 표현이다. 이유는 이렇다.

예를 들어 '간편하지' 를 줄이면 '간편치' 가 되는데, 이것은 어간인 '간편하' 의 끝음절 '하' 의 ㅏ가 줄고 ㅎ이 다음 음절의 첫소리와 합쳐져 거센소리(ㅊ)가 되기 때문이다. '변변하지' 를 줄이면 '변변치' 가 되는 것도 마찬가지 이유다.

그러나 모든 말이 그런 것은 아니고, 어간의 끝음에 ㄱ·ㅂ·ㅅ이 올 때는 '하' 가 아주 줄어 버리므로 다음말을 거센소리로 적지 않아야 한다. 예를 들어 '거북하지 → 거북지' '넉넉하지 → 넉넉지' '익숙하지 → 익숙지' '섭섭하지 → 섭섭지' '깨끗하지 → 깨끗지' 등이 그런 예다. 다시 말해 '하다' 가 붙는 말 중에서 '하다' 를 제외한 부분이 ㄱ·ㅂ·ㅅ으로 끝나면 거센소리로 적지 않는 것이다. '생각하지 않고' 를 '생각지 않고' 로 쓰는 것도 마찬가지다.

샤부샤부

물수건을 헹구는 것에서 아이디어를 얻었다

끓는 물에 얇게 썬 쇠고기와 야채 등을 익혀 먹는 요리.

일본어 'しゃぶしゃぶ' 에서 온 말이므로 일본어 표기법에 따라 '샤부샤부' 로 적어야 하는데, '샤브샤브' 로 잘못 적는 사례가 적지 않다. 이 요리가 프랑스에서 온 것으로 알기 때문일 수도 있을 것이다.

'샤부샤부' 란 이름은 1952년 오사카大阪의 에스히로라는 음식점이 새로 개발한 요리에 붙임으로써 시작됐다. 원래 에스히로는 야키니쿠(燒肉·불고기) 전문점이었는데, 여름에는 야키니쿠가 팔리지 않아 여름용 요리를 개발하다가 종업원이 대야에 물수건을 헹구는 모습을 보고 아이디어를 얻었다고 한다. 수건을 얇게 썬 쇠고기로, 대야의 물을 국물로 본 것이다. '샤부샤부' 란 이름도 손수건을 헹굴 때 나는 물소리다. 딱 맞지는 않지만 굳이 우리말로 하자면 '샤악샤악' 정도가 될 것이다. 에스히로는 이렇게 개발한 요리를 1955년 상표등록했는데, 이때 상표명을 '샤부샤부' 가 아닌 '고기肉사부샤부' 로 했다. 샤부샤부란 말을 어느 집에서나 쓸 수 있도록 하기 위해서였다.

그러나 이 요리의 원조는 몽골이다. 몽골 유목민遊牧民들은 오래전부터 이 중냄비에 양고기를 익혀먹는 전통이 있었는데, 이것이 중국에 수입되어 '화과(火鍋·훠궈)' 라는 북경요리가 되었고, 이것이 다시 일본으로 건너가 일본전

샤부샤부 얇게 썬 고기를 야채 등과 함께 끓인 국물에 익혀먹는 샤부샤부는 일본에서 개발됐지만 그 뿌리는 몽골에 있다. 이동이 잦은 유목민들은 말고기와 양고기를 냄비에 이런 식으로 데쳐먹었는데, 이것이 중국에 수입되어 '화과' 라는 북경요리가 되었고, 이것이 다시 일본으로 건너가 일본전통의 냄비요리와 접목되어 '샤부샤부' 가 되었다. 그림은 가고시마현경제연鹿兒島縣經濟連이 판매하는 '흑돈黑豚사부샤부' 광고이다. 대개는 쇠고기를 사용하지만, 이렇게 돼지고기를 사용하기도 한다.

통의 냄비요리와 접목되어 '샤부샤부'가 된 것이다.

> 바람이 차가워졌다. 이렇게 날씨가 차가워지는 가을이면 따끈한 국물이 먹고 싶어진다. 이럴 때 즐길 수 있는 음식이 샤브샤브다. 따뜻한 국물에 소고기와 각종 야채가 푹 우러나온 국물이 별미다.
> →샤부샤부

선달先達

과거시험에 합격하고 벼슬을 받지 못한 사람을 높여 이르던 말.

중국에서 만들어진 말로, '먼저先 이르렀다達'는 뜻이다. 조선조 때는, 문과 출신자들은 미관말직이라도 관직에 나가지 않은 사람이 없었지만, 무과 출신은 평생 벼슬을 하지 못한 사람이 많았으므로 선달은 무과 출신자에게만 쓰이는 말로 잘못 인식되었다. 선달로 가장 유명한 사람은 '봉이 김선달'이다. '봉이'란 별명이 붙은 것은, 닭을 봉(鳳·봉황)이라 우겨 이득을 챙겼다는 이야기 때문이다.

> 그는 500원짜리 지폐에 그려진 거북선을 보여주며 차관을 도입하고, 허허벌판을 보여주며 조선소 지을 땅이라고 우기는 '봉이 정선달'이었지만, 결국 조선소 완공과 동시에 26만t급 대형 선박을 납품했다.

선생先生

교사. 이름이나 직명 뒤에 붙는 존칭어.

원뜻은 '자기보다 먼저 태어난 사람', 즉 '연장자'다. 잘 쓰이지는 않지만 '후생後生'의 반대말인 셈이다. 조선왕조 중기까지만 해도 김굉필·정여창·조광조·이언적·이황 같은 큰 학자 외에는 '선생'이라고 부르지 않는 것이 상식이었다. 중국에서는 상대방을 정중히 부를 때 '동지同志'와 같은 뜻으로 사용하거나, 아내가 남편을 부를 때 사용한다. 일본에서는 우리처럼 교사라는 뜻과, 존경의 뜻으로 직명이나 이름 뒤에 붙이는 것은 같지만 상당한 존경의 뜻이 있을 경우에만 붙인다.

'雪(눈설)' 은 하늘에서 내리는 눈을 빗자루로 쓰는 모습을 그린 것이다. 雨는 하늘에서 눈이 내리는 모습이고, 그 아래 포크처럼 생긴 것은 빗자루다. 눈이 내리면 온천지가 하얗게 되므로 눈 설에는 '깨끗하다' 는 뜻도 있다.

설욕雪辱

눈 속에서 욕히면서 하는 싸움이 '설욕전' 이라고?

상대방으로부터 받았던 수치를 씻고 명예를 되찾음.

예를 들어 경기에서 과거에 진 상대를 누르고 명예를 회복하는 것을 '설욕' 이라 하고, 그 싸움은 '설욕전雪辱戰' 이라 한다. '눈설雪' 때문에 '눈 속에서 하는 싸움' 에서 나온 말이라고 생각하기 쉬운데 그렇지 않다. 여기에서의 '雪' 은 '씻다' '깨끗이하다' 의 뜻이다. 눈은 먼지 등을 없애 깨끗이 하는 역할을 하기 때문에 이런 뜻이 생겼다.

> 1위로 골인한 황영조 선수의 승리는 36년 베를린올림픽에서 일장기를 가슴에 달고 손기정 선수가 거둔 승리 이래 실로 56년 만의 설욕이요 해한解恨이기에 우리에겐 더욱 값지다.

섭씨攝氏

물이 어는점을 0도, 끓는점을 100도로 정한 온도 체계.

정확하게는 '섭씨온도' 다. 이 체계를 처음 고안한 사람은 스웨덴의 천문학자 '셀시우스' 다. 그가 1742년 처음 이를 도입했을 때는 지금과 반대로 물이 어는점을 100℃, 끓는점을 0℃로 했는데, 그렇게 하다 보니 온도 상승에 따라 수치가 내려가는 모순이 있어 이듬해에 린네라는 스웨덴 학자가 지금처럼 바꾸어 일반화했다. '섭씨' 는 중국인들이 고안자인 셀시우스Celsius를

'섭이사攝爾思' 로 음역해 부르다 '섭씨攝氏' 라고 줄여 말한 것이다. 단위기호를 ℃로 하는 것은 셀시우스의 머리글자를 땄기 때문이다.

다른 하나의 온도 측정체계는 '화씨華氏' 다. 이는 물이 어는점을 32도, 끓는점을 212도(섭씨 100도)로 하고 그 사이를 180등분한 온도측정체계다. 1724년 독일의 물리학자 파렌하이트Fahrenheit가 고안했다. '화씨' 라고 하는 것은 중국이 고안자 파렌하이트를 '화륜해華倫海' 로 음역해 부르다 '화씨華氏' 로 줄여 말한 것이다.

성대모사聲帶模寫

다른 사람의 목소리나 짐승, 사물의 소리 등을 흉내내는 일.

'성대묘사' 라고 하는 사람도 적지 않으나, '모사' 와 '묘사' 는 다르다. '모사模寫' 는 '模' 가 '본받다', '寫' 가 '베끼다' 의 뜻이므로 '뭔가를 흉내내 그대로 나타내거나 본떠 옮기는 것' 이고, '묘사描寫' 는 '描' 가 '그리다' 의 뜻이므로 '보거나 느낀 것을 글이나 그림으로 객관적으로 표현하는 것' 이다.

> '놀자와 21세기' 코너에서 비쳐지는 서승만은 완벽한 성대묘사에 차이나식 의상과 빡빡 깎은, 머리까지 영락없는 김용옥 교수다.
> → 성대모사

세간世間

사람들이 서로 생활하고 있는 장場. 일반 세상.

원래는 불교어로, '장소' 의 뜻인 범어 'loka' 를 한자로 번역(漢譯·한역)한 말이다. '세世' 또는 '세계世界' 로 번역되기도 한다. '世(세)' 는 '세월을 따라 끊임없이 변해간다' 는 뜻이고, '間(간)' 은 '공간' 을 의미한다. 즉, 사물이 지속적으로 일어나고 사라지는 공간적인 장소가 세간인 것이다. 일반적으로는 무상無常· 번뇌煩惱의 장소를 가리키고, 그런 번뇌로부터 벗어나는 것을 '출세간出世間' 이라 한다.

> 5개월 이상 전말이 밝혀지지 않은 채 세간의 관심을 끌어오던 여대생 공기총 피살사건이 윤곽을 드러내고 있다. 동아일보 020821

세기世紀

2000년이 21세기라고?

서양력에서 100년을 단위로 한 동안. 백 년 동안을 세는 단위.

영어 'century'의 번역어다. 1세기는 1~100년, 11세기는 1001~1100년, 19세기는 1801~1900년, 20세기는 1901~2000년이다. 좀 헷갈릴 수 있으나 맨 마지막 해의 앞 두 글자가 '세기의 이름'이 된다. 따라서 21세기는 2001년부터 시작돼 2100년에 끝난다.

'century'를 최초로 '世紀(세기)'라 표현한 것은 일본 명치시대 학자인 가토 히로유키加藤弘之다. 그 이전에 '百年(백년)' '世期(세기)' 등으로 번역해 쓰던 것을 가토가 1882년 독일 블룬칠리Bluntschli의 『국가학國家學』을 번역한 『국법범론國法汎論』에 최초로 사용했다. 그러나 이 말을 그가 최초로 만든 것은 아니고, 중국 서진西晉의 의학자 황보밀皇甫謐이 『제왕세기帝王世紀』라는 책의 제목으로 사용했던 것처럼 중국인들이 오래 전부터 써왔던 한어漢語를 가토가 현대적인 의미로 개념화했을 뿐이다.

가토 히로유키(1836~1916) '백 년을 세는 단위'인 '세기'는 도쿄대학 총장을 지낸 그가 영어 'century'의 번역어로 채택해 번역서 『국법범론國法汎論』에 최초로 사용한 말이다.

'세기의 사건' '세기의 영웅'이라고 할 때의 '세기의'는 '1세기에 한 번밖에 없거나 그 세기를 대표할 만한'의 뜻이다.

> 1919년 세기적 실험으로 탄생한 독일 바이마르 헌법은 1933년 히틀러에게 전권을 위임하는 수권법이 의회를 통과하면서 종말을 고했다. 한국일보 040331

세뇌洗腦

세탁을 하듯이 뇌를 세척한다니…

특정한 사상·주의를 따르도록 뇌리에 주입하는 일.

비누로 더러운 옷을 세탁하듯이 뇌腦를 세척洗滌해서 특정한 이념에 물들게 하는 것을 말한다. 육체적 고문은 하지 않지만 잠을 재우지 않거나 밥이나 물을 먹이지 않는 등 정신적 · 물질적 고통으로 상대방을 압박해 생각을 바꾸도록 하는 것이다.

이 같은 일을 시도한 것은 중국공산당이다. 1949년 중화인민공화국中華人民共和國이 성립된 뒤 공산당의 지배체제를 굳히는 과정에서 구체제 지식인들을 공산주의 체제에 적합한 인간으로 개조하기 위해 이렇게 한 것이다. 6·25전쟁 때는 미군포로로 하여금 공산주의를 믿게 하는 데 활용해 적지 않은 미군병사가 공산주의자임을 선언해 충격을 주었는데, 이때 미국은 중국공산당이 '세뇌'라 부르는 것을 번역해 'brainwashing'이라 했고, 이것이 다시 '공산주의 사회에서의 강제적인 정치적 사회화'를 뜻하는 용어로 서방 여러 나라에 정착되었다.

> 1인시위 학부모는 장관의 한마디에 인격을 완전히 거세당했다. 인격살해다. 그런데 따지고 보면 자신이 세뇌당하지 않고서야 멀쩡한 다른 사람을 세뇌당했다고 할 리가 없다. 한겨레 090620

세라복

해군복. 수병水兵의 제복을 본떠 만든 여학생복.

일본에서 '수병' '뱃사람'의 뜻인 영어 'sailor'에 '복服'을 붙여 '세라후쿠セ－ラ－服'라고 부르던 말이다. '세일러복'으로 순화해 쓰는 것이 좋겠다.

> 멍청히 떠 가는 구름을 우러르며 넋두리하기가 일쑤였는데 어쩌다 너의 동창생 앨범 속에서 너를 만났단다. 세라복 차림의 열다섯 살 난 너를!
> → 세일러복

손 없는 날

음력으로 날짜의 끝수가 9나 0인 날, 즉 9일, 10일, 19일, 20일, 29일, 30일.

민간신앙에서 이사나 혼인을 하거나 먼 길을 떠나기에 좋다고 믿는 날이다. '손'을 '손님'의 줄임말로 보아 '손님이 없는 날'로 짐작하는 사람도 있으나 '손님'과는 아무 상관이 없다. 여기에서의 '손'은 날수를 따라 동서남북 등 네 방위를 돌아다니며 사람의 활동을 방해한다는 귀신을 일컫는다. 이 귀신은 음력으로 따져 끝수가 1·2일은 동쪽에, 3·4일은 남쪽에, 5·6일은 서쪽에, 그리고 7·8일에는 북쪽에 있고, 그 외의 날, 즉 9·0으로 끝나는 날에는 하늘로 올라가 아무 방해도 하지 않는다 해서 큰일을 치를 때는 이날을 택해야 한다고 믿었다.

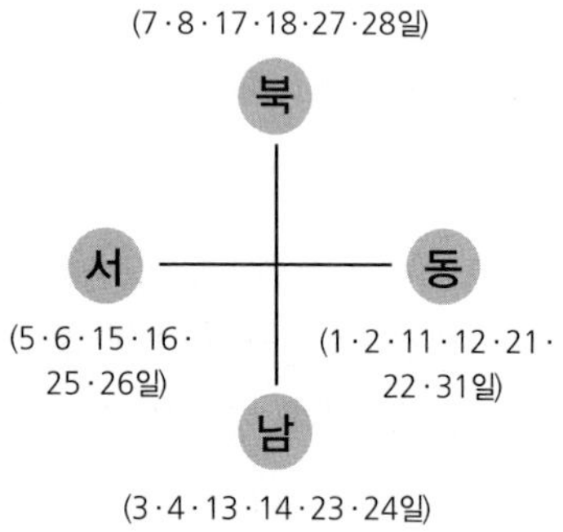

솔로몬의 지혜

어머니의 사랑을 이길 수 있는 것은 없다

'매우 지혜로운 해결책'을 비유하는 말.

『구약성서』「열왕기列王記 상」(16~28절)에 실린 솔로몬의 재판 이야기에서 비롯된 말로, '솔로몬의 재판'이라 말하기도 한다.

어느 날 두 여인이 솔로몬왕을 찾아와 갓난아이를 서로 자기 아이라고 주장하며 재판을 청했다. 이들의 신분은 창녀娼女였는데, 함께 각자의 아이를 안고 자다 한 여인이 자신의 아이를 깔아죽이자, 옆에서 자던 창녀의 아이와 바꿔치기한 뒤 산 아이를 놓고 서로 자기의 아이라고 우기다 솔로몬을 찾아간 것이다.

이것을 본 솔로몬은 부관에게 검을 주면서 "저 아이를 둘로 갈라 여인들에게 똑같이 나누어 주어라"고 말했다. 그러자 한 여인은 얼굴이 파랗게 질려 "저는 아이를 갖지 않아도 좋습니다. 그냥 저 여인에게 주십시오"라고 말한 반면, 다른 여인은 "아이를 둘 중 어느 한 사람에게 주는 것은 불공평하니 나누어 주십시오"라고 말했다. 이때 솔로몬은 "처음 여인이 아이의 어머니이니라. 아이를 절대로 죽여서는 안 된다"라고 판결했다.

니콜라 푸생의 『솔로몬의 재판』(1649) 옥좌에 앉은 이가 이스라엘 3대왕인 솔로몬이다. 그는 이 재판으로 '지혜'와 동일시되는 말로 자리매김되었다. 그러나 솔로몬은 아버지 다윗으로부터 물려받은 엄청난 재화財貨를 육체적 쾌락에 사용하는 등 부적절한 행동을 일삼다 죽었고, 그로 인해 이스라엘은 남과 북으로 분열되는 결과를 가져오게 된다.

> 한의사와 약사들이 벌이는 싸움도 따지고 보면 서로 한·약이 자신의 아들이라고 우기는 것과 마찬가지다. 그러나 정부가 발표한 한·약 대책은 한·약의 진짜 부모를 찾아줄 '솔로몬의 지혜'는 못 되는 것 같다.

수렴청정垂簾聽政

발 뒤에는 몽둥이를 든 그녀가 있었다!

남의 일, 특히 정무政務에 외부인이 간섭하는 것을 일컫는 말.

원래는 어린 임금이 즉위했을 때 그의 어머니(왕대비)나 할머니(대왕대비)가 대신 나라 일을 보던 일종의 섭정제도를 말한다. '수렴'이란 '발簾을 내렸다垂'는 뜻이고, '청정'이란 '정사政에 관해 신하가 아뢰는 말을 임금이 듣고聽 처리하는 것'을 일컫는다. 남녀의 구별이 엄격해 정무를 보고하는 신하의 얼굴을 정면으로 대하지 않기 위해 발을 내려뜨리는 습속 때문에 생긴 말이다.

우리나라에서는 53년 고구려 6대 태조왕太祖王이 7살의 나이로 즉위하자 태후太后가 수렴청정을 한 것이 최초다. 가장 최근의 일로는 1863년 철종哲宗이 죽고 고종高宗이 11살의 나이로 즉위하자 신정왕후神貞王后 조대비趙大妃가 2년 동안 수렴청정한 경우다. ➡교편을 잡다

> 경제란 본질적으로 살아있는 생물과 같으며 동태성動態性을 띠는 것임을 감안할 때 시장을 수렴청정하려는 시도는 무모하기 짝이 없는 일이다. 조선일보 010503

발

수수방관袖手傍觀

해야 할 일에 아무 간여도 하지 않고 그대로 내버려 둠.

'袖(수)'가 '소매에 넣다'의 뜻이므로 '수수'는 '손을 소매에 넣는다'는 말이고, '傍(방)'이 '곁'의 뜻이므로 '방관'은 '곁에서 보기만 한다'는 말이다. 옛날 사람들이 팔짱을 끼고 두 손을 소매에 넣고 있는 모습을 상상하면 이해할 수 있다.

수양제隋煬帝

이름을 고치면 팔자를 고칠 수 있다고?

수나라 2대 황제인 양광楊廣을 달리 부르는 말.

문제文帝의 둘째 아들로, 수나라를 건국하고 남조南朝의 마지막 나라인 진陳나라를 토벌하는 데 기여했다. 그러나 아버지를 죽이고 황제가 된 뒤, 백성들을 대운하를 만드는 데 장기간 동원하고, 여러 차례 고구려를 정벌하려다 실패해 건국한 지 불과 37년여 만에 수나라를 망하게 한 인물이다.

이런 패륜아를 표제어로 올린 이유는 '隋(수)' 라는 나라 이름에 얽힌 사연을 설명하기 위해서이다. 이 글자와 가장 닮은 글자는 '隨筆(수필)' '隨行員(수행원)' '夫唱婦隨(부창부수·남편이 주장하고 아내가 이에 잘 따름)' 등의 말을 만드는 '隨(따를수)' 다. 隨에서 辶(착받침·일명 책받침)만 쏙 빼고 나라이름을 만든 것이다. 그렇다면 隨와 隋 사이에는 어떤 내력이 있는 것일까? 이에 대한 궁금증을 명쾌하게 해결해주는 글이 『재미있는 세계사 뒷이야기』(石井武夫, 每日新聞)에 실려 있기에 인용해 본다.

> 6세기 말에 존재했던 수는 그때까지 400년 동안이나 분열을 계속했던 중국을 통일한 강력한 왕조였다. 이 왕조를 건설한 문제文帝는 본명을 양견楊堅이라고 하는데, 원래는 북주北周의 황제를 받든 공로로 수현隨縣의 땅을 양여받아 '수국공隨國公' 이라 불렸다. 그런데 그의 딸이 황태자비가 되고, 그 황태자가 선제宣帝가 되는 바람에 외척이 되었고, 게다가 선제의 아들 정제靜帝가 불과 7살의 나이로 즉위하자 정치의 실권을 완전히 거머쥐게 되었다. 그리고 결국 이 정제로부터 왕위를 이어받아 황제가 되었다. 그가 '수국공' 이었기 때문에 처음에는 隨를 국호로 삼고자 했으나 隨에는 착받침(辶)이 있고, 이것은 달리는 것을 뜻하기 때문에 나라가 안정되지 않아 멸망한다 하여 이것을 제거하고 '隋' 라 했다. 하지만 그런 소망은 허무했다. 문제는 재위 23년에 아들에게 살해당하고, 더구나 2대 양제煬帝가 방탕한 생활을 하고 거대한 토목공사를 하는 등 무절제한 행동을 했기 때문에 가신과 민중의 반감을 사 수는 건국한 지 37년여 만에 망하고 말았다.

集安은 지금 역사왜곡 한창… "고구려는 중국 소수민족 정권"

"隨의 고구려 침공은 침략아닌 통일 전쟁" 억지

〈수〉

隋가 隨로 잘못 인쇄된 조선일보 2004년 7월 1일자 가판街版신문 제목. 인쇄 직후 이를 발견한 교열팀은 다음판에서 바로잡았다.

수염 鬚髥

남자의 얼굴에 나는 털.

순 우리말 같지만 적기가 꽤 까다로운 한자어다. '鬚(수)' 는 입가에 난 털, 즉 '턱수염' 을 말하고, '髥(염)' 은 뺨에 난 털, 즉 '구레나룻' 을 말하므로, 수염은 결국 얼굴에 난 털 전체를 이르는 말이다. 중국 사람들은 같은 수염을 두고 왜 이렇게 부위마다 서로 다른 이름으로 불렀는지 이상한 일이다. '빈축을 사다' 의 '빈축' 도 이런 부류의 말이다. 양미간을 찌푸리는 것은 '嚬(빈)' 으로, 이마를 찌푸리는 것은 '蹙(축)' 으로 구분하여 '얼굴을 찌푸리다' 는 뜻의 '빈축' 이란 말을 만들어 썼다. ➡빈축

'수염소' 와 '숫염소'

'숫염소' '숫양' '숫쥐' 만 '숫' 으로 쓴다

'수염소' 가 맞는지 '숫염소' 가 맞는지 잘 구분하지 못하는 경우가 많다. 그러나 조금만 신경쓰면 어려울 것이 없다.

1988년 한글맞춤법이 개정되기 전에는 수컷을 가리키는 접두사로 '수' 와 '숫' 을 혼용했기 때문에 짐승이 나올 때마다 어떻게 써야 할지 몰라 자주 사전을 뒤적여야 했다. 그러나 지금은 "수컷을 가리키는 접두사는 모두 '수' 로 통일한다" 고 못박고 있으므로 그런 불편은 사라졌다. 그러나 예외가 있다. 즉, '숫염소' '숫양' '숫쥐' 의 세 가지만은 '숫' 으로 쓰도록 하고 있다. 이 세 가지는, 덧붙는 말에 ㄴ소리가 덧나거나 된소리로 날 때 ㅅ을 받치는 사이시옷 규정과 비슷하다. 즉, '숫염소' '숫양' 은 '순념소' '순냥' 처럼 ㄴ소리가 덧나고, '숫쥐' 는 '수쮜' 로 뒷말이 된소리로 나는 것이다.

'수벌' 이 맞느냐 '수펄' 이 맞느냐, 또 '암벌' 이 맞느냐 '암펄' 이 맞느냐와 같이 '암 · 수' 에 이어지는 단어를 거센소리로 적을 것이냐 말 것이냐 하는

것도 골치아픈 문제였는데, 이젠 그런 고민도 할 필요가 없다. '암 · 수' 에 이어지는 단어를 거센소리로 적는 것은 '수캐(수캉아지)' '수퇘지' '수탉(수평아리)' 처럼 식탁에서 자주 접하는 '개·돼지·닭' 등 몇 가지만으로 제한했기 때문이다.

수작 酬酌

주인은 술 권하고, 손님은 술 따르고…

남의 말이나 행동을 업신여겨 이르는 말.

'酬(수)' 는 '주인이 손님에게 술을 권한다' 는 뜻이고, '酌(작)' 은 '그 잔을 받은 손님이 술을 따른다' 는 뜻이므로 '주인과 손님이 술잔을 서로 주고받는 것' 이 수작의 원뜻이다. 술자리에서 주고받는 말은 실속이 없고, 때로는 남을 헐뜯거나 험담하는 경우가 많다 해서 위와 같은 뜻으로 바뀌었다.

> 그때 방자는 제 주인 몽룡의 명대로 광한루 춘향에게 이런 수작을 걸었던 거다. "풍채는 두목지요, 문장은 사마천이요, 친가는 왕족, 성품도 호탕하니 남원이 모두 네 것이요." 한겨레 100708

숙맥 菽麥

주자의 형이 아둔했다고?

매우 어리석고 우매한 사람.

'숙菽' 은 '콩', '맥麥' 은 '보리' 의 뜻이다. 모두 밭곡식이지만 모양이 완전히 달라 구분하기가 어렵지 않다. 만일 구분하기가 어렵다는 사람이 있다면 우매하다는 말을 들어도 어쩔 수 없을 것이다. 그런데 실제로 그런 사람이 있었는데, 그가 바로 춘추시대의 인물인 '주자周子의 형' 이다.

주자는 진晉나라 왕을 지낸 도공悼公의 다른 이름이다. 주자는 원래는 서

콩과 보리

열상 왕이 될 수 없었는데, 그의 형이 아둔한 관계로 신하들의 추대를 받아 왕이 된 것으로 알려져 있다. 그러나 이것은 표면적인 이야기일 뿐, '주자의 형'이 왕이 되지 못한 이면에는 더 깊은 이야기가 있다.

당시 진나라에는 왕권을 둘러싸고 심각한 권력다툼이 진행되고 있었다. 이 와중에서 일단의 신하들은 진나라 왕 여공厲公을 시해하고 양공襄公의 증손자인 주자를 왕위에 앉혔다. 주자에게는 몇 살 위의 형이 있었음에도 서열을 무시하고 불과 14살 어린이를 왕으로 앉힌 것이다. 허수아비 왕을 옹립하고 정치를 좌지우지하기 위해서였다.

나중에 사람들이 이에 대해 문제를 제기하자 쿠데타 세력들은 "周子有兄而無慧, 不能辨菽麥, 故不可立(주자유형이무혜, 불능변숙맥, 고불가립)," 즉 "주자에게는 형이 있었는데 지혜가 없어 콩과 보리를 구분하지 못했으므로, (왕으로) 세울 수 없었다"라고 말했다고 한다. 『춘추좌씨전春秋左氏傳』에 실린 바로 이 문장의 '불능변숙맥不能辨菽麥'이 변해 '숙맥불변菽麥不辨'(辨은 '구분하다'의 뜻)이란 말이 생겼고, 이것이 다시 '숙맥'이 된 것이다.

그렇다면 '주자의 형'은 실제로 어리석은 사람이었을까. 사실은 그 반대였을 가능성이 크다. '주자의 형'이 정말 어리석었다면 쿠데타 세력들이 굳이 서열을 무시한다는 비난을 감수하면서까지 주자를 왕으로 앉히기보다는 '주자의 형'을 옹립해 국정을 농단壟斷하는 것이 더 쉬웠을 것이기 때문이다. '주자의 형'은 자칫 죽을 수도 있는 왕자리를 피하기 위해서 일부러 바보 노릇을 했을 것이다.

'어로불변魚魯不辨', 즉 '어魚자와 노魯자를 구분하지 못한다'는 말과 비슷하다. '쑥맥'으로 잘못 쓰는 경향이 많다.

> 냉면 맛을 판별하는 데는 쑥맥인 내가 한 그릇에 550전인 옥류관 냉면을 덧거리까지 시켜 먹었다.
> → 숙맥

스튜어디스

그녀가 돼지우리를 망보는 사람이라고?

항공기의 여자승무원.

영어 'stewardess' 에서 온 외래어다. 예나 지금이나 여성들이 갖고 싶어 하는 선망의 직업이다. 하지만 본래의 의미는 그런 이미지와 정반대다.

'스튜어디스' 는 '스튜어드steward' 의 여성형이다. 예전에는 항공기 승무원은 대부분 여성이었지만, 지금은 스튜어드, 즉 남자승무원도 적지 않다. 간호사란 직업이 예전에는 여성들의 전유물이었지만, 지금은 남성간호사가 적지 않은 것과 마찬가지다.

그런데 이 'steward' 는 옛날에는 'stigweard' 라고 썼다. 'stig' 와 'weard' 의 합성어로, 'stig' 는 '돼지우리', 'weard' 는 '망보는 사람' 이란 뜻이다. 그러니까 스튜어드는 '돼지우리의 망을 보는 사람' 이라는 뜻이었다는 이야기다. 옛날에는 가축이 소중한 재산이었기 때문에 그것을 지키는 직업이 필요했던 것은 당연했다. 그 뒤 스튜어드는 '영주의 집사' '단체의 지배인' 등의 뜻으로 쓰이다 근세에 이르러 '항공기 승무원' 이라는 새로운 직업이 생기자 여기에 이를 갖다 붙인 것이다.

시금석試金石

'어떤 사물의 역량이나 그 가치 등을 판정하는 기준' 을 일컫는 말.

원래는 귀금속의 순도純度를 판정할 때 쓰는 검은색의 규산질 암석을 가리킨다. 순도를 알고 있는 금속시료를 이 시금석에 문질러 옆에 놓고, 테스트할 금속을 시금석 위에 문지른 뒤 돌에 남겨진 금속의 흔적을 약품처리해 비교하면 순수한 금속과 불순물이 섞인 금속을 구별할 수 있다. 그러나 이처럼 접촉에 의해서 순도를 측정하는 것은 초기의 방법이고, 지금은 금의 품질을 평가하는 데만 일부 사용된다.

> 지금 남북관계는 전면 대치로 갈지 아니면 새로운 전기를 마련할지 분기점에 있다. 개성공단 및 억류자 문제가 그 시금석이다. 기싸움에 치중한 미시적·전술적 접근을 뛰어넘어 큰 흐름을 다시 잡을 때가 바로 지금이다. 한겨레 090610

시정市井

사람들이 많이 모여 있는 곳.

현대인들이 고독해진 것은 '상수도의 발달' 때문이라고 보는 견해가 있다. 상수도가 없었던 옛날에는 반드시 우물에 나가 물을 길어 와야 밥 짓고 빨래할 수 있었지만, 지금은 각자의 집에서 이를 해결할 수 있기 때문에 굳이 사람들과 마주칠 필요가 없다. 편리해지기는 했지만, 사람들과 만나면서 이루어지는 훈훈한 '우물가 숙덕공론'은 없어진 것이다.

단원 김홍도의 『우물가』 저고리를 풀어헤친 한 사내가 우물가의 여인들에게 접근해 물을 얻어먹으며 수작을 걸고 있고, 여인들은 이런 사내가 부담스러운 듯 눈길을 돌리고 있다. 시정市井은 이 같은 우물문화가 만들어낸 말로, 민중의 따뜻한 정서가 묻어 있다.

시정은 이 같은 우물문화가 만들어낸 말로, 중국의 고대에 우물井이 있는 곳에 사람이 모여 살았다는 데서 유래했다. 따라서 시정은 '사람들이 많이 모인 곳'을 일컫지만, 거기에 모인 사람들은 서민이라는 어감이 있다. 그래서 이 말 뒤에 붙는 말들은 대부분 민중民衆의 따뜻한 정서가 묻어 있다. 예를 들어 펀둥펀둥 놀면서 방탕한 생활을 하는 무리는 '시정잡배'라 하고, 시정의 장사치는 '시정아치'라 하며, 도시서민의 생활상을 그린 소설은 '시정소설'이라고 한다.

시쳇말

그 시대에 유행하는 말.

'시체時體'와 '말'의 합성어다. '시체'는 '그 시대의 풍습이나 유행'이란 뜻이다. 한자어와 순 우리말이 결합되고, 뒷말 첫소리 ㄴ·ㅁ 앞에서 ㄴ소리가 덧날 때는 앞말에 ㅅ을 받쳐 적도록 한 한글맞춤법 규칙에 따라 사이시옷을 넣었다. 말뜻을 따져보지 않으면 '송장이 하는 말'로 생각할 수 있으나 '시체屍體'와는 아무 상관이 없다. '속된말'이나 '요샛말'로 고쳐쓰면 훨씬 부드럽다.

→속된말

검찰이 시쳇말로 뿔났다. 거침없이 수사했던 사건들이 농익자 피의자 신분인 당사자들이 사회적 상궤를 벗어나면서까지 올가미를 빠져나가려 한다.

시치미 떼다

부도덕한 그가 욕을 먹는 이유

알고도 모르는 체하다. 자기가 하고도 안 한 체 하다.

'시치미'란 매의 임자를 표시하기 위해 매의 꽁지나 발에 매는 네모난 뿔이다. 매 사냥꾼은 여기에 이름과 주소를 새겨 놓았다가 매가 달아나면 이를 보고 찾는다. 그런데 부도덕한 사람들은 주인 잃은 매를 잡으면 이 시치미를 떼어버리고 자기 매라고 주장하는 경우가 있었다. '시치미 떼다'는 이처럼 시치미를 떼어버리면 매의 임자가 누구인지 모른다는 데서 생긴 말이다.

그림 채정수

송골매 꽁지에 매달려 있는 것이 '시치미'다. 이것은 주인이 누구인지 알게 하기 위해 뿔로 만든 인식표인데, 이처럼 깃털에 워낭(방울)을 달기도 한다.

시합試合

合자가 들어가면 무조건 일본어라고?

무예·경기 등에서 서로 재주를 부려 우열을 가르는 것.

'試(시)' 는 '시험하다' 의 뜻이고, '合(합)' 은 여기에서는 '싸우다' '겨루다' 의 뜻이다. 일부에서는 이 말을 일제한어日製漢語로 단정한다. 즉, 시합은 일본어 '시아이(しあい-試合い)' 의 한자부분을 우리 음으로 읽은 것이므로 '경기競技' 나 '겨루기' 로 고쳐 써야 한다고 말한다. 그러면서 세 번 겨루는 것을 '삼합三合', 열 번 겨루는 것을 '십합十合' 이라 할 때처럼 '합合' 자가 들어가는 것은 대개 일본식 한자라는 말도 덧붙인다.

그러나 시합은 오래된 한어漢語로, 중국인들이나 우리 조상들이 지금처럼 스포츠 게임에 쓰지는 않았지만, '시험삼아 붙여본다' 는 뜻으로 '시합試合' '경합競合' 같은 말을 많이 사용했다. '경기' 로 바꿔 써야 한다는 주장은 더 엉뚱하다. '경기' 야말로 명치유신기에 일본이 만든 일제한어로, 훗날 중국에서 받아들인 말이기 때문이다. ➡공화국

식지食指

사람을 모욕하면 죽을 수도 있다!

'집게손가락' 을 한문투로 일컫는 말.

'인지人指' 라고도 한다. 그렇다면 왜 손가락에 '먹을식食' 자가 들어갔을까? 그것은 『춘추좌씨전春秋左氏傳』에 나오는 다음과 같은 이야기 때문이다.

초楚나라의 한 백성이 큰 자라를 잡아 정鄭나라(기원전 806~375년) 국왕 영공靈公에게 바쳤다. 영공은 이것으로 탕을 끓여 신하들과 함께 먹을 생각이었다. 그때 마침 정나라 귀족인 자공子公이 자가子家와 함께 대궐로 가다가 집게손가락이 움직이는 것을 보고 "뭔가 맛있는 음식을 먹을 징조다!"라고 말

했다. 그런데 대궐에 들어서자 실제로 주방에서 자라를 잡고 있었다.

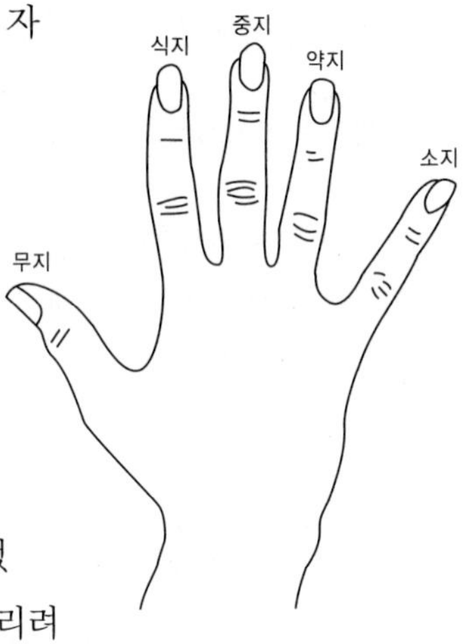

자공은 영공 앞에서 낄낄대며 이런 이야기를 하자 영공은 "아무리 손가락이 움직여도 과인이 주어야 먹을 수 있는 게 아니오"라며 자공을 나무란 뒤, 자공에게만 자라탕을 주지 않았다. 모욕감을 느낀 자공은 집게손가락을 솥에 넣어 맛본 뒤 "이렇게 먹었으니 내 예측이 맞는 거 아닙니까?"라고 말하고 자리를 떴다. 영공은 자공의 무례한 행동을 보고 죽여버리려고 했으나 이를 알아차린 자공에게 도리어 살해를 당한다.

엄지손가락은 '무지拇指', 가운뎃손가락은 '중지中指', 약손가락은 '약지藥指', 새끼손가락은 '소지小指'다. ➡ **약지藥指**

신기루蜃氣樓

대합이 내뿜는 기운이 누각을 그린다

대기중의 빛이 이상굴절하여 공중에 물체가 있는 것처럼 보이는 현상.

바다 위나 사막에서 자주 일어나는 현상으로, '해시海市'나 '공중누각空中樓閣'이라고도 한다. 『사기史記』에 실려 있는 '신기루란 신蜃이 기氣를 뿜어 만드는 누각樓閣이다'라는 표현이 이 말의 문헌상 최초의 기록이다. 蜃(신)은 조개의 일종인 '대합'을 말하므로, 조개가 껍데기를 열고 물을 내뿜는 모습을 보고 당시 중국인들이 '대합蜃이 내뿜는 기운氣이 누각樓을 공중에 그린다'고 생각했던 데서 나온 말이라고 한다.

> 외환위기 이후 우리는 미국 경제의 성장에 힘입은 거시경제 지표의 신기루 속에서 경제 각 부문의 구조조정을 게을리했고, 그 결과 우리는 오늘 또 다른 위기를 걱정하고 있다.

'신문訊問' 과 '심문審問'

수사기관이 족치는 것은 '신문' 이다

국어적인 풀이와 법률적인 풀이로 구분해서 생각해야 한다. 국어적인 풀이로는, '신문訊問' 은 '캐어물음' 이고, '심문審問' 은 '자세히 물음' 이다. '訊(신)' 은 '묻다' 의 뜻이고, 審(심)은 '자세하다' 의 뜻이기 때문이다. 그러나 일상생활에서는 법률적인 의미로 사용하는 경우가 더 많다.

'신문' 의 법률적인 뜻은 검찰이나 변호인이 증인이나 피의자에게 사실관계를 확인하기 위해서 묻는 것이고, '심문' 은 법원이 당사자나 기타의 이해관계인에게 개별적으로 진술의 기회를 주는 것이다. 이 두 말의 큰 차이점은 '묻는 이유' 가 무엇이냐와, '묻는 주체' 가 누구냐에 있다. 즉, '신문' 은 수사기관이나 변호인이 묻는 것이고, '심문' 은 법원이 사건 당사자의 이익을 고려해 하고 싶은 말을 할 수 있도록 기회를 주기 위해 묻는 것이다.

> 그렇다면 진짜 살인자는 누구일까. 혹시 도준을 심문(→신문)한 경찰이 자신의 파렴치한 행각을 숨기려고 죄를 만들어 덮어씌운 건 아닐까. 문화일보 090527

신병身柄

적당한 순화어가 없는 게 문제다

보호나 구금의 대상이 되는 사람의 몸.

주로 '범인의 신병을 확보했다' '범인의 신병을 인도했다' 처럼 사용한다. '신병 확보' 란 '범인을 붙잡았다' 는 뜻이고, '신병 인도' 란 '범인을 넘겨줬다' 는 말이다.

일본어 '미가라(身柄·みがら)' 를 우리 한자음으로 읽은 것이므로 되도록 순화해서 써야 하는 말이다. 그러나 적당한 순화어를 찾기가 쉽지 않은 것이 문제다. 일부 국어사전은 '신체' '신상' 등의 순화어를 제시하고 있지만, 실

제로 이를 적용하는 데는 어려움이 있다. 예를 들어 '범인의 신병을 인도했다'를 '범인의 신체를 인도했다'로 바꿔 쓰는 것은 어색하다. 따라서 이 경우는 단어와 단어의 일대일 치환이 아니라 '범인의 신병을 확보했다'는 '범인을 잡았다(붙들었다)'로, '범인의 신병이 인도되었다'는 '범인을 넘겨받았다' 등으로 문장 자체를 고쳐 쓰는 것이 좋다.

> 천안함 폭침은 기습적으로 물속에서 이뤄진 데다 공격자들의 신병이 확보되지 않아 조사에 한계가 있을 수밖에 없다.
> → 공격자들을 체포하지 못해

신토불이身土不二

일본 승려가 만든 왜색어라고?

자기가 사는 땅에서 나온 농산물이라야 체질에 잘 맞음을 일컫는 말.

직역하면 '몸身과 땅土은 둘이 아니다不二'는 말이다. 즉, 몸과 땅은 일체이므로, 좁게는 다른 지방에서 난 농산물보다 자기 지방에서 난 농산물이 몸에 좋고, 넓게는 다른 나라에서 수입해온 농산물보다 우리 땅에서 가꾼 우리 농산물이 몸에 더 좋다는 뜻이 담겨 있다.

이 말은 농협중앙회가 1989년부터 우리 농산물 애용운동을 벌이면서 알려졌다. 하지만 많은 국민들의 눈과 귀에 상당히 익은 뒤 여러 가지 구설에 휘말렸다. 신토불이는 이미 일본에서 농산물 홍보용으로 써먹던 말이고, 더구나 일본 승려 니치렌(日蓮·1222~1282)의 저술에 나오는 왜색어倭色語라는 주장이 나온 것이다.

그러나 단국대 동양학연구원 김윤우 전문위원에 따르면, "신토불이는 중국 불교인 천태종天台宗의 고승들이 언급한 말로, 대립을 초월한 절대평등의 사상이 담겨 있어 사상적 측면에서 우리 민족의 정신세계와도 부합하는 측면이 있다"며 신토불이가 왜색어란 주장은 옳지 않다고 말했다(『말과 글』 1998년 가을호). 일본이 농산물 홍보용으로 이미 써먹은 말인 것은 맞다.

TV의 추석연휴 상차림은 가짓수는 풍성했으나 우리 고유의 맛을 음미할 만한 음식은 별로 없었다. 신토불이만을 고집할 수 없는 시대지만, 외제 메뉴의 호화로움에 비해 토종차림은 빈약해 보였다.

'실랑이'와 '승강이'

그때도 먹칠하고 옷을 찢는 악습이 있었다

'실랑이'는 '남을 못살게 굴어 시달리게 하는 것'이고, '승강이'는 '서로 자기 말이 옳다고 주장하여 옥신각신하는 것'이다. 둘 다 서로 갈등관계를 이루지만 '실랑이'는 한 편이 다른 한편을 일방적으로 괴롭히는 것이고, '승강이'는 양쪽이 서로 자기가 맞다고 우기는 것이다.

이 두 말이 혼동될 때는 어원을 따져보면 기억하기 쉽다. '실랑이'는 과거 풍습에서 왔다. 옛날 선비가 과거에 합격하면 예복을 입고 임금에게 합격증서인 홍패·백패를 받으러 가야 한다. 이때 임금 앞에서 급제자를 부르는 구호가 "신래위!"다. '신래新來'란 '과거에서 새로 급제한 사람'이란 말이다.

호신래 모습 김준근金俊根의 『기산풍속도첩』에 실려 있는 것이다. 급제자가 두 사람에게 잡혀 얼굴을 내밀고 있고, 급제자의 선배로 보이는 선비는 급제자의 얼굴에 먹물을 묻히기 위해 붓에 먹물을 묻히고 있다. 사진제공 정성길

이후 급제자는 '호신래呼新來'라는 관행을 통과해야 한다. 즉, 급제한 선배들이 급제자를 집 밖으로 불러내 얼굴에 먹칠을 하거나 옷을 찢는 등 온갖 모욕적인 행동을 했는데 이것이 '호신래'로 요즘의 '신참례新參禮' 같은 것이다. '남을 못살게 굴어 시달리게 하는 것'을 뜻하는 '실랑이'는 여기에서 온 말이다.

'승강이'의 '승강'은 '오르내

림昇降'이란 뜻이므로, 다투다 보면 주먹이 오르내릴 수도 있고 혈압이 오르내릴 수도 있다 해서 생긴 말이라고 생각하면 기억하기 쉽다.

> 노래방에 가려는 10대 아들과 이를 말리는 아버지가 실랑이를 벌이다 아버지가 방 벽에 머리를 부딪쳐 뇌진탕으로 사망하는 사건이 발생했다. (실랑이 → 승강이)

실루엣

"숨쉬는 것에까지 세금을 물려라!"

윤곽 안을 검은색으로만 그린 그림.

프랑스어 'silhouette'에서 온 외래어다. '샌드위치'가 샌드위치 백작의 이름에서 온 것처럼 이 경우도 사람의 이름이 보통명사가 됐다.

루이 15세 때의 프랑스는 경제적으로 매우 어려웠다. 이를 극복하기 위해서 정부는 에티엔 드 실루에트(Etienne de silhouette, 1709~1767)라는 사람을 재무장관으로 기용했다. 그는 취임하자마자 특권계급에 세금을 부과하려 했으나 법원으로부터 완강한 저항을 받는다. 그러자 이번에는 직원들에게 세금이 될 수 있는 모든 것에 과세를 하도록 지시했는데, 그중에는 사람이 숨쉬는 것에까지 세금을 물린다는 계획도 있었다.

행군 이렇게 윤곽의 안을 검은색으로 칠한 그림이 실루엣이다. '실루에트'라는 18세기 프랑스 재무장관의 이름에서 온 이 말 속에는 루이 15세가 다스리던 프랑스의 경제 상황이 담겨 있다. 물론 귀족들은 베르사유 궁전을 중심으로 화려한 생활을 했지만, 평민들의 생활은 비참하기 그지없었다. 파리의 하층 노동자들은 자신들이 받는 급료로는 하루하루 입에 풀칠하기도 힘든 상황이었다. 농민도 일부의 가정만이 밀짚 위에서 잠을 잘 수 있었고, 겨울에도 양말을 신지 못하는 비참한 생활을 했다. 그림 홍상희

또한 그는 극단적인 내핍정책을 수립하고 몸소 모범을 보이기도 했는데, 그 한 예가 초상화를 그릴 때는 검은색으로만 그려 물감을 절약해야 한다는 것이었다. 그러나 이 같은 혹독한 정책은 국민들의 반발을 불러 결국 재임 8개월 만에 장관직을 내놓아야 했다. 그림의 일종인 '실루엣'은 바로 이런 '실루에트 장관'의 지독한 내핍정책에서 온 말이다.

심금心琴

감동적인 행동을 보면 거문고가 울리듯이…

외부의 자극에 따라 미묘하게 움직이는 마음.

직역하면 '마음心 속에 있는 거문고琴'란 뜻이다. 다른 사람의 감동적인 행동을 보면 마치 거문고가 울리듯이 마음도 잔잔하게 울린다는 것이므로 매우 시적인 표현이다. 일설에는 부처님이 수행에 조급증을 내는 스로오나라는 제자에게 "거문고의 줄은 너무 팽팽하거나 늘어지지 않아야 고운 소리가 나듯 수행도 너무 세게 하거나 약하게 하면 안 된다"고 말한 데서 왔다고 한다.

> 한국인의 심금을 울렸던 대중가요 '황성옛터'는 개성 고려왕조의 정궁인 연경궁의 앞뜰 만월대의 스산함을 망국의 공감대에 읍소한 것이다.

심상찮다

그들은 한 뼘의 땅도 내주지 않으려 목숨을 걸었다

예사롭지 않다.

'심상하지 않다'가 줄어서 하나의 형용사로 굳어졌다. 그렇다면 '심상하다'는 '예사롭다'의 뜻이 된다. 하지만 지금은 '심상하다'를 넣어 쓴 글은

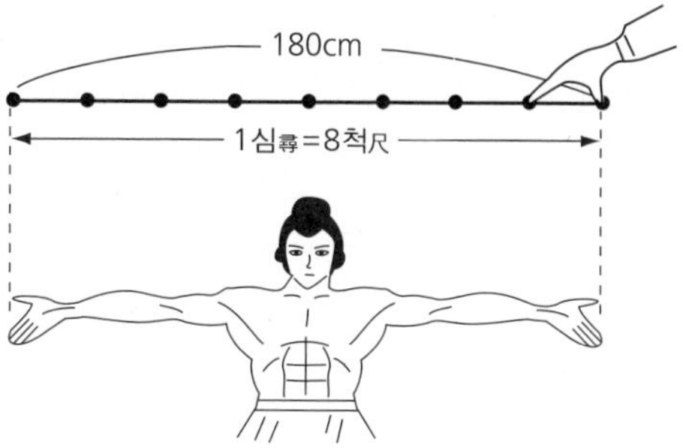

볼 수 없고 대부분 '심상찮다'의 꼴로만 쓰인다. 그렇다면 '심상하다'는 왜 '예사롭다'는 뜻이 되었을까.

'심상尋常'은 원래 길이의 단위였다. '尋(심)'은 어른이 두 팔을 벌린 길이인 8척(尺·자)을 말한다. 이 길이는 얼핏 242cm 정도로 생각할 수 있다. 한 척을 30.3cm로 알기 때문이다. 그러나 아무리 몸집이 큰 사람이라도 두 팔을 벌린 길이가 242cm가 되지는 않는다.

이 의문은 '尋'을 길이의 단위로 사용할 당시인 주周나라의 계산법으로 생각해야 풀린다. 주나라에서의 한 척은 약 22.5cm였으므로 1심은 180cm 정도가 된다. 이것은 지금 성인이 양팔을 벌린 길이에 해당한다. 약 3000년 전인 주나라 때 성인의 체격이나 지금 성인의 체격이나 크게 차이가 나지 않는 셈이다. '常(상)'은 그 두 배인 16척을 말한다.

그렇다면 심상은 180~360cm쯤 되는 길이가 된다. 그런데 춘추전국시대 제후들은 쟁패爭覇에 혈안이 된 나머지 이 한 평 남짓 되는 땅, 즉 '심상尋常의 땅'을 빼앗기 위해 목숨을 걸고 싸웠다 해서 훗날 '미미하고 보잘것없음'을 가리킬 때 '심상'이라고 한 것이다. ➡장부

심포지엄

토론회와 술잔치는 무슨 관계가 있을까?

토론회. 좌담회.

영어 'symposium'에서 온 외래어다. 영한사전에서 symposium을 찾아보면 '주연(酒宴·술잔치)'이란 뜻이 있다. 그렇다면 '토론회'와 '주연'은 어떤

관계가 있을까.

영어 'symposium'은 '함께 술을 마시다'라는 뜻의 그리스어 'symposion(심포시온)'에서 왔다. 'sym'은 '함께'의 뜻이고, 'posion'은 '술을 마시다'의 뜻인 'posis'에 명사화접미사 'sion'이 붙은 것이다. 고대 그리스 시민들은 자주 회식을 벌였는데 우선 식사를 한 뒤 술을 마시며 잡담을 하거나 철학을 논하면서 시간을 보냈다. 바로 이 때문에 심포지엄에 '주연'의 뜻이 들어가게 된 것이다.

십분十分

우리 조상이 쓰던 말을 누가 일본어라 했지?

아주 충분히.

이 말은 일본에서도 '충분히じゅうぶんに=充分に'란 뜻으로 쓰인다. 그래서 일부 논자들은 '십분'을 일본에서 들어온 한자어로 분류한다. 즉, '十分'은 원래 시간을 세는 말이었는데, 일본에서 '充分に'를 간단히 적기 위해서 '十分に(じゅうぶんに)'로 바꿔 썼고, 일제강점기에 우리가 이를 여과없이 받아들였다는 것이다.

그러나 이는 사실과 다르다. 정조실록 5권, 2년 6월 1일 기사에는 '지금 황상皇上께서 정령政令이 날로 엄격해져 감히 어기거나 거스를 수 없는데, 주어奏御하는 문자文字에서 여러 가지 불화가 생기게 되니, 십분十分 잘 살펴서 신중하게 해야 합니다'라고 했었습니다' 顧今皇上, 政令日嚴, 無敢違拂, 奏御文字, 種種生梗, 十分審愼爲宜云라는 기사가 있다(E실록·국사편찬위원회). '십분'은 우리 조상들이 오래 전부터 사용한 말인 것이다. '십분'보다 더 충분한 것을 뜻하는 '십이분十二分'도 마찬가지다.

> 야권통합이 정말 어려운 과제라는 사실은 국민들도 십분 이해하고 있다. 일사불란한 명령·복종체계는 도저히 수용할 수 없는 것이 야당 정치인들의 생리다. 지도자 몇몇이서 '단호히' 결정한다고 따를 사람들이 아닌 것이다. 국민일보 900825

십이지장十二指腸

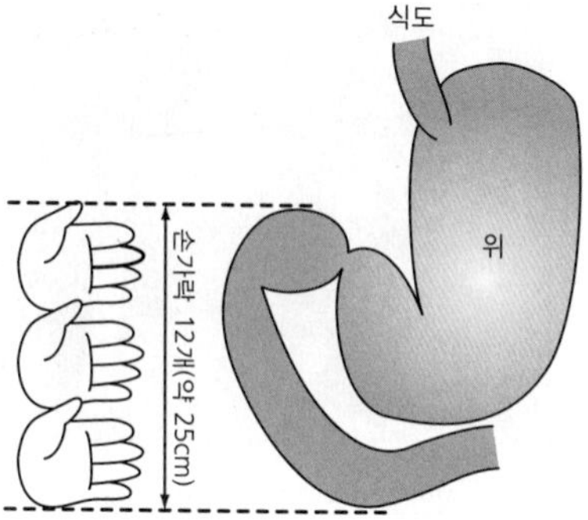

위와 소장 사이에 있는 C자 모양의 창자.

소화에 중요한 점액과 소화액을 분비하는 곳이다. 우리말로는 '샘창자' 라 한다. 손가락 12개를 옆으로 늘어놓은 길이(약 25cm)라 해서 붙은 이름이지만, 실제로는 그보다 약간 길다. 라틴어의 해부학명인 '듀오디넘duodenum' 은 '12개' 를 의미한다.

> 식후 30분이면 가슴 부위에 심한 통증을 느끼거나 쓰리다. 위궤양의 대표적인 증상이다. 반면 십이지장궤양은 식후 1시간 30분에서 3시간 사이에 가슴 속 통증을 느낀다. 이들 통증은 한밤중에 생기기도 하며 사람에 따라 등쪽까지 뻗치기도 한다. 경향신문 040217

십팔번十八番

함부로 부른다면 그것은 십팔번이 아니다

가장 즐겨 부르는 노래.

'뛰어난 장기' 란 뜻의 일본어 '주하치반十八番·じゅうはちばん' 을 우리 한자음으로 읽은 말이다. '주하치반' 은 원래 에도시대江戸時代에 유명한 가부키 배우를 배출한 이치카와단주로市川團十郎 가문의 교겐狂言 중에서 크게 히트한 18가지 목록에 붙인 이름이다. 교겐은 가부키의 막간에 펼쳐지는 짤막한 소극笑劇을 말한다. 말 그대로 하면 '미친狂 말言' 이란 뜻으로, 이치카와 단주로 가문은 9대까지 이어지면서 이 분야의 독보적 가문으로 군림했다.

이치카와 가문에서는 이 18가지 목록의 대본을 상자에 소중히 보관했기 때문에 '오하코御箱' 라 부르기도 한다. '하코' 는 '상자' 란 뜻이므로, 말하자면 '비장秘藏의 기예' 인 셈이다. 다시 말해 '십팔번' 은 원래 이치카와 가문의 '18가지 교겐목록' 인데, '뛰어난 장기' 란 뜻으로 사용되고 있는 것이다.

가부키 장면을 그린 일본 풍속화(浮世繪·우키요에)다. 우타가와 구니사다歌川國貞가 1862년에 그린 작품으로, 일본 근대의 걸출한 가부키 배우를 모델로 했다. 맨 왼쪽은 3대 세키산주로關三十郎이고, 그 옆에 여장女裝한 배우는 초대 이와이구메사부로岩井粂三郎다. 이처럼 가부키에 등장하는 여성은 사실은 모두 남성이다. 오른쪽 그림은 이치카와단주로 가문의 시조인 초대 이치카와단주로로, 그는 무대 위에서 자객에 의해 살해되는 비참한 말로를 겪었다.

이 같은 내력을 볼 때 십팔번은 함부로 남들에게 드러내보이기보다는 매우 소중히 간직하다가 꼭 필요할 때만 선보이는 것이므로, 지금 노래방 등에서 흥이 오르면 쉽게 불러대는 '애창곡' 과는 다소 차이가 있는 셈이다. 일본 냄새가 풍겨나는 말이므로 '애창곡' '장기' 등으로 순화해 써야 하는 말이지만, '십팔번' 으로 써야 더 운치 있을 때가 많다.

쌍벽雙璧

'워스트 2' 에 쓰면 안 되는 이유

우열을 구분하기 어려운 두 개의 훌륭한 물건이나 사람을 일컫는 말.

'璧(벽)' 은 '보옥寶玉' 을 가리키므로, 원뜻은 '한 쌍을 이루는 보옥' 이다. '보옥' 이란 가운데 구멍을 뚫은 평평하고 둥근 구슬인데, 제례祭禮나 의식에 사용되었다. 『북사北史』(위진남북조 시대의 역사를 다룬 책)에 나오는 말로, 두 사람의 뛰어난 형제를 세상 사람들이 평하여 '쌍벽' 이라고 우러러 말한 것으로부터 유래되었다.

많은 사람들은 이 말을 쓰면서 두 가지 오류를 범하곤 한다. 첫째는 '雙

璧' 으로, 즉, 璧 대신 壁으로 잘못 적는 사람이 많다. 아마도 의미를 깊이 생각해보지 않고, '두 개의 거대한 벽(壁·wall)' 이 서 있는 모습을 상상하기 때문일 수도 있을 것이다. 둘째는, '두드러져 있는 두 가지' 정도의 뜻으로만 알고, 나쁜 쪽으로 두드러져 있는 경우에도 이 말을 갖다 붙인다. 예를 들어 '세계에서 가장 개방이 안 된 나라라는 점에선 북한과 부탄이 쌍벽을 이룬다' 처럼 쓰는 것이다. 앞서 말했듯이 쌍벽은 '한 쌍의 소중한 보옥' 을 비유한 말이므로 '베스트 2' 를 가리킬 때는 쓸 수 있어도 '워스트 2' 를 가리킬 때는 쓸 수 없다.

> 난초 그림은 대원군과 민영익이 쌍벽을 이뤘다. 이들의 난초는 회화사에 길이 남을 명작이지만 화풍은 대조적이다. 대원군의 난초가 섬뜩할 정도로 예리하다면 민영익의 난초는 부드럽고 원만하다. 동아일보 971224

썩어도 준치

등이 푸르고 배가 은백인 것은 이유가 있다

'좋은 물건은 썩거나 헐어도 어느 정도 본래 값어치를 지니고 있다' 는 뜻의 속담.

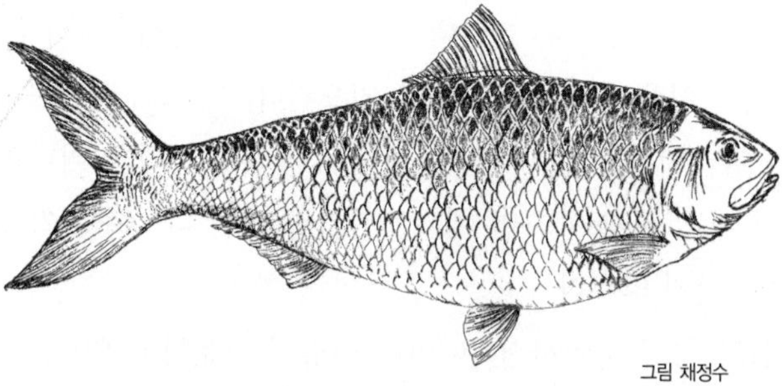

그림 채정수

준치 등은 어두운 청색을 띠고, 배는 은백색을 띠는데, 이것은 일종의 보호색保護色이다. 즉, 등이 청색을 띠면 까마귀나 독수리 같은 공중의 적이 바다색과 구분이 안 돼 공격을 할 수 없고, 배가 은백색을 띠면 물 아래에 있는 적이 올려볼 때 햇볕에 반사되어 눈에 잘 띄지 않는 것이다. '진어眞魚' 라는 아름다운 이름으로도 불린다.

준치는 한국·일본·중국 등지에 분포하는 물고기로, 몸길이는 50cm 정도다. 등은 어두운 청색이고, 배는 은백색을 띠는데, 번듯한 몸매에 은빛 비늘이 반짝반짝해 보기도 좋을 뿐만 아니라, 기름진 살이 맛있어 초여름 계절식품으로 널리 상찬賞讚되기 때문에 만들어진 속담이다. 즉, 준치는 냄새가 나서 먹을 수가 없게 되어도 바라볼 만한 가치가 있듯이, 원래 뛰어난 것은 쇠락해도 그 나름의 가치가 있다는 말이다. '녹슬어도 전차'와 비슷한 뉘앙스의 속담이다.

일본에도 '腐っても鯛(구삿테모타이)'라는 똑같은 속담이 있는 것으로 보아 일본어의 영향을 받은 속담일 가능성이 많다.

> '썩어도 준치'라는 말이 있듯이 이 영화는 전편의 프리미엄을 고스란히 업고 있는 동시에 다른 세 편의 전철을 밟지 않으려고 안간힘을 쓴 흔적이 역력해 재미나 볼거리 면에서 결코 녹록지 않다. 중앙일보 010719

'썩히다'와 '썩이다'

부모를 근심케 하는 것이면 '썩이다'가 맞다

자동사를 사동화할 때는 선어말어미 이·히·리·기 등을 사용한다. 즉, '죽다→죽이다', '묵다→묵히다', '울다→울리다', '웃다→웃기다' 처럼 이 중 어느 하나를 붙이는 것이다. 그런데 '썩다'는 좀 특별해 '썩히다'와 '썩이다'의 두 가지가 사용되어 종종 혼란을 일으킨다. '무녀리 감자를 썩여 녹말가루로 빚은 감자떡은…'이나 '나는 막내로 철없이 자라 어머니의 속을 무척 썩혔다'와 같은 문장이 그런 예로, '감자를 썩여'나 '속을 썩혔다'는 요즘 정서법과는 맞지 않는다.

국립국어원의 『표준국어사전』은 이를 이렇게 구분하고 있다. 우선 '썩히다'는 세 가지 용도로 쓰인다. 첫째는 '풀을 썩혀 거름을 만들었다' 처럼 '부패하다'의 뜻으로, 둘째는 '그는 아까운 재주를 시골에서 썩히고 있다' 처럼

'재능이 제대로 쓰이지 못하고 있다' 는 뜻으로, 셋째는 '그는 꽃다운 청춘을 감옥에서 썩혔다' 처럼 본인 의사와 관계없이 '얽매여 있게 하다' 라는 뜻이다. 이에 대해 '썩이다' 는 '평생 속만 썩이더니 결국 술로 갔다' 와 같이 '근심걱정으로 괴로운 상태가 되게 하다' 는 뜻으로만 쓰인다. 결국 '속을 썩이다' '골치를 썩이다' 처럼 정신적 번민과 관련된 경우는 '썩이다' 로 적고, 그 이외에는 '썩히다' 로 적는다는 말이다. ➡'막히다' 와 '높이다'

'쓱싹쓱싹' 과 '쓱삭쓱삭'

'쓱싹쓱싹' 이 맞는지 '쓱삭쓱삭' 이 맞는지, 또는 '똑딱똑딱' 이 맞는지 '똑닥똑닥' 이 맞는지 열심히 사전을 찾는 사람이 있는데, 애써 그런 수고를 할 필요가 없다. 한 단어 안에서 같은 음절이나 비슷한 음절이 겹쳐 나는 부분은 같은 글자로 적도록 되어 있기 때문이다(한글맞춤법 13항).

'딱다구리' 를 '딱따구리' 로, '싹삭하다' 를 '싹싹하다' 로 적는 것도 이 규정에 의한 것이다. 한자어로 된 말 중에서도 이런 법칙을 적용받는 것이 몇 가지 있다. '類類相從' '累累이' 등이 그것이다. 이것들은 두음법칙을 생각해 언뜻 '유류상종' '누루이' 로 적어야 할 것 같은데, 이 법칙에 따라 '유유상종' '누누이' 로 적는다.

ㅇ

아귀

쓸모가 많으면 못생겨도 대접받는다

아귀 몸의 길이는 60cm 정도인데, 큰 것은 1m에 달한다. 녀석에게는 '물텀벙' 이라는 토속적 별명 외에도 '아구어餓口魚' 라는 한자어 별명이 있다. 굶주린餓 입口을 가졌다는 뜻인데, 실제로 아귀를 잡아 배를 갈라보면 여러 가지 생선이 들어 있을 정도로 식성이 좋다고 한다.

아귓과의 바닷물고기.

입이 얼굴을 덮을 정도로 커서 못생긴 물고기의 대명사로 통한다. 그래서 옛날 어부들은 밤새 쳐둔 그물에 아귀가 걸리면 재수 없다고 바로 바다에 던져버렸는데, 이때 물에 떨어지면서 '텀벙텀벙' 하는 소리를 낸다 해서 '물텀벙' 이라 불리기도 했다. 그러나 지금은 아귀요리를 좋아하는 사람들이 많아져 귀한 물고기가 되었다. 일설에 따르면, 이 버림받은 물고기를 찜요리로 개발한 곳은 '마산' 이라고 한다.

그런데 많은 사람들은 이것을 '아구' 로 잘못 부르고 있다. '아귀찜' '아귀탕' 을 '아구찜' '아구탕' 이라고 하는 것이다. 어쩌면 이 물고기의 큰 입 때문일 수도 있다. '아구' 는 입을 비속하게 일컫는 '아가리' 의 경상방언이다.

→아귀찜 →아귀

아구찜이나 해물찜을 먹다보면 "이거, 콩나물찜 아냐"라는 농담을 곧잘 한다. 아구나 해물을 몇 점 집어먹다 보면 금방 동이 나고 콩나물만 푸짐하게 남아서다. 그러나 마포 먹자골목에 있는 '아름소'에서는 그럴 일이 없다.

아귀餓鬼

탐욕스러운 행동을 하면 누구든 그렇게 된다

아귀의 모습 일본의 『아귀조지(餓鬼草紙·12세기)』에 묘사된 것이다. 죽은 부모를 공양하기 위해 묘에 올린 물방울을 아귀들이 홀짝이는 모습이다. 불가의 속전俗傳에는 '아귀'는 배가 산처럼 크고 목구멍은 바늘처럼 좁아 항상 배고픔의 고통을 당한다고 되어 있다.

염치없이 먹을 것을 탐하는 사람. 성질이 사납고 매우 탐욕스러운 사람.

원래는 전생에 탐욕스러운 행동을 한 죄로 인해 아귀도(餓鬼道·아귀들이 모여 사는 세계)에 떨어진 망자亡者를 가리키는 말이다. 이 세계에 떨어지면 항상 배고프고, 목마르고, 어쩌다 먹을 것을 얻어도 음식에서 뜨거운 불꽃이나 뜨거운 김이 나와 먹을 수가 없어 늘 배고픔에 시달린다고 한다.

원래는 '죽은 사람'이란 뜻의 범어 'preta'를 한역漢譯하여 '鬼(귀)'라고 한 것인데, 나중에 '굶주리다'의 뜻인 '餓(아)'가 추가되어 '굶주린 귀신'이란 뜻의 '아귀'가 되었다. 불가의 속전俗傳에는 '아귀'는 배가 산처럼 크고 목구멍은 바늘처럼 좁아 항상 배고픔의 고통을 당한다고 되어 있다. '아귀다툼'은 여기에서 파생된 말이다.

환경에 적응한 생물은 자신들의 이기적 유전자를 이어나가지만, 그러지 못한 것들은 멸종된다. 인간도 마찬가지다. 지위·부·기회를 잡기 위해 치열하게 경쟁하며 아귀다툼을 벌인다. 이타적인 행위도 실제로는 선을 가장한 이기적 이해관계인 경우가 많다.

아라비아숫자

그들이 수학을 잘하는 것은 이유가 있다

일상생활에서 사용하는 1, 2, 3, …9에 0을 보탠 10개의 숫자.

계산에 적합한 숫자라 하여 '산용숫자算用數字'라 하기도 한다. 이름만으로 보면 아라비아(아랍)에서 나온 숫자 같지만 사실은 인도에서 고안된 '인도숫자'다. 이것이 '아라비아숫자'로 둔갑된 것은 유럽의 상인들 때문이다.

9세기경 인도인들이 쓴 『힌디어 수학책』을 아라비아인들이 가져가 아랍어로 번역했다. 그런데 이 번역판을 다시 유럽 상인들이 자기네 나라에 가지고 가 라틴어로 번역하면서 이 수학책에 나오는 숫자 체계를 '아라비아숫자'라고 부른 것이다. 다시 말하면, 인도 수학책의 라틴어 번역판의 원서가 아라비아어판이었던 데서 '인도숫자'를 '아라비아숫자'로 부르는 혼란이 생긴 것이니 인도의 입장에서는 억울한 일이 아닐 수 없을 것이다.

아라비아숫자의 시대별 변화 모습. 현재의 형태로 정리된 것은 15~16세기경이다.

> 아라비아숫자 '2'는 본래 막대기 두 개를 늘어놓은 모양의 인도 브라미 문자 '二'에서 유래됐다. '二'를 이어서 흘려 쓰다 보니 '2'가 된 것이다. 아라비아숫자 '1'은 브라미 문자 '一'을 세로로 세운 것이다. 동아일보 071221

아메리카

세상에서 가장 이름을 널리 알린 사나이

북아메리카 대륙과 남아메리카 대륙을 포함하는, 이른바 '신대륙'의 총칭.

이탈리아 탐험가인 아메리고 베스푸치(Amerigo Vespucci·1454~1512)의 이름을 따서 붙인 지명이다. 그 이전까지는 신대륙에 대한 특별한 이름은 없었다. 그렇다면 신대륙의 최초 발견자는 콜럼버스인데 왜 그의 이름을 붙이지 않았을까? 그것은 베스푸치가 문제를 제기하기 전까지 유럽인들은 콜럼버스가 도착한 곳을 아시아의 일부라고 생각했기 때문이다.

아메리고 베스푸치 1499년부터 4차례나 신대륙을 탐험한 이탈리아 출신의 탐험가로, 이름복으로 친다면 그를 따라갈 자가 없을 것이다. 신대륙은 콜럼버스가 발견했지만 정작 신대륙은 그의 이름으로 불리기 때문이다.

콜럼버스의 항해 목적은 오로지 황금과 향신료香辛料로 가득 찬 '인도'로 가는 것이었다. 서쪽으로 끝없이 항해하던 콜럼버스는 2개월여의 고투 끝에 1492년 10월 육지를 발견하게 된다(이것이 오늘날의 바하마제도다). 드디어 인도에 온 것이라고 믿은 콜럼버스는 그곳을 '성스러운 구세주'라는 뜻의 '산살바도르'라 명명하고, 원주민을 '인디오'('인도사람'이란 뜻, 영어로는 인디언)라 불렀다. 오늘날 이 지역의 섬들을 '서인도제도'라 부르는 것은 이 때문이다.

이런 생각은 오랫동안 계속되어 콜럼버스는 자신이 죽을 때까지 그곳을 인도라고 생각했다. 그의 생각이 틀렸음을 밝혀낸 것은 아메리고 베스푸치였다. 1499년부터 4차례에 걸쳐 신대륙을 탐험한 베스푸치는 후원자들에게 보낸 편지에서 "콜럼버스가 도달한 땅은 유럽·아시아·아프리카보다도 더 많은 사람과 동물이 살고 있고, 게다가 대기도 온화하고 쾌적한 신대륙"이라고 밝혔다. 독일의 지리학자 발트제뮐러는 이를 근거로 『세계지입문世界誌入門, 1507』이라는 책을 쓰면서 신대륙을 베스푸치의 이름을 따 '아메리카'로 적을 것을 제안했는데 이것이 받아들여진 것이다.

'아메리고Amerigo'가 '아메리카America'가 된 것은, 땅은 여성이므로 여성형어미인 '-ia'로 바꾸었기 때문이다. 신대륙 발견 후 지어진 버지니아Virginia, 조지아Georgia, 캐롤라이나Carolina, 필라델피아Philadelphia 등도 여성형어미인 '-ia'를 붙인 경우다. ➡인디언

아메리칸드림

이민을 가야만 쓸 수 있다고?

> **폭우에 쓸려간 코리안드림**
>
> 국어교사 꿈 꿨던 몽골소녀
>
> 강한 물살에 빨려들어 참변

조선일보 110730

미국적 이상 사회를 이룩하려는 꿈. 미국에 가면 무슨 일을 하든 행복하게 잘살 수 있으리라는 생각.

세계 여러 나라 사람들이 '꿈의 대륙'을 찾아 미국으로 모여들던 19세기 무렵부터 쓰이기 시작한 말이다. 가난한 나라에서 희망 없는 삶을 살다 미국으로 이민을 가 온갖 고생 끝에 성공한 사람을 이야기할 때 '아메리칸드림'이라고 말한 것이다. 따라서 미국으로 이민을 하지 않고 미국을 중심으로 활동하는 스포츠 선수 등을 가리켜 '아메리칸드림을 실현한 ○○○…' 등으로 표현하는 것은 엄밀히 말하면 잘못인 셈이다. (안정효 『가짜영어사전』)

그렇다면 동남아시아 사람들이 한국으로 이민을 하지 않고 한국으로 건너와 성공을 위해 노력하는 것을 '코리안드림'이라고 표현하는 것도 잘못일 터이다. 하지만 말이란 세월의 흐름에 따라 약간씩 변형되어 사용되는 것임을 생각하면, '이민'이란 잣대를 엄밀히 들이대 "코리안드림이다" "아니다"라고 말하는 것은 지나친 일일 것이다.

> 새벽 4시에 나가 밤늦게 귀가했지만, 열심히 일한 대가는 나타나지 않았다. 결국 아버지는 심장마비로 쓰러졌다. 6·25전쟁을 이겨냈지만 아메리칸드림을 일궈내지 못한 아버지의 체취는 지금 내 가슴에 묻혀 있다.

아멘

교회나 성당에서 기도나 찬송이 끝난 뒤 외치는 말.

히브리어 'amen(아멘)'에서 왔다. 유대교와 이슬람교에서도 똑같은 말을 쓰는데, 그것은 원래 유대인들이 예배의식에 사용한 것을 교회가 받아들였기 때문이다. 동사로는 '확실하다', 명사로는 '진리', 부사로는 '참으로', 끝맺는 말로는 '확실히 그렇게 되어지이다' '그렇게 해 주십시오'의 뜻이 된다. 교회에서 들을 수 있는 '아멘'의 뜻은 설교나 기도를 듣는 사람이 발언자의 말에 '동감이다'는 뜻으로 이해하면 된다.

> 성도들은 '아멘'을 외칠 때마다 "나는 할 수 있다. 그 말씀대로 될 줄로 믿는다"라고 긍정적이고 적극적인 신앙을 고백했다. '아멘신앙'을 지닌 그들은 하나님의 말씀을 마음속 깊이 아로새겨야겠다는 강한 일념이 얼굴에 가득했다. 국민일보 061025

아방궁阿房宮

동서 500보에 남북이 50장이라는데…

지나치게 호화스러운 건물을 비유하는 말.

원래는 중국 진秦나라 시황제始皇帝가 기원전 212년에 지은 궁전을 말한다. 중국 최초로 통일왕국을 건설한 시황제는 함양궁咸陽宮을 비롯해 그가 멸망시킨 육국六國의 궁전을 본떠 많은 궁전을 지었으나 이에 만족하지 않고 위수渭水 남쪽에 대규모 궁전을 지은 것이 아방궁이다. '阿(아)'는 '가깝다'는 뜻이므로 '도읍인 함양(咸陽·섬서성)에서 가까운 궁전'이란 뜻이다.

사마천의 『사기史記』에는, '2층으로 되어 있는 아방궁은 동서 500보(步, 약 690m), 남북 50장(丈, 당시는 1장이 8척이고 1척이 약 22.5cm이므로 지금 단위로는 90m 정도)으로, 위에는 1만여 명이 앉을 수 있고, 아래에는 5장(약 9m)의 기旗를 세울 수 있다'고 기록되어 있다. 또 '죄수 70만 명이 공사에 동원되었고, 시황제 생전에는 완성되지 않아 2세 황제 때 마무리되었으며, 기원전 207년 항우項羽가 진나라를 칠 때 지른 불길이 무려 3개월이나 계속되었다'고 한다.

> 1백평짜리의 분양가가 물경 20억원이나 된다니 집 없는 서민층은 놀라다 못해 까무러칠 일이다. 그런데도 정·재계 등의 유명인사들에 의해 모두 계약이 끝났다니 더욱 놀랍다. 그 '현대판 아방궁'에 살겠다는 사람은 대체 어떤 사람들인가. 경향신문 901011

아비규환阿鼻叫喚

스님을 비방하면 그곳에 떨어진다!

'여러 사람이 비참한 지경에 빠져 울부짖는 참상'을 이르는 말.

'아비阿鼻'란 범어 'avici'의 음역音譯으로, 불교에서 말하는 '아비지옥阿鼻地獄'을 가리킨다. 8대 지옥 중에서 가장 고통이 심한 지옥이다. 오역죄五逆罪를 범하거나 스님을 비방했을 때 떨어지는데, 죄인은 뜨거운 불 속에 내던져지는 등 극한의 고통을 겪는다. 오역죄란 소승불교에서는 ① 아버지를 죽이는 일, ② 어머니를 죽이는 일, ③ 아라한(阿羅漢·성자)을 죽이거나 해하는 일, ④ 승단의 화합을 깨뜨리는 일, ⑤ 부처의 몸에 상처를 입히는 일이다.

'규환叫喚'은 '울부짖는 소리'란 뜻인 범어 'raurava'의 한역漢譯으로 '규환지옥叫喚地獄'을 일컫는다. 살생을 하거나 도둑질을 하면 떨어지는 곳으로, 뜨거운 쇳물을 콧속에 들이붓거나 끓는 가마솥에 던져 넣는 무서운 곳이다. 아비규환은 이 '아비지옥'과 '규환지옥'을 아울러 일컫는 말이다.

> 어둠 속에서 적과 아군을 구별하지 못하고 같은 편끼리 칼을 휘두르는 아비규환의 현장. 이 극적인 순간에 가장 중요한 것은 의사소통이다. 장군의 의도가 병사들에게 정확히 전달되고 공격과 후퇴의 기동이 일사불란한 군대가 승리하기 때문이다. 조선일보 080628

아삼륙

골패놀이에서 쌍진아·쌍장삼·쌍준륙의 세 쌍을 일컫는 말.

'아삼륙'은 이 '쌍진아·쌍장삼·쌍준륙'의 끝말을 붙인 것이다. 이렇게 맞추면 끗수를 세 곱으로 쳐주기 때문에 '서로 잘 어울리는 짝' '단짝'이라는 말로 쓰인다. 중국의 마작 용어인 '二三六(얼싼류)'가 변했다.

> 남들이 얼핏 보기에는 이 장 저 장 들쑤시고 다니는 행상꾼으로 보일 테지만, 우리들끼리 내막을 따져볼라치면 입에 들어간 콩 한 조각도 다시 꺼내 나눠 먹어온 아삼륙이 아닌가.

아성牙城

부대기와 상아는 무슨 관계가 있을까?

조직이나 세력의 중요한 근거지.

원래는 부대의 최고 지휘관이 거처하는 곳, 즉 '본영本營'을 가리킨다. 그렇다면 왜 그처럼 중요한 곳에 '어금니'의 뜻인 '牙(아)'자가 들어갔을까. 그 수수께끼를 푸는 열쇠는 '아기牙旗'에 있다. '아기'란 대장군의 거소에 세우던 일종의 부대기다. 바탕에는 '장수'를 뜻하는 '帥(수)'자를 쓰고 깃대 위는 상아象牙로 장식했기 때문에 그렇게 불렀다. 결국 '아성'이란 아기를 세우고 있는, 다시 말해 '어금니처럼 단단한 성'이므로 '본영' '본거지'의 뜻이 되었다. 깃대를 굳이 상아로 장식한 것은 장수의 세력이 상아처럼 견고함을 드러내기 위해서다.

> 아성이 무너졌다. 무너질 것 같지 않은 성이 무너졌다. 현대캐피탈이 삼성화재의 78연승을 저지하는 대이변을 일으켰다. 경향신문 100255

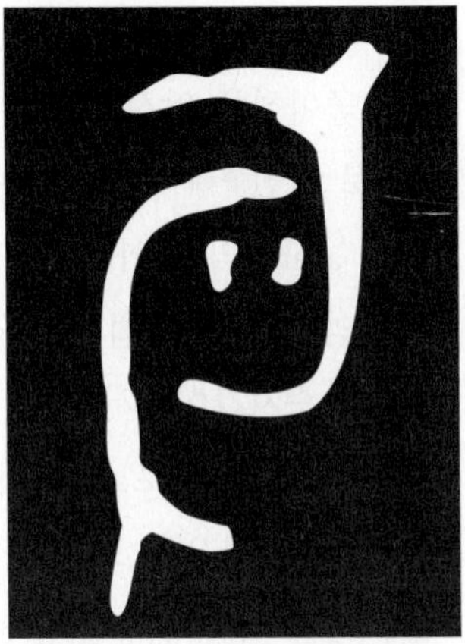

'牙(어금니아)'의 갑골문이다. 지금 쓰는 글자와 닮아있기는 하지만 무엇을 그렸는지 짐작하기가 쉽지 않다. 그러나 그림을 시계방향으로 90도 돌려보면 윗어금니와 아래어금니가 서로 누르고 있는 모습을 그린 것임을 알 수 있다. 이처럼 가로로 그리지 않고 세로로 그렸던 것은 이 글자가 만들어질 당시 종이 역할을 했던 죽간竹簡에 적기 쉽도록 하기 위해서이다. 가운데 두 점은 음식물이다.

아수라장阿修羅場

선신과 악신의 피비린내나는 싸움터

모진 싸움으로 처참하게 된 곳.

불교에서 온 말로, '아수라阿修羅'라는 인도 귀신에 '장場'을 붙인 말이다. '수라장修羅場'

아수라상 일본 나라시 흥복사興福寺가 소장하고 있는 것으로(국보), 백제불교문화의 영향을 많이 받던 나라시대奈良時代에 만들어졌다.

으로 줄여 말하기도 한다. '아수라'는 화를 잘 내고 성질이 포악하며 싸우기를 좋아하는 악신惡神이다. 원래는 팔부중(八部衆·불법을 지키는 여덟 신장)의 하나로 선신善神이었는데 훗날 하늘과 싸우면서 악신惡神이 되었다고 한다. 범어 'asura'의 음역音譯이므로 한자에 특별한 뜻이 있는 것은 아니다. '아수라'의 천적은 불법에 귀의하는 사람을 보호하는 '제석천帝釋天'이다. 이 둘은 앙숙지간이라서 곧잘 격전을 벌이곤 했는데, 그 싸움터가 바로 '아수라장'이다.

이들이 싸우는 모습은 인도의 서사시 『마하바라타』를 비롯해 많은 불전佛典에 묘사돼 있다. 예를 들어 제석천이 던진 원반에 아수라의 몸뚱이가 잘려 피를 흘리거나, 제석천이 휘두른 칼·창·곤봉을 맞고 전신이 피투성이가 되어 쓰러져있는 모습 등이다. 말하자면 이처럼 아수라와 제석천의 피비린내 나는 전투가 행해진 장소를 '아수라장'이라고 부르는 것이다.

> 아수라장이었다. '민의의 전당'은 그랬다. 곳곳에서 집단 몸싸움이 벌어졌고 고성과 욕설이 난무했다. 격투기를 하듯 의원 간 주먹질도 벌어졌다. 새삼스러울 건 없다. 세계일보 101209

아전인수我田引水

사람 치고 그러지 않을 사람 있을까?

자기에게만 이롭게 되도록 생각하거나 행동함.

일본에서 만든 사자성어로, '자기 논에 물을 끌어들인다'는 뜻의 '我が田に水を引く'라는 속담을 한자로 나타낸 것이다. 우리말에도 '제논에 물대기'란 속담이 있다.

'대북안보'라는 중대한 현안을 두고 여당과 야당이 서로 자기 쪽에 유리한 해석을 하려는 모습을 '아전인수'라는 말로 비판한 정운경 화백의 『왈순아지매』(중앙일보 2001.6.20). 6·15남북선언 1주년이 되었을 당시, 햇볕정책의 평가를 둘러싸고 박준영 청와대 대변인과 권철현 한나라당 대변인 사이에 원색적인 공방이 있었다.

단순히 편가르기만으로도 적대적 양극화가 빚어질 수 있다. 이미 심리적 실험이 증명했듯이 동일한 현상을 놓고 극단적 견해가 충돌하는 까닭은 자신이 믿고 싶은 방향으로 정보를 해석, 판단, 선택하려는 아전인수식 확인편향에서 연유한다. 조선일보 090410

아지트

활동의 본거지로 삼은 곳.

러시아어 'agitpunkt(아지트풍크트)'를 줄인 말로, 원래는 '노동조합이나 비합법 활동단체 등의 비밀본부', 특히 '좌익활동의 비밀본부'를 가리키는 말이었다. 지금은 활동가의 숨겨진 집이나 범죄조직의 지하본부, 죄인이 숨어 있는 집까지도 포괄적으로 가리킨다.

아킬레스건腱

누구에게나 급소는 있다!

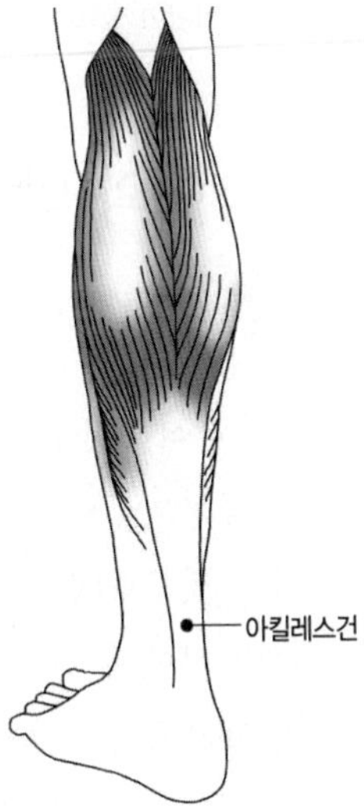

'강자의 치명적인 약점'을 비유하는 말.

원래는 발뒤꿈치 바로 위에서 장딴지로 이어지는, 인체에서 가장 두껍고 가장 강한 힘줄을 일컫는다. '腱(건)'이란 '힘줄'의 뜻이므로 '아킬레스힘줄'이라고도 한다. 이 힘줄은 보행운동을 하는 데 매우 중요한 역할을 한다. 예를 들어 장딴지근육을 수축시키면 이 힘줄에 의해서 발뒤꿈치가 들어올려져서 기본적인 발동작이 가능해지므로, 이 힘줄이 끊어지면 달리거나 점프할 때 다리를 사용할 수가 없다.

아킬레스는 그리스 호메로스의 서사시『일리아드』에 나오는 영웅 '아킬레

장기 두는 아킬레스와 아이아스 왼쪽이 아킬레스다. 화려한 갑옷과 투구로 무장해 그에게는 어떤 공격도 통하지 않지만, 오직 한 군데만은 예외였다. 이처럼 아무리 완벽한 사람이라도 약점은 있는 법이다.

우스'의 영어명이다. 그의 어머니 테티스(바다의 요정)가 어린 아킬레스를 이승과 저승의 경계를 흐르는 스틱스강에 담가 불사신不死身으로 만들었으나, 그녀가 잡고 있던 발뒤꿈치만은 물에 닿지 않아 이곳이 아킬레스의 유일한 급소가 되고 말았다. 결국 아킬레스는 트로이전쟁에서 그 뒤꿈치에 독화살을 맞고 죽는데, 아킬레스건이 '강자의 치명적인 약점'을 비유하는 것은 이 때문이다. ➡트로이의 목마

> 2011년 한국 경제의 아킬레스건으로 지목돼 온 유가와 원자재가격 상승 등 5대 불안요인이 신묘년 시작과 함께 연달아 터져 나오면서 정부 경제운용과 기업 경영 계획 수립 등에 비상이 걸렸다. 문화일보 110106

악어와 악어새

하지만 그에게 물릴 수도 있다

바람직하지 않은 공생관계를 비유하는 말.

'공생共生'이란, 서로 다른 두 생물이 한 곳에서 이익을 주고받으면서 생활하는 것을 말한다. 예를 들어 개미가 더듬이로 진딧물의 몸을 건드리면 진딧물의 몸에서 당류糖類가 풍부한 액체가 분비되는데, 개미는 이 분비물을 먹어 양분을 얻는 대신 겨울 동안 진딧물의 알을 집에 옮겨 보호해주는 역할을 한다. 악어鰐魚와 악어새의 경우는, 악어가 강가에 나와 쉬고 있을 때 악어새가 악어의 입속에 들어가 이빨 사이에 끼인 고기조각이나 찌꺼기를 먹고, 악어는 이물질을 제거할 수 있기 때문에 공생관계가 된다.

악어는 평상시 나뭇조각처럼 조용히 물 위에 떠 있다가 육지동물이 다가

오면 다리 등을 물어 물속으로 끌고 들어가는데, 그 깨무는 힘이 자그마치 2t에 이르므로 어떤 짐승이든 한 번 물리면 절대로 살아남을 수 없다. 그런 잔인한 동물의 입속 깊숙이 악어새가 들어가 고기를 쪼아먹는 것이므로 신기한 일이 아닐 수 없다. 악어새의 정식이름은 '검은등제비물떼새black-backed coursers다'.

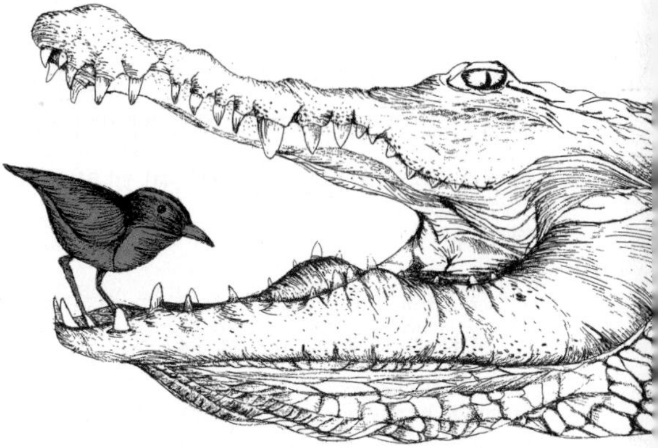

그림 채정수

악어와 악어새가 사는 법 악어는 이빨 사이에 끼인 고기를 제거할 수 있고 악어새는 식사를 해결할 수 있으므로 이 둘은 공생관계가 된다. 더구나 악어새는 악어에게 위험이 닥칠 듯하면 울음소리로 이를 알려준다고 하니 악어에게는 공생 이상의 것이다. 하지만 뭔가의 이유로 악어가 실제로 깨물어버린다면 어떤 일이 벌어질까?

공생관계는 대체로 친근한 이미지이지만, '악어와 악어새'로 비유할 때의 공생관계는 부정적이다. 예를 들어 악덕 건설업자와 조직폭력을 '악어와 악어새'로 비유했다면 이 둘 사이에 탈법脫法이 있는 것이다. 그것은 '악어의 눈물'이나 '악어의 논법' 같은 말에서 볼 수 있듯이 사람들에게 악어는 매우 잔인하고 교활한 동물로 각인되어 있기 때문이다.

> 검찰은 윤씨와 정·관계 인사들이 '악어와 악어새'의 관계를 맺어온 것으로 보고 벤처기업 지원과 관련이 있는 정부 부처와 정치권 일부 인사들에게 칼끝을 겨누고 있다. 문화일보 020101

악어의 눈물

그가 진짜 슬퍼서 우는 거라고?

'거짓 눈물' 또는 '거짓 참회'를 일컫는 말.

악랄한 악어가 포획한 먹이를 잔인하게 물어 죽인 뒤 눈물을 흘려가며 먹는 모습에서 비롯된 말이다. 그러나 악어가 눈물을 흘리는 것은 참회 때문이 아니라 악어의 생리구조상 자연스럽게 일어나는 현상이다. 즉, 악어가 자기 입보다 큰 고깃덩어리를 삼키기 위해서 입을 오랫동안 벌리고 있으면 안면의 근육이 눈물샘을 짓눌러 마치 슬퍼서 울 때처럼 눈물이 흐르게 되는 것이다.

사람에게도 뇌외상腦外傷 또는 뇌졸중腦卒中으로 인한 안면마비가 회복되는 과정에서 이와 비슷한 현상이 일어나는 경우가 있다. '악어눈물증후군Crocodile tears syndrome'이 그것으로, 음식을 먹으면 눈물샘과 침샘의 신경이 엉켜 침이 나오면서 눈물도 함께 나오는 것이다. '악어의 눈물'을 '거짓 참회'로 규정한 것은 로마의 사학자 플리니우스가 쓴 『자연의 역사Historia Naturalis』가 처음이다.

> 눈물이라고 해서 모두 순수한 것만은 아니다. 『눈물의 역사』를 쓴 역사학자 뷔포는 '침묵과 언어 사이에 눈물이 흐른다'고 했다. 눈물은 감동이고 절제지만 격정이기도 하다. '악어의 눈물'도 있다. 눈물은 교환되고 공유되며 환희와 혼합되기도 한다.

악화가 양화를 구축한다

어차피 세상은 그렇게 굴러간다고?

나쁜 사람이나 나쁜 물건이 만연하는 세상에서는 좋은 사람이나 좋은 물건이 외면당하는 것을 비유하는 말.

원래는 16세기 영국의 재정가財政家 존 그레셤이 주창한 경제법칙을 압축한 말이다. '그레셤의 법칙'이라는 것으로, 간단히 설명하면 이렇다.

그림 김도원

일반상품은 가격이 같고 품질이 다를 경우, 품질이 우수한 것이 주로 팔리고 나쁜 것은 경쟁에서 밀려난다. 그러나 화폐는 재료가 다른 두 가지 화폐가 동일한 액면가로 통용될 경우, 나쁜 재료로 만든 화폐, 즉 악화惡貨만 유통되고 금이나 은 등 좋은 재료로 만든 화폐, 즉 양화良貨는 아무리 발행해도 저장되거나 수출되어 유통되지 않는다는 논리다. '구축驅逐한다'는 '쫓아낸다'는 뜻이다.

> 정보의 비대칭이 지속되면 '악화가 양화를 구축'하는 현상이 나타난다. 어느 주택이 불량하고 어느 주택이 우량한지 모르다 보니 시장에서 우량한 재고주택의 거래가 끊기는 현상이 나타나는 것이다. 한겨레 030218

한일어업협정 비준을 둘러싼 여야갈등을 풍자한 안중규 화백의 『Mr. 삐삐』(조선일보 98.12.16). 마지막 칸의 '안 되요'는 '안 되어요'가 준 것이므로 '안 돼요'로 적는 것이 어법에 맞다.

'안 돼'와 '안 되'

'안 돼'로 써야 할지 '안 되'로 써야 할지 혼동될 때가 있는데 '안 돼'로만 써야 한다. 용언(동사·형용사)은 문장 속에서 언제나 활용형으로 써야 하는데, 동사인 '되다'는 '되고' '되네' '되니' '되면' '되어' '됩니다' 등으로 활용하고, 이중 '되어'가 줄면 '돼'가 되기 때문이다.

'선뵈다'에서도 가끔 이런 오류가 일어난다. 예를 들어 신문의 제목 등에서 '정치 비평서 잇따라 선봬' '은행들 틈새상품 선봬'라고 써야 할 것을 '정치 비평서 잇따라 선뵈' '은행들 틈새상품 선뵈'라고 쓰는 것이다. 이것을 쉽게 설명하면 이렇다. '선보다'에 피동보조어간 '이'를 넣어 피동화하면 '선보이다'가 되고, 이것을 줄인 것이 '선뵈다'이다. 그리고 이 '선뵈다'의 과거형은 '선뵈었다'이므로 이것이 줄어들면 '선뵀다 → 선봬'가 되는 것이다.

안성맞춤

이제 '마추다' 와 '맞추다' 의 구분은 없다

한 주류업체가 출시한 막걸리 홍보전단이다. 정서법과 다르게 '안성마춤' 으로 되어 있다. 상품명을 짓는 것은 업체의 고유권한이지만, 정서법과 다른 상품명이 반복적으로 노출되면 국민들의 국어생활에 지장을 줄 수 있다.

요구하거나 생각한 대로 잘된 물건을 비유적으로 이르는 말.

예부터 경기도 안성安城은 유기(鍮器·놋그릇)로 유명했는데, 그곳에서 그릇을 맞추면 마음에 꼭 들어맞는다 해서 나온 말로 알려져 있다. 그러나 일부에서는 이미 사용되던 '안성맞춤' 이란 말에 '안성' 이란 고을이름을 갖다 붙인 것으로 보기도 한다.

예전에는 '(구두나 양복 등을) 일정한 치수대로 만들게 하다' 의 뜻으로는 '마추다' 로, '어긋남이 없이 일치되어 맞게 하다' 의 뜻으로는 '맞추다' 로 구분해 '안성마춤' 으로 적었으나 1988년 한글 맞춤법이 개정되면서 두 경우 모두 '맞추다' 로 쓰기로 했기 때문에 지금은 '안성맞춤' 으로 적어야 한다.

> 연예계 스타의 이야기는 대중의 흥밋거리로는 안성마춤(→안성맞춤)이다. 이를 반영이라도 하듯 요즘 방송사들은 연예정보프로그램의 비중을 높이고 있는 추세다.

'안절부절' 과 '안절부절못하다'

내가 지금 안절부절하고 있다고?

'안절부절' 은 '몹시 초조하여 어쩔 줄 몰라 하는 모양' 을 나타내는 부사로, 예를 들면 '열차에 올라탄 나는 안절부절 견딜 수가 없었다' 처럼 사용한다. '안절부절못하다' 는 '마음이 초조하여 어쩔 줄 모르다' 는 뜻의 동사로, 예를 들면 '그는 거짓말이 들통날까 봐 안절부절못했다' 처럼 사용한다.

이것을 잘 보면 이상하다. 부사 '안절부절' 이나 '안절부절' 에 '-못하다' 라는 부정어가 들어간 동사 '안절부절못하다' 나 맥락은 같기 때문이다. 그래서 간혹 동사로 쓸 때도 '안절부절하다' 라고 쓰는 사람들이 있다. 그러나 표준어규정(25항)에서는 '안절부절못하다' 를 표준어로 규정하고 있으므로 동사로 쓰일 경우 '안절부절하다' 를 활용해 글을 쓰는 것은 잘못이다.

이런 말에는 '엉터리' 와 '엉터리없다', '주책이다' 와 '주책없다' 등에서도 볼 수 있다. 어떤 이는 이것을 부정어와 부정어가 결합하여 뜻을 강조하는 것으로 보아야 한다고 말하기도 한다. ➡ '엉터리' 와 '엉터리없다', '주책이다' 와 '주책없다'

'-않느냐' 와 '-않으냐'

동사면 '느냐', 형용사면 '으냐'

'그 양복 잘 맞지 않으냐' 로 쓸 것인가 '…맞지 않느냐' 로 쓸 것인가, 또 '식사를 하는 게 좋지 않느냐' 로 할 것인가 '…좋지 않으냐' 로 할 것인가를 생각해 보기 위해 올렸다.

우선 '않다' 는 '아니하다' 의 준말로 본용언이 동사이면 보조동사로, 본용언이 형용사이면 보조형용사로 쓰인다. '해라체의 의문형 종결어미' 에는 '느냐' 와 '냐' 가 있는데, '느냐' 는 예를 들어 '거기서 뭘 하느냐' 처럼 동사의 어간에 붙고, '냐' 는 형용사의 어간에 붙는다. 이때 형용사에는 어간이 모음으로 끝나면 '배고프냐' 처럼 '냐' 가 바로 붙지만, 어간에 받침이 있으면 '빛이 짙으냐' 처럼 매개모음 '으' 를 앞세우게 되어 있다.

결국 '않다' 가 동사라면 '느냐' 를 붙이지만 형용사라면 '으냐' 가 붙는 것이다. 이는 다시 '본용언이 동사일 때는 "않느냐"가 되고, 본용언이 형용사일 때는 "않으냐"가 된다' 고 공식화할 수 있다. 위 사례의 경우는 '맞다' 는 동사이고, '좋다' 는 형용사이기 때문에 '그 양복 잘 맞지 않느냐', '식사를 하는 게 좋지 않으냐' 로 써야 한다.

'-않는다' 와 '-않다'

동사면 '-않는다', 형용사면 '-않다'

① 민간자본을 유치해 공장을 짓도록 하는 것은 앞뒤가 맞지 □□(□).

② 조사 과정은 투명했으며 소액주주 운동의 원칙과 다르지 □□(□).

③ 부모들은 적극적으로 자식들에게 왕따를 만드는 행위는 옳지 □□(□) 고 가르치려 하지 않는다.

이 문장의 □안에 '-않는다' 와 '-않다' 를 구분해 적을 수 있는 사람은 이 항목을 읽을 필요가 없다. 그러나 많은 사람이 이를 구분하지 못할 것이고, 설사 맞혔다 하더라도 그 이유를 구체적으로 설명하지 못할 것이다.

이 문제는 다음 두 가지 원칙만 상기하면 간단히 해결된다. 하나는 "'않다' 는 '아니하다' 의 준말로 주로 어미 '-지' 를 앞세워 쓰이는데, 본용언이 동사이면 보조동사로, 본용언이 형용사이면 보조형용사로 쓰인다"는 공식이다. 다른 하나는, "동사의 어간에 붙어 동작이 진행 중임을 나타내는 어미는 '-ㄴ다'"라는 원칙이다. 이 말은 바꾸어 말하면 "본용언이 동사일 때는 '-않는다' 가 되고, 형용사일 때는 '-않다' 가 된다"는 얘기다.

위 예문의 경우, '맞다' 는 동사이므로 ①은 '-않는다' 가 되고, '다르다' '옳다' 는 형용사이므로 ②와 ③은 '-않다' 가 된다.

알리바이

'없다' 는 것을 증명하라고?

타소존재증명他所存在證明. 사건이 발생했을 때 피의자가 다른 곳에 있었다는 증명.

예를 들어 A라는 사람이 살해당했다면 경찰은 일단 A의 주변인물 중 의심가는 사람을 용의선상에 놓는다. 그때 피살자와 접촉이 많은 B라는 사람이 A가 죽은 시각에 다른 곳에 있었다는 사실이 증명되면 B는 혐의를 벗게 되는데, 이것을 '알리바이가 성립되다' '알리바이가 입증되다' 라고 한다.

따라서 '알리바이' 의 풀이는 앞처럼 '타소존재증명' 이 맞는데 사전에는 '현장부재증명現場不在證明' 으로 잘못 풀이되어 있다. 우선 어원적으로 볼 때 잘못이다. 영어 'alibi(알리바이)' 는 라틴어 'alius ibi(알리우스 이비)' 가 줄어든 말이다. 'alius' 는 '다른' 이란 뜻이고, 'ibi' 는 '장소에' 란 뜻이므로 'alius ibi' 는 '다른 장소에' 란 의미가 된다. 즉, '알리바이' 는 '다른 장소에 있었다' 는 뜻이 있기 때문에 '현장부재증명' 보다 '타소존재증명' 이라고 해야 정확한 표현이 되는 것이다.

논리상으로 볼 때도 그렇다. 일반적으로 존재의 유무를 가릴 때 '있다' 를 증명하기는 쉽지만 '없다' 를 증명하기는 매우 어렵다. 예를 들어 돈 없는 사람이 돈 많은 사람을 찾아가 1억원을 빌리고자 할 때, 돈 많은 사람은 1억원이 든 통장을 보여주면 돈이 있다는 것이 증명된다. 하지만 이렇게 해서 돈을 빌린 사람(채무자·빚꾸러기)이 제때에 돈을 갚는다면 문제가 없지만, 뭔가의 이유로 궁지에 몰렸다면 얘기는 달라진다. 빌려준 사람(채권자·빚쟁이)의 변제요구에 "나 돈 없소. 죽이든 살리든 맘대로 하시오"라고 말할 수도 있다. 이때 채권자가 "그렇다면 돈이 없다는 것을 증명해 보라"고 한다면 채무자는 난감할 수밖에 없다. 바로 이런 것을 '악마의 증명' 이라고 하는데, 법률적으로는 이 경우 '있다' 고 생각하는 사람이 증거를 제시해야 하고, 그 증거를 제시하지 못하면 '없다' 로 간주된다.

알리바이도 피의자가 범행장소에 '없었다' 는 것을 증명하는 것이 아니라, 다른 곳에 '있었다' 는 것을 증명해야 성립되는 것이므로 '현장부재증명' 보다 '타소존재증명' 이 합당하다.

> 회사원 A씨는 주민투표가 있던 24일 야근을 자청했다. 투표장에 가지 않았다는 알리바이를 만들어 동료들에게 보여주기 위해서였다. 사실 A씨는 출근길에 투표를 마쳤다. 그러나 출근해서 동료들에게 "투표했느냐"고 물었다가 "미쳤냐"는 핀잔만 들었다. 조선일보 110826

알코올

귀부인의 눈썹 화장품이 술이 됐다고?

탄화수소의 수소를 수산기水酸基로 치환한 형태의 화합물. 술.

영어 'alcohol' 에서 온 외래어다. 영어 'alcohol' 은 중세 라틴어인 'alkohol(알코홀)' 에서 왔고, 'alkohol' 은 아랍어 'al-kuhl(알-쿨)' 에서 왔다.

아랍 귀부인들은 안티몬 가루로 아이섀도를 만들어 눈썹에 까맣게 발랐는데 그 가루를 'kuhl(쿨)' 이라고 했다. 여기에 영어의 정관사 'the' 에 해당하는 'al(알)' 을 붙인 것이 'al-kuhl' 이다. 이 말이 라틴어 'alkohol' 이 되었고, '(안티몬 가루가) 순수하고 미세하다' 해서 '정밀하게 증류된 주정酒精' 이란 뜻으로 쓰이게 되었다.

오랫동안 '알콜' 로 사용해 왔으나 외래어표기법에 따라 지금은 '알코올' 로 적고 있다.

> 뇌는 부위마다 독특한 기능이 있고 서로 연관작용을 하는데 알콜(→알코올)은 신경억제제로 작용해서 뇌의 기능을 억제한다.

압권壓卷

답안지를 누르는 권력은 평생의 권력이 된다

여럿 가운데에서 가장 뛰어난 것.

중국의 과거시험 풍경에서 나온 말이다. '卷(권)' 은 원래는 '책' 이란 뜻이지만 여기에서는 과거를 볼 때 사용하는 '두루마리 시험 답안지' 를 말한다. 과거 응시자들이 이 답안지에 정답(시문)을 적어 내면 관리들은 이것을 채점해 성적순으로 분리하는데, 잘된 답안일수록 위에, 그렇지 못한 답안일수록 아래에 놓도록 되어 있었다. 그렇게 되면 가장 잘된 답안지가 다른 답안지를 누르는壓 형태가 된다. '압권' 은 바로 여기에서 온 말로, 원래는 '다른 사람을 압도하는 뛰어난 시문詩文'이라는 뜻이었다.

> 후반으로 갈수록 내면으로 침잠하는 점층적 표현의 절묘함은 압권이었다. 곡마다 감정의 진폭이 컸으나 특유의 유창한 발성과 명확한 해석으로 절제를 잃지 않아 단정한 느낌이 잘 살아났다. 조선일보 110530

『송대과거도宋代科擧圖』 전국 각지에서 예비 시험을 거친 수재들이 황제 앞에서 직접 실력을 겨루는 전시殿試 풍경이다. 이때 잘 쓴 답안지는 위에 놓고, 못 쓴 답안지는 아래에 놓게 되어 '잘 쓴 답안지가 못 쓴 답안지를 누르는 형태'가 된다 해서 '압권'이란 말이 생겼다. 이렇게 얻은 권력이 평생의 권력이 되는 것은 예나 지금이나 마찬가지다.

'애끊다'와 '애끓다'

받침 반 개 차이지만 뜻 차이는 크다

'애끊다'는 '마음이 몹시 슬퍼 창자가 끊어질 듯하다'는 뜻이고, '애끓다'는 '몹시 분노하거나 걱정되어 속이 끓는다'는 뜻이다. 겹받침의 한쪽만 다른 말이지만, 속뜻은 이렇게 다르다.

'애끊다'는 '창자'의 뜻인 '애'와 '끊다'가 결합된 말로, '단장斷腸'의 고사와 관계가 있다. 진晋나라의 환온桓溫이라는 사람이 촉蜀나라를 치기 위해 장강長江의 삼협三峽을 건널 때 한 병사가 장난삼아 원숭이 새끼를 잡아 배에 태웠다. 그러자 어미 원숭이가 슬피 울며 100여 리를 따라오다 배 안으로 뛰어들었는데, 숨을 헐떡거리더니 이내 죽어버렸다. 이상하게 생각한 병사들이 원숭이의 배를 갈라보았더니 창자가 토막토막 끊어져 있었다는 것이 '단장'에 얽힌 이야기다.

이것으로 볼 때 '애끊다'는 '비통한 슬픔'이 전제되는 내용에만 쓸 수 있고, '애끓다'는 매우 억울할 때 '속이 부글부글 끓는다'고 하는 것처럼 '분노와 울분'이 전제되는 글에만 쓸 수 있다. ➡단장

> 진씨는 '아들아. 너와 너의 어머니를 생각하면 가슴이 천 갈래, 만 갈래 찢어지는 것 같구나. 너를 키워주지 못한 이 아버지를 용서해 다오'라는 애끓는 부정이 담긴 편지를 남겼다.
> ↳애끊는

야누스의 얼굴

누가 그를 표리부동하다고 매도했나?

'표리부동表裏不同한 태도나 성격' '위선자'를 비유하여 이르는 말.

로마 신화에 나오는 야누스가 앞뒤 두 개의 얼굴을 가지고 있다 해서 생긴 말이다. 그러나 야누스는 그런 표리부동한 신과는 많이 다르다.

'문門의 신'인 야누스가 두 개의 얼굴을 가진 것은 건물을 보호하기 위해서였다. 즉, 한 얼굴로는 들어오는 사람들을 살펴보고, 한 얼굴로는 나가는 사람들을 살펴보기 위한 것이다. 또 문이 모든 행동의 시작을 상징한다는 점에서 야누스는 도시나 도시 출입구의 수호신으로 숭배되거나, 계절의 개시자로 인식되는 등 로마의 여러 신 중에서 가장 오래되고 가장 위엄을 갖춘 신으로 숭배됐다. 로마 달력의 1월을 야누스의 이름에서 따와 'Januarius(야누아리우스)'라 부르는 것은 이 때문이다. 이 Januarius가 다시 영어의 'January(1월)'로 발전했다. 야누스의 이 같은 '좋은 신'의 이미지는 중세에 이르기까지 계속되었다. 그러나 캐롤라이나주 식민지 지배자였던 앤서니 애슐리 쿠퍼가 『인간, 의견, 시간의 특성』이라는 저서에서, 두 얼굴을 가지고 있는 야누스의 모습을 '이중성(二重性)'으로 단정하고, '한쪽 얼굴로는 미소를 짓고 다른 쪽 얼굴로는 노여움과 분노를 보이는 신'으로 묘사하면서 부정적인 의미로 사용되기 시작했다고 한다.

야누스의 얼굴이 새겨진 동전 로마공화국이 카르타고와의 100년에 걸친 포에니전쟁 중 발행한 것이다. 야누스는 지금은 '위선자'로 비유되고 있지만, 원래는 출입구의 수호신으로 숭배되거나 계절의 개시자로 인식되는 등 최고신으로 숭배되었다.

> 노 전 대통령의 비극은 우리 문화의 치부를 폭로한다. 그의 생애는 논란과 설화舌禍의 연속이기도 했지만 감동과 공감을 동반하기도 했다. 모두가 그렇듯이 노무현도 야누스의 얼굴을 지닌 모순적 존재였던 것이다. 조선일보 090525

야단

한밤에 관리의 비행이 드러나면…

매우 떠들썩하고 부산하게 벌어진 일.

이 말의 유래에 대해서는 세 가지가 전해지고 있다. 어느 주장이 맞는지는 모르지만 모두 흥미롭다.

첫째는 '야다시夜茶時' 에서 나왔다는 설명이다. '야다시' 란 밤중에 긴급한 일이 생겼을 때 사헌부司憲府의 감찰들이 모이는 것을 말한다. 이들은 차를 마시며 의견을 나누다가 관리들의 비행을 확인하면 그날 밤으로 해당 관리의 집을 찾아가 판자에 죄상을 적어 걸고 대문을 봉쇄해버렸다. 이튿날 이를 안 관리의 집안에 큰 소란이 일어날 것은 당연한 일이다. 그러니까 '야단' 은 이 '야다시' 의 '야다' 에 ㄴ이 첨가된 말이라는 것이다.

둘째는 불교용어인 '야단법석野壇法席' 에서 '법석' 이 떨어져나간 말이라는 주장이다. '야단법석' 이란 '들판野에 강단壇을 임시로 설치한 법회자리法席' 란 뜻이다. 스님이 설법하는 자리는 당연히 엄숙해야 하지만, 많은 신도들이 모여들게 되어 있어 야단법석은 늘 시끄러운 자리가 된다 해서 지금의 뜻이 생겼다고 한다.

셋째는 한자어 '야기요단惹起鬧端' 이 줄었다는 설명이다. '야기요단' 이란 '시비鬧의 실마리端를 야기惹起한다' 는 뜻이다. 그렇게 되면 매우 소란스러워지므로 지금의 '야단' 의 뜻과 일치하는 셈이다.

야심野心

천성은 쉽게 바뀌지 않는다

대담하고 획기적인 것을 시도하려는 생각. 마음속에 품은 큰 소망.

지금은 나쁜 의미로는 별로 쓰이지 않지만 원래는 상당히 부정적인 말이었다. 『춘추좌씨전春秋左氏傳』에 처음 사용된 이 말은, '들개나 늑대새끼는 아무리 사람이 데려다 키워도 들에 있었던 때를 잊지 못하고 주인을 공격한다' 해서 나온 말이다. 말하자면 '들野에서 지내던 시절을 잊지 못하는 거친 마음心'이 바로 야심이다. 따라서 야심은 '남을 해치려 하거나 모반을 도모하려는 나쁜 계획', 또는 '그릇된 일을 꾀하려는 못된 마음'이 본뜻이다. 벼슬자리에 연연하지 않고 초야에서 천성을 다하는 것을 야심野心이라 하기도 했으나, 지금은 그런 용도로는 쓰이지 않는다. 이때의 '野(야)'는 조정與과 반대의 의미다.

야쿠자

8자와 9자를 뽑은 뒤 3자를 뽑는다면…

일본의 조직폭력단.

'산마이三枚'라는 일본 도박에서 온 말이다. 화투로 하는 이 도박은 세 장의 패를 뽑아 그 합계치의 끝자리로 승부를 겨룬다. 예를 들어 먼저 1자(송학·松鶴)와 2자(매조·梅鳥)를 뽑았다면 끗수는 3이 된다. 만일 마지막에 6자(목단·牧丹)를 뽑는다면 끗수가 9가 되어(가보) 매우 좋은 패가 되지만 7자(홍싸리)를 뽑는다면 합계는 10이 되어 끗수는 0이 되어 버린다.

영화 『오키나와沖縄 야쿠자 전쟁』의 포스터. 본토 복귀를 앞둔 1971년의 오키나와를 무대로 오키나와 야쿠자와 본토 폭력단과의 피비린내나는 싸움을 그린 영화다. 나카지마 사다오中島貞夫 감독의 작품으로 1976년 개봉됐다.

만일 8자(공산·空山)와 9자(국준·菊俊)를 먼저 뽑았다면 어떻게 될까. 이때는 합계가 17이 되어 끗수가 7이므로 보통사람이라면 세 번째 패를 뽑는 모험을 하지 않는다. 1자나 2자를 뽑으면 득이 되지만, 그럴 가능성이 매우 적기 때문이다. 그러나 성품이 무모한 사람이라면 다시 한 장을 뽑아 유리한 패를 만들고자 할 것이다. 그런데 이때 3자(벚꽃·사쿠라)를 뽑으면 20으로, 끗수가 0이 되어 최악의 상황이 되어버린다(이를 '망통'이라 부른다). 야쿠자는 바로 이 '8자 9자 3자'를 나타내는 '八·九·三'의 일본음이다.

처음에는 단순히 '별로 도움이 되지 않는 사람'을 가리키다가 점차 '노름꾼'이나 '깡패' '폭력배'를 가리키게 되었다.

사마천 전한의 무제武帝시대에 활약한 역사가다. 아버지는 태사령太史令을 지낸 사마담司馬談으로, 그가 『사기』를 쓴 것은 아버지의 유언에 따른 것이다. 태사령이란 천문·역법을 관장하고 황실의 도서를 관장하는 직책이다. 기원전 108년 사마천도 태사령이 되면서 『사기』의 저술을 시작한다. 그러던 중 흉노에게 항복한 장군 이릉李陵의 처분을 논하는 자리가 열렸는데, 이때 모두 이릉 일가의 멸문을 주장했으나 사마천만이 그의 충절을 주장하다 무제의 분노를 산다. 당시 한나라 법에는 사대부가 사형을 면하려면 돈 50만 전을 내거나 생식기를 잘라내는 궁형宮刑을 받는 것이었는데, 가난한 그는 궁형을 택할 수밖에 없었다. 하지만 사마천은 그런 엄청난 타격에 굴하지 않고 통사通史 집필에 전력을 기울여 기원전 91년 『사기』 130권을 완성했다.

야합野合

김부식이 사마천을 따라했다고?

좋지 못한 목적으로 서로 어울림.

사마천司馬遷이 『사기史記』에서 처음 사용한 말이다. 여기에서 '野(야)'는 '들'의 뜻이 아니라 '거칠다' '천박하다' '예의가 없다'의 뜻이다.

공자의 아버지 숙량흘叔梁紇은 본처인 시씨施氏에게서는 딸 아홉을 얻었고, 둘째부인에게서는 맹피孟皮라는 아들을 얻었으나 절름발이였다. 숙량흘은 예순이 넘어 맞아들인 13세의 셋째부인 안징재顏徵在와의 사이에서 아들을 얻었는데, 그가 바로 공자孔子다. 그런데 무려 50살이 넘는 나이 차 때문에 혼인식도 치르지 않고 동거해 아들을 낳았다 해서 사마천이 '숙량흘은 안씨의 딸과 야합하여 공자를 낳았다紇與顏氏女野合而孔子'고 기록한 것이다.

『사기』의 영향을 받아 쓰여진 것으로 알려진 김부식金富軾의 『삼국사기三國史記』에도 이와 비슷한 이야기가 실려 있다. 신라의 유학자인 강수强首가 그 주인공이다. 강수가 스무 살도 되기 전에 미천한 대장장이집 딸과 정을 통했는데, 김부식이 이를 '야합'이라고 표현한 것이다(强首嘗與釜谷冶家之女野合·강수가 일찍이 부곡의 대장장이 딸과 야합하였다). 이런 배경 때문에 야합은 원래는 '부부가 아닌 남녀가 서로 정을 통하는 것'을 일컬을 때 사용했으나, 지금은 그런 뜻으로는 별로 쓰이지 않는다.

> 대선을 앞두고 개발을 위한 특별법이 잇따라 국회를 통과하자 시민환경단체들이 '개발 야합'이라며 강력하게 반발하고 나섰다. 한겨레 071124

약간若干

얼마 안 됨. 얼마쯤.

'若(약)'은 여기에서는 '같다'의 뜻이다. '干(간)'을 파자하면 '一'과 '十'이므로 '一과 같고, 十과 같다'는 뜻이므로, 원래는 '1에서 10 사이'를 약간이라 했다. 이것이 변해 '정해지지 않은 얼마의 수'란 뜻으로 사용되다 요즘과 같은 뜻으로 정착됐다. 고대 중국에서부터 사용된 말로 『묵자墨子』에 '적은 사람'이란 뜻으로 '약간인若干人'이란 기록이 있다.

약관弱冠

그녀가 약관 30세에 국회의원이 됐다고?

'남자 나이 20세'를 달리 일컫는 말.

20세가 되면 머리를 올려 관(冠·관모)을 쓰게 하고 성인으로 인정했던 주周나라의 관습으로부터 유래했다. 『예기禮記』「곡례편曲禮篇」에 실린 "열 살을

'유'라 하니 배우고十年曰幼學, 스무 살을 '약'이라 하니 관모를 쓰고二十曰弱冠, 서른 살을 '장'이라 하니 아내를 갖고三十曰壯有室, 마흔 살을 '강'이라 하니 벼슬을 하고四十曰强而士, 오십 살을 '애'라 하니 관정을 맡고五十曰艾服官政, 육십 살을 '기'라 하니 지시하고 부리고六十曰耆指使, 일흔 살을 '노'라 하니 집안일을 내준다七十曰老而傳"라는 문장에서 따왔다. 유년(幼年·10대), 약년(弱年·20대), 장년(壯年·30대), 강년(强年·40대), 애년(艾年·50대, 艾는 '쑥'이란 뜻으로 머리가 쑥처럼 희어진다는 뜻이다), 기년(耆年·60대), 노년(老年·70대)이라는 말의 뿌리도 여기에 있다.

최근에는 정확히 20세만을 가리키기보다 '20대의 젊은 나이'란 뜻으로 의미가 확대되는 추세다. 그러나 10대나 30대를 '약관'이라 하거나, 젊은 여자를 '약관'으로 지칭하는 것은 잘못이다. '젊은 나이'란 뜻의 '약년若年' 때문인지 '若冠'으로 잘못 적는 사례가 더러 있다.

> 정치가의 길을 택한 그는 1983년 약관 30세의 (→30세의 젊은) 나이로 하원 의원에 당선됐으며 얼마 되지 않아 노동당 내 중도개혁파의 기수로 떠올랐다.

진시황의 병마용갱兵馬俑坑에서 나온 문관의 모습. 그가 머리에 쓰고 있는 것이 '관冠'이다. 당시에는 이렇게 20세가 되면 관을 쓰게 하고 성인으로 인정했다. '俑(용)'은 죽은 사람과 함께 묻는 허수아비란 뜻이다. 병마용갱의 수많은 인형들은 모두 다른 복장과 표정을 하고 있어 진시황을 지키던 호위무사를 비롯해 문무 관리들의 실제 모습을 본뜬 것임을 짐작할 수 있다. 진시황이 죽은 뒤 그를 매장한 2세 황제는 내부의 금은보화나 장치에 관한 비밀이 새나가지 못하게 묘의 조영이 끝나자 기술자들을 능 안에 가두어 죽였다.

약지藥指

가운뎃손가락과 새끼손가락 사이에 있는 손가락. 약손가락.

약을 녹이거나 가루약을 저을 때 쓰는 손가락이라 해서 생긴 이름이다. 우리나라만이 아니라 중국과 일본에서도 같은 이름을 쓰는데, 그것은 이 손가락이 심장과 연결되어 있어, 약에 독이 들어 있을 경우 이 손가락에 증세가 나타날 것이라고 생각했기 때문이다. '무명지無名指' 라고 말하기도 한다.

엄지손가락의 한문투 이름은 무지拇指 또는 대지大指, 검지(집게)손가락은 인지人指 또는 식지食指, 가운뎃손가락은 '중지中指 또는 장지長指, 새끼손가락은 소지小指 또는 계지季指다. ➡식지

'얇다' 와 '엷다'

흉터의 피부층이 엷어졌다고?

'얇다' 는 '(평평한 물건의) 두께가 두껍지 않다' 는 뜻이고, '엷다' 는 '농도가 진하지 않다' 는 뜻이다. 겉으로 볼 때는 '야' 와 '여' 의 단순한 차이지만 의미상으로는 큰 차이가 있다. 이것을 모르는 사람은 없을 텐데도, 남의 글을 읽다 보면 이를 잘못 쓴 예를 쉽게 볼 수 있다. 예를 들어 '흉터의 피부층이 얇아졌다' 고 써야 할 것을 '흉터의 피부층이 엷어졌다' 로 쓰는 것이다.

'굵다' 와 '두껍다' 를 잘못 쓰는 경우도 적지 않다. '굵다' 는 '길쭉한 물체

북극 얼음층 엷어져
40년새 최고1.7m나

난류이동-대기온도상승등 원인 추정

북극해의 얼음이 엷어지고 있다.

조사결과 일부 얼음의 두께는 60년대에 비해 최고 40%나 엷어진 것으로 나타났다.

미국 워싱턴대 앤드루 로드럭 박사팀은 19일 미국 핵잠수함의 탐사결과를 인용, "북극 얼음층이 20~40년 전에 비해 평균 1.3m씩 엷어진 것으로 나타났다"며 "이는 북극 전역에서 나타나는 현상으로 온난화현상과 밀접한 것으로 추정된다"고 지구물리학 연구회보에 발표했다.

얼음층에 대한 탐사는 미국 해군의 핵잠수함에 의해 이뤄졌다. 58년 최초의 핵잠수함 노틸러스호에 의해 처음 북극 얼음층 두께가 측정된 것을 비롯해 그동안 지속적으로 이뤄졌다: 그러나 연구팀이 입수한 자료는 여섯차례에 걸쳐 이뤄진 29개 지점의 측정결과. 이 결과 난센해역의 얼음은 1.7m나 엷어져 가장 큰 변화를 보였다.

왼쪽은 '얇다' 로 써야 할 것을 '엷다' 로 잘못 적은 1999년 11월 20일자 한 신문의 기사다. '얼음층' 을 표현하면서 기사와 제목 모두 '엷다' 로 적어버렸다. 필자가 만드는 신문이라고 이런 오류가 없는 것은 아니다. 오른쪽 그림은 1997년 8월 12일 시카고의 한 독자가 조선일보 교열부장 앞으로 보내온 편지다. 그는 우리나라 제일의 신문이 '두껍다' '얇다', '굵다' '가늘다' 도 구분하지 못한다며 '좀더 배워가지고 신문쟁이 노릇좀 하라' 고 질책했다.

엄지손가락은 두껍고 새끼손가락은 얇다
도화지는 굵고 신문지는 가늘다
과연 이런 말이 성립 될까요
키타줄을 두께로 표현하는 신문도 신문이랍시고
내놓고도 우리나라 제일의 신문이라고요 한심합니다
초등학교 아이들이 보지나 않을까 심히 두렵습니다
좀더 배워가지고 신문쟁이 노릇좀 하소

미국 시카고에서 —讀者

의 둘레가 크다' 로 '가늘다' 의 반대말이고, '두껍다' 는 '평평한 물건의 두께가 크다' 로 '얇다' 의 반대말이다. 따라서 '기타줄의 두께는 0.09밀리다' 는 '기타줄의 굵기는 0.09밀리다' 를 잘못 쓴 것이다. 이상하게도 요즘 젊은이 중 이것을 구분하지 못하는 사람이 적지 않다.

양귀비楊貴妃

그녀의 이름은 따로 있다

당나라 현종玄宗의 비妃.

클레오파트라와 함께 세계 2대 미녀로 일컬어지는 여인이다. 지방 귀족의 딸로 태어나 17세에 현종의 18번째 아들인 수왕壽王의 처가 된 그를 시아버지 현종이 가로챘으니 얼마나 미색이 뛰어났는지 짐작할 수 있다. 하지만 그는 요즘 미인과는 상당히 다르다. 원나라 전선錢選이 그린 『양귀비상마도楊貴妃上馬圖』나 일본 정창원正倉院에 보관돼 있는 『수하미인도樹下美人圖』를 보면 그는 통통한 얼굴과 글래머형 몸매를 가지고 있다. 그렇다면 당시에는 이런 타입을 최상의 미인으로 쳤을 것이다.

양귀비를 이 책에 올린 이유는 많은 사람들이 '귀비' 를 그의 이름으로 알고 있기 때문이다. 그러나 '귀비' 는 후궁의 품계명, 즉 신분의 명칭이고,

위쪽은 일본 정창원(正倉院·고대 미술품 수장고)에 보관돼 있는 『수하미인도』다. 풍만한 몸매의 여인이 오른손은 가슴에 대고 왼손은 수건의 끝을 잡고 있다. 중앙아시아 투르키스탄(현 신강 위구르 자치구)의 고분에서 출토된 것을 러일전쟁 직후 오타니大谷탐험대가 일본으로 불법반입한 것이다. 아래쪽은 원나라 전선이 그린 『양귀비상마도』다. 몸매를 비롯해 턱·코 등이 『수하미인도』의 여인과 비슷하다. 전문가들은 이런 정황으로 보아 『수하미인도』의 주인공은 양귀비일 것으로 본다.

'옥환玉環' 이 본명이다. 이는 마치 우리나라 숙종肅宗의 후궁이었던 장희빈張禧嬪이 '옥정玉貞' 이란 이름보다 '희빈' 이란 품계명으로 알려진 것과도 같다. '귀비' 는 황후皇后 다음인 정1품이고, 다음 품계로 '귀빈貴嬪' '귀인貴人' 등이 있다.

마약으로 쓰이는 식물명 양귀비도 인물명 양귀비와 똑같은 한자를 쓰는데, 그것은 양귀비가 현종의 넋을 빼앗을 정도로 요염했듯이, 이 꽃도 사람의 넋을 빼앗을 정도로 아름답다 해서 붙여진 이름이라 한다.

양날의 칼

그 날刀에 당신이 베일 수 있다!

한쪽에는 도움이 되지만 다른 한쪽에는 위험성이 있는 것을 비유하는 말.

칼에는 두 가지가 있다. '도刀' 와 '검劍' 이다. 도는 한 면에만 날이 있는 데 비해, 검은 양면에 날이 있다. 그렇다면 '양날의 칼' 은 '검' 을 말한다. 만일 두 사람이 결투를 벌인다면 도가 유리한가, 검이 유리한가. 물론 쓰는 사람의 기술이 중요하겠지만 이론상으로는 검이 유리하다. 도는 벨 수만 있지만, 검은 벨 수도 있고 찌를 수도 있기 때문이다.

'양날의 칼' 이 위 풀이처럼 '순기능과 역기능이 함께 존재하는 것' 을 비유하는 말로 쓰이는 이유는 여기에 있다. 만일

'양날의 칼' 의 의미는 사무라이가 일본도日本刀를 휘두르는 이 그림을 보면 잘 이해할 수 있다. 사무라이는 적의 칼을 막아내기 위해 왼손으로 자신의 칼등을 받치고 있다. 그러나 이것이 '양날의 칼(검)' 이라면 자신의 손이 베이기 때문에 그렇게 할 수 없다. 이처럼 '양날의 칼' 은 벨 수도 있고 찌를 수도 있어 상대를 효율적으로 제압할 수는 있지만, 자칫하면 그날이 자신을 향할 수 있기 때문에 '순기능과 역기능이 함께 있는 것' 을 비유하는 말로 쓰인다. 그런데 이 일본도는 왠지 짧아 보인다는 인상이 드는데, 그 이유는 뭘까? 원래 일본도는 이보다 길어 전국시대에는 1m가 넘는 것도 있었다. 그러나 1543년 일본에 철포(鐵砲·조총)가 들어와 백병전의 템포가 빨라지자 60cm 이하로 짧게 만들어 쉽게 빼고 빨리 벨 수 있게 변했다.

'외날의 칼' 이라면 칼날은 상대만 벨 것이다. 그러나 '양날의 칼' 은 효율적으로 상대를 제압할 수는 있지만, 자칫하면 자기 쪽으로 향한 칼날에 베일 수 있는 것이다. '능률' 이 반드시 좋은 것만은 아니라는 말이다. '양날의 검' 이라고 말하는 사람도 있으나 이렇게 하면 '역전앞' 같은 이중표현이 된다.

> 중앙집중식 컨트롤타워는 강력한 리더십의 원천이면서 소통 부재라는 약점을 갖는 양날의 칼이다. 이것이 이 회장의 리더십을 보좌할 조직 구성에서 숙고해야 할 점이다. 문화일보 100325

양상군자梁上君子

노력하지 않고 편안함만 추구하면…

'도둑' 을 점잖게 이르는 말.

'梁(양)' 이 '대들보' 의 뜻이므로 '대들보 위의 군자' 라는 말이다. 도둑이 '군자' 가 된 것은 다음과 같은 고사로부터 비롯됐다.

중국 후한後漢때 진식(陳寔 · 108~187)이란 선비가 있었다. 어느 날 도둑이 그의 집에 침입해 대들보 위에 숨었다. 진식은 이를 알아차렸지만, 짐짓 모른 체하고 조용히 아들과 손자들을 불러 이렇게 말했다.

"본래부터 나쁜 사람이란 없는 법이다. 누구든 열심히 노력하면 군자가 될 수 있다. 하지만 노력하지 않고 편안함만 추구하면 그것이 습관이 되어 나쁜 사람이 되는 것이다. 저기 대들보梁 위上에 계신 군자君子처럼 말이다."

그러자 도둑은 대들보에서 내려와 진식에게 무릎을 꿇고 잘못을 빌었다. 진식은 그를 한참 바라보다가 "네 얼굴로 보아 나쁜 사람은 아닌 것 같다. 생활이 오죽 어려웠으면 이런 짓을 했겠는가" 하며 비단 두 필을 주어 보냈다고 한다. 진식은 비록 미관인 현령벼슬밖에 지내지 못했으나 인품이 있고 학문이 높아 그가 죽었을 때는 전국에서 3만이 넘는 선비들이 찾아와 죽음을 슬퍼했다고 한다. ➡난형난제

> '세기의 대도大盜' 로 손꼽히는 인물이 마틴 카힐이다. 1949년 아일랜드 더블린에서 태어난 카힐은 신기神技에 가까운 기술로 양상군자의 새 경지를 열었다.

양키

전쟁을 거치며 '경멸'의 뜻이 씌워졌다

'미국사람'을 얕잡아 이르는 말.

원래는 미국 시민 가운데 미국 북동부(뉴잉글랜드지방)에 사는 사람을 일컫는 말이었다. 그런데 미국독립전쟁 때 영국인들이 미국인 전체를 얕잡아 이르는 말로 썼고, 남북전쟁 때는 남부 상류사회 사람들이 북부사람들을 경멸하는 말로 이 말을 사용했다. 그 후로는 미국 이외의 국가로부터 미국인 전반에 대한 속칭으로 사용되고 있다.

어원에 대해서는 여러 가지 이야기가 전해오고 있는데, 네덜란드어 인명 '얀(Jan, 영어의 인명 'John'에 해당)'의 애칭인 '양케Janke'에서 유래했다는 주장이 가장 설득력이 있다. '얀Jan'에 '키스Kees'를 합쳐서 부르던 말을 영국인들이 경멸적인 말로 부르던 것이라는 설, '영국사람'이란 뜻의 영어 '잉글리시English'를 인디언들이 '양키스Yankees'로 발음했다는 설, '영국사람'이란 뜻의 프랑스어 '앙글레Anglais'가 변한 말이라는 설도 있다.

어깃장

고분고분 따르지 않고 뻗대는 행동. 짐짓 어기대는 행동.

그 같은 행동을 하는 것을 '어깃장을 놓다'거나 '어깃장나다'라고 한다. '어깃장'이란 널쪽문(널빤지로 짠 문)을 만들 때 문짝이 서로 버팀작용을 해서 틀어지지 않도록 대각선으로 붙인 띳장을 말한다. '어깃장'은 이 널쪽문의 띳장 모습에서 온 말이다. '어긋나다'의 영향을 받아서인지 '어긋장'이나 '어긋짱'으로 잘못 적는 예가 많다.

> 동네 어귀 주막에서 술을 마시다가 어긋짱[→어깃장]난 꾀북 친구와 싸움도 하고 안개 내리는 고샅길을 비틀거리며 걷다가 문득 자신의 그림자를 바라보던 서글픈 밤도 있었으리라.

'어떻게'와 '어떡해'

발음은 비슷하지만 쓰임은 많이 다르다. '어떻게'는 '어떻다'에 어미 '게'가 붙어 부사적으로 쓰이는 말이고, '어떡해'는 '어떻게 해'가 줄어든 말이다. 따라서 '어떻게'는 '이거, 어떻게 해야 하는 거니?'처럼 용언을 수식할 수 있고, '어떡해'는 그 자체로 완결된 말이므로 '지금까지 못하면 어떡해?'와 같이 서술어로 쓰일 뿐 용언을 수식하지는 못한다.

어부인御婦人

이렇게 부르면 편리할 때도 있다

다른 사람의 부인을 다소 예스럽게 지칭할 때 사용하는 말.

예를 들어 약간 거리가 느껴지는 친구끼리 오랜만에 만나 대화를 나누다 "어부인도 안녕하시지?"처럼 사용하는 말이다. 큰 부담이 없는 사이라면 "부인도(아주머니도) 잘 계시지?"처럼 말하지만, 그렇게 말하기는 약간 어려울 때 "어부인도 잘 계시지?"라고 하면 편리하다. 그러나 이 말은 국어사전에도 올라 있지 않은 '일본어의 잔재' 중 하나다.

일본 아오모리현青森縣 도와다호十和田湖 근처의 한 온천 입구에 있는 안내판. 여탕女湯이란 뜻으로 '御婦人(어부인)'이란 글씨가 적혀 있다.

우리말에서 '御(어)'는 명사 앞에 놓여 '임금에 관계된 것'이라는 뜻을 갖게 한다. 어가(御駕·임금이 타는 수레), 어명(御名·임금의 명), 어용(御用·임금이 쓰는 물건), 어의(御醫·임금의 주치의), 어전(御前·임금 앞), 어진(御眞·임금의 화상) 등이 그런 말이다. 반면, 일본어에서는 명사 앞에 마구 붙여 예스

러운 뜻을 나타낸다. 상대편 회사를 '어사(御社·ごしゃ)' 라 하고, 전화를 정중하게 일컬어 '어전화(御電話·おでんわ)' 라고 하며, 심지어 편지를 예스럽게 일컬어 '어수지(御手紙·おてがみ)' 라고 하는 것 등이 그런 예다. 그러니까 일본어에서 '어부인' 은 존경의 의미로 쓰인다기보다는 다소 예스럽게 '일반여성' 을 가리키는 셈이다. 우리말 속의 '어부인' 은 이런 일본어의 영향을 받아 '남의 부인을 다소 예스럽게 지칭할 때' 사용하는 말이지만, '왜색적' 이라 느껴질 수도 있으므로 특별한 경우가 아니라면 그냥 '부인' 으로 써야 한다.

> 지칠 줄 모르는 정열로 세계의 구석구석을 휘젓고 다니던 그는 이제 속절없이 지체 높은 어부인을 외조해야 할 딱한 처지에 빠졌다.
> → 부인

어부지리漁父之利

아버지는 은둔한 강호의 은자였다

쌍방이 서로 이익을 얻으려고 싸우는 사이 제삼자가 이익을 가로채는 것을 비유하는 말.

중국 전국시대의 일이다. 연燕나라에 기근이 들자 조趙나라가 연나라를 치려고 했다. 그러자 연의 소왕昭王은 종횡가(縱橫家·외교전략가) 소대蘇代를 조의 혜왕惠王에게 보내 다음과 같은 예를 들면서 설득했다.

"물속에서 나온 조개가 껍데기를 열고 햇볕을 쬐고 있는데 이를 보고 달려온 도요새가 조갯살을 쪼아 먹으려다 조개에 물려 다투고 있었습니다. 마침 그 광경을 어부가 보게 됐고, 결국 조개와 도요새는 어부에게 잡히는 신세가 됐습니다. 이처럼 지금 조와 연이 전쟁을 하면 진秦만 득볼 것입니다."

'어부지리' 는 바로 이 고사에서 나왔다. 그런데 국어사전에는 '어부' 의 한자표기로 '漁父' 와 '漁夫' 두 개를 올려놓고 있다. 그렇다면 '漁父之利' 와 '漁夫之利' 중 어떤 것이 맞는 표기일까. 이에 대해 고려대 김언종金彦鍾 교수는 『한자의 뿌리』(문학동네)에서 다음과 같이 설명하고 있다.

漁夫는 글자 그대로 물고기 잡는 남자인데, 漁父와는 무엇이 다를까. 사전의 설명에 의하면 漁父는 노어옹老漁翁, 즉 '늙은 어부漁夫'를 의미한다고 하니 漁夫와 별 차이가 없어 보인다. 그러나 자세히 음미해 보면 이 단어(漁父)는 고기잡이를 업으로 삼는 사람이 아니라 강호江湖에 은둔하여 세속을 잊고 사는 은자의 면모가 더 강하게 풍긴다.

도요새와 조개의 다툼이라는 뜻의 '방휼지쟁蚌鷸之爭', 개와 토끼의 다툼이라는 뜻의 '견토지쟁犬兎之爭'도 같은 말이다. ➡완벽

> 진보 좌파의 몰락을 가져온 기본 상황은 그동안 달라진 것이 없다. 촛불집회에 기대어 당장 어부지리를 얻겠다는 것이 아니라면 그들이 지금 정말 신경 써야 할 것은 장기 비전이고, 5년 뒤 선거에서 보여줄 청사진이다. 그 길은 결코 쉽지 않다.

어휘語彙

내 사전에 불가능이란 어휘는 없다고?

어떤 일정한 범위 안에서 쓰이는 단어의 수효. 또는 서로 다른 종류의 모든 낱말.

'彙(휘)'는 '무리'의 뜻이다. 따라서 어휘는 일정 범위 안에 있는 '단어의 무리'로, 단어를 집합적 개념으로 취급한 말이다. 많은 사람들이 어휘를 '단어'와 같은 뜻으로 알고 있으나 약간 다르다. 단어는 문법상으로 일정한 뜻과 기능을 가진 최소단위로, 개별적 의미를 갖고 있는 데 반해, 어휘는 복합적 의미를 갖는다. 따라서 '그는 영어의 어휘에 대해서 연구한다'라는 말은 자연스럽지만 '너 커밍아웃이란 어휘를 알고 있니?'라는 말은 자연스럽지 않다. 또 '그는 어휘가 풍부하다'란 말은 성립될 수 있어도, '내 사전에 불가능이란 어휘는 없다'라는 말은 성립될 수 없다.

→ 단어 ←

> 어휘 학습에서 가장 중요한 것은 끈기다. 실제로 어휘는 여러 번 암기해도 확실히 기억하기가 쉽지 않다. 의미를 외우고 용례를 파악하는 암기 중심의 학습 방법 때문에 지치기도 쉽다.

억겁億劫

천 년에 한 방울씩 떨어진 낙숫물이…

무한하게 긴 오랜 세월.

'劫(겁)'은 범어 '카르파kalpa'의 음역인 '겁파劫波'를 줄인 말로, 고대 인도에서 사용한 '지극히 긴 시간'의 단위다. 그렇다면 그 시간은 얼마나 긴 것일까. 불교에서 말하는 '1겁'의 길이는 예를 들면 다음과 같은 것이다.

한 변이 40리인 입방체의 돌이 있는데, 선녀가 100년에 한 번 하늘에서 내려와 옷으로 그 돌을 스쳐 닳아 없어져도 끝나지 않을 정도의 시간. 사방 40리의 성에 겨자씨를 가득 채우고 10년에 한 알씩 꺼내 다 비워질 때까지의 시간. 천 년에 한 방울씩 떨어지는 낙숫물이 집채만한 바위를 뚫어 없애는 시간…. 상상도 할 수 없는 이런 시간이 '1겁'이니, 이를 억 배 한 길이인 '억겁'은 바로 '영원'을 의미하는 것이다. 인도에서 일반적으로 말하는 '1카르파=1겁'은 43억2000만년이다. ➡찰나

> 수만 권의 책을 켜켜이 쌓아 둔 듯한 거대한 바위는 억겁의 세월 동안 자연이 빚어낸 신비경으로 탄성을 자아내기에 충분하다. 조선일보 020704

억장이 무너지다

성 높이가 3억 미터라고!

공들여 해온 일이 소용없어져 몹시 허무하다.

'억장億丈'은 '억장지성億丈之城'이 줄어든 말이다. '억장지성'은 진시황秦始皇이 지은 철옹성으로, 가의賈誼의 『과진론過秦論』에 나오는 '據億丈之城, 臨不測之淵, 以爲固(거억장지성, 임불측지연, 이위고)', 즉 '억장의 산성 기대어 웅거하고, 깊디깊은 골짜기를 굽어보는, 천혜의 지형으로 요새로 삼았다'라는 문장에 처음 나온다.

대단한 성인 것은 짐작할 수 있으나, 그것을 '억장지성'이라 한 것은 중국 특유의 과장법이다. 지금 식으로 하면 1장丈은 10척尺이고, 1척은 30.3센티이므로 1장은 3미터가 넘는다. 그러니까 억장은 그 1억 배인 3억미터가 되는 높이의 성인 것이다. '억장이 무너지다'는 관용어는 절망이 상상할 수 없을 정도로 극심한 것을 그런 엄청난 성이 무너지는 것에 비유한 말이다.

> 치가 떨리고 분통이 터진다. 나라가 어쩌다 이 지경이 되었나 하고 생각하니 억장이 무너진다. 일국의 대통령이 부정부패의 원흉이었다니 차마 믿기지가 않는다. 그런 대통령을 지도자로 믿고 산 국민이 불쌍하고 억울하다. 세계일보 090407

억지춘향

기형적 철로가 낳은 억지 이론

억지로 어떤 일을 이루게 하는 것을 일컫는 말.

변학도가 춘향이에게 억지로 수청을 들게 했다는 데서 온 말로 알려져 있다. 그런데 일부에서는 경북 봉화군 춘양면春陽面의 지명을 딴 '억지춘양(-春陽)'이 먼저고 '억지춘향(-春香)'은 '억지춘양'이 바뀐 말이라고 주장한다.

이 이야기의 중심인물은 50년대 자유당 국회의원을 지낸 정문흠鄭文欽 씨다. 그가 영주~철암 간 철도를 개설할 때, 직선으로 갈 수 있는 길을 두고 억지로 자기 고향인 춘양면으로 돌아가게 해 U자형의 기형적 철로를 낳게 했다는 데서 '억지춘양'이란 말이 생겼는데, 훗날 춘향이란 이름이 더 유명해 '억지춘향'이 됐다는 것이다.

그러나 이는 두 가지 근거로 볼 때 사실이 아니다. 하나는 1957년에 나온 『큰사전』(한글학회)에 '억지춘향이'라는 표제어가 올라 있다는 점이다. 춘양역이 개통된 것은 1955년인데, 그때 생긴 말이 2년 후 나온 『큰사전』에 오를 리는 만무하다. 다른 하나는 1992년에 나온 북한의 『조선말대사전』(사회과학출판사)에 '억지춘향이'가 표제어로 올라 있다는 점이다. 정말 우리 유행어에서 온 말이라면 북한이 이를 자신들의 사전에 올릴 리가 없는 것이다. 누군가 정치적 목적으로 만든 말이 확산된 것이 틀림없다.

> 더욱 중요한 것은 아무리 그럴듯한 브랜드를 만들어 홍보해도 폭력시위, 쇠망치 국회 같은 흉한 모습만 매스컴을 통해 외국에 전파된다면 새 브랜드는 억지춘향이 되고 말 것이다. 국민행동이 예의 바르고 예뻐야 브랜드도 힘을 쓰는 법이다. 매일경제 090317

억하심정抑何心情

무슨 생각. 무슨 고약한 생각.

한문 그대로 풀이하면 '도대체抑 무슨何 심정心情이냐' 라는 말이다. '何(하)' 는 '무슨' 의 뜻이고, '抑(억)' 은 여기에서는 '누르다' 의 뜻이 아니라 '생각하건대' 정도의 뜻을 가진 발어사(發語辭· 말을 시작하기 전 운을 떼는 말)다. 따라서 억하심정이란 '무슨 생각' 이란 뜻이지만, 그 이면에는 '무슨 고약한 심정으로 그러는지 그 마음을 알 수 없다' 는 의미가 내포되어 있다. '억하심사抑何心思' '억하심장抑何心腸' 도 같은 말이다.

> 그러나 생각해 보자. 2000년대의 인간이 80년대의 인간을 비판하는 것은 정말 해서는 안 되는 일인가. 그 뉘라서 80년대, 70년대, 60년대, 일제시대, 조선시대 인간의 고생과 헌신 그 자체를 깎아내릴 억하심정이 있겠는가? 조선일보 020802

언필칭言必稱

'세칭' 같은 칭자돌림의 말과는 다르다

말을 할 때마다 반드시 (일컫기를). 말문을 열면 으레 (말하기를).

'必(필)' 은 '반드시' 의 뜻이고, '稱(칭)' 은 '일컫다' '말하다' 의 뜻이다. 좀 권위적인 글, 예를 들면 신문에서는 사설이나 기명칼럼에서 자주 볼 수 있는 말이다. 그러나 잘 보면 언필칭의 뜻을 제대로 알고 쓰기보다는 '세칭世稱' '속칭俗稱' '자칭自稱' 등 칭자 돌림의 말로 잘못 알고 있는 경우가 많다.

예를 들면 '돼먹지 않은 언필칭 지도자들에게 맹목적으로 끌려 다니지 말아야 한다' 거나 '왜 국가가 언필칭 성직자라는 사람들의 특수성을 이해해야 하는지 알 수가 없다' 처럼 사용하는 것이다. 이 두 사례 모두 '자칭' 이나 '세칭' 의 뜻으로 언필칭을 사용했다. 언필칭은 문장 전체를 수식하는 부사(문장부사)이므로 명사 앞에서 그 명사만을 수식하는 형태로는 사용할 수가 없다.

'언필칭 요순' 이란 말도 있다. 이것은 '말을 할 때마다 반드시 요순堯舜을 들먹인다' 는 뜻으로, 같은 말을 같은 식으로 되풀이하는 것을 이르는 관용어다. 말을 할 때마다 항상 성현의 말을 들추어 고고한 체하는 것을 일컬을 때도 이런 표현을 한다.

> 언필칭 시민을 위한다는 서울시의회가 어쩌다 이렇게 머리도 가슴도 없는 '로봇' 으로 전락했을까. 시의원이라는 이름으로 불리기 위해서는 최소한 시정을 논의하는 척이라도 해야 한다. 흑백논리의 노예가 돼 얻을 수 있는 것은 아무것도 없음을 국민은 안다. 서울신문 110507

'엉터리' 와 '엉터리없다'

왜 부정에 부정이 붙어도 부정일까?

'엉터리' 는 '터무니없는 말이나 행동' 이란 뜻의 명사이고, '엉터리없다' 는 '이치에 닿지 않는다' 는 뜻의 형용사이다. 부정에 부정이 붙으면 긍정이 되는 법인데도, '엉터리' 라는 부정의 뜻에 '없다' 는 부정어가 붙어도 같은 맥락이 되므로 희한한 일이다. 이런 예는 '주책이다' 와 '주책없다', '안절부절' 과 '안절부절못하다' 등에서도 볼 수 있다.

'엉터리' 는 원래는 '사물의 핵심이나 근거' 라는, 긍정적인 뜻이었다. 하지만 지금 '엉터리' 를 그런 의미로 쓰는 사람은 아무도 없다. 그렇다면 '엉터리' 는 왜 부정적인 의미로 바뀐 것일까. 그 가능성으로서 언급되고 있는 것이 '전염설傳染說' 이다. 원래의 '엉터리' 는 좋은 말이었는데, 사람들이 워낙 각박한 환경에 사는 탓에 실제 언어생활에서는 '없다' 를 붙여 '근거가 닿지 않는다' 는 문구로 자주 사용되었고, 그러다 자연스럽게 '없다' 가 갖고 있는 부정적 의미가 엉터리의 긍정적 의미에 전염되어 원뜻 자체가 훼손되어버렸다는 이야기다. 박갑수 『우리말 바로 써야 한다』

'-에' 와 '-에게'

유정명사와 무정명사를 구분하라

'닭에 모이를 주어라' 라고 쓸 것인지 '닭에게 모이를 주어라' 라고 쓸 것인지, 또 '미국에 공개사과를 요구했다' 가 맞는지 '미국에게 공개사과를 요구했다' 가 맞는지 궁금해하는 사람이 많다.

우리말에서 사람이나 동물 등을 나타내는 체언 아래에 쓰여, 그 체언으로 하여금 무엇을 받는 자리에 서게 하는 부사격조사(여격조사·與格助詞)에는 '에' 와 '에게' 가 있다. '에' 는 무정명사(無情名詞·식물이나 무생물처럼 감정이 없는 명사)에 쓰고, '에게' 는 유정명사(有情名詞·사람이나 동물 등 감정의 움직임이 있는 명사)에 쓰도록 되어 있다. 따라서 위의 예에서는, '닭' 은 유정명사이므로 '닭에게 모이를 주어라' 라고 써야 하고, '미국' 은 무정명사이므로 '미국에 공개사과를 요구했다' 로 써야 한다.

그런데 유정명사인지 무정명사인지 구분하기가 곤란한 것이 있다. 예를 들어 '대통령' 은 '대통령이라는 직책을 맡은 사람' 을 뜻할 때도 있고, '직책이나 정치기구' 를 뜻할 때도 있다. 따라서 '대통령이라는 직책을 맡은 사람' 을 뜻할 때는 '그는 대통령에게 편지를 띄웠다' 처럼 써야 하고, '직책' 을 뜻할 때는 '그는 대통령에 취임했다' 처럼 써야 한다.

단어는 무정명사인데 유정명사인 것처럼 인식될 때도 있다. 예를 들어 '독재정권□□ 김수환 추기경은 눈엣가시 같은 존재였다' 라는 문장을 보자. 이 경우 '독재정권' 은 무정명사이므로 '에' 가 와야 하지만 '에' 보다는 '에게' 를 넣어야 자연스럽다. '독재정권' 이 '독재정권을 휘두르는 사람' 으로 읽히기 때문이다. 이병갑, 『우리말 문장 바로쓰기 노트』

SOS

'내 배를 구하라' 는 뜻이라고?

배나 항공기가 위험에 처했을 때 무선으로 구조를 요청하는 조난신호.

꼭 배나 항공기 사고가 아니더라도 '위험신호' 또는 '구조신호' 로 일반화되어 쓰이기도 한다. 전신부호(모스부호)는 알파벳 SOS에 해당하는 '··· --- ···' 이다. 즉, 전신기를 짧게 3번, 길게 3번, 짧게 3번 눌러 주위에 있는 항공기나 선박에 구조의 메시지를 보내는 것이다.

흔히 'Save Our Souls(내 영혼을 구하라)' 라든가, 'Save Our Ship(내 배를 구하라)' 등의 머리글자를 따온 것이라고 말하는 사람이 있으나, 이는 사실이 아니다. SOS 문자 자체에는 아무 의미도 없고, 단지 SOS에 해당하는 부호가 간결하고 판별하기 쉽다 해서 정한 것이다.

원래는 'Come Quick Danger' 의 약칭으로 'CQD' 가 사용되었는데 잡음이나 혼신混信이 있을 경우 청취 판별이 어렵다 해서 독일이 1906년 베를린 국제무선통신회의에서 SOS를 제안해 확정되었다.

> 북한이 곡물의 수확량, 소비처 등 구체적 수치를 들어 밝힌 것은 이례적이다. 체면을 벗어던지고 국제사회에 SOS를 던져야 할 정도로 사정이 다급한 것을 느낄 수 있다. 세계일보 970205

에티켓

"아무 데나 대소변 보지 마세요!"

사교상의 마음가짐이나 몸가짐.

프랑스어 'etiquette' 에서 온 외래어다. 중세 프랑스어에서는 '말뚝에 고정시킨 표시' '팻말' 등의 뜻이었는데, '예절' '예의' 의 뜻으로 바뀌었으므로 엉뚱하다. 그 내력에 대해 도쿄대 교수를 지낸 요시오카 쓰토무吉岡力는 『역사퍼즐』(光文社, 1968)에서 다음과 같이 설명했다.

콜럼버스가 신대륙 발견의 선물로 가져온 것은 매독이었다. 서인도제도의 풍토병이었던 이 병이 문명사회에 발을 들여놓자 사정없이 인류를 공격했다. 매독의 유행과 함께 일어난 현상은 공중목욕탕의 쇠퇴였다. 사람들은 당연히 비위생적인 생활을 할 수밖에 없었다. 그것은 가정에 목욕탕을 지을 여유가 없는 서민들만이 아니라 궁정에서도 마찬가지였다.

당시의 가정에는 화장실이 없는 대신 항아리가 하나씩 있어 그 속에 볼일을 보고 이를 창 밖에 쏟아붓곤 했다. 유럽에서는 지금도 남성이 여성을 에스코트할 때는 보도의 안쪽을 걷도록 하고 있는데, 이는 그로 인한 봉변을 대신 당해 주기 위한 신사도에서 온 것이다.

남자건 여자건 볼일을 보고 싶으면 한적한 곳에 가 적당히 처리했기 때문에 도시는 악취로 진동했다. 그래서 당국은 대로변이나 특별히 청결이 필요한 곳에 '대소변 금지'란 팻말을 박아 자제를 촉구했다. 이 말을 프랑스어로 '에티켓'이라 했고, 오늘날 그것이 변해 '예절' '예의'의 뜻이 됐다.

> 표현 방식은 상규에 어긋나지 않아야겠지만, 그것은 법이 아니라 에티켓 차원에서 논의될 사안이다. 언어가 다소 거칠었다고 구속수사 운운하는 것은 검찰권 남용이다. 경향신문 080623

엑기스

네덜란드어의 꼬리를 일본이 잘랐다

중요한 성분만 뽑아내 농축시킨 액체.

네덜란드어의 'extract'에서 유래한 말로, 이것은 '뽑아내다'라는 의미의 라틴어 'extractus'에 뿌리를 두고 있다. 영어로는 'extract'라 한다. 일본인들은 이를 '에키스토라쿠토エキストラクト'라고 부르다 나중에 '토라쿠토(トラクト·tract)'를 빼

일본 바이오엔梅翁園이 만든 '바이니쿠에키스梅肉エキス'의 광고전단이다. 바이니쿠에키스는 매실의 과육에서 추출한 즙을 고아 만든 것으로, 혈류개선·피로해소·식중독에 효과가 있는 것으로 알려져 있다.

고 '에키스エキス' 라 불렀는데, 우리나라 건강식품회사들이 이를 그대로 들여와 '인삼농축엑기스' '생약엑기스' 등으로 광고하면서 굳어졌다. 순화어는 '진액津液' 이다. '津(진)' 은 흔히 '나루' 로 새기지만, 여기에서는 '풀이나 나무 등에서 분비되는 끈끈한 물질' 을 뜻한다.

> 갓 지어낸 굴솥밥에 굴 엑기스를(→진액을) 뽑아 간장에 섞은 양념장을 살짝 쳐서 먹으면 다 먹고 나서도 굴 냄새가 사라지지 않는다.

엑소더스

왜 그들은 이집트의 노예가 됐을까?

집단적 대이동. 대규모 국외탈출.

원래는 『구약성서』 「출애굽기(탈출기)」의 제목이다. '탈출' '출발' 이란 뜻의 그리스어(헬라어)인데, 이를 중국어로 번역하면서 「출애굽기」가 되었다. 「출애굽기出埃及記」는 애굽(埃及·이집트)의 노예생활을 하던 이스라엘인들이 모세의 인도로 애굽을 탈출해 여호와(창조주)로부터 십계명을 받은 시나이산山에 이르기까지의 일을 적은 책이다. 그렇다면 이스라엘인은 왜 이집트의 노예가 됐을까.

이스라엘인의 조상은 기원전 2100년경에 살았던 아브라함이다. 그는 갈대아(바빌로니아 남부) 지방에서 양을 치며 살고 있었는데, 어느 날 여호와가 가나안(팔레스타인 지방)으로 가라고 명령한다. 이 말에 순종해 가나안으로 온 아브라함은 노년에 이르러 두 아들을 두

모세의 기적 홍해가 갈라진 이 사건이 '엑소더스' 드라마의 클라이맥스다. 야곱 일가는 기근을 피해 기원전 1876년 가나안에서 이집트로 이주했지만, 그 300년 후 결국 노예로 전락하게 된다. 그 고통으로부터 이스라엘사람들을 해방시킨 이가 모세다. 모세의 인도를 받은 200만명의 이스라엘사람들은 기원전 1280년 갖은 고난 끝에 이집트를 탈출하는 데 성공한다. 과월절(過越節·유월절)은 이를 기념하는 축일이다.

었다. 본처 사라에게서 난 이삭과 노예 하갈에게서 난 이스마엘이다. 이삭은 훗날 아브라함의 뒤를 잇지만, 이스마엘은 이들로부터 갈라져 아랍인의 조상이 된다. 유대교와 이슬람교의 뿌리가 같은 것은 이 때문이다.

이삭은 야곱을 낳고, 야곱은 다시 여러 아들을 두는데, 그중 가장 똑똑한 아들이 요셉이다. 이 때문에 요셉은 늘 다른 형제들의 질시의 대상이 되었고, 결국 형제들의 모함을 받아 이집트에 노예로 팔려가는 신세가 된다. 그러나 곧 요셉은 이집트 파라오의 환심을 사 이집트 최고 권력자가 된다.

이 일을 계기로 가나안에 살던 야곱 일가는 기원전 1876년 이집트에서 가장 비옥한 고센지방으로 이주하게 된다. 그러나 그로부터 300여 년이 지난 뒤, 이집트의 대對 이스라엘 정책은 변화를 맞는다. 수가 많아진 이스라엘인들이 반란을 일으킬 것을 우려해 이스라엘인을 노예로 삼는 강압정책을 펴게 되는 것이다. 이때 등장한 인물이 모세다. ➡유대인

> 국내 금융시장이 연일 요동치고 있는 가운데 외국인 투자자들의 '코리아 엑소더스'가 현실화하는 게 아니냐는 우려의 목소리가 높아지고 있다. 문화일보 081024

여류女流

원래는 '기생'을 뜻하는 말이었다고?

일부 명사 앞에 쓰여 어떤 전문적인 일에 능숙한 여자를 이르는 말.

여성들의 사회적 활동이 적은 시대에 생겨난 말로, 문인이나 화가처럼 주로 문화적인 직업 앞에 놓여 '남자도 하기 어려운 분야에서 성공한 여성'이라는 의미를 부여한다. 그러나 지금은 어느 분야에서건 여성들이 맹렬하게 활동하는 세상이 되었으므로, 특정 직업 앞에 '여류'를 앞세우는 것은 시대의 흐름과 맞지 않다. 그런데 재미있는 것은, 여류는 원래 중국에서 '기생'을 뜻하는 말이었다는 점이다. 이에 대한 이야기가 『한자의 뿌리』(김언종·문학동네)에 다음과 같이 실려 있다.

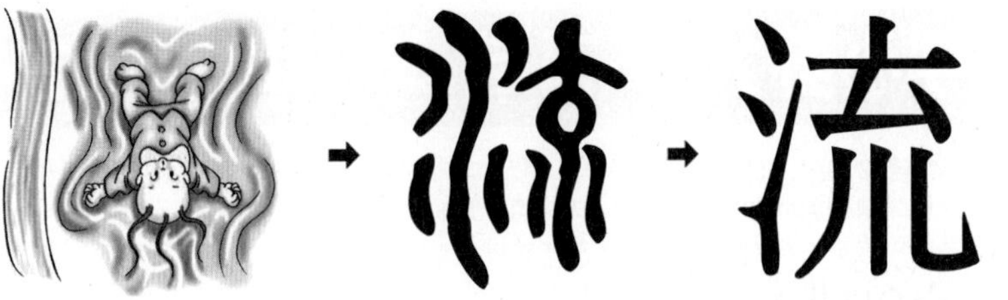

'여류시인' 이란 말은 고상하지만, 시인을 수식하는 '여류' 는 원래 '기생' 이나 '하찮은 부녀자' 를 가리키는 말이었다. 한자 '흐를류流' 에는 더 기분 나쁜 이야기가 있다. '流' 는 수장水葬한 어린아이가 강물에 떠내려가는 모습을 그린 글자인 것이다. **𠫓**은 어린이의 머리가 강물 아래쪽을 향하고 있는 모습이고, **川**는 떠내려가는 어린아이의 머리칼이다.

'여류' 는 원래 기생을 뜻하는 말이었다. 송나라 오자목吳自牧이 쓴 『몽량록夢粱錄』의 「기악妓樂」란에 "지금 항주의 여류 웅보보와 후배 계집아이들이 모두 이를 본받고 있는데, 사설 솜씨와 노래솜씨도 빼어났다(今杭城有女流熊保保及後輩女童皆效此, 說唱亦精·금항성유여류웅보보급후배여동개효차, 설창역정)는 기록이 있다. 기생 가운데 춤과 노래솜씨가 대단했던 웅보보는 요즘으로 치면 화류계에서 뜨는 여자쯤 되었나 보다.

여사女史

사회적으로 저명한 여자를 높여 이르는 호칭어.

원래는 중국의 여성관리, 즉 '여관女官' 을 뜻하는 말이었다. 주周나라 때는 황후가 행하는 의식의 사무를 관장했고, 한漢대 이후에는 후궁의 기록을 맡아 처리했다. 그렇다면 여기에서의 '史(사)' 는 '역사' 의 뜻이 아니라 '벼슬이름' 임을 알 수 있다. 오늘날처럼 학문이나 예술·정치 등의 분야에서 활동이 지대한 여성에게만 붙이게 된 것은 근대 이후의 일이다. 언론사에서는 이 말을 비롯해 '영부인' '선생' 등을 권위적인 용어라 하여 가급적 사용하지 않는 말로 분류하고 있다.

"与小野大"…정부·국회 險路예고

1988년 4월 27일자 조선일보 5면 제목이다. '여소야대'가 사자성어처럼 사람들의 입에 오르내리게 된 것은 이 신문 발행 이후의 일이다. '與' 자가 약자로 적혀 있다.

여소야대與小野大

제목으로 다뤄지면 뜬다!

여당의 국회의원 수가 야당 국회의원 수보다 적은 정국상황.

1988년 4월 26일 치러진 제13대 총선에서 여당인 민정당이 약세를 보이고 야당인 평민당과 민주당이 약진하는 일이 발생하자, 밤새 신문제작을 지휘하던 인보길(印輔吉·당시 조선일보 부국장)씨가 '與小野大…정부·국회 險路(험로) 예고'란 제목을 단 것이 독자들에게 어필하면서 확산된 말이다.

그러나 이 말은 이때 처음 만들어진 것은 아니고, 70년대 말 이미 인보길 씨가 조어해 정치가십 등에 사용되었던 말인데, 1988년 총선 때 신문 제목으로 크게 다뤄지면서 굳어졌다. 선거 때마다 곧잘 회자되던 '여촌야도與村野都', 즉 여당 표는 농촌에서 많이 나오고 야당 표는 도시에서 많이 나온다는 말에서 영향을 받았을 가능성이 있다.

역린逆鱗

진언은 하되 약점은 건드리지 말라

'윗사람의 뜻을 거역해 큰 화를 당하는 것'을 뜻하는 말.

원래는 '군주君主의 노여움'을 가리키는 말로, '용의 목 아래에 거꾸로逆 난 단 한 장의 비늘鱗'을 가리킨다. 이것을 건드리면 용의 노여움을 사 반드시 죽임을 당한다는 전설에서 비롯됐다. 전국시대 법가사상서인 『한비자韓非子』「세난편說難篇」에는 이렇게 실려 있다.

용龍은 좋은 동물이다. 친하게 지내면 사람을 등에 태우고 하늘을 날기도 한다. 그러나 턱밑에 지름이 한 자나 되는 비늘이 거꾸로 나 있는데, 만약 이것을 건드리면 용은 그를 반드시 죽여 버리고 만다. 군주에게도 거꾸로 난 비늘이 있는데, 진언進言하는 사람이 군주의 거꾸로 난 비늘을 건드리지 않으면 성공적인 진언이라고 할 수 있다.

용 용은 봉황·기린·거북과 함께 중국 사대영물四大靈物로 지구상의 9가지 존재를 닮은 것으로 알려져 있다. 머리는 소, 뿔은 사슴, 눈은 새우, 입은 당나귀, 수염은 사람, 귀는 코끼리, 발은 봉황을 닮았다. 또 몸뚱이는 뱀을 닮았고, 비늘은 물고기를 닮았다. 건드리면 반드시 죽는다는 역린逆鱗은 턱밑에 거꾸로 난 한 자 정도의 비늘이다.

'용'은 군주를 가리키고, 그 '턱밑의 비늘'은 '군주가 가장 싫어하는 그 무엇'을 가리킨다. 그러니까 사람은 누구나 치명적인 약점을 하나쯤 가지고 있는 법인데, 군주에게 의견을 말한답시고 이를 함부로 입에 담아서는 안 된다는 것을 한비자는 말한 것이다.

> 한 사람은 대통령의 후계 문제를 거론하여 소위 역린逆鱗을 거스른 죄로 추락했으며, 또 한 사람은 성공한 쿠데타에 맞서다 희생된 참군인의 모습에서 나중에 정치인으로 변신하게 된다. 서울신문 100810

역발산기개세力拔山氣蓋世

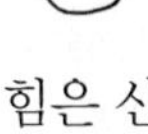

그가 천하를 잃은 진짜 이유는 따로 있다

힘은 산이라도 빼어 던질 만하고, 기개는 세상을 덮을 정도로 웅대함.

진秦나라 말기 유방劉邦과 항우項羽가 천하를 놓고 일전을 벌일 때, 전세가

항우(왼쪽)**와 유방** 진秦이 망한 뒤 천하를 놓고 다툰 이가 이들이다. 일단은 항우가 먼저 패권을 잡고 서초패왕西楚霸王이라 칭하지만, 곧이어 유방에게 패해 31세의 젊은 나이에 자결하고 만다. 항우는 "전장에 나가 한 번도 져본 적이 없다"고 호언할 만큼 전투에 능했지만 부하를 다루는 데는 미숙했다. 이와 반대로 유방은 싸움에서는 항우보다 못했으나 부하를 다루는 솜씨가 능숙했다. 훗날 한신韓信은 유방을 가리켜 "장수의 능력을 100% 활용할 줄 아는, 장수 중의 장수"라고 감탄했다 한다.

불리해진 항우가 마지막 결전을 앞두고 애인 우미인虞美人에게 준 시구에 나오는 말이다.

항우를 몇 겹으로 포위한 유방은 군사를 풀어 밤마다 초나라의 노래楚歌를 부르게 해 군사들의 동요를 부추기는 등 온갖 수단을 동원한다. 결국 항우의 군사들은 지리멸렬하기에 이르고, 파국에 직면한 항우는 애인 우미인의 안위를 걱정하며 다음과 같은 시를 남기고 적진에 뛰어든다.

力拔山兮氣蓋世 (역발산혜기개세)

힘은 산을 들어 올릴 만하고 기세는 온 세상을 덮을 만하건만

時不利兮騅不逝 (시불리혜추불서)

시운時運이 불리하니 추(騅·애마의 이름) 또한 달리지 않는구나

騅不逝兮可奈何 (추불서혜가내하)

추야 네가 달리지 않으니, 이를 어찌한단 말이냐?

虞兮虞兮奈何若 (우혜우혜내하약)

우虞여, 우여, 그대를 어찌한단 말이냐?

줄여서 '역발산力拔山' 또는 '발산개세拔山蓋世'로 적기도 한다. ➡사면초가

> 민속씨름협회는 '만기 독판'을 저지하기 위해 이전까지 다리 먼저 잡도록 한 샅바 규정을 허리 먼저 잡도록 바꾸기도 했으나 역발산기개세力拔山氣蓋世로 치닫는 그의 '힘과 기예'를 막아내지 못했다. 그는 무적이었다. 서울신문 030407

연륙교 連陸橋

육지와 섬을 이은 다리.

예를 들면 인천과 인천공항을 연결하는 영종대교 같은 다리를 말한다. 꽤 많은 사람이 이를 '연육교'로 적는데, 이는 규칙과 맞지 않다. 아마도 '死六臣'을 '사륙신'이 아닌 '사육신'으로 적거나, '新女性'을 '신녀성'이 아닌 '신여성'으로 적는 것처럼 '연+육교'로 이해했기 때문인 듯하다. 그러나 이 경우는 '육지에 이어짐'의 뜻인 '연륙連陸'에 '교橋'가 붙은 형태다. ➡사육신

연미복 燕尾服

파티에 나갈 때 입는 검은 남자예복.

가슴은 두 겹이고 단추는 셋이다. 저고리의 앞은 허리 아래가 없고, 뒷길의 도련(저고리나 두루마기 자락의 가장자리)은 두 갈래로 길게 내려와 마치 '제비꼬리燕尾' 같다 해서 붙은 이름이다.

> 정치학에 '연미복 효과'가 있다. 뒤로 길게 늘어진 연미복 꼬리에 올라탄 사람들이 연미복 주인 가는 대로 줄줄이 딸려가듯, 상위 선거에 나선 후보의 당락에 따라 하위 선거에 출마한 후보들의 당락이 결정되는 현상이다. 서울신문 070115

연작이 홍곡의 뜻을 어찌 알랴

그 머슴은 왕이 되어 창공을 날았다

식견이 좁고 옹졸한 사람은 식견이 크고 대범한 사람의 뜻을 이해하지 못한다는 뜻.

'연작燕雀'이란 '제비와 참새'를 말하고, '홍곡鴻鵠'이란 '기러기와 고니'

를 말한다. 연작은 땅 위를 낮게 날며 벌레나 잡아먹는 반면, 홍곡은 창공을 유유히 날아다니며 세상을 관조한다. 그래서 연작은 '옹졸한 사람'을 상징하고, 홍곡은 '군자'나 '큰 인물'을 상징한다. 『사기史記』의 「진섭세가陳涉世家」에 나오는 말로, 내용은 이렇다.

진秦나라 말기에 진섭陳涉이란 사람이 있었다. 원래는 천한 머슴이었으나 진시황秦始皇이 죽고 그의 아들 호해胡亥가 왕에 오르자 도탄에 빠진 민중을 구한다는 명분으로 오광吳廣과 함께 반란을 주도해 '장초張楚'라는 나라를 세워 왕이 되는 인물이다. 그 진섭이 머슴살이를 할 때, 하루는 자신의 신세를 탓하며 같은 처지의 머슴들에게 말했다. "우리가 훗날 부귀해진다면 서로를 잊지 말기로 합시다." 그러자 이를 듣고 있던 한 머슴이 "머슴 주제에 어떻게 큰 인물이 되겠소?"라고 비웃었다. 그러자 진섭이 "연작이 홍곡의 뜻을 어찌 알리오燕雀安知鴻鵠之志"라고 말했다고 한다.

쉽게는 '참새가 봉황의 뜻을 어찌 알랴'라고 한다.

> JP는 1992년 김영삼 대통령의 당선자 시절 그림자도 밟지 않겠다며 '그림자론'을 폈다. YS가 대통령이 되었을 때는 "연작이 어찌 홍곡의 큰 뜻을 알겠느냐"며 깍듯이 모셨다. 동아일보 021226

열반涅槃

번뇌의 불이 깨달음으로 소멸되면…

죽음. 특히 석가나 고승의 입적入寂을 일컫는 말. 번뇌에서 해탈解脫한 불생불멸不生不滅의 높은 경지.

범어 'nirvāna'의 속어인 'nibbān'의

열반도 사라쌍수沙羅雙樹 아래에서 열반에 드는 석가를 수많은 제자와 금수禽獸들이 지켜보는 모습이다. 에도시대 도이 류케이土井柳溪의 작품으로 교토京都 동광원東光院·萩の寺에 소장되어 있다.

음역이다. 원뜻은 '불어서 끄다' 인데, 이것은 생명의 불이 꺼진다는 의미를 담고 있다. 나중에는 바람이 불꽃을 끄듯이 타고 있는 번뇌의 불이 깨달음으로 인해 소멸된 상태를 가리키게 되었다. 석가의 죽음을 '완전한 죽음' 이란 뜻으로 '반열반般涅槃' 이라 불러 구분하기도 한다.

> 열반에 든 법정 스님이 남긴 화두는 '무소유' 다. 법정은 수필집 『무소유』에서 그 뜻을 이렇게 풀었다. "이 세상에 태어날 때 나는 아무것도 갖고 오지 않았었다. 살 만큼 살다가 이 지상地上의 적籍에서 사라져 갈 때에도 빈손으로 갈 것이다." 경향신문 100316

염라閻羅

그가 언제나 당신을 보고 있다!

염라대왕. 지옥에 떨어지는 사람이 지은 생전의 선악을 심판하는 저승의 왕.

'염마閻魔' 라고도 일컫는데, 이것은 범어 'yama(야마)' 를 한자로 음역하는 과정에서 달리 적었을 뿐 뜻에 차이가 있는 것은 아니다. 고대 인도의 신으로, 브라만교의 근본 경전인 『리그베다』에는 '죽은 자가 사는 낙원의 왕' 으로 나타나는데, 나중에 손에 오라를 들고 죽은 자의 영혼을 묶어 징벌을 결정하는 심판자라는 뜻으로 변했다. 중국에서는 도교 신앙이 가미되어, 명계(冥界·죽은 뒤에 간다는 영혼의 세계) 10왕 중 제5왕으로, 죽은 자를 염마청閻魔廳에서 생전의 행동을 기록한 장부를 보고 심판하는 왕으로 알려져 있다.

> 생전에 거짓말 많이 하고 나쁜 짓 많이 하면 죽어서 염라대왕이 잘못한 것만큼 바늘로 한 뜸 한 뜸 뜬다고 한다. 김 대통령, 임창열 후보는 아마 염라대왕에게 끌려가면 거짓말을 하도 많이 하고 너무 많은 사람을 속였기 때문에 바늘로 뜰 시간이 없어 공업용 미싱을 갖다가 드르륵 드르륵 박아야 할 것이다. 서울신문 980529

영감令監

새파랗게 젊은 사람이 영감이라니…

노인을 부르거나 나이 든 아내가 남편을 부르는 말.

원래는 정삼품·종이품 관원을 높여 부르는 말이었다. 왕을 높여 부르는 '상감上監', 정이품 이상을 높여 부르는 '대감大監'과 함께 쓰던 존칭어로, 조선 초기부터 사용되었다. 현대에 들어서는 그런 본래의 뜻이 사라지고 '노인을 부를 때'나 '아내가 자신의 남편을 부를 때' 사용되고, 혹은 판검사나 군수 등 고위공무원을 부르는 호칭으로도 사용된다. 1962년 판검사 사이에서 '영감'으로 부르는 호칭이 비민주적이라 해서 대법원이 사용을 금지했으나 지금도 관습적으로 사용되고 있다.

> "정주영 영감이 막걸리를 30가지나 보내 와서 조금씩 먹어 봤는데, 그 가운데 아주 맛좋은 게 있어서 '이게 제일 맛있더라'고 알려주니까 포천막걸리라고 대답하면서 '어떻게 알아냈느냐'며 깜짝 놀랍디다."

영남嶺南지방

경상도를 통칭하는 지방명.

소백산맥의 준령인 '조령(鳥嶺·문경새재)의 남쪽'이라는 뜻이다. 영동嶺東지방의 '嶺(령)'은 '대관령大關嶺'을, 호남湖南지방의 '湖(호)'는 금강錦江의 옛 이름인 '호강湖江'을 가리킨다.

영동嶺東지방

강원도 태백산맥의 동쪽지역을 통칭하는 지방명.

속초·강릉·동해·삼척·명주·양양 등이 여기에 속한다. '嶺(령)'은 태백산의 준령인 '대관령大關嶺'을 뜻한다. 즉, 대관령을 중심으로 동쪽이 '영동지방'이다. 그 서쪽은 '영서嶺西지방'으로, 춘천·원주·횡성·영월 등이 여기에 속한다. '대관령大關嶺'의 '關(관)'자를 따서 동쪽을 '관동關東', 서쪽을 '관서關西'라 부르기도 한다.

영부인令夫人

대통령 부인이 아니어도 쓴다고?

지체 높은 사람의 아내를 아주 높여 지칭하는 말.

대개는 '부인夫人'이라고 하지만, 그보다 더 어려운 사람을 부를 때 쓴다. '令(영)'에는 '좋다' '아름답다'의 뜻이 있어 남의 가족에 대해 경의를 나타낼 때 붙인다. 예를 들어 남의 아내를 일컬을 때는 영부인 외에 '영규令閨' '영실令室' '영처令妻'라 했고, 남의 어머니는 '영당令堂' '영자令慈', 남의 아버지는 '영존令尊' '영엄令嚴'이라 했다. 또 남의 아들은 '영식令息', 남의 딸은 '영애令愛' '영양令孃', 남의 형은 '영형令兄', 남의 동생은 '영제令弟' 등으로 불렀다.

그러나 이것은 어디까지나 사전의 풀이가 그렇다는 것이고, 실제로는 아무리 지체 높은 사람의 부인이라고 해도 '영부인'이라고 칭하지는 않는다. 제3공화국(박정희 정권) 이래 영부인은 줄곧 '대통령의 부인'에게만 붙여 왔기 때문이다. 국민의 정부(김대중 정권)에서는 '대통령 부인'으로 고쳐 부르도록 하고 있으나, 실제로는 대통령의 부인에게는 '영부인'으로 부르는 예가 많다.

국회의장을 지낸 황낙주 씨가 이회창 전 신한국당 대통령 후보(15대 대통령 선거) 부인을 '영부인'으로 불러 빈축을 샀던 일을 풍자한 정운경 화백의 『왈순아지매』(중앙일보 1997.2.28). '영부인'은 원래 남의 아내를 높여 지칭하는 말이었지만, 오랫동안 '대통령의 부인'에게만 붙일 수 있는 말로 인식되었다. '令夫人'의 본뜻을 모르는 사람들이 '大統領'의 '領(령)'자를 딴 말이라고 생각했기 때문인지도 모를 일이다.

영수領袖

여럿 중의 우두머리. 집단의 지도적 위치에 있는 사람.

'領(영)'은 원래 '목'이란 뜻이지만 여기에서는 '옷깃(칼라)'을 가리키고, '袖(수)'는 '소매'를 가리킨다. 그 옷깃과 소매는 의복에서 가장 두드러지는 곳이라 해서 '우두머리'란 뜻이 되었다. 이런 뜻을 이해하지 못하면 자칫 '領首'로 쓸 수 있으므로 주의해야 한다.

> 선진국에서 여·야 영수들의 만남은 자연스럽다. 그러나 우리의 경우 영수회담을 성사시키려면 참 힘들다. 계기와 명분을 갖춰야 하고 토의합의 수준에 각별한 신경을 쓰기 때문이다. 한국일보 940317

예부터

서울시청도 틀린 맞춤법

'예부터'로 적어야 할 곳에 '옛부터'로 적는 경우가 적지 않다. 아마도 '옛일' '옛사랑' '옛이야기' 등 '옛'과 결합된 말들의 영향을 받기 때문인 듯하다.

'옛'은 '옛날의' '오래전의'란 뜻의 관형사다. 관형사 뒤에는 반드시 그 수식을 받는 체언(명사·대명사)이 와야 하므로 조사인 '부터'는 '옛' 뒤에 붙을 수 없다. 그러나 '예'는 '옛날' '오래전'이란 뜻의 명사이므로 '부터'를 바로 붙일 수 있다.

'예스럽다'로 적어야 할 자리에, 예를

서울시 다산플라자 앞에는 해치상이 설치되어 있고, 그 아래에는 이를 설명하는 석판이 놓여 있다(2010년 5월 1일 촬영). 그런데 그 석판을 자세히 보면 우리말 정서법과 어긋난 곳이 세 군데나 있다. 셋째 줄 '옛 부터'는 '예부터'가 맞고, 여섯째 줄 '때 마다'는 '때마다'가 맞다. 또 끝에서 둘째 줄 '제작년도'는 '제작연도'로 적어야 한다. 다른 곳도 아닌 서울시 청사 앞의 조형물에 이런 잘못이 있다. 바로 이런 문제 때문에 문화일보 황성규黃星珪 논설위원은 "공공문서는 일정한 자격을 갖춘 교열사들의 검증을 거치는 '공인교열사제도'를 도입해야 한다"고 주장했으나(『말과글』 1995년 가을호) 뜻을 이루지 못했다.

들어 '객실이 참 옛스럽다' 처럼 적는 경우도 볼 수 있는데, 이것도 '스럽다' 가 접미사이므로 관형사인 '옛' 뒤에는 붙일 수 없다. '예스럽다' 는 '옛것과 같은 맛이나 멋이 있다' 는 뜻의 형용사로 굳어졌다.

→ 예부터

옛부터 약초가 잘 자라는 기름진 땅. 비단물결 같은 금강이 적벽강에 이르러 붉게 물든다. 강마을 향수 가득한 천내강엔 옥색 물이 흐른다. 장수·진안·무주의 크고 작은 하천이 흘러드는 물줄기는 아름다운 강마을 풍경을 만들어낸다.

김현철 사건, 외환위기 등 여러 실정을 남기고 물러가는 김영삼 전 대통령의 심경을 풍자한 이홍우 화백의 『나대로 선생』(동아일보 1998.1.6) 만화다. 성철 스님의 '산은 산이요, 물은 물이로다' 라는 말을 원용한 것이므로 두 번째 칸의 '산이오' 는 '-요' 로 적어야 했는데 '-오' 로 되어 있다. '-오' 는 주로 종결어미로 쓰이고, '-요' 는 연결어미로 쓰인다. 이것이 글 속에서 '-오' 와 '-요' 를 구분하는 핵심이다.

'-오' 와 '-요'

'요' 로 소리 나더라도 '오' 로 적는다

내가 자주 신문·잡지에 칼럼을 쓰는 이유는 '이게 민심이□. 진짜 여론을 알고 국정에 임해주시□.' 바로 이런 뜻이에요.

위 문장의 □에 '오' 와 '요' 를 구분해 넣어보자. 왠지 모두 '요' 를 넣고 싶어질 것이다. 그렇게 소리 나기 때문이다. 하지만 둘 다 '오' 를 넣어야 맞다.

이유는 이렇다. '-오' 는 하오체의 종결어미로 '많이 드십시오.' '얼마나 바쁘오?' 처럼 말을 끝맺을 때 쓴다. '요' 로 소리나는 경우가 있더라도 '오' 로만 적도록 되어 있다. '-요' 의 용법은 두 가지다. 하나는, '그는 기자요 시인이다' 처럼 사실을 나열할 때 쓰는 연결어미로서의 용법이고, 다른 하나는 '우리가 이겼어요' '빨리요 빨리' '내 책 못 봤니? / 책요?' 처럼 존대보조사로서의 용법이다.

오나니슴

터무니없이 욕심을 부리면 그처럼 된다

자위행위. 수음手淫.

사전에는 이런 뜻으로 풀이되어 있다. 영어 'onanism'을 외래어로 적으면 '오나니즘'이 되지만, 『표준국어사전』에는 프랑스어를 기준으로 '오나니슴'으로 올라 있다. '인기영합주의'를 가리키는 '포퓔리즘'이 '포퓔리슴'으로 올라 있는 것과 마찬가지로, 영어 'onanism'과 'Populism'이 프랑스어에 뿌리를 두고 있기 때문이겠지만, 어쩐지 낯설게만 느껴진다.

오나니슴의 어원이 된 것은 『구약성서』(「창세기」 38장)에 나오는 '오난'이란 남자다. 당시(기원전 2500년경) 중동지방에는 취수혼娶嫂婚이란 제도가 있었다. 형제가 대를 잇지 못하고 죽으면 다른 형제가 혼자된 여자와 결혼해 죽은 형제의 가계를 잇게 하는 제도다. 마치 우리나라 부여국夫餘國에 있었던 형사취수兄死娶嫂와 비슷한 제도다.

『유다와 다말』 창녀로 변신한 다말이 동침을 요구하는 시아버지 유다에게 "화대로 염소를 주겠다는 약속을 지킬 때까지 맡아둘 담보물을 달라"고 말하자 유다가 목에 걸려 있던 도장과 지팡이를 주고 있다. 훗날 이 담보물은 동침사실을 부인하는 유다를 꼼짝 못하게 하는 증거가 되었다. 프랑스 화가 오라스 베르네(1789~1863)가 그린 것이다.

오난도 그런 운명에 처했다. 큰형 엘이 일찍 죽자 형수(다말)에게 씨를 제공해야 했던 것이다. 그런데 재산상속 문제가 오난을 괴롭혔다. 즉, 형수에게 씨를 주어 장자가 태어나면 그 아들은 형의 아들이 되므로 아버지의 재산이 장손인 아이에게 가게 되어 있었다. 그래서 오난이 생각한 것이 몸 밖에 설정泄精하는 것이었다. 다시 말해 자신의 라이벌이 탄생할 가능성을 없애기 위해 형수와 잠자리는 같이하되 설정은 몸 밖에서 했던 것이다. '오나니슴'은 바로 여기에서 온 말이다.

그렇다면 여기서 생각해볼 필요가 있다. 자위행위란 스스로의 행동으로 즐거움을 얻는 것인데, 오난은 형수와의 동침을 통해 즐거움을 얻고 설정은 몸 밖에 했다. 즉, 오난이 한 것은 자위행위가 아니라 피임을 위한 '체외사정 體外射精' 인 셈이다. 그렇다면 자위행위의 뜻으로 쓰이고 있는 오나니슴은 '체외사정' 이 더 정확한 표현이 될 것이다.

어쨌든 오난의 이야기는 더 이어진다. 당시의 관습을 어기고 사욕私慾을 차린 오난은 신의 노여움을 사 곧 죽어버린다. 그러자 다말에게는 '남편을 죽이는 여자' 라는 낙인이 찍히고, 결국 친정으로 보내져 슬픈 세월을 보내게 된다. 더구나 막내아들(셀라)이 장성하면 부르겠다는 시아버지(유다)의 약속도 지켜지지 않았다. 그러나 다말은 그런 운명을 순순히 받아들이지 않았다. 시어머니가 죽자 외로이 지내는 시아버지를 유혹해 잠자리를 같이하고 그의 아이를 갖게 되는 것이다.

오라질

미워하는 대상이나 못마땅한 일에 대해 불평하여 내뱉는 욕.

'오라' 는 옛날 죄인을 묶던 붉은 줄을 말하고, '질' 은 '지다負' 의 관형형이므로 '오라질' 은 '오라로 묶일' '오라에 묶여 잡혀갈' 이란 뜻이다. '우라질' 로 쓰기도 한다.

이와 비슷하게 형벌刑罰에서 온 우리 고유의 욕에는 '넨장칠' '육시랄' 도 있다. '넨장칠' 은 '난장亂杖을 칠 만하다' 는 뜻이고, '육시랄' 은 '육시戮屍를 할 만하다' 는 뜻이다. '난장' 이란 신체의 부위를 가리지 아니하고 마구 매로 치던 고문이고, '육시' 는 이미 죽은 사람의 죄가 훗날 밝혀졌을 때 무덤을 파헤쳐 머리를 자르는 형벌이다.

> 그의 웃음은 인자한 세종대왕과 닮아 보였다. 그러나 그것도 잠시뿐. 우리가 알고 있던 세종대왕이 달라졌다. 한석규가 하례를 준비해야 한다는 궁녀들 말에 "어이구, 지랄. 뭔 놈의 왕은 그렇게 의례가 많아. 에이고, 오라질" 이라고 말하는 것 아닌가. 아시아투데이 110810

오랑캐

개가 다섯 개의 주머니를 달고 있는 사연

'이민족'을 낮잡아 이르거나 '야만스러운 종족' 또는 '침략자'를 가리키는 말.

원래는 여진족女眞族의 한 부족인 '올량합兀良哈'을 가리키는 말이었다. 이것이 점차 의미가 확대되어 여진족 전체를 얕잡아 부르는 말로 사용되다 오늘날의 뜻이 되었다. 어원에 대해서 정확히 밝혀진 것은 없지만, 올량합의 시조가 개와 사람 사이에서 태어났다는 설화에서 나온 것으로 전해지기도 한다. 내용은 이렇다.

한 재상이 얇은 껍질로 된 북을 만들고 그 북을 찢지 않고 칠 수 있는 사람에게 자기 딸을 주겠다고 했다. 그러나 아무도 이에 성공하는 이가 없었다. 그러던 어느 날 북소리가 나서 가 보았더니 개가 꼬리로 북을 치고 있었다. 재상은 하는 수 없이 약속대로 딸을 개에게 주었다. 그런데 이 개는 밤마다 딸을 할퀴고 물어뜯었다. 참지 못한 딸은 개의 네 발과 입에 주머니를 씌우고 살다 후손을 퍼뜨린 것이 '올량합'이고, '오랑캐'란 다섯 개의 주머니란 뜻의 '오낭五囊을 낀 개'가 변해 만들어진 이름이라고 한다. ➡호두

그림 김도원

> 중국인을 지배한 세계관은 화이관華夷觀이었다. 중화와 오랑캐. 중원에서 맥을 이어간 한족 국가 이외의 변방 종족은 모두 오랑캐로 뭉뚱그려졌다. 그래서 논어, 맹자 등 역대 문헌들에서 중국과 변방의 관계는 '문명 대 야만'의 구도로 그려졌다. 경향신문 050716

오른손이 하는 일을 왼손이 모르게 하라

『성경』은 오른쪽으로 통한다

좋은 일은 아무도 모르게 해야 가치 있는 일임을 일컫는 말.

『성경』에 나오는 말로, "오른손이 하는 일을 왼손이 모르게 하여 네 구제함이 은밀하게 하게 하라"가 원문이다. 「마태복음」 6장에는 예수가 기독교인의 세 가지 종교적 행위, 즉 구제·기도·금식에 대해 언급한 내용이 있는데, 이 세 가지 행위 중 올바른 구제救濟는 다른 사람의 칭찬을 듣거나 관심을 끌 목적으로 해서는 안 된다며 예로 든 말이다.

예수와 강도 예수는 이렇게 두 강도와 함께 처형되었다. 그런데 오른쪽의 강도는 마지막 순간 회개를 함으로써 낙원으로 들어갔지만, 왼쪽의 강도는 "네가 그리스도가 아니냐, 너와 우리를 구원하라"라고 예수를 조롱하는 바람에 구원받지 못했다. 어떤 이는 이것이 온건파와 급진파를 가리키는 '우익'과 '좌익'의 뿌리라고 말하기도 한다. 물론 우익과 좌익은 프랑스혁명 당시 국민공회國民公會에서 온건파인 지롱드당이 의장석 오른쪽에, 급진파인 자코뱅당이 왼쪽에 앉은 데에서 왔다. 이 그림은 프랑스 태생의 15세기 화가 시몽 마르미온의 작품(부분)으로 추정된다.

오른손을 주체로 삼은 것은 『성경』에 흐르고 있는 존우사상尊右思想 때문이다. 예를 들어 「시편」 49장에는 "당신 이름처럼 당신을 찬양하는 소리가 세상 끝까지 울려 퍼집니다. 당신의 오른손이 의로움으로 가득합니다"라는 기사가 실려 있고, 「마태복음」 25장에는 "주님께서 세상을 심판하실 때도 의인은 오른편 축복의 자리에, 악인들은 왼편에 두신다"라는 기사가 실려 있다. 이 밖에도 오른쪽을 우선하는 기사는 굉장히 많다.

예수와 함께 십자가에 못박힌 강도 중 오른쪽에 매달린 강도는 죽기 직전에 예수를 인정해 낙원樂園에 갔지만, 왼쪽에 매달린 강도는 예수를 조롱해 구원받지 못했다는 이야기도 오른쪽을 긍정적으로, 왼쪽을 부정적으로 보는 존우사상의 흔적이다. 따라서 이 문구를 인용할 때는 신중해야 한다. 만일 '왼손이 하는 일을 오른손이 모르게 하라는 성경의 말씀이 있다…' 처럼 왼쪽과 오른쪽을 바꾸어 쓰면 오용誤用이 되기 때문이다.

오리무중五里霧中

어디에 있는지 도저히 찾을 수 없거나 예측이나 방책을 전혀 세울 수 없음을 이르는 말.

5리 사방이 깊은 안개霧 속에 있다는 뜻이다. 후한後漢 말의 학자였던 장해張楷는 인품과 학식이 뛰어나 많은 사람들이 그를 찾았다. 하지만 그는 나서기보다 두문불출杜門不出하기를 좋아했고 귀찮은 사람들이 찾아오면 오리무五里霧로 사람들을 따돌리곤 했다 해서 나온 말이다. '오리무' 란 5리 사방(1리는 약 0.4km)에 자욱한 안개를 일으켜 자신의 모습을 감추는 도교道敎의 비술秘術이다.

> 지금의 상황으로는 싸움판만 더 키울 것이며, 국정의 우선순위만 오리무중이 되는 파국 또는 난국으로 가 '죽 쑤어 개도 못 주는' 꼴이 되고 말 것이다.

오므라이스

볶음밥을 오믈렛으로 싼 일본식 서양요리.

일본에서 '오믈렛omelette' 과 '밥rice' 을 합쳐 'omelette rice' 라는 말을 만들고, 이것을 다시 'omerice' 로 줄여 '오무라이스オムライス' 란 말을 만들어 쓰던 것이다. 요리 자체를 일본에서 개발했을 뿐만 아니라 이름도 일본제이므로 사실은 일본어표기법에 따라 '오무라이스' 로 해야 했다. '오믈렛' 은 프랑스식 달걀요리로, '달걀' 의 뜻인 라틴어 'ovum' 의 영향을 받아 만들어진 중세 프랑스어 'alumette' 가 변한 것이다.

오바이트

과음한 뒤 먹은 것을 게우는 일.

영어 'overeat' 에서 나온 말이다. 그러나 'overeat' 는 '과식하다' '과식해서 탈나다' 란 뜻이고 '너무 많이 마셔 토하다' 는 뜻은 아니다. 오용誤用에 의해 굳어진 외래어인 셈이다.

> 영화 속에서 그가 오바이트를 하는 장면이 있는데, 정말 실감나는 연기를 했다. 나중에 들어 보니까 물 3L와 음식물을 입속에 우겨넣고, 그 명연기를 펼쳤다고 했다.

오비이락烏飛梨落

까마귀는 배를 건드리지 않았다

한 일이 공교롭게도 때가 같아 억울하게 의심을 받거나 난처한 위치에 서게 됨을 일컫는 말.

'까마귀 날자 배 떨어진다' 라는 우리 속담에서 나온 말이다. 중국 고전에 뿌리를 둔 고사성어로 알고 있는 사람이 많으나 우리 고유의 속담을 사자성어로 만든 말이다.

천태종을 세운 중국 지자대사智者大師의 『해원석결解冤釋結』이란 법문에서 온 말이라는 주장도 있다. 법문은 '오비이락파사두烏飛梨落破蛇頭', 즉, '까마귀烏가 날아飛 배梨가 떨어져落 뱀蛇의 머리頭를 부쉈다破' 로 시작되는데, 내용은 이렇다.

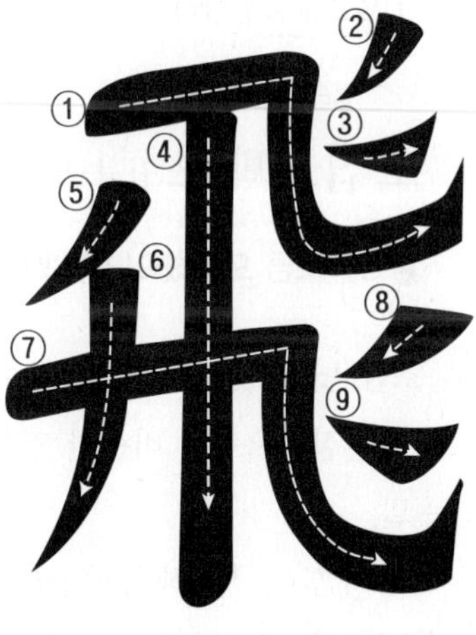

새가 날개를 활짝 펴고 나는 모습을 그린 '飛(날비)' 는 글꼴을 정확히 외우기가 쉽지 않다. 깃털이 너무 많은 탓이다. 그래서인지 이 글자를 제대로 쓰는 사람이 많지 않다. 쓴다 해도 어쩐지 예쁘지 않다. 이럴 때는 위 필순筆順에 따라 써보면 균형잡힌 글씨가 되는 것을 금방 확인할 수 있다. 한자의 필순은 이처럼 글씨를 올바로 쓰기 위해 필요하다.

어느 날 까마귀가 배를 쪼아먹고 날아가다 나무를 흔드는 바람에 배가 떨어져 배나무 아래에 있던 뱀이 죽는다. 뱀은 돼지로 다시 태어나고, 뱀을 죽게 한 까마귀는 죽어서 꿩으로 환생한다. 어느 날 그 꿩이 숲속에서 알을 품고 있는데, 위에서 칡뿌리를 캐먹던 돼지가 돌멩이를 건드리는 바람에 꿩을 죽게 한다. 이렇게 죽은 꿩은 다시 사냥꾼으로 태어나 활로 돼지를 쏘아 죽이려 한다. 이를 본 지자대사가 사냥꾼을 불러 '복수의 악순환'을 하지 말라고 했다고 한다.

그러나 사자성어 '오비이락'은 '우연의 일치로 인해 의심을 받는 것'이고, 지자대사의 법문은 '무의미한 복수는 삼가야 한다'는 내용이므로 둘은 서로 별개의 것이다.

> 이 법안은 친일 경력자 가운데 군 경력자의 조사 기준을 중령에서 소위 이상으로 넓히고 있다. 이렇게 되면 일본군 중위를 지낸 박정희 전 대통령도 조사 대상에 포함된다. 이것 역시 오비이락일 것이다. 문화일보 040726

오십보백보五十步百步

조금 도망쳤으니 떳떳하다고?

조금 낫고 못한 정도의 차이는 있으나 본질적으로는 비슷한 것을 뜻하는 말.

『맹자孟子』「양혜왕편梁惠王篇」에 나오는 말로, 전장에서 오십 보 도망친 것이나 백 보 도망친 것이나 도망쳤다는 점에서는 차이가 없다는 뜻이다. 어느 날 혜왕이 맹자에게 "나는 이웃나라 제왕 이상으로 정치에 마음을 쓰고 있는데, 왜 그 나라 백성들

김대중 정권 초기인 1998년 4월 실시된 보궐선거에서 한나라당이 완승하기는 했으나, 결국 지역주의가 심화되었음을 풍자한 신경무 화백의 『조선만평』(조선일보 1998.4.3). '오십보백보'는 이처럼 '잘못한 것이 별 차이가 없는 경우'를 가리킬 때만 써야 한다.

이 우리나라로 넘어오지 않을까?" 하고 묻자, 맹자는 "그렇기는 하지만 이웃 나라 왕들과 큰 차이가 없는 정치입니다"라고 꼬집으면서 "전장에서 오십 보 도망친 자가 백 보 도망친 자를 겁쟁이라고 비웃었지만, 도망쳤다는 점에서는 오십 보나 백 보나 큰 차이가 없다"고 말한 것이다.

따라서 '오십보백보'는 양쪽이 본질적으로 큰 차이가 없는 것을 비유할 때 쓰는 말이지만, 양쪽 모두 '잘못한 경우'를 가리킬 때만 사용해야 한다. 흔히 '별 차이가 없다'는 뜻으로만 알고, 똑같이 뛰어난 경우에도 이를 갖다 대는 수가 있으나 이렇게 하면 원전을 올바로 인용하는 것이 아니다. 그럴 때는 '우열을 가리기 힘들다'로 써야 한다.

→ 우열을 가리기 힘든

| 일등과 이등의 득점차는 극히 미미해 실력은 완전히 오십보백보의 상황에 있다.

오월동주吳越同舟

겁먹고 망설이면 죽지만
즉시 대응하면 살길이 있다

사이가 나쁜 사람이 어려움을 당해 서로 협력해야 하는 상황을 일컫는 말.

원수지간인 오吳나라 사람과 월越나라 사람이 같은 배同舟를 타고 있다는 말이다. 이렇게 되면 만일의 경우 서로 협력하지 않으면 안 된다는 뜻으로, 손무孫武가 『손자병법』「구지편九地篇」에 적은 말이다. 즉, 전장에는 아홉 가지 땅(九地)이 있는데, 그 아홉 번째 땅을 '사지死地'라 한다. 그러나 아무리 사지라 하더라도 들어가면 반드시 죽는

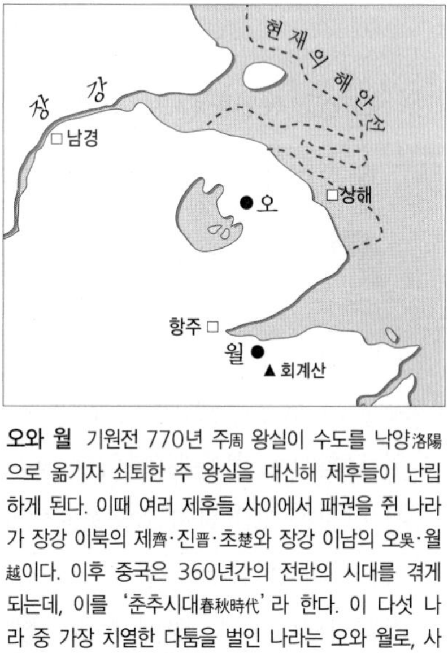

오와 월 기원전 770년 주周 왕실이 수도를 낙양洛陽으로 옮기자 쇠퇴한 주 왕실을 대신해 제후들이 난립하게 된다. 이때 여러 제후들 사이에서 패권을 쥔 나라가 장강 이북의 제齊·진晋·초楚와 장강 이남의 오吳·월越이다. 이후 중국은 360년간의 전란의 시대를 겪게 되는데, 이를 '춘추시대春秋時代'라 한다. 이 다섯 나라 중 가장 치열한 다툼을 벌인 나라는 오와 월로, 사자성어 '와신상담臥薪嘗膽' '오월동주吳越同舟'는 이들의 쟁투에서 비롯됐다.

것이 아니라, 망설이지 않고 즉시 대응하면 살 수 있다며, 오나라 사람과 월나라 사람의 예를 들어 설명한 것이다. 내용은 다음과 같다.

"병사를 쓰는 데는 아홉 가지 지地가 있다. 그중 마지막 지를 사지라 하는데, 주저 없이 일어서 싸우면 살길이 있지만 겁을 먹고 망설이면 패망하는 필사必死의 지다. 따라서 사지에 있을 때는 병사와 장수가 한 뜻이 되어야 한다. 이때 유능한 장수는 군사를 솔연率然처럼 다룬다. 솔연은 상산常山에 사는 큰 뱀인데, 머리를 치면 꼬리로 공격하고 꼬리를 치면 머리로 공격하고, 몸통을 치면 머리와 꼬리로 공격한다. 예부터 오나라 사람과 월나라 사람은 서로 적대시했다. 그러나 이들이 한 배를 타고 가다 비바람을 만난다면 두 사람은 평소의 적개심을 잊고 서로 왼손 오른손이 되어 필사적으로 도울 것이다." ➡ 와신상담, 장사진

> 오바마 미국 대통령 당선인은 국무장관에 힐러리 클린턴 상원의원을 지명했다. 오월동주에 비견되는 오바마 당선인의 힐러리 국무장관 지명을 두고 뉴욕타임스 등은 '최대의 정치적 도박'이라고 평가했다. 동아일보 081202

오이밭에서는 짚신을 고쳐신지 말고 오얏나무 밑에서는 갓을 고쳐쓰지 말라

배나무 밑에서 신발끈을 맨다니…

『문선文選』의 「군자행君子行」에 실려 있는 '과전불납리 이하부정관瓜田不納履 李下不整冠'을 풀어 쓴 말이다. 제齊나라 위왕威王의 후궁 우희虞姬가 간신의 모함으로 불륜의 혐의를 받자 "억울합니다. 제게 죄가 있다면 오이밭에서 짚신을 고쳐신지 말고瓜田不納履, 오얏(자두)나무 아래서 갓을 고쳐쓰지 말라李下不整冠 했듯이 남들이 의심할 일을 피했어야 하는데, 그러지 못했다는 것뿐입니다"라고 왕에게 읍소했다는 고사에서 왔다. 오이밭에서 신발끈을 고쳐매거나, 오얏나무 밑에서 갓을 고쳐쓰다 보면 자기도 몰래 탐심貪心이

생길 수 있음을 경계한 말이다.

이 말을 글에 인용할 때는 자칫 '오이밭에서는 갓끈도 고쳐쓰지 말라고 했는데…' 라거나 '오얏나무 밑에서 신발끈을 맸다는 오해를 받기에 충분하다' 처럼 호응을 잘못하는 경우가 있으므로 주의해야 한다. 또 '오얏李(리)'를 '배나무梨(리)' 로 생각해 '배나무 아래서는 갓끈을 매지 말라는 속담이 있다' 처럼 잘못 쓰는 경우도 있다.

→ 오얏나무 밑 / → 오이밭

| 오이밭 에서는 갓을 고쳐쓰지 말고 오얏나무 아래 에서는 신발끈을 고쳐매지 않는다는 말에는 세상 살아가는 이치를 터득한 선인들의 지혜가 담겨 있다.

오장육부 五臟六腑

허준이 사람의 배를 갈랐다고?

한의학에서 말하는 인체 내장기관의 총칭. 뱃속 전체.

'오장' 은 간장肝臟, 심장心臟, 폐장肺臟, 신장腎臟, 비장脾臟을 말하고, '육부' 는 대장大腸, 소장小腸, 위胃, 담膽, 방광膀胱, 삼초三焦를 말한다. 이중 생소한 것은 '비장' 과 '삼초' 다.

국어사전을 찾아보면 비장은 '지라' 와 같은 말이라고 되어 있지만, 한의학에서 말하는 지라는 국어사전에 올라 있는 지라와는 다르다. 즉, 한의학에서의 비장은 소화기능을 총괄하지만, 양의학에서 말하는 비장은 면역세포를 활성화하는 기능을 한다. 따라서 양의학자들은 "비장은 한의학과 양의학에서 같은 이름을 쓰지만, 서로 다른 장기로, 한의학에서 말하는

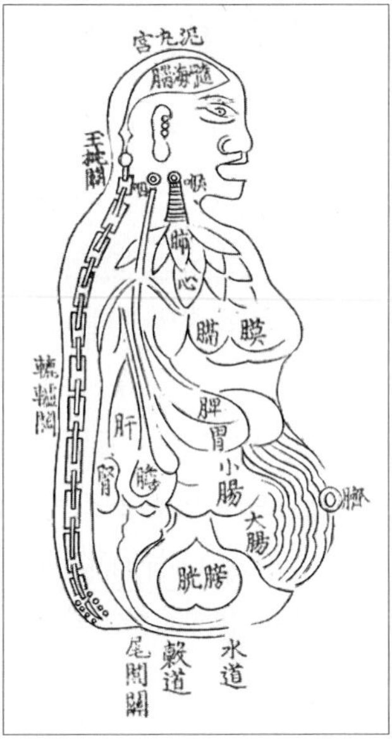

허준의 『동의보감東醫寶鑑』에 실려 있는 신형장부도身形臟腑圖. 위쪽의 肺(폐), 心(심), 脾(비), 肝(간), 腎(신)이 오장이고, 아래쪽의 胃(위), 膽(담), 大腸(대장), 小腸(소장), 膀胱(방광)과 三焦(삼초)가 육부다. 오장육부를 비롯해 여러 신체 부위에는 月이 들어 있는 것을 볼 수 있다. 이것은 고깃덩어리를 본뜬 글자로, 초승달의 모습을 본뜬 '달월' 과 구분하기 위해서 '육肉달월' 이라 부른다.

비장은 췌장膵臟이다"라고 말한다.

삼초는 해부학상의 특정기관이 아니라 부위를 지칭한다. 즉, 상초上焦는 횡격막 윗부분(호흡계), 중초中焦는 횡격막과 배꼽 사이(소화계), 하초下焦는 배꼽 아래의 부위(비뇨생식계)를 가리킨다. ➡비위

> 나는 시를 쓰는 우매한 처인處人이다. 그러므로 나는 변방을 사랑한다. 이 땅의 변방에 처한 형상들에 배인 선망이 내 시詩의 오장육부요 피톨이다. 나는 그 선혈로 운韻을 짓거나 줄글을 터서 밥과 술을 벌어왔다. 조선일보 110101

오지랖이 넓다

쓸데없이 지나치게 아무 일에나 참견하는 면이 있다. 염치없이 행동하는 면이 있다.

'오지랖'은 '웃옷(맨 겉에 입는 옷)이나 윗도리에 입는 겉옷의 앞자락'을 말한다. 앞자락이 넓은 옷은 그만큼 많이 다른 옷을 덮을 수밖에 없어 오지랖이 넓으면 아무 일에나 쓸데없이 참견한다는 뜻이 되는 것이다. 원래는 부정적인 뜻이지만 지금은 부정적인 의미로는 별로 사용하지 않는다. 자칫 '오지랍'으로 받침을 잘못 쓸 수 있으므로 조심해야 한다.

> 그에게는 오지랖이 넓다는 말이 따라다닌다. 도대체 관여하지 않는 부분이 어디냐는 지적도 있다. 문화예술 활동으로 여겨지지 않는 곳까지 손을 대니 그런 힐난이 있는 듯하다. 한겨레 090930

오징어

녀석이 도적으로 불리는 이유

오징어과의 연체동물.

한자어로는 '오적어烏賊魚'라는 이름을 갖고 있다. '까마귀의 적'이라는 말이다. 그가 왜 이런 이름을 갖게 되었는지 정약전丁若銓의 『자산어보玆山魚

譜』에는 다음과 같은 기사가 적혀 있다.

『남월지南越志』에 이르기를 그 성질이 까마귀를 즐겨 먹어 매일 물 위에 떠 있다가 날아가던 까마귀가 이것을 보고 죽은 줄 알고 쪼면 곧 그 까마귀를 잡아 가지고 물속에 들어가 먹으므로 오적烏賊이라 이름지었는데, '까마귀를 해치는 도적'이라는 뜻이라고 했다.

오징어가 까마귀를 공격하는 모습을 그린 상상도다. 죽은 척 물 위에 떠 있다가 까마귀가 이를 보고 쪼면 순식간에 낚아채 물속으로 들어가는데, 성급한 녀석은 몇 미터를 날아가 낚아채기도 한다.

이를 보면 오징어는 '오적어'가 변화해 생긴 말임을 알 수 있다. 위협을 받으면 항문에서 먹물을 내뿜는다 해서 '묵어墨魚'라는 이름도 갖고 있다. 흔히 이 먹물이 도주를 돕는 연막 역할을 하는 것으로 알고 있는 사람이 많은데, 사실은 자신과 같은 모양의 미끼를 만들어 습격자의 눈을 다른 데로 돌리는 데 쓰인다고 한다.

OK목장

"드디어 왔다, 남자를 결정하는 순간이"

'매우 치열한 싸움터'를 비유하는 말.

1957년에 개봉된 영화 『OK목장의 결투』에서 온 말이다. 서부개척시대의 미국 총잡이들을 무대로 만들어진 이 영화는 애리조나주 툼스톤에서 일어난 실화를 영화화했다.

『OK목장의 결투』의 포스터 왼쪽은 전설적 보안관 와이어트 어프(버트 랭카스터 분)이고, 오른쪽은 치과의사 출신의 총잡이 닥 할리데이(커크 더글러스 분)다. 이 정의의 사나이들이 소도둑 클랜턴(데니스 호퍼 분) 일당과 결투하는 내용을 그린 이 영화는 1881년 툼스톤의 한 마구간에서 일어난 30초간의 총격전을 바탕으로 하고 있다. 영화의 무대가 되었던 툼스톤은 한때 은광이 번성해 수많은 탐광자와 모험가들로 북적였으나, 1890년 은광이 폐광되면서 지금은 인구 1200명의 시골도시로 전락했다. 두 사람 사이에 이런 카피가 적혀 있다. '드디어 왔다. 남자와 남자가 남자를 결정하는 순간이.'

애리조나 남동부에 있는 툼스톤은 19세기에 은광銀鑛이 발견되어 각지에서 수많은 탐광자探鑛者와 모험가들이 몰려드는 바람에 질서가 무너졌다. 이런 무법천지 툼스톤에서 보안관 와이어트 어프와 소도둑 빌리 클랜턴 사이에 1881년 10월 26일 사활을 건 총격전이 일어난다. 결국 총격전은 어프의 승리로 끝났는데, 이때의 일이 사람들에게 점점 미화되어 전해지면서 영화로까지 만들어지게 된 것이다.

그런데 잘 생각해보면 이상한 것이 하나 있다. 즉, '목장' 하면 대부분 목가적牧歌的이고 평화로운 이미지가 떠오르게 마련인데, 이 말에는 '결투' 라는 말이 붙어 있어 전혀 어울리지 않는 조합이 되었다. 그 이유는 이렇다.

이 영화의 원래제목은 『Gunfight at the OK Corral』이다. Corral은 '마구간' '축사' '가축의 우리' 라는 뜻이므로 직역하면 'OK 마구간의 총격전' 정도가 된다. 그러나 이렇게 하면 영화의 성공을 보장할 수 없다고 생각한 일본의 영화수입상이 'corral' 을 '목장' 으로 슬쩍 바꾸어 『OK牧場の決闘』(OK목장의 결투)라는 이름으로 배급했고, 우리도 이를 그대로 따라한 것이다. 사실 영화만이 아니고 책을 만들 때도 이처럼 소비자의 구미에 맞게 제목을 고치는 경우는 허다하다.

> 이들의 싸움은 갈수록 감정적이고 노골적이고 해악적이다. 어찌 보면 세종시는 그동안 안으로만 끓던 두 진영이 마침내 밖으로 뛰쳐나와 죽고 살기를 겨루는 'OK목장' 같다.

옥편玉篇

그 많은 한자를 누가 다 만들었을까?

한자를 부수와 획수에 따라 배열하고 음·뜻·자원字源 등을 설명한 책.

지금은 '한자사전(자전·字典)'을 가리키는 보통명사가 되어 있으나 원래는 543년 중국 고야왕顧野王이 완성한 '한자사전'의 제목이었다. '주옥珠玉 같은 글자들을 모아 엮은篇 책'이란 의미다. 남조 양梁나라의 학자인 고야왕은 당시까지 사용되던 1만6917자의 한자를 총 30권에 수록했으나, 훗날 당唐나라 손강孫强과 송宋나라 진팽년陳彭年이 보강해 수록 자수는 2만2561자로 늘어났다. 그 사이 새로운 한자가 많이 생겼다는 뜻이다.

한자가 어려운 것은, 이처럼 세월이 갈수록 많아지는 자수 때문이기도 하다. 그렇다면 지구상에 한자는 몇 자나 존재할까. 결론부터 말하면, 이에 대해 정확한 수치를 제시할 수 있는 사람은 아무도 없다. 한자란 탄생 이래 끊임없이 만들어지거나 소멸되고 있고, '峯(봉)'과 '峰(봉)'처럼 음과 뜻이 같은데 모양이 조금씩 달라, 이를 별도의 글자로 쳐야 할지 같은 글자로 쳐야 할지에 대한 기준도 모호하기 때문이다(성균관대 전광진 교수).

다만, 지금까지 편찬된 자전을 기준으로 말한다면, 1994년에 중국중화서국中國中華書局에서 만든 『중화자해中華字海』가 최다로, 8만5568자가 실려 있다. 그보다 적은 사례로는 1969년 대만에서 나온 『중문대사전中文大詞典』에 4만9905자, 일본의 모로하시 데쓰지諸橋轍次가 1957년에 펴낸 『대한화자전大漢和字典』에 4만8902자가 실려 있다. 하지만 숫자를 보고 지레 지겨워할 필요는 없다. 한자의 규모가 방대한 것은 사실이지만, 실제 어문생활에 많이 쓰이는 한자는 3000~4000자에 불과하고, 더구나 일반 교양인의 수준에서는 2000자 정도만 알아두면 충분하기 때문이다.

> 김양이 한자실력을 쌓을 수 있었던 건 '나만의 사전'을 만들어 활용한 덕분이다. 김양은 매주 책이나 신문의 사설을 읽고, 새로운 단어가 나올 때마다 옥편을 찾아 단어의 뜻을 정확히 파악한다. 이렇게 익힌 단어는 노트에 한글과 한자어, 뜻과 음을 모두 적고 수시로 본다. 동아일보 091208

와신상담 臥薪嘗膽

그들의 기개로 산다면 이루지 못할 일 있을까?

마음먹은 일을 이루기 위해 온갖 어려움을 참고 견디는 것을 일컫는 말. '땔나무薪 위에서 자고臥 쓸개膽를 핥는다嘗'는 뜻으로, 춘추시대 오吳나라 왕 부차夫差와 월越나라 왕 구천句踐의 이야기가 만들어낸 말이다.

오나라와 월나라는 장강長江 하류에 남북으로 맞서 다투고 있었다. 먼저 오왕 합려闔廬가 월나라로 쳐들어갔으나 크게 패하고 돌아온다. 그러자 합려의 아들 부차는 아버지의 원수를 잊지 않기 위해 '땔나무 위에 자면서' 설욕雪辱을 준비한다. 심지어 그는 자기 방을 드나드는 신하들에게 방문 앞에서 "부차야, 아버지의 원수를 잊었느냐!" 하고 외치게 할 정도였다. 그런 노력 끝에 부차는 회계산會稽山 싸움에서 월나라를 이겨 구천의 무릎을 꿇린다.

포로가 된 구천은 사랑하는 아내 서시西施를 부차에게 빼앗기는 등 온갖 수모를 받는다. 하지만 그는 어떻게든 살아남아야 한다는 일념으로 3년간이나 부차에게 철저히 굴종屈從하며 신하가 될 것을 맹세한다. 그런 자세가 부차의 마음을 움직여 구천은 드디어 월나라로 돌아오는 데 성공한다. 이제 반격해야 할 사람은 구천이다. 그는 수시로 자리 위에 매단 '곰쓸개를 핥으며' 보복의 기회를 노리다 20년 후 부차를 무너뜨린다. ➡오월동주

중국 공영 CCTV가 방영한 드라마 『와신상담』의 포스터다. 왼쪽이 땔나무 위에 자면서 복수심을 불태운 오왕 부차이고(후쥔·胡軍 분), 오른쪽이 곰쓸개를 핥으며 복수심을 불태운 월왕 구천(천다오밍·陳道明 분)이다. 영문제목 'The Great Revival' 아래에 포로로 붙잡힌 구천이 부차에게 모진 굴욕

> 그들이 진정 민주세력이라면 실패에 책임지고 국민의 심판을 받아야 하며, 정권을 야당에 넘겨주고 와신상담하는 것이 정치적 도리이고 민주주의 규칙에 맞는 일이다. 조선일보 070212

Y담

'Yellow paper'의 Y라고?

음담淫談. 음란하고 방탕한 이야기.

'외설猥褻스러운 말'이란 뜻의 일본어 '와이당(猥談·わいだん)'이 전해지는 과정에서 형태를 달리한 말이다. 그렇다면 왜 '외담猥談'이라는 한자가 알파벳 대문자가 결합된 'Y담談'으로 변했을까. 어쩌면 일본어를 아는 사람들이 "와이당~" 하며 음담패설을 늘어놓자, 이를 들은 일본어를 모르는 사람이 선정적인 기사를 다루는 'Yellow paper'의 Y를 연상하여 'Y담'이라고 적은 것이 유포된 것일 수도 있다. 우리말로는 '음담'이나 '육담肉談'이다.

> 매일 저녁 술 마신 남자들이 들어와 음료수만 달랑 한 잔 시켜 놓고 Y담을 늘어놓다 돌아갔다. 그들은 "나도 뱀장어" "내가 몸은 이래도…" 따위의 말을 늘어놓으며 자신을 음흉한 눈길로 쳐다보았다.

김종필 전 총리가 공무원들의 골프 금지 조치를 해제한 것을 Y談이란 말을 넣어 풍자한 정운경 화백의 『왈순아지매』(중앙일보 1998.3.13).

와이셔츠

양복에 받쳐 입는 남자용 셔츠.

언뜻 칼라와 단추선이 Y자 모양이므로 이것을 본뜬 것으로 생각할 수 있으나, 사실은 '하얀 셔츠'란 뜻의 영어 'white shirt'가 변한 말이다. 즉, 미국 사람들이 "화이트 셔츠"라고 말하는 것을 근세 일본인들이 '와이샤쓰ワイシャツ'로 쓰기 시작한 것이다. 지금은 '와이셔츠'로 고쳐 부르고 있다.

> 그는 짙은 청색 정장 안에 스카이블루색의 와이셔츠를 받쳐 입고 있었다. 그리고 트레이드 마크인 잘 다듬은 콧수염과 동그란 뿔테 안경 때문인지 도회적 세련미가 느껴졌다. 대답은 그때나 지금이나 막힘이 없었다. 조선일보 100515

와해瓦解

지붕이 아름다운 건 음양의 조화 때문

조직이나 기능이 급격히 무너짐.

'瓦(와)'는 '기와'의 뜻이고, '解(해)'는 '풀다' '흩어지다'의 뜻이므로 '기와가 와르르 무너지는 것'을 의미한다. 한번 무너진 기왓장은 무용지물이 되므로 '와해'란 곧 끝장을 의미하는 것이다.

'瓦'는 암키와와 수키와가 서로 포개져 있는 모양을 본뜬 글자이고, '解'는 칼刀로 소牛의 뿔角을 자르는 형상을 나타낸 글자다. 원래는 '소를 잡다'는 뜻이었는데, 소를 잡아 각 부분을 분리하는 모습이 해체하는 것과 같다 해서 '풀다' '흩어지다'의 뜻이 되었다.

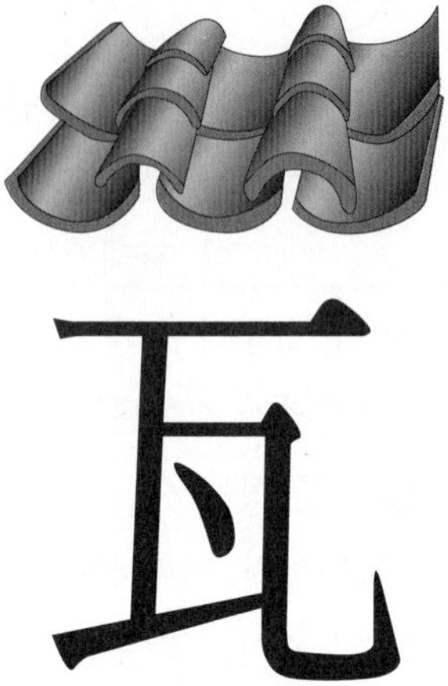

위쪽은 지붕 위에 암키와와 수키와가 포개져 있는 모습이다. 아래를 보고 있는 것이 수키와, 위를 보고 있는 것이 암키와다. 瓦(기와와)는 바로 이 모습을 본뜬 글자다(아래쪽).

> 사회주의 혁명을 공개리에 밝히며 계급전쟁론까지 선포한 사노맹의 잔존세력이 무더기로 붙잡혔다. 이로써 이 조직은 사실상 와해 상태에 이르렀다. 한국일보 920501

완벽完璧

구슬에 목숨 건 한 외교관 이야기

결함이 없이 완전함.

'璧(벽)'은 '구슬'의 뜻이므로 직역하면 '완전한 구슬'이다. 이것이 다소 엉뚱하게 위의 뜻이 된 것은 『사기史記』「인상여열전藺相如列傳」에 나오는 다음과 같은 이야기에서 비롯됐다.

전국시대 조趙나라의 혜왕惠王은 화씨벽和氏璧이라는 귀한 구슬을 가지고 있었다. 소문을 들은 진秦나라 소왕昭王은 자기 영내의 15개 성과 바꾸자고 제안한다. 이에 혜왕은 고민하지 않을 수 없었다. 성을 준다는 것은 거짓이 분명했기 때문이다. 그렇다고 구슬을 내주지 않을 수도 없었다. 그렇게 되면 소왕이 자신들을 공격할 것이기 때문이다. 이 진퇴양난進退兩難의 곤경을 해결한 사람이 인상여藺相如다.

인상여를 모델로 한 우표 중국 국가우정국國家郵政局이 2007년 3월에 발행한 것이다. 인상여는 원래 조나라의 환관인 무현繆賢의 가신이었으나, 진나라와의 이 외교교섭을 성공으로 이끌어 재상이 되었다.

인상여는 혜왕의 명에 따라 진나라로 건너가 소왕에게 화씨벽을 내주었다. 하지만 소왕은 약속한 성을 주지 않고 구슬만 가로채버렸다. 이에 인상여는 목숨을 건 외교활동을 펼친다. 우선 그는 소왕에게 이렇게 말한다. "보석이 훌륭하기는 하지만 중대한 결함이 있습니다. 신이 그것을 보여드리겠으니 잠시 돌려주십시오." 물론 이것은 거짓말이었다. 화씨벽을 돌려받은 인상여는 즉시 기둥으로 다가서서 다시 이렇게 말했다. "대왕께서는 성과 화씨벽을 바꿀 마음이 없으신 것 같은데, 신은 보석을 가지고 돌아가겠습니다. 만약 대왕께서 힘으로 보석을 빼앗으려 하신다면 신은 기둥에 제 머리와 보석을 부딪쳐 가루로 만들어 버리겠습니다."

보석을 가지고 숙소에 돌아온 인상여는 변복한 시종에게 화씨벽을 들려 조나라로 '완전하게' 돌려보낸 뒤, 소왕에게 성을 내줄 것을 다시 청했으나 소왕은 이를 거부했다. 뒤늦게 속은 것을 안 소왕은 인상여를 죽이려 했지만, 결국 명분에 밀려 인상여를 살려 보낸다.

'완벽'은 바로 이 고사에서 온 말로, 원래는 '구슬을 완전하게 지킨다'는 뜻이었는데, 점차 '완전한 구슬' '결점이 없는 것'이라는 뜻으로 사용됐다. '璧'과 '壁'이 비슷해 자칫 '完壁'으로 잘못 쓰기 쉽다. '壁'은 벽돌 등으로 쌓은 '바람벽'을 뜻한다. ➡어부지리, 쌍벽

왜倭

그들의 순한 성품에서 온 말이라고?

예부터 우리나라와 중국에서 일본을 낮추어 부르던 이름.

'왜인倭人' '왜구倭寇' '왜란倭亂' '왜적倭敵' '왜놈倭-' 등은 이런 배경 아래에서 만들어졌다. 그런데 우리나라 사람들은 이런 말이 나오면 '일본인들은 체구가 작다'는 것을 떠올려 한자로 적을 때 '矮人' '矮寇' '矮亂' '矮敵' 처럼 적는 경우가 많다. 그러나 '왜소하다'의 '矮'와 '일본'을 가리키는 '倭'는 완전히 다른 글자다.

중국 『한서漢書』의 지리지地理志에 "낙랑해樂浪海 가운데에 왜인倭人이 있었는데 100여 나라로 나뉘어 있었다"라고 기록된 것이 '倭'의 문헌상 최초의 기록이다. 여기에서도 알 수 있듯이 처음부터 '倭'에 경멸의 뜻이 있었던 것은 아니다. 7세기 중반 '일본日本'으로 고쳐 부르기까지는 일본인들 스스로도 '倭'라 부른 것으로 보아 '倭'에 비하의 뜻이 가미된 것은 훨씬 뒤의 일이다.

문신을 한 왜인 고대일본인들을 왜 '倭'라고 했는가에 대해서는 주장이 분분하다. 그중 하나는 위나라 여순의 문신이론이다. 즉, 고대일본인들은 얼굴에 문신을 하고 다녔는데, 중국인들은 이를 '위면委面'이라 했고, 이 '위면'의 委가 倭로 변했다는 것이다. 사진은 일본 고분시대 토용(土俑·하니와)에 나타나 있는 왜인의 안면문신(경면문신) 모습이다. 한반도에서 건너간 기마족은 이들 남방계 미개인들을 정복하고 7세기경 '일본'을 만들었다.

왜 '倭'라는 이름이 생겼는가에 대해서는 여러 가지 주장이 있다. 예를 들어 삼국시대 위魏나라 관리인 여순如淳은, "얼굴에 먹물을 집어넣는 고대 일본인들의 풍습에서 왔다"고 했다. 즉, 고대 일본인들은 얼굴에 문신(黥面文身·경면문신)을 하고 다녔는데, 중국인들은 이를 '위면委面'이라 했고, 이 '위면'의 委가 倭로 바뀌었다는 것이다.

15세기 일본의 학자인 이치조 가네요시一條兼良는 『설문해자說文解字』(후한의 허신이 쓴 문자해

설서)의 倭의 풀이가 '종순從順하다'로 되어 있으므로 '(倭는) 일본인들의 순한 성품' 때문에 나온 말이라고 했다. 그런가 하면, 에도시대 유학자인 기노시타 준안木下順庵은 '일본인들은 체구가 왜소矮小하기 때문에 중국인들이 '왜인矮人'이라 불렀는데, 이 矮가 倭로 변한 것'이라고 했다. 어느 쪽이 사실인지는 알 수가 없다.

> 최초의 수신사로 일본에 간 김기수는 주체성이 대단한 외교관이었다. 일본 여관에 유할 때 목욕을 권하자 조선 바지 저고리를 입은 채 욕탕에 든 분이다. 왜물을 살갗에 직접 대는 것을 욕된 일이라 생각했기 때문이다.

'외곬'과 '외골수'

'외골수'를 '외곬수'로 적는 예가 허다하다. 대체로 10명 중 4~5명은 그렇게 적는 것 같다.

'외곬'은 '외길' '외아들' 처럼 '하나만으로 되어 있음'을 뜻하는 '외'와, '한 방향으로 트여 나가는 길'이라는 뜻의 '곬'이 결합된 말로, ① '한 곳으로만 통한 길'이라는 뜻과, ② '단 한 가지 방법이나 방향'이라는 두 가지 뜻이 있다. ②의 뜻으로는 주로 '외곬으로'의 형태로 부사처럼 쓰이는 경우가 많다. '그는 다만 외곬으로 물건을 파는 데 열심일 뿐이었다' 같은 문장이 그런 예다.

이에 대해 '외골수'는 '한 가지에만 매달려 융통성이 없고 편협한 사람'이라는 뜻으로, '외'와 '골수骨髓'의 결합이다. 이때의 골수는 '마음속'이라는 뜻이다. '골수에 사무치다'의 '골수'와 같은 쓰임새다. 자칫 '외곬수'로 잘못 적을 수 있다.

> 전후로만 움직이면 경제발전이냐 후퇴냐 하는 경제논리만 남는다. 한 사회를 이끌어가자면 좌우 · 상하 · 전후를 총체적으로 보지 않고서는 외곬사회가 된다.

> 그는 남이 알아주든 말든 치열한 작가 정신으로 고독과 소외를 넘어섰다. 그 증거를 모은 이번 전시는 '화가는 무엇으로 사는가'를 새삼 돌아보게 한다. 자신이 원하는 것을 분명히 알고, 평생 그 길을 고집한 외골수. 그는 누구보다 행복한 화가였다. 동아일보 081111

요지경瑤池鏡

서왕모가 쓰던 거울이라고?

상자 앞면에 확대경을 달고 그 안에 여러 가지 그림을 넣어 들여다보게 한 장치.

환등기나 영사기가 나오기 전에 유행했던 물건이다. '요지'란 '아름다운瑤 연못池'이란 뜻으로, 일설에 따르면, 서왕모(西王母·중국 신화에 나오는 神女)가 사용하는 거울을 이렇게 불렀다고 한다.

요지경을 보는 사람들 요지경은 당나라 때부터 시작된 일종의 '길거리 영화'로, 일정한 스토리가 있는 그림을 넣은 상자 안을 확대경을 통해 밖에서 들여다보도록 되어 있다. 그림은 1860년대 길거리에서 요지경을 보는 중국 사람들의 모습이다.

너비 약 1m 남짓한 이동식 상자 안에 여러 가지 그림을 넣어 두고 밖에서 확대경을 통해 들여다보는 구조로 되어 있다. 그림은 일정한 스토리가 있는데, 이것을 요지경 운영자가 줄을 당겨 바꿔가면서 변사辯士처럼 설명해준다. 하지만 아무래도 영화와 달리 충분히 설명할 수 없고 생략이 많기 때문에 '내용이 알쏭달쏭해 뭐가 뭔지 이해할 수 없음', '복잡하고 혼란스러워 갈피를 잡을 수 없음', '천태만상의 세태' 등을 비유하는 말로 사용되었다.

> 그 시절에는 징집영장이 나와도 군대에 안 간 사람들이 많았다. 집안에 돈 있고 백 있는 사람은 안 갔다. 요지경 속이었다. 조선일보 110605

용빼는 재주

봄이 되면 새 뿔이 돋아나고…

아주 뛰어난 재주.

'茸(용)'은 새로 돋아나는 사슴의 연한 뿔을 가리킨다. 사슴鹿은 봄이 되면 오래된 뿔은 떨어지고 새로운 뿔이 돋아나는데, 새 뿔을 강제로 잘라 말린 것이 보약으로 쓰이는 녹용鹿茸이다. 이 뿔이 완전히 자라 자연적으로 탈락한 것은 '녹각鹿角'이라 한다. 녹용과 녹각의 약효 차는 크다.

그림 채정수

사슴 이렇게 뿔이 많은 놈은 수컷이다. 암컷은 뿔이 없다. 수컷에게 뿔이 있는 것은 발정기에 암컷을 차지하기 위해서다. 수사슴의 뿔은 봄이 되면 오래된 것은 떨어지고 새로운 것이 돋아나는데, 새로 돋아나 2~3개월 지났을 때, 그러니까 혈액이나 신경이 살아 있을 때 강제로 잘라 말린 것이 보약으로 쓰이는 녹용이다. 녹각은 이 사슴뿔이 가을이 되어 단단하게 각질화角質化한 것으로, 약효가 별로 없다.

'용빼는 재주'란 이와 같이 살아있는 사슴으로부터 녹용을 강제로 잘라내기 위해서는 아주 뛰어난 솜씨가 있어야 한다 해서 생긴 말이다. '용빼는 재간' '용빼는 수'도 같은 배경에서 나온 말이다.

> 일간지가 속보에서 이슈 파이팅과 해설기획으로 방향을 틀고, TV마저 포털에 밀려 80초 스트레이트 리포트의 유용성을 고민하는 마당에 무슨 용빼는 재주가 있다고 주·월간지 기자가 한 주, 한 달 뒤의 일을 예측하겠는가. 그건 점쟁이가 할 일이다. 경향신문 100519

우레

천둥.

'울게 → 울에 → 우레'의 과정으로 변화된 말이다. 15세기 이전에 쓰였던 '울게'는 '울다鳴'의 어간 '울'에 명사화접미사 '게'가 붙은 것이고, 이것이 약간씩 모양을 달리해 '울에' '우레'가 되었다. 1988년 한글맞춤법이 개정되기 이전에는 '천둥雷이 칠 때는 번개와 비雨를 몰아온다' 해서 '우뢰雨雷'라고 썼으나 지금은 '우레'를 표준어로 삼고 있다.

> 장내 아나운서가 "분단국인 남한과 북한의 선수단이 하나의 코리아 팀으로 입장한다"고 말하는 순간, 스탠드를 가득 메운 11만 관중의 우뢰와 같은 박수가 터져나왔다.
> ↳우레

운칠기삼運七技三

이병철 회장이 만든 말이라고?

'어떤 일을 하는 데 있어서 능력보다 운이 크게 작용함' 을 일컫는 말.

마작·화투 등 도박판에서 생긴 말로, '운運이 7할, 기술技術이 3할' 이라는 뜻이다. 지금은 도박판 이외에서도 들을 수 있는 말이나 국어사전에는 올라 있지 않다. 경마장에서 쓰는 '마칠인삼(馬七人三·말 탓이 7할, 사람 탓이 3할)' 이나 '마칠기삼(馬七騎三·말 탓이 7할, 기수 탓이 3할)' 은 여기에서 파생됐다. 이병철 전 삼성그룹 회장이 이 말을 자주 썼기 때문에 일부에서는 이 회장이 만든 말이라고 말하기도 하나 사실이 아니다. '우공이산愚公移山', 즉, '어리석은 사람愚公이 산을 옮긴다移山' 는 말과는 대조되는 말이다.

> 골프 마니아들에게는 계절이 따로 없다. 운칠기삼의 요행수가 샷의 운명을 결정하는 겨울골프지만 나름대로의 독특한 맛은 우리나라가 아니면 경험할 수 없는 상쾌한 레크리에이션이다.

원기元氣

일본인들이 자주 쓰면 무조건 일본어라고?

활동의 근본이 되는 기력. 건강한 모양.

일본인들이 'お元氣ですか(오겐키데스카·안녕하십니까)' 처럼 인사말 등에 일상적으로 사용하기 때문에 일본어에서 왔을 것으로 생각하는 사람이 많으나, 사실은 아주 오래전에 중국에서 만들어진 말이다. 『한서(漢書·전한의 역사서)』 등에 '천지자연의 근본 정기精氣', '사람의 정신이나 정기' 라는 뜻으로 쓰인 용례가 있다. 한의학에서는 '사기(邪氣·병을 일으키는 각종 외적 요인)' 의 반대개념으로 쓰기도 한다.

> 겨우내 추위에 지친 몸과 잃어버린 원기를 회복하기 위해서 보약을 찾는 사람들이 부쩍 늘었다. 그러나 보약은 사람에 따라 처방이 다르므로 정확한 처방에 따라 복용해야 한다.

원조교제援助交際

주로 18세 미만의 여학생이 돈을 벌 목적으로 중년의 남자를 만나 부적절한 관계를 맺는 행위.

'엔조코사이(援助交際·えんじょこうさい)'라 부르는 일본의 일탈된 문화가 90년대 중반 그 이름과 함께 우리나라에 상륙한 것이다. 원래는 일본의 젊은이들이 사용하는 은어였는데, 1996년에 출간된 구로누마 가쓰시黑沼克史의 『원조교제-여자중고생의 위험한 방과후』란 책이 대량으로 팔리면서 겉으로 드러났다. '원조'란 말이 붙은 것은, 기력이 쇠퇴하고 인생의 목표를 이루지 못한 중년 남성의 허무감을 달래준다는 동정적 생각이 조어에 반영됐기 때문이다.

월하노인月下老人

사람 팔자는 아무도 모른다

남녀의 인연을 맺어주는 사람. 중매쟁이.

한자 그대로 직역하면 '달 아래 노인'이다. 이것이 이런 뜻이 된 것은 『속유괴록(續幽怪錄·당나라 때 나온 문어체 전기소설)』에 나오는 다음과 같은 이야기 때문이다.

당唐나라의 위고韋固가 여관에 묵다 달빛 아래에서 한 노인이 큼직한 보따리에 기대 책을 읽고 있는 것을 보았다. 보따리 속에 빨간 끈이 있기에 무엇이냐고 묻자, 노인은 "부부를 맺어 주는 끈인데, 내가 두 사람의 발을 묶기만 하면 부부가 된다"고 말하는 것이었다. 위고는 노인의 말이 하도 신기해서 따라나섰는데, 저잣거리에 이르자 웬 맹인이 세 살짜리 여아를 안고 더듬거리며 지나갔다. 그때 노인은 위고를 보며 "저 여자아이가 앞으로 자네 부인이 될 걸세"라고 말했다. 위고는 쓸데없는 소리라고 생각했으나 14년 뒤 실제로 그 여자와 결혼하게 됐다고 한다.

'월하빙인月下氷人'도 중매쟁이를 일컫는 말이나 이야기는 약간 다르다. 진晉나라에 삭담索紞이라는 점쟁이가 있었다. 어느 날 그에게 호책狐策이라는 사람이 찾아와 "얼음 위에 서서 얼음 아래에 있는 사람과 대화를 나누는 꿈을 꾸었으니 이를 풀어달라"고 청했다. 그러자 삭담은 "얼음의 위와 아래는 음과 양이기 때문에 당신이 누군가의 중매를 서게 될 것이다"라고 풀이했다. 그런데 실제로 호책이 태수의 아들을 중매서게 됐다고 한다.

> 미혼남녀가 유달리 많은 KT의 경우, 상관이 사내 연애를 주선하는 경우가 많다. KT 본사의 이창섭·박기주 커플은 월하노인이 된 직장상사 덕분에 공개적으로 사내 연애를 하다 결혼한 케이스이다. 경향신문 020429

'웬'과 '왠'

핵심은 'what'과 'why'의 차이다

'그 친구는 □지 마음에 안 든다.'

이 문장의 □에 넣을 말은 '웬'과 '왠' 중 어느 것일까. 정확한 통계는 아니지만 대개 10명 중 3명은 '웬'을 집어넣는다. 그러나 정답은 '왠'이다.

'웬'은 '어찌된' '무슨' '어떠한'의 뜻인 관형사이다. 따라서 이 말은 '웬 일이냐?', '웬 사람이 그렇게 나약하냐?'처럼 반드시 뒤에 오는 말을 수식해야 한다. 그에 비해 '왠'은 의문사 '왜'와 어미 'ㄴ지'가 결합된 부사 '왠지'의 일부이다. 따라서 '오늘 밤은 왠지 잠이 오지 않는다'처럼 의문사 '왜'가 필요한 경우에만 쓸 수 있다. '웬'은 'what', '왠'은 'why'의 뜻이라고 이해하면 간단하다.

> 금가락지란 단어에서는 웬지(→왠지) 애잔한 슬픔이 느껴진다. 우리 정서 속에서 금가락지는 단순한 여인의 장신구나 금붙이가 아니다. 이 귀금속의 의미는 다이아몬드나 루비, 진주 따위가 상징하는 부와 풍요로움과는 전혀 다른 것이다.

위기일발危機一髮

뭐! 위기상황에서 일발 장전하는 거라고?

위태로움이 매우 절박한 순간.

아주 무거운 쇳덩이를 '머리털 한 가닥一髮'이 끌어올리고 있어서 당장이라도 끊어질 것 같은 위기危機상황을 비유한 말로, 당나라의 대문호 한유(韓愈·768~824)가 쓴 편지에 나오는 말이다. 내용은 이렇다.

당나라 때 불교가 성행하자 공자孔子의 후계자를 자처하는 한유는 이의 부당함을 주장하다 유배를 가게 된다. 유배지에서 그는 한 스님과 가까이 지냈는데, 그 때문에 그가 불교신자가 됐다는 소문이 돌았다. 이 말을 들은 한 친구가 사실 여부를 묻는 편지를 보내오자 한유는 "불교 때문에 나라 꼴이 만신창이가 되었고, 사직의 위태로움은 머리털 한 가닥에 매달린 천 근 쇳덩이와 같다(一髮千鈞·일발천균)"라는 내용의 답신을 보내 오해를 풀었다. 출전은 한유의 『여맹상서서與孟尙書書』다. 자칫 '危機一發'로 잘못 쓸 수 있으므로 주의해야 한다.

그림 김도원

'위기일발'의 '발'을 '發'(필발)로 알고 있는 사람이 많다. 만일 그런 사람이 이 그림을 본다면 매우 유익할 것이다. 더구나 이 그림은 '머리발'을 어떻게 쓰는지 생각나지 않을 때는 '긴 머리 친구'로 기억하면 된다는 것까지 가르쳐주고 있다. 바로 이것이 도해圖解의 힘이다.

> "뭣들 하는 거야?" 노래를 흥얼거리던 대통령은 이 한 마디를 벽력같이 지른 뒤에는 정 자세 그대로 가만히 있었다. 최후의 대통령을 옆자리에서 가장 냉정하게, 또 가장 정확하게 관찰한 신재순은 "대통령은 그 모양을 보지 않으려는 듯 눈을 감고 정좌를 하고 있었다. 위기일발의 상황에서도 미동도 하지 않았다"고 기억하고 있다. 조선일보 971112

'윗도리'와 '웃도리'

'위·아래' 대립이 없으면 '웃'이다

'윗어른'이냐 '웃어른'이냐처럼 '상上'을 뜻하는 말로 '윗'을 붙여야 할지 '위'를 붙여야 할지, 또는 '웃'을 붙여야 할지 혼동되는 경우가 있다.

이것은 위·아래 대립이 있는 것은 '윗' 또는 '위'를 붙이고, 대립이 없는 것은 '웃'을 붙인다'는 원칙만 알면 간단히 해결된다. 예를 들어 '입술'에는 위·아래의 대립이 있으므로 '윗입술'이지만, '어른'은 '아랫어른'이란 말은 있을 수 없어 위·아래 대립이 없으므로 '웃어른'이라고 해야 한다. '윗도리'와 '웃도리'도 마찬가지다. 윗도리는 '상의' 또는 '허리 윗부분', 아랫도리는 '하의' 또는 '허리 아랫부분'을 가리켜 위·아래 대립이 있으므로 '웃도리'라는 말은 있을 수 없다.

'위'를 쓰는 경우는 위·아래 대립이 있는 경우 중에서 뒤에 된소리(ㄲ·ㄸ·ㅃ 등)나 거센소리(ㅊ·ㅋ·ㅌ·ㅍ)가 이어질 때다. 예를 들어 '상층上層'은 위·아래 대립이 있으므로 '윗층'으로 써야 하지만, '층'이 거센소리로 시작되기 때문에 '위층'으로 적는다. '윗쪽'으로 쓰지 않고 '위쪽'으로 적는 것도 '쪽'이 된소리로 나기 때문이다.

'유관순'과 '류관순'

두음법칙 강요는 기본권·인격권 침해다

정확한 성명표기를 위해서 '성姓'의 두음법칙 적용문제를 알아둘 필요가 있다. 예를 들어 한글맞춤법에 따라 '유관순柳寬順'으로 적을 것이냐, 아니면 유씨 문중이 원하는 대로 '류관순'으로 적을 것이냐의 문제다. 언론학자인 '이영희李泳禧'와 '리영희', 종교가인 '나철羅喆'과 '라철'도 마찬가지다.

그런 성을 가지고 있지 않은 사람들은 별로 관심이 없을 것이지만 당사자들은 매우 중요한 문제로 인식하고 있다. 우리는 오랫동안 씨족 중심의 유교적 가치관 속에서 살고 있어, 누군가가 '류'를 '유'로 적으면 마치 성을 가는 것 같은 모욕을 느끼기 때문이다.

어문규범으로 볼 때는 두음법칙에 따라 '유관순'으로 적는 것이 맞다. 성명은 한 가지로 읽혀야 가치가 있는데, 규범대로 적으면 어떤 사람은 '유'로, 어떤 사람은 '류'로 적는 것을 방지하는 데도 도움이 된다. 이것을 반영한 것이 1996년 공시된 '대법원 호적예규 520호'다. 이 예규에는 한자로 된 성을 한글로 적을 때는 한글맞춤법에 따라 적어야 한다고 되어 있다.

그러나 이 예규가 잘못됐다고 주장하는 사람들이 소송을 제기하자, 최근에는 두음법칙을 무시하고 본음대로 적는 것을 허용하는 판결이 잇따르고 있다. 예를 들어 2006년 6월 대전지법에서는 "柳씨에게 '유'를 쓰도록 강요하는 것은 헌법상의 기본권을 침해하는 것"이라는 판결이 나왔고, 2007년 4월 청주지법에서는 "국가가 '류'가 아닌 '유'로 표기할 것을 강제하면 개인의 정체성에 혼란을 초래하고, 개인의 자기표현에 대한 자기결정권을 핵심으로 하는 인격권을 침해하는 것"이라고 판결했다.

그러나 이 문제는 아직 최종적으로 결정된 게 아니다. 대법원이 한글맞춤법에 의한 성의 한글 표기를 규정한 '대법원 호적예규'를 무효화하기 전까지는 이 예규가 여전히 효력을 지닌다.

유다의 키스

그가 스승을 판 진짜 이유

'배신행위', 또는 '남을 곤경에 빠뜨리기 위해 은밀히 하는 악행'을 비유하는 말.

예수의 열두 제자 중 하나인 가롯유다가 예수를 잡으러 온 로마병정 앞에서 키스를 해 보임으로써 예수가 누구인지 알려주었다는 『신약성서』의 이야기에서 온 말이다.

'유다'는 '찬양'이란 뜻으로, 우리나라의 '철수'처럼 당시 이스라엘에서

영화 『마태복음』에 나오는 유다의 키스 장면 유다는 이렇게 다정한 키스로 스승을 배신했다. 『마태복음』에는 당시 상황이 이렇게 묘사돼 있다. "예수를 파는 자가 그들에게 군호를 짜 이르되 '내가 입맞추는 자가 그이니 그를 잡으라' 한지라. 곧 예수께 나아와 '랍비여 안녕하시옵니까' 하고 입을 맞추니 예수께서 이르시되 '친구여 네가 무엇을 행하러 왔는지 행하라' 하신데, 이에 그들이 예수께 손을 대 잡는지라….'

는 흔한 이름이었다. 예수의 제자 중에도 '유다'라는 이름을 가진 사람이 둘이나 된다. 여기에서 말하는 '유다'와 『유다서』의 저자로 알려진 '유다'가 그들이다. 성경은 전자를 그가 사는 동네인 '가롯'을 붙여 '가롯유다'로, 후자를 '야고보의 아들 유다'로 구분한다.

가롯유다가 은전 30닢에 예수를 팔아넘긴 이유에 대해서는 여러 가지 주장이 있다. 그중 가장 흥미로운 것은 가롯유다가 '열심당'(熱心黨, 그리스어로는 젤롯당) 소속이란 점과 관련된 이야기다. 열심당이란 마치 일제강점기의 우리나라 독립단체처럼 이스라엘의 독립을 위해 결성된 정치집단을 말하는데, 가롯유다도 그 당원이었다. 그런 그가 예수의 제자가 된 것은, 당시 민중으로부터 폭넓은 지지를 받는 예수를 독립투쟁에 이용하기 위해서였다. 하지만 예수가 그의 뜻대로 움직여주지 않자 예수를 궁지에 빠뜨림으로써 로마와 싸우게 하려 했다는 것이다.

그러나 사태는 유다의 바람과 다르게 흘러갔다. 재판에서 예수에게 십자가형十字架刑이 선고됐기 때문이다. 당시 예수의 처형을 결정한 사람은 로마에서 파견된 팔레스타인 총독 폰티우스 필라투스(Pontius Pilatus·한국어 성서에는 '본디오 빌라도'로 기록)였다. 그는 예수의 활동이 특별히 위험하다고 느끼지는 않았지만, 속주屬州를 다스리기 위해 유대교 지도층과 잘 어울려야 하는 입장 때문에 어쩔 수 없이 예수를 처형했다고 한다.

> 찾아오는 친구들의 발걸음이 점차 뜸해졌다. 사원들은 구실을 붙여 하나둘씩 회사를 떠났다. 그러나 더 중요한 것은 모두 그 앞에서 입을 다물고 말조심한다는 사실이었다. 유다의 키스는 사원이 아니라 사장인 그 친구 자신이 한 셈이다.(『사귐의 힘이 인생을 바꾼다』)

유대인

그들은 왜 떠돌이 민족이 되었을까?

유대교를 믿고, 히브리어를 사용하는 민족.

'유대'는 로마자 표기인 'Judea'를 외래어표기법에 따라 적은 것이다. 원래 발음대로라면 '유대아'라고 해야 하지만 성경에서 '유대인' '유대땅' 등으로 말하는 경우가 많아 관용을 인정해 '유대'로 적는다. '유태'라고도 하는데, 이것은 Judea의 음音을 따 중국에서 '猶太(유태)'라는 한자로 나타낸 것이므로 '유대'가 원음에 더 가까운 셈이다.

'유대인' 하면 곧바로 '이스라엘인'이 떠오르고, 호기심이 있는 사람이라면 "'히브리인'과는 어떤 관계가 있을까" 하는 의문도 생길 것이다. '유대인' '이스라엘인' '히브리인'은 시대에 따라서 부르는 이름이 다를 뿐 같은 민족이다. 그 내력을 설명하면 이렇다.

신의 음성을 듣는 아브라함 갈대아 지방에서 방목하며 살아가는 아브라함에게 여호와는 "나는 네가 나그네살이하는 이 땅, 곧 가나안 땅 전체를 너와 네 뒤에 오는 후손들에게 영원한 소유로 주고, 그들에게 하느님이 되어 주겠다"라며 가나안 지방으로 갈 것을 명령하자 아브라함이 이를 경청하고 있다. 이 그림은 라스트만이 그린 『아브라함의 가나안 여정』(1614)의 일부다.

유대인의 조상은 기원전 2100년경에 살았던 아브라함이다. 그는 갈대아(바빌로니아 남부) 우르에서 방목하면서 살아가는데, 어느 날 여호와(창조주)가 가나안(팔레스타인 지방)으로 갈 것을 명한다. 이에 순종하여 가나안으로 이주한 아브라함은 그곳에서 이삭을 낳고, 이삭은 야곱을 낳고, 야곱은 요셉을 낳는다. 이렇게 하여 세력이 커진 아브라함 일족은 기원전 1044년에 왕국을 건설하게 된다. 그러나 한때 번영을 누리던 왕국은 기원전 931년 유다왕국(남쪽)과 이스라엘왕국(북쪽)으로 분열되기에 이른다. 그리고 유다왕국은 솔로몬왕이 죽은 뒤 기원전 586년 바빌로니아제국에 의해 멸망하고, 그

백성은 포로가 되어 바빌론으로 끌려가거나(이를 '바빌론유수' 라 한다) 세계 각국으로 흩어져 유랑생활을 하게 된다.

같은 민족에 여러 가지 이름이 있는 것은 시대에 따라 달리 불렸기 때문이다. 즉, '히브리인' 은 기원전 2100년경 갈대아 우르에서 방목하던 유목민을 일컫는 말이고, '이스라엘인' 은 기원전 1800년경 가나안에 정착한 아브라함의 자손을 가리키는 말이다. 그리고 '유대인' 은 바빌론유수 이후 세계 각국으로 흩어진 유대왕국의 백성을 일컫는다. ➡엑소더스

> 성경에 노상강도를 만나 다 죽게 된 유대인 이야기가 나온다. 행인들이 그냥 피해 가지만 한 사마리아 사람만이 상처를 싸매주고 여관으로 데려가 보살핀다. 대부분 선진국이 채택하고 있는 '착한 사마리아인 법' 이 여기서 유래한다. 조선일보 050614

유레카

그가 알몸으로 뛰쳐나와 외쳤다는데…

'나는 그것을 발견했도다' 라는 뜻의 그리스어.

지금은 주로 '아이디어 개발이나 발명의 성취' 를 상징하는 말로 쓰인다.

그림 김도원

이 말이 사람들의 입에 오르내리게 된 것은 다음과 같은 에피소드 때문이다.

고대 시칠리아에서 가장 번영했던 시라쿠사에 '히에론 2세' 란 왕이 있었다. 그는 전승을 기념하기 위해 금으로 관을 만들어 신전神殿에 바치기로 했다. 그런데 왕관 제작을 맡은 세공사細工師가 왕관에 은을 섞은 것을 의심하고 아르키메데스를 불러 이를 확인하도록

했다. 아르키메데스는 고민에 빠졌다. 왕관을 부수지 않은 상태에서 검증을 해야 했기 때문이다.

그러던 어느 날 아르키메데스는 욕조에서 자신의 몸이 가벼워지는 것을 보고 역사적인 발견을 하게 된다. 물체의 일부 또는 전체가 유체流體 속에 있을 때 물체에는 그 물체가 차지한 유체의 부피만큼 부력浮力이 작용한다는 원리(아르키메데스의 원리)를 알아낸 것이다. 그는 매우 기쁜 나머지 "유레카Heureka! 유레카!"라고 외치며 알몸으로 거리로 뛰쳐나왔다고 한다. 이 원리는 즉시 왕관에 은이 섞여 있음을 알아내는 데 이용되었고, 나중에는 배 위의 짐무게를 계산하는 데도 이용하게 된다. 하지만 예의 '알몸 쇼'는 훗날 누군가가 만들어 낸 이야기일 가능성이 크다고 한다.

> 호기심은 발견과 발명의 원동력이다. 사과가 왜 땅으로 떨어지는지, 욕조 물이 왜 넘치는지…. 누구나 일상에서 보고 겪는 일이지만 "유레카!"를 외칠 수 있는 사람과 그렇지 못한 사람의 차이는 호기심이 만든다.

유머

뭐? 원래는 의학용어였다고?

품격 있고 지적인 농담.

영어 'humor'에서 온 외래어다. 원래는 고대 그리스 이후 서유럽의 고전적 의학용어로, '체액體液'의 뜻인 'humor(후모르)'라는 라틴어에 뿌리를 두고 있다. 즉, 옛날 서양사람들은 인체를 흐르고 있는 혈액·점액·담즙 등 중요한 체액의 배합 정도에 따라 사람의 기질이나 체질이 결정된다고 생각했는데, 이 'humor'가 14세기에 영어에 들어간 것이 'humor'다.

처음에는 '체액'의 뜻으로만 쓰였으나 점차 '그런 체액이 균형 있게 혼합되면 좋은 기질이 되고, 그렇지 않으면 나쁜 기질이 된다' 해서 '기분'이라는 뜻이 되었다. 이것이 다시 17세기 말에는 '익살' '해학' 등으로 의미가 더욱 발전되어 사용되었다.

유아독존唯我獨尊

부처님이 오만했다는 뜻이라고?

석가의 탄생을 묘사한 탱화 '룸비니동산'(현재의 네팔지역)에서 막 태어난 아기석가모니가 사방으로 일곱 걸음을 걸은 뒤 한 손은 하늘을, 다른 한 손은 땅을 가리키며 "천상천하유아독존!"이라고 외치고 있다. 둥그렇게 앉아 석가모니를 바라보고 있는 이들은 사천왕四天王이고, 그 사이에서 합장하고 있는 이는 마야부인이다. 마야부인은 옆구리로 석가를 낳은 뒤 산고産苦로 일주일 만에 죽었다.

세상에서 자기만 잘났다고 뽐내는 일. '천상천하유아독존天上天下唯我獨尊'이 줄어든 말이다. '천상천하유아독존'이란 석가모니가 태어났을 때 외쳤다고 하는 '탄생게誕生偈'를 말한다. 석가모니는 마야 부인의 뱃속에서 나오자마자 일곱 발짝을 걸어가 한 손으로 하늘을, 다른 한 손으로 땅을 가리키며 이 말을 외쳤다고 한다.

직역하면 '이 세상에서 오직唯 나我만이 존엄하다'는 뜻이므로 언뜻 독재자나 할 수 있는 자기도취로 해석할 수 있는 말이다. 그러나 불교에서는 '인간이라면 누구나 평등하다는 인류 최초의 인권선언'이라고 말한다. 그러니까 '我(아)'를 '석가 자신'으로 볼 것이냐, '인간' 전체로 볼 것이냐의 차이인 셈이다. 만일 불교의 해석을 따른다면 오늘날 '유아독존'을 독선과 아집을 일컫는 말로 이해하는 것은 잘못인 셈이다. '唯我獨存'으로 잘못 쓰는 경우가 많으므로 주의해야 한다. ➡사자후

> G20 서울정상회의 정신에도 보이듯이 이제 세계의 나라들이 유아독존으로 살아가던 시대는 지났다. 세계의 나라들이 공동의 번영을 추구하지 않으면 결국 모두가 손해 보는 시대가 온 것이다. 서울신문 101120

유야무야有耶無耶

있는지 없는지 흐리멍덩한 모양.

일본의 고전 『이세모노가타리伊勢物語』에 실린 '아리야 나시야(有りや無しや)' 라는 노래에서 왔다. '아리야 나시야' 란 '내가 사모하는 사람이 살아있는지 아닌지(또는 '있는지 없는지', '진실인지 아닌지')' 라는 뜻이다. 이것을 한문조로 쓴 것이 '유야무야有耶無耶' 다. '야耶' 는 의문·반어反語·감탄 등의 뜻을 나타내는 어조사다. 『이세모노가타리』는 남녀의 정사情事를 중심으로 풍류적 생활을 노래한 12세기(헤이안시대) 일본 고전극이다. 일본문화에 깊이 뿌리를 둔 말인 만큼 '흐지부지' 로 순화해 쓰는 것이 좋겠다.

| 나는 나의 분노가 정당한지 묻고 또 되물었지만 이대로 유야무야 넘길 수는 없다고 판단했다.
→ 흐지부지

유전무죄有錢無罪 무전유죄無錢有罪

"우리나라는 돈만 있으면 다 된다!"

'돈 있는 사람은 무죄 판결을 받고, 돈 없는 사람은 유죄 판결을 받는다' 는 뜻의 말.

법 집행의 불공정성과 돈이면 다 되는 세태를 풍자한 말로, 서울올림픽이 끝난 직후에 일어난 세칭 '지강헌사건' 의 주범 지강헌池康憲이 말해 유명해졌다. 지강헌사건이란 1988년 10월 미결수未決囚 12명이 서울 영등포교도소에서 공주교도소로 이송되는 도중 탈주해 9일 동안 서울 주택가를 누비며 인질극을 벌인 사건을 말한다.

범인은 주범인 지강헌(당시 35세)을 비롯해 안광술(22세) 한의철(20세) 강영일(21세) 등이다. 안광술은 경찰과 대치하던 중 권총을 머리에 쏘아 자살했는데, 죽기 직전 '권력에 의해서 법을 처리하는 법관들이 저주스럽고 죽이고 싶다. 이 사회는 돈이면 다 되는 세상이다. 돈에 판검사가 매수되다니 말이 되느냐.

전두환 전 대통령이 1995년 12월 3일, 12·12 군사쿠데타(1979) 및 5·18 사건(1980)과 관련된 혐의로 수감되자 자신이 통치권을 행사한 5공의 정통성을 인정받겠다며 옥중 단식에 들어간 것을 풍자한 박재동 화백의 만화(한겨레 95.12.18). 전두환 전 대통령 뒤에 '유권무죄 무권유죄' 라는 말이 한자로 적혀 있다.

모든 판검사를 죽이고 싶다' 라는 유서를 남겼다.

지강헌은 경찰관에게 비지스의 홀리데이 카세트테이프를 요구한 뒤 노래를 들으며 유리조각으로 목을 찔러 자살했다. 문제의 '유전무죄 무전유죄' 는 바로 이때 지강헌이 TV 카메라 앞에서 "우리나라는 돈만 있으면 다 된다. 유전무죄 무전유죄…" 라고 말한 것이 언론에 크게 보도되면서 알려졌다. 훗날 밝혀진 바에 따르면, 지강헌은 500여만원을 훔친 잡범雜犯 수준의 죄로 징역 7년에 보호감호 10년을 선고받았으나, 새마을사업 비리로 70억원을 횡령한 전경환(전두환 전 대통령 동생)은 7년을 선고받고 2년3개월 만에 풀려난 데 불만을 품고 탈주를 감행했다고 한다.

> 돈 있고 힘 있는 이가 호화 별장을 지어도 단속하는 법이 없다. 법도 '유전무죄 무전유죄' 라고 하고 감방 안에도 '범털' 과 '개털' 이 있다더니 우리네 그린벨트에도 귀족과 평민의 구별이 있는가 보다. 조선일보 971021

유토피아

이 세상 어디에도 그런 곳은 없다

이상향理想鄕.

영어 'utopia' 에서 온 외래어로, 16세기 영국의 인문주의자인 토머스 모어가 만든 말이다. 그가 1516년에 쓴 공상소설의 제목이 『유토피아Utopia』였다. 그리스어 'ou' 에 'toppos' 가 합쳐진 말로, 'ou' 는 '없다' 는 뜻이고,

'toppos'는 '장소'라는 뜻이므로 '존재하지 않는 장소', 즉 '어디에도 없는 나라'라는 뜻이 된다.

이 책은 아메리고 베스푸치의 신대륙 탐험을 따라갔다가 귀로에 유토피아섬에 들른 선원들로부터 전해들은 이야기를 적은 것인데, 유토피아섬에는 이상적인 공산제共産制가 채택되어 사유재산이 없고, 가정생활도 건전하며, 대외적인 평화주의나 종교상의 관용도 유지되고 있었다고 한다. 반대말은 '디스토피아Dystopia'이고, 우리말로는 '암흑향暗黑鄕'이다. ➡무릉도원

2010년 들어 야당인 민주당을 필두로 던져지기 시작한 정치권의 포퓰리즘적 무상 공약 시리즈를 비판한 신경무 화백의 『조선만평』(조선일보 2011.1.11). 신 화백은 이를 '유토피아民國'이라고 했다. 유토피아란 '어디에도 없는 나라'라는 뜻이므로 그들의 행동은 모두 '거짓'이란 뜻을 담고 있다.

> 그는 다시는 더러운 세상에 발을 딛지 않겠다며 송아지 한 마리를 지고 여러 날을 산에서 헤맸다. 하지만 신선이 산다는 청학동은 끝내 찾지 못했다. 유토피아는 언제나 상상 속에서만 존재한다. 어디에도 없지만, 어딘가에 꼭 있을 것만 같은 곳이다. 문화일보 061123

육개장

개고기는 한 점도 없는데 웬 '개장'?

소의 살코기를 알맞게 뜯어넣고 파 · 고춧가루 등을 넣어 끓인 국.

'육肉'은 '쇠고기'를 뜻하고, '개장'은 '개고기를 넣고 끓인 장국(醬-)', 즉 '개고깃국'이란 뜻이다. 그렇다면 왜 개고기는 한 점도 들어가지 않았는데 '개장'이란 말과 결합된 것일까.

이에 대해 충북대 조항범趙恒範 교수는 우리 민족이 오랫동안 개장을 애용해 오는 동안 개장의 '개'보다는 '탕(湯·국)'의 의미가 강조되어 '개장'이 '탕'을 뜻하는 말이 되었을 것으로 보고 있다(『우리말 어원이야기』, 문원). 예를

들어 보신탕을 그냥 '탕' 이라 해도 의미가 통하듯이 과거에는 '탕' 하면 '개장' 을 뜻했을 것이란 생각이다. 쇠고기로 끓인 '육탕肉湯' 을 '육개장' 이라 하고, 닭고기로 끓인 '계탕鷄湯' 을 '닭개장' 이라 하는 것은 그런 맥락으로 생각하면 쉽게 이해할 수 있다. 자칫 '육계장' 으로 잘못 적을 수 있으므로 주의해야 한다.

> 여름이 끝난다는 홀가분한 기분으로 식구들에게 보양식을 서비스하자. 삼계탕에 물렸다면 얼큰한 육계장도 괜찮을 것이다.
> → 육개장

'6·25전쟁' 과 '한국전쟁'

도대체 이념이 뭐길래…

1950년 6월 25일 북한의 남침南侵으로 일어난 전쟁이다. 이것을 부르는 흐름에는 두 가지가 있다. 하나는 '6·25' 를 앞세워 '6·25' '6·25사변' '6·25동란' '6·25전쟁' 으로 부르는 흐름이고, 다른 하나는 '한국' 을 앞세워 '한국전쟁' '한국동란' 으로 부르는 흐름이다.

전쟁 발발 직후부터 80년대 말까지는 특별한 원칙 없이 '6·25' '6·25사변' '6·25동란' '한국전쟁' '한국동란' 으로 불렸다. 그러나 1991년 북한의 유엔 가입 이후에는 '6·25' 를 앞세운 이름들은 '6·25전쟁' 으로 통일됐다. '전쟁戰爭' '사변事變' '동란動亂' 을 구분하는 핵심은 전쟁을 일으킨 당사자를 '국가' 로 볼 것이냐의 문제인데, 북한이 유엔에 가입함으로써 '전쟁' 이란 말을 쓸 수 있게 된 것이다. 그러니까 90년대 이후에는 이렇게 만들어진 '6·25전쟁' 과 기존의 '한국전쟁' 의 두 가지로만 불리게 되었다.

그런데 2000년대 들어 이 둘 중 어떤 이름으로 부르는 것이 옳은지에 대한 논쟁이 붙어 있다. 양쪽의 주장에는 각기 일리가 있다. '6·25전쟁' 으로 해야 한다는 사람들의 논리는 "'한국전쟁' 으로 하면 전쟁을 일으킨 주체나 시기가 모호해진다"는 것이고, '한국전쟁' 으로 해야 한다는 사람들의 논리는 "'6·25전쟁' 으로 하면 전쟁을 개시한 쪽에 대한 책임이 강조되므로 중립적이지 않다"는 것이다. 이른바 이념의 문제인 셈이다.

유엔總會에서
트大統領演說
韓國戰爭이 산敎訓
軍力强化로 侵略防止
六·二五事變戰禍全貌
人命被害十五萬

전쟁 후 발행된 조선일보를 보면 전쟁 발발 직후부터 80년대 말까지는 특별한 원칙 없이 '6·25사변' '6·25동란' '한국전쟁' '한국동란' 으로 썼음을 알 수 있다. 그러다 90년대 이후에는 '6·25전쟁' 과 '한국전쟁' 의 두 가지로만 불리게 됐고, 2000년대 들어서는 이 둘 중 어느 것이 옳으냐에 대한 논쟁이 붙어 있다. 그 중심에는 대한민국 특유의 이념理念 문제가 있다. 왼쪽은 '한국전쟁' 으로 적은 1950년 10월 26일자 제목과 기사이고, 오른쪽은 '6·25사변' 으로 적은 1950년 11월 4일자 제목이다.

이해도理解度 측면에서 보려는 사람들도 있다. 즉, '6·25전쟁' 이 맞다는 사람들은 "'한국전쟁' 으로 하면 '한국이 일으킨 전쟁' 처럼 전쟁 책임이 뒤바뀌어 이해될 수 있다"것이고, '한국전쟁' 이 맞다는 사람들은 "사실상의 국제전쟁인 이 전쟁은 국제학계에서 오랫동안 '한국전쟁Korean War' 으로 알려져 있어 '6·25전쟁' 으로 하면 이해도가 떨어진다"는 것이다.

현재 초·중·고등학교 교과서는 '6·25전쟁' 으로 쓰고 있으나 인터넷상에서는 '6·25전쟁' 보다 '한국전쟁' 을 10배 이상 많이 쓰고 있다. 국사편찬위원회와 국방부는 '6·25전쟁' 을 공식 명칭으로 쓰도록 하고 있다.

육탄肉彈

그때, 병사들의 시체가 산을 이뤘다

육체를 탄알 삼아 적진에 돌진하는 일.

'육탄공격' '육탄저지' 등의 형식으로 쓰인다. 매우 처참한 느낌을 주는 이 말은 1901년에 발매된 일본 작가 사쿠라이 다다요시櫻井忠溫의 『육탄肉

彈』이 인기를 끌면서 사용되기 시작한 말이다. 러일전쟁 중 가장 치열했던 여순전투旅順戰鬪를 그린 책으로, 병사들의 시체가 산을 이루는 등 처참했던 당시의 모습이 잘 묘사되어 있다. 2차대전 때 이 같은 전투법은 '가미카제神風' '인간어뢰人間魚雷' 같은 형태로 구체화되었다.

> '떨이세일'을 유언으로 남기고 가게 문을 닫는 자영업자의 구겨진 얼굴이 매일이다시피 신문 지면을 빛과 그늘로 가른다. 그 사이 영토를 확장해가는 대기업과 거기에 육탄으로 맞서는 중소상인들의 난투극이 끼어든다. 조선일보 110723

『육탄』 영역판 표지 일본의 한 출판사가 이렇게 『Human Bullets』란 제목으로 번역해 세계에 뿌렸다. 니토베 이나조新渡戶稻造의 『무사도』와 함께 일본정신을 잘 드러냈다는 평가를 받고 있는 이 책은 시어도어 루스벨트 미국 대통령이 감명 깊게 읽고 자신의 지인들에게도 읽기를 권한 것으로 알려져 있다.

윤중제輪中堤

왜색어인 것은 확실하지만…

강 가운데 있는 섬의 둘레에 쌓은 둑.

'여의도 윤중제' 등이 이것이다. 그러나 이 말은 '방죽'이라는 좋은 우리말 대신 일본에서 쓰던 말을 들여왔다 해서 구설에 올라 있다. 재야 국어학자 정재도鄭在道 선생은 그 내력에 대해 『신문 · 방송 보도용어순화자료집』(한국교열기자회, 1977)에서 이렇게 설명했다.

> 비탈진 강 어귀에 마을이 생겼을 때 큰물이 들면 강물이 마을로 흘러든다. 그 물을 막으려고 마을과 강 어귀 사이에 둑을 쌓는데, 그 둑을 '방죽'이라 하고, 그 안쪽에 있는 마을을 '방죽골'이라 한다. 이 방죽골을 일본에서는 '와주(輪中 · わじゅう)'라 한다. 그리고 '와주'를 둘러싸고 있는 방죽을 '와주테이(輪中堤 · わじゅうてい)'라 한다. 1968년 여의도에 '섬둑'을 쌓았다. 그 섬둑을 '방죽'이라 해도 되는데, 우리 공무원들은 우리말을 싫어해 왜말인 '와주테이'를 갖다 '윤중제'라 했다.

옳은 지적이다. 그러나 말이란 마치 콘크리트와 같아서 굳어지기 전에 바로잡지 못하면 고치는 데 혼란이 따른다. '윤중제' 란 말이 생긴 것은 1968년이고, 이 말에 문제가 있음이 지적되기 시작한 것은 그로부터 20년이나 지나서였다. 만일 '윤중제' 를 갑자기 '방죽' 으로 바꾸어버린다면 '윤중초등학교' '윤중중학교' 등 '윤중제' 를 딴 고유명사들은 어떻게 할 것인가 하는 문제도 생긴다. 한국땅이름학회가 1986년 서울시에 건의해서 '여의방죽' 으로 고치도록 했으나 지금껏 '윤중제' 를 그대로 쓰고 있는 것은 바로 그런 복잡함 때문이다. 국어사전 중에는 한글학회의 『우리말큰사전』(1992)만 쓸 수 없는 말로 적고 있고, 다른 국어사전들은 쓸 수 있는 말로 적고 있다.

으악새

뭐! 풀이 슬피 운다고?

'아~ 으악새 슬피 우니 가을인가요…' 로 시작되는 노래(『짝사랑』)로 유명해진 말이다. 김능인이 시를 쓰고, 손목인이 곡을 붙인 옛날노래다. 그렇다면 '으악새' 란 어떤 새를 말하는가.

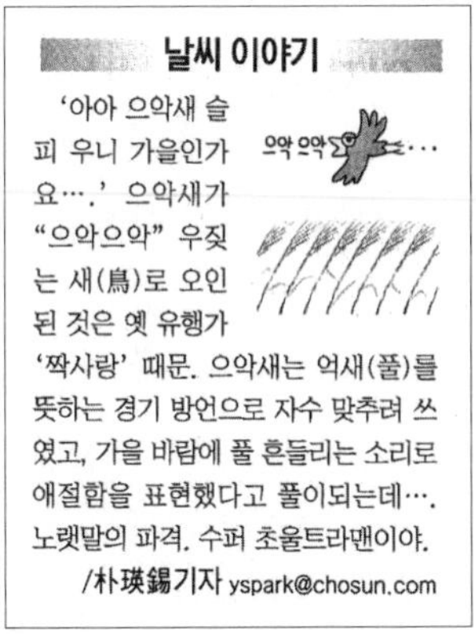

날씨 이야기

'아아 으악새 슬피 우니 가을인가요….' 으악새가 "으악으악" 우짖는 새(鳥)로 오인된 것은 옛 유행가 '짝사랑' 때문. 으악새는 억새(풀)를 뜻하는 경기 방언으로 자수 맞추려 쓰였고, 가을 바람에 풀 흔들리는 소리로 애절함을 표현했다고 풀이되는데…. 노랫말의 파격. 수퍼 초울트라맨이야.

/朴瑛錫기자 yspark@chosun.com

흘러간 옛노래 『짝사랑』의 '으악새' 가 사실은 새가 아니라 풀이름이었다는 항간의 소문을 거론하며 가을의 쓸쓸한 정경을 묘사한 조선일보 2000년 10월 29일자 날씨기사.

한글학회가 펴낸 『우리말큰사전』(1992)을 보면 '으악새' 의 풀이가 두 가지로 올라 있다. 하나는 풀이름인 '억새' 의 사투리이고, 다른 하나는 새이름인 '왜가리' 의 사투리다. 『짝사랑』에 나오는 으악새는 당연히 후자인 '왜가리' 의 사투리이다. 상식적으로 풀이 슬피 울 수는 없기 때문이다.

그런데 이 으악새와 관련하여 재미있는 설이 유포되어 있다. 즉, "으악새는 '억새' (풀)를 뜻하는 경기도 방언으로, 새와는 전혀 관계없는 말인데도, 작곡가가 억새 위에 가을바람이 스치면서 나는 애틋함을 시적으로 표현해

왜가리와 억새 하나는 새이름이고, 하나는 풀이름이다. 그러나 경기도 사람들은 이 둘을 모두 '으악새'라 부른다. 즉, '으악새'는 풀이름 '억새'의 경기방언이자 새이름 '왜가리'의 경기방언이다. 억새를 '으악새'라 하는 것은 '억'의 발음이 어쩌다 '으악~' 하고 길어졌다는 것이고, 왜가리를 '으악새'라 하는 것은 왜가리가 '으악~ 으악~' 하고 운다 한다 해서 '으악새'라 했다는 것이다. 북한 사람들은 '와악~ 와악~' 한다 해서 이 새를 '왁새'라 일컫기도 한다. 왜가리 사진은 조선일보 조인원 기자가 건국대학교 일감호—鑑湖에서 찍은 것이다(2009년 6월).

글자수를 맞추었다"는 것이다. '으악새'가 풀이름 '억새'의 사투리라는 『우리말큰사전』의 첫 번째 풀이를 대입한 해석이다.

하지만 이런 주장을 그대로 믿기에는 무리가 있다. 작곡가는 새로운 말을 만들어낼 수도 있겠지만, 글자수를 맞추기 위해서 억지 이름을 갖다 붙이고, 그것을 사람들이 저항없이 따라불렀다는 것은 납득하기 어렵기 때문이다. 더구나 풀과 새는 완전히 이질적인 것이고, 풀소리를 새소리에 비유했다는 것도 지나친 비약이다. 또 으악새가 풀이라고 한다면 이 노래 2절에 나오는 '아~ 뜸북새 슬피 우니 가을인가요'와 대구를 이룰 수 없다.

은막銀幕

영화의 영사막. 스크린.

'영화'나 '영화계'를 비유적으로 말하기도 한다. 영사막에 알루미늄 가루를 발랐기 때문에 영어로 'silver screen'이라고 하는데, 이것을 직역한 말이다.

은막의 중심에 선 여배우를 보라. 시대는 그의 몸에 흔적을 남기고, 관객은 그의 얼굴에 욕망을 투사한다. 일제강점기 문예봉이 연기한 가난한 농촌 여성은 조선 여인의 원형이 되었다. 경향신문 081106

은하수銀河水

아, 아름다운 은빛 강물 —

'은하'를 강에 비유하여 이르는 말.

그러니까 천구天球상에 남북으로 길게 분포되어 있는 수많은 항성의 무리를 '은하銀河'라 하고, 이 은하를 '은빛 강물'에 비유한 것이 '은하수'다. 한수(漢水·중국 장강의 최대 지류)가 하늘로 올라가 된 것이라 해서 '천한天漢' '은한銀漢' '천강天江' 등으로 불리기도 한다. 영어로는 '젖의 길'이란 뜻의 'Milky Way'라고 하는데, 이런 이름이 붙은 데는 다음과 같은 이야기가 전해지고 있다.

제우스신이 인간과의 사랑으로 낳은 마지막 왕이 헤라클레스다. 제우스는 부인 헤라의 분노를 막기 위해 아들에게 '헤라의 영광'이라는 뜻의 '헤라클레스'라는 이름을 지어 주었으나 헤라는 갖은 수단을 동원하여 아이를 죽이려 하고 젖도 주지 않았다. 이를 보다 못한 전령傳令의 신 헤르메스가 헤라가 잠든 사이에 젖을 물렸다. 아픔에 놀라 눈을 뜬 헤라가 아기를 밀어제쳤는데 아이가 어찌나 세게 빨았던지 여신의 가슴에서 젖이 솟구쳐 흘러내려 은하수가 되었다고 한다.

'은하수'는 천구상의 항성의 무리를 '은빛 강물'에 비유한 말이다. 듣기만 해도 아름다운 광경이 상상되어서인지 이것을 이름으로 쓰는 상품명이 의외로 많다. 사진은 일본의 미네랄 워터 광고 전단이다.

은하의 또 다른 이름인 'Galaxy'도 '젖'이란 뜻의 그리스어 'Gala'에서 왔다.

은행銀行

그의 삶은 우리도 돌아볼 가치가 있다

고객의 예금으로 운영하는 금융기관.

우리나라의 근대적 은행제도는 1878년 일본의 제일은행第一銀行이 부산에 지점을 개설하면서 시작됐으므로 '은행'이라는 말도 일본으로부터 수입된 것으로 보아야 한다.

시부사와 에이이치 그는 1867년 만국박람회 참석차 파리에 갔다가 유럽의 발달된 문물과 자본주의 발전상을 보고 충격을 받는다. 귀국 후 일본제일국립은행을 설립해 총재가 되는 등 공직을 맡았으나, 곧 기업가로 변신해 일본 자본주의의 초석을 쌓는다. 일본에 최초로 '주식회사'란 개념을 도입해 왕자제지·일본유선·동경증권거래소 등 500여개의 기업을 설립해 거대한 부를 이뤘으나 그 대부분을 사회에 환원하고 자신은 죽을 때까지 사회복지사업에 헌신했다. 사진은 박람회 참석차 파리에 머물 당시 찍은 것이다.

일본의 자료에는 '은행'이라는 말을 만들어낸 사람으로 두 명이 거론되고 있다. 한 사람은 시부사와 에이이치(攝澤榮一,1840~1931)라는 실업가로, 그가 1871년 미국의 은행조례銀行條例에 나온 'bank'를 번역할 때 '외국인 가게'를 의미하는 중국어 '양행洋行'에서 힌트를 얻어 만들어냈다고 한다. 다른 한 사람은 후쿠치 겐이치로(福地源一郎,1841~1906)란 신문기자인데, 그가 1877년 『회사변會社弁』이라는 책을 내면서 'bank'를 '은행'으로 번역한 것이라는 이야기다. 이때의 '行'은 '동업자조합'이라는 뜻이다. 은銀보다는 금金이 돈과 더 가까운 법인데 '금행金行'이라고 하지 않은 것은 당시의 화폐제도가 은본위제도銀本位制度였기 때문이다.

'bank'는 중세 무역의 중심지였던 이탈리아에서 만들어진 말로, '벤치'의 뜻인 이탈리아어 'banco(방코)'가 어원이다. 이것이 나중에 '상인의 카운터'라는 뜻이 되었다가 '환전상의 테이블'이라는 뜻이 가미되었고, 다시 '은행'이라는 의미로 발전했다.

을씨년스럽다

날씨 등이 스산하고 썰렁하다. 보기에 탐탁지 않고 몹시 쓸쓸하다.

'을사년乙巳年' 에서 온 말이라고 한다. 을사년은 '을사보호조약' 이란 이름으로 일제가 우리나라의 외교권을 빼앗은 1905년을 말한다. 이 조약 후부터 국민들 사이에 마음이 쓸쓸하거나 날씨가 우중충할 때 '을사년스럽다' 고 말한 것이 변해 '을씨년스럽다' 가 되었다는 것이다. '을사보호조약' 은 일본이 일본 중심으로 붙인 이름이므로 '을사늑약乙巳勒約' 으로 바꿔 써야 한다. '늑약' 이란 '억지로 맺은 조약' 이라는 뜻이다.

읍참마속泣斬馬謖

천재의 야망은 그로 인해 꺾였다

큰 목적을 위해 아끼는 사람을 과감히 버리는 것을 일컫는 말.

'泣(읍)' 은 '눈물을 흘리다' 의 뜻이고, '斬(참)' 은 '목을 베다' 의 뜻이므로 '눈물을 흘리며 마속馬謖을 벤다' 는 말이다. 촉蜀의 제갈량諸葛亮이 유비劉備가 죽은 뒤 그의 유지를 받들어 위魏를 공격했으나 '가정전투' 에서 대패하게 된다. 수비대장 마속이 군령을 어긴 탓이다. 마속은 제갈량의 총애를 받던 장수였지만, 제갈량은 군율을 세우기 위해 어쩔 수 없이 참형에 처했다.

그렇다면 마속이 군령을 어겼다는 죄는 구체적으로 어떤 것일까. 마속은 '백미白眉' 라는 말의 주인공인 마량馬良의 막내동생이다. 비범한 재주

마속 마량·강유姜維 등과 함께 제갈량이 키운 두뇌 집단의 한 사람이다. 그러나 그는 자신의 재주를 지나치게 믿었다. 유비가 죽기 전 제갈량에게 "마속은 말이 실제보다 지나치니 중용하지 마시오"라고 유언할 정도였다. 유비의 이 같은 우려는 수년 후 '가정전투' 에서 현실로 나타났다. 군령을 어기고 산위에 포진하는 바람에 전군이 몰살당한 것이다. 제갈량의 북벌의 꿈은 이 전투의 패배로 사실상 무너졌다.

를 지녀 마량과 함께 유비의 측근으로 일했으나 자신의 재능을 지나치게 믿는 것이 흠이었다. 유비는 이를 늘 탐탁지 않게 여겨 제갈량에게 중용하지 말도록 했으나 제갈량은 마속의 뛰어난 군사적 지략을 높이 샀다.

유비가 죽은 뒤, 제갈량은 북벌北伐을 감행하여 위를 압박했다. 이에 조예(曹叡·위의 3대 황제)가 급파한 사마의司馬懿가 촉의 식량 수송로인 가정街亭을 공격하려 하자, 제갈량은 마속에게 이를 방어하는 임무를 맡긴다. 출정 전에 제갈량은 포진법布陣法을 자세히 일러주며 "절대로 산에 오르지 말고 접근로만 사수하라"는 군령을 내렸다. 그러나 현장에 도착한 마속의 생각은 달랐다. 산에 매복하고 있다 적이 오면 공격하는 것이 좋겠다고 판단한 것이다. 그러나 사마의는 마속의 군사를 산 아래에서 포위해 식수 공급을 차단한 뒤 불을 질러 몰살시켜버린다. ➡백미

> 검찰총장이 대전 비리사건의 사과문을 낭독하며 또 울먹였다. 후배들의 사표를 받고 그 가족에게 평생 고통을 안겨 주었으니 총장인들 오죽이나 가슴이 미어졌을까. 그것은 읍참마속의 눈물이었으리라. 조선일보 990203

'의론議論'과 '의논議論'

본음이냐 속음이냐로 구분이 생겼다

같은 한자를 쓰지만 한글 표기와 뜻이 다르다. '의론'은 '어떤 일에 대해 서로 토론하여 옳고 그름을 가리는 일'이고, '의논'은 '서로 의견을 주고받아 상의하는 것'이다. 구분이 쉽지 않다면 '의론'은 '논쟁이 개입된 토론'이라고 생각하면 되고, '의논'은 '상담'과 같다고 생각하면 된다.

'論'을 다르게 읽는 것은 전자는 본음本音인 '론'으로 읽고, 후자는 속음俗音인 '논'으로 읽기 때문이다. 속음이란 한자가 가지고 있는 본래의 음 이외에 본음과 달리 널리 사용되는 '익은 소리'를 말한다. 예를 들어 '諾'은 '承諾'일 때는 본음인 '승낙'으로 쓰지만, '許諾'일 때는 속음인 '허락'으

로 적는 것 등이다.

그렇다면 본음이냐 속음이냐로 왜 이 같은 뜻 구분이 생겼을까. 동의대 강경구姜鯨求 교수는 이에 대해 "전통적으로 '議論'은 '서로 토론하고議, 사물의 이치에 따라 자신의 의견을 개진한다論'는 한 가지 뜻만 있었다. 그런데 훗날 한글을 정리하는 학자들이 '論議'를 두음법칙에 따라 '논의'라고 적는 것에서 볼 수 있듯이 '論'을 '논'으로 읽는 습관이 굳어져 '의논'이란 새로운 표기가 생겼고, 이것을 '상담'이라는 뜻으로 규정한 것으로 볼 수 있다"라고 말했다. ➡ '분노'와 '대로'

이심전심以心傳心

말을 하지 않고도 생각하고 있는 것이 상대방의 마음에 통함.

원래는 불교 용어로, 말이나 글에 의하지 않고도 불법의 심오한 뜻이 스승으로부터 제자에게 전달되는 것을 말한다. 석가가 영취산靈鷲山에서 8만 대중을 향해 꽃을 들어보이자 모두가 무슨 뜻인지 몰랐는데, 대중 가운데 가섭迦葉이라는 제자만 석가의 뜻을 알아차리고 미소를 지었다는 '염화미소拈華微笑'에 근거를 두고 있다. '염화미소'란 '꽃을 쥐어 보이니 미소를 지었다'는 뜻이다. '염화시중拈華示衆'도 같은 말이다.

> '거시기'는 경상도에서 얼른 단어가 생각나지 않을 때 쓰는 "그 안 있십니꺼"에도 비할 만하다. 그러나 거시기의 무한한 용도를 따르기엔 역부족이다. 뜬금없는 말인데도 어디에나 써도 서로 소통할 수 있다는 데 거시기의 매력이 있다. 마음에서 마음으로 통하는 이심전심의 힘은 우리말이 논리보다 정서의 언어임을 잘 보여준다. 조선일보 050416

'이에요'와 '예요'

받침 있으면 '이에요', 없으면 '예요'

'저는 학생이에요'가 맞는지 '저는 학생이예요'가 맞는지, 또는 '저는 작

'아니에요'를 '아니예요'로 잘못 내보낸 1999년 8월 28일자 『조선만평』. 만화는 주목도가 많아 교열자들이 더 신경을 쓰는데도 놓쳤다. 대개는 4단계, 중요한 것은 6단계를 거치는데도 수많은 시선을 피해 기묘하게 살아남는 오자가 있다.

가에요'가 맞는지 '저는 작가예요'가 맞는지 혼동되는 경우가 많다.

우선 '이에요' 전체를 어미로 보아야 한다는 견해도 있으나 '이'를 '서술격조사'로, '에요'를 '어미'로 보아야 한다는 견해가 더 설득력이 있다. 따라서 체언(명사 · 대명사) 뒤에는 서술격조사 '이'를 붙인 뒤 '에요'를 붙이고(예:저는 학생이에요), 용언(동사 · 형용사)의 어간 뒤에는 바로 '에요'를 붙인다(예:저는 학생이 아니에요). 이때 체언에 받침이 없을 때는 '이에요'를 '예요'로 줄여 쓰는 게 일반적이다(예:저는 작가이에요 → 저는 작가예요).

이렇게 말하면 매우 복잡한 것 같지만, 다음과 같이 단순화하면 이해하기 쉽다. 즉, "'이에요'는 받침 있는 체언 다음에 쓰고, '예요'는 받침 없는 체언 뒤에 쓴다"고 기억하면 된다. 예를 들어 '저는 학생□□□'에서는 '생'이 받침이 있기 때문에 '저는 학생이에요'가 되지만, '저는 작가□□'에서는 '가'에 받침이 없기 때문에 '저는 작가예요'로 적는다는 말이다. 이때 주의해야 할 것은 '저는 학생이 아니□□'라는 문장이 있을 경우, '아니'에 받침이 없다고 생각해 '저는 학생이 아니예요'라고 적는 사람이 있으나, 이 경우의 '아니'는 체언이 아니라 용언(형용사)인 '아니다'의 어간이므로 직접 어미 '에요'를 붙여 '저는 학생이 아니에요'라고 써야 한다.

> 장 교수가 처음 어머니에게 "절 기억하시겠습니까?"라고 묻자 어머니는 "이게 꿈 이예요(→이에요), 생시 에요(→예요)?"라고 존댓말을 했다.

이조李朝

신채호가 통곡할 그럴듯한 헛소문

‘이씨조선李氏朝鮮’ 을 줄인 말.

‘이씨조선’ 은 조선왕조의 임금을 성을 좇아 일컫는 말이다. 그런데 이 말은 일제강점기에 일본인들이 조선을 비하하기 위해서 붙인 말이라는 주장이 널리 펴져 있다. 즉, 일본인들이 독립국가인 조선을 이씨가 세운 일개 ‘씨족집단’ 으로 보고, 국가형태를 인정하지 않기 위해서 퍼뜨린 말이라는 것이다. 어떤 사람은 ‘가마쿠라막부鎌倉幕府’ 나 ‘도쿠가와막부德川幕府’ 처럼 일본사람들이 무인정부武人政府를 부를 때 장군의 성을 붙여 부르듯이, ‘이조’ 는 일제가 일본의 쇼군將軍과 조선의 왕을 동일시하기 위해 만든 불손한 말이라고 주장하기도 한다.

언뜻 일리 있는 주장처럼 들린다. 그래서인지 몇몇 언론사는 ‘이조’ 를 금기어 목록에 올려놓고 ‘조선왕조’ 또는 ‘조선조’ 로 고쳐 쓰도록 하고 있다. 하지만 이는 일본에 대한 과민반응 때문에 일어난 일로, 사실과 다르다. 연세대 김영봉金永峯 국학연구원 교수가 『한글새소식』(1999년 5월호, 한글학회)에 기고한 글에 따르면, 단군檀君·기자箕子·위만衛滿 때의 국명이 모두 ‘조선’ 이므로 ‘단군조선’ ‘기자조선’ ‘위만조선’ 으로 건국자의 이름을 붙여 구분했듯이 이성계가 세운 조선은 건국자의 성씨를 붙여 ‘이씨조선(이조)’ 이라고 했다는 것이다.

시민의 쓴소리

문제 많은 문화재 안내문

남한산성 설명에 식민지 용어 ‘李朝’ 써

남한산성을 자주 찾는 시민이다. 산성으로 들어서 아픈 역사의 현장을 둘러볼 때마다 곳곳에 스며있는 선조들의 숨결을 느끼게 된다. 모두에게 소중한 우리의 문화유산이기 때문에 이를 잘 지키고 보존하는 것은 우리의 의무가 아닐 수 없다.

그러나 입장권에 씌어 있는 남한산성에 대한 설명문에는 ‘이조 광해군 13년…’ 이라는 식으로 표기돼 있다. ‘이조(李朝)’ 는 식민지 시절 일본인이 한국 역사를 얕잡아 보고 사용했던 용어다. 분명 조선이라는 국호를 두고 우리 스스로를 폄하하는 이같은 단어를 쓰다니 이해가 가지 않는다.

뿐만 아니라 정상 부근에 있는 연주봉 옹성터에는 언제적 쓰레기인지 큰 부대자루가 항상 놓여 있다. 이런 지저분한 환경을 보면 정상에 오르면서 느꼈던 좋은 기분이 싹 가셔버린다.

입장권 설명서 마지막 부분의 ‘문화재를 내몸같이 보호합시다’ 라는 문구를 볼 때마다 씁쓸할 따름이다.

조윤기<서울 노원구 상계6동>

남한산성 입장권에 ‘이조’ 라는 표현이 있었다며, ‘이는 식민지 시절 일본이 우리를 얕잡아보고 사용한 용어이므로 시정되어야 한다’ 는 의견을 제시한 중앙일보 2000년 6월 5일자 독자면 기사다. 이처럼 이조는 일제의 의도에 의해서 생겨난 말이라는 주장이 널리 퍼져 있다.

왕족에게 성씨를 붙이는 것이 불경스럽다는 주장에 대해서는 중국에도 이연李淵이 세운 당나라를 '이당李唐', 조광윤趙匡胤이 세운 송나라를 '조송趙宋'이라고 하는 것처럼 나라 이름에 왕족의 성을 붙이는 것은 자연스러운 것이고, '씨'를 붙이는 것도 '복희씨伏羲氏' '신농씨神農氏' 등에서 볼 수 있듯이 고대 성군에게도 붙였으므로 전혀 이상하지 않다고 설명했다. 더구나 구한말 신채호申采浩도 이조란 말을 자주 썼는데, 일본이 정말 우리를 비하하기 위해 만든 말이라면 신채호가 이를 몰랐을 리 없다는 것이다.

> 이조백자 '달항아리'를 만나는 것은 큰 행운이다. 고궁박물관 개관을 기념해 열리는 '백자 달항아리' 전시회는 강팍한 시대를 살아가는 현대인들에게 전혀 다른 세계가 있었음을, 그리고 그런 세계가 있을 수 있음을 보여준다. 한국일보 050823

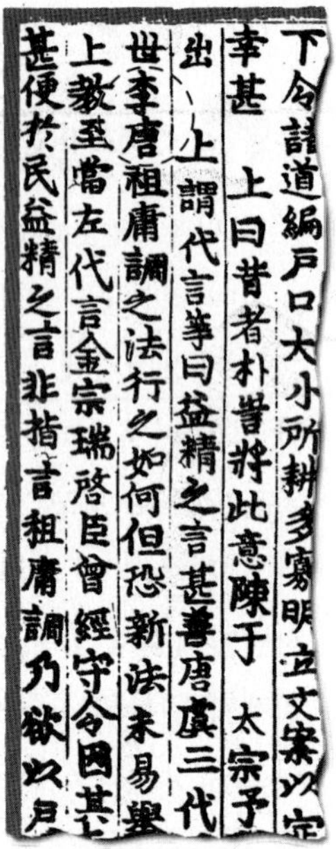
下令諸道編戶口大小所耕多寡明立文案以定
幸甚 上曰昔者朴訔將此意陳于 太宗予
出 上謂代言等曰益精之言甚善唐虞三代
世李唐租庸調之法行之如何但恐新法未易舉
上教至當左代言金宗瑞啓臣曾經守令因其
甚便於民益精之言非指言租庸調乃欲以戶

왕족에게 성씨를 붙이는 것이 불경스럽지 않다는 것은 『조선왕조실록』을 통해서도 확인할 수 있다. 예를 들어 「세종실록」 58권, 14년 12월 28일 기사에는 '唐, 虞, 三代貢賦之法, 不可行於後世, 李唐 租庸調之法, 行之如何', 즉 '당, 우, 삼대의 공부의 법을 후세에 시행할 수는 없으니, 이당李唐 때의 조·용·조의 법을 행함이 어떠뇨' 처럼 '李唐'이란 표현이 있다. '이당'이란 당나라를 달리 이르는 말로, 건국자 이연李淵의 성을 따 부르는 이름이다. 만일 이런 표현이 불경이라면 중국에 사대하던 당시의 정서로 볼 때 실록에 적을 수 없었을 것이다.

이판사판理判事判

그때는 승려가 천민 취급을 당했다고?

막다른 상황에 이르러 어찌할 수 없는 지경.

불가에서 쓰는 '이판승理判僧' '사판승事判僧'에서 온 말이다. '이판'은 '이치理致를 판단判斷한다'는 뜻이므로 '수행에만 전념하는 승려'를 이판승이라고 하고, '사판'은 '일을 판단한다'는 뜻이므로 '사찰의 사무나 노역에 종사하는 승려'를 사판승이라고 한다.

이판승·사판승 제도는 배불정책排佛政策을 국시國是로 삼았던 조선조 후기에 생겼다. 이때의 승려들은 천민처럼 취급돼 관가의 요구에 따라 종이·신발·기름 등을 만들거나 잡역에 종사해야 했다. 따라서 당시에 중이 된다는 것은 '이판승이 되건 사판승이 되건 천한 신분이 된다'는 것을 뜻했기 때문에 위와 같은 뜻이 되었다.

다른 해석도 있다. 즉, 어떤 사안에 대해 정확한 판단을 내리기 위해서는 수도승인 이판승도 해 보아야 하고, 잡역부인 사판승도 해 보아야 한다는 긍정적인 의미였는데, 훗날 부정적인 의미로 변질되었다는 것이다. 명리학命理學 연구로 유명한 원광대 조용헌趙龍憲 교수는 "이판 · 사판은 화엄경에 나오는 말로, 이판은 배후에 잠재하는 부분에 대한 신비적 파악, 사판은 드러난 현상에 대한 합리적 분석이라는, 상당히 철학적인 개념인데 조선시대에 들어와 타락된 의미로 쓰였다"고 말했다.

> 사태가 일어날 때마다 '교권이 땅에 떨어졌다'며 탄식하는 정도가 이 사회의 대응이었다. 오죽하면 '교장은 죽을 판, 교사는 이판사판, 학생은 X판이란 말이 나왔겠는가.

이팔청춘二八青春

나이가 열여섯가량 된 젊은이.

'이팔'로 줄여 말하기도 한다. 2와 8을 곱하면 16이 된다 해서 나온 말이다. 이런 식으로 곱하기에 의해서 만들어진 우리말에는 '칠칠재七七齋'도 있다. 칠칠재는 사람이 죽은 뒤 49일째에 드리는 재齋를 일컫는 '사십구재四十九齋'를 달리 일컫는 말인데, 칠을 일곱 번 더한다는 뜻이 있다.

열여섯은 중3 정도의 나이이므로 이팔청춘은 지금의 정서와 맞지 않는다. 하지만 평균 수명이 지금처럼 길지 않았던 옛날에는 이 나이를 가장 기운이 왕성한 나이로 보았다. 이것을 증명하는 말이 '과년瓜年'이다. 과년이란 '결혼하기에 적당한 여자의 나이'를 뜻하는 말인데, 瓜를 파자破字하면 八이 두 개가 있으므로 과년은 바로 16세를 일컫는다.

> 이 잔혹한 '암기 경시대회'에서 한 번만 지면 평생 낙오자가 되어 만인에게 짓밟힐 것이라는 공포에 사로잡힌 대한민국의 이팔청춘은 과연 마르크스나 다산처럼 인생에 대한 고민 속에서 자율적 자아를 도야할 수 있는 심신의 여유가 있는가? 한겨레 090526

인구人口에 회자膾炙되다

자세히 말하면 그것은 요리법이다

어떤 일이 칭찬을 받으며 사람의 입에 자주 오르내리다.

'人口(인구)'는 '사람의 입'이므로 '세상의 풍문'으로 확대 해석할 수도 있다. '膾(회)'는 '육회肉膾'의 뜻이고, '炙(자)'는 '구운 고기'란 뜻이다. 그렇다면 왜 '육회와 구운 고기'가 이런 뜻이 되었을까.

자세히 말하면, 膾는 동물의 고기를 '날로 먹는 요리방법'을 말하고, 炙는 고기를 직접 불에 '구워먹는 요리방법'을 말한다. 이 두 요리방법이 결부된 형태로 등장하는 예는 『맹자孟子』가 처음이다. 「진심편盡心篇」에 이런 이야기가 있다.

맹자의 제자 중에 증자曾子라는 사람이 있었다. 효성이 매우 지극한 그는 아버지 증석曾晳이 죽자 양조羊棗를 일절 입에 대지 않았다. 아버지가 좋아했기 때문이다. 양조는 대추 같은 흑색 과실로 양의 똥을 닮았다. 이 사실을 안 공손추公孫丑가 맹자에게 물었다. "스승님. '회자'와 '양조' 중 어느 것이 더 맛있습니까?" 맹자가 "회자다"라고 대답하자 공손추는 다시 "그렇다면 증자는 왜 회자는 먹고 양조는 먹지 않습니까?"라고 물었다. 이에 맹자는 이렇게 대답했다. "회자는 다 같이 먹기를 좋아하는 것이고, 양조는 증석만 좋아했기 때문이다."

서진西晉시대(265~316)의 가욕관벽화묘嘉峪關壁畵墓에 그려져 있는 중국인들의 고기 섭취모습이다. 귀족으로 보이는 사람이 포크처럼 생긴 물건에 고기를 꿰어 구워먹고 있다. '회자'의 炙(자)는 이처럼 고기月=肉를 직접 불火에 구워먹는 요리방법을 말한다.

여기에서 보듯이 회자는 당시의 맛있는 요리의 대표격이었고, 이는 누구나 좋아하기 때문에 "'어떤 인물의 멋진 행동'이나 '뛰어난 시문詩文'이 많은 사람들의 입에 오르내리는 것"을 '인구에 회자되다' 라고 한 것이다.

> 김완선은 오랫동안 '닭' 에 시달렸다. 자초지종은 이렇다. "20년쯤 전 퀴즈 프로그램에 출연한 어떤 가수가 '닭' 을 '닥' 이라고 썼다. 진행자가 지적하자 '닭' 이라고 고쳐 썼다. 그가 바로 김완선이다" 는 소문이 아주 오랫동안 인구에 회자됐던 것이다.

인디언

유럽과 아메리카는 이렇게 첫인사를 나누었다

아메리카대륙의 원주민.

정식 명칭은 '아메리칸인디언American Indian' 이지만 일반적으로 '인디언' 이라고 말한다. '인디언' 이란 '인도사람' 이란 뜻이므로 '아메리카 원주민' 과는 동떨어진 표현이다. 이같이 엉뚱한 표현이 '아메리카 원주민' 을 뜻하게 된 것은 다음과 같은 사연 때문이다.

콜럼버스의 아메리카대륙 상륙을 묘사한 상상화(T. F. 브라이)
순박한 원주민들이 무장한 콜럼버스 일행에게 보석을 바치고 있다. 1492년 10월 어느 날, 유럽과 아메리카는 이렇게 첫인사를 나누었다. 『콜럼버스항해록』에 따르면, 콜럼버스가 원주민들에게 보닛모자와 목걸이에 꿰는 유리구슬 등을 건네주자 원주민들은 무척이나 놀라며 매우 살갑게 굴기 시작했다고 한다.

15세기 유럽인들에게 인도는 황금으로 가득 찬 '꿈의 나라' 였다. 그러나 지구가 평평하다고 믿고 있었던 당시로서는 감히 인도로 항해할 엄두를 내지 못했다. 바다 끝에 낭떠러지가 있고, 그 아래에는 지옥불이 있다고 믿었기 때문이다. 이때 지구가 둥글다고 확신한 콜럼버스는 스페인 이사벨라 여왕을 찾아가 탐험 의사를 밝혔고, 결국 그의 지원 아래 황금과 향신료香辛料를 찾아 인도를 향해 떠나게 된다. 1492년 8월의 일로, 도요토미 히데요시豊臣秀吉의 함대가 한반도로 건너오기 딱 100년 전이다.

서쪽으로 항해하던 콜럼버스는 2개월 여의 악전고투 끝에 육지(오늘날 바하마제도의 한 지역)를 발견하게 된다. 드디어 인도에 왔다고 믿은 그는 그곳을 '성스러운 구세주'란 뜻의 '산살바도르San Salvador'라 명명하고, 원주민을 '인디오Indio'라 불렀다. 오늘날 이 지역의 섬들을 '서인도제도'라 부르는 것도 이런 이유 때문이다.

콜럼버스는 일단 그곳을 철수했다가 이듬해 다시 많은 배를 이끌고 들어와 무자비한 약탈을 감행했다. 그런데 재미있는 것은 콜럼버스는 죽을 때까지 그곳을 인도의 일부라고 생각했다는 점이다. 인도가 아님을 밝혀낸 것은 이탈리아의 탐험가인 아메리고 베스푸치로, 오늘날 신대륙을 '아메리카'라고 하는 것은 그의 이름을 딴 것이다. 지금은 인도인과 구분하기 위해서 '아메리칸인디언'이라고 하며, 중남아메리카(라틴아메리카) 인디언을 '인디오'라고 부르기도 한다. ➡아메리카

> 인디언 이름이 친근하게 알려진 것은 '늑대와 춤을'이란 영화가 상영된 이후다. 한 백인 장교가 인디언과 사귀며 자연에 동화돼 살아가는 이야기를 감동적으로 그린 작품이다.

인연因緣

삶과 죽음이 일어나는 두 가지 힘

사물들 사이에 서로 맺어지는 관계.

범어梵語 'hetu-pratyaya'의 한역漢譯으로 불교에서 나온 말이다. '因(인)'은 결과를 일으키는 직접적인 원인, '緣(연)'은 그것을 밖에서 돕는 간접적인 원인으로, 불교에서는 삶과 죽음이 이 두 가지 힘에 의해 일어난다고 가르친다. 말하자면 인간의 운명을 설명하는 불교의 핵심 사상이 인연인데, 이것이 점차 변해 '연분' '연고' '연줄' 등으로까지 의미가 확대되었다.

> 박정희의 고향 구미시와 등소평의 고향 광안시가 자매결연을 했다. 두 도시는 서로 상대 쪽 지도자를 조명하는 학술 행사와 사진전도 연다. 국민에게 '밥' 걱정을 덜어준 대신 '법' 역시 무섭게 휘두른 두 지도자의 고향이 이렇게 이어지다니 묘한 인연이다.

인왕산仁王山

지명에 박힌 쇠말뚝을 뽑아라!

인왕제색도仁王霽色圖 겸재 정선(1676~1759)이 그린 인왕산의 진경산수眞景山水다. 한여름 소나기가 지나간 뒤 안개가 피어오르는 모습을 삼청동·청운동 쪽에서 바라본 모습이다. 우측 상단에 '인왕제색'이라 적혀 있다.

서울 종로구와 서대문구 사이에 있는 산.

경관이 뛰어난 산으로, 풍수지리적으로는 경복궁의 우백호右白虎에 해당한다. 조선 태조 때는 '서산西山'으로 불렸으나 광해군 때 인왕사仁王寺란 절이 있어 인왕산仁王山으로 불렸다고 한다. '인왕'은 사찰의 문이나 불상을 지키는 '금강신金剛神'을 달리 이르는 말이다.

그런데 이 산을 많은 사람들이 '仁旺山'으로 적고 있는데, '仁王山'이 바른 표기다. 王이 旺이 된 것은 일제의 왜곡에 의한 것이다. 즉, 일제가 식민통치를 하면서 '일본이 조선의 왕을 누른다'는 뜻에서 王자가 들어간 지명에는 옆에 日자를 붙여 '旺'으로 고쳐 쓰도록 했는데, 인왕산도 그에 의해서 왜곡됐다.

인왕

이처럼 일제가 왜곡한 지명을 되찾자는 목소리는 1990년대 초부터 있었다. 이를 경청한 국립지리원은 1995년 조선조 후기 화가인 정선鄭敾·강희언姜熙彦의 인왕산 산수화, 김정호金正浩의 대동여지도 등에 仁王山으로 돼 있는 것을 근거로 인왕산의 한자표기를 仁王山으로 바꾸기로 했다. 경기도 '儀旺(의왕)'

을 '義王' 으로, 포천의 '旺方山(왕방산)' 을 '王方山' 으로, 강원도 삼척의 '發旺山(발왕산)' 을 '發王山' 으로 바꾼 것도 이런 운동 덕분이다.

> 경복궁 서쪽에 자리한 인왕산은 암벽으로 빚은 우람한 가슴을 뽐내며 서 있다. 인왕산 자락에서 나고 자란 겸재 정선은 일생 동안 그 아름다움을 화폭에 담았다. 그중 75세 때 그린 '인왕제색도'(국보 제216호)는 조선미술 최고 걸작으로 꼽힌다. 경향신문 100915

일말一抹

약간. 조금.

'抹(말)' 은 '바르다' '문지르다' 의 뜻으로, '그림물감 등으로 한 번 스쳐바르거나 지우는 정도' 라는 말이다. 주로 '~의 불안' '~의 책임' '~의 가능성' 등의 형태로 쓰인다.

> 외국인들은 국내 경제가 대체로 양호한 상태라고 생각하지만 무역수지에 대해서는 일말의 불안감을 갖고 있다.

일변도一邊倒

지식인이 하나의 견해에 심취하면…

한쪽으로만 경도하는 모습.

'한쪽一邊에 치중하면 한쪽으로 넘어진다倒' 는 송대宋代 성리학자 정호程顥의 말에서 왔다. 지식인이 '하나의 견해에 심취해 다른 견해를 물리친다' 는 것이 원뜻으로, 2차대전 이후 모택동毛澤東이 논문에 사용함으로써 대중화되었다. '그는 ○○일변도다' 처럼 '한쪽으로 치우쳤다' 는 뜻으로 사용되는 경우가 많다.

> 주자를 긍정 일변도로 해석하려 한 점이 거슬리긴 하지만, 지난 1000년간의 동아시아 역사에서 신유학을 집대성한 주자의 사상적 위상을 살펴보는 것이 이 책의 장점이다. 문화일보 010530

일석이조一石二鳥

한 가지 일을 함으로써 두 가지 이익을 얻음.

일본 막부幕府 말기의 한 한학자가 'To kill two birds with one stone(돌 하나로 두 마리의 새를 죽인다)'는 영국 속담을 번역해 사자성어로 만든 말이다. 독특한 조어인 것 같지만 사실은 『북사北史』(위진남북조 시대의 역사를 다룬 책)에 나오는 '일전쌍조一箭雙雕', 즉 '화살 하나로 수리 두 마리를 떨어뜨린다'는 사자성어를 모방한 것이다. '箭'은 '화살'을 뜻하고, '雕'는 '수리'를 가리킨다. '일거양득一擧兩得'도 같은 뜻이다.

5공 당시 삼김(三金·김영삼 김대중 김종필) 등 거물 정치인 15명을 제외하고 84명의 정치규제가 해금된 것을 소재로 한 김성환 화백의 『고바우영감』(조선일보 1984.12.1). '일절'이 '일체'로 잘못 적혀 있다. 부사로 쓰이고 뒤에 부정어를 동반하면 '일절'로 적어야 한다.

'일절一切'과 '일체一切'

부정어를 동반하면 '일절'이다

'切'은(는) 어떻게 읽느냐에 따라 뜻이 달라지는 한자다. '절'로 읽으면 '절단切斷' 등에서 알 수 있듯이 '끊다'란 뜻이고, '체'로 읽으면 '모두' '전체'란 뜻이 된다. 따라서 '일절'은 '단칼에 자르다'는 의미가 묻어 있기 때문에 반드시 금지하거나 부정하는 말과 어울려 '도무지' '전혀'란 뜻의 부사로 사용된다(예:대의원 접촉을 일절 하지 않겠다). 반면 '일체'는 '모두' '전체'라는 명사로 쓰이거나(예:상금 일체를 기부했다), '모든' '온갖'이란 관형사로 쓰인다(예:그는 일체 사무를 관장하고 있다).

두 말은 문법과 의미에서 상당히 거리가 있는데도 실제 글 속에서는 구분하지 못하는 경우가 많다. 그러나 구분법이 어려운 것은 아니다. 부사로 쓰이고, 뒤에 부정어를 동반하면 '일절'이고, 그 이외에는 대부분 '일체'라고 생각하면 된다.

> 폭로 후 언론 등에서 확인한 결과, 둘 다 사실과 다른 것으로 밝혀졌다. 그러나 이에 대한 공개사과나 반성은 일체 없었다.
> → 일절

임연수어

그 바닥에서 최고가 되면 이름을 남길 수 있다

쥐노래밋과의 바닷물고기.

주로 한류寒流에 살며 몸길이는 45cm 정도이다. '이면수'라고 말하는 사람이 많으나 정확한 표기는 '임연수어林延壽魚'다. 함경도에 살았다는 '임연수'라는 어부 이름을 따서 만든 말로 『난호어목지蘭湖漁牧志』에 그 유래가 다음과 같이 기록되어 있다.

> 옛날에 임연수林延壽라는 사람이 있었는데, 이 물고기를 잘 낚았다. 이로 말미암아 본토박이가 그런 이름을 붙였다. 『길주지吉州志』에는 임연수어臨淵水魚라고 하였는데 음이 닮아 그릇된 것이다.

'기요틴' '샌드위치' '콘돔'처럼 사람의 이름이 보통명사가 된 예가 오래

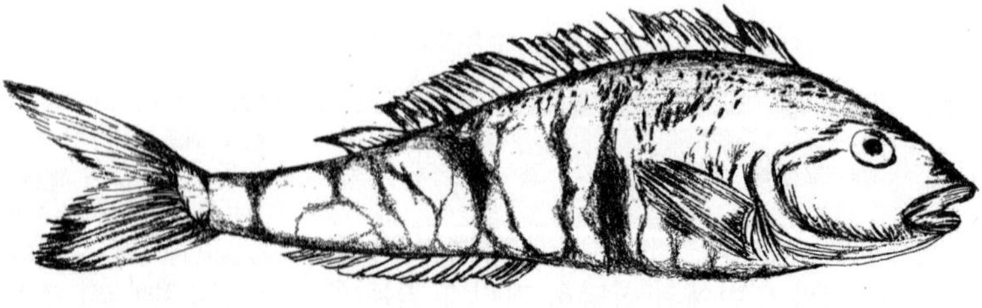

그림 채정수

전 우리나라에도 있었던 셈이다.

> 울진공판장에는 이면수(→임연수어) 14마리들이 1400상자가 상자당 1900원 떨어진 9100원에 거래돼 어민들이 울상을 짓고 있다.

'입바르다'와 '입빠르다'

'입바르다'는 '옳은 말이기는 하지만 (말하는 것이) 듣기 거북할 정도로 날카롭고 바르다'는 뜻이고, '입빠르다'는 '들은 것을 참지 못하고 즉시 남에게 지껄이는 습관이 있다'는 말이다. 구어에서는 구분하기가 어렵지만 글을 쓸 때는 반드시 구분해야 한다. 구분에 혼동이 올 때는 '입바르다'는 '正'으로, '입빠르다'는 '速'으로 생각하면 도움이 된다.

> 그는 체고에서 영어·윤리를 가르쳤으며 유신치하의 교실에서 입빠른(→입바른) 소리를 했다가 중앙정보부로 끌려가 22일 동안 고초를 당했다.

입추立錐의 여지가 없다

사람이나 물건이 매우 밀집하여 조그마한 공간도 없다.

'錐(추)'는 '송곳'의 뜻이므로 '송곳이 설 만한 공간도 없다'는 말이다. 입추는 『사기史記』에 나오는 '滅六國之後, 使無立錐之地(멸육국지후, 사무립추지지)', 즉 '육국의 자손을 멸하여 입추의 땅도 없게 했다'가 이 말의 문헌상 최초의 기록이다. 육국六國이란 중국 전국시대 때 진秦나라와 대립하던 연燕 초楚 제齊 조趙 한漢 위魏나라를 가리키는 말로, 이들을 완전히 멸망시켜 송곳을 꽂을 땅도 없게 만들어 버렸다는 것이다.

> 복날에 삼계탕집이나 보신탕집은 입추의 여지가 없을 정도로 사람들이 몰려온다. 이럴 때 사람대접을 받기를 바란다면 큰 오산이다. 오는 사람들이 많으면 주인은 신날지 몰라도 종업원들은 짜증이 난다. 쉬지도 못하고 제때 밥도 먹지 못하기 때문이다. 세계일보 960809

'잇달다' 와 '잇따르다'

관형형으로 쓸 때가 문제다

의미가 거의 비슷해 서로 넘나들며 사용할 수 있으나, 자동사와 타동사의 구분이 있으므로 문장에 따라서는 잘 구분해 써야 하는 말이다.

애거시 "사랑은 내게 독약"
그라프와 동거후 잇딴 탈락 수모

■ 테니스 화제

테니스 스타 앤드리 애거시(미국)에게 사랑은 '독약'인가. 지난달 US오픈 우승으로 세계 1위에 복귀한 애거시가 … 부진을 거듭, … 스 엔퀴비스트(스웨덴)에게 1대2로 졌다. 더욱이 그라프가 지켜보는 가운데 열린 경기에서 지는 바람에 체면마저 크게 구겼다.

애거시의 부진은 이번이 처음이 아니다. 97년 여배우 브룩 실즈와 …

'잇단' 을 '잇딴' 으로 쓴 한 신문의 제목이다. '잇달다' 는 자동사와 타동사로, '잇따르다' 는 자동사로만 쓰이는 말이지만, 실제 문장에서 오류가 많은 것은 자동사·타동사의 구분보다도 제목 등에서 관형형으로 쓸 경우다.

'잇달다' 는 '잇다' 와 '달다' 가 합쳐진 말로 자동사와 타동사로 쓰이고, '잇따르다' 는 '잇다' 와 '따르다' 가 합쳐진 말로 자동사로만 쓰인다. 따라서 '잇달다' 는 '빗길에 미끄러지면서 그는 택시와 트럭을 잇달아 들이받았다' 처럼 목적어를 동반할 수도 있고, '먼 곳에서 개 짖는 소리가 잇달아 들려왔다' 처럼 목적어를 동반하지 않을 수도 있다. 그러나 '잇따르다' 는 자동사만으로 쓰이므로 목적어를 취할 수가 없다. 즉, '빗길에 미끄러지면서 그는 택시와 트럭을 잇따라 들이받았다' 처럼은 쓸 수 없는 말이다. 결국 '잇따르다' 보다는 '잇달다' 가 더 편리하고 활용범위가 넓은 셈이다.

그러나 이 단어들을 잘못 쓰는 예가 두드러지는 것은 자동사와 타동사의 구분보다는 제목 등에서 관형형으로 쓸 경우다. 예를 들어 '선수들의 잇딴 승부조작' '잇딴 교권 추락…공교육 붕괴 위기인가?' 처럼 쓰는 것이다. 이런 때는 '잇달다' 를 기본형으로 삼아 '선수들의 잇단 승부조작' '잇단 교권 추락…' 이라고 하거나, '잇따르다' 를 기본형으로 삼아 '선수들의 잇따른 승부조작' '잇따른 교권 추락…' 이라고 해야 정확한 쓰임이 된다.

→ 잇따른(잇단)
잇딴 기업회계 부정 스캔들과 주식시장의 대폭락, 곤두박질치는 달러화…. 미국발 금융 불안이 전 세계를 강타하고 있다.

'있음' 과 '있슴'

'있습니다' 를 줄였으니 '있슴' 이라고?

글쓰기를 직업으로 하는 사람 중에도 종종 '있다' 의 명사형인 '있음' 을 '있슴' 으로 잘못 적는 예가 있다. 그 이유를 물으면 "1988년 한글맞춤법이 개정되기 전에는 '있읍니다' 라고 했다. 그때는 '있음' 이 맞았지만 지금은 '있습니다' 로 바뀌었으니, 이것을 줄여 명사로 만들면 '있슴' 이 되는 게 아니냐" 라고 말하는 경우가 많다.

김대중 정권 초기 김종필 씨의 총리 인준을 둘러싸고 이루어지는 여·야의 힘겨루기에 대한 국민들의 냉담한 반응을 소재로 한 신경무 화백의 『조선만평』(조선일보 1998.3.3). '무슨 일이든 하겠음' 이 '…하겠슴' 으로 잘못 적혀 있다.

그러나 용언(동사·형용사)의 명사형은 그렇게 만드는 것이 아니라 어간에 명사를 만드는 어미(명사형어미)를 붙여 만든다. 즉, '있다' 의 어간은 '있' 이고 명사형어미는 '음' 이므로 이 둘을 결합하면 '있음' 이 되는 것이다. '있습니다' 는 그 어간에 존대의 어미인 '습니다' 가 붙은 형태다. '없습니다' '없음' 도 마찬가지다.

ㅈ

자가당착自家撞着

자신의 언행을 돌아보면 모순으로 가득 차

자기 언행에 앞뒤가 맞지 않음.

그림 김도원

'撞(당)'은 '치다' '부딪치다'의 뜻이다. '撞球(당구)'가 '막대기 끝으로 치는 공놀이'란 것을 알면 이 한자를 쉬게 기억할 수 있다. '着(착)'은 '붙다'의 뜻이다. '자가自家'는 '자기 집'이란 뜻이 아니라 여기에서는 '자기 자신'이란 뜻이다. '자기 차'를 '자가용自家用'이라 일컫는 것과 같은 쓰임새다. 그러니까 자가당착은 '자기에게 부딪쳐 붙는 것'이란 말이다.

선종禪宗의 공안公案을 집대성한 『선림유취禪林類聚』에 나오는 말로 '스스로 자신의 언행을 되돌아보면 모순으로 가득 차 있어 앞뒤가 맞지 않을 뿐이다'는 반성의 뜻이 담겨 있는 말이다. '자기모순'과 비슷하다.

> 철 따라 바뀔 화분들만 늘어선 소위 플라워 카펫이나 난데없는 스노보드 빅에어 점프대도 막대한 세금만 먹는 일과성 하마이긴 마찬가지다. 한글을 창제한 세종대왕 동상 바로 뒤에 선 영어 일색이니 이런 자가당착이 따로 없다. 조선일보 091215

자린고비玭吝考妣

그는 그렇게 모은 돈을 혼자 쓰지 않았다

그림 김도원

몹시 인색한 사람을 비유적으로 일컫는 말.

'考(고)'는 '돌아가신 아버지'라는 뜻이고, '妣(비)'는 '돌아가신 어머니'라는 뜻이다. 둘 다 지방紙榜에 쓰는 글자다. '자린玭吝'은 단순한 취음이므로 뜻과는 아무 상관이 없다.

예부터 민중 사이에 전해오는 자린고비설화에서 온 말이다. 자린고비설화란 인색한 사람의 행동을 과장한 이야기로, 전국적으로 여러 개가 전해지고 있다. '자린고비'의 뿌리도 그런 여러 설화와 관련이 있다. 그중 하나는 충주忠州에 사는 한 구두쇠 양반의 이야기다. 그는 제사를 지낼 때 쓰는 지방의 종이가 아까워 태우지 않고 접어두었다가 두고두고 쓰는 바람에 지방 속의 考(고)자와 妣(비)자가 때에 절어버렸다 해서 '절은 고비'라는 말이 나왔고, 이것이 '저린고비 → 자린고비'로 변했다고 한다.

영조英祖 때 음성 출신의 조륵(趙勒·1649~1714)이라는 선비와 관련된 이야기도 있다. 그는 생활이 매우 근검하여 밥 한 숟갈 뜨고 천장에 걸어놓은 굴비 한 번 올려다보곤 하면서 식사를 했는데, 이 '절인 굴비'가 점차 '자린고비'가 되었다고 한다. 하지만 그는 이렇게 모은 재산을 자신만을 위해 쓴 것이 아니라 기근 때 백성들에게 풀어 구휼救恤을 했는데, 이 이야기가 왕에게 전해져 정3품 가자加資 벼슬을 제수받았다고 한다.

'함흥차사咸興差使' '이전투구泥田鬪狗' '두문불출杜門不出' 오비이락烏飛梨落 등과 함께 우리나라에서 만들어진 많지 않은 고사성어 중 하나다.

> 기업체의 '자린고비 경영'이 부활하고 있다. IMF체제 당시 위기상황을 극복하기 위해 마른수건도 쥐어짰던 기업체의 경비절감 운동이 최근 들어 다시 성행하고 있는 것이다. 경향신문 000914

자문諮問

선생님께 자문을 구한다고?

전문가에게 의견을 물음. 전문가의 조언.

'윗사람이 아랫사람에게 의견을 묻는 것', '윗사람이 전문가에게 의견을 구하는 것'이 원래 뜻이다. 따라서 이 말은 "이명박 대통령은 정치학자들에게 남북관계에 관한 자문을 했다"처럼 쓰는 것이 정석이다. 흔히 '자문을 했다'를 '자문을 받았다'로 바꾸어 "이명박 대통령은 정치학자들에게 남북관계에 관한 자문을 받았다"로 쓰는 경향이 있으나, 이렇게 되면 이명박 대통령에게 실례가 된다. '諮(자)'가 '묻다'의 뜻이지만, 정확히는 '윗사람이 아랫사람에게 묻는 것'을 이르는 글자이기 때문이다. 같은 이유로 아랫사람이 윗사람에게 "무슨 무슨 일에 대해서 자문을 (구)하고자 합니다"라고 말한다면 윗사람을 무시하는 결과가 된다. "무슨 무슨 일에 대해서 고견高見을 듣고자 합니다"처럼 말하는 것이 어법상 맞다.

그러나 지금은 어의가 확대되어 '전문가가 비전문가에게 지식을 주는 것', 또는 '전문가의 조언이나 충고'를 가리키는 뜻으로도 사용된다. '○○자문기관' '국정자문회의' '투자자문회사' 같은 표현은 그렇게 나왔다. 그러나 단순히 '조언'이나 '충고'와 동일한 뜻으로 알고, 예를 들어 "하버드대학은 줄기세포 전문가들을 서울대병원에 보내 자문했다"처럼 쓰는 것은 이상하다. 자문을 널리 해석하면 '전문가인 윗사람(또는 상급기관)이 아랫사람에게 특정 사안에 대해 의견을 묻거나, 아랫사람이 문의한 것에 대해 윗사람이 답신 하는 것'이므로, '윗사람'이 '무엇에 대해' 조언했는지가 나와야 이상하지 않다. 즉, 위 문장은 "하버드대학은 줄기세포 전문가들을 서울대병원에 보내 최신 의료기술에 대해 자문을 했다"처럼 써야 자연스러운 것이다.

후한後漢의 환제桓帝 때 조전趙典이란 관리가 있었는데, 학식이 매우 뛰어나 국사에 쟁점이 생기면 환제가 그를 불러 묻곤 했다 해서 나온 말이다.

자비 慈悲

그 말을 들으면 성자가 떠오르는 이유

사랑하고 불쌍히 여기는 마음.

원래는 불교어로 '부처가 중생을 불쌍히 여겨 고통을 덜어주고 안락하게 해 주는 마음'이란 뜻이다. '慈(자)'는 범어 'maitri'의 한역漢譯으로 동료에 대한 '친애의 정'이나 '진실한 우정'이란 뜻이고, '悲(비)'는 'karuna'의 한역으로 '통곡' 또는 '신음소리'를 말한다.

이처럼 우리가 쓰는 말 중에는 불교에서 온 말이 적지 않다. 예를 들면, 나락·단도직입·무진장·방편·사자후·삼매·세간·억겁·유아독존·이심전심·인연·찰나·참회·화두 같은 말도 모두 불교에서 왔다. 그렇다면 독실한 기독교 신자의 입장에서 '자비로운 주님 앞에 무릎 꿇고 참회의 눈물을 흘립니다…' 같은 표현은 이상하다 해야 할 것인가.

> 저자는 역사적 지도자 11명을 경영리더십의 관점에서 재구성한다. 한비자·마키아벨리는 인간을 불신하는 리더십으로, 제갈공명·카이사르는 인간을 신뢰하는 리더십으로, 아나모리 가즈오·석가모니·지눌은 자비의 리더십으로 설명해낸다.

자웅雌雄을 겨루다

승패를 겨루다.

자웅은 '암컷과 수컷'이 본뜻이지만, 암수의 본능으로부터 '강약(약한 것과 강한 것)', '승부(이기는 것과 지는 것)', '우열(나음과 못함)'의 의미가 파생되었다. '자웅을 겨루다'는 이 중 '승부'의 뜻을 취해 만들어진 말이다.

> 대서양문명, 그것은 자웅을 겨루면서 부침했던 이슬람과 서유럽의 문명적 표준들이 바다라는 문명적 인터페이스를 통해 새로운 차원의 문명으로 융합되면서 만들어낸 인류사의 새로운 조류였다. 조선일보 020305

자정子正

'묵은 날의 끝점' 이 아니라 '새 날의 시작점' 이다

서울시는 일부 정수장의 노후시설 교체공사로 인해 21일 오전 9시부터 22일 자정까지 39시간 동안 8개 구 120개 동 46만2000가구의 수돗물 공급이 중단된다고 19일 밝혔다.

> **서울 120개동 斷水**
>
> **내일 오전9시~22일 자정**
>
> 서울시는 일부 정수장 전기설비 점검 및 노후시설 교체공사로 인해 21일 오전 9시부터 22일 자정까지 39시간 동안 8개구 1백20개동 46만2천 가구의 수돗물 공급이 중단된다고 19일 밝혔다.
>
> 시는 이번 단수의 경우 단수시간이 길기 때문에 일반 가정과 병원, 학교 등에서는 미리 충분히 물을 가득 채워줄 것을 당부했다.

자정의 개념을 잘못 이해하고 작성한 한 신문의 사회면 기사. 자정은 '새로운 날의 시작점' 이므로 '22일 자정' 이 아닌 '23일 자정' 이라고 써야 했다. 다행히 단수시간이 '39시간' 임을 명시했기에 망정이기 그렇지 않았더라면 어떤 사람은 22일 0시(21일 밤12시)부터 물을 받아놓을 뻔했다. 하지만 많은 사람이 자정을 '묵은 날의 끝점' 으로 생각하고 있으므로 기사를 쓸 때는 '자정' 대신 '0시' 라고 쓰는 것이 좋다.

1998년 4월 20일자 한 신문의 기사인데, 중대한 오류 하나가 있다. '22일 자정' 은 '22일 밤 12시' 가 아니라 '21일 밤 12시' 다. 따라서 '22일 자정' 을 '23일 자정' 으로 고쳐 써야 '39시간 동안 수돗물 공급이 중단된다' 는 내용과 일치한다. 만일 '21일 오전 9시부터 22일 자정' 까지 단수되는 것이 확실하다면 '39시간' 을 '15시간' 으로 고쳐써야 아귀가 맞는다. 이 글을 읽는 사람 중에는 '그렇지 않다' 고 생각하는 경우가 적지 않겠지만, '자정' 은 '묵은 날의 끝점' 이 아니라 '새로운 날의 시작점' 이므로 이 논리는 맞다. '22일 자정' 은 '22일 밤 12시' 가 아니라 '22일 0시' 와 같은 말로, '21일 밤 12시' 와 같은 개념인 것이다.

많은 사람들이 자정을 '묵은 날의 끝점' 으로 생각하는 이유는 일과구조 때문이다. 일을 끝내고 잠자리에 드는 시각이 새로운 날이 시작된 0시(밤12시)를 넘기더라도 전날 일과의 개념 속에 둔다는 말이다. 이는 국어사전의 부족한 풀이 때문에 생긴 오해일 수도 있다. 즉, 대부분의 국어사전들이 '자정' 의 풀이를 '자시子時의 한가운데, 밤 12시를 이른다' 정도로만 하고 있을 뿐 어느 날에 속하는지를 적어놓지 않고 있다.

『한국민족문화대백과사전』(한국학중앙연구원,1993)의 '시법時法' 항목에는 "중국을 비롯한 여러 나라에서는 12지시법十二支時法과 24반지시법二十四半支時法으로 시간을 구분했다. 12지시법은 자시子時·축시丑時·인시寅時·묘시卯時…처럼 하루를 12등분하는 것이고, 24반지시법은 그 12지시를 초初와 정正으로 양분하여, 자시는 자초(子初·오후11시)와 자정(子正·오전0시)으로, 축시는 축초(丑初·오전1시)와 축정(丑正·오전2시) 등으로 세분하는 방법이다. 24반지시법에서는 "하루의 기점起點을 자정으로, 낮시간의 중앙을 오정午正으로 했다"는 내용으로 자정의 개념을 정리하고 있다. 그렇다면 우리가 지금 '0시'를 '밤 12시'로, '0시 30분'을 '밤 12시 30분' 등으로 말하는 것은 편의상 그렇게 쓰는 것일 뿐 실제로는 존재하지 않는 시각인 셈이다. ⇒새벽

24반지시법	현행시법
子正	오전 0시
丑初	오전 1시
丑正	오전 2시
寅初	오전 3시
寅正	오전 4시
卯初	오전 5시
卯正	오전 6시
辰初	오전 7시
辰正	오전 8시
巳初	오전 9시
巳正	오전 10시
午初	오전 11시
午正	오후 0시
未初	오후 1시
未正	오후 2시
申初	오후 3시
申正	오후 4시
酉初	오후 5시
酉正	오후 6시
戌初	오후 7시
戌正	오후 8시
亥初	오후 9시
亥正	오후 10시
子初	오후 11시

24반지시법과 현행시법

자화자찬自畵自讚

살다 보면 그럴 때도 있다고?

다른 사람이 칭찬해주기 전에 자신이 한 일을 스스로 칭찬하는 것.

한자 뜻 그대로 새기면 '자기 그림自畵을 스스로自 찬讚한다'는 뜻이다. 즉, 자신이 그린 그림이므로 그 '찬'은 다른 사람이 하도록 하는 게 예의인데도 스스로 하는 어리석음을 일컫는 말이다.

'찬'이란 인물이나 서화書畵를 칭송하는 글을 말한다. 송宋·원元대의 수묵화는 그림과 글씨로 이루어지는 경우가 많은데, 이때 그 그림에 제목을 정하고 그와 관계있는 문장이나 시詩 또는 가歌를 화면에 곁들이는 것이 '찬'이

강세황 영정(보물 제590호) 조선조 문인서화가 강세황姜世晃이 70세 때인 1782년에 직접 그린 것이다. 위에 적힌 글이 찬讚인데, 그는 이것도 직접 썼으므로 말 그대로 '자화자찬'인 셈이다. 내용은 이렇다. '저 사람은 어떤 사람인가 수염과 눈썹이 하얗네 / 오사모烏紗帽를 쓰고, 야복野服을 걸쳤네. 이를 두고 / 마음은 산에 있고 이름은 조정에 둔 것을 알 수 있네 / 가슴에는 기이한 책을 간직했고, 붓으로는 오악五嶽을 흔들 수 있네 / 남들이야 어이 알겠는가, 나 혼자 즐길 뿐 / 늙은이의 나이는 칠십이고, 호는 노죽이다 / 그 초상은 자신이 그렸고, 찬도 자신이 지었다.' 강세황은 66세 때인 1778년에 과거에 장원으로 급제했고 1781년에 호조참판이 됐다.

고, 이것은 그린 사람이 아닌 다른 사람이 하도록 되어 있다.

대개는 '自畵自讚'으로 적지만, '기리다' '칭찬하다'는 뜻의 '讚'은 '贊'이 원래글자이므로 '自畵自贊'으로 적어도 상관이 없다.

> 낯 뜨거운 자화자찬으로 가득한 책자를 내는 이 정권 관계자들의 후안무치함이 놀랍다. 얼마나 민심과 동떨어진 세상에서 자신들만의 폐쇄적 논리에 함몰돼 있는지 실감케 한다. 한국일보 060918

장광설長廣舌

부처의 혀가 얼굴을 덮었다고?

장황하게 늘어놓는 말.

부처의 삼십이상三十二相 중 하나인 '광장설상廣長舌相'에서 비롯된 말이다. 삼십이상이란 부처의 몸에 갖춘 32가지 독특한 모양을 일컫는다. 예를 들어 '족안평상足安平相'은 지면에 골고루 닿을 수 있도록 발바닥이 평평한 모습을, '신금색상身金色相'은 피부가 황금색을 띠고 있는 것을, '사십치상四十齒相'은 이가 보통사람보다 8개가 많아 40개를 갖고 있는 특징을 가리킨다.

그리고 '광장설상廣長舌相'은 혀가 넓고 길면서도 엷고 유연하여 길게 펴면 혀끝이 얼굴을 덮고 머리털 부근에까지 닿는 특징을 말하는데, 부처의 바로 이런 모습에서 처음에는 '길고 줄기차게 잘하는 말솜씨'를 '장광설'이라 했다. 그러나 지금은 의미가 정반대로 변해 '(주윗사람에게 피해를 줄 정도로) 쓸데없이 장황하게 늘어놓는 말' 이란 뜻으로 바뀌어 사용되고 있다. 마치 '짜임새있는 언설' 이란 뜻의 '횡설수설橫說竪說' 이 '조리가 없는 말을 함부로 지껄임' 의 뜻이 되거나, '지도자의 덕목' 을 언급한 '독불장군獨不將軍' 이 '자기 멋대로 일을 처리하는 사람' 을 일컫게 된 것과 같은 예다. 廣長說로 잘못 쓰는 경우가 많으므로 주의해야 한다.

그림 김도원

> 소설은 첫 페이지, 시는 첫 문장에서 버릴 작품과 더 읽어야 할 작품이 판가름난다. 상투적이거나 지나친 비약으로 심사위원을 어리둥절하게 만드는 경우, 잡다한 수사가 많아 장광설이 되는 작품은 일단 탈락대상이다.

장님

왜 그들은 영화 자막에 분노했을까?

앞을 못 보는 사람.

'지팡이, 즉 단장短杖을 짚고 다니는 사람' 이라 해서 나온 말이다. '님' 이라는 존칭접미사를 붙인 것은 시각장애인들 중에 점을 치거나 독경讀經하는 사람이 많았기 때문이라고 하지만, 사실은 풍자적 성격이 강하다. 그런데도 국어사전들은 장님을 '소경의 높임말' 로 풀이하고 있다. 만일 이를 따른다면 그들에게 '장님' 이라 불러서 문제될 것이 없다. 하지만 당사자들은 그렇게 불리기를 싫어한다.

'장님' 은 존칭인가 비칭인가. 존칭이라면 일상생활에서 자유롭게 사용해도 되지만, 비칭이라면 신중을 기해 써야 한다. 이런 사실은 조선일보의 한 기사로부터 촉발된 이른바 '장님논쟁' 을 통해 세간에 알려졌다. 다음은 김영철金榮喆 기자가 쓴 1999년 3월 9일자 조선일보 내용이다.

'장님'은 비속어아닌 높임말

9일자 29면에서 한국맹인복지연합회 임경억 정보문화부장이 할리우드 영화 '사랑이 머무는 풍경(At First Sight)' 자막중 'blind'를 '장님'이라 번역한 데 대해 반발하고 있다는 기사를 읽었다.

영어 'blind' 낱말 자체가 비속어에 해당되는지는 모르지만, '장님'은 순수 우리말로서 맹인-소경-고자(瞽者)-봉사 등과 같은 말이다. 이중 '봉사'는 비속어이고 '장님'은 앞을 보지 못하는 시각장애자를 높인 말이다.

이처럼 높임말을 비속어로 단정한 것은 큰 오해라 생각한다. 자칫 이 기사를 그냥 지나친다면 '장님'이란 높임말이 비속어로 전래될까 봐 걱정된다.

/金泰植 63·금융기관 종사자

'장님' 호칭 좋은 뜻인가

15일 독자란 '장님은 높임말'의 제목으로 실린 글에 이견을 밝히고자 한다. 물론 국어사전에는 '장님'이 소경의 높임말로 나와 있다. 그러나 말은 사전적인 의미보다 실제로 사용되는 것이 더 중요하다. 많은 사람들이 시각장애인들을 대할 때 존경하는 마음으로 '장님'이라고 부르는 것 같지는 않다. 오히려 시각장애인을 비하하는 느낌이 강하다. 일본 교포를 '조센징'이라고 부를 때는 단순히 '조선인'의 의미가 아니며 비하의 의미가 있고 그말을 듣는 사람이 불쾌해 하는 것과 마찬가지이다.

또 호칭은 받아 들이는 사람의 입장을 고려해 부르는 게 당연하다.

/吳充原 29·서울대 박사과정

장님이 존칭어나 아니냐를 놓고 1999년 3월 조선일보 독자면에서는 열띤 논쟁이 벌어진 바 있다. 왼쪽은 "장님을 비속어로 단정한 것은 오해다"라고 주장한 독자의 글이고(15일자), 오른쪽은 "장님의 사전적 의미는 경칭이지만, 실제로는 시각장애인을 비하하는 느낌이 있다"고 주장한 다른 독자의 글이다(17일자).

사랑이 머무는 풍경(at first sight)'을 놓고 시각장애인들이 반발하고 있다. 한국맹인복지연합회 임경억 정보문화부장은 8일 "시각장애인에 대한 일반의 인식을 바꿀 수 있는 좋은 영화가 번역 잘못으로 시각장애인에 대한 비속어를 확산시키고 있다"며 자막 수정을 배급사에 요구했다. '시각장애인' 혹은 '맹인'으로 번역해야 할 'blind'를 '장님'으로 번역하고, 영화 전편을 통해 이 말이 33번이나 등장한다는 것. 이에 대해 배급권사인 UIP코리아측은 공연예술진흥협의회의 심의를 통과했기 때문에 자막을 수정할 수 없다는 입장을 연합회측에 전달한 것으로 알려졌다.

시각장애인들은 자신들을 '장님'이 아닌 '시각장애인'이나 '맹인'으로 불러주길 원한다는 얘기다. 그러나 많은 비장애인들의 생각은 그렇지 않다는 것이 이 기사가 나간 뒤 조선일보 독자면을 통해 확인됐다. 한 독자가 "영어 'blind'의 낱말 자체가 비속어에 해당되는지는 모르지만, '장님'은 순수한 우리말로 맹인·소경 등과 같은 말이다. 이처럼 높임말을 비속어로 단정한 것은 오해다"는 내용의 기고를 한 것이다. 그러나 이 기사는 다른 독자에 의해 다음과 같은 반론이 제기되었다. "말은 사전적 의미보다 실제로 사용되는 게 더 중요하다. 많은 사람들이 시각장애인들을 대할 때 존경하는 마음으로 '장님'이라 부르는 것 같지 않다. 오히려 시각장애인을 비하하는 느낌이 강하다. 재일동포를 '조센징' 이라고 부를 때는 단순히 '조선인' 의 의미가 아니며 비하의 의미가 있는 것과 마찬가지다."

여기에서 우리가 어느 쪽을 택해야 할 것인가에 대해서는 길게 설명할 필요가 없다. 호칭이란 상대방의 존재를 전제로 하는 것이고, 그렇다면 그 부름의 대상이 되는 사람의 입장을 존중해 부르는 것이 도리이기 때문이다.

장본인張本人

이 애가 우리 집안을 이끌 장본인이라고?

나쁜 일을 빚어낸 바로 그 사람.

선생님이 학생에게 "장본인이 무슨 뜻이냐"라고 물었더니, 학생은 "옛날 중국에 나쁜 일을 한 장씨가 있었는데, 그 '장張씨 본인本人' 을 가리키는 말입니다"라고 대답했다고 한다. '장' 이란 성과 '본인' 이란 말이 익숙해 '張+本人' 의 구조로 파악하는 사람이 많기 때문에 나온 우스개이지만, 장본인은 '張本+人' 의 구조로 파악해야 하는 말이다.

'장본' 은 『춘추좌씨전春秋佐氏傳』의 주석(隱公 5年 杜預의 注)에 실린 말로, 고대 역사가들이 역사를 서술할 때 미래에 대비하여 '미리 복선複線을 깔아 두는 것' 을 가리켰다. '張' 은 '어떤 일을 차리어 벌이다' 는 뜻이고, '本' 은 '근본' 이나 '책' 을 뜻한다. 따라서 중요한 문서에 특별한 기록을 할 때 나중에 그 서술로 인해서 큰 사단이 일어날 것에 대비해 당시 상황을 자세히 적어 놓은 비밀장부 같은 것이 장본인 것이다. 그런데 세월이 흐르면서 이런 장본의 뜻은 점차 '장본을 만든 사람' 이라는 뜻으로 바뀌었고, 다시 여기에 '人' 이 붙어 '장본인' 이 되었다. 즉, '장본' 과 '장본인' 은 같은 말이다.

그렇게 본다면 장본을 꼭 부정적인 일과 결부시킬 일은 아니라고 볼 수도 있다. 부정적인 일이 아니라도 후일의 증명을 위해 장본을 만들 필요는 있기 때문이다. 하지만 장본을 만드는 것은 뭔가 떳떳하지 못한 일과 관련되는 경우가 많기 때문에 우리 조상들은 장본인을 '부정적인(나쁜) 일을 한 바로 그 사람' 을 일컫는 말로 사용해온 것이다.

그렇다면 장래가 촉망되는 아이를 두고 "이 아이가 장차 우리 집안을 이끌 주인공이다"라고 한다면 몰라도, "이 아이가 장차 우리 집안을 이끌 장본인이다"라고 하는 것은 잘못이다. 그런데 국립국어원이 만든 『표준국어대사전』(1999)에는 장본인을 '어떤 일을 꾀하여 일으킨 바로 그 사람' 으로 풀이하고, '이 아이가 장차 우리 집안을 이끌 장본인이다' 라는 예문을 싣고 있다. 일본어의 '표준사전' 으로 일컬어지는 『광사원廣辭苑』(이와나미서점)은 '사건을 일으키는 가장 근본이 된 사람. 발두인發頭人. 수모자首謀者' 로 적고 있다(3판,1983).

> 나는 이토가 한·일 두 나라의 친선을 저해하고 동양의 평화를 어지럽힌 장본인이기 때문에 한국의 의병 중장 자격으로 죄인을 처단한 것이지, 결코 자객으로서 그를 살해한 것이 아니다.

장부丈夫

그때는 남자 키가 3m가 넘었다고?

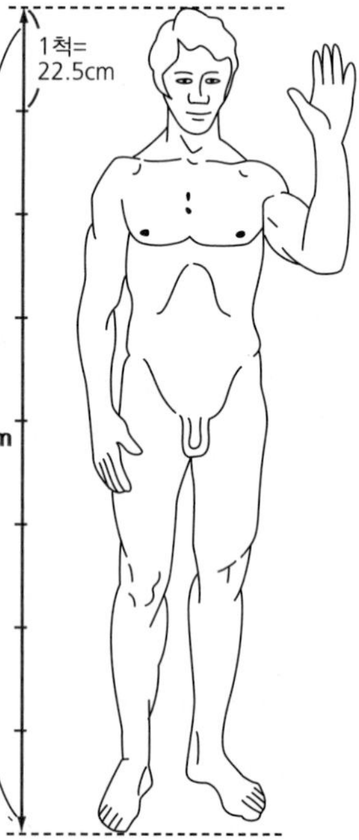

다 자란 씩씩한 남자.

'丈(장)' 은 길이의 단위이고, '夫(부)' 는 '우뚝 선 어른大이 동곳一을 꼽고 있는 모습을 본뜬 글자로 '사내' 를 뜻한다. 주周나라에서는 이런 남자의 키를 1장으로 보아 어엿한 어른으로 성장한 사내를 '장부丈夫' 라 했다.

그렇다면 1장에 이르는 장부의 키는 어느 정도였을까. 보통 상식으로는 1장은 10척(尺·자)이고 1척은 30.3cm이므로 1장은 3m가 넘는다는 계산이 된다. 이 말은 주나라 성인남자들의 키가 3m가 넘는다는 얘기이므로 말이 되지 않는다.

이것을 이해하기 위해서는 이 말이 만들어질 당시인 주나라의 계산법과 지금 계산법의 차이를 알아야 한다. 즉, 주나라의 계산법으로는 1장이 8척이고 1척이 약 22.5cm에 해당했다. 따라서 '장부'는 180cm쯤 되는 사내를 가리키는 셈이다. '대장부大丈夫'는 그 '장부'에 '大'가 붙은 것이므로 더욱 강하고 건장하다는 뜻이 있다. ➡ 심상찮다

장사진長蛇陣

"머리를 치면 꼬리로 덤비고, 꼬리를 치면 머리로 공격하라"

많은 사람이 줄지어 길게 늘어서 있는 모양.

『손자병법孫子兵法』에 나오는 말로, '뱀蛇처럼 길게長 늘어선 군진陣'이라는 뜻이다. 그러나 원뜻은 지금과 다르다.

우선 이때의 뱀은 솔연率然이라는 뱀을 가리킨다. 중국 상산常山에 살았다는 이 뱀은 사람 키보다 몇 배나 길다 해서 '장사長蛇'라고도 불렸는데, 머리를 치면 꼬리로 덤벼들고, 꼬리를 치면 머리로 공격하고, 몸통을 치면 머리와 꼬리 양쪽으로 공격하는, 비호같은 뱀이었다. 『손자병법』에는 군진軍陣을 칠 때는 바로 이 장사 솔연처럼 진을 쳐야 한다고 적혀 있다. 결국 '장사진'이란 단순히 뱀처럼 길게 진을 친다는 것이 아니라 머리와 꼬리가 합심하듯이 여러 부대가 유기적으로 협조하여 적을 격퇴시킨다는 뜻이 내포된 말이었다.

자칫 長蛇陳으로 쓸 수 있으므로 주의해야 한다. 陳은 '나라이름'이나 '오래되다' '베풀다'의 뜻이고, 陣은 '군대의 배열'을 말한다. ➡ 오월동주

> 표를 구하러 새벽부터 장사진을 친 사람들, TV 앞에서 환호와 탄식을 연발하는 사람들, 구르는 공에서 눈길을 떼지 못하는 사람들…. 어디선가 많이 본 광경인데…. 그렇다. 광풍이라 불릴 만큼 인기를 끌고 있는 로또복권이 그 주인공이다. 한국일보 030217

장삼이사張三李四

세계 최대의 성씨는 장씨가 아니다

신분이나 이름이 특별하지 않은 아주 평범한 사람들.

'장張씨의 셋째아들과 이李씨의 넷째아들'이라는 뜻으로, 중국에서는 이들 성씨가 매우 흔하다 해서 나온 말이다. 그렇다면 이들이 대체 얼마나 많길래 사자성어로까지 만들어졌을까. 조선일보 1997년 5월 3일자 중국발 기사에는 그 궁금증을 일거에 해소할 수 있는 정보가 실려 있었다.

연세대 총장 출신의 송자 씨가 사외이사 편법행위와 이중국적 등의 문제가 있었음에도 교육부장관에 임명된 것을 '장삼이사'라는 말로 간접 비난한 정운경 화백의 『왈순아지매』(중앙일보 2000.8.10). 송자 씨는 결국 장관으로 임명된 지 23일 만에 퇴진했다.

중국 내 56개 민족의 성씨는 1만1969개에 이르며 중국은 물론, 세계 최대의 성씨는 기네스북에 올라있는 장張씨가 아니라 이李씨라고 신민만보新民晩報가 보도했다. 신민만보는 중국과학원이 펴낸 『중국성씨대사전』을 인용, 이씨는 8700만 명으로 전체 한족漢族의 7.9%를 차지하고 있다고 전했다. 이 사전에 따르면, 이씨 다음은 왕王씨, 장張씨, 유劉씨, 진陳씨의 순이며, 이들 5대 성을 합한 인구는 중국 전체 인구의 3분의 1이나 된다. 중국의 성씨 가운데 외자 성은 5327개, 두자 성은 4329개, 3~9자의 긴 성도 2316개에 이르는 것으로 조사됐다.

그렇다면 이제 '장삼이사'는 '왕삼이사(王三李四)'로 바꾸는 것이 더 합당할지도 모른다는 생각을 하게 하는 기사다. 성씨가 1만개가 훨씬 넘는다는 사실도, 외자 성이 5300여개에 이른다는 것도 새로운 사실이다. 우리나라는 김金·이李·박朴 세 성씨가 1·2·3위이고, 최崔씨와 정鄭씨가 4·5위를 차지하고 있다. 장張씨는 9위다.

> 십시일반十匙一飯이 아니라 '수백만시일반數百萬匙一飯' 일는지는 모른다. 다만 대한민국 정부 장관도 그렇게 너와 나 장삼이사들이 한 숟가락씩 보탠 세금으로 녹을 주어 부리는 사람이란 점만은 밝혀 두고 싶다.

장애인障碍人

누가 '놈'을 욕이라 했지?

신체의 일부가 불편해 일상생활에 제약을 받는 사람.

오랫동안 '장애자障碍者'로 써왔지만, 80년대 중반부터 '者' 대신 '人'으로 바꿔 쓰자는 운동이 벌어져 지금은 '장애인'으로 쓰는 것이 일반화되었다. '者'를 '놈자'로 부르는 관행 때문이다.

그러나 '者'의 본래 뜻은 '사람'이다. 예를 들어 '기자記者'는 '쓰는 사람'이고, '학자學者'는 '연구하는 사람'인 것과 같다. 중세 국어의 문건들을 보면 이를 확실히 알 수 있다. 예를 들어 『훈민정음언해본訓民正音諺解本』 서문에 '나랏말싸미 듕귁에 달아… ᄆᆞᄎᆞᆷ내 제 ᄠᅳ들 시러 펴디 몯ᄒᆞᇙ 노미 하니라(나라의 말이 중국과 달라…제 뜻을 펴지 못하는 사람이 많더라)'라는 부분이 있는데, 이때의 '노미(→놈)'는 '사람'이라는 뜻이다.

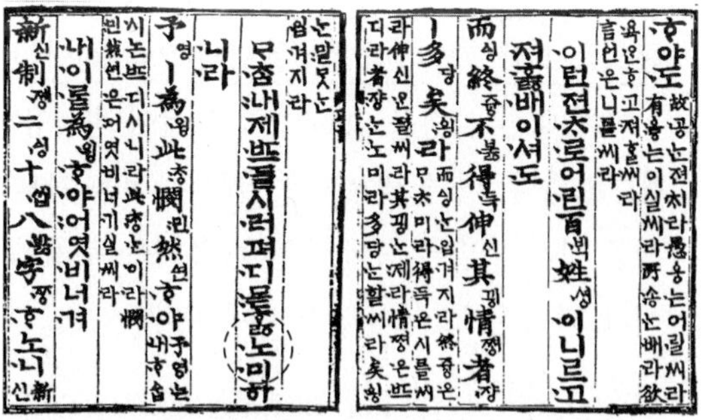

『훈민정음언해본』 서문 여기에 나오는 '노미'는 지금은 욕말처럼 들리는 '놈'의 원말로, '사람'이라는 뜻이다. 이처럼 시대변천에 따라 뉘앙스가 달라진 예에는 '계집'도 있다. 중세 국어에서 '겨집'이라 했던 '계집'은 원래는 '여자'나 '아내'를 뜻하는 말이었다. 그러나 지금은 여자를 낮잡아 이르는 말로 쓰이고 있다. 이제 '놈자者'는 '사람자'로, '계집녀女'는 '여성녀'로 고쳐 불러야 한다.

어쨌든 사소한 표현에도 상처를 받을 수 있는 장애인들의 마음을 헤아

리자는 뜻은 평가할 만한 일이다. 일본에서는 우리보다 훨씬 먼저 '장애자'라는 말을 버리고 '몸이 부자유스러운 분(體の不自由な方)' 이라는 기다란 표현을 쓰고 있으므로, 그런 면에서 일본은 우리보다 한 발 앞서 있는 셈이다. 참고로 청각장애자 · 귀머거리는 '청각장애인', 농아자는 '청각 및 언어장애인', 신체장애자 · 지체장애자 · 절름발이는 '지체장애인', 꼽추는 '척추장애인', 정신지체장애자 · 정신박약자는 '지적장애인', 시각장애자 · 소경 · 장님은 '시각장애인' 등으로 바꿔 사용해야 한다. ➡벙어리 냉가슴

장원狀元

그의 이름은 보고서의 첫머리에 쓰였다

과거에서 최고점으로 급제함. 또는 그런 사람.

이 말은 한자 표기가 문제가 되어 있다. 즉, 대부분의 사람들이 '壯元' 으로 적는데, '狀元' 으로 적는 것이 옳다. '壯元' 으로 적는 것은 국어사전에 그렇게 되어 있기 때문이다. 狀은 '문서' 의 뜻이고, 壯은 '장하다' 의 뜻이다. 따라서 狀元이라고 하면 '문서의 으뜸' 이 되고, 壯元이라 하면 '장함의 으뜸' 이 된다. 그렇다면 왜 '문서의 으뜸' 인 狀元이 맞는 것일까.

이에 대한 설명을 명쾌히 적은 글이 정약용(丁若鏞 · 1762~1836)의 『아언각비雅言覺非』다. 바른 말雅言로 잘못된 점을 깨닫게 한다覺非는 뜻으로, 정약용 생존 당시의 말글 중에서 잘못 쓰이는 것을 찾아 바로잡은 일종의 어원사전이다. 다음은 그 책의 일부 내용이다.

> 장원이란 주장奏狀의 첫머리에 쓰인 사람을 말한다. 과거에 급제한 진사의 방을 붙일 때는 반드시 주장을 만들어 천자에게 올렸던 까닭으로 그 첫째 번 사람을 狀元이라 말했다. 그리고 향시의 첫머리에 적히는 사람은 해원解元이라 말하지 狀元이라고는 하지 않는다. 우리나라에서는 이를 잘못 인식하

> 고 과거시험의 방문에 첫머리를 차지하면 보통 狀元이라고 칭하고 … 또 '문서장(狀)' 자를 그릇되게 '장할장(壯)' 자로 만들어 이를 壯元이라 이르고, 시원詩元을 시장詩壯, 부원賦元을 부장賦壯이라 이르며, 계산에 뛰어난 사람(多算者)을 획장畫壯이라 이르고, 주차문奏箚文이나 비갈문碑碣文에도 다 이렇게 간행되었으니 어찌 잘못이 아니겠는가? (일지사, 『아언각비』)

청나라 말 동치제同治帝가 과거에서 장원급제를 한 홍균洪鈞에게 내린 편액扁額이다. 첫 글자는 '문서장狀'의 약자다.

'장원'은 옛날 과거 합격자 명단이 적힌 주장(奏狀·황제나 임금에게 올리는 보고서)의 첫머리元에 오른 사람이라 했던 데서 온 말인데, 사람들이 壯元으로 잘못 쓰고 있으니 바로잡아야 한다는 지적이다. 하지만 이 같은 정약용의 주장이 널리 알려지지 않았는지, 오랜 세월이 지난 지금도 대부분의 국어사전들이 壯元으로 잘못 적고 있다. 1999년에 나온 『표준국어사전』(국립국어원)에는 狀元과 壯元을 함께 올려 다소 진전을 이루기는 했으나 '잘못을 완전히 깨달은覺非' 것으로 볼 수는 없다.

> 김한로의 인생 역정은 조선시대 장원급제자들의 관운을 상징적으로 보여준다. 그러나 장원, 즉 수석합격이야 어느 시대고 자식 키우는 부모라면 그 누가 원하지 않을 수 있는 일이던가.

'장이'와 '쟁이'

기술자냐 아니냐의 문제다

옹기□□', '멋□□', '미□□', '거짓말□□', '신문□□' ….

□안에 자신 있게 '장이'와 '쟁이'를 구분해 넣을 수 있는 사람은 이 항목

을 읽을 필요가 없다. 하지만 적지 않은 사람들이 그렇게 하지 못할 것이다.

'장이'와 '쟁이'는 다같이 접미사지만 뜻과 쓰임새가 약간 다르다. 우선 '장이'는 물건을 만들거나 수리하는 기술자를 가리킬 때 붙인다. 예를 들면 '옹기장이' '미장이' '칠장이' '구두장이'가 그런 예다. '장이'는 '장인匠人'이란 말에서 왔기 때문이라고 생각하면 이해가 쉽다. 이에 반해 '쟁이'는 어떤 명사에 붙어 '그런 속성을 많이 가지거나, 그런 일을 잘하거나 자주 하는 사람'을 가리킬 때 붙인다. 예를 들면 '멋쟁이' '거짓말쟁이' '고집쟁이' '소금쟁이' 등이 사용례다.

그렇다면 신문기자는 '신문쟁이'인가 '신문장이'인가. 언뜻 생각하면 신문기자는 신문을 만드는 기술자이므로 '신문장이'라고 해야 할 것 같지만, '신문쟁이'로 쓰는 것이 옳다. '장이'는 장인, 즉 '손으로 물건을 만드는 일을 직업으로 하는 사람'이라는 말로부터 왔기 때문에 반드시 수공업적으로 물건을 만들거나 수리하는 일을 하는 기술자에게 붙여야 하는 것이다. 그림을 그리는 것도 기술이기는 하다. 그러나 화가를 일컬어 '환장이'라 하지 않고 '환쟁이'로 쓰는 것도 그림 그리는 일이 수공업적 기술이 아니기 때문이다.

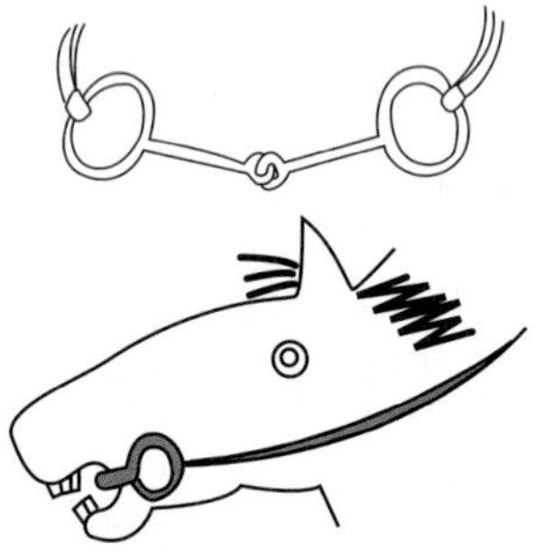

위 그림이 재갈이다. 이것을 말에 물린 모습이 아래 그림인데, 재갈의 양쪽 고리에 매여 있는 고삐를 잡아당겨 말을 견제하도록 되어 있다. 이것을 최초로 발명한 것은 기원전 1000년경 서아시아 유목민들이다. 간단한 이치 같지만, 그들은 이 발명 덕분에 가축을 넓은 지역에서 놓아기를 수 있게 되었고, 이로써 농경민족보다 우월한 군사적 위치를 점할 수 있게 되었다.

재갈을 물리다

말을 하지 못하게 입을 틀어막다.

'재갈'이란 말을 부리기 위해 말의 입에 가로로 물리는 가느다란 쇠막대다. 한자어로는 '마함馬銜'이다. 돌멩이란 뜻의 '자갈'로 착각하고 '자갈을 물리다'로 잘못 말하는 사례가 있다.

> 재갈. 말을 부리려 입에 가로 물린다. 쇠뭉치다. 여기에 고삐를 맨다. 순종할 수밖에 없다. 그 재갈을 한국 언론에 물리겠다고 누군가 공언했다. 그것도 방송기자와의 인터뷰 자리였다. 한겨레 050728

재팬

그는 왜 가보지도 않고 헛소리를 했을까?

'일본'의 영어명.

'저팬'이라고 쓰는 사람이 적지 않으나, 대다수는 '재팬'으로 적고 있다. 외래어표기 원칙에 따르면 '국제음성기호(발음기호)와 한글대조표'에 따라 '저팬'으로 적는 것이 옳으나 많은 사람들이 '재팬'으로 적기 때문에 관용을 인정하여 '재팬'으로 적는다.

재팬이란 말이 나온 배경으로는 대체로 다음 세 가지가 언급되고 있다. 첫째는 이탈리아 여행가인 마르코폴로가 『동방견문록東方見聞錄』에 일본을 '황금의 나라'라는 뜻의 '지팡구Zipangu'로 유럽에 소개했는데, 이것이 변해서 '재팬Japan'이 되었다는 주장이다. 둘째는 16세기경 일본에 온 선교사 바테렌이 동양제국의 특산품을 가지고 돌아가 유럽에 소개할 때 일본을 '칠기漆器의 나라'로 설명했는데, 일본어로 '칠기'를 '쟈판ジャパン'이라 하기 때문에 이것이 변해서 '재팬'이 되었다는 주장이다. 중국을 '도자기의 나라'라는 뜻의 '차이나China'라고 하는 것도 이와 상관이 있다. 마지막 한 가지는 과거의 중국인이 한자 '日本'을 '지펀'이라고 읽은 것으로부터 왔다는 주장이다.

일본인들은 이중 첫 번째 가설을 가장 신뢰하는 듯하다. 그러나 마르코폴로가 일본을 '황금의 나라'라고 했던 것은 실제로 황금이 많이 나와서라기보다 동양사회에 대한 호기심과 동경의 뜻이 숨어 있는 표현이다. 이 같은 심리는 훗날 콜럼버스가 '꿈의 나라' 인도를 찾아 탐험을 감행하는 계기가 되고, 결국 아메리카 신대륙을 발견하는 사건으로 이어졌다.

적자赤字

금전의 수지 결산에서 수입보다 지출이 많은 것.

부기 등에서 부족액을 빨간펜으로 기입하는 습관에서 생긴 말이다. 19세기 말에서 20세기 초 일본에서 들어온 것으로 보인다. 인쇄물을 교정校正하기 위해 잡아 놓은 오자誤字를 일컫기도 한다. 이것도 빨간펜으로 표시하는 습관이 있기 때문에 나온 말이다.

전가傳家의 보도寶刀

정작 필요한 때가 아니면 사용하지 않는 소중한 수단.

'전가傳家'는 '대대로 그 집안에 전해 내려옴'의 뜻이고, '보도寶刀'는 '잘 만든 보배로운 칼'을 말하므로 '대대로 가보家寶로 전해 내려오는 명도名刀'라는 뜻이다. 일본어에서 건너온 관용표현으로 '조자룡趙子龍의 헌 칼'과 대조되는 말이다. ➡조자룡의 헌칼

> 당시만 해도 사람들은 인류의 기원에 대한 성서의 내용을 의심치 않았으며, 노아의 홍수는 지구의 역사를 설명하는 전가의 보도였다. 스미스의 지도는 종교적 교의의 안개를 걷어내고 인류와 행성의 근원에 대한 새로운 이해의 시대를 열었던 것이다. 조선일보 030517

전라도全羅道

그것은 왕건이 개명한 '나주'의 흔적이다

전라북도와 전라남도를 통칭하는 이름.

'전주全州'와 '나주羅州'의 첫 글자를 따서 만든 말이다. 그런데 여기에서 생기는 의문은 전라남도를 대표하는 도시는 광주光州인데 왜 나주의 이름을

땄는가 하는 점이다. 이것을 이해하기 위해서는 광주와 나주의 역사를 살펴볼 필요가 있다.

신라 경덕왕에 의해 '금성錦城'이라 불렸던 나주는 통일신라 말 후백제의 견훤이 통치하다 고려의 수중에 들어갔다. '나주'란 이름은 이때 대규모 상륙작전으로 금성을 접수한 왕건王建이 개명한 이름이다. 그 후 1018년 거란이 침입해오자 고려 현종顯宗이 이곳에 잠시 피란한 것이 인연이 되어 목牧으로 승격되고, 전주 주변의 읍성과 나주 주변의 읍성을 합쳐 '전라주도全羅州道'라 불렸다. 지금의 '전라도'란 말은 조선 태종太宗 2년(1402) 전국을 팔도로 나누면서 이 '전라주도'를 참고하여 만든 말이다.

세조世祖 때는 진鎭을 두고 영암 · 영광 등 8현縣을 관장하는 등 나주는 명실상부한 서남해의 중심지로 위세를 떨쳤으나 갑오개혁(甲午改革·1894~1896) 이후 전국을 13도로 나누면서 전라남도의 한 군郡으로 강등되고 전라남도의 행정 중심은 광주로 옮겨가게 되었다.

전전긍긍戰戰兢兢

'두렵게 여기며 삼가라, 깊은 못물 임한 듯이'

몹시 두려워서 벌벌 떨며 조심함.

'戰(전)'은 여기에서는 '두려워하다' '두려워 벌벌 떨다'는 뜻이다. '전율戰慄'의 戰도 이런 뜻으로 쓰인 한자다. '兢(긍)'은 '조심하다' '삼가다'의 뜻이다. 따라서 '전전戰戰'은 겁을 먹고 두려워 떠는 모습이고, '긍긍兢兢'은 몸을 삼가고 조심하는 모양을 말한다.

『시경詩經』「소아편小雅篇」에 어지러운 정국을 비판해 '…戰戰兢兢 如臨深淵 如履薄氷(전전긍긍 여림심연 여리박빙), 즉 '두렵게 여기며 삼가라. 깊은 못물 임한 듯이, 얇은 얼음 밟는 듯이'라고 노래한 「소민小旻」이라는 시의 일부분이다.

절차탁마切磋琢磨

자르고 닦은 듯, 쪼고 간 듯

옥이나 돌을 갈고 다듬듯이 학문이나 덕행을 열심히 닦음.

'切(절)'은 '자르다', '磋(차)'는 '닦다', '琢(탁)'은 '쪼다', '磨(마)'는 '갈다'의 뜻이다. 『시경詩經』「기오편淇奧篇」에 실린 '如切如磋 如琢如磨(여절여차여탁여마)', 즉 '자르고 닦은 듯, 쪼고 간 듯'이라는 문구를 조합한 말이다. '切'은 뼈를, '磋'는 상아를, '琢'은 옥을, '磨'는 돌을 세공할 때 사용하는 기술이므로, 이 네 글자는 세공기술이라는 면에서는 같지만 그 재료는 각기 다르다. 재료를 달리하면서 좋은 결과를 가져오게 하는 것이 '절차탁마'이므로, '친구들끼리 서로 연구 · 격려하며 기술이나 학문을 익혀 함께 발전하는 것'이 원래 뜻이다.

> 두 개의 잇닿은 연못은 '주역'에 그 연원이 있다. 태괘兌卦의 풀이는 이렇다. "두 개의 못이 잇닿은 것이 태兌다. 군자가 이것을 보고 붕우와 더불어 강습한다." 무슨 말인가? 두 연못이 이어져 있으면 서로 물을 대주어 어느 한 쪽만 마르는 일이 없다. 이와 같이 붕우는 늘 서로 절차탁마하여 상대에게 자극과 각성을 주어 함께 발전하고 성장한다. 조선일보 100507

절체절명絕體絕命

몸이 잘라지고 목숨이 끊어진다고?

몹시 위태롭거나 급박한 상황. 도저히 피할 수 없는 절박한 상태.

한자만 보면 '몸體이 잘라지고絕 목숨命이 끊어진다絕'는 것이므로 매우 참혹한 표현이다. 그러나 절체절명은 중국의 구성점九星占에서 온 말로, 몸을 자르는 것과는 상관이 없다.

구성점이란 '일백一白' '이흑二黑' '삼벽三碧' '사록四綠' '오황五黃' '육백六白' '칠적七赤' '팔백八白' '구자九紫'의 아홉 가지 별을 팔괘八卦나 오행五行과 결부시켜 운세를 판단하는 점술로, 당나라 말기에 시작되었다. '절체'

와 '절명' 도 이 점에서 말하는 흉성의 이름인데, 점괘에서 이들 별이 나오면 운이 다해 파멸에 이르는 것으로 알려져 있다.

'절체' 와 '절명' 이 최초로 등장한 것은 『장자莊子』와 『상서尙書』다. 당시에는 '각각 몸을 희생시킨다' '스스로 목숨을 끊는다' 는 뜻으로 쓰였으나 이를 사자성어로 만들어낸 것은 일본이다. 의미에서 '절대로絕對-' 라는 말이 상상되어서인지 '절대절명' 으로 잘못 적는 예가 많다.

> 조선의 운명을 백척간두로 몰아세웠던 임진왜란. 그 절대절명(→ 절체절명)의 위기를 슬기롭게 헤쳐나간 일등공신을 들라면 단연 서애 유성룡일 것이다.

'절충折衷' 과 '절충折衝'

그의 협상력이 적의 창칼을 막았다

한글은 같지만 한자가 다르므로 한자를 병기할 때는 뜻을 잘 유념해 가려 써야 하는 말이다.

앞의 '折衷' 은 '서로 다른 사물이나 의견 등을 양쪽의 좋은 점만 골라 맞게 조정하는 일' 이다. '折(절)' 은 '자르다' 의 뜻이고 '衷(충)' 이 '가운데' 란 뜻이므로 두 '물건의 가운데 부분을 자른다' 해서 생긴 말이다. 그러니까 양쪽이 반씩 양보하는 방향으로 타협하는 것이 '折衷' 이다. '절충점折衷點' '절충안折衷案' 은 여기에서 파생된 말이다.

뒤의 '折衝' 은 '이해관계가 다른 상대와 서로 협상하거나 담판하는 일' 을 말한다. '折(절)' 은 '꺾다', '충衝' 은 '찌르다' 의 뜻이다. 그러면 '꺾고 찌르는' 것이 왜 이런 뜻이 되었을까. 춘추시대 제齊나라의 안자晏子는 다른 나라와의 협상에 뛰어난 수완을 발휘했다. 그러자 공자孔子가 이것을 보고 "안자는 타국에 나가거나 사신을 불러들여 술자리에서 담소하고, 천리타방과 교섭함으로써 적이 창끝으로 찌르는衝 것을 꺾었다折"라고 칭찬했는데, 이것이 '절충' 이란 말이 태어난 배경이 되었다.

김대중 대통령과 김정일 국방위원장은 남북공동선언을 통해 남한의 '국가연합' 과 북한의 '낮은 단계 연방제' 를 절충折衷한 형태의 통일방안에 의견 접근을 보았다.

국회 보건복지위 의약분업대책소위는 의료계·약계·시민단체 등 3자 대표들과 만나 약사법 개정안 절충折衝작업을 벌였다.

정곡正鵠을 찌르다

찌르려면 그곳을 찔러라

사물의 요점이나 핵심을 짚다.

'정곡正鵠' 이란 '과녁의 한가운데에 있는 흑점黑點' 을 일컫는다. 활이 맞혀야 할 곳은 그 흑점이므로, 그것을 찌르는 것은 급소를 찌르는 것과 같아 '사물의 가장 중요한 핵심' 을 일컫는 말이 되었다.

'正(정)' 과 '鵠(곡)' 은 모두 '과녁의 흑점' 이란 뜻이지만, 재질에 따라서 구분이 다르다. 즉, 과녁의 바탕을 '후侯' 라 하는데, 천으로 만든 것은 '포후布侯', 가죽으로 만든 것은 '피후皮侯' 라 부른다. '후' 에는 몇 개의 동심원을 그리고 한가운데에는 흑점을 그렸다. 이때 포후에 그려진 흑점은 '정正' 피후에 그려진 흑점은 '곡鵠' 이라 불러 구분했다. 화살을 날려 이 정곡을 뚫는 것을 '관혁(貫革·'가죽을 뚫는다' 는 뜻)' 이라 했는데, 이것은 훗날 '과녁' 의 뿌리가 되었다.

김삼순에게서 느낀 즐거움은 역시 대사와 연기였다. 비속어도 써가며 정곡을 콕 찌르는 대사들이 짜릿하고 강렬한 효과를 느끼게 했다. 한국일보 050723

정석定石

사물을 처리할 때 정해진 일정한 방식.

원래는 바둑이나 장기에서 사용하는 말로, 공격과 수비에서 돌이나 말을 놓는 최선의 방법, 또는 그 차례를 일컫는 말이다.

정제錠劑

알약에도 타블로이드가 있다고?

'알약' 을 한문투로 일컫는 말.

엄밀히 말하면 정제는 동그란 알약, 즉 '환약丸藥' 과는 약간 다르다. 알약은 알약이지만 동글납작하게 굳힌 알약을 '정제' 라 한다. 일부에서는 이런 형태의 약은 일본이 최초로 만들고 '정제錠劑' 라는 이름을 붙였다고 주장하지만, 사실은 19세기 말 영국의 한 제약회사가 만들어낸 것이다.

영국의 제약회사는 이 새로운 형태의 약을 만들고 '평판과 같은' 이란 뜻으로 '타블로이드tabloid' 라는 이름을 붙였다. 기존의 약들은 공처럼 되어 있어 바닥에 놓으면 굴러가는 경향이 있었는데 이 약은 그런 단점을 보완함으로써 소비자들에게 인기를 끌었다. 보통신문의 절반 크기인 신문을 '타블로이드' 라 하는 것은 여기에서 비롯됐다.

'정제' 란 말을 일본에서 만들었다는 주장은 맞다. 당시 '타블로이드' 란 새로운 형태의 약에 합당한 한자가 없어 제기祭器나 은화銀貨를 뜻하는 '錠(정)' 에 '약' 의 뜻인 '劑(제)' 를 결합해 새로운 말을 만든 것이다. ➡타블로이드

정종正宗

그 술에는 사무라이의 '칼' 이 들어 있다!

'청주淸酒' 를 일본에서 일컫는 말.

원래는 일본 효고현兵庫縣의 한 양조회사에서 만든 청주의 상품명이었는데, 지금은 보통명사로 쓰이고 있다. 거기에는 다음과 같은 사연이 있다.

야마무라다자에몬山邑太左衛門이라는 '술의 장인' 이 1840년 새로운 청주를 개발하고 어떻게 이름을 붙일지를 고민했다. 그러다 한 스님을 찾아갔는데, 스님의 책상 위에 『임제정종臨濟正宗』이라는 문구가 놓여있었다(正宗이란

임제종을 강조한 것으로, '오리지널 임제종'과 같은 뜻이다·보문사 지범 스님). 장인은 이를 보자마자 스님의 의견을 구하기도 전에 새 청주의 이름을 '正宗'으로 정해버렸다. 正宗은 '세이슈우せいしゅう로 약간 길게 발음되고, 清酒는 '세이슈せいしゅ'로 약간 짧게 발음되므로 '正宗'이란 이름을 쓰면 청주라는 의미를 살리면서 불교의 흔적을 나타낼 수 있기 때문이다.

이름 때문인지 새 청주는 사람들로부터 큰 인기를 끌었다. 하지만 술의 이름은 장인의 의도와 다르게 흘러갔다. 즉, 사람들은 새 청주를 '세이슈우'로 음독音讀해 부르지 않고 '마사무네'로 훈독訓讀해 불렀던 것이다. 그 이유는 '마사무네'라는 일본도日本刀가 너무 유명했기 때문이다.

'일본도 마사무네'는 가마쿠라시대(鎌倉時代·14세기)에 사가미(相模·지금의 가나가와현) 지역에서 활동했던 오카자키 마사무네岡崎正宗라는 도공刀工의 이름을 딴 말이다. 그는 칼 만드는 솜씨가 매우 뛰어나 왕실에서까지 그의 칼을 사갈 정도였다. 이런 사실이 사람들에게 널리 알려져 '마사무네'는 일약 명검名劍의 대명사가 되었다. 뿐만 아니라 당시의 인기는 계속되어 마사무네가 죽은 지 수백 년이 지난 지금까지도 그의 작풍作風을 이어받은 명검들이 계속 만들어지고 있다.

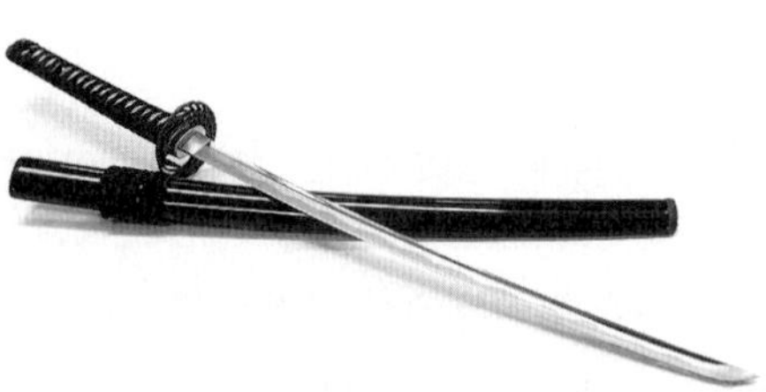

술과 칼 왼쪽 그림은 '청주 마사무네'의 원조격인 '사쿠라마사무네櫻正宗'의 상표다. 초서로 쓴 '正宗'이란 글씨를 벚꽃(사쿠라·櫻)이 감싸고 있다. 正宗을 최초로 개발한 양조회사는 우후죽순 쏟아지는 유사제품에 대항하기 위해 '正宗'을 상표로 등록하려 했으나 정부는 '正宗'을 사용하는 회사가 많다는 이유로 불허하고 '正宗'을 보통명사로 만들어버렸다. 그러자 양조회사는 '마사무네' 앞에 '사쿠라'를 넣어 '사쿠라 마사무네'라는 이름으로 상표를 등록할 수밖에 없었다. 이 때문에 지금 'OO마사무네'라는 이름이 붙은 술은 등록된 것만 130여개에 이른다. 오른쪽 그림은 '일본도 마사무네'의 모조도이다.

'마사무네'에 대한 일본인들의 생각이 이 정도이니 새로운 청주의 이름으로 '正宗'을 택한 것은 탁월한 선택이었던 셈이다. 그러나 얼마 지나지 않아 양조회사에 고민이 생겼다. 새 청주의 명성이 높아지자 업체들이 너도나도 '正宗'이란 이름을 붙인 청주를 출시했기 때문이다. 이에 양조회사는 1884년 상표조례가 시행되자 '正宗'을 상표등록하려 했으나 정부는 이를 받아들이지 않고 누구나 사용할 수 있는 말로 만들어버렸다. '正宗'을 사용하는 회사가 너무 많다는 것이 이유였다.

이처럼 지금 우리말 속에 들어와 있는 '정종'은 일본의 상품명에서 유래했을 뿐만 아니라 사무라이문화도 함께 묻어 있으므로 '청주'로 고쳐쓰는 것이 옳다.

제왕절개帝王切開

카이사르는 정말 수술로 태어났을까?

임부의 배를 절개하고 태아를 꺼내는 수술.

독일어 '카이저슈니트kaiserschnitt'를 직역한 말이다. 의학계에서는 라틴어로 '섹티오 카에사레아sectio caesarea'라 부르고, 영어로는 '시저리언 오퍼레이션Caesarean operation'이라 한다. 모두 카이사르(영어명은 시저, 기원전 102~44)의 이름이 붙었는데, 그것은 로마황제인 카이사르가 제왕절개로 태어났다는 이야기 때문이다. 하지만 카이사르가 제왕절개로 태어났다는 증거는 없고, 오히려 '카에수라caesura', 즉 '임신자궁을 절개한다'는 뜻에서 온 중복어重複語로 보는 견해가 많다.

만일 카이사르가 실제로 제왕절개로 태어났다면 그의 어머니는 어떻게 됐을까? 이런 궁금증에 대해 의사들은 당시의 제왕절개는 자궁을 모체로부터 완전히 떼어내버리는 잔혹한 것이었기 때문에 그의 어머니는 살아남지 못했을 것이라고 한다. **요시오카 쓰토무, 『역사퍼즐』**

조삼모사朝三暮四

궁하면 그의 지혜라도 빌려라!

간교한 꾀로 남을 속여 희롱하는 일.

전국시대 송宋나라에 여러 마리의 원숭이를 기르고 있던 저공狙公이란 노인이 있었는데, 원숭이를 먹이다 살림이 기울어 원숭이에게 주는 식량을 줄일 수밖에 없었다. 고민 끝에 저공은 원숭이들에게 이렇게 말했다. "도토리를 아침에 세 개, 저녁에 네 개씩 주겠다." 그러자 원숭이들은 아우성을 쳤다. 반발이 심상치 않음을 느낀 노인은 얼른 말을 바꾸어 "그럼 아침에 네 개, 저녁에 세 개를 주겠다"고 했더니 원숭이들이 좋아했다고 한다.

『열자列子』「황제편黃帝篇」에 있는 말로, '눈앞에 보이는 차이만 알고 결과적으로는 같다는 사실을 알지 못하는 어리석음' 이나, '뻔한 이치를 간사한 꾀로 농락하는 것' 을 비유하는 말로 쓰인다. 자칫 아침에 하는 것 다르고, 저녁에 하는 것 다르다는 뜻의 '조변석개朝變夕改' 와 혼동하는 경우가 있다.

> 요금을 올리고 좋은 차로 바꾸어 택시를 고급화하려는 계획은 택시문제의 근본원인을 외면하고 책임을 시민들에게 전가하는 조삼모사식 발상이 아닐 수 없다.

조자룡의 헌 칼

"졸개들을 없애는데 내 칼을 왜 쓰나"

'주위에 널려있는 흔한 것' 을 비유하는 말.

『삼국지三國志』의 '장판파長坂坡 싸움' 에서 나온 말이다. '장판파 싸움' 이란 후한 말(208년) 조조曹操가 80만 병력으로 유비劉備를 공격한 일을 말한다. 양군의 전투가 치러진 곳이 형주荊州 당양현當陽縣의 장판파였기 때문에 '장판파 싸움', 또는 '당양當陽 싸움' 이라 한다. 일부에서는 '장판교長坂橋 싸움' 이라고 말하기도 하나, 장판교는 장판파에 있던 다리 이름이므로 '장판파 싸움' 이 맞는 말이다.

이 전투가 유명한 것은 유비의 장수인 조자룡(趙子龍·본명은 趙雲)의 무용담 때문이다. 유비는 조조의 대군을 맞아 싸우는 와중에 가족과 헤어지게 되는데, 조자룡이 단기필마單騎匹馬로 적진에 뛰어들어 유비의 부인과 어린 아들 아두(阿斗·훗날 촉한의 2대 황제가 되는 유선)를 구했던 것이다. 『삼국지』에는 이때 조자룡은 자신의 칼은 '전가傳家의 보도寶刀' 처럼 잘 간수하고, 조조의 병사들을 공격할 때는 병사들로부터 빼앗은 칼과 창을 여유있게 휘두르며 진격한 것으로 그려져 있다.

조자룡의 단기필마 2008년 중국에서 제작된 『삼국지 : 용의 부활』의 한 장면이다. 이렇게 혼자서 50만 조조군 진영에 뛰어든 조자룡(유덕화 분)은 악전고투 끝에 유비의 갓난아들을 구하는 데 성공한다. 중국 정사에는 이 장면이 아주 짧게 기록되어 있지만, 나관중의 『삼국지연의』에는 조조의 군사들을 공격할 때 자기 칼을 쓰지 않고 조조 병사들에게 빼앗은 칼을 여유있게 휘두르는 등 엄청난 무용담으로 부풀려져 있다.

조자룡의 이런 모습에서 '조자룡 헌 칼' 은 '주위에 무수히 널려 있는 것들' 을 가리키게 되었고, '조자룡 헌 칼 쓰듯' 하면 '중요한 것을 아끼지 않고 멋대로 사용하는 모습' 을 비유하는 말로 쓰게 되었다. 정작 필요한 때가 아니면 사용하지 않는 소중한 수단이란 뜻의 '전가의 보도' 와 대립되는 말이다.

> 문제는 각 정권이 들어설 때마다 나름대로 개혁을 내세우면서 공교육 정상화와 사교육비 경감이라는 논리를 '전가의 보도' 처럼 휘둘러 왔지만, 그 효과는 전무했다는 점이다. 그래서 결국 '조자룡의 헌 칼' 처럼 쓸모없는 개혁이 되고 말았다.

조장助長

힘을 도와서 더 자라게 함.

'힘을 도와助 더 자라게長 하는 것' 이므로 글자만 보아서는 매우 좋은 말이다. 그러나 실제로는 'TV드라마의 폭력 장면은 청소년의 비행을 조장한다' 처럼 좋지 않은 일을 부추길 때만 사용해야 한다. 그 이유는 이 말이 나온 배경 때문이다.

한 농부가 논에 볍씨를 뿌렸다. 얼마 후 모가 돋아났으나 아무리 보아도 자라는 것 같지 않았다. 실제로는 조금씩 크고 있는데도 성격이 급해 그대로 있는 것처럼 보인 것이다. 보다 못한 농부는 모를 조금씩 잡아당기고 집으로 돌아와 이렇게 말했다. “아, 오늘 참 피곤하다. 모가 자라도록 도와助長줬거든.” 이 말을 들은 아들이 논으로 달려가 보니 모가 모두 말라죽어 있었다. 『맹자孟子』「공손추公孫丑」에 나오는 말이다.

> 사교육을 조장한다는 비판을 들어온 외국어고등학교 입시에 대해 교육당국이 전담팀을 꾸려 전면 재검토하기로 했다. 경향신문 061109

조총鳥銃

왜 그때는 ‘새총’ 한방에 날아갔지?

‘화승총火繩銃’을 달리 이르는 말.

화승총이란 화승火繩의 불로 터지게 만든 총을 가리킨다. ‘繩(승)’은 ‘새끼줄’이란 뜻이므로 화승은 ‘새끼심지’란 말이다. 그렇다면 왜 임진왜란 때 악명을 떨쳤던 인명살상용 무기에 ‘새총’이란 뜻의 ‘조총鳥銃’이란 별명이 붙었을까. 그 이유를 알 수 있는 단서가 『선조실록』(71권, 29년·1596년)에 있다.

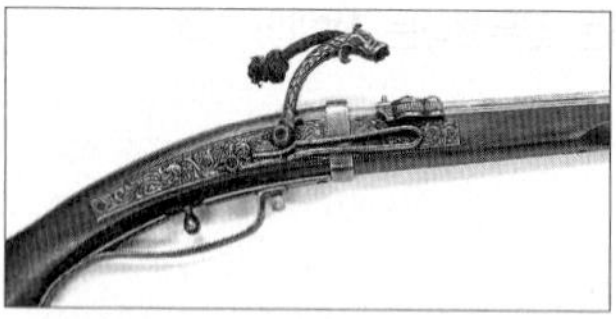

화승총 ‘불심지’를 뜻하는 화승火繩에 불을 붙이고 다니다가 방아쇠를 당기면 화승이 화약접시火皿에 담긴 점화용 화약에 불을 붙이고, 이것이 다시 동약胴藥이라 부르는 추진용 화약에 불을 붙여 총알이 발사되는 구조로 되어 있다. 15세기 전반 터키에서 수렵용으로 최초로 개발되었으나 16세기 후반 일본에 전해지면서 가공할 인명살상용 무기로 변했다.

馬臣曰: “倭子等狀貌壯大云, 然耶?” 臣曰: “形體甚小, 能潛行草間, 放丸必中.” 馬臣曰: “雖且小, 能中否?” 臣曰: “倭銃, 能中飛鳥. 故曰鳥銃.”

마신馬臣은 또 말하기를 “왜인들의 체격이 장대하다고 하는데 과연 그러한가?” 하기에, 신(신충일·申忠一)이 답하기를 “형체가 몹시 작아 풀숲 사이를 잠행潛行할 수 있고, 총을 쏘면 반드시 명중한다"고 했습니다. 마신은 또 말하기를 "아무리 작은 물건이라도 잘 맞히는가?" 하기에, 신이 "왜인의 총은 능히 나는 새도 맞힐 수 있기 때문에 조총鳥銃이라 하는 것이다"라고 답했습니다. (국사편찬위원회 e - 실록)

나가시노전투長篠の戰い의 일제사격 장면 화승총의 단점은 탄환을 장전하여 발사하기까지 20여 단계의 조작을 해야 한다는 점이다. 따라서 아무리 숙련된 사수라 하더라도 한 발을 쏘는 데 최소한 1분이 걸렸다. 이 문제를 해결한 이가 '울지 않는 새는 죽여라' 라는 말을 했다는 오다 노부나가織田信長다. 그는 사수들을 여러 줄의 횡대橫隊로 세우고 앞줄의 사수들이 총을 쏘고 몸을 낮추면 장전을 마친 뒷줄의 사수가 발사하는 식으로 문제를 해결했다. 1575년에 있었던 나가시노전투에서는 사수들을 23열로 세워 더욱 빠른 속도로 총을 쏘게 함으로써 20초에 1000발을 쐈다고 한다. 그 17년 뒤 발발한 임진왜란은 이런 최신 전법을 터득한 세계 최강의 보병부대와 맞선 전쟁이었다.

이것을 이해하기 위해서는 잠시 설명이 필요하다. 임진왜란(1592년)이 일어나기 전 만주滿洲에서는 여진족女眞族의 통일 기운이 무르익었는데, 이를 주도한 이가 훗날 후금(後金·청나라의 전신)을 세운 누르하치다. 그는 도요토미 히데요시豊臣秀吉가 조선을 침공하자 1592년과 1598년 두 차례씩이나 조선에 지원병을 파견하겠다는 뜻을 전해온다. 훗날 명나라를 치기 위한 포석이었다.

이때 누르하치성城에 파견된 조선 관리가 신충일申忠一이고, 위 기록은 그가 누르하치측 관리와 주고받은 내용이다. 마신馬臣은 누르하치측 관리다. 기록을 보면 조총에 대한 마신의 물음에 신충일이 '능중비조能中飛鳥' 라는 말을 써서 "왜인의 총은 능能히 나는 새飛鳥도 맞힐中 수 있기 때문에 조총이라고 하는 것이다"고 한 것으로 되어 있다. 어떤 이는 이 내용을 들어 '조총' 은 조선이 만든 말로 보지만, 그렇게 볼 일은 아니다.

조총은 1543년 다네가시마種子島로 표류해 온 포르투갈인이 일본에 전해준 것으로 알려져 있다. 그러나 최근의 연구에 따르면, 동남아에서 이미 널리 사용되던 것이 1543년 전후에 해적(왜구)에 의해 일본의 여러 지역에 전

해졌다고 한다. 1542년에 일어난 일본의 갓산토다조전투月山富田城の戰い에서도 '조총이라는 철포鐵砲가 사용되었다'는 기록이 있다거나, 1543년 이전에도 새를 잡는 조총이 일본과 명나라와의 무역에서 귀중품으로 취급되었다는 기록 등이 이를 증명한다.

이런 이야기들을 종합해 보면, 조총은 포르투갈이 아니라 중국을 통해서 일본으로 들어갔고, 이것이 최초로 일본에 전해질 당시에는 인명살상용이 아니라 수렵용이었음을 알 수 있다. 그렇다면 '조총'이란 말을 최초로 만든 것은 중국일 것이다.

좌익左翼

급진적이거나 사회주의적·공산주의적인 경향. 또는 그런 단체.

프랑스혁명 당시 의회(國民公會·국민공회)의 의장석에서 보아 좌측에 급진파인 자코뱅당의 의석이 있고, 중앙에는 중간파가, 우측에는 온건보수파인 지롱드당의 의석이 있었던 데서 나온 말이다. '좌파左派' '우파右派'란 말도 이때 생겼다. ➡오른손이 하는 일을 왼손이 모르게 하라

> 어떤 점에서는 6·25전쟁이 대한민국에 큰 이득을 주었다고 해도 좋을지 모른다. 부모의 눈물로도 어찌할 수 없었던 '좌익소아병'이란 이데올로기 열병. 그 열병을 인민군 남침으로 공산주의 실상을 체험케 함으로써 말끔히 치유해 줬다는 점이 그것이다. 문화일보 981226

좌천左遷

왼쪽으로 움직이는 게 왜 나쁠까?

관위官位나 지위를 지금보다 못한 자리로 옮김.

'遷(천)'이 '옮기다'는 뜻이므로 직역하면 '왼쪽으로 옮긴다'는 말이다. 그렇다면 왜 왼쪽으로 옮기는 것이 지금보다 못한 자리로 이동하는 것을 의미

하게 되었을까. 그 수수께끼를 푸는 열쇠는 중국의 '존우사상尊右思想'에 있다. 즉, 이 말이 만들어질 당시에는 왼쪽보다 오른쪽을 더 중시하여, 예를 들어 황제 앞에 신하들을 세울 때 오른쪽에는 높은 관직의 관리를 서게 하고, 왼쪽에는 낮은 관직의 관리를 서게 했던 것이다.

좌우 어느 쪽을 상위에 두는가는 시대에 따라서 달랐다. 전국시대와 진秦·한漢대에는 우를, 당唐·송宋대에는 좌를, 원元대에는 다시 우를, 명明·청淸대에는 다시 좌가 존중되었다. 그러니까 '좌천'은 우가 존중되던 진·한 때 만들어진 말로, 우에서 좌로 옮기는 것이 위位를 낮추는 것이 되었다.

주마등走馬燈

그때는 그림자가 달리는 것도 신기했다

속에 넣은 말그림이 달리는 것처럼 보이도록 한 등.

대부분 '주마등처럼 스쳐간다'로 표현해 '사물이 매우 빨리 흐르는 것'을 비유하는 말로 쓰인다. 그렇다면 주마등이란 대체 어떤 물건이기에 그런 비유가 생긴 것일까. 지금은 여간해서 볼 수 없는 물건이라서 금방 상상이 가지 않지만, 구조를 대충 설명하면 이렇다.

주마등을 보면서 즐거워하는 어린이들(『こども朝日』 1925 8월호)
자세히 보면 주마등에는 총을 든 순경과 자전거를 탄 젊은이의 그림자가 밖으로 비치는 것을 알 수 있다. 그림은 이렇게 연속동작으로 되어 있는 것을 쓰기 때문에 그림이 빨리 달리는 것처럼 보인다. 주마등이 '사물이 매우 빨리 흐르는 것'을 비유하는 말로 쓰이는 것은 이 때문이다.

등 안의 고정축 위에 원반이 있고, 원반 주위에는 달리는 말그림(꼭 말그림이 아니어도 상관없다)이 붙어 있다. 고정축 아래에 있는 촛불에 불을 붙이면 대류현상對流現象이 일어나 촛불의 열기가 한쪽으로만 빠져나가면서 힘이 발생하는데, 그 힘이 원반을 돌리면 원반에 붙은 말그림이 밖으로 비쳐 밖에서 보는 사람의 눈에는 마치 말이 달리는 것처럼 보인다. 만일 촛불을 밝게 하면 대류가 빨라져 회전속도도 빨라지는데, 그 속도가 생각보다 빠르기 때문에 '사물이 매우 빨리 흐르는 것'을 비유하는 말로 쓰이게 된 것이다.

주마등이란 물건은 중국에서 만들어져 우리나라와 일본에 전해졌지만, '주마등처럼 스쳐가다'라는 관용구는 일본에서 만들어진 것이 근세 우리나라 문인들에 의해 우리말 속으로 들어왔다.

> 약속을 지켰다는 한 가지만으로도 기쁨을 감출 수 없다. 그동안 올바른 미적 판단을 할 수 있는 안목을 키우는 것과 탄탄한 논리와 설득력 있는 글을 쓴다는 것이 나에게 얼마나 어렵고 고단한 일인가를 수없이 경험했다. 그 시간이 주마등처럼 스쳐간다. 조선일보 090102

주사위는 던져졌다

죽을 각오로 행하면 이루지 못할 것 없다

일이 되돌릴 수 없는 지경이 되었음을 일컫는 말.

원로원元老院 주도의 공화정共和政을 실시하고 있던 로마는 기원전 60년 삼두정치三頭政治 체제로 돌입한다. 크라수스, 폼페이우스, 카이사르 세 거두巨頭가 원로원을 제압하고 권력을 휘두른 정치다.

크라수스가 오리엔트 파르티아왕국과의 전투에서 전사한 뒤, 카이사르와 폼페이우스는 의기투합해 갈리아 지방(지금의 프랑스 지방)을 평정하고 속주(屬州·식민지)로 삼는다. 그러나 갈리아에서 카이사르의 인기가 높아지자 신분에 위협을 느낀 폼페이우스는 카이사르를 배반하고 원로원의 보수파들과 결탁해버린다. 서로 원수가 된 것이다.

이윽고 카이사르는 "이탈리아로 돌아오라"는 원로원의 소환명령을 받게 된다. 폼페이우스가 원로원을 움직인 탓이다. 그런데 당시 로마법은 장군이 성 안에 들어올 때는 루비콘강 밖에 군대를 두고 들어오도록 되어 있었다.

하지만 카이사르는 원로원의 명대로 하면 목숨을 보장할 수 없음을 알고 있었기 때문에 고민하지 않을 수 없었다. 결국 카이사르는 "주사위는 던져졌다(Alea jacta est)"는 말을 남기고 루비콘강을 건너 폼페이우스를 물리치고 로마를 장악한다. 이렇게 해서 로마는 공화정에서 다시 개인의 독재정치로 바뀌게 된다.

그러나 카이사르가 최초로 이 말을 만들어 쓴 것은 아니고, 그리스 작가 메난드로스(기원전 342~291)가 희극에 사용한 대사였는데, 카이사르가 이를 인용한 것이다. '루비콘강을 건너다' 도 같은 뜻의 말이다. ➡루비콘강을 건너다

> 주사위는 이미 던져졌다. 사르코지는 '인도적 범죄'를 저지른 무아마르 카다피를 정의의 이름으로 심판하고, 리비아에 민주적 정권을 수립하려는 목적을 향해 박차를 가할 수밖에 없게 됐다. 문화일보 110322

율리우스 카이사르 영어 이름인 '줄리어스 시저'로 더 익숙해져 있는 그는 역사상 가장 유명한 사람이다. 훗날 그의 이름은 직책명이 되어 가장 많은 사람들이 불렀기 때문이다. '황제'라는 뜻의 러시아어 '차르'나 독일어 '카이저'는 모두 그의 이름에서 왔다. 그가 한 말 중 여러 개가 격언이 되어 있는 것도 재미있는 일이다. '루비콘강을 건너다'를 비롯해 '주사위는 던져졌다', '왔노라, 보았노라, 이겼노라', '브루투스, 너마저도…' 도 그로부터 비롯됐다.

주옥 珠玉

1000호짜리 대작이 주옥 같다고?

구슬과 옥을 아울러 이르는 말.

자세히 구분하면 '주珠'는 바다에서 나는 진주를 말하고, '옥玉'은 산에서 나는 옥을 말한다. 이것들은 작고 아름다운 이미지를 갖고 있으므로 '주옥 같은 ○○○' 처럼 '작지만 아름다운 것'을 비유하는 말로 쓰인다.

간혹 '아름답다'는 이미지만 취하여 '주옥같은 1000호짜리 대작들이 전시장을 압도했다' 처럼 크고 무거운 것에도 갖다대는 것을 볼 수 있는데, 이렇게 하면 주옥의 원래 뜻과 맞지 않는다. 주옥은, 예를 들어 '화랑에는 대작

은 아니지만, 주옥 같은 소품 40여점이 전시되고 있다' 처럼 '작고 아름다운 것' 을 비유할 때 쓰는 것이 옳다.

'주책이다' 와 '주책없다'

좋은 말도 나쁘게 쓰면 병균이 된다!

생각할수록 이상한 말이다. 왜냐 하면, "이 친구, 정말 주책없군" 하기도 하고, "이 친구, 정말 주책이군" 하기도 하기 때문이다. '주책' 을 그냥 쓰든 부정어를 붙여 쓰든 동일한 흐름이 되는 것이다. 국립국어원의 『표준국어사전』도 이 같은 상반된 예문이 가능하도록 '주책' 을 풀이하고 있다. 즉, '일정하게 자리 잡힌 생각' 이란 풀이와 '일정한 줏대가 없이 되는 대로 하는 짓' 이란 풀이를 모두 올리고 있는 것이다.

'주책' 이란 원래 '주착主着' 에서 온 말로, '일정한 주견이나 주의' 란 뜻이었다. 따라서 원래대로라면 긍정적인 말로만 쓰여야 한다. 그렇다면 여기에 왜 부정적인 의미가 결부된 것일까. 이에 대해 박갑수朴甲洙 전 서울대 교수는 『우리말 바로 써야 한다』(집문당,1995)에서 " '주책' 은 '주책없다' 는 형용사의 '없다' 가 생략되었으나, 그 뜻이 그대로 전염되어 '주책없다' 의 뜻을 그대로 나타내게 되었다"라고 설명하고 있다.

말하자면 '주책' 은 원래 긍정적인 의미였는데, 사람들이 '없다' 를 붙여 부정적인 의미로 자주 쓰는 바람에 '주책없다' 가 가지고 있는 부정적인 의미가 '주책' 에 올라붙게 됐다는 말이다. 그러나 표준어규정(25항)은 '주책없다' 만 표준어로 인정하고 '주책이다' 는 비표준어로 규정하고 있으므로 "이 친구, 주책이군"과 같은 표현은 잘못이다. ➡'안절부절' 과 '안절부절못하다'

→주책없다

"주책이라 말해도 좋다. 우린 컴맹이 싫다." 독수리 타법으로 2초당 한 번씩 자판을 치는 할아버지. 문제 해결이 뜻대로 안 되는지 괜스레 할머니에게 화풀이하는 손녀. 어르신컴퓨터경진대회에 참석한 할아버지 할머니와 손주들의 모습이다.

醫(의원의)를 척척 쓸 수 있는 사람은 많지 않다. 18획이나 되는 복잡한 글자이기 때문이다. 그러나 이 글자의 의미를 알면 쓰는 것은 식은죽 먹기다. 医는 옛날 의원이 쓰는 의료상자인데, 그 안에 화살矢이 들어 있다. 수술칼 대신 썼던 것이다. 殳는 손에 몽둥이(도리깨)를 든 모습으로 '치다'는 뜻을 갖고 있다. 그래서 殺(죽일 살) 毆(때릴구) 등에는 이 부수글자가 있다. 흔히 '닭유'로 읽는 酉는 술독의 모습을 본뜬 것으로, 원래는 '술'이란 뜻이다. 예전에는 상처를 소독하거나 마취할 때 이것을 썼다. 그러니까 醫는 아프다고 소리치는 환자를 몽둥이로 제압해 수술을 하고 곪지 않도록 술을 붓는 의원의 모습을 그린 글자다. 상명대 김경일 교수

주치의主治醫

화살촉으로 째고 술을 부어라!

한 사람의 병을 주로 맡아서 치료하는 의사.

'주치主治'란 '중심이 되어 치료한다'는 의미로, 중국의 '본초本草'에서 사용했던 말이다. '본초'는 '약의 근본本이 되는 풀草'이라는 뜻이지만, 실제로는 식물만이 아니라 동물·광물에 이르기까지 모든 생약生藥을 총칭하는 말이다. 예를 들면, 이시진李時珍의 『본초강목本草綱目』 권 12의 인삼人蔘 항목에는 '주치는 오장을 보하고, 정신을 안정시키며, 혼백을 진정시키며, 경계(驚悸·두근거림)를 멎게 하고, 사기邪氣를 제거한다'는 말이 나와 있다. 말하자면 이것이 인삼의 '중심적 약효'라는 말이다.

일본 명치시대 학자들이 이 '주치'를 전용하여 '중심(주임)이 되어 환자의 치료를 맡는 의사'란 뜻으로 '주치의'를 만들었다. 중국에서는 이런 역할을 하는 의사를 '주치의생主治醫生'이라 한다.

그리스의 병이 깊어진 것은 현 총리의 아버지가 분수 넘치는 복지정책으로 국민을 홀렸던 탓이다. 영국병의 주치의였던 대처 총리조차 복지문제 앞에선 몸을 사렸다. '복지 축소'라는 공약을 꺼내기 겁나 '세금 축소'로 말을 둘러 정권의 자리에 올랐다.

영화 『주홍글씨』의 포스터(데미 무어 주연, 롤랑 조페 감독, 1995) 『큰바위 얼굴』의 작가로 널리 알려진 너대니얼 호손의 동명소설을 영화화했다. 아래 제목 중간에 있는 A자는 간통을 뜻하는 'adultery'의 약자다.

주홍글씨

누가 그에게 돌을 던질 수 있으랴?

낙인烙印. 불명예스럽고 욕된 판정이나 평판을 비유하는 말.

원래는 너대니얼 호손의 『주홍글씨』(The Scarlet Letter)에 나오는 '주홍색 A자 글씨'를 말한다. 17세기 중엽 영국의 식민지인 미국 보스턴에서 일어난 간통사건을 다룬 이 소설은, 여주인공 헤스터 프린이 딸을 안고 감옥을 나서는 장면으로부터 시작된다.

헤스터는 남편이 없는 사이 미혼의 청교도 목사(딤스데일)와 정을 통해 사생아(펄)를 낳은 데 대한 벌을 받아야 할 처지였다. 사람들은 '간음하지 말라'는 십계명十誡命을 어긴 헤스터를 사형에 처해야 한다고 생각한다. 그러나 판사들은 여러 가지 정황을 참작해 사형 대신 평생 'A자'를 옷가슴에 달고 살라는 판결을 내린다. A는 '간통'이란 뜻의 'adultery'의 약자다.

> 그는 "나치 친위대 복무 사실은 아내 말고는 자식들도 몰랐다"며 "젊은 날 세상 물정 모르고 한 행위에 대한 부끄러움이 이후 줄곧 나를 짓눌렀으며, 그것은 나의 주홍글씨였다"고 말했다. 한국일보 060816

지르박

1930년대 후반부터 미국에서 유행한 4분의 4 박자의 사교댄스.

남녀가 손을 맞잡고 다가서기도 하고 떨어지기도 하는 등 자유로운 동작이 이 춤의 특징이다. 영어 '지터버그jitterbug'를 일본에서 '지루바ジルバ'란 외래어로 만들어 쓰던 것이 우리말에 들어와 약간 변형된 경우다. 'jitter'는

안절부절못해 신경질적으로 몸을 뒤흔든다는 뜻이고, 'bug'는 뭔가를 굉장히 좋아하는 사람을 뜻한다. '지루박'으로 규칙과 다르게 쓰는 경우가 많다.

> "빰빠라 빠라빠라~" 스피커에서는 지루박(→지르박) 리듬이 흥겹게 흘러나오고 삼삼오오 짝을 지은 사람들은 음악에 몸을 맡긴 채 몸을 흔든다. 하나 둘 셋 넷 스텝을 밟는 자세가 제법 무도회장 문턱을 닳게 했을 만하다. 춤판을 벌인 이곳은 놀랍게도 병원이다.

지사知事

도지사道知事를 줄인 말.

원래는 불교어로, '일事을 알다知' '업무를 관장하다'의 뜻인 범어梵語 'karma dana'의 한역漢譯이다. 중국에서는 처음 절의 집사나 서무를 관장하는 사람을 '지사知事'라 했는데, 나중에 선종禪宗사원이 발달함에 따라서 '사지사四知事' '육지사六知事' 등의 관직이 만들어졌고, 송宋대에는 지방장관의 명칭으로 전용됐다. 고려시대에는 5품에서 6품까지의 지방관직과 2품에서 5품까지의 중앙관직에, 조선시대에는 정2품과 종2품 중앙관직에 '지사'라는 명칭을 썼다.

지척咫尺

도대체 얼마나 가까운 거리기에…

매우 가까운 거리.

그래서 '지척이 천 리'라 하면 가까이 있으면서도 왕래가 없는 것을 말한다. 그렇다면 지척은 얼마나 되는 거리를 말할까. '한 십 리쯤 될까' 하고 생각할 수도 있겠지만, 뜻밖에도 두 손바닥을 펼친 넓이에 불과하다.

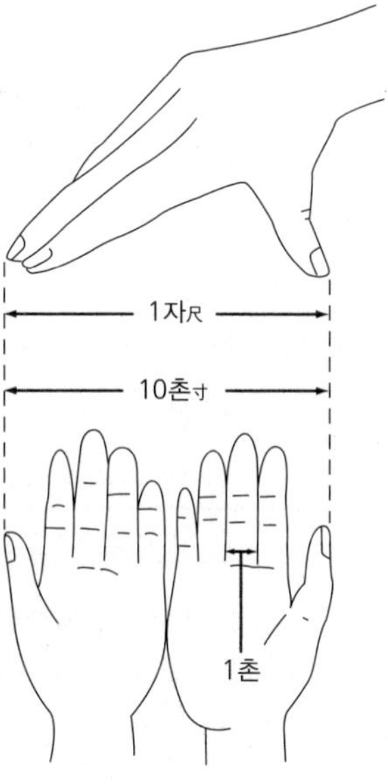

'咫(지)' 는 '여덟 치寸' 라는 뜻이고, '尺(척)' 은 '한 자' 라는 뜻이다. 요즘 계산법으로 하면, 한 치는 3.03cm, 한 자는 30.3cm이므로 지척은 고작 24.24~30.3cm 정도가 되는 셈이다.

'咫' 가 왜 '여덟 치' 를 뜻하게 됐는가를 살펴보면 한자가 신기하다는 것을 느낄 수 있다. '咫' 는 '尺' 과 '只' 가 결합되어 생긴 말이다. '尺' 은 엄지손가락과 가운데손가락을 편 길이로, 손가락 10개의 폭(10寸)이 된다. 또 '只' 는 '口' 와 '八' 의 결합인데, 이것은 자의 눈금(口) 8개(八)를 뜻하므로 지咫는 한 자尺의 열 눈금 중 여덟 개, 즉 여덟 치가 되는 것이다. ➡ **촌철살인**

지킬 박사와 하이드 씨

지킬 건 지켜야 '드럽다' 소리 안 듣는다!

이중인격자를 비유하는 말.

원래는 영국의 소설가 로버트 루이스 스티븐슨(1850~1894)이 1886년 발표한 소설의 제목(원제는 『지킬 박사와 하이드 씨의 이상한 사건·The Strange Case of Dr. Jekyll and Mr. Hyde)』)이자 주인공의 이름이다. 내용은 대충 이렇다.

훌륭한 과학자인 지킬은 흉악한 하이드로 변신할 수 있는 약을 발명하고 두 인간 사이를 왕래한다. 선과 악 두 가지 성질이 한 인간 속에 공존하는 것이 불행이라고 생각해 약을 통해 한쪽의 인성을 끌어내 육체를 부여하는 것이다. 지킬이 되어 있을 때는 덕망을 유지하지만, 하이드가 되어 있는 동안에는 도덕심에서 벗어나 끔찍한 일들을 저지른다. 그러나 이런 행동을 거듭하는 동안 약을 쓰지 않아도 늘 하이드의 모습을 갖게 되고, 그러다 결국 살인을 저질러 비참한 최후를 맞이한다.

> 한국 사회에서 온라인게임은 '지킬 박사와 하이드' 같은 양면적인 존재다. 올해는 한국의 온라인게임이 해외로 처음 수출된 지 만 10년이 되는 해. 국내 대표 온라인게임인 엔씨소프트의 리니지 역시 2000년 8월 대만으로 처음 수출됐다. 동아일보 100317

지퍼

소리도 상품명이 될 수 있다

옷을 여미는 곳을 잠그는 잠그개.

흔히 '자꾸' 또는 '자크'라고 하는데, 이는 잠그개의 영국 영어인 '척chuck'을 일본에서 '잣쿠チャック'라고 부르는 데 영향받아 만들어진 말이다. 우리말 외래어로는 미국 영어 'zipper'를 따라 '지퍼'로 쓰도록 정해져 있다.

지퍼의 원명은 '슬라이드 패스너slide fastener'였다. '미끄러지며 잠근다'는 뜻이다. 그런데 1921년 미국의 굿리치사社가 새로운 부츠를 만들면서 지퍼를 여닫는 소리인 'zip'에 사람을 나타내는 접미사 'er'를 붙인 'Zipper'라는 이름을 붙였다. 이 독특한 상품이 히트하자 지퍼는 '슬라이드 패스너'를 대신하는 보통명사가 됐다.

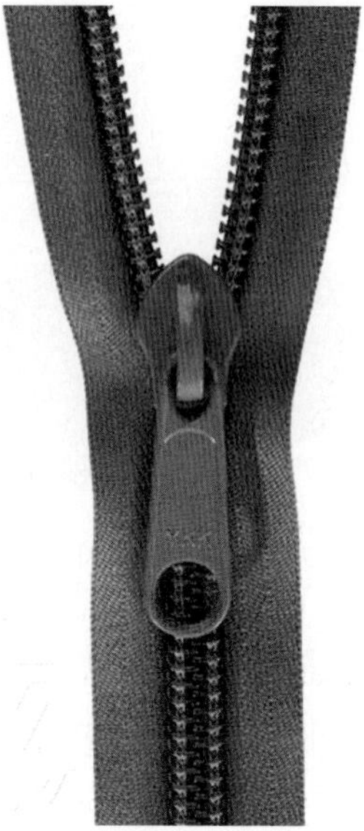

지퍼 중에서는 YKK라고 적힌 것을 가장 흔히 볼 수 있는데, 이것은 일본 '요시다공업주식회사(吉田工業株式會社·Yoshida Kogyo Kabushikikaisha)'의 약자다. 1934년 설립된 이 회사는 오늘날 세계 지퍼시장의 60%를 장악하고 있다.

지프Zeep

'지프형차'라고는 할 수 있어도…

사륜구동 소형차.

이 차의 이름에 대해서는 여러 가지가 전해온다. 예를 들어 '다용도'라는 뜻의 미 육군 정찰차 '제너럴 퍼포스General purpose'의 머릿글자인 'GP'에서 나왔다는 설, 인기만화 『뽀빠이』의 요술 강아지가가 "je-e-e-p" 하고 내는 소리라는 설 등이 그것이다.

지프 2차대전 당시 윌리스사가 개발한 것이다.

원래는 미국 아메리칸모터스사(현재는 다임러크라이슬러)의 등록상표였는데 아메리칸모터스와의 라이선스 계약을 통해 세계 여러 나라에서 이 차가 생산됨으로써 '사륜구동 소형차'를 가리키는 보통명사처럼 사용되고 있다. 그러나 지프는 지금도 생산되고 있는 상품이므로 지프와 유사한 별도의 '사륜구동 소형차'에 대해서는 지프라는 말을 사용할 수 없다. 예를 들어 우리나라 사륜구동 소형차의 대표격인 갤로퍼도 '지프형型차'라고는 할 수 있어도 '지프'라고는 할 수 없는 것이다. 이런 차를 지금은 'SUV(Sport utility vehicle)'라고 한다.

'지프차'라고 말하는 경우도 있는데, '지프' 자체에 '차車'의 의미가 있으므로 그냥 '지프'라고 써야 바른 어법이 된다.

> 울산에 조선소를 지을 때 공사현장에서 먹고 자던 정주영 씨는 새벽 4시에 일어나 지프차(→지프)를 손수 몰고 현장을 돌아보는 것이 일과였다.

지피지기知彼知己면 백전백승百戰百勝

손자병법을 인용한다면 '백전불태'가 맞다

'적을 알고 나를 알면, 백 번 싸워 백 번 이긴다'는 뜻.

『손자병법孫子兵法』「모공편謀攻篇)에 나오는 말로, 경쟁관계에 있는 상대방을 언급할 때 자주 인용되는 말이다. 그러나 이것은 『손자병법』을 정확하게 인용한 것이 아니다. 『손자병법』에는 '지피지기知彼知己면 백전백승百戰百勝'이 아니라 '…백전불태百戰不殆', 즉 '적을 알고 나를 알면 백 번을 싸워도 위태롭지 않다' 라고 되어 있기 때문이다. 앞뒷말을 덧붙이면 다음과 같다.

知彼知己 百戰不殆 (지피지기 백전불태)
적을 알고 나를 알면 백 번을 싸워도 위태롭지 않다.
不知彼而知己 一勝一負 (부지피이지기 일승일부)
적을 모르고 나를 알면 승패의 확률은 반반이다.
不知彼不知己 每戰必敗 (부지피부지기 매전필패)
적을 모르고 나도 모르면 싸울 때마다 진다.

손자 춘추시대 제齊나라의 유명한 병법가로 본명은 손무孫武다. 중국 최고의 병법서인 『손자병법』은 그가 지은 것으로 『손무병법』으로도 불린다. 한서漢書에는 82편이라고 기록되어 있으나 현재는 13편만 전해진다. 일부에서는 『손자병법』을 지은 것은 그가 아니고, 그의 자손인 손빈孫臏이라고 말하기도 한다.

그러니까 『손자병법』을 언급하지 않고 문장을 쓸 때는 '지피지기면 백전백승' 이라 해도 문제가 없지만, 『손자병법』을 앞세워, "『손자병법』에 '지피지기면 백전백승' 이라 했는데, 이번 작전이 그것을 증명했다" 처럼 쓰는 것은 잘못이다.

> '지피지기면 백전백승'(→ 백전불태)이라는 손자병법의 말을 빌리지 않더라도 이번 기회에 중국과 중국인을 알 수 있는 알찬 중국 관련 문화기행이 계속되었으면 좋겠다.

진검승부眞劍勝負

일본사람은 아무 때나 목숨을 건다고?

실제의 검을 사용하여 행하는 승부.

'진검眞劍' 이란 목검이 아닌 '진짜 검' 이라는 말이므로, 그런 진짜 검으로 겨루는 '목숨 건' 승부가 진검승부다. 일본어 '신켄쇼부(眞劍勝負 · しんけんしょうぶ)' 에서 온 이 말은 일본인들이 자주 쓰는 '잇쇼켄메이(一生懸命 · いっしょうけんめい)' 와 맥이 닿아 있다. '잇쇼켄메이' 란 '열심히' 정도의 뜻으로, 사용빈도가 매우 높은 말이다. 그러나 한자만 보면 '일생一生의 목숨命을 건다懸'

진검승부 도요토미 히데요시豊臣秀吉의 조선 침공 당시 명나라 장수(왼쪽)와 일본 장수의 결투 장면을 그린 풍속화의 일부분이다. 쓰키오카 요시토시月岡芳年가 1862년에 그린 것이다. 이들이 쥐고 있는 것은 진검眞劍이므로 간발의 실수라도 바로 죽음으로 연결된다.

는 뜻이므로 섬뜩한 느낌이 든다. '신켄쇼부' 도 말뜻 자체는 이처럼 섬뜩하지만 실제로는 '상당히 진지한 승부' 정도의 뜻으로 쓰인다.

'진검승부' 는 국어사전에 올라 있지 않다. 일본어라는 이유로 사전 편찬자들이 등록을 기피하기 때문이다. 국어운동을 하는 사람들도 왜색어倭色語를 언급할 때는 반드시 이 말을 올리며 '진짜승부' 나 '참겨루기' 등으로 고쳐써야 한다고 주장한다. 그러나 문제는 그런 말로 바꾸었을 때 어감이 살아나는가 하는 점이다. 예를 들어 '여·야 정치권이 4대강 사업을 놓고 물러설 수 없는 진검승부를 펼치고 있다' 라는 문장과 '여·야 정치권이 4대강 사업을 놓고 물러설 수 없는 진짜승부를 펼치고 있다' 라는 문장은 차이가 있다는 말이다. 바로 이점이 '진검승부' 를 우리말 속에서 쉽게 몰아낼 수 없는 이유다.

성균관대 전광진全廣鎭 교수는 이에 대해 이렇게 말했다. "외래어가 들어와 우리말 속에 정착하면 그것은 우리말을 살찌우는 것이다. 언어는 국수주의적으로 대해선 안 된다. 언어는 의사소통을 위한 것이지 애국심을 나타내는 게 아니다. 만일 '신켄쇼부' 라 하면 문제가 있다. 그러나 그렇게 말하는 사람은 없고, 우리 조상들이 닦아놓은 음으로 '진검승부' 라 한다. '신켄쇼부' 라 하면 일본말을 그대로 받아들인 것이므로 문제가 있지만, '진검승부' 라 하면 외래어를 우리 음에 따라 주체적으로 수용한 것이므로 문제가 없다."

그럼에도 굳이 바꿔 써야 한다면 '진짜승부' 나 '참겨루기' 보다는 '진검대결' 이 좋을 것이다.

진면목眞面目

한 발 물러나야 제대로 보인다

본디부터 지니고 있는 그대로의 상태.

소동파蘇東坡로 잘 알려진 송宋나라 문장가 소식蘇軾이 만든 말이다. 그가 중국 강서성江西省의 여산廬山을 보고 쓴 『제서림벽題西林壁』(서림사 담장에 쓰다)이라는 시에 '여산의 아름다움을 제대로 알지 못하는 것은 스스로 산속에 있기 때문'이라며 '진면목'이라는 말을 최초로 사용했다. 원문은 다음과 같다.

橫看成嶺側成峰 (횡간성령측성봉)
가로로 보면 고개, 세로로 보면 봉우리
遠近高低各不同 (원근고저각부동)
멀고 가깝고 높고 낮고 모습이 제각각이구나
不識廬山眞面目 (불식여산진면목)
여산의 참모습을 알지 못하는 것은
只緣身在此山中 (지연신재차산중)
단지 저 스스로 산속에 있기 때문이다

명나라 심주沈周가 그린 수묵화 『여산고廬山高』다. 북쪽으로 장강長江에 면해 있는 여산은 해발 1000m 이상의 아름다운 산들이 폭 약 20km, 길이 약 25km에 걸쳐 이어져 있어 예부터 시인 묵객들이 많이 찾았다. '나는듯이 3000길을 떨어진다'는 뜻의 '비류직하삼천척'은 이백이 이 산에 있는 폭포를 보고 읊은 시에 나오는 말이다.

'면목面目'은 '얼굴'을 말하는데, 비유적으로 '물건의 모습'이라는 뜻이 된다. 그 물건의 진정한 모습이 '진면목眞面目'인데, 그것은 가까이서는 알 수 없고 한 발짝 물러나 보아야 제대로 볼 수 있다는 뜻이다. 이것은 세상을 바라보는 이치를 상징한 말로, 일을 정확히 판단하기 위해서는 한 걸음 물러나 생각해야 한다는 뜻이 담겨 있다.

> 겸재 정선의 진경산수를 보러 간송미술관에 갔다. 보고 또 본 산수화이지만 봐도 봐도 물리지 않는 것이 겸재 산수의 진면목이다. 세계일보 040608

진저리

겁이 나거나 몹시 싫증이 날 때 몸이 떨리는 일.

원래는 소변을 보고 난 뒤나 찬 것이 갑자기 살갗에 닿을 때 자기도 모르게 몸이 으스스 떨리는 현상을 일컫는 말이다. 이렇게 몸이 떨리는 것은 소변을 보거나 차가운 것이 몸에 닿으면 체온이 내려가기 때문에 그것을 보충하기 위해서이다.

> 울음바다에 웃음폭탄이 떨어졌다. 모두 기적이라 했지만 기쁨은 순간이었다. 아버지는 자다 가위눌린 듯 벌떡 일어나 괴성을 지르며 거리로 뛰쳐나갔다. 이 광경이 매일 되풀이되자 처음엔 안타까워하던 가족들마저 진저리를 쳤다.

질풍노도疾風怒濤

뭐? 질풍노도를 달린다고?

행동이나 동작이 매우 빠르거나 대단한 기세로 밀려오는 것을 일컫는 말.

원래는 몹시 빠르게 부는 바람과 성난듯 무섭게 소용돌이치는 큰 물결을 가리키는 말이다. '疾(질)'은 '빠르다'의 뜻이고, '濤(도)'는 '큰 물결'의 뜻이므로, 직역하면 '빠른 바람과 성난 파도'다.

18세기 후반 독일에서 젊은 괴테와 실러를 중심으로 일어났던 문예운동인 '슈투름 운트 드랑Sturm und Drang'을 번역한 말이기도 하다. 이들은 합리적 계몽주의에 반대하고 개인주의에 입각해 격렬한 감정을 표현하려 했다. 'Sturm'은 '폭풍'이란 뜻이고, 'Drang'은 '격렬한 충동'이란 뜻인데, 이것을 '질풍노도'라 했다. '도'를 '길도道'로 잘못 알고 '질풍노도를 달린다'처럼 사용하는 사람도 있다.

> 어느덧 이순耳順에 접어든 김훈의 소설에는 유머가 없다고들 한다. 김훈도 '촌스러움'이라며 인정한다. 김훈 소설은 경박한 청춘 언어의 질풍노도 앞에서 일자진一字陣을 치고, 참을 수 없는 문학의 무거움을 사수死守하는 듯하다.

집시Gypsy

정처 없이 떠돌아다니며 방랑생활을 하는 사람을 비유적으로 일컫는 말.

원래는 인도 북부지역에서 기원한 코카서스 인종의 유랑민족을 가리킨다. 이들은 검은 머리와 검은 눈에 황갈색 피부를 하고 있으며 현재 중남부 유럽을 중심으로 전 세계에 약 200만~300만 명이 퍼져 있는 것으로 알려져 있다. 미신적이고 쾌활하며 음악에 뛰어난 재능을 가지고 있는데, 이곳저곳을 전전하며 이동생활을 하는 것이 특징이다. 이들을 '보헤미안Bohemian' 이라고 부르기도 하는데, 이것은 15세기경 체코공화국의 보헤미아 지방에 집시들이 많이 들어가 있었다 해서 프랑스인들이 '보헤미아 사람' 이란 뜻으로 그렇게 부른 것이다. ➡보헤미안

> '푸른별 13호' 는 "나는 푸른별 13호, 난 어느 별에서 네게 버림받았지" 라고 노래 부르며, 집시처럼 떠도는 이방인의 고독을 흘려 보내고 있다.

징검다리연휴

관심만 있으면 좋은 말 만들 수 있다

휴일과 평일이 연거푸 이어질 때의 휴일.

예를 들어 5월 1일이 '근로자의 날', 3일이 '일요일', 5일이 '어린이날' 이면 마치 징검다리 같은 연휴가 된다 해서 생긴 말이다.

징검다리는 '발을 멀찍멀찍 떼어 놓으며 걷는 모양' 을 뜻하는 '징검징검' 에서 하나를 취해 '다리' 를 붙인 매우 운치 있는 우리말이다. 그러나 '징검

징검다리연휴를 소재로 한 김성환 화백의 『고바우영감』(문화일보 98.5.5). '징검다리연휴' 대신 '징검다리휴일' 로 적었다.

다리연휴'는 우리가 만든 말이 아니라, 조어造語에 능통한 일본인들이 아주 오래전에 만들어 써온 '도비이시 렌큐飛び石連休'를 직역해 1990년대 초반부터 쓰기 시작한 말이다. '도비이시飛び石'는 '징검다리'라는 뜻이다.

그렇다고 이 말을 버리자는 것은 아니다. 찾아보면 우리만의 정서와 운치가 깃든 말이 얼마든지 있을 텐데 그런 노력을 하지 않고 외국 것을 들여오기만 하려는 글쓰는 이들의 안이한 풍토가 원망스럽다는 얘기다.

> 어린이날이 낀 징검다리 휴일이 세계를 강타한 러브바이러스 공격에서 나라를 구했다. '나는 당신을 사랑합니다'라는 제목의 연서를 가장한 E메일바이러스 러브버그로 인해 홍콩·유럽 등 세계 곳곳에서 피해가 속출했지만 우리나라는 피해가 미미했다. 국민일보 000509

징기스칸

요리에 웬 정복자 이름이…

일본의 양고기 요리.

'마튼mutton'이라고 부르는 어미양고기와 '램lamb'이라고 부르는 새끼양고기를 냄비에 조리해 먹는 구이요리다. 이 요리는 13세기 몽골의 정복자 이름을 딴 것이다. 그의 이름은 오랫동안 '징기스칸'으로 익숙해져 있었는데 외래어표기법이 정해진 1986년 이후부터 '칭기즈칸'으로 바꾸어 적도록 하고 있다.

이렇게 된 것은 당시 외래어표기의 심의 관행이 '철자중심'이었기 때문이다. 즉, 일반적으로 통용되는 몽골 정복자의 로마자표기가 'Chingiz Khan'이었기 때문에, 이를 보고 '칭기즈칸'으로 바꾼 것이다. '칸'은 '왕'이라는 뜻이므로 별 문제가 없지만, 앞부분은 몽골에서도 '징기스'라 하므로 문제가 있다. 중국에서는 '청지쓰한成吉思汗', 일본에서는 '징기스칸ジンギスカン'으로 발음한다. 지금은 현지발음을 우선하는 '원음중심'으로 외래어를 심의하고 있으므로 원음에 가까운 '징기스칸'으로 되돌릴 필요가 있다.

요리에 정복자의 이름을 붙인 이유에 대해서는 여러 가지 설이 있는데, 가장 그럴듯한 것은 제국주의 일본 군경의 제복과 관련된 것이다. 즉, 당시 일본은 군인·경찰·철도원의 제복에 양털을 사용했는데, 1차대전 후 양털 수입이 여의치 않자 홋카이도北海道에 대규모 목장을 만들고 양모를 자급했다.

징기스칸 요리 가운데가 불룩한 '징기스칸냄비'에 열을 가해 양고기와 야채를 볶고, 양고기에서 나오는 육즙으로 야채를 조리하면서 먹는다. 지금은 일본 각지에서 먹을 수 있지만, 원래는 홋카이도에서만 먹을 수 있었다. 사진은 돗토리현鳥取縣 서부의 오야마고원大山高原에 있는 음식점 '고엔잔豪円山롯지'에서 내놓는 징기스칸 요리다. 대개는 고기를 이보다 두껍께 썰어 로스구이 형태가 되는데, 이 집은 샤부샤부처럼 얇게 썰었다.

그러자 양털을 더 이상 생산할 수 없는 늙은 양을 어떻게 처리할 것인지가 문제가 됐다. 당시 일본에는 양고기를 먹는 습관이 없었기 때문이다. 이를 해결하기 위해 농무성農務省이 식품 전문가에게 의뢰해 개발한 것이 양고기를 일본전통의 냄비요리 형태로 먹게 한 '징기스칸'이다. 음식 이름에 정복자의 이름을 붙인 것은 일본의 대륙진출과도 관련이 있다. 즉, 육식으로 강한 체력을 길러 칭기즈칸처럼 대륙을 정복해야 한다는 야욕이 새로운 음식에 반영된 것이다.

징크스

목이 자유로이 회전하는 불길한 새

불길한 일. 어떤 일이 바람직하지 않은 방향으로 움직여 그렇게 될 것으로 믿고 있는 일.

영어 'jinx'에서 온 외래어로, 그리스어로 'iunx'라 부르는 새의 이름에서 온 말이다. 딱따구리처럼 생긴 이 새는 주로 개미를 잡아먹고 목이 자유로이 회전하는데, 그 동작이 왠지 불길하다 해서 예부터 불길함의 상징으로 생각해 왔다. 또 구애求愛를 할 때도 암수가 서로 반대편 횃대에 앉아 머리를 흔들면서 목젖이 보이게 입을 벌리는데, 이런 기이한 행동 때문에 고대 그리스에서는 길흉吉凶을 점치거나 마술에 사용하기도 했다.

원래는 '불길한 징후' 를 뜻했지만, 일반적으로는 선악을 불문하고 불길함의 대상이 되는 모든 사물이나 현상을 일컫는다. 기독교인들 사이에서 '13일의 금요일' 을 불길한 날이라고 해서 꺼린다거나, 우리나라에서 '4' 가 죽을 '사死' 를 연상시킨다 해서 꺼리는 일도 그런 예다.

> '영원한 징크스는 없다.' 한 달간 지구촌을 축구 열기로 후끈 달군 남아공 월드컵이 좀처럼 깨질 것 같지 않던 각종 징크스를 시원하게 날려 버렸다. 세계일보 100714

짜장면

드디어 비표준어의 족쇄를 풀었다!

돼지고기 등을 다져 중국된장과 함께 볶아 국수 위에 얹은 중국요리.

중국된장인 '작장炸醬' 에 '국수' 의 뜻인 '면麵' 이 합쳐진 '작장면炸醬麵' 이 원말이다. '작장면' 의 중국발음을 따라 '자장멘' 으로 부르거나 우리 한자음대로 '작장면' 으로 불러야 하지만 오랫동안 '짜장면' 으로 불러 왔다. 중국어 발음인 '자장zhajiang' 에 우리 식 한자음인 '면' 이 결합된 것이므로 '자장면' 이 더 현지음에 가깝지만, 중국인을 낮잡아 '짱깨' 라 하고 '중국음식점' 을 '짱깨집' 이라 하는 것에 영향받아 그렇게 불렀을 것이다.

그런데 1986년 외래어표기법을 정하면서 갑자기 '자장면' 으로 바꾸어 적도록 하면서 '짜장면' 에는 '비표준어' 란 족쇄가 채워졌다. 물론 중국발음을 중시한 결과이겠지만, '짜장면' 에 익숙해진 언중에게 '자장면' 은 낯설게만 느껴졌다. 당연히 사람들의 불평불만이 이어졌다. 시인 안도현은 『짜장면』 이란 책에 다음과 같이 적기도 했다.

> …어떤 글을 쓰더라도 '짜장면' 을 '자장면' 으로 표기하지는 않을 것이다. 그것도 어른들 때문이다. 어른들이 '짜장면' 이라고 쓰면 맞춤법에

맞게 기어이 '자장면' 으로 쓰라고 가르친다. 우둔한 탓인지는 몰라도 나는 우리나라 어느 중국집도 '자장면' 을 파는 집을 보지 못했다. 중국집에는 '짜장면' 이 있고, '짜장면' 은 '짜장면' 일 뿐이다.

국립국어원은 2011년 8월 31일 이같이 현실과 동떨어진 '자장면' 의 표기를 '짜장면' 도 함께 쓸 수 있도록 복수표준어로 정했다고 발표했다. 25년 만에 '짜장면' 이 햇볕을 보게 된 것이다.

중국인을 '짱깨' 라 한 것은, 조선조 말에 중국상점의 주인이나 지배인을 '장구이掌櫃' 라 했는데, 이것이 중국 발음을 흉내내면서 변한 것이라고 한다.

짜장면 "나는 표준어다"… 25년 만에 복권

먹거리 등 39개 단어 표준어로 새로 인정

이제 중국집에서 맘 편하게 "짜장면 주세요"라고 주문해도 된다. '짜장면' 이 8월 31일 공식 표준어로 인정됐기 때문이다.

국립국어원은 31일 일상에서 흔히 사용되고 있지만 그동안 표준어로 인정되지 않던 단어 39개를 표준어에 넣기로 했다고 밝혔다.〈표 참조〉 이에 따라 '짜장면(기존 표준어 '자장면')을 비롯해 '먹거리' (먹을거리)와 '복숭아뼈' (복사뼈) '허접쓰레기' (허섭스레기) '손주' (손자와 손녀를 통칭) '맨날(만날)' '남사스럽다' (남우세스럽다) 같은 단어들도 새로 표준어가 됐다. 이 단어들은 이날부터 인터넷 '표준국어대사전' (stdweb2.korean.go.kr)에 올랐다.

국어원이 이번에 새로 표준어로 인정한 항목은 크게 세 가지. 첫째, 현재 표준어로 규정된 말 외에 똑같은 뜻으로 많이 쓰여온 말을 복수표준어로 인정한 경우다. 예컨대 '간지럽히다' (간질이다), '토란대' (토란줄기·고운대) 등 11개 항목이다.

둘째, 현재 표준어로 규정된 말과는 뜻이나 어감에 차이가 있어 이를 별도의 표준어로 인정한 경우다. 가령 '눈꼬리' 는 '눈초리' 로 써야 했지만 두 말은 쓰임이 달라 '눈꼬리' 를 별도 표준어로 인정했다. '나래' '내음' 같은 25개 단어들이 새 표준어로 추가됐다.

세 번째, 표준어가 아닌 표기가 많이 쓰여, 이번에 표준어로 인정하기로 한 경우다. '자장면' '태견' '품세' 만 표준어였지만, '짜장면' '택견' '품새' 도 표준어가 됐다.

문교부가 1988년 '표준어 규정' 을 고시한 이래, 1990년 국어연구소(국립국어원 전신)의 표준어모음 발간, 1999년 국립국어원의 '표준국어대사전' 발간 등 표준어 규정은 현실과 '타협' 했지만 불만과 비판의 목소리가 끊이지 않았다.

전병근 기자 bkjeon@chosun.com

'짜장면' 을 비롯하여 먹거리, 개발새발, 나래, 내음, 손주, 떨구다, 맨날, 연신, 맹숭맹숭 등 그동안 등 비표준어로 분류됐던 수십 개의 말들이 표준어가 됐다는 내용을 보도한 조선일보 2011년 9월 1일자 기사. 동아일보는 '드디어 짜장면도 표준어 됐다', 중앙일보는 '짜장면, 표준어 됐다' 라는 제목을 달아 주요기사로 보도했다.

짬뽕

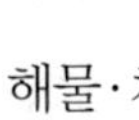

나가사키에 가면 꼭 한번 먹어보자

해물·채소 등을 섞어 볶은 뒤 국물을 부어 만든 중국식 면요리.

이 요리의 근원은 초마면(炒碼麵·차오마몐)이라는 중국 요리에 있다. 이것은 요리를 만들고 남은 각종 해물이나 채소 등을 섞어 볶은 뒤 돼지뼈나 소뼈 등을 우린 국물을 부어 만든 면요리다. 이것을 나가사키長崎의 화상華商들이 일

삼양식품의 '나가사끼짬뽕' 어법에는 '나가사키'로 적도록 되어 있지만 '나가사끼'로 적었다. 우리나라 짬뽕은 주로 새우 국물을 육수로 쓰고 고춧가루를 풀기 때문에 빨갛고 얼큰하지만, 오리지널 나가사키 짬뽕은 돼지뼈를 우린 국물을 육수로 쓰고 해물을 넣기 때문에 하얗고 맛이 진하다.

본인의 입맛에 맞게 개량한 것이 '찬폰チャンポン'이라는 일본식 중국요리다.

'찬폰'이란 이름의 유래에 대해서는 여러 가지 추측이 있다. 그중 가장 가능성이 많은 것은, '밥을 먹다'라는 뜻인 '喫飯'(끽반·츠판)의 중국 복건성福建省 사투리에서 왔다는 주장이다. 즉, 복건성에서는 '喫飯'(간체자로는 吃飯)을 '차폰'이라고 발음하는데, 여기에 일본식 발음이 가미돼 '찬폰'이 됐다는 것이다. 또는 '섞다'라는 뜻의 복건어 '摻混'에서 왔다는 주장도 있다.

어쨌든 이렇게 만들어진 일본어 외래어 '찬폰'이 그 요리법과 함께 우리나라에 상륙해 중국식 악센트가 가미되어 '짬뽕'이라는 이름이 되었다. 요리법은 일본과 우리나라가 약간 다르다. 즉, 나가사키 짬뽕은 돼지뼈를 우린 국물을 육수로 쓰지만, 우리나라 짬뽕은 주로 마른새우 국물을 육수로 쓴다. 또 나가사키 짬뽕은 야채와 해산물을 많이 넣어 색깔이 하얗고 맛이 진하지만, 우리나라 짬뽕은 고춧가루와 고추기름을 풀기 때문에 빨갛고 얼큰하다.

일설에 따르면, 명치시대 중기, 나가사키시 '사해루(四海樓·시카이로)'라는 중국식당의 진평순陳平順이란 점주가 중국인(당시는 청국인) 유학생들이 제대로 먹지도 못하고 공부하는 것을 안쓰럽게 여겨, 값싸고 영양가 있고 푸짐하게 먹을 수 있는 먹거리를 찾다가 개발한 것이라고 한다.

짬뽕은 예를 들어 '우리나라 정치제도는 대통령제와 내각제가 짬뽕된 것이다'처럼 '두 종류 이상의 물건을 섞는 것'이란 뜻으로도 사용하는데, 이것은 이 요리를 만들 때 여러 가지 잡다한 요리를 섞는 것에서 나온 의미다. ➡만낍

> 자장면과 짬뽕 중 하나를 택하기란 쉽지 않다. 자장면으로 하자니 짬뽕이 아쉽고 거꾸로 해도 마찬가지다. 한쪽을 택해 어쩔 수 없이 다른 한쪽을 버려야 하는 것을 경제학에선 기회비용이라 한다. 자장면을 골랐다면 자장면의 기회비용은 짬뽕인 셈이다. 국민일보 101005

쪽발이

일본인을 비하해서 일컫는 말.

일본남자의 대표적인 특징은 '촌마게ちょんまげ' 라 부르는 상투머리와 왜나막신을 가리키는 '게다' 다. 쪽발이는 이중 게다 신은 발을 푸줏간의 '족발' 과 결부시켜 일컫는 말이다. 일설에 따르면, 쪽발이는 우리나라 사람들이 일본인을 대량으로 접하게 된 임진왜란 때 만들어진 말이라 한다.

> 46년이면 일제강점 36년보다 10년이나 더 긴 세월이다. 그토록 긴 세월이 흘렀어도 두 나라 간의 국민감정은 아직도 '쪽발이' 와 '조센진' 차원에서 크게 벗어나지 못하고 있다. 정부 간 공식교류에는 선린이니 하는 표현들이 쓰이지만 그건 겉치레일 뿐이다. 경향신문 910815

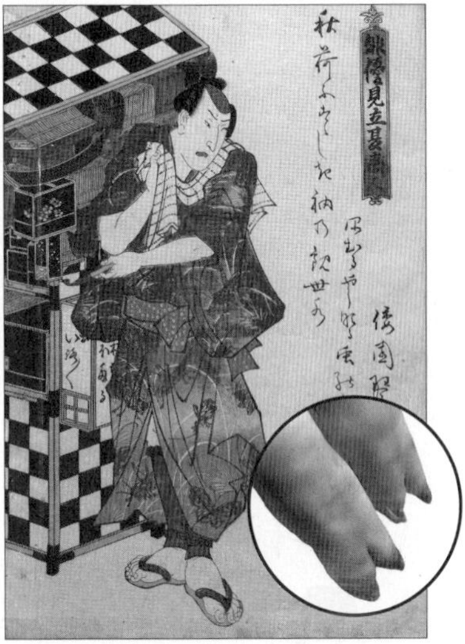

우타가와 구니사다(歌川國貞·1786~1865)의 풍속화(浮世繪·우키요에)에 나와 있는 일본 상인의 모습이다. 머리는 '촌마게' 라 부르는 일본 특유의 상투를 하고 있고, 발에는 게다라 부르는 나막신을 신고 있다.

'쫓다' 와 '좇다'

'추구하다' 와 같으면 '좇다' 다

같은 것 같지만 용도에 약간 차이가 있는 말이다. '쫓다' 는 '급한 걸음으로 뒤를 따르다' '어떤 자리에서 떠나도록 몰아내다' 와 같이 구체적인 행동을 언급할 때 쓰고(예 : 범인의 뒤를 쫓다, 파리를 쫓다), '좇다' 는 '남의 뜻을 따라 그대로 하다' '남의 뜻이나 대세를 따르다' '추구하다' 와 같이 추상적인 행동을 언급할 때 쓴다(예 : 여론을 좇다, 유행을 좇아가다).

> 고수익·저위험이란 두 마리 토끼를 동시에 쫓는 것은 오히려 투자 성과를 망치게 하는 길이 될 수 있다.
> → 좇는

ㅊ

찰나刹那

손가락을 한 번 튕기는 시간의 65분의 1이라고?

매우 짧은 시간. 순간.

불교에서 온 말로, 범어 'ksana'의 음역音譯이다. 1찰나의 길이는, 예를 들어 '손가락을 한 번 튕기는 시간의 65분의 1'이라거나, '75분의 1초에 해당한다' 등으로 설명된다. '찰나주의刹那主義'는 여기에서 파생된 말로, 과거나 미래를 생각하지 않고 오직 현재의 순간적 쾌락만을 추구하는 생활태도를 일컫는다. 흔히 두음법칙을 염두에 두고 '찰라'로 적는 수가 있으나 '那'의 본음은 '나'이므로 두음법칙과 상관없이 '찰나'로 적어야 한다. ➡역겁

> 손 안에 쥔 것은 찰라(→찰나)를 스쳐가는 빛과 어둠이 뒤섞여 남긴 잔상에 불과하지만, 사람들은 사진으로 실체를 잡아냈다고 자위한다.

참회懺悔

잘못을 깊이 뉘우침.

기독교 신자들도 많이 사용하는 말이지만, 원래는 불교에서 잘못을 뉘우

쳐 해탈을 구하는 수행법의 하나였다. '懺(참)' 은 범어 '크샤마ksama' 를 중국에서 '참마懺摩' 라고 음역音譯한 것의 첫 자로, '용서를 빌다' '뉘우치다' 라는 의미이고, '悔(회)' 는 '크샤마ksama' 를 '과거를 뉘우치다' 라는 뜻의 '회과悔過' 로 한역漢譯한 것의 첫 자다. 범어에서는 지금도 '미안하다' 는 말을 '크샤마탐ksamyatam' 이라고 한다.

책갈피

책장과 책장의 사이.

'갈피' 란 '겹치거나 포갠 물건의 하나하나의 사이' 란 뜻이므로 책갈피는 '책장과 책장의 사이' 가 된다. 그런데 많은 사람들은 그런 뜻으로보다는 '책의 갈피에 끼우는 조그만 딱지', 즉 '서표書標' 또는 '책갈피표' 란 뜻으로 더 많이 쓰고 있다. 정식명칭인 '책갈피표' 를 생각 없이 줄여 쓴 탓이다. 이 같은 언어현실을 반영하여 '책갈피' 를 '책갈피표' 의 뜻으로도 쓸 수 있다고 적은 국어사전도 있다.

> 바위짬에 손과 발을 끼우듯, 읽은 책장과 안 읽은 책장 사이에 책갈피를 끼우듯, 울산암의 지나온 억겁의 시간과 다가올 억겁의 시간 사이에 얇디얇은 내 삶을 끼워 넣는다.

챔피언

거슬러 올라가면 '들판' 이 나온다

선수권자. 우승자.

영어 'champion' 에서 온 외래어로, 이 말의 뿌리를 거슬러 올라가면 '들판' 의 뜻인 라틴어 '캄푸스campus' 가 나온다. 캄푸스에서는 다시 '캄피오campio' 라는 말이 파생되었다. 이것은 캄푸스, 즉 '들판' 에서 싸우는 사람이라 해서 '투사' '전사'를 이르는 말이다. 이것이 프랑스어를 거쳐 영어가 된 것이 '챔피언champion'이다. 처음에는 '투사' '전사'의 뜻으로만 사용되다가 근대에 이르러 '선수권자' '우승자'란 뜻이 되었다. '캄푸스campus'는 영어에 들어가 대학교 교정을 뜻하는 '캠퍼스campus'가 되기도 했다.

처녀處女

"처음에는 처녀처럼, 나중에는 탈토처럼"

결혼하지 않은 성년 여자.

'處(처)'가 '머물러 있다'는 뜻이므로 '시집가지 않고 집에 머물러 있는 여자', 즉 '미혼의 여자'가 원래 뜻이다. '처사處士'는 '세상 밖에 나가지 않고 조용히 묻혀 사는 선비'를 일컫는다. 그러나 지금의 '처녀'는 기혼이냐 미혼이냐보다는 '성적 경험이 없는 여자'라는 뉘앙스가 먼저 떠오른다.

군사정권의 뿌리를 갖고 있는 신한국당이 처음으로 경선을 통해 대통령 후보를 뽑게 된 것을 '처녀비행'이란 말로 표현한 신경무 화백의 『조선만평』(조선일보 1997.7.19)이다. 그러나 '처녀비행' '처녀작' '처녀수출' 등은 성차별적인 말이므로 가급적 '첫비행' '첫작품' '첫수출' 등으로 바꾸어 써야 한다.

『손자병법孫子兵法』「구지편九地篇」에 '처음에는 처녀處女처럼, 나중에는 탈토(脫兎·도망치는 토끼)처럼'이란 비유가 있는 것으로 보아 아주 옛날에는 '부드러운 여성'이란 뜻으로도 사용되었던 듯하다. 뭔가를 최초로 시작할 때 '처녀작' '처녀수출' '처녀비행' 등의 말을 쓰는데, 이것은 그 처녀의 현대적 이미지, 즉 육체적·의학적 조건과 결부시켜 파생된 말이다. 성차별적인 말이므로 가급적 '첫작품' '첫수출' '첫비행' 등으로 바꾸어 쓰는 게 좋다. ➡오월동주

처녑

소나 양 등 되새김질하는 동물의 제3의 위.

새김질해 다시 넘긴 먹이를 받아 삭이는 위가 바로 '처녑'이다. 얇고 많은 잎 모양의 조각으로 되어 있다 해서 '천엽千葉'이라 한 것이 변화됐다. 여기에서 '천千'은 '많음'을 뜻한다.

천고마비天高馬肥

다시 그들이 떼거리로 몰려올 때가 왔다!

'하늘이 높고 말이 살찐다'는 뜻으로, '맑고 풍성한 가을'을 가리킬 때 쓰는 말.

이처럼 지금 우리는 가을이 굉장히 좋은 계절임을 나타낼 때 쓰고 있으나, 중국인들은 그와는 다른 용도로 이 말을 썼다. 즉, 이 말은 북방 기마민족인 흉노가, 초원에서 배불리 먹인 말이 가을에 살찌면 대지가 얼어붙기 전에 남방의 본토로 몰려와 약탈을 일삼았는데, 그런 흉노를 경계하자는 뜻으로 사용했던 것이다.

흉노의 복장 머리는 변발을 하고 몸에는 짐승의 모피로 만든 옷을 걸치고 있다. 중국 북부에 펼쳐진 광대한 초원에 살며 유목과 수렵생활을 한 이들은 겨울이 되기 전 집단으로 몰려와 소나기처럼 화살을 퍼부으며 곡물을 약탈한 뒤 바람처럼 사라지곤 했다. 진시황이 만리장성을 쌓은 것은 이들을 막기 위한 방편이었다.

『한서漢書』「흉노전匈奴傳」에는 '흉노가 가을에 쳐들어온다. 말은 살찌고 활은 강하며 곧 성새城塞로 들이닥친다'는 기록이 있고, 당나라 초 두심언(杜審言·두보의 조부)이 변방을 지키러 간 친구 소미도蘇味道에게 보낸 편지에는

'구름은 맑고, 요사스러운 별은 떨어지고, 가을은 높아 성새의 말이 살졌다' 라는 내용이 있다. 그러니까 천고마비는 원래 중국인들이 '올해도 흉노가 쳐들어오는 가을이 왔으니 모두가 경계해야 한다' 는 의미로 썼던 말이다.

> 바야흐로 천고마비의 계절이라는데 난 지퍼마비의 계절이 다가온 듯 죽죽 잘만 올라가던 바지 지퍼가 안 올라가려고 해. 이게 그 말로만 듣던 가을 비만의 시작이런가? 조선일보 071108

천리안千里眼

정보를 장악한 자가 권력을 장악한다

먼 곳에서 일어난 일을 직감으로 알아내는 능력.

'천리 밖을 내다보는 눈' 이라는 뜻으로, 정보통신업체의 이름이나 기상위성 등의 이름으로 채택되어 더욱 유명해진 말이다. 『위서魏書』「양일전楊逸傳」에 실린 다음 고사에서 나온 말이다.

29세의 젊은 나이에 광주光州의 자사刺史가 된 양일楊逸은 엄정한 정사를 펼쳐 백성들의 존경을 받았다. 관원이나 병사가 지방에 나갈 때도 식량을 가지고 가도록 해 일절 민폐를 끼치지 못하도록 했고, 이를 어기면 엄한 벌을 내렸다. 그러나 그는 일일이 고을을 다니며 확인하는 것이 아니라 발 빠른 정보원을 곳곳에 심어두고 관할지역을 손바닥 들여다보듯 했다. 그러자 관원들 사이에서 "영감은 천리안이다. 방 안에서도 천 리를 내다보는 사람이다" 하며 일절 부정한 일을 하지 못했다고 한다.

천의무봉天衣無縫

기교나 꾸밈이 없는 완전한 문장

'사물이 결점이 없이 완전함' 을 일컫는 말.

원래는 기교의 흔적이나 꾸밈이 없고 지극히 자연스러우면서도 완전한 시나 문장을 가리키는 말로, 중국 송나라 때의 설화집인 『태평광기太平廣記』에 실려 있는 말이다.

옛날 중국에 곽한郭翰이라는 남자가 있었다. 어느 날 나무 밑에서 낮잠을 자고 있는데, 하늘에서 어여쁜 여자가 내려왔다. "당신은 누굽니까?"라고 묻자, 여자는 "천상의 직녀織女입니다"라고 대답했다. 그런데 그 천녀天女가 입고 있는 옷에 꿰맨 자국이 없었다. 이상히 여긴 곽한이 그 이유를 묻자 천녀는 "하늘의 옷은 본래 바늘과 실로 꿰매는 것이 아닙니다天衣本非針線爲也"라고 대답했다고 한다.

지금은 의미가 확대되어 단지 시문詩文에 한하지 않고 '사물이 결점이 없이 완전함'을 표현하는 말로 쓰인다.

> 최승희의 춤은 동양적인 유연함 속에 은근하고도 신명나고, 소박하면서도 천의무봉의 경지를 담아낸 육체의 향연이었다.

천일야화千一夜話

1001일이나 이어진 그녀의 이야기

『아라비안 나이트』의 우리말 이름.

이것을 한자로 쓸 때 '千日夜話'로 잘못 적는 경우가 더러 있다. 그렇다면 왜 '千日'이 아니고 '千一'이 됐을까.

全斗煥씨의 '自身감' 화제

전두환(全斗煥)전대통령이 지난달 30일 서부전선 최전방 부대를 방문했을 때의 뒷얘기가 정가에서 화제다.

전씨는 이날 장세동(張世東)전안기부장 안현태(安賢泰)전청와대경호실장 등과 함께 자신이 근무했던 ○○사단 관측소(OP)를 찾았다. 또 78년 자신이 사단장으로 재직하면서 발견했던 북한의 제3땅굴을 둘러본 뒤 전망대 방명록에 소감을 적었다.

그는 먼저 '第12대 大統領 全斗煥(제12대 대통령 전두환)'이라고 한자로 썼다. 그리고 '天下第一(천하제일) 師團(사단)을 방문해서 將兵(장병)들의 씩씩하고…'라고 썼다.

그는 잠시 머뭇거린 뒤 '…自身(자신)감 넘치는 모습을 보니 든든하다'라고 글을 이었는데 바로 이 대목이 문제. '自信感(자신감)'이라고 써야 하는데 '自身감'으로 잘못 쓴 것이다. 〈송인수기자〉

전두환 전 대통령이 전방부대를 방문했다가 방명록에 '自信感'을 '自身感'으로 적는 실수를 범했다는 동아일보 1999년 7월 2일자 기사다. 하지만 이런 실수는 누구나 범할 수 있다. 컴퓨터 글쓰기가 보편화되면서 한자를 직접 쓸 기회가 별로 없어진 탓이다. 한자를 잘못 쓰는 것은 대부분 그 말의 내력을 자세히 알지 못하고 짐작으로 쓰기 때문이다. 예를 들어 千一夜話(천일야화)를 '千日夜話'로, 金字塔(금자탑)을 '金子塔'으로, 唯我獨尊(유아독존)을 '唯我獨存'으로, 長廣舌(장광설)을 '長廣說'로, 弱冠(약관)을 '若冠'으로, 雙璧(쌍벽)을 '雙壁'으로, 北邙山(북망산)을 '北亡山'으로, 狀元(장원)을 '壯元'으로 적는 것은 다 그런 데 이유가 있다. 이중 '금자탑'과 '장원'을 잘못 쓰는 것은 '훈글'에 한자등록이 잘못되어 있는 탓이 크다.

왕비가 몰래 바람을 피우는 모습을 목격한 페르시아왕 샤리아르는 왕비를 가차없이 처형해버렸다. 이 일 이후 모든 여성을 증오하게 된 샤리아르는 매일 새로운 여자를 왕비로 맞아 하룻밤을 지낸 뒤 죽여버리기를 계속한다. 그러던 어느 날 셰헤라자드라는 대신의 딸이 왕비가 되기를 자청했다. 셰헤라자드는 밤마다 왕에게 재미있는 이야기를 들려주다 날이 샐 무렵이 되면 마치지 못한 나머지 이야기는 내일 밤 들려주겠다며, 무려 1001일 동안 이야기를 끌어갔다. 그 사이 셰헤라자드가 왕의 아이를 갖게 되고 왕의 노여움도 풀리게 되는데, '千一' 이란 바로 이 '1001' 을 말한다.

원제는 '千夜一夜' 란 뜻의 'Alf laila wa laila' 이고, 『아라비안나이트Arabian Nights』는 이의 영어식 이름이다.

천장天障

그럼 '천정부지' 는 뭐지?

방의 보온과 미관 등을 위해서 보꾹 아래에 설치한 널빤지 벽.

'障(장)' 은 '가로막다' 의 뜻이므로, '위天를 가로 막는다' 해서 이렇게 부른다. 많은 사람들은 이것을 '천정天井' 으로 부르지만 국어사전에는 '천장' 으로 올라 있다. 어떤 이들은 그 이유를 물으면 "천정이 일본어에서 온 말이기 때문이다"라고 대답한다. 그러나 천정은 오래된 한어漢語이므로 그 이야기는 옳지 않다.

국어사전이 천장으로 올린 것은 '비슷한 발음의 몇 형태가 쓰이는 경우, 그 의미에 아무런 차이가 없고, 그중 하나가 더 널리 쓰이면, 그 한 형태만을 표준어로 정한다' 는 표준어규정 17항 규정에 따른 것이다. 그러나 '물가 등이 한없이 오르기만 하는 것' 을 일컬을 때 쓰는 '천정부지天井不知' 에는 이 규정을 적용하지 않았으므로, 한 가지 말을 두고 두 가지 기준이 적용되어 혼란스러워졌다는 비난을 듣는다.

천황天皇

'일왕' 으로 바꿔 부른다고 뭐가 달라질까?

일본인들이 일본의 군주를 이르는 말.

원래는 '대왕(大王·おおきみ·오키미)' 이라고 불렀는데 통일국가가 형성된 7세기 초부터 새롭게 만들어 사용한 말이다. 진시황秦始皇이 중국을 통일한 뒤 기존에 쓰던 '왕王' 칭호를 버리고 '황제皇帝' 라는 말을 만들어 쓰기 시작한 것처럼 통일된 일본도 그런 중국의 사례를 모방한 것이다.

고대 중국에는 '삼황오제三皇五帝' 라는 전설상의 제왕이 있었다. 천황天皇·지황地皇·태황泰皇의 삼황과, 복희伏羲·신농神農·황제皇帝·요堯·순舜의 오제가 그들인데, 통일국가를 만든 일본의 지배자들은 이 중에서 '천황' 을 가져와 군주의 명칭으로 정했다. 그것은 일본 건국신화에 나오는 '천조대신(天照大神·あまてらす おおみかみ·아마테라스 오미카미)' 의 자손임을 나타내기 위해서이다.

일본의 군주 칭호가 어떻게 나왔는지 살펴본 이유는, 지금의 일본 '천황' 을 우리는 어떻게 불러야 할지를 생각해보기 위해서이다. 어떤

천조대신天照大神 일본 건국신화에 등장하는 태양신으로, 일본의 국가체계가 성립된 이후 쓰여진 『고사기(古事記·712년)』와 『일본서기(日本書紀·720년)』에 이 신과 관련된 이야기가 등장한다. 이 두 책을 일본에서는 '기기記紀' 라 부르는데, 여기에는 천황과 관련하여 "천조天照가 천상에서 풍요로운 무논水田의 땅을 지배하도록 자기 손자를 지상으로 내려보냈고, 그가 일본 황실의 혈족을 이루었다"는 표현이 있다. '황실의 혈족' 이란 일본의 국가 성립 이전 시대, 즉 야마토시대大和時代를 이끈 통치자를 일컫는데, 그들이 어떻게 권력을 잡았는지에 대한 확설은 없다. 그러나 가장 주목을 받는 것이 1948년 에가미 나미오江上波夫 전 도쿄대 교수가 발표한 '기마민족설騎馬民族說' 이다. 이 이론의 핵심은 '일본 천황가를 이룬 사람들은 한반도에서 건너온 사람들' 이라는 것이다. 즉, 일본에 국가를 처음 수립한 것은 일본의 토착 농경민이 아니라, 한반도를 통해 건너온 기마민족이 규슈九州에 상륙했다가 4세기말경 기내(畿內·현 교토·오사카·나라지방)로 동천東遷하여 야마토 조정을 세웠다는 것이다.

이는 일본인들이 부르는 대로 '천황'으로 불러야 한다고 하고, 어떤 이는 황제국과 제후국의 어감이 있으므로 '일왕日王'으로 고쳐 불러야 한다고 한다. 그러나 이 문제는 식민통치를 받은 우리 국민들의 정서와 맞물려 있어 간단히 해결될 일은 아니다. 정부도 명확한 입장을 밝히지 않은 채 '비공식적으로는 천황, 공식적으로는 일왕'으로 부르고 있다. 언론들도 상황에 따라 '일왕日王' '일황日皇', 또는 원어 그대로 '덴노'로 적고 '천황'이란 표현은 자제하고 있다. 이와 관련하여 조선일보는 2000년 7월 6일 다음과 같은 해설기사를 내보낸 바 있다.

日王이냐 天皇이냐

朴定洙장관 회견때 "天皇"이라 불러

外通部대변인은 "정부 공식입장 없다"

일본인들이 부르는 천황(天皇)을 우리는 뭐라 호칭해야 하나。박정수(朴定洙) 외교통상부장관이 13일 외신기자 회견에서 『…김대중(金大中) 대통령은 일본 천황의 방한까지도 실현돼야 한다는 입장…』이라고 말하자, 한 일본특파원은 『천황이라는 표현이 한국 정부의 공식입장이냐』고 물었다。이에 박장관은 『오부치 게이조(小淵惠三)외상이 고유명사이듯이 여러분이 천황이라고 부르는 분을 천황이라고 하는 것은 당연하다』고 답했다。일본특파원은 회견후 『한국 외무장관이 천황호칭에 대해 분명한 입장을 밝힌 것은 이번이 처음』이라고 말했다。

그동안 국내 언론은 일왕(日王)이라는 표현을 써왔다。이호진(李浩鎭) 외교통상부 대변인은 『천황 호칭에 대해 정부의 공식입장은 없으며, 박장관은 미국의 원수를 프레지던트, 영국여왕을 퀸으로 부르는 것과 같은 연장선상에서 자연스럽게 호칭한 것』이라고 설명했다。김인걸(金仁杰) 서울대교수는 『천황이라는 표현은 맞지 않으며, 일왕이 적절하다고 본다』고 말했다。

〈朱庸中기자·midway@chosun.com〉

80년대 초 일본의 교과서 왜곡을 계기로 한국 언론은 천황을 '일왕日王'이란 명칭으로 불러 왔다. 입헌군주제의 세계적 보편성에 부합하는 명칭은 '왕King'이라는 판단과 함께 역사인식이 분명치 않은 일본에 대한 경고 메시지가 포함돼 있었던 셈이다. 그후 김대중 정권 출범 직후 동아·한국일보가 '천황天皇' 명칭으로 복귀했고, 조선·중앙일보 등은 아직 '일왕' 표기를 유지하고 있다. 조선일보의 경우 다만 제도와 이념, 역사적·추상적 개념으로 사용될 경우엔 '천황'이란 표기도 병행하고 있다. '상징천황제'나 '황국사관皇國史觀' 등이 그 예다. 반면, 특정인을 지칭할 경우엔 '아키히토 일왕'으로 표기하고 있다. 한국 정부는 김영삼 정권 때 '일황日皇'이란 모호한 명칭을 쓰다가 98년 봄 정식으로 '천황' 복원을 선언했다. ➡'비妃'와 '빈嬪'

국민의 정부 초기의 외교부 장관이었던 박정수朴定洙 씨가 기자회견 석상에서 '천황' 호칭이 정부 공식입장인 것처럼 얘기했다가, 잠시 후 파장을 우려해 "정부의 공식입장은 없다"며 갈팡질팡하는 모습을 보였다는 조선일보 1998년 5월 14일자 기사. 우리에게 '천황' 호칭이 그토록 어려운 것은 황제국과 제후국의 어감 때문이다. 하지만 그것은 먼 왕조시대의 일이고 지금은 상호평등의 원칙 아래 상대국의 전통과 관습을 인정해주는 것이 외교관례임을 생각한다면, 일본인들이 부르는 표현을 애써 외면하고 '일왕日王' '일황日皇' 등 있지도 않은 말을 만들어 쓰는 것은 문제가 있다.

철옹성鐵甕城

얼마나 단단했으면 '쇠항아리'라 했을까?

쇠로 만든 항아리처럼 매우 견고한 성.

'방비가 매우 튼튼한 상태'를 비유하는 말이다. 옛날에는 외적의 침입을 막기 위해 많은 성을 쌓았다. 그중 정치적 · 군사적으로 중요한 곳에는 이것을 이중으로 쌓고, 안쪽의 것을 '城(성)', 바깥쪽의 것을 '郭(곽)'이라 했다. 그러니까 우리가 '성곽城郭'이라고 부르는 것은 이 내성과 외성을 함께 이르는 말이다.

그리고 전략적 요충지에는 성문 앞에 또 하나의 성을 쌓기도 했는데 이것이 바로 '옹성甕城'이다. 마치 항아리甕 같다 해서 이렇게 부른 것이다. 그리고 옹성 중에서도 철통같이 지키는 곳을 '쇠항아리 같다' 해서 '철옹성鐵甕城'이라 했다. 실제로 중국 강소성江蘇省에 같은 이름의 성이 있고, 우리나라 평안남도 영흥군에도 고려 때 지은 '철옹산성鐵甕山城'이 있다. ➡농성

> 세상을 움직인 것은 말이었다. 총칼도 법도 아닌 말이 세상을 만들고 변화시켰다. 철옹성 같은 독재를 무너뜨린 것도, 야수 같은 파시스트를 무너뜨린 것도 한마디 '말'이었다.

청사靑史

'역사' 또는 '기록'을 달리 이르는 말.

종이가 발명되기 전에 푸른 대나무를 일정한 너비로 쪼갠 뒤 불에 구워 푸른빛과 기름기를 없애고 그 위에 정보를 기록한 데서 온 말이다. 이를 죽간竹簡이라 한다.

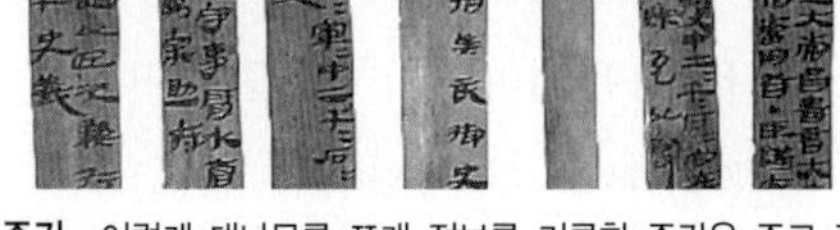

죽간 이렇게 대나무를 쪼개 정보를 기록한 죽간은 주로 전국시대에서 위진남북조 시기에 사용됐다. 그 이전에는 거북의 등이나 동물의 뼈에 기록했는데, 그것은 구하기가 쉽지 않아 대나무를 이용한 것이다. '册(책)'이란 글자는 이런 대나무조각을 가죽끈으로 꿰맨 형상이다.

'청사' 를 '역사' 의 뜻으로 사용한 것은, 당나라 시인 이백李白으로, 『사호四皓의 묘를 지나며』라는 시에서 '청사에 그 이름이 전한다' 라고 표현한 것이 처음이다. 사호四皓란 '머리가 흰 네 노인' 이란 뜻으로, 진시황秦始皇의 폭정을 피해 상산商山에 은거한 네 선비를 말한다.

> 박정희의 권력 명분은 '잘 살아보세' 였고, 역사에 남은 존재가치는 '보릿고개를 없앴다' 는 것이다. 비록 제왕적이었지만, 시대상황에 맞는 국가목표를 실현한 업적 때문에 그는 갈수록 청사에 빛날 것이다. 중앙일보 020131

청천벽력靑天霹靂

북의 기운은 천둥처럼 격렬했다

생각지도 않은 것이 갑자기 일어남. 예상 밖의 돌발적 사건.

'청천靑天' 은 '구름 한 점 없는 푸른 하늘' 이고, '벽력霹靂' 은 '급작스럽게 치는 천둥' 이므로 '예상 밖의 일이나 현상' 이란 뜻이다. 우리말로 하면 '마른하늘에 날벼락' 이다.

원래는 '붓의 기운이 격렬함' 을 나타낸 말로, 남송南宋의 시인 육유陸游가 만든 말이다. 그가 오랫동안 병상에 누워있다 어느 날 갑자기 일어나 붓을 들고 『九月四日鷄未鳴起作(구월사일계미명기작)』, 즉 '9월 4일에 닭이 울지 않았는데 일어나 짓다' 란 시를 썼는데, 그 기운을 스스로 '청천벽력이 울렸다' 라고 표현한 것이다. 시의 앞부분은 다음과 같다.

放翁病過秋 (방옹병과추)

나 방옹은 병이 들어 가을을 지내다가

忽起作醉墨 (홀기작취묵)

홀연히 일어나 술 취한 먹으로 짓는다

正如久蟄龍 (정여구칩룡)

마침 오랫동안 머물러 있는 용과 같이

青天飛霹靂 (청천비벽력)

푸른 하늘에 천둥이 친다

> 청천벽력이었다. 나이 20세에 아무것도 할 게 없었다. 전국체전에서 전도유망한 선수로 주목받았던 그였다. 하지만 대학 진학 후 연골이 파열되는 부상을 입었다. 경향신문 070414

초미焦眉

매우 급박한 정세. 일각의 여유도 없는 정세.

'焦(초)'는 '타다'의 뜻이고 '眉(미)'는 '눈썹'의 뜻이므로 '눈썹에 불이 붙은 것처럼 위험이 임박한 상태'를 말한다. 주로 '초미의 ○○○'의 형태로 쓰인다. 출전은 송나라 때의 불교서적인 『오등회원五燈會元』이다.

> 6·13 지방선거가 코앞으로 다가오면서 이변이 나올 수 있는 일부 지역의 선거 결과가 초미의 관심사로 부각되고 있다. 국민일보 020610

촌철살인寸鐵殺人

철없는 촌놈이 살인을 했다고?

간단한 말로도 남을 감동시키거나 남의 약점을 찌를 수 있음을 이르는 말.

'촌철寸鐵'이란 '작고 날카로운 무기(쇠붙이)'를 말한다. 이같이 작은 무기로 살인殺人을 한다는 뜻이므로, 언뜻 '무모함'을 뜻하는 말일 것 같지만, 사실은 남을 감동시키거나 남의 약점을 찌르는 '매우 간단한 경구(말)'를 일컫는다. 나대경羅大經의 『학림옥로鶴林玉露』에 나오는 말이다.

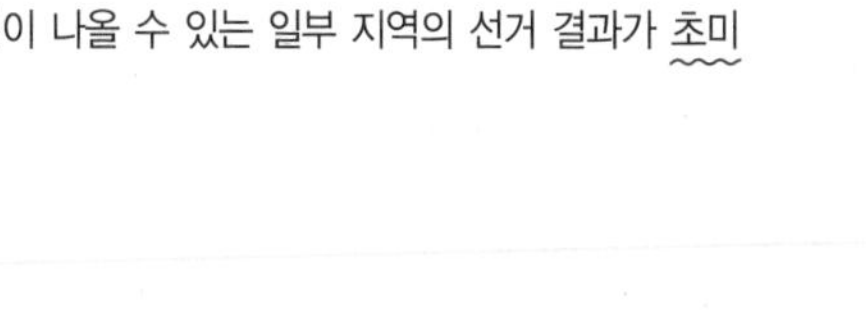

'촌寸'은 손목에서 손가락 하나 넓이만큼 떨어진 곳에 있는 맥점(脈點·맥박이 뛰는 자리)을 나타낸 글자다. 고대글자(전서체·오른쪽)를 보면 이를 알 수 있다. 아래쪽의 '一'이 맥점이다.

그렇다면 촌철은 얼마나 작은 무기일까. 얼핏 1척(尺·자)은 30.3cm이고 1촌(寸·치)은 그 10분의 1인 3.03cm이므로, 촌철은 '3cm 남짓 되는 무기'라고 생각할 수 있으나, 실제로는 그보다 더 작은 무기다. 이 한자가 만들어진 주周나라 때의 계산법으로는 한 척이 22.5cm, 1촌이 약 2.25cm 정도이기 때문이다. ➡지척

> 고대국가에서 시인이 하늘의 뜻을 전하는 사제였다면, 오늘날 시인은 시대정신을 외치는 예언자다. 이같이 본질을 꿰뚫는 촌철살인의 힘 때문에 시인은 항상 핍박을 당하기 마련이다.

총각 總角

결혼을 하지 않은 독신남자.

중국어 '쭝자오總角'가 변해서 된 말이다. 쭝자오란 옛날 머리를 양쪽으로 갈라 올려 귀 뒤에서 두 개의 뿔처럼 묶어 맨 중국 어린아이들의 머리모양을 말한다. '總(총)'은 '묶다'의 뜻이고, '角(각)'은 '뿔'의 뜻이다. 이것이 우리말에서 '독신남자'를 뜻하게 된 것은 옛날 우리나라 젊은이들은 성인이 되어 결혼하기 전까지는 머리를 뒤로 따 늘어뜨렸기 때문이다.

'총각'은 다시 2차대전 이후 일본에 들어가 '총가チョンガー'란 일본어가 되었다. 그러나 일본어 '총가'에는 속어적인 의미가 있거나 장가 못 간 사람을 비하하는 느낌이 숨어있다.

추파 秋波

왜 미인의 눈웃음이 추한 모습이 됐을까?

이성의 관심을 끌기 위해서 은근히 보내는 눈길.

'秋(추)'는 가을, '波(파)'는 '물결'의 뜻이다. 따라서 '가을물결'이 이 말의

본뜻이지만, 중국의 시인들은 이것을 '미인의 눈웃음' 또는 '미인의 맑고 아름다운 눈길'을 비유하는 말로 썼다.

예를 들어 송나라의 시인 소동파蘇東坡는 『백보홍百步洪』이란 시에서 佳人未肯回秋波(가인미긍회추파), 즉 "아름다운 여인이 추파에 회답하지 않네"라고 읊었고(미인이 끝까지 돌아보는 않는다는 뜻), 명나라 때의 어린이 교육 지침서인 『유학경림幼學瓊林』에는 纖指如春筍 媚眼若秋波(섬지여춘순, 미안약추파), 즉 "가늘고 예쁜 손가락을 봄죽순 같다고 하고, 아름다운 눈길을 추파 같다고 한다"라고 되어 있다.

그러나 지금은 다소 부정적으로 발전해 '여성의 요염한 눈길' 또는 '상대의 환심을 사거나 동조를 얻기 위한 은근한 수작이나 접근'을 의미하는 말로 사용되고 있다. 혹시 '秋波'의 아름다운 뜻을 간파하지 못하고 '추한 물결'이란 뜻의 '醜波'로 이해했기 때문이 아닐까.

> 정치가 요동치는 모습은 무협지를 방불케 한다. 국회법을 날치기한 여당과 밀약설에 휘말린 야당, 그 사이에서 추파를 던지는 제3당과 모락모락 피어나는 음모의 냄새. 어쩌면 이렇게 무협지적 요소를 갖춘 정치가 나타날 수 있는지 신기하다.

추호秋毫

아주 적거나 조금인 것을 비유적으로 이르는 말.

'秋(추)'는 '가을'의 뜻이고, '毫(호)'는 '가는 털'의 뜻이므로, '가을철에 돋아나는 가는 털'을 말한다. 대부분의 동물들은 가을철이 되면 털갈이를 하는데, 이때 나는 털은 가늘고 숫자가 많지 않다 해서 생긴 말이다. '한 가닥의 털'을 뜻하는 '일호一毫'도 비슷한 말이다. 보통 '추호도' '추호의'의 꼴로 쓰이며 대개는 부정어를 동반한다.

> 평생 얼굴만 그리겠다는 생각은 추호도 없다. 단지 지금은 '나의 직업 여정'에서 얼굴에 집착하고 있는 과정이며, 그 집착에 9년 동안 충실했을 뿐이다. 작품이란 총체적인 자기표현이다. 한국일보 010831

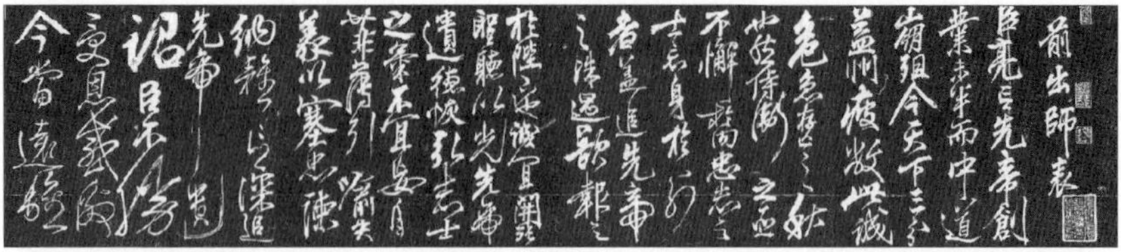

출사표 先帝創業未半(선제창업미반) 而中道崩殂(이중도붕조) 今天下三分(금천하삼분) 益州罷弊(익주파폐) 此誠危急存亡之秋也(차성위급존망지추야)… 즉, '선제가 창업한 지 반도 되지 않아 중도에 붕어하셨다. 이제 천하가 셋으로 갈리어 익주가 피폐해졌으니, 참으로 위급 존망한 때이다…'로 시작하고 있다. 남송의 명장 악비岳飛가 『전출사표』를 옮겨 쓴 것으로, 사천성四川省 장비묘張飛廟에서 발견된 것이다.

출사표出師表

한말 이후 최고의 명문이라는 그 글

'매우 어려운 일에 도전하는 것'을 비유적으로 일컫는 말.

원래는 병사를 출정시키면서 그 뜻을 임금에게 올리던 글을 말한다. '師(사)'는 '군대'의 뜻이므로 '출사出師'는 '출병出兵'과 같은 말이고, '表(표)'는 '임금에게 바치는 글'이란 뜻이다.

출사표 중에서 가장 유명한 것은 삼국시대 제갈량諸葛亮이 쓴 것이다. 제갈량이 촉한蜀漢의 황제 유비劉備가 죽자 그의 유지를 받들어 위魏와의 결전을 위해 직접 출병을 감행했는데, 그 출병에 앞서 2대 황제 유선劉禪에게 바친 것으로, 우국충정으로 가득 차 한말 이후 최고의 명문이라는 평가를 받는다.

전후 2편으로 되어 있는데, 전편(전출사표)은 227년에 쓴 것으로, 현신賢臣을 등용해 내치를 도모할 것을 간언했고, 이듬해인 228년에 쓴 후편(후출사표)은 '지금이야말로 위나라를 토벌할 좋은 기회'임을 서술하며 신하들에 대한 의심을 풀라는 뜻을 담았다. 글속에서는 주로 '출사표를 던지다' '출사표를 내다'의 형식으로 쓰인다.

> 경쟁하듯 수많은 사람들이 출사표를 던지고 있다. 대권 예비후보들은 잇달아 당내 경선 출마선언을 하고 있고, 시도지사나 시장·군수를 노리는 사람들도 저마다 의욕적으로 출마의 변을 털어놓고 있다. 동아일보 020122

제갈량 중국사 전체를 통틀어 가장 훌륭한 정치가이자 군사전략가로 인식되고 있다. 이것은 오로지 『삼국지三國志』 덕이다. 『삼국지』에는 예를 들어 조조曹操군을 공격하기 직전에 동남풍이 일게 하거나, 오의 주유周瑜가 요구한 10만개의 화살을 하루 만에 구하는 등 거의 신적인 존재로 그려져 있다. 이것은 조조보다는 유비가 중원을 통일해야 한다는 작가 나관중羅貫中의 역사인식이 반영됐기 때문이다. 그러나 그의 실제 모습도 소설과 아주 동떨어진 것은 아닐 것이다. 이는 그로부터 비롯된 여러 가지 성어成語를 통해서도 짐작할 수 있다. 예를 들어 '삼고초려'에서는 그의 비범함을 엿볼 수 있고, '읍참마속'에서는 그의 인간적 모습을 엿볼 수 있다. 또 유비의 무능한 후계자 유선劉禪에게 올린 '출사표'에서는 그의 국가관을 엿볼 수 있다. 대개는 '제갈량'으로 적지만, '외자로 된 이름을 성에 붙여 쓸 경우에는 본음대로 적을 수 있다'는 한글맞춤법 규정에 따라 '제갈양'으로 적을 수도 있다.

출세出世

사회적으로 높은 지위나 신분이 되는 것.

원래는 부처나 보살이 중생 구제를 목적으로 '세상世上에 출현出現하는' 것을 이르는 말이었다. 범어 '붓다 우토바다Buddha-utpāda'의 한역漢譯으로, '붓다Buddha'는 '부처'를, '우토바다utpāda'는 '출생' '출현'을 일컫는 말이다. 중생이 속세를 떠나 불도佛道의 세계로 들어가는 것도 '출세'(또는 출가)라 하고, 그 때문에 승려를 달리 '출세자出世者'라 부르기도 한다.

> 그래도 이 땅의 청년들은 체제순응적이다. 대기업에 들어가려고 학점과 토익점수를 챙기고, 아버지 세대가 깔아놓은 출세코스에 올라타려 안간힘을 쓰고 있다. 하지만 이런 구조는 '세대 간 협약'을 전제로 한다.

출장出張

용무를 위하여 임시로 다른 곳으로 나감.

일본에서 만들어진 말이다. 옛날 일본에서 전쟁을 위해 다른 장소로 나가는 것을 '데바리出張り'라고 했는데, 이것을 우리 한자음으로 읽은 말이다. 지금처럼 직무상 외부로 나가는 뜻으로 사용된 것은 19세기 이후다.

1980년대만 해도 해외출장을 가게 되는 것은 집안의 경사였다. 해외출장을 다녀온 사람은 큰 혜택을 누렸다는 생각에 외제 화장품이나 만년필·양담배 등을 직장 동료나 가족의 선물로 사 갖고 오는 게 그 시절의 풍속도였다. 세계일보 070615

측간 厠間

변소 아래에 돼지막이 있었다고?

'변소' '뒷간'의 다른 이름.

지금은 집안에 개량된 시설을 만들고 '화장실化粧室'이라 부르면서 급속히 퇴조한 말이다. 자칫 '厠'을 '칙'으로 읽어 '칙간'이라 하는 수가 있으나 본음이 '측'이므로 '측간'이라 해야 한다.

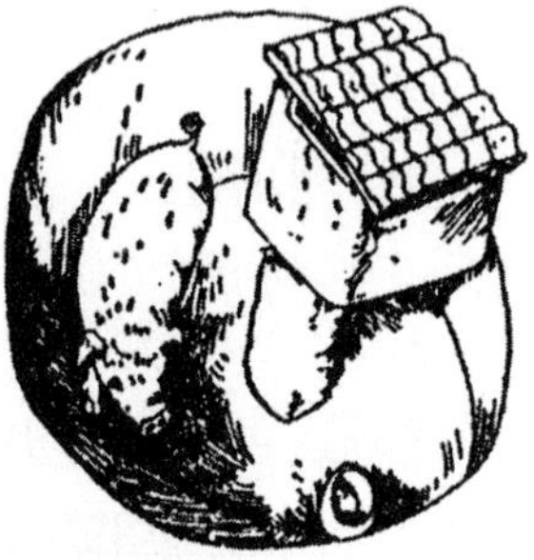

고대 중국의 측간

'厠'은, 원래는 '한쪽 곁에 있는 움막'이란 뜻이었다. 그런데 주거공간과 떨어진 이곳에 볼일을 보면 냄새가 나지 않는다 해서 나중에 '뒷간'의 뜻으로 사용되었다. 또 하나 재미있는 것은 厠에 '돼지우리'의 뜻도 있다는 사실이다. 그렇다면 돼지우리와 뒷간은 어떻게 연결될까. 요시오카 쓰토무吉岡力가 쓴 『역사퍼즐』(光文社,1968)에는 이와 관련된 내용이 다음과 같이 실려 있다.

> 고대로부터 변소의 명칭은 '측간厠間' 또는 '측실厠室'로 불렸다. 이는 2000년 전 중국 한漢대로부터 변소 아래에 막을 짓고 돼지를 사육한 데서 유래한다. 그러나 현대와 같은 진화한 돼지가 아니라 털이 검고 멧돼지와 유사한 돼지로, 그것이 깨끗하게 뒤처리를 해주었다. 익숙해 있지 않은 사람은 아래에서 재촉이 심해 안심하고 일을 볼 수가 없었겠지만, 효율적인 재생산 방식이었던 것은 틀림없다 할 것이다.

송파구는 호텔급 수준으로 꾸민 청사 1층 화장실을 공개해 구민들한테서 좋은 반응을 얻고 있다. 어둠침침하고 냄새나는 옛날의 칙간이 아니다. 글자 그대로 화장을 고치거나 쉬는 곳이다.
→측간

치르다

(주어야 할 돈을) 내어주다. (무슨 일을 당해) 겪어내다. (임무나 책임 등을) 해내다.

기본형이 '치르다' 이므로 '치르고, 치르니, 치러(치렀다), 치르면, 치릅니다, 치르네…' 처럼 활용해야 한다. 대략 10명 중 3명 정도는 '치루다' 가 기본형인 것으로 알고 '치루고, 치루니, 치뤄(치뤘다)…' 처럼 잘못 쓴다.

1998년 국정감사장에서 증인으로 출석한 정몽헌 전 현대그룹 회장을 상대로 의원들이 '금강산 관광 문제' 를 추궁하는 바람에 국감을 무사히 넘겼다고 정 회장에게 큰절을 하는 권오기 통일부총리의 모습을 그린 『조선만평』(1998.11.7). '치렀습니다' 가 '치뤘습니다' 로 잘못돼 있다.

침소봉대針小棒大

작은 일을 크게 불리어 떠벌림.

'바늘針 만한 것을 몽둥이棒만하다고 말한다' 는 뜻으로, 사물을 실제보다 과장하는 것을 가리키는 말이다. 말하는 쪽에 악의가 있고, 그것을 비난하는 뜻이 내포되어 있다. '일석이조一石二鳥' '아전인수我田引水' 처럼 일본에서 만든 사자성어다.

> '공덕' 대신 '사덕' 에만 관심이 쏠리다 보니 정책이나 능력으로 겨루기보다 상대방 가족의 도덕적 약점을 캐내 침소봉대하는 경쟁에만 몰두한다. 신채호 선생이 다시 태어난다면 "공덕이 중하고 사덕이 경한데 이것이 전도됐다" 고 또 일갈하실 것 같다. 조선일보 080205

ㅋ

카니발

'고기를 금禁함' 이 '고기를 허許함' 이 된 사연

사육제謝肉祭. 축제.

'carnival' 에서 온 외래어로, '고기' 를 뜻하는 '카르니스carnis' 와 '없애다' '제거하다' 의 뜻인 '레바레levare' 가 결합해 만들어진 라틴어 '카르넬레바리움carnelevarium' 에서 온 말이다. 이것의 우리말 번역어는 '사육제' 다. '謝(사)' 는 여기에서는 '사례하다' 의 뜻이 아니라 '허락하다' 의 뜻이므로 사육제는 '고기를 먹어도 되는 축제' 란 의미다.

기독교 신자들은 부활제復活祭 전 40일 간을 '사순절四旬節' 이라 해서 고기를 먹지 않고 행동을 삼간다. 이 때문에 사순절이 오기 전 3~8일 동안은 고기나 맛있는 음식을 먹고, 춤추고 노래부르며 즐기는데 이것이 바로 '카니발' 이다. 이 기간이 지나면 육식肉食을 금하게 되어 있으므로 라틴어로 '카르넬레바리움' 이라고 한 것이다.

그러니까 어원상으로는 '고기를 끊음' 의 뜻이지만 실제로는 '고기를 먹는 기간' 이므로 번역어에서는 '육식을 허락하는 축제' 란 뜻으로 '사육제' 라 한 것이다. 영어 '카니발' 은 그것이 근간이 되어 종교적 배경이 없는 '축제' 를 가리키는 뜻으로도 확대 사용되었다.

전직 대통령 3명이 법정으로 끌려가는 서울의 '서편제'에 또 한 번 세계의 이목이 집중될 판이다. 하지만 5·18 심판은 카니발이 아니다. 썩은 호박을 이리저리 쑤셔보는 '정치테라피'도 아니다.

카무플라주

불리하거나 부끄러운 것을 의도적으로 위장하는 일.

'위장' '변장'의 뜻인 프랑스어 'camouflage'에서 온 외래어로, '변장시키다'의 뜻인 이탈리아어 '카무파레camuffare'의 차용借用이다. '캄푸라치'로 익숙해져 있으나 외래어 표기는 '카무플라주'로 하게 되어 있다.

"얼굴이야 견적이 안 나오더라도 그런 걸로나 캄푸라치 될 수 있잖아요?"
→카무플라주

카키색

누른빛에 엷은 다색茶色이 섞인 듯한 빛깔.

주로 군복에 많이 쓰인다. 영어 'khaki'와 '色'이 결합되었다. 'khaki'는 '먼지'란 뜻의 페르시아어 'khak'가 힌디어에 들어가 '선명치 못한 다색'이란 뜻의 'khaki'가 되었다가 영어에 들어간 것이다.

미국 시사주간 타임은 역대 각국 정상 중 가장 옷을 못 입은 10인을 선정하면서 김정일 위원장이 즐겨 입는 카키색 복장을 '은둔의 왕국에서 입는 사파리'라고 비꼬았다. 세계일보 100130

카투사

주한 미 육군에 파견돼 근무하는 한국인 병력.

'Korean Augmentation Troops to United States Army'의 머리글자인

'KATUSA' 를 외래어표기법에 따라 적은 것이다. '카추샤' 로 말하는 경우가 있으나, '카추샤' 는 톨스토이의 『부활復活』에 나오는 여주인공 이름으로, '미 육군의 한국인 병력' 인 '카투사' 와는 아무 상관이 없다.

> 1980년대에는 카추샤(→카투사) 시험 경쟁률이 대단했다. 미군의 용병이라는 비난에도 불구하고 대학생들이 너도나도 카추샤(→카투사)에 지원했던 것은 영어 공부를 할 수 있다는 계산 때문이었다.

캥거루

그들이 동문서답했다고?

포유류 캥거루과 동물을 통칭하여 이르는 말.

새끼를 낳아 육아낭育兒囊에 넣어 기르는 독특한 동물이다. 이 동물의 이름에 대해서는 재미있는 에피소드가 있다.

1770년 제임스 쿡(1728~1779)이 이끄는 탐험대가 호주의 엔디버 강둑에서 난생 처음 보는 동물을 보고 원주민에게 "저 동물을 뭐라고 하느냐?" 라고 물었다. 그러자 영어를 알아듣지 못하는 원주민이 '무슨 말인지 모르겠다(I don' t know)' 라는 뜻으로 "gangurru(강구루)" 라고 대답했다. 이 사정을 알 리 없는 탐험대는 그것이 신기한 동물의 이름으로 알고 'Kangaroo(캉가루)' 라고 기록했는데, 이것이 널리 알려져 '캥거루' 가 되었다고 한다. 그렇다면 캥거루는 오해에 의해서 생겨난 이름인 셈이다.

제임스 쿡 영국의 탐험가. 태평양을 남쪽 끝에서 북쪽 끝까지 탐험하여 호주·뉴질랜드·뉴칼레도니아섬 등을 발견한 인물이다. 세계지도는 그가 완성한 것으로 알려져 있다.

하지만 이런 이야기는 속설에 불과하고, 사실은 호주 북동부 지역 원주민인 애버리진의 언어로 '강구루' 는 '캥거루의 일종' 을 나타내는 말임이 1970년대에 언어학자 존 하빌랜드에 의해 밝혀졌다. ➡터부

커닝

시험을 치르는 사람이 저지르는 부정행위.

영어 'cunning'을 일본의 학생들이 '간닌구カンニング'라 부르던 것을 빌려온 말이다. 그러나 'cunning'은 원래 '교묘한'이란 뜻으로, 우리가 알고 있는 부정행위라는 의미는 전혀 없다. 부정행위를 영어로는 'cribbing' 또는 'cheating'이라 한다. '컨닝'으로 쓰는 사람이 많으나 '커닝'이 맞다.

> 미 공화당 대통령 후보였던 세라 페일린 전 알래스카 주지사가 최근 손바닥에 컨닝(→커닝)용 메모를 적은 채 연설하다 구설에 오른 뒤 미 정가에서는 페일린 패러디 열풍이 일고 있다.

커리어

직업. 경력.

"커리어 우먼"이라고 하면 '직업'의 뜻으로 쓰인 것이고, "그는 30년의 커리어를 가진 기술자다" 하면 '경력'의 뜻으로 쓰인 것이다. 영어 'career'에서 온 외래어로, 라틴어에 뿌리를 두고 있다. 라틴어로 '짐차'를 '카루스carrus'라 하고, 그것을 위한 '도로'를 '카르라리아 비아carraria via'라 했다. 영어 'career'는 이 'carraria via'에서 'via'가 생략된 'carraria'에서 온 말이다. 처음에는 '도로' '경주장' 등의 뜻으로 사용됐으나 점차 '인생행로'라는 의미로 발전했고, 나아가 '직업' '경력' '이력'이란 뜻이 되었다.

케 세라 세라

알 수 없는 내일에 연연할 것 없다!

앞으로 어떻게 될까. 미래에는 어떤 상태가 될까.

불어나 이태리어라고 말하는 사람도 있고, 혹은 일어라고 말하는 사람도 있으나 사실은 스페인어 'Que sers sers'를 우리말로 적은 것이다. 'Que'는 영어의 'What'에 해당하는 말이고, 'sera'는 영어에서 말하는 Be동사의 미래형이나 추측형이다. 따라서 'Que sers sers'는 '앞으로 어떻게 될까', '미래에는 어떤 상태가 될까'란 뜻이 된다.

우리에게는 '될 대로 되라'로 알려져 있다. 일이 비관적일 때 자포자기가 되어 내뱉는 말이다. 그러나 이것은 지나친 의역이고 '케 세라 세라'의 원뜻에는 '알 수 없는 내일에 연연하지 말고 적극적으로 현재를 살아라'라는 라틴 기질의 낙천적인 뉘앙스가 들어 있다.

'케 세라 세라'가 유명해진 것은 미국의 여우女優이자 가수인 도리스 데이 덕분이다. 원래 이 말은 미국의 오래된 영화 『비밀은 알고 있다』(The Man Who Knew Too Much, 1956년)의 주제곡 제목이었는데, 도리스 데이가 불러 크게 히트함으로써 세계에 널리 알려졌다.

어떤 이는 '될 대로 되라'만 맞고 '될 대로 돼라'는 틀린다고 주장하는데, 현행 정서법상으로는 둘 다 맞다. '될 대로 되라'는 '되다'의 어간에 '-라'가 바로 붙은 간접명령형이고, '될 대로 돼라'는 '되다'의 어간에 '-어라'가 붙어 '되어라'가 된 것이 줄어든 직접명령형이다. ➡'돼라'와 '되라'

코냑

레미마르탱 1724년 프랑스 코냑지방 와인제조회사인 레미마르탱이 만든 최고급 코냑 브랜드다.

브랜디의 일종.

프랑스어 'cognac'을 외래어표기법에 따라 적은 것으로, 프랑스 서부 코냑지방(포도밭 일부는 샤랑트지방에 걸쳐 있다)에서 만들어져 이렇게 부른다. 포도 브랜디의 최고급품을 일컫는데, 이 지방 이외에서 만들어진 것에 이 이름을 사용하는 것은 법률로 금지되어 있다. '브랜디'란 백포도주를 증류해 만든 알코올 도수 40도 이상의 양주를 가리킨다.

'꼬냑' 이라는 발음에 익숙해 있으나, 파열음(p·t·k) 표기에는 된소리(ㄲ·ㄸ·ㅃ 등)를 쓰지 않는다는 외래어표기 원칙에 따라 '코냑' 으로 적어야 한다. conte를 '꽁트' 가 아닌 '콩트' 로 적는 것도 이 때문이다.

> 경제가 몹시 어려운 시절에도 프랑스제 최고급 꼬냑(→코냑)을 수입하는 데 연 65만~80만 달러를 지출했던 김정일 정권이지만 막상 자본주의 상품인 코카콜라가 이제 들어간다니, 미국의 선공인지 평양의 계산인지 고개가 갸우뚱해진다.

코리아

'한국' 의 영어명.

'고려高麗' 의 중국음인 '가오리gaoli' 가 아라비아 상인의 입을 통해 유럽에 전해져 취음取音된 것이다. 프랑스어로는 '코레', 독일어로는 '코레아', 러시아어로는 '카레야' 라고 한다. 비슷한 호칭이 서양문헌에 나타난 것은 1235년 몽골에 왔던 프랑스인 뤼브뤼키가 그의 책 『동방여행기東方旅行記』에 '중국 동쪽에 카울레Caule라는 나라가 있다' 고 기록한 것이 최초이다. 그 후 마르코폴로(1254~1324)의 『동방견문록東方見聞錄』에는 '카울리Cauly' 로 소개되어 있다. 'Korea' 로 표기가 바뀐 것은 20세기 초다.

코치

부다페스트 마부는 이렇게 변신했다

운동경기의 지도자.

영어 'coach' 에서 온 외래어로, '운동기술을 지도하는 일' 을 가리키기도 한다. 영한사전을 찾아보면 '역마차' '사두마차' '승합자동차' 등의 뜻이 '지도자' 란 뜻보다 앞서 풀이되어 있다. 그것은 다음과 같은 이유 때문이다.

헝가리 부다페스트 근처에 '코치Koczi' 라는 도시가 있었다. 15세기에 이 코치에서는 매우 품질 좋은 마차가 생산되었는데, 유럽 전역에서 코치산產 마차를 애용하자 아예 마차 자체를 도시 이름대로 '코치' 라 부르게 되었다. 그리고 나중에는 그 마차를 운전하는 마부도 '코치' 라고 불렀다.

어의語義의 확대는 여기에서 그치지 않았다. 여러 마리 말이 끄는 마차를 운전하는 것은 상당한 기술이었는데, 이것은 마치 공부를 가르치는 가정교사의 역할처럼 대단한 것이었다 해서 가정교사도 '코치' 라 부르게 되었고, 이것이 다시 스포츠계로 전파되어 '경기의 지도자' 란 뜻을 가지게 되었다.

코페르니쿠스적 전환

누구도 "NO!"라 말하지 못할 때 그는 "NO!"라 말했다

'사고방식이나 견해가 종래와는 획기적으로 다른 것' 을 일컫는 말.

원래는 칸트(1724~1804)가 자신의 학설이 독창적임을 주장하면서 사용한 말이다. 과거에는 인식(주관)은 모두 대상(객관)에 따르는 것이라고 생각했다. 그러나 칸트는 오히려 인식의 선천적 형식이 대상의 인식을 성립한다는 논리를 펴 주관과 객관의 관계역전을 시도했는데, 이 같은 생각의 전환을 코페르니쿠스(1473~1543)의 업적에 비추어 칸트가 '코페르니쿠스적 전환' 이라 부른 것이다. 코페르니쿠스의 업적이란, 모든 사람들이 천동설天動說을 믿고 있을 때 용기 있게 지동설地動說을 주장한 것을 말한다.

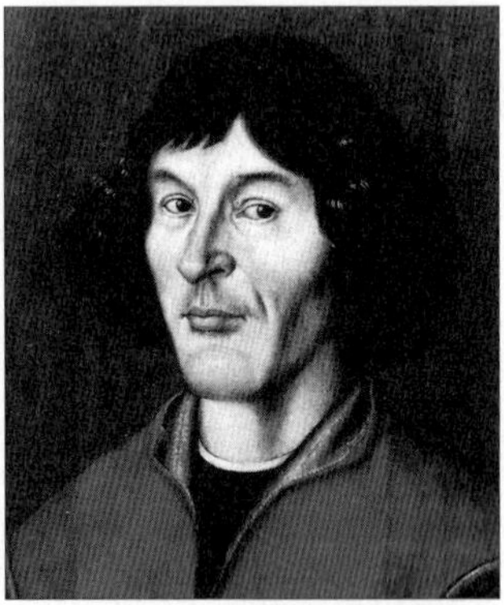

코페르니쿠스 그는 지구가 태양 주위를 1년에 걸쳐서 공전公轉하고, 하루에 걸쳐서 자전自轉한다는 이론을 발표해 세상에 엄청난 충격을 주었다. 누구도 "NO!"라고 말하지 못할 때 그는 과감히 "NO!"라고 말했다.

천동설은 기독교 사상이 지배하고 있던 중세 교회에서는 절대적 진리로 생각했다. 성경에 여호와가 지구를 창조했다고 쓰여있기 때문이다. 그런데 폴란드 천문학자 코페르니쿠스는 지구가 태양을 중심으로 돈다는 학설을 주장해 엄청난 천문학적 성과를 이루게 된다. 하지만 그는 교회의 징벌이 두려워 이론을 발표하지 못하다 죽기 직전인 1543년에 이르러서야 『천체의 회전에 관하여』란 책에서 이를 주장해 세상을 뒤집어 놓았다. 교회는 이 책을 '악마의 책'이라며 불살랐지만, 대세를 거스를 수는 없었다.

> YS정부 출범 후 가장 주목받는 인물이 등장했다. 삼성그룹의 이건희 회장이다. 소심하고 대중을 두려워하는 운 좋은 상속자로부터 자기표현에 거침없는 용감한 도전자로 코페르니쿠스적 전환을 보여 주고 있는 것이다. 조선일보 930817

콘돔

왜 그들은 발명의 공을 내세우지 않았을까?

피임을 위하여 사용하는 자루 모양의 고무제품.

프랑스어 'condom'에서 온 외래어다. 16세기에 이탈리아 의사 파로비우스가 양羊의 맹장으로 만든 것이 세계 최초라고 알려져 있으나 사실은 그보다 훨씬 전부터 여러 가지 형태의 콘돔이 있었던 것으로 밝혀지고 있다.

그림 김도원

어원에 대해서는 여러 가지 설이 있다. '용기容器'의 뜻인 라틴어의 'condus'에서 왔다는 주장도 있고, 발명자의 이름에서 왔다는 주장도 있다. 발명자로는 두 사람이 거론된다. 한 사람은 17세기 중엽 영국왕실의 의사였던 '콘턴

Conton' 이고, 다른 한 사람은 '콩돔Condom' 이란 프랑스 군인이다. 그런데 재미있는 것은, 진짜 발명자가 누구든 당시로서는 엄청난 발명품이었는데도 프랑스와 영국이 그 발명의 공을 내세우지 않았다는 점이다.

그 이유는 물건의 성격이 민망한 데다, 당시 두 나라의 사이가 좋지 않았기 때문이다. 그런 사정은 콘돔에 붙여진 별명에도 잘 나타나 있다. 즉, 프랑스에서는 '영국인의 모자' 란 뜻의 '카포트 앙글레즈capote anglaise' 라 불렀고, 영국에서는 상품의 포장이 마치 프랑스 우편봉투와 닮았다 해서 '프렌치 레터French Letter' 라 한 것이다.

콜럼버스의 달걀

그들이 바다로 갈 때 우리는 뭘 했지?

아무나 할 수 있을 듯하면서도 할 수 없는 기발한 해석이나 대안.

콜럼버스의 신대륙 발견 이후에 콜럼버스를 향해 쏟아졌던 사람들의 입방아를 콜럼버스가 달걀 하나로 잠재웠던 에피소드에서 비롯된 말이다. 당시의 상황을 설명하면 이렇다.

신대륙을 발견한 콜럼버스를 축하하기 위해서 1493년 멘도자 추기경이 연회를 베풀

콜럼버스 15세기 초반, 세상의 변화를 먼저 감지한 것은 포르투갈이었다. 포르투갈은 엔리케 왕자의 지휘 아래 항해술과 조선술을 익히고 인도항로를 개척하기 위해 각고의 노력을 기울였다. 이윽고 포르투갈은 1488년 아프리카 최남단 희망봉希望峯에 도달하는 데 성공했다. 이곳을 끼고 돌면 인도가 나오는 것이다. 그러나 행운의 여신은 스페인의 손을 먼저 들어주었다. 토스카넬리의 지구구형설地球球形說을 믿은 이탈리아 태생의 콜럼버스는 스페인 이사벨라 여왕의 후원을 얻어 대서양을 서쪽으로 넘는 인도항로 개척을 시도한 것이다. 이렇게 해서 그가 스페인 팔로스항을 출발한 것은 1492년 8월 3일이다. 그러나 세상의 변화를 까맣게 모르고 있었던 우리는 그로부터 딱 100년 후 조총으로 무장한 도요토미 히데요시의 함대를 맞아야 했다. 아래 그림은 콜럼버스 일행이 탔던 산타마리아호의 모형이다.

었는데, 일부 참석자들이 "그까짓 게 뭐 그리 대단한 것이냐. 누구라도 배를 저어 서쪽으로 가기만 하면 발견하게 되어 있는 것 아니냐"라고 수군거렸다. 그러자 콜럼버스가 달걀을 들고 "여러분, 이 달걀을 탁자 위에 세울 수 있습니까?"라고 물었다. 모두가 고개를 가로저었다. 이때 콜럼버스는 달걀의 아래쪽을 탁자에 깨뜨려 세웠다. 그러자 누군가가 다시 "그렇게 하면 누군들 못합니까?"라고 비웃었다. 이 말을 들은 콜럼버스는 "바로 그겁니다. 누군가 한 번 한 뒤에는 누구라도 쉽게 할 수 있는 법입니다. 새로운 땅을 찾아 떠나는 탐험도 이와 마찬가지입니다"라고 대답했다고 한다.

일부에서는 콜럼버스의 이 에피소드는 피렌체의 브루넬레스코(1377~1440)라는 건축가가 원조라고 말하기도 한다. 브루넬레스코가 피렌체 대성당의 반구형(半球形·돔) 천장을 어떻게 지을 것인가에 대해 동료들과 토론을 벌이다 자신의 계획에 의심을 가진 사람들에게 계란을 깨뜨리며 설득한 일이 있는데, 콜럼버스가 이것을 활용한 것이라는 이야기다.

> 송승환보다 2000년이 행복했던 예술인을 찾을 수 있을까. 칼과 도마 등 주방용품을 한국적 리듬으로 두드리는 난타. 콜럼버스의 달걀 같은 아이디어 하나로 그는 우리 공연계의 기록들을 한 해 내내 흔들어댔다. 조선일보 001228

쿠데타

그 말 속엔 나폴레옹의 무력이 있다!

지배계급 내의 일부 그룹이 무력으로 정권을 빼앗는 것.

프랑스어 '쿠데타coup d' état'에서 온 외래어다. '국가에 대한 일격一擊'이라는 뜻으로, 영어로 하면 'stroke against state'에 해당하는 말이다. 이 말에 관한 한 세계적으로 영어보다 프랑스어가 더 많이 사용되는 이유는

27세 때의 청년 나폴레옹 파리 태생의 초상화작가 그로(1771~1835)가 그린 것으로, 1796년 11월 베로나 근교에서 오스트리아군을 물리쳤을 때의 모습이다.

쿠데타의 전형적인 기원이 1799년에 있었던 나폴레옹 1세의 정권탈취에 있다고 보기 때문이다. 나폴레옹 1세는 1799년 11월 9일 무력으로 의회를 습격하여 총재정부(總裁政府·1795~1799)를 타도하고 제1집정이 되었다가 황제에 올랐다.

'쿠데타'가 '혁명革命'과 다른 점은 크게 두 가지다. 하나는 반드시 민중의 지지를 필요로 하지 않는다는 점이고, 둘째는 기습적으로 감행되며 반대파를 가혹하게 다스린다는 점이다.

> 돌이켜보면 인간미를 가장한 건 군부 세력이었다. 쿠데타로 집권한 전두환 전 대통령도 어린아이들과 사진을 자주 찍었고, 노태우 전 대통령은 후보 시절 어린이가 귀엣말을 하는 포스터를 적극적으로 사용했다. 이후 이건 아예 진부한 공식이 됐다. 조선일보 071027

퀴즈

극장 지배인의 기발한 신조어 놀이

각종 지식이나 추리력 등이 필요한 문제를 내 대답하게 하는 놀이.

'무엇'이나 '누구'를 뜻하는 라틴어 'quis'에 뿌리를 두고 있는 영어 'quiz'에서 온 외래어다. 18세기 말에 만들어진 말로, 그 배경에는 다음과 같은 싱거운 에피소드가 있다.

그림 김도원

아일랜드 더블린의 한 극장에 제임스 델리James Daly라는 지배인이 있었는데, 어느 날 그는 한 손님과 24시간 이내에 신조어新造語를 만들어 사람들로 하여금 사용하게 하겠다고 공언했다. 그러고는 밤새도록 더블린의 모든 벽에 분필로 'Quiz' 라는, 당시로써는 아무 의미도 없는 글자를 적고 다녔다. 다음날 사람들은 서로 그 수수께끼 같은 글자를 보고 대체 무슨 뜻인가 하고 물었다. 이렇게 해서 'Quiz' 라는 말은 사람들의 관심을 끌게 되고, 이윽고 '수수께끼 같은 질문' '놀림' '장난꾸러기' 등의 뜻으로 쓰이게 됐다고 한다. 그러나 이 이야기는, 이야기의 배경이 된 연도 이전에도 'Quiz' 라는 말이 사용되었음을 근거로 누군가가 지어낸 것이라는 주장도 있다.

> 골프장 캐디가 손님이 친 공에 맞아 다치면 치료비는 누가 낼까. 우스개 퀴즈가 아니다. 골프공을 피하지 못한 캐디가 제 돈으로 치료해야 한다. 한겨레 010205

큐

방송에서 대사·동작·음악 등의 시작을 지시하는 신호.

영어 알파벳 'Q' 에서 온 것으로 알고 있는 사람이 더러 있으나 사실은 영어 'cue' 를 외래어표기법에 따라 적은 말이다. 영어 'cue' 는 '몇 시' 의 뜻인 라틴어 'quando', 또는 '어떻게' 의 뜻인 'qualis' 의 머리글자 'q' 가 진화해 만들어졌다. 이 말이 배우의 등장을 지시하기 위해서 대본에 사용된 것은 16~17세기다.

> 지루한 기다림만이 끝없이 이어진다. 아무도 엑스트라에게 촬영 일정에 대한 설명을 해 주지 않았다. 하염없이 기다리다가 '큐 사인' 이 떨어지면 "와아~!" 하고 함성을 지르는 일이 그날 내가 한 일의 전부였다.

큐피드의 화살

그 화살 한번 맞고 싶다고?

'애정표현' 이나 '구애求愛' 를 상징하는 말.

'큐피드' 는 로마 신화에 나오는 '사랑의 신' 으로, 그리스 신화의 '에로스' 에 해당한다. 대개 어깨에 화살통을 메고 활과 화살을 든 벌거숭이의 모습으

『디아나와 큐피드Diana & Cupid』 이탈리아 폼페오 바토니가 1761년 그린 작품이다. 디아나는 야생동물과 숲을 관장하는 사냥의 여신이다.

로 묘사되는데, 화살통에는 두 종류의 화살이 꽂혀 있다. 금으로 만든 뾰족한 화살과 납으로 만든 무딘 화살이다.

큐피드는 이런 모습으로 다니다가 좋아하는 상대를 만나면 금 화살을 날리는데, 이것을 맞은 상대는 마음에 격렬한 사랑의 감정을 느껴 사랑에 빠지게 된다. 반대로 싫어하는 사람에게는 납 화살을 날려 싫은 감정을 느끼게 한다. '큐피드의 화살'은 이런 이야기로부터 사랑하는 사람에 대한 '애정표현'이나 남성으로부터 '구애' 당하는 것을 일컫는 말로 사용된다.

> 얼마 전 내가 아는 여자가 큐피드 화살을 맞은 듯 목소리와 얼굴에 윤기가 돌기 시작했다. 방년 45세의 '첫솔'(결혼 경력이 없는 솔로)로 외모는 평범하고 여성적이다. 그런데 주위에서는 그녀의 숨막히게 하는 사랑 때문에 남자들이 도망을 간다는 것이다. 서울신문 050519

크레파스

크레용과 파스텔의 특색을 살려 만든 막대모양의 화구畵具.

원래는 일본의 한 문구회사가 프랑스어 'crayon'과 영어 'pastel'의 앞부분만 떼어 '구레파스クレパス'라고 명명한 상품명인데 지금은 보통명사로 굳어졌다. '크레용'은 서양화나 아동화를 그릴 때 사용하는 막대모양의 화구로, 프랑스어에서는 '연필'을 가리킨다.

> 크레파스의 색깔로 학생들이 많이 쓰는 '살색'은 뜨거운 논란거리였다. 외국인 노동자로부터 인종차별 시비를 부른 뒤 '연주황'으로 이름을 바꿨다. 그러나 이번엔 어려운 한자어를 쉽게 이해하지 못하는 어린이에 대한 또 다른 차별이라는 주장이 제기됐다. 한겨레 050523

X-mas

*X*에는 부정적인 이미지가 있다

'Christmas(크리스마스)'를 달리 표기하는 말.

'Christmas'보다 쓰기가 편리해서인지 연말연시의 크리스마스카드 같은 것에 'Marry Christmas' 대신 'Marry *X*-mas'처럼 적는 경우를 볼 수 있으나 내막을 알고 보면 그렇게 권장할 일은 아니다.

가톨릭교회의 상징문양 X와 P가 분명하지만, 이것을 '엑스피'나 '피엑스'로 읽어서는 안 된다. XP는 '그리스도'의 뜻인 그리스어 '*χριστδζ*(크리스토스·Christos)'의 앞 두 글자를 따온 것이다. 즉, X는 영어의 Ch에 해당하고, P는 r에 해당하므로 XP를 영어로 하면 Chr가 되는 셈이다. 그리스어로는 '키로Chi Rho'다.

'Christmas'는 '그리스도'를 의미하는 'Christ'와 '미사(예배)'를 의미하는 'Mass'의 합성어이므로 '그리스도 예배'란 말이다. 이것의 다른 표기인 '*X*-mas'의 '*X*'는 '그리스도'의 뜻인 그리스어 '*Xριστδζ*(크리스토스·Christos)'의 머리글자다. 다시 말해 '*X*'는 영어의 알파벳이 아니라 '그리스도'를 뜻하는 영어 'Christ'의 'Ch'에 해당하는 그리스어인 것이다. '*X*-mas'를 '엑스 마스'라고 읽지 않아야 하는 것은 이런 이유 때문이다. 물론 이것을 적을 때도 영어 알파벳 *X*와 달리 두 번째 사선(2획)을 약간 아래로 처진 듯 적어야 한다.

조선일보 김형기金亨基 기자의 기사(1998년 12월 13일자)에 따르면, *X*라는 표현이 처음 등장한 것은 1100년대라고 한다. 그 후 이 글자는 그리스도를 뜻하는 글자로 사용되어 왔으나 영어의 *X*가 가지고 있는 부정적 이미지, 예를 들어 '미지수부호', '포르노 영화 표시', '글자를 못 쓰는 사람의 서명 대용', '연애편지 끝이나 겉봉투에 표시하는 키스 부호' 등으로 *X*를 사용하는 경향이 많아 지금은 특별한 경우 이외에는 '*X*-mas'라는 표현을 쓰지 않는다고 한다. 뉴욕타임스의 스타일북(기사작성교범)에는 불가피한 경우라도 '*X*-mas'는 절대로 쓰지 말도록 하고 있다.

클럽

사교단체.

영어 'club'에서 온 외래어다. 주로 '나이트클럽' '골프클럽' 등 '사람의 모임'이란 뜻으로 쓰이지만, '트럼프의 패(♣)' 이름과 '곤봉棍棒', 또는 골프채란 뜻으로도 많이 사용된다. 이 말의 원조가 된 것은 '곤봉'이고 나머지는 이 곤봉으로부터 파생되었다. 곤봉은 볼링핀처럼 끝이 도톰한 몽둥이를 말한다. 골프채를 '클럽'이라고 부르는 것은 이것이 곤봉과 비슷하기 때문이다.

골프채

'사람의 모임'의 뜻으로 '클럽'이란 말이 사용된 것은 17세기 후반부터이다. 짜리몽땅한 봉의 형상이 뭔가를 묶어 놓은 형태와 비슷하다 해서 생긴 뜻이라는 말도 있고, 앞에 혹이 붙어 있는 골프의 클럽처럼 하나로 모인다 해서 생긴 뜻이라는 말도 있다. ➡구락부

> 한국판 내셔널트러스트인 자연환경국민신탁이 탄소발자국 지우기 운동에 나선다. 여행이나 요리 등 일상에서 불가피하게 배출한 온실가스를 시민들 스스로 자발적으로 지우도록 하자는 것으로, '탄소지우개클럽'이라는 간판으로 발대식이 열린다. 한국일보 110613

키위

천부적 재능도 안 쓰면 불구가 된다!

양다래.

원산지는 중국 남부이지만, 2차대전 이후 뉴질랜드에서 대량으로 재배되어 지금은 뉴질랜드 특산물처럼 인식되고 있다. 계란형에 다갈색茶褐色의 짧은 털로 덮여 있는데, 뉴질랜드에 서식하는 키위새와 모양이 비슷해 이렇게

부른다.

'키위새'는 뉴질랜드에 아주 흔한 새로, 뉴질랜드의 국조國鳥로 정해져 있지만, 앞을 보지 못하고 날지도 못하는 불구不具의 새다. 이들이 서식하는 지역에는 천적이 없고 먹이가 풍부해 나는 기능과 시력이 퇴화해버린 것이다.

키위새와 키위 뉴질랜드 사람들은 키위새를 국조로 정해 대우하고 있다. 하지만 키위새는 나는 기능과 시력이 퇴화된 불구의 신세다. 뉴질랜드에는 뱀 같은 천적이 없고 먹이가 풍부하다보니 굳이 날아다닐 필요가 없었던 것이다. 아무리 훌륭한 능력을 타고났어도 쓰지 않으면 무용지물無用之物이 되는 것이 세상의 이치다.

이런 신세가 된 것은 모아새도 마찬가지다. 수백 년 전까지만 해도 뉴질랜드에 많이 서식했던 모아새는 풍부한 먹을 것 때문에 날개가 퇴화되어 마오리족(뉴질랜드 원주민)의 먹잇감이 되다 19세기 말에 멸종해버렸다.

ㅌ

타블로이드

원래는 '알약'의 이름이었다

보통신문의 절반 크기인 소형신문.

영어 'tabloid'에서 온 외래어다. '평판平板'이라는 뜻의 'tablet'과 '~와 같은'의 뜻인 'oid'의 합성어로, 원래는 19세기 말 영국의 버로즈 웰컴이라는 제약회사가 알약에 붙인 상품명이었다. 효능은 같지만 부피를 크게 줄인 이 알약이 넓적한 형태를 하고 있었기 때문에 '평판과 같은'이라는 뜻으로 'tabloid'라 명명한 것이다.

보통 신문

東亞日報
비정규직 2년 지나면 정규직 된다
"마음의 광을 내세요"

타블로이드판 신문

노컷뉴스
미사일 탑재 전투기 2대 공중 추돌
오바마 윈
동부에서 서부로 '승리 릴레이'
'美 흑인대통령' 탄생 세계주목

우리나라 보통신문은 391×545mm인 데 비해 타블로이드판 신문은 272×391mm로 절반 크기이다.

기존의 약들은 환약丸藥의 형태를 띠어 바닥에 놓으면 굴러가곤 했는데, 이 새로운 모양의 알약은 그런 단점을 보완하고 크기도 작아 소비자들로부터 크게 인기를 끌었다. 그 'tabloid'라는 이름으로부터 '간결하게(요약하여)'라는 뜻의 'in tabloid form'이라는 표현도 생겨났다.

이 같은 아이디어를 재빨리 비즈니스에 활용한 사람은 영국의 윌리엄 함스워드Alfred Charles William Harmsworth라는 언론인이었다. 그는 1901년 '더 월드The World' 란 신문을 창간하면서 재미있는 기사만 압축해 '타블로이드판版' 이라는 이름의 소형신문을 펴낸 것이다. 예상대로 신문이 큰 성공을 거두자, 그 뒤 창간한 여러 신문들이 이를 채택함으로써 타블로이드는 신문의 한 판형으로 자리잡게 되었다. ➡정제

> 파파라치 뒤에는 특종사진을 목마르게 기다리는 타블로이드판 신문들이 있다. 이른바 황색신문으로 불리는 영국의 타블로이드판 신문들은 왕실의 사진을 고가에 구입하여 사생활을 벗기는 데 혈안이 돼 있다.

타산지석他山之石

그의 위대한 업적을 타산지석으로 삼는다고?

'자신의 수양에 도움이 되는 다른 사람의 잘못된 언행' 을 일컫는 말. 『시경詩經』「소아편小雅篇」에 실린 '他山之石 可以爲錯(타산지석 가이위착)' 즉, '다른 산에서 나온 하잘것없는 돌도 자신의 구슬을 가는 숫돌錯이 된다' 라는 글귀에서 나온 말이다. 그렇다면 여기에서 궁금증이 생긴다. '他山之石' 은 '다른 산의 돌' 이란 뜻인데, 왜 이 돌을 '하잘것없는 돌' 로 풀이하는 것일까. 이것은 한양대 정석원鄭錫元 교수가 1995년 6월 29일자 중앙일보에 쓴 다음 칼럼을 보면 금방 해소된다.

> 하나의 구슬이 완성되기 위해서는 옥장玉匠의 정성과 노력이 뒤따라야 한다. 먼저 거대한 원석을 쪼고 깨 다시 이것을 갈고 닦아 빛을 내야 한다. 이때 필요한 것이 숫돌이다. 숫돌은 평범한 돌에 불과하다. 구슬로 구슬을 갈 수는 없지 않은가. 만약 값나가는 돌이라면 오히려 구슬을 가는 데 이용할 수 없다. 다시 말해 그것을 이용할 수 있는 것은 보잘것없는 돌이기 때문이다.

그렇다면 '타산지석'을 넣어 문장을 짓는다면 반드시 '다른 사람의 잘못된 언행'을 거론해야 한다. 『시경』에서 말하는 타산지석이란 '돌은 돌이되 별볼일 없는 돌'이라는 뜻이기 때문이다. 그러지 않고 다른 사람의 훌륭한 언행을 언급하면서 "그의 위대한 업적을 타산지석으로 삼아야 한다"라고 한다면 원전의 뜻을 잘못 인용한 것이다. 잘된 언행을 굳이 한자로 적고자 하면 '귀감龜鑑'이라 하는 것이 좋다. 귀감은 '사물의 본보기가 될 만한 거울'이란 뜻이다. ➡귀감

> 19세기 말 에펠탑을 세워 세계인을 사로잡은 선조들에게 금세기 프랑스인들이 감사하는 것을 우리는 [타산지석]으로 삼아야 한다.
> ↳귀감

탄신誕辰

짐승에게 '탄생'을 붙여도 되나?

임금이나 성인이 태어난 날.

'탄誕'은 '태어나다'의 뜻이고 '신辰'은 '날'의 뜻이다. 그렇다면 탄생은 '생일'과 같은 말일 텐데도, 왜 임금이나 성인 등 극존칭의 대상에게만 쓸 수 있을까. 이에 대해 고려대 김언종金彦鍾 교수는 이렇게 설명했다.

> '誕(탄)'에 원래부터 '태어나다'의 뜻이 있었던 것은 아니다. '言(말씀언)'과 '延(늘일연)'이 결합된 誕의 본뜻은 '멀리 걸어가다'였는데, 여기에서 '말을 길게 하다' '큰소리치다'는 뜻이 파생됐다. 이것이 '태어나다'란 뜻을 갖게 된 것은 주나라 시조 후직后稷의 출생을 노래한 『시경詩經』「생민편生民篇」의 誕彌厥月, 先生如達(탄미궐월, 선생여달)이란 시에서 비롯됐다. 즉, '아(誕, 일종의 발어사), 만삭이 되어彌厥月 맏아들先生을 순산했다如達'라고 풀이되는 이 시구에서 '誕'과 '生'이 결합해 '태어나다'란 의미가 생겼다. 그리고 이 시는 주나라의 후손이 시조의 출생을 노래한 것이므로 誕生이란 단어가 자연히 귀인의 태어남을 의미하게 됐다.

언론의 보도를 보면 동물원에서 귀한 짐승이 태어나거나 실험실에서 복제 송아지가 태어나는 것에까지 탄생이라는 표현을 쓰는 것을 볼 수 있는데, 이 설명을 보면 아무리 어렵게 태어났더라도 그럴 수는 없는 일임을 알 수 있다.

'탄신'을 사용할 때 주의해야 할 점은 이밖에도 두 가지가 더 있다. 하나는 흔히 '○○○탄신일'이라고 하는데, 이것은 '역전앞' 같은 이중표현이다. '탄신' 자체가 태어난 날이기 때문이다. 따라서 '석가탄신일'은 '석가탄신' '석가탄생일' '석가탄일' 등으로 써야 바른 표현이 된다. 다른 하나는, '탄신'을 '탄생'과 같은 뜻으로 잘못 생각해, 예를 들어 '○○선생 탄신 100주년' 등의 표현을 하는 경우가 적지 않다는 점이다. '탄신'이 생일의 높임말임을 생각한다면 '○○선생 탄생 100주년'으로 고쳐 써야 바른 문장이 된다.

기사 단어선택 신중해야

3일자 30면에 실린 '백두산 호랑이 오늘 공개' 기사를 보면 '…복제호랑이가 8~9월에 탄생할 수 있을 것으로 전망했었다'라는 부분이 있다.

사전에 따르면, '탄생'이라는 낱말은 '사람이 태어남(특히 귀인에 대하여 쓰는 말)'을 뜻하는 말로서, 동물인 호랑이에 대하여 쓴 것은 옳지 않고 '태어날 수 있을 것으로'라고 적어야 옳다.

또, 기사에서 다른 문장의 끝소리는 '…왔다', '…밝혔다', '…중이다'처럼 단순서술형으로 처리하면서, 이 문장은 '…전망했었다'를 넣어 과거완료형으로 적었는데, 이것도 '…전망했다'로 적어야 옳다. 조선일보가 바르고 고운 나랏말 쓰기에 앞장서는 뜻에서라도 기사에 틀린 말, 알맞지 않은 말을 쓰지 않는 본보기를 보여주었으면 좋겠다.

/金盛根 64·경북 안동시

'복제 호랑이가 탄생한다'는 내용의 기사에 대해 "'탄생'은 귀인에게만 붙일 수 있는 것이라며 어휘 선택에 신중을 기해야 한다"고 지적한 신문기사(조선일보 2000.10.7).

탑塔

여러 층으로 높고 뾰족하게 세운 건축물.

범어 'stupa'를 한자로 음역音譯한 '졸탑파卒塔婆'나 그것을 줄인 '탑파塔婆'를 다시 줄인 말이다. 'stupa'는 '흙을 쌓아 만든 묘'라는 뜻으로, 석가가 입적한 뒤에는 그 유골(불사리)이나 모발 등을 넣어둔 축조물을 가리키는 말로 쓰였다. 그 이후 불사리佛舍利나 경전 등을 넣어둔 불교의 고층건축을 탑이라고 부르다가, 점차 가늘고 긴 고층건조물 일반을 통틀어 가리키는 말로 확대되었다.

태산명동泰山鳴動에 서일필鼠一匹

산들이 산기를 느껴 생쥐를 낳았다고?

'소문에 비해 실제 성과는 크지 않음' 을 일컫는 말.

'태산이 떠나갈듯 떠들썩했는데 막상 나온 것은 쥐 한 마리뿐이었다' 는 뜻이다. 여기에서 말하는 태산泰山은 단순히 '높고 큰 산' 을 일컫는 말일 뿐, 중국 산동성山東省에 있는 산과는 다르다. 산동성의 태산은 역대 중국 황제들이 직접 나가 봉선의식(封禪儀式·황제가 산천에 지내는 제사)을 치르던 산으로, 양사언楊士彦의 시조 '태산이 높다 하되 하늘 아래 뫼이로다…' 에 나오는 바로 그 산이다.

그림 김도원

기다란 한문에 시조에 나오는 '태산' 이 들어 있어 한어漢語에 기원이 있는 것으로 알고 있는 사람이 많으나, 사실은 고대 로마의 시인 호라티우스(기원전 65~8)의 『시론(詩論, Ars poetica)』에 나오는 말을 16세기 일본의 지식인들이 한문투로 표현한 것이다.

영어식으로는 'The mountain is in labour and bringing forth a mouth', 라틴어식으로는 'Parturiunt montes, nascitur ridiculus mus' 이다. 직역하면 '산들이 산기産氣를 느껴 우스운 생쥐 한 마리가 태어난다' 는 뜻이므로 상당히 의역된 셈이다. 이런 번역을 '원문을 뛰어넘는 번역' 이란 뜻으로 일본에서는 '초역超譯' 이라 말하기도 한다. ➡일석이조

> 집권 여당의 싸움이 결국 태산명동 서일필로 끝나는 과정을 지켜보면서 국민은 국민을 의식할 줄 모르는 그들에게 실망하는 것이다. 조선일보 901124

탤런트

돈 못 벌면 쫓겨나는 게 고금의 이치

방송에 출연하는 연예인.

영어 'talent' 에서 온 외래어로, '재능' '능력' 이라는 의미도 있다. 그러나 본래의 뜻은 재능이나 능력과는 상관이 없다. 영어 'talent' 는 그리스어 '탈란톤talanton' 에서 왔다. '탈란톤' 이란 '저울' 이란 말인데, 나중에 무게나 화폐의 단위명인 '탈란트' 가 되었다.

『마태복음』(25장)에 이런 이야기가 있다. 오랫동안 여행을 하게 된 한 주인이 세 종을 불러 능력에 따라 돈을 맡겼다. 첫 번째 종에게는 5탈란트, 두 번째 종에게는 2탈란트, 세 번째 종에게는 1탈란트를 주었다. 오랜 시간이 지난 후 주인이 여행에서 돌아왔는데, 첫 번째 종과 두 번째 종은 열심히 장사해서 주인이 준 돈을 두 배로 늘렸지만, 1탈란트를 받았던 세 번째 종은 돈을 땅에 묻어 놓아 하나도 불리지 못했다. 당연히 첫 번째 종과 두 번째 종은 주인에게 크게 칭찬을 받았지만, 세 번째 종은 질책을 받고 쫓겨났다.

이런 이야기에서 화폐 단위로서의 '탈란트' 는 그 돈을 쓰는 사람의 '능력' 이나 '재능' 이란 뜻이 되었다. '방송에 출연하는 연예인' 의 뜻을 갖게 된 것은 훨씬 뒤의 일이다.

터부

쿡 선장이 적는 것은 보통명사가 됐다

어떤 말이나 행동을 금하거나 꺼리는 것.

더 자세히 설명하면 신성한 것과 속된 것, 깨끗한 것과 부정한 것을 구별해 양자의 접근이나 접촉을 금하고, 그것을 범했을 경우에는 초자연적 제재를 받는다는 관념을 뜻하는 말이다. 예를 들어 우리나라에서 '베개를 세워

두면 어머니가 죽는다' 거나, '다리를 떨면 풍병風病이 든다' 는 것 등이다.

이 말은 '금기禁忌' 라는 뜻의 영어 'taboo' 에서 왔다. 하지만 그 뿌리는 '명확하게 표시하다' 는 뜻의 폴리네시아어 'tabu(타부)' 에 있으므로 원뜻과 상당히 달라진 셈이다.

폴리네시아어가 영어가 된 것은 영국의 탐험가 제임스 쿡(1728~1779) 선장으로부터 비롯됐다. 그가 18세기 후반 남태평양의 타히티섬에 도착해 원주민들의 생활을 관찰하다가 이상한 점을 발견했다. 식사를 할 때는 항상 남녀가 자리를 따로 하는 것이었다. 쿡이 원주민들에게 물었더니 원주민들은 '타부' 라고 대답했다. 쿡은 이것을 자신의 항해일지에 'taboo(터부)' 라고 적었고, 훗날 그가 죽은 뒤 이 항해일지가 널리 읽혀짐으로써 문명권에서 사용되는 말이 되었다. 마치 호주의 흔한 동물인 캥거루가 '캥거루' 라는 이름을 갖게 된 것과 유사하다. ⇒캥거루

> 쇠고기는 인도에서, 돼지고기는 아랍권에서 터부시되고 있다. 아랍인들은 낙지 같은 비늘없는 해산물도 먹지 않는다. 중앙일보 010809

터키탕

터키에는 남녀가 혼욕하는 목욕탕이 있다고?

터키인들 사이에 널리 행해지는 목욕법.

그렇다면 터키인들의 목욕법이란 어떤 것일까? 『브리태니커백과사전』에는 이렇게 설명돼 있다.

> 먼저 뜨거운 공기나 증기를 쐬고 마사지한 후 냉수욕이나 샤워를 하는데, 한 방에서 다른 방으로 옮겨다니면서 하는 것이 일반적이다. 몸을 씻는 곳과 몸을 물에 담그는 곳이 목욕탕 건물 내에 분리되어 있으며, 탈의실과 휴게실도 따로 있고, 남녀가 성별로 따로 이용할 수 있는 날을 정해 놓고 있다.

그렇다면 우리가 알고 있는 터키탕에 대한 일반적인 생각, 예를 들어 비키니를 입은 보조원들이 몸을 씻어 준다거나, 침대에 누이고 전신 마사지를 해 준다는 등의 이야기는 터키탕의 전통적 방법과는 크게 다른 셈이다.

앵그르가 그린 『터키탕』 매끈한 피부를 가진 여인들이 터키탕에서 악기를 연주하거나 한담을 나누는 모습이 정물화처럼 묘사돼 있다. 목욕하는 여자에게 굉장한 흥미를 갖고 있었던 앵그르가 터키 주재 영국 대사 부인이 쓴 『터키탕 견문기』를 읽고 83세 때(1863년) 그린 작품이라고 한다.

우리나라 사람들의 이 같은 잘못된 고정관념을 깬 사람은 데리야 딩겔테페라는 터키의 한 여성 외교관이었다. 주한 터키 대사관의 대리대사였던 그가 1996년 8월 '터키탕에 대한 유감' 이라는 제목으로 각 언론사에 항의서한을 발송한 것이다. 그는 서한에서 이렇게 말했다.

> 터키식 목욕은 큰 대리석에 누워 친구들과 대화를 나누고 서로 등을 밀어 주는 것으로 한국의 터키탕과는 다르다. 남녀 혼욕이란 찾을 수도 없고, 심지어 다른 사람 앞에서 옷을 벗어야 하는 곳에는 가지도 않는다.… 터키탕은 일본인들이 처음 시도했는데 한국인들이 이를 따라 했다. 터키인들도 한국인들처럼 자부심이 강한 민족이며, 터키에서 몇몇 매춘굴들이 '한국의 집' 으로 불린다면 대단히 실망할 것이다.

편지가 언론에 보도되자 당시 이수성李壽成 총리는 즉시 '터키탕' 을 '증기탕' 으로 바꾸도록 했고, 언론도 금기어로 지정해 불가피한 경우 이 외에는 사용하지 않도록 하고 있다. 2004년 제정된 '성매매특별법' 에 따라 증기탕 영업은 불법이 됐다.

테스트

처음엔 '흙항아리'를 뜻하는 연금술 용어였다

시험.

영어 'test'에서 온 외래어로, '흙항아리'란 뜻의 라틴어 '테스툼testum'이 이 말의 뿌리다. 그렇다면 '흙항아리'와 '테스트'는 어떤 관계가 있을까. 그 열쇠는 '테스트'가 과거에는 연금술鍊金術 용어였다는 데 있다.

연금술이란 돌이나 쇠, 또는 납 등 값싼 물질을 화학적 변화를 통해 금으로 변화시키는 기술을 말한다. 옛날 유럽에서는 금광석金鑛石을 정련하여 금을 얻는 것보다 이렇게 하면 돈을 쉽게 벌 수 있을 것 같아 많은 사람들이 연금술에 매달렸다. 물론 이런 방법으로 금이 만들어질 리가 없었다. 그러나 연금술 연구기간 중에 연구자들은 수많은 화학약품과 물질의 화학적 변화를 찾아내 오늘날 화학 발달의 토대를 이루었다. 예를 들어 원소는 다른 원소로 변화시킬 수 없다는 원리, 물질 불멸의 법칙, 그리고 원자론도 결국 그러한 체험에 의해 얻어진 결과들이다.

어쨌든 이때 연금술 연구자들은 흙항아리인 '테스툼'에 동전을 녹여 동전의 순도나 진위 여부를 조사했는데 영어의 '테스트'는 바로 여기에서 생겨났다. 처음에는 금인지 아닌지 시험(검사)하는 '용기容器'의 뜻으로 사용되다가 점차 '시험(검사)'으로 뜻이 바뀌어 굳어졌다.

토너먼트

실전처럼 살벌했던 기사의 마상시합

경기 때마다 패자를 떨어뜨려 끝까지 남은 두 팀이 승부를 겨루는 시합.

참가팀이 다른 팀과 모두 한 번씩 싸워 가장 많이 이긴 팀을 승자로 하는 '리그전'과 구별되는 말이다. '토너먼트'는 시합이 시작되면 점차 시합 수가 적어져 참가자가 많아도 짧은 시간 내에 성적이 정해지는 장점이 있으나 패자는 한 번 지면 다시는 대전할 수 없다는 단점이 있다. 우리말로는 '승자진출전' 이다.

마상시합 중세 프랑스의 '투르누아' 광경을 그린 그림이다. 뒤에 프랑스혁명의 진원지가 됐던 바스티유감옥이 보인다. 11세기 프랑스에서 시작돼 유럽 각지에 급속히 보급된 이 시합은 실전처럼 살벌해 프랑스왕 필립 2세 같은 이는 왕자에게 시합참가를 금했다고 한다.

영어 'tournament' 에서 온 외래어로, 이것은 11세기 프랑스에서 성행한 기사의 마상시합馬上試合에 뿌리가 있다. '투르누아' 라 부른 이 시합은 기사를 두 편으로 갈라 상대방을 한 사람이라도 더 낙마시킨 쪽을 승자로 정했다. 이긴 쪽은 진 쪽으로부터 무기나 투구 등을 얼마나 더 많이 빼앗았는지를 계산해 대가를 받았는데, 실전과 마찬가지로 살벌해 시합 도중 목숨을 잃는 기사가 적지 않았다. '투르누아tournoi' 는 '방향을 바꾸다' 는 뜻의 '투르네tourner' 에서 온 말로, 마상시합 때는 말의 방향을 자꾸 틀기 때문에 '투르네' 에 '마상시합을 하다' 란 뜻이 추가되었다.

토사구팽兎死狗烹

진정한 충성이란 있을 수 없다

필요할 때는 소중히 여기다 쓸모가 없어지면 팽개치는 것을 일컫는 말.

'狗(구)' 는 '사냥개', '烹(팽)' 은 '삶다' 의 뜻으로, 『사기史記』에 실려 있는 '狡兎死走狗烹(교토사주구팽)', 즉 '교활한 토끼兎가 죽으면 사냥개는 삶아 죽인다' 가 사자성어 형식으로 발전한 말이다.

유방劉邦이 항우項羽를 물리치고 천하를 통일할 때 큰 공을 세운 사람은 한신韓信이다. 그는 원래는 항우를 섬겼으나 인정을 받지 못하자 유방의 밑에 들어가 뛰어난 지략으로 항우를 잡는 데 기여했다. 유방은 그 공을 높이 사 초왕楚王에 봉했다. 그러나 의심이 많은 유방은 언젠가는 그가 자신을 배신할 것이라는 생각을 갖는다.

항우의 부하였던 종리매鍾離昧가 한신의 부하로 들어앉자, 유방은 결국 한신이 모반을 꾀할 것이라 단정하고 그를 치기로 했다. 이 소식을 들은 한신은 종리매의 목을 가지고 유방을 찾아갔으나 유방은 그를 체포해버렸다. 이때 한신은 자신의 어리석음을 후회하며 이렇게 중얼거렸다. "세상 사람들이 말하는 그대로구나. 토끼가 죽으면 사냥개가 삶기고兎死狗烹, 새가 없어지면 명궁名弓이 사라지며, 적이 망하고 나면 모신謀臣이 죽게 된다는 그 말이…."

월드컵을 앞둔 2002년 6월 29일, 북한이 서해 NLL을 침범해 아군 함정에 발포한 사건으로 햇볕정책에 대한 비판론이 일어나자 김대중 전 대통령이 곤란해하는 모습을 풍자한 김상택 화백의 『만화세상』(중앙일보 2002.7.8). "'烹시키면' 못 나가겠다"고 하는 사람은 당시 대통령 외교·안보 특보였던 임동원 씨이고, 임씨를 쫓아내지 않으면 보따리를 싸겠다고 하는 사람은 민주당 대통령 후보였던 노무현 전 대통령이다.

국회의장을 지낸 김재순金在淳 씨가 1993년 의원직을 사퇴하면서 김영삼 전 대통령을 겨냥해 사용하면서 사람들의 입에 널리 오르내렸다. 김재순 씨는 김영삼정권이 탄생하는 데 많은 도움을 주었으나, 어떻게 된 영문인지 새 정부가 들어서자마자 김재순 씨를 비롯해 박준규朴浚圭 당시 국회의장 등이 부동산투기 혐의를 뒤집어썼다. '팽烹시키다' 또는 '팽당하다'는 말은 이때부터 나돌기 시작했다. ➡배수진

통틀어

있는 대로 모두 합하여.

'있는 대로 다 합하다'의 뜻인 '통틀다'의 부사형이다. '통털어'로 잘못 쓰는 경우가 많다. 예를 들어 "여기 있는 물건을 통통 털어 반값에 넘기겠소"처럼 사용하는 경우가 있기 때문에 아마도 '통桶을 털어서'라는 의미로 짐작하기 때문인 것 같다.

→통틀어

| 전 세계를 통털어 2마리만 채집된 희귀종 보경염낭거미가 정읍의 내장산에서 발견됐다.

퇴고 推敲

그런 완벽성이 명구를 남겼다

시나 문장을 지을 때 자구나 표현을 다듬고 고치는 일.

당唐나라 시인 가도(賈島·779~843)가 노새를 타고 장안長安 거리를 가다 다음과 같은 시를 지었다.

閑居少隣竝 (한거소린병)

인가 드문 곳에 한가한 집이 있는데

草徑入荒園 (초경입황원)

풀 무성한 길이 거친 정원으로 나 있다

鳥宿池邊樹 (조숙지변수)

새는 못가의 나무에 깃들이고

僧推月下門 (승퇴월하문)

중은 달빛 아래서 문을 민다

그런데 아무래도 '밀 推(퇴)'보다는 '두드릴 敲(고)'로 하는 것이 좋을 것 같다는 생각이 들었으나 확신이 서지 않았다. 그러다 "퇴推? 고敲?" 하고 되

가도 범양(范陽·북경시 서남쪽) 출신이다. 그는 스스로 "이구二句를 3년에 얻고, 일음一吟에 두 줄기 눈물이 흐른다"고 말했듯이 시문의 표현에 무척 고민한 사람으로 알려져 있다. '문을 민다'고 할 것인가 '…두드린다'고 할 것인가로 고민했다는 '퇴고'의 고사에서도 그런 '글쓰기에 대한 완벽성'을 엿볼 수 있다. "쉼표 하나를 어쩌지 못해 밤새 고민했다"는 『혼불』의 작가 최명희의 독백과도 비슷한 이야기다.

뇌다 한 귀인貴人의 마차에 부딪히고 말았다. 수행원들에게 붙잡혀 무릎 꿇은 가도에게 귀인이 물었다. "무엇이 너로 하여금 정신을 없게 만들었느냐." 가도가 사실을 말하자, 귀인은 "推(퇴)보다는 敲(고)가 좋겠다"고 하여 그대로 따랐다는 고사에서 온 말이다.

이 귀인은 당대의 문장가이자 경조윤(京兆尹·수도 장안의 수장) 벼슬을 하고 있던 한유(韓愈·768~824)였다. 당시 가도는 진사進士시험에 낙방해 승려가 되어 있었는데, 이때 한유와 조우함으로써 인생에 큰 변화를 맞게 된다. 한유로부터 시재詩才를 인정받아 지방관리가 될 수 있었기 때문이다.

> 이청준은 지난 6개월 간 빛바랜 옛 작품집의 책갈피를 넘기며 다시 읽었다. 그리고 고치고 또 고쳤다. 페이지 여백마다 깨알 같은 글씨들이 빽빽하다. '결정판'을 만들려는 완벽주의자 이청준의 꼼꼼한 퇴고다. 조선일보 980402

트로이의 목마

난공불락의 성도 한순간에 무너졌다

장차 큰 위험이 될 화근禍根을 자기 주위에 들여오는 것을 일컫는 말.

원래는 트로이전쟁 때 그리스인들이 트로이성에 들어가기 위해 만든 거대한 목마木馬를 가리킨다. 그리스와 트로이 사이의 전쟁은 지금으로부터 3200여년 전 트로이의 왕자(파리스)가 절세의 미모를 지닌 스파르타의 왕비(헤레네)를 데려간 것이 발단이 되었다. 분노한 그리스군은 연합군을 조직하여 트로이성으로 쳐들어갔으나 워낙 견고해 쉽사리 함락되지 않았다. 그런 와중에 그리스군 총수인 아가멤논과 공격대장격인 아킬레스 사이에 불화가 생겨 그리스군이 고전을 거듭했다. 궁지에 몰린 그리스군은 속임수 하나를 생각했다. 바로 속이 비어 있는 거대한 목마 속에 군사를 숨겨두고 퇴각하는 것이었다.

이 코미디 같은 계책은 보기 좋게 먹혀들었다. 그리스군의 퇴각에 승리를 확신한 트로이군이 목마를 전승물로 생각해 성 안으로 끌어들인 뒤 지긋지긋한 전쟁이 끝났다며 잔치를 벌인 것이다. 한밤이 되자 목마 속의 그리스 병사들은 일제히 성문을 열어 그리스군을 들어오게 했고, 술취한 트로이 군사들은 그리스 병사들의 공격에 힘없이 무너졌다. ⇒아킬레스건

영화 『트로이의 목마』의 한 장면 집채만한 목마 속에 한 무리의 무장군인들이 숨어 있었고, 이 소수의 무장군인들에 의해 난공불락의 트로이성은 함락되고 말았다.

> 그럼에도 불구하고 막대한 경수로 건설 비용의 대부분을 부담하는 대신 북한을 개방사회로 이끌어낸다는 우리 측의 희망을 이루기엔 아직도 갈 길이 멀다는 지적이다. 한마디로 북한 땅에 '트로이의 목마' 를 보내게 됐다고 자족하기엔 시기상조라는 얘기다. 서울신문 951214

'틀리다' 와 '다르다'

'틀리다' 는 '(정답 등이) 맞지 않다' 는 뜻이고, '다르다' 는 '같지 않다' 는 뜻이다. 언뜻 보기에는 그 말이 그 말 같지만 잘 생각해 보면 차이가 있다. 예를 들어 'A씨와 B씨는 스타일이 틀린다' 라는 문장은 '틀린다' 를 '다르다' 로 고쳐야 맞는 문장이 된다. '틀리다' 는 '맞다' 의 반대개념이기 때문이다. 또 '제 생각과 선생님의 생각은 틀려요' 처럼 말하는 경우도 많은데 이때도 '틀려요' 를 '달라요' 로 써야 옳다.

> 여의도에 직장을 둔 성모 씨도 "전화하는 곳마다 가격이 다 틀리다(→다르다)"며 "적게는 개당 90만원부터 많게는 250여만 원까지 다양한 시술비를 부른다"고 말했다.

ㅍ

파경破鏡

원래는 '만남의 증표' 였다

그림 김도원

'사이가 나빠 부부가 헤어지는 것' 을 일컫는 말.

지금은 '동맹관계 등이 깨진다' 는 뜻으로도 넓혀 사용되고 있다. '破(파)' 는 '깨뜨리다' 의 뜻이고, '鏡(경)' 은 '거울' 의 뜻이므로 '깨뜨린 거울(깨진 거울)' 이라는 말이다. 이것이 '이혼' 을 뜻하게 된 것은 중국의 『신이경神異經』에 실린 다음과 같은 고사로부터 비롯됐다.

남북조시대 남조南朝의 마지막 왕조인 진陳나라가 수隋나라 대군에 의해 멸망할 당시의 일이다. 진나라 관리였던 서덕언徐德言은 임금의 누이인 악창공주樂昌公主와 단란한 가정을 꾸려가고 있었다. 그런데 수나라 군대가 쳐들어와 목숨이 경각에 달린 서덕원은 거울(구리거울)을 둘로 쪼개 아내에게 주며 훗날을 기약했다.

얼마 뒤 진나라는 망하고 악창공주는 수나라 건국공신인 양소楊素의 사람이 된다. 도망자 신세가 되어 이곳저곳 떠돌던 서덕언은 어느 날 장안長安의 저잣거리에서 아내가 가지고 갔던 반쪽짜리 거울을 팔고 있는 노파를 보았다. 노파는 악창공주가 남편을 만나기 위해 보낸 하인이었다. 이렇게 해서 아내의 거처를 알아낸 서덕언은 노파에게 아내를 그리는 애틋한 시를 써 보내고, 이를 알게 된 양소의 배려로 다시 결합하게 되었다고 한다.

그렇다면 파경의 원뜻은 '훗날 다시 만나기 위한 증표' 인데 지금은 '이혼' 의 뜻으로 엉뚱하게 사용되고 있는 셈이다.

> 이 정권에 대한 국민의 기대가 애초부터 미망迷妄에 불과했던 것인가? 대체 무엇이 잘못되어 이 정권과 국민의 연애는 이토록 참담한 파경에 이르게 된 걸까. 한국일보 060526

파천황破天荒

"드디어 형주도 개명될 때가 왔다!"

지금까지 누구도 이루지 못한 일을 성사시키는 것을 일컫는 말.

'破(파)' 는 '깨뜨리다' 의 뜻이 아니라 여기에서는 '개척하다' 의 뜻이고, '천황天荒' 은 '아직 사람에 의해 개척되지 않은 거친 땅' 을 말한다. 그곳은 중국 형주荊州지방을 일컫는다. 형주는 지금의 호북성·호남성·광동성 북부로, 예부터 인재가 많이 배출된 곳이다. 예를 들어 와룡봉추(臥龍鳳雛 · 누워 있는 용과 봉황의 새끼라는 뜻으로, 지략이 뛰어난 젊은이를 말함)라 일컫던 삼국시대 책략가 제갈량諸葛亮과 방통龐統도 이곳 출신이다. 그러나 당나라 때는 그러지 못했는데 이것이 이 말의 배경이 되었다.

당나라 때의 과거는 주로 시부詩賦의 창작 능력을 보는 진사시進士試였다. 선발방식은, 먼저 각 지방 국립학교에서 성적이 우수한 사람과, 각 지방의 장관이 시행하는 선발시험에 합격한 사람을 중앙에 보내면 중앙에서 다시 실력을 겨루는 방식이었다. 그런데 이상하게도 형주 관아에서 선발해 보낸 인재들은 장안長安의 상급시험에서 번번이 낙방만 해 사람들이 '미개지' 란 뜻으로 이곳을 '천황' 이라 부른 것이다.

그런데 850년에 이변이 일어났다. 유세劉蛻라는 서생이 형주 선비로는 처음으로 진사시에 합격한 것이다. 그러자 형주사람들이 "파천황이다. 드디어 형주도 개명改名될 때가 왔다"라고 외쳤는데, 이 사실이 사람들에게 알려져 '파천황'이란 말이 생겼다. 대개 '파천황의 ~'의 꼴로 쓰인다. '전인미답前人未踏', '전대미문前代未聞', '미증유未曾有'와 비슷한 뜻이다.

> 하나의 정권, 체제, 국가로부터 수많은 주민들이 떼를 지어 탈출한다는 것은 그 정권, 체제, 국가로서는 그야말로 파천황의 대사변이 아닐 수 없다. 조선일보 020531

파투破鬪

일이나 계획이 깨어짐.

'破(파)'는 '깨뜨리다'의 뜻이고, '鬪(투)'는 '화투'를 가리키므로 '화투판을 깨뜨리는 것'이 본뜻이다. 화투를 쳐 나가다 막판에 짝이 맞지 않거나 모자라는 경우 '파투'가 된다. '파토를 놓다' '파토나다' 등으로 잘못 쓰는 경우가 있는데 이것은 경상방언이다.

> 1957년 12월 김창만과 김영주가 참가한 가운데 평양시 당열성자회의가 소집됐다. 앓고 있던 김두봉은 회의에 갈 수 없었다. 김두봉을 몰아내려는 회의인데 그가 오지 않으면 파토(→파투)가 된다. 김영주가 "모가지를 끌고서라도 오게 만듭시다" 하고 말했다.

파파라치

원조는 바람둥이 사진기자였다

유명인사의 뒤를 추적해 사진을 찍어 매스컴에 파는 프리랜서 사진가.

이탈리아어 'paparazzo(파파라초)'의 복수형인 'paparazzi'에서 온 외래어다. 파파라초는 이탈리아 영화감독 페데리코 펠리니가 만들어낸 말로, 그가 연출한 『라 돌체 비타La Dolce Vita』(달콤한 인생, 1960년)에 나오는 사진기자의 이름이다. 상류사회 여인들과 놀아나는 바람둥이 기자와 그들을 추적하는 사진기자의 삶을 그린 이 영화가 히트한 후, 그런 부류의 사진사를 가리키는 일반명사로 쓰이게 되었다.

펠리니 감독이 어떻게 해서 파파라초란 말을 만들었는가에 대한 확설은 없으나, 안하무인적이고 공격적인 자신의 급우 이름에서 따온 것이라는 이야기와, '귀찮게 달라붙는 모기'를 가리키는 '파파타치papatacci'와 '번개'를 뜻하는 '라초razzo'를 합성한 것이라는 얘기가 있다.

우리말에 들어온 적이 없던 파파라치는, 1997년 9월 이집트 부호의 아들과 밀애를 즐기던 다이애나 영국 왕세자빈王世子嬪이 파파라치들의 추적을 피하다 숨진 사건이 언론에 크게 보도되면서 등장했다. 포상금을 타기 위해 교통위반차량을 몰래 촬영하는 '카파라치', 부정식품 제조 현장을 몰래 촬영하는 '식食파라치', 불법과외 현장을 몰래 촬영하는 '학學파라치' 등은 여기에서 파생된 말이다.

파행跛行

'파행'이 만일 한자로 적혀 있다면 읽기가 쉽지 않다. '跛'는 이 말 이외에는 별로 쓰이지 않기 때문이다. 그래서 옥편을 펼치지만 쉽게 찾아지지 않는다. 그 이유는 대부분 '口(입구)'나 '⻊(그칠지)'를 부수로 보기 때문이다. 그러나 이 글자의 부수는 '足(다리족)'이므로 부수색인의 '7획' 쪽을 보아야 한다. 足은 '종아리와 발'의 모습을 그린 글자다. 위쪽의 네모(口)가 종아리이고, 그 아래(止)가 발인데, 공교롭게 요즘 하이힐을 신은 모습과 비슷하다. 이것이 부수글자가 되면 마지막 2획을 오른쪽 위로 삐쳐올려 '⻊(그칠지)'처럼 되는데, 이 때문인지 '⻊'를 부수글자로 보는 경우가 많다.

절뚝거리는 걸음. 범위를 넓혀 '일의 균형이 잡히지 않고 나쁘게 진행됨'을 일컫기도 한다. '跛(파)'가 '절름발이'의 뜻이므로 '절름발이 걸음'이라는 말이다.

> 일찍이 현진건은 단편 『술 권하는 사회』에서 일제 탄압의 암울한 사회가 술을 권한다고 갈파했다. 요즈음의 정치 파행, 경제 불황, 사회 불안도 술 권하기의 원인이기는 마찬가지가 아닐까.

판도라의 상자

그래도 '희망' 만은 건졌다

공개하면 엄청난 혼란이 야기되는 일을 일컫는 말.

'판도라' 는 그리스 신화에 나오는 인류 최초의 여자로, 헤시오도스의 『신통기神統記』에 수록되어 있는 다음 이야기에서 비롯된 말이다.

영국의 윌리엄 워터하우스가 그린 『판도라』(1896). 호기심을 참지 못한 판도라가 긴장한 표정으로 상자를 막 열어보려는 순간이다. 인간의 슬픔은 그가 이 상자를 열어버림으로써 비롯됐지만, 그래도 '희망' 은 아직도 그 상자 안에 남아 있다.

불의 신 프로메테우스가 신들의 나라에서 불을 훔쳐 인간에게 주자 주신主神인 제우스는 그 보복으로 인간의 행복에 맞먹는 불행을 주기로 했다. 제우스는 대장장이신 헤파이스토스를 불러 '판도라' 라는 아름다운 여자를 만들게 하고, 여러 신들에게 명하여 이 판도라에게 가장 좋은 선물들을 갖다 주도록 했다('판도라' 는 그리스어로 '모든 것을 준다' 는 뜻이다).

제우스는 판도라에게 온갖 고통과 악이 들어 있는 상자(판도라의 상자)를 준 뒤 프로메테우스의 동생인 에피메테우스와 결혼시키며 절대로 상자를 열어서는 안 된다는 엄명을 내린다. 그러나 호기심을 참지 못한 판도라는 그만 상자를 열어버리고 만다. 그러자 상자 속에 있던 인간의 모든 불행이 쏟아져 나오는데, 판도라가 당황한 나머지 급히 닫아 '희망' 만이 그 속에 남게 되었다 해서 '판도라의 상자' 는 '인류의 불행과 희망의 기원' 을 알려주는 상징으로 일컬어지고 있다.

> 탐색형 정상회담에서 큰 성과를 기대하는 것은 무리다. 더구나 이번 정상회담은 역사의 끝이 아니라 새로운 역사의 시작이다. 너무 성급하면 판도라의 상자를 여는 것처럼 새로운 도전과 시련이 수반될 수도 있다. 조선일보 000509

팔도강산八道江山

지금은 '16도강산' 이다

우리나라 전국의 강과 산. 전국의 산수.

조선시대에 전국을 8개 행정구역으로 나눈 데서 비롯된 말이다. '길도道' 가 붙은 것은 '가장 큰 고을을 연결하는 길' 이라는 의미를 나타냈기 때문이다.

전국을 팔도로 나눈 것은 태종 2년(1402)으로, 함경 · 평안 · 황해 · 경기 · 강원 · 충청 · 경상 · 전라도를 말한다. '함경' 은 함흥과 경성, '평안' 은 평양과 안주, '황해' 는 황주와 해주, '강원' 은 강릉과 원주, '충청' 은 충주와 청주, '경상' 은 경주와 상주, '전라' 는 전주와 나주의 머리글자를 땄고, '경기' 는 경성(京城 · 서울의 옛 이름)과 기내畿內의 머리글자를 땄다. '기내' 란 왕성을 중심으로 한 사방 500리 이내의 지역을 일컫는다.

조선조 말인 1896년에는 경기 · 강원 · 황해를 제외한 나머지 도를 남북으로 갈라 13도가 되었고, 광복 후에는 북한에서 황해도를 남북으로 나누고 양강도와 자강도를 만들었기 때문에 '16도 강산' 이 되는 셈이다(만일, 남북으로 갈린 강원도를 '남한의 강원도' 와 '북한의 강원도' 로 구분한다면 '17도 강산' 이 된다). '양강도兩江道' 는 압록강과 두만강의 두 강이 시작되는 지대라 해서 붙여진 이름이고, '자강도慈江道' 는 자성慈城과 강계江界의 머리글자를 따서 만든 이름이다.

> 팔도강산의 기적을 이룬 원동력은 시인들의 민족어 사랑이다. 민족어 사랑은 또 겨레 사랑이기도 하다. 그러기에 옛 식민지 권력은 실패할 수밖에 없는 민족어 말살정책을 꾀하기도 했다. 조선일보 080614

팔등신八等身

신체의 균형이 잘 잡혀 있는 사람.

미술 해부학 용어인 'eight-head-figure' 를 옮긴 말로, 키와 머리의 비율

(이를 두신지수頭身指數라 한다)이 8:1인 몸, 즉 키가 얼굴 길이의 8배가 되는 몸을 말한다. 예를 들어 A라는 사람이 키가 168cm이고 머리길이(머리끝에서 턱밑)가 21cm라면 팔등신이 되는 것이다. 이런 비율의 신체구조가 가장 조화를 이룬다 해서 미인의 표준으로 삼고 있다. 원래는 성의 구별이 없었는데, 요즘은 주로 여자만을 가리킬 때 쓴다. 직역하여 '팔두신八頭身'이라고 말하기도 한다.

> 베이징의 겉모습은 팔등신 미인이다. 쭉쭉 뻗은 도로와 거미줄처럼 얽힌 지하철은 매혹적인 S라인이다. 431억 달러를 쏟아 부은 성형수술은 대성공작이란 평을 듣는다. 한국일보 080819

패닉

그것은 잠을 설친 판의 장난 때문이다!

생명이나 생활을 위협한다고 생각되는 위험을 피하기 위해 일어나는 극도의 혼란 상태.

영어 'panic'에서 온 외래어로, 그리스 신화에 나오는 '판Pan'이라는 신으로부터 나온 말이다. 상반신은 사람의 모습이고, 하반신은 양의 다리에 말굽이 있는 판은, 싸울 때 적에게 공포심을 주기 위해 곧잘 고함을 지른다. 또 밤이고 낮이고 잠을 자는데, 이때 누군가가 수면을 방해하면 이상한 소리를 질러 황당하게 한다고 한다.

'판Pan'의 조각작품 양의 다리에 말굽이 있는 반인반수半人半獸의 목신牧神으로 '패닉'의 어원이 되었다. 헤르메스의 아들이라는 말도 있고, 목부牧夫와 암염소 사이에서 태어났다는 말도 있다.

그래서 서양사람들은 양들이 갑자기 뭔가에 홀린듯 불안한 상태가 되거나 산에 간 사람이 공포심을 느끼는 것은 '안면安眠을 방해받은 판의 장난 때문'이라고 믿었다. 판이 일으키는 이런 공포행위로부터 '판의' 란 뜻인 영어 'panic' 이란 말이 생겼고, 다시 '공황' '공포' '당황' 등의 명사로도 쓰이게 됐다.

> 금융시장 전체가 패닉상태에 빠지고 있다. 금융불안에서 동떨어진 것처럼 보였던 중국 등 신흥시장마저 서브프라임 폭풍에 휩쓸리면서 최악의 폭락장세가 연출되고 있다. 문화일보 080122

팬티

'빤쓰' 는 남자용, '팬티' 는 여자용이라고?

다리 부분은 거의 없고 엉덩이와 살에 꼭 붙는 짧은 속옷.

일부 국어사전이 '여성용 짧은 속바지' 로 풀이해 놓은 탓인지 여성용으로만 알고 있는 사람이 많다. 그러나 우리말 외래어로서의 '팬티' 는 남녀 구분 없이 가장 깊숙이 입는 옷을 가리킨다. '빤쓰' 는 남자용, '팬티' 는 여자용으로 알고 있는 경우도 있으나 그렇게 구분하지는 않는다. 하지만 내막을 들여다보면 이 같은 구분은 일리가 있다.

먼저 '빤쓰' 다. '빤쓰' 는 '남자용 속옷' 이란 뜻의 영국영어 'pants(팬츠)' 를 일본에서 '판쓰パンツ' 라는 외래어로 만들어 쓰던 것이다. 또 '팬티' 는 '여자용 속옷' 이란 뜻의 미국영어 'panties' 에서 'es' 를 떼고 만든 말이므로 "'빤쓰' 는 남자용, '팬티' 는 여자용" 이라는 주장에는 일리가 있는 것이다.

또 재미있는 것은, 영국영어에서 'pants' 는 '남자용 속옷' 이란 뜻이지만 미국영어에서는 '남자들이 겉에 걸치는 반바지' 란 뜻이다('남자용 속옷' 의 뜻으로는 'shorts' 를 쓴다). 이처럼 'pants' 는 영국영어와 미국영어가 다르므로, 만일 영국에 가서 이 말을 쓴다면 조심해야 한다. 예를 들어 'pants' 를 '남자용 반바지' 로 알고 있던 사람이 영국에 가서 "Take off your pants, please."(pants를 벗어주세요)라고 한다면 '알몸이 돼라' 고 하는 것이기 때문이다. 어쨌든 우리말 외래어로서 '빤쓰' 는 없고 '팬티' 는 남녀구분 없이 '속옷' 을 가리키는 말이다.

펑크

타이어가 파손돼 튜브 안의 공기가 빠지는 것.

'계획한 일이 도중에 틀어져 잘못되는 일'을 가리키기도 한다. 흔히 '빵꾸'라고 했던 이 말의 뿌리는 '구멍을 뚫다'는 뜻의 영어 'puncture'다. 이 단어의 앞부분인 'punc'를 따서 만든 것이 일본어 '팡쿠パンク'다. 그러니까 '펑크'는 일본어 '팡쿠'에서 일본냄새를 제거하고 영어식으로 발음한 것이지만, 근본적으로 잘못된 일본식 영어에 뿌리를 두고 있는 만큼 일본냄새를 지웠다고 볼 수는 없다. 구멍난 바퀴는 영어로 'flat tire', 바퀴에 구멍이 났다는 뜻은 'flatted'이다.

폐하陛下

글자를 잘못 쓰면 회사가 망한다!

황제나 황후에게 붙이는 존칭어.

'陛(폐)'는 '궁전에 오르는 계단階段'이란 뜻이므로, '陛下'는 그 '계단 밑에 있는 사람', 즉 '시종侍從'이란 말이다. 그렇다면 왜 시종이 황제의 존칭어가 되었을까? 그것은 이 말이 생길 당시의 중국 관습을 알아야 이해할 수 있다.

신분질서가 엄격했던 옛날에는 신하가 직접 황제와 대화하는 것이 아니라, 반드시 시종, 즉 '폐하'를 통해서만 의사를 전달할 수 있었다. 예를 들어 용상 밑 계단 아래에 시종이

陛 階

공포의 글자 우리나라에서는 1950년 大統領을 '犬統領'으로 적은 대구매일신문이 정간당했듯이 일본에서는 1942년 天皇陛下를 '天皇階下'로 인쇄한 출판사(童話春秋社)가 출판정지를 당했다. 왼쪽은 '폐', 오른쪽은 '계'로 독음은 다르지만 의미는 '계단' '층층대'로 같다.

있고, 다시 그 아래에 신하들이 도열해 있다고 할 때, 신하가 일단 "폐하!" 하고 시종을 불러 의견을 말하면, 시종은 그 말을 황제에게 전달했던 것이다. 그러던 사이 '폐하'는 시종을 가리키는 말에서 '시종을 통해 의사를 전달해야 하는 존귀한 사람'을 가리키는 말이 되었다.

폐하는 원래 제후諸侯에 대한 존칭이었는데, 진시황秦始皇이 천하를 통일한 뒤 황제인 자신에게만 붙이도록 하고, 제후에게는 '전하殿下'라 하도록 했다. '전하'는 '궁전宮殿 아래에 있는 사람'이란 뜻이었다. ➡각하

포석布石

장래를 위해 미리 필요한 일에 손을 쓰는 일.

'石'은 바둑돌을 말하고, '布'는 '깔다' '배치하다'의 뜻이다. 원래는 바둑용어로, 초반 단계에서 나중의 싸움 전개를 생각해서 돌을 놓거나 그 같은 의도를 가진 돌을 벌려놓는 것을 뜻하는 말이다.

포클레인

반드시 '굴착기'로 바꿔 써야 한다고?

굴착기.

공사장에서 주로 흙을 퍼낼 때 쓰는 중장비로, 원래는 프랑스의 한 중장비 메이커의 이름이다. 메이커 이름이 우리나라에서는 중장비를 가리키는 보통명사로 둔갑한 것이다. 어쩌면 이 기계가 처음 들어왔을 때 기계의 몸체와 전면의 삽날 사이에 큰 글씨로 적힌 'Poclain'이란 메이커명을 기계명으로 오인했기 때문일 수도 있겠다.

이런 이유 때문에 어떤 이는 "포클레인 대신 굴착기로 써야 한다"라고 말

포클레인

하고, 어떤 이는 "우리나라에서는 중장비의 보통명사로 굳어진 이상 '포클레인'이란 말을 써도 무방하다"고 말하는데, 후자의 견해를 따르는 것이 무난할 것이다. 이것은 마치 영국의 우비 메이커인 '바바리'가 우리나라에서는 '방수외투'의 보통명사로 통하는 것과 같은 사례로 보아야 하기 때문이다. '지퍼' '레미콘' '샤프펜슬' '필로폰' '호치키스' 등도 모두 고유명사가 보통명사로 쓰이는 예다. ➡굴삭기

> "포클레인시대!" 유창한 우리말로 샷세 교수가 말했다. 청동기시대, 철기시대처럼 후대의 고고학자들은 대한민국의 오늘 이 시대를 그렇게 부르게 되리라는 것이다. 포클레인이 온 국토에 지울 수 없는 흔적을 남기고 있기 때문이다. 한겨레 100831

표변豹變

왜 지금은 부정적 의미로 바뀌었을까?

마음이나 행동이 돌변함. 주장이나 생각이 갑자기 바뀜.

표면적인 풀이는 이렇지만, 자신의 이익을 위해서 마음이나 행동을 바꾸는 '부정적인 변화'를 가리킬 때만 사용한다. 그러나 원래부터 그런 것은 아니었다. 이 말은 『역경易經』의 「혁괘革卦」에 쓰인 '君子豹變 小人革面(군자표변 소인혁면)', 즉, '표범이 때때로 털을 갈아 아름다운 얼룩무늬를 간직하듯이 군자는 잘못을 발견하면 즉시 태도를 바꾸지만, 소인은 가죽얼굴革面을 하여 좀처럼 잘못을 바꾸려 하지 않는다'는 문구에서 온 말이다. 즉, 만들어질 당시의 표변은 '긍정적인 변화'를 일컬은 말이었다.

그렇다면 지금은 왜 부정적인 의미로 바뀌었을까. 일부에서는 이를 표범의 사납고 독살스러운 이미지 탓으로 보기도 한다. 동물학자들에 따르면, 표

표범과 호랑이 이 두 짐승은 일년에 두세 차례 털갈이를 하는데, 표범이 털갈이를 하는 것은 '표변豹變', 호랑이가 털갈이를 하는 것은 '호변虎變'이라 한다. 이들이 털갈이를 하면 예전보다 훨씬 아름다워지기 때문에, 표변은 '과거의 허물을 고쳐 말과 행동이 달라짐'을 이르는 말이 되었고, 호변은 '범의 가죽 무늬처럼 곱게 변하여 빛남'을 이르는 말이 되었다. 즉, 원래는 두 말 모두 지도층의 도덕적 책무를 강조한 말이었다.

범의 털갈이는 매년 두세 차례에 걸쳐 이루어지는데 먹잇감을 공격할 때는 가능한 한 가까이서 해야 하기 때문에 녹음이 우거지는 여름철에는 털빛이 푸른빛으로 변하고, 가을철에는 갈색으로 변한다는 것이다. 일종의 위장술인 셈인데, 사람들은 그렇게 포획한 먹잇감을 무자비하게 처리하는 모습에서 표범을 독살스러운 이미지로 보았다는 것이다.

> 공항이 개항되면 공항 전체가 마비 상태가 될 것처럼 과장보도를 하던 언론들이 개항 후에는 표변하여 공항의 좋은 점을 경쟁적으로 보도하기 시작했다며 어이없어 했다. 조선일보 010419

표지標識

'표지'는 있어도 '표식'은 없다

다른 것과 구분하기 위한 특징이나 표시.

'識'는 '쓰다' '나타내다'의 뜻이므로 직역하면 '표標로 나타내다識'는 말이다. '지식知識'이라는 말에 익숙해진 탓인지, 이것이 한자로 적혀 있을 경우 '표식'으로 잘못 읽는 경우가 허다하다. 그러나 '識'은(는) '지식知識' '식

2007년 8월 31일 全 廣 鎭 삼가 씀.	1999. 6. 창마다 숲이 가득한 내 작은 연구실에서 김 경 일	1996년 1월 26일 玉泉山房에서 丁範鎭 識

책의 머리말을 마무리하는 방식은 사람에 따라서 다르다. 자신의 육필을 넣고 '삼가 씀'으로 마무리하기도 하고(왼쪽, 『우리말 한자어 속뜻사전』), 멋진 문구를 넣고 이름만 적기도 한다(가운데, 『한자교실』). 지금은 많이 볼 수 없지만, 예전에는 'OOO 識'으로 마무리하기도 했다(오른쪽 『고사성어백과사전』). 자칫 이것을 '식'으로 읽곤 하는데 '지'로 읽어야 한다.

견識見' 처럼 '알다'를 뜻할 때는 '식'으로 읽지만, '표지'처럼 '나타내다' '기록하다'의 뜻일 때는 '지'로 읽도록 되어 있다. 책의 머리말 끝에 쓰인 'ㅇㅇㅇ 識'를 'ㅇㅇㅇ 식'으로 읽는 사람이 있는데, 이것도 '저자가 적었다'는 뜻이므로 '저자 지'라고 읽어야 한다.

> 당국이 이번 위조사건을 심각하게 보는 이유는 복사기술이 워낙 발전하다 보니 이런 위조 방지 표식까지도 정교하게 조작되고 있기 때문이다.
> → 표지

풍비박산風飛雹散

일이나 사물이 형체도 알아볼 수 없이 망가지고 흩어짐.

한자 뜻을 그대로 새기면 '우박雹이 바람風을 타고飛 사방으로 흩어진다散'는 뜻이다. '풍지박산' 또는 '풍지박살'로 잘못 적는 수가 많다.

> 절제와 윤리를 초월한 인간의 욕망이 만들어낸 맞춤인간들에 의해 기존 가치관은 풍지박산 하고 말 것이다.
> → 풍비박산

'피난避難'과 '피란避亂'

'難'과 '亂'의 구분을 하지 못해 읽고 쓰기에 혼선이 일어나는 경우가 많다. '難'은 '재앙' 또는 '어렵다'의 뜻으로 '난'으로 읽고, '亂'은 '전쟁' 또는 '어지럽다'의 뜻으로 '란'으로 읽는다. 따라서 '亂'이 낱말의 머리에 오면 두음법칙에 따라 '난'으로 적지만 어중에서는 반드시 '란'으로 적어야 한다. 지진 등 재앙을 피하는 것을 '피난'이라 하고, 6·25와 같은 전쟁(난리)을 피하는 것을 '피란'이라 하는 것은 이 규정에 의한 것이다.

> 석원의 고향은 전북 군산의 작은 어촌마을이다. 한국전쟁 때 황해도에서 옮겨온 피난민(→피란민)들이 마을을 이뤘다. 전쟁이 끝난 뒤에도 마을은 가난의 더께를 벗지 못했다.

피로회복疲勞回復

말의 달인들이 그 내력을 몰랐을까?

예를 들어 "피로회복 간장보호 ○○○"처럼 건강식품이나 드링크류 광고에 반복적으로 노출됨으로써 잘못 굳어진 말이다. '회복回復'은 '이전의 상태로 돌이키거나 되찾는 것'이므로, '피로회복'을 글자 그대로 해석하면 '피곤한 상태로 돌아간다'는 뜻이다. 피로는 제거의 대상이지 회복의 대상이 아니므로 모순인 것이다. 따라서 '피로하지 않은 상태로 돌아온다'는 것을 말하려면 '피로해소' '원기회복' '건강회복' 등으로 바꾸어 써야 맞는 말이 된다.

동아제약이 2011년 2월부터 '진짜 피로회복제는 약국에 있습니다'라는 카피와 함께 내보낸 박카스 광고 장면이다(TV 화면). 약사들의 호응을 얻은 이 카피 덕에 하락세를 걷던 박카스의 매출은 상승세로 반전했다. '피로회복'이 잘못된 말이라고 지적되기 시작한 것은 80년대 후반부터다. 그렇다면 이 카피를 만든 '말의 달인'들이 이를 몰랐을 리 없었을 것이다. 그런데도 굳이 '피로회복'을 택했다면, 잘못 쓰는 게 너무 굳어져 되돌릴 수 없는 말이라고 판단했을지도 모를 일이다. 마치 '독불장군'이나 '횡설수설'처럼.

재미저술가 조화유曺和裕 선생은 2000년 2월 10일자 중앙일보에 기고한 글에서 '피로회복'이 잘못된 말임을 다음과 같이 설명했다.

도로표지판을 보니 'Yangchon-Gu Off.' 와 'Hangang Br.' 라는 게 있다. 양천구청과 한강교의 영문표기인 모양인데, 옆에 충분히 공간이 있는데도 Office를 'Off.' 로, 'Bridge를 Br.' 라고 줄여 써서 외국인들이 그 뜻을 잘 알아볼 수 없게 만들어 놓았다. 어찌 이뿐이랴. 수출용 인삼의 효능 안내서를 보니 '피로회복' 을 'restoration of fatigue' 라 적어 놓았다. 이것은 사라진 피로를 도로 가져오는 것, 즉 피로회복의 정반대 뜻이다.

핀트

사진 렌즈의 초점. 사물의 중심점.

영어 'pint' 에서 온 말이라고 생각할 수 있으나 영어 'pint' 는 우리말 외래어 '핀트' 와 아무 관련이 없다. 영어의 초점은 'focus' 다. '핀트' 는 일본에서 네덜란드어 'brandpunt' 의 머리를 자른 'punt' 를 '핀토ピント' 라고 쓰던 것이 우리말에 들어온 것이다. 'brand' 는 '연소燃燒' 란 뜻이고, 'punt' 는 '점點' 이란 뜻이다. 볼록렌즈의 초점을 맞추면 불이 붙는 데서 나온 말이다.

필로폰

앗! 잡지에 마약 광고가!

일본의 대일본제약大日本製藥이 만든 각성제 메스암페타민의 상품명.

오랫동안 '히로뽕' 으로 적어왔으나 지금은 '필로폰' 으로 적도록 하고 있다. 표기방법을 두고 '히로뽕' 과 '필로폰' 이 상충했던 것은, 이 약의 상품명이 일본 국내용과 국외용의 두 가지가 있었기 때문이다. 즉, 이 약의 일본어 상품명은 'ヒロポンhiropon' 이고, 영어 상품명은 'Philopon' 이어서 어떤 것을 따를지가 문제였던 것이다.

메스암페타민은 일본인들이 '근대 약학의 개조開祖'로 일컫는 도쿄대東京大 약학부 나가이 나가요시長井長義 교수가 1888년 천식약을 개발하면서 발견했다. 지금은 마약으로 분리되어 사용하면 처벌을 받지만, 개발 당시에는 졸음을 쫓고 피로를 없애는 데 탁월한 효과가 있어 '천하의 묘약妙藥'으로 통했다.

필로폰 광고 잡지 『고쿠아사히航空朝日』에 실린 것(1942년 9월호)이다. 일본어 상품명인 'ヒロポン'이 우에서 좌로 새겨져 있고, 영어 상품명인 'Philopon'이 좌에서 우로 새겨져 있다. 錠(정)은 '알약'이라는 뜻이다. 그 위에는 '최신제권각성제最新除倦覺醒劑'라고 적혀 있다. '제권除倦'이란 '피로를 제거한다'는 뜻이다. 지금은 필로폰이 마약으로 분류되어 유통이 금지되고 있지만, 1941년 개발 당시에는 피로해소제로 인기가 높았다. 특히 이 약을 먹으면 졸음이 가시고 피로가 즉시 해소되기 때문에 전쟁 중의 일본 정부는 군인과 군수공장 노동자들에게 공급해 능률을 높이는 데 사용했다고 한다. 출격을 앞둔 가미카제神風 특공대원에게 먹게 하여 죽음에 대한 공포를 없앴다는 이야기도 있다.

일본어 상품명인 'ヒロポンhiropon'은 '피로해소'와 직관된 이름이다. 즉, 'ヒロhiro'는 '疲勞(피로)'란 말이고, 'ポンpon'은 '날려버린다'는 의미를 갖는 의성어이므로, 히로뽕은 '피로를 날린다'는 뜻이다. 영어 상품명 'Philopon'은 'ヒロポン'의 로마자 표기인 'hiropon' 앞에 P를 붙이고 r을 l로 고친 것이다. 그렇게 하면 일본어 상품명을 살리면서 상당히 고상한 의미가 되기 때문이다. 즉, 그리스어로 'philo'는 '사랑하다'라는 뜻이고, 'ponos'는 '피로' '노력'이라는 뜻이므로 이를 합성한 'Philopon'은 '피로를 사랑한다' 또는 '노력(일)을 사랑한다' 정도의 말이 되는 것이다.

> S정 등 진해거담제가 필로폰 등과 유사한 환각효과를 가진 마약으로 사용돼 물의를 빚고 있다. 아이로니컬하지만 약과 독의 경계는 종이 한 장 차이일 수도 있다. 말 그대로 제대로 쓰면 약이 되지만 잘못 쓰면 독이 된다. 한국일보 030203

ㅎ

하극상 下剋上

음양가들이 통탄한 난세의 풍조

조직에서 아랫사람이 윗사람을 누르거나 제압하는 것.

'剋(극)'은 '죽이다' '이기다' '억누르다'의 뜻이다. 원래는 중국 전국시대 음양가(陰陽家·길흉화복을 예언하는 사람)들이 사용한 말로, 주로 가신家臣이 자신의 주군을 살해하고 정권을 빼앗는 난세의 풍조를 비난하여 말할 때 사용했다. 『삼명통회三命通會』에 나온 "下剋上, 曰 伐(아래가 위를 죽이는 것을 '벌'이라 한다)"가 이 말의 문헌상 최초의 기록이다. 『삼명통회』는 명나라 만육오萬育五가 지은 명리학 도서다.

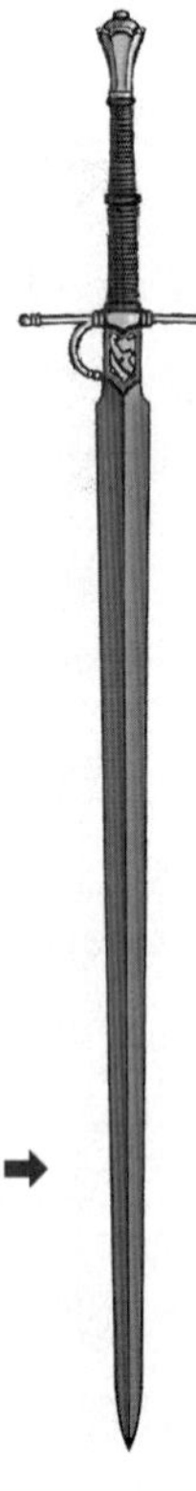

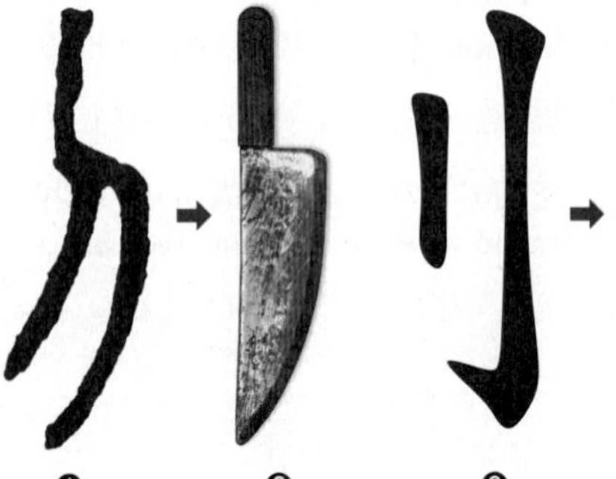

❶ ❷ ❸ ❹

刀는 칼의 모습을 그린 글자다. 고대글자(❶)를 보고 곧바로 칼이라고 믿기에는 부족한 구석이 있지만, 윗부분을 칼자루로, 아랫부분의 두 선을 칼등과 칼날로 보면 이해할 수 있다. 여기에 살을 붙이면 부엌칼(❷)처럼 될 것이다. 하지만 칼이라는 이미지는 刀의 부수글자로 쓰는 '刂(선칼도·❸)'에 더 잘 나타나 있다. 아래로 곧게 내려 뻗은 두 선에서 장수들이 사용하던 검劍을(❹) 연상할 수 있기 때문이다. 하극상下剋上의 '剋'은 이 검으로 꿇어앉은 사람(兄)을 내려치는 모습을 나타낸 참혹한 글자다.

10·26사태로 비상계엄이 선포되자 합동수사본부장을 맡은 보안사령관 전두환에게 실권이 집중됐다. 사조직 '하나회'가 중심이 된 전두환의 신군부는 10·26 당시 정승화가 사건 현장 근처에 있었다는 것 등을 근거로 그를 강제 연행했다. 하극상이었다. 조선일보 080725

하나를 듣고 열을 안다

누가 그만큼 언어에 뛰어날 수 있을까?

공자孔子의 제자 자공子貢이 공자에게 말했다는 '문일지십聞一知十'을 풀어쓴 말.

누구나 만들 수 있는 말이지만, 굳이 따지자면 자공이 말한 이 '문일지십'이 최초다. 이 이야기는 『논어論語』「공야장편公冶長篇」에 실려 있다.

공자는 훌륭한 제자를 많이 두었다. 그중 널리 알려진 사람은 덕행으로 이름을 얻은 안회顔回를 비롯하여, 언어에 뛰어났던 자공子貢, 문학에 뛰어났던 자하子夏, 정치에 유능했던 자로子路 등이다.

공자 춘추시대의 교육가이자 고전연구가다. 복고復古에 의한 사회 질서의 재건에 노력했으나 정치적으로는 실패하고 교육가로서 생애를 마쳤다. 흔히 그의 제자는 3000명이나 되는 것으로 알려져 있으나 이는 '백발삼천장白髮三千丈' 같은 중국 특유의 과장법이다. 연구자들은, 사마천이 『사기』에 공자의 집에 보관되어 있던 문제명부門弟名簿를 근거로 77명의 성명과 본적지를 기록하고 있는 것으로 보아, "공자의 제자는 최소 77명이고, 여기에 중도퇴학자 등을 포함한다고 해도 기껏 100명 정도"라고 추정한다.

어느 날 공자가 자공을 떠보기 위해 "너와 안회 중 누가 더 나으냐女與回也孰愈?"라고 묻자, 자공은 이렇게 대답했다. "제가 어찌 감히 안회를 넘볼 수 있습니까? 안회는 하나를 듣고도 열을 알지만回也聞一以知十 저는 하나를 들으면 겨우 둘 정도만 알 수 있습니다賜也聞一以知二."

과연 언어에 뛰어난 사람만이 할 수 있는 명답名答이다. 그러자 공자는 이렇게 말했다고 한다. "안회만 못하리라弗如也. 나와 네가 다 같이 그만 못하다吾與女弗如也." '하나를 듣고 열을 안다'는 말은 바로 이 '문일지십'에서 비롯되었다. ➡과유불급

'하느님' 과 '하나님'

잘못 말하면 곤경을 치를 수 있다!

'하느님' 은 두 가지 의미로 쓰인다. 하나는 '사람의 생각과 능력을 뛰어넘고 우주를 지배하는 초월적 존재' 이고, 다른 하나는 천주교에서 '여호와(야훼)' 를 일컫는 말이다. '하나님' 은 개신교에서 여호와를 일컫는다. 따라서 공적인 문서를 작성할 때는 이의 구분을 철저히 해야 한다. 예를 들어 천주교도들이 보는 문건에 '하나님' 이라고 적거나, 반대로 개신교도들이 보는 문건에 '하느님' 이라고 하면 자칫 곤경을 치를 수 있기 때문이다.

천주교나 개신교나 똑같이 여호와를 섬기는 교회인데 왜 서로 다른 말을 쓰는지 알다가도 모를 일이다. 얼핏 보면, 천주교天主教는 그 이름처럼 '하늘天' 을 강조한 것 같고, 개신교는 '유일신(唯一神·하나)' 을 강조한 것 같다.

조어구조로 보면 '하느님' 이 '하나님' 보다 낫다. 즉, '하느님' 은 '하늘+님' 의 구조에서 ㄹ이 탈락된 형태인데, 이런 사례는 '술+저' 가 '수저' 가 된 것처럼 이밖에도 많이 있으므로 문제될 것이 없다. 그러나 '하나님' 은 다르다. '하나님' 은 '하나+님' 의 구조인데, 우리말은 명사에 존칭은 붙일 수 있어도 수사數詞에 존칭은 붙이지 않는다. 다시 말해 '하나+님' 이 성립되면 '둘님' '셋님' 도 있을 수 있지만, 그런 말은 어색하다는 말이다.

그렇다면 이슬람교의 유일신인 '알라' 를 일컬을 때는 어떻게 해야 할까. 이에 대해 한국에서 포교활동을 하고 있는 이슬람교 선교사들에게 의견을 물으면 '하나님' 으로 불러야 한다고 대답한다.

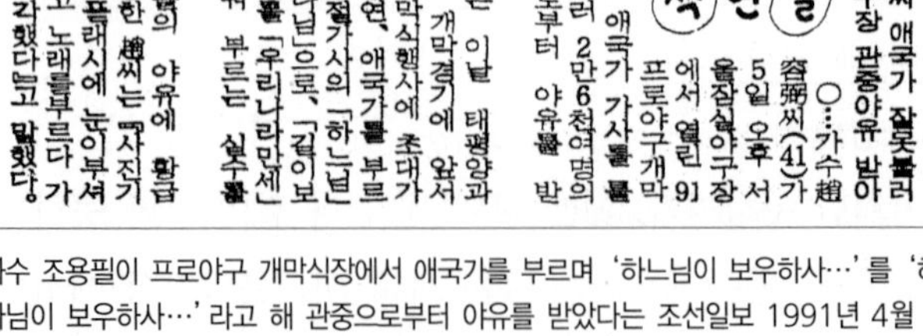
趙容弼씨 애국가 잘못불러
잠실야구장 관중야유 받아

색연필

○…가수 趙容弼씨(41)가 5일 오후 서울잠실야구장에서 열린 91 프로야구개막식에서 애국가 가사를 틀리게 불러 2만6천여명의 관중으로부터 야유를 받았다.

趙씨는 이날 태평양과 LG의 개막경기에 앞서 있은 개막식행사에 초대가수로 출연, 애국가를 부르던중 1절가사의 「하느님」을 「하나님」으로, 「길이보전하세」를 「우리나라만세」로 바꿔 부르는 실수를 했다.

관중들의 야유에 황급히 퇴장한 趙씨는 「사진기자들의 플래시에 눈이부셔 눈을감고 노래를부르다가 가사를 착각했다」고 말했다.

가수 조용필이 프로야구 개막식장에서 애국가를 부르며 '하느님이 보우하사…' 를 '하나님이 보우하사…' 라고 해 관중으로부터 야유를 받았다는 조선일보 1991년 4월 7일자 기사다. 우리나라 사람들의 뿌리 깊은 '종교적 편견' 을 읽을 수 있는 단면이다.

하늘은 스스로 돕는 자를 돕는다

그것은 위대한 오역이었다!

어떤 일을 이루기 위해서는 자신의 노력이 중요하다는 것을 교훈적으로 이르는 격언이다. 그러나 얼핏 보면 '하늘은 스스로 누군가를 돕는 사람을 돕는다', 즉 하늘은 자선慈善을 많이 하는 사람을 돕는 것처럼 이해할 수 있다. 이렇게 된 것은 일본이 잘못 번역한 영어를 검증 없이 들여온 데 있다.

『Self Help』의 표지 새뮤얼 스마일스가 1859년 발표한 책으로, 흔히 자기계발서의 원조로 일컬어진다. 사상가 나카무라 마사나오는 1870년 이 책을 『서국입지편西國立志編』(일명 「자조론自助論」)이란 제목으로 번역해 명치시대 말 기준으로 100만부 이상의 판매부수를 기록했다. 그러나 그 책 서문에는 중대한 오역이 있다.

이 말의 원문은 'Heaven helps those who help themselves.'로, 새뮤얼 스마일스(1812~1904)가 쓴 『Self Help(自助)』의 서문에 나와 있다. 그런데 이 책을 명치시대 사상가인 나카무라 마사나오中村正直가 번역하면서 '天は自ら助くる者を助く(하늘은 스스로 돕는 자를 돕는다)'라고 한 것이다. 그러나 'help oneself'는 '스스로 돕는다'가 아니라 '자기 스스로 한다'는 뜻이기 때문에 '하늘은 스스로 노력하는 자를 돕는다'로 했어야 정확한 번역이 되는 것이다.

하늘이 알고 땅이 알고 내가 안다

누구든 그처럼 청렴할 수만 있다면…

후한後漢의 양진楊震이 한 말로, 『후한서後漢書』에 다음과 같은 내용이 기록되어 있다.

양진은 매우 청렴하고 고결한 인품을 가진 선비였다. 그가 동래군(東萊郡·

지금의 산동성) 태수로 부임하다 창읍昌邑의 객사에 머물렀는데, 그 지방 현령인 왕밀王密이 밤늦게 찾아왔다. 왕밀은 주위에 아무도 없는 것을 보고 금 10근을 양진에게 건네려 했다. 왕밀은 양진의 천거로 출세했기 때문에 신세를 갚고자 했던 것이다.

양진이 받지 않으려 하자 왕밀은 "이것은 뇌물이라고 할 수 없고, 더구나 아무도 보는 사람이 없습니다" 하며 받아줄 것을 청했다. 그러자 양진은 "사람은 없다고 하지만 이 일은 하늘이 알고 있고天知, 땅이 알고 있다地知. 게다가 당신이 알고子知 또 내가 알고我知 있지 않은가"라고 타이르자 수치심을 느낀 왕밀이 슬며시 금을 집어넣었다고 한다.

> 절대 비밀은 없다는 표현에 '하늘이 알고 땅이 알고 있다' 라는 것이 있다. 하지만 우리 고고학도들은 '하늘은 몰라도 땅은 알고 있다' 고 고쳐 표현하고 싶다. 땅에 흔적을 남기지 않는 인간의 행위는 없고 한 번 남겨진 것은 영원히 지워지지 않기 때문이다. 조선일보 991209

하룻강아지 범 무서운 줄 모른다

뭐? 난 지 하루밖에 안 됐다고?

'철모르고 함부로 덤비는 것' 을 비유하는 말.

'태어난 지 하루밖에 안 된 강아지' 가 호랑이를 대적하는 것이므로, 언뜻 상당히 비약한 말이라고 생각할 수 있다. 하지만 알고 보면 꼭 그렇지만은 않다. '하룻강아지' 는 '태어난 지 1년 된 강아지' 를 이르는 '하릅강아지' 가 바뀐 말이기 때문이다. 다시 말해 '하룻강아지' 의 본뜻은 '태어난 지 하루가 된 강아지' 가 아니라, '태어난 지 1년이 된 강아지' 란 말이다.

지금은 쓰이지 않지만, 옛날에는 소·말·개 등 짐승의 나이를 셀 때, 한 살은 '하릅·한습', 두 살은 '이듭·두습', 세 살은 '세습·사릅', 네 살은 '나릅', 다섯 살은 '다습', 여섯 살은 '여습', 일곱 살은 '이롭', 여덟 살은 '여듭', 아홉 살은 '아습·구릅', 열 살은 '열릅·담불' 이라 했다.

'하릴없이' 와 '할 일 없이'

- 시험이 끝나자 그는 □□□□ 집에서 빈둥거렸다.
- 도전은 또 실패로 끝났다. □□□□ 그는 1년 후를 기약할 수밖에 없었다.

이 두 문장에서 □□□□에 '하릴없이' 와 '할 일 없이' 를 어떻게 구분해 넣어야 할까. 답은 순서대로 '할 일 없이' 와 '하릴없이' 다.

'할 일 없이' 는 말 그대로 '한가해서 할일이 없다' 는 것이므로 더 설명할 필요가 없다. 하지만 '하릴없이' 는 지금은 잘 쓰이지 않는 탓인지, 혹시 '할 일 없이' 를 잘못 쓴 게 아닌가 하는 사람이 적지 않다. 형용사 '하릴없다' 는 두 가지 뜻이 있다. 하나는 '달리 어떻게 할 도리가 없다' 의 뜻이고(예 : 중요한 물건을 잃어버렸으니 꾸중을 들어도 하릴없는 일이다), 다른 하나는 '조금도 틀림이 없다' 의 뜻이다(예 : 비를 맞으며 대문에 기대선 그의 모습은 하릴없는 거지였다).

하마평下馬評

일본의 하마비와 우리의 하마비는 다르다

고위 관리들의 인사이동 등에 관해 세상에 떠도는 소문.

일본의 에도시대江戶時代에 만들어진 말인데, 일제강점기에 우리나라 지식인들이 자주 쓰면서 우리말 속에 깊숙이 들어앉았다.

일본에는 성이나 사찰에 사람이 들어갈 때는 반드시 말에서 내려야

일본의 하마비 일본의 하마선下馬先은 왼쪽 그림처럼 나무에 '下馬' 라 새기기도 하고, 돌에 '下馬' 라 새기기도 한다. 이때의 '下馬' 는 '말에서 내리는 곳' 이라는 뜻으로, '하마선' 과 같은 말이다. 성이나 사찰에 볼일이 있는 고관은 이곳에서 말을 내려 올라가야 한다. 이때 고관을 모시고 온 하인들은 오른쪽 그림처럼 주군이 내려올 때까지 하마선 주위에서 이런저런 세상의 풍설風說을 얘기하면서 무료함을 달랬는데, 이것이 하마평의 유래다.

하는 곳이 정해져 있는데, 이를 '하마선(下馬先·げばさき)' 이라 한다. 주군主君이 성이나 사찰에 올라가면 이들을 모시고 온 하인들은 하마선 주위에서 이런저런 세상의 풍설風說을 얘기하면서 주군이 내려오기를 기다렸다. '하마평' 은 바로 이런 풍습에서 온 말로, '하마선에서 하는 세상의 평판' 이 원래 뜻이고, 점차 '제삼자가 책임 없는 곳에서 흥미본위의 평판을 하는 것이나, 그 평판' 으로 의미가 확대되었다. 지금은 야구나 경마 등에서 당사자 이외의 마니아나 기자·평론가 등이 결과를 예상하여 말하는 것을 일컬을 때 주로 사용한다. 그러나 우리말에서는 이보다 쓰임이 축소되어 '고관들의 인사와 관련된 풍설' 을 가리킬 때만 '하마평에 올라 있다' '하마평이 무성하다' 의 형태로 사용된다.

우리나라의 하마비 우리나라의 종묘나 문묘 앞에도 하마비가 있다. 그러나 우리나라 하마비는 일본처럼 하인들이 잡담을 하는 장소가 아니라, '이곳은 경건한 장소이니 누구든 지날 때는 말을 타지 말고 걸어서 가라' 라는 뜻으로 만든 것이다. '大小人員皆下馬(대소인원개하마)', 즉 '누구든 이곳을 지날 때는 말에서 내려라' 처럼 행동요령을 적어놓은 하마비도 있다. 이 사진은 남원시 송동면 손동마을에 있는 하마비로, 뒤에 있는 집은 호조참판을 지낸 이양운李陽運이 노년을 보낸 집이다. 사진 장진한

물론 우리나라에도 궁가宮家·종묘宗廟·문묘文廟, 또는 고관이나 성현의 출생지나 무덤 앞에 하마비下馬碑가 있다. 이를 들어 어떤 이는 "하마평은 우리나라에서 만든 말"이라고 주장한다. 그러나 우리나라의 하마비는 일본처럼 고관을 말에서 내려놓고 하인들이 잡담을 하는 장소가 아니라, '이곳은 경건한 장소이니 지날 때는 말을 타지 말고 걸어서 가라' 라는 뜻으로 만든 것이다.

만일 하마평이 우리 조상들이 만든 성어라면, 주로 정치적 사건을 약 5000만 자의 한자로 기록한 『조선왕조실록』에 한 번도 올라 있지 않을 리가 없다. E실록(국사편찬위원회)으로 검색해본 『조선왕조실록』에는 하마평 대신 중국에서 하마평의 뜻으로 쓰는 '월단평月旦評' 만 올라있었다. 월단평이란 중국의 후한後漢 때 허소許劭라는 사람이 매월 초하루마다 마을 사람들의 인물을 평했다는 데서 유래한 말로, '사람에 대한 평' 을 뜻하

는 말이다.

국어운동을 하는 사람들은, 하마평은 일본문화와 깊게 관련된 말이므로 '하마평에 올라 있다' 는 '물망物望에 올라 있다' 로, '하마평이 무성하다' 는 '이런저런 이야기가 있다' 등으로 고쳐 쓰도록 하고 있다. 그러나 '물망' 과 '하마평' 의 의미가 똑같지 않기 때문에 강권할 일만은 아니다. ➡진검승부

> 차기 타이베이 소장에 내정된 더글러스 팔 전 백악관 보좌관은 친중파로 알려진 인물로, 부시 행정부 출범 당시 주한 미국대사 하마평에 올랐던 중량급 인사다. 중앙일보 020401

하이칼라

'화이트칼라' 가 와음된 거라고?

서양식 유행을 흉내내거나 서양문물을 재빨리 받아들이던 신식인.

일본인들이 만들어낸 엉터리 영어에서 온 외래어다. 일부에서는 와이셔츠 차림의 사무실 근무자를 이르는 '화이트칼라white collar' 가 와음訛音된 것이라고 주장하나, 이는 사실과 다르다.

명치시대 후반 서양물을 먹고 돌아온 일본의 지식인들이 당시 구미에서 유행하고 있던 '높은 옷깃(high collar)의 셔츠', 즉 하이칼라에 넥타이를 매고 거들먹거리고 돌아다녔다. 일본이 서구화되는 과정에서 나온 자연스러운 현상인데, 이런 변화를 못마땅하게 여긴 마이니치신문每日新聞의 이시카와 한잔石川半山 기자가 '하이카라ハイカラ' 란 말로 비꼬아 기사를 쓴 것이 널리 확산된 것이다. 좁게는 서양

일본 미쓰코시三越백화점이 1906년 발행한 PR지에 실린 하이칼라의 모습. 서양복장으로 한껏 멋을 낸 두 신사가 인사하고 있다. 지금의 와이셔츠보다 칼라가 굉장히 높은데, 당시는 이런 옷을 입고 다녀야 지식인 취급을 받았다. 왼쪽 위에 적힌 글은 이런 뜻이다. '턱이 아프다. 하지만 하이칼라라면 하는 수 없지.'

식의 복장이나 생활방식을 하는 모습·인물·사물 등을 가리켰지만, 넓게는 '2차대전까지의 서양화풍조의 흐름'을 가리켰다.

> 하이칼라 집안의 딸이, 동생이 다섯씩이나 되는 황해도 포목장수 아들에게 시집 와 딸만 내리 넷을 낳았는데도 은근히 구박만 하시던 시어머니였다.

학을 떼다

그 글자 속엔 침대가 있다

괴롭거나 어려운 상황을 벗어나느라고 진땀을 빼다.

'학'은 '학질瘧疾'을 말한다. '말라리아'라고도 부르는 이 병의 특징은 고열高熱이다. 40도 이상의 고열이 일정 시간 지속되다가 오한惡寒이 오고, 다시 열이 올랐다가 오한이 오는 현상이 반복된다. 그러니까 '학을 떼다'는 이런 지독한 고통을 '떼어낸다'는 데서 온 말이다.

瘧疾(학질)에는 두 글자 모두 위와 왼쪽을 싸고 있는 疒이 붙어 있다. '병질녁(병질엄)'이라 부르는 부수글자인데, 이것이 붙으면 병과 관련된 뜻을 가진다. 症(증세증) 痛(아플통) 疾(병질) 療(병고칠료) 疫(염병역) 癌(암암) 등을 보면 이를 알 수 있다. 그렇다면 이것은 무엇을 나타냈을까. 쉽게 이해되지 않겠지만, 이것은 환자의 침대를 그린 것이다. 病(병들병)의 갑골문(왼쪽)을 보면 이를 이해할 수 있다. 좌측이 침대이고, 우측은 그 침대에 누워 있는 병자다. 그 사이의 두 점은 땀방울이다. 시계 반대방향으로 90도 뉘어보면 더 쉽게 알아볼 수 있다.

'한나절'과 '반나절'

예를 들어 '편의점 아르바이트 학생의 급료는 한 시간당 5000원이므로 반나절이면 2만원 정도를 벌 수 있다.'라는 문장이 있다면 이것은 '한나절'과 '반나절'을 구분하지 못한 것이다. 하루 근무시간을 8시간으로 친다면 '한나절'은 4시간 정도이고, '반나절'은 2시간 정도이므로 시간당 급료가 5000

원이면 반나절에 1만원밖에 벌 수 없는 것이다.

'나절' 이란 '하루 낮의 절반쯤 되는 동안' 이란 뜻이다. 다시 말해 '한나절' 은 '하루 낮의 반', 즉 '반일半日' 이란 말이고, '반나절' 이란 '낮을 넷으로 나눈 한 부분', 즉 '반일의 반' 이란 뜻이다. 이를 구분하지 못하고 '한나절' 이란 의미로 '반나절' 을 쓰는 경우가 많은데, 아마도 '나절' 을 '날' 과 같은 뜻으로 생각하기 때문인 듯하다. '나절' 은 '날을 잘랐다切' 는 뜻으로 '날절' 이라 한 것이 ㄹ탈락된 것이다.

한식에 죽으나 청명에 죽으나 마찬가지

오늘 당하나 내일 당하나 별 차이가 없다는 뜻의 속담.

한식寒食은 동지로부터 105일째 되는 날로 양력으로 4월 5일이나 6일쯤 되고, 청명清明은 춘분과 곡우 사이로, 역시 4월 5일이나 6일쯤 된다. 따라서 이 둘은 '같은 날이거나 하루 차이' 라 해서 생긴 말이다. 청명은 24절기의 한 구분이고, 한식은 중국의 고사에 뿌리를 둔 명절이다.

한식의 유래와 관련해서는 이런 이야기가 전해내려온다. 춘추시대 진晉나라에 개자추介子推라는 사람이 있었다. 태자 문공文公의 심복으로 망명시절에는 문공에게 자신의 허벅지 살을 베어 바칠 만큼 충성심이 강했다. 그런데 간신의 모함을 그대로 믿은 문공은 개자추를 의심하게 되었고, 이를 안 개자추는 면산綿山에 숨어버린다. 훗날 왕이 된 문공은 그에게 가졌던 오해를 풀고 출사出仕를 종용했으나 개자추는 응하지 않았다. 그러자 문공은 면산에 불을 질러버렸다. 그렇게 하면 나올 것으로 생각한 것이다. 그러나 개자추는 끝내 면산에서 나오지 않고 불에 타 죽었는데, 이 일이 있은 뒤 사람들은 그가 죽은 날 불을 금하고 찬 음식을 먹어 애도했다고 한다.

> 일부 국가의 반세계화 움직임은 그것이 전가의 보도라기보다는 '청명에 죽으나 한식에 죽으나 마찬가지' 라는 절박한 상황인식에서 비롯된 고육책이란 측면이 강하다. 경향신문 980905

한일합방韓日合邦

뭐? 대등하게 나라를 합쳤다고?

'한국과 일본 두 나라가 합쳐 한 나라를 구성한다'는 뜻으로, 1910년 일제가 우리나라를 식민지로 강제 편입하면서 미화한 말이다. 일제는 무력으로 국권을 탈취했음에도 "강제로 병탄併呑한 것이 아니라 '병합조약'에 의해 합방合邦시켰다"고 한 것이다. '병탄'이란 남의 재물이나 다른 나라의 땅을 제 것으로 만드는 것을 말한다. 따라서 지금은 '한일강제병합韓日强制併合' '일제강점日帝强占' '경술국치庚戌國恥' '일제병탄日帝併呑' 등으로 바꿔 쓰고 있다.

> 올해는 마침 [한일합방] 100년이 되는 해이기도 하다. 이제 일본도 과거의 감정에서 벗어나야 할 때가 아닌가. → 한일강제병합

할렐루야

개신교에서 '하나님을 찬양하라'는 뜻으로 외치는 말.

원래는 '여호와를 찬양하라'라는 의미의 히브리어(고대 유대인의 모어) 전례용어典禮用語로, 여호와(야훼)에 대한 환호이자 감탄사다. 원어는 히브리어 'hallelujha'인데, 이것은 '찬양하라'는 의미의 'hallelu'에 여호와Jehovah의 약칭인 'Jha'가 결합된 것이다.

그렇다면 같은 기독교인데도 왜 천주교(구교)에서는 '알렐루야'라고 하는 것일까. 그것은 원음의 차이 때문이다. 즉, 히브리어로는 'hallelujha'인데, 이것을 그리스어로 최초로 번역한 『70인역성서七十人譯聖書』에 'Allelouia'로 고쳐 쓰는 바람에 라틴어 번역판에도 'Alleluia'로 되어 있고, 훗날 로마 가톨릭교회가 이를 전례용어로 채택한 것이다. 다시 말해 신교는 히브리어 원음에 따라 '할렐루야'라고 하고, 천주교에서는 라틴어 음역音譯에 따라 '알렐루야'라고 하는 것이다. ➡바이블

'할인율' 과 '성장률'

모음이나 ㄴ받침 뒤에 오는 '렬' '률' 은 '열' '율'

增加率(증가률, 증가율), 合格率(합격률, 합격율), 換算率(환산률, 환산율), 水冷式(수냉식, 수랭식), 空冷式(공냉식, 공랭식), 成長率(성장율, 성장률)

괄호 속 한글표기 중에서 맞는 것을 골라낼 수 있는 독자는 이 항목을 읽을 필요가 없다. 그러나 많은 사람들, 특히 글쓰기를 직업으로 하는 사람들도 상당수는 이를 자신있게 구분해내지 못한다.

이것은 '두음법칙 예외조항' 에 속하는 문제다. 두음법칙이란 말할 것도 없이 낱말의 어두에 오는 ㄴ·ㄹ 등이 본래의 소릿값을 무시하고 ㄴ은 ㅇ으로, ㄹ은 ㄴ이나 ㅇ으로 적는 우리말의 기본규칙이다. 예를 들어 '녀자女子' 를 '여자' 로, '락원樂園' 을 '낙원' 으로, '량심良心' 을 '양심' 으로 적는 것은 이 규정에 따른 것이다.

그렇다면 어중에 오는 ㄴ · ㄹ은 본음대로 적어야 하므로 언뜻 '割引率' 은 '할인률' 로, '增加率' 은 '증가률' 로 적어야 할 것 같지만, '할인율' '증가율' 로 적도록 되어 있다. "본음이 '렬' '률' 인 한자가 어중에서 모음이나 ㄴ받침 뒤에 오면 '렬' '률' 은 그 ㄹ이 줄어듦을 인정한다"는 예외 규정 때문이다. 간단히 말하면 "모음이나 ㄴ받침 뒤에 오는 '렬' '률' 은 어중이라 하더라도 두음법칙이 적용되는 것처럼 '열' '율' 로 쓴다"는 말이다.

그런데 이때 많은 사람들이 오해하고 있는 것은, 어떤 한자든 모음이나 ㄴ받침 뒤에서는 두음법칙이 적용되는 것으로 알고 있다는 사실이다. '水冷式' 을 '수랭식' 이라 적지 않고 '수냉식' 으로 잘못 적는 것은 그런 착각 때문이다. 그러나 두음법칙 예외규정은 '렬' '률' 의 음가를 가진 한자에만 해당된다. 위의 예에서는 '증가율' '합격률' '환산율' '수랭식' '공랭식' '성장률' 을 골라야 한다.

함흥차사咸興差使

정복자에게는 반드시 슬픈 그늘이 있다

심부름을 가서 오지 아니하거나 늦게 온 사람을 이르는 말.

원래는 태종 이방원李芳遠이 함흥으로 출궁한 아버지 이성계李成桂의 환궁을 위해 보냈던 차사(差使·임금의 임무를 위해 보내던 임시벼슬)를 가리키는 말이다. 그러나 원뜻으로는 별로 사용되지 않고, 이성계가 이방원의 차사가 오는 족족 죽여버렸다 해서 주로 위의 뜻으로 사용된다.

이방원이 두 차례의 난을 일으켜 이복동생 방번芳蕃·방석芳碩 등을 죽이고 왕위에 오르자 태조는 둘째아들 방과芳果에게 양위讓位하고 함흥으로 떠나버렸다. 이에 태종은 여러 차례 차사를 보내 환궁을 청했으나 그때마다 차사는 돌아오지 않았다. 조선 초의 역사책인 이긍익의 『연려실기술燃藜室記述』 등에는 태조가 활을 쏘아 차사를 모두 죽인 것으로 되어 있으나, 『조선왕조실록』에는 태종이 함흥차사를 보내던 당시 이성계는 차사들을 만나지도 못했다고 적혀 있다.

'자린고비玼吝考妣' '이전투구泥田鬭狗' '두문불출杜門不出' 등과 함께 우리나라에서 만들어진 몇 안 되는 고사성어 중 하나다.

합종연횡合縱連衡

"너는 본업을 팽개치고 입과 혀만 놀리고 있으니…"

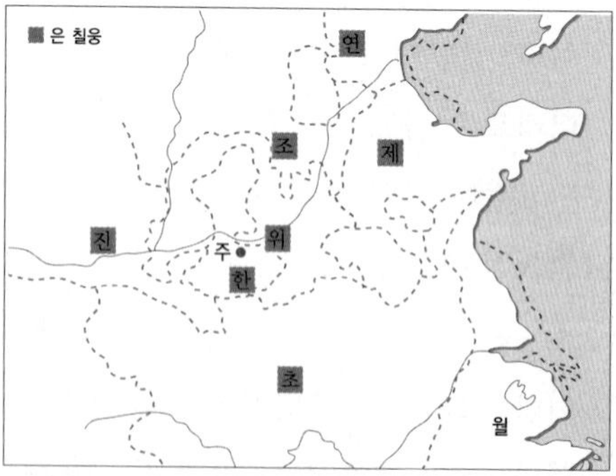

전국칠웅 배치도 서쪽의 진을 제외하면 연에서 초까지 세로로 놓여 있는 것을 알 수 있다.

여러 가지 술책으로 이해 당사자들이 서로 연합함.

원래는 전국시대의 진秦나라와 진나라를 제외한 여섯 나라 사이에

소진 전국시대 종횡가(縱橫家·외교전략가)의 시조로 일컬어지는 귀곡선생鬼谷先生 왕허王栩의 문하에서 공부한 뒤, 입신을 위해 여러 제후국을 돌아다녔으나 뜻을 이루지 못하고 고향인 낙양洛陽으로 돌아온다. 그러자 그의 가족들이 비웃으며 이렇게 말한다. "주나라 사람들은 농업을 주로 하고 공업과 상업에 힘써 이익을 추구하는 것을 본업으로 삼는데, 너는 본업을 팽개치고 입과 혀를 놀리는 것만 추구하고 있으니 곤궁한 처지를 당하는 것은 당연한 일이 아니겠냐." 이에 분격한 소진은 문을 걸어잠그고 『주서周書』의 「음부陰符」를 읽으며 사람의 속마음을 읽는 데 골몰한다. 1년 후 다시 육국의 실력자들을 찾아 관철한 것이 바로 '합종책'이다. "날로 커지는 진秦에 대항하려면 육국이 세로로 연합해야 한다"는 이 논리로 육국은 진의 침략을 15년간이나 저지할 수 있었다. 그러나 진은 소진의 친구인 장의를 책사로 받아들이고, 그가 세운 '연횡책'을 활용해 한 나라씩 멸망시켜 통일국가를 이룬다. 연횡책이란 '육국동맹'을 깨기 위해 진과 육국이 개별적으로 평화조약을 맺도록 하는 것이다.

전개된 외교전술을 가리키는 말이다. 춘추시대 말(기원전 5세기 후반)부터 중국 각지에는 힘 있는 제후가 나타나 패권다툼을 벌인다. '전국칠웅戰國七雄'으로 일컬어지는 연燕 초楚 제齊 조趙 한漢 진秦 위魏가 그들이다. 이중에서 진은 원래는 서주西周의 땅을 점령한 작은 나라였으나, 4세기 말부터 세력이 급격히 커지기 시작한다.

이에 위협을 느낀 진을 제외한 여섯나라(육국)가 책사 소진蘇秦의 주도로 남북으로 연합하여 진에 대항하는 동맹을 맺었다. 이를 '세로縱로 연합시킨다'는 뜻에서 '합종책合縱策'이라 한다. 그러자 진은 이 '육국동맹'을 깨기 위해 위나라 장의張儀로 하여금 진과 육국이 개별적으로 평화조약을 맺도록 했다. 이것을 '가로衡로 잇는다' 해서 '연횡책連衡策'이라 한다. 그러니까 '합종연횡'이란 이 '합종책'과 '연횡책'을 합하여 이르는 말이다.

'合從連橫'으로도 쓸 수 있는데, 이것은 '從'은 '縱'과 똑같이 '세로' '남북'의 뜻이고, '橫'은 '衡'과 똑같이 '가로'의 뜻이기 때문이다. '衡'이 보통은 '형'으로 읽히므로 자칫 '합종연형'으로 적을 수도 있으나 '가로'라는 뜻으로는 '횡'으로만 적어야 한다.

> 미국·EU·러시아·중국·일본 등 강국과 대국들은 에너지와 자원을 확보하기 위해 사활을 건 합종연횡에 나서고 있다. 과거 냉전이 있었던 자리에 다원화된 핵들의 에너지전쟁이 들어서고 있다. 에너지를 위해서는 어제의 적도 없고 오늘의 친구도 없다. 조선일보 060411

합중국合衆國

누가 잘못된 조어라고 말했지?

'미합중국' 처럼 둘 이상의 국가나 주州가 독립된 법체계와 제도를 유지하면서 하나의 주권 밑에 연합해 단일한 외교권을 행사하는 국가 형태.

일본 명치시대 지식인들이 'United States' 를 번역해 만든 말이다. 그런데 얼핏 생각하면 이상한 측면이 있다. state는 '주州' 란 뜻이므로 'United States' 를 번역하면 '합주국合州國' 이라야 하기 때문이다. 어떤 사람들은 이를 근거로 "합중국은 잘못된 조어"라고 말하기도 하지만, 사실은 그렇지 않다.

'합중合衆' 은 중국 주周나라 때의 국가제도에 대해 적은 『주례周禮』나 춘추시대 역사서인 『춘추좌씨전春秋左氏傳』 등에 나와 있는 말로, '민중을 하나로 통합한다' 는 의미로 사용되고 있다. 그러니까 이 말을 최초로 만든 명치시대 일본인들은, 이런 중국 고전에 나오는 한어漢語를 차용해 군주제君主制가 아닌, '민중民衆을 연합했다' 는 미국의 건국이념을 집어넣어 새로운 말을 만든 것이다.

핫도그

뭐! 미국사람도 개를 먹는다고?

길쭉한 빵 속에 소시지나 야채 등을 끼운 음식.

미국사람들이 좋아하는 대중음식으로, 금방 구워낸 뜨거운 것을 먹는 것이 정통 식사법이다. 그렇다면 왜 개고기를 먹지 않는 미국사람들이 음식에 '뜨거운 개' 란 뜻의 'hot dog' 라는 이름을 붙였을까?

핫도그는 원래 독일음식이다. 이 음식이 미국에 알려진 것은 19세기 초 독일계 이민자들이 대서양을 건너오면서부터다. 따라서 처음에는 독일에서 하던 대로 프랑크푸르트라는 도시이름을 본떠 '프랑크푸르터Frankfurter' 라고 부르기도 했고, 닥스훈트Dachshund라는 몸통이 길고 다리가 짧은 독일산 애완용 개처럼 생겼다 해서 '닥스훈트 소시지' 라 부르기도 했다. 이것이 '핫도그' 란 이름으로 통하게 된 것은, 미 동부 지역의 한 신문 만화가인 테드 도건 때문이다.

닥스훈트 허리가 길고 다리가 짧다. 애완용으로 기르거나 오소리, 여우 사냥에 쓰는 이 개는, 언뜻 보면 핫도그처럼 생겨 독일사람들은 핫도그를 '닥스훈트 소시지' 라 부르기도 했다.

1906년 4월 어느 날 도건이 야구장에 들렀는데, 한 판매원이 "Get your red hot Dachshund!"(케첩 바른 뜨거운 닥스훈트소시지 사세요)라고 외치는 것을 보고 재미있는 아이디어가 떠올랐다. 그는 곧 신문사에 들어와 길쭉한 빵 사이에 소시지 대신 닥스훈트가 겨자를 뒤집어쓰고 있는 장난스러운 그림을 그렸다. 그리고 설명을 달고자 했으나 닥스훈트의 스펠링을 알 수 없어 그냥 dog라 쓰고 "Get your hot dogs!"(핫도그 사세요)라는 설명을 달았는데, 다음날 이 만평이 화제가 되어 사람들의 입에 오르내리자 핫도그가 일반명사가 되었다고 한다.

해프닝

우연히 일어난 일. 우발적인 소동.

영어 'happening' 에서 온 외래어로, 원래는 1950년대 말부터 1960년대 초에 왕성했던 행위예술을 총칭하여 일컫는 말이었다. 예기치 않던 일이나 우연한 일을 이상하게 느껴지도록 처리함으로써 야기되는 체험을 중시한 이 행위예술은, 캐로프가 1959년 뉴욕의 한 화랑에서 '여섯 부분으로 이루어진 18개의 해프닝' 을 연출한 이후 크게 확산됐다. '해프닝' 이란 말도 그때 그가 만든 것이다.

한나라당 홍준표 대표 취임 이후 서울 여의도 한나라당 당사 대표실 벽에 붙어 있던 한자 표기가 잘못된 '척당불기(倜儻不羈)' 액자.

틀린 '당'자… 황당 해프닝

홍준표 대표실 '척당불기'에 뜻 다른 글자 뒤늦게 알고 '의자제세'로 아예 액자 교체

홍준표 대표 측이 19일 급히 대신 걸어놓은 의자제세(義者濟世·의로운 자가 세상을 구제한다)란 사자성어가 적힌 액자.

한나라당 홍준표洪準杓 대표가 '倜儻不羈(척당불기)' 라고 써 건 액자에 오자가 있다는 지적을 받자 슬그머니 다른 액자로 바꿔 건 일을 '황당 해프닝' 이란 말로 표현한 동아일보 2011년 7월 20일자 기사 제목이다. 홍 대표는 한 서예가로부터 받은 이 글을, 대표가 되기 전에는 의원회관 사무실에 걸어놓았는데, 대표가 된 뒤 당 대표실로 옮겨 놓아 신문에 보도됐었다. 척당불기란 '뜻이 크고 기개가 있어 남에게 얽매이거나 굽히지 않는다' 는 뜻으로, 두 번째 글자를 '빼어나다' 는 뜻의 儻으로 써야 맞다. 아마도 홍 대표는 잘못 적힌 『표준국어사전』을 본 것 같다.

우리나라에는 1967년 12월 서양화가 정강자鄭江子가 '비닐우산과 촛불이 있는 해프닝' 을 시연해 관심을 끌었는데, 당시로서는 너무 우스꽝스러운 내용이었기 때문에 이상하거나 희한한 일이 생기면 사람들이 자연스럽게 '해프닝' 이란 말을 쓰게 되었다.

글 속에서는 대개 '여행 중에 해프닝이 있었다' 처럼 '사건' 이라고 하기에는 과하다는 느낌이 있을 때 사용한다. 그런데 흔히 '해프닝' 앞에 '뜻하지 않은' 이나 '의외의' 등을 앞세워 '뜻하지 않은 해프닝이 있었다' 거나 '의외의 해프닝이 있었다' 처럼 사용하는 것을 볼 수 있는데, 이것은 '해프닝' 이란 말 자체에 '뜻하지 않은' '의외의' 등의 뜻이 포함되어 있기 때문에 이렇게 하면 '역전앞' 같은 이중표현이 된다.

> 존재감이 희박한 일본 극우파 의원 몇 명이 김포공항에서 '농성 해프닝' 을 벌이고 돌아갔다. 사실 호들갑을 떨 일도 아니었다. 독도 관련 사안마다 교묘한 자극을 통해 한국 스스로 소란을 떨게 만드는 게 그들의 오랜 전술이 아니었던가.

핸디캡

불리한 조건.

골프 등 몇몇 스포츠에서는 '경기를 공평하게 운영하기 위하여 게임을 잘하는 사람에게 가하는 부담조건' 이란 뜻으로 사용한다. 이 경우는 '핸디' 로 줄여 쓰기도 한다.

영어 'hand in the cap' 이 줄어든 'handicap' 에서 온 외래어로 원래는 쌍방이 일정한 돈을 걸고 겨뤄 경기 결과에 따라 돈을 갖는 내기게임을 가리켰다. 내기돈을 모자cap 속에 넣어 심판에게 주면, 심판은 경기가 공평해지도록 환급금이나 내기돈의 비율을 결정했는데, 이것이 변해 실력차를 고르게 하기 위해 '강자로 예상되는 사람에게 지우는 부담' 이란 뜻으로 사용되었다.

> 극복한 핸디캡은 정신적으로 더이상 자신을 괴롭히지 않는다. 같은 핸디캡을 지닌 사람을 보면 동병상련을 느끼고 극복할 수 있도록 도와준다. 하지만 부끄러워 감추려는 약점은 증오의 대상이다. 약점을 지닌 사람도 미워진다. 그 속에서 부끄러운 자신의 모습을 발견하기 때문이다. 문화일보 040821

햄버거

햄에서 온 말이라고?

햄버그스테이크를 끼운 둥근 샌드위치.

영어 'Hamburger' 에서 온 외래어다. '치즈버거' 가 치즈에서 왔고, '치킨버거' 가 치킨에서 왔듯이 '햄버거' 도 햄에서 왔을 것으로 생각할 수 있으나, 사실은 독일의 도시이름인 '함부르크Hamburg' 에서 왔다.

약간 의외라고 생각되겠지만, 이 도회적인 음식은 원래는 중국 북방의 타타르족(몽골족)이 질긴 들소고기를 먹기 좋게 할 목적으로 잘게 다져 먹던 것이다. 이것이 14세기경 타타르족의 유럽 침공 이후 북유럽에 전해졌는데, 북유럽인들은 이것을 '타타르 스테이크' 라 불렀다. 그러다 함부르크를 중심으로 활동하던 독일 상인들에 의해 독일로 전해졌고, 다시 독일 이민자들에 의해 함부르크를 거쳐 미국으로 전해졌다. 처음에는 'Hamburg' 라는 이름으로 불렸으나 1904년 세인트루이스(미국) 만국박람회 이후 끝에 'er' 를 붙여 'Hamburger' 로 부르게 되었다.

허니문

애정이란 언제나 변천이 많은 것!

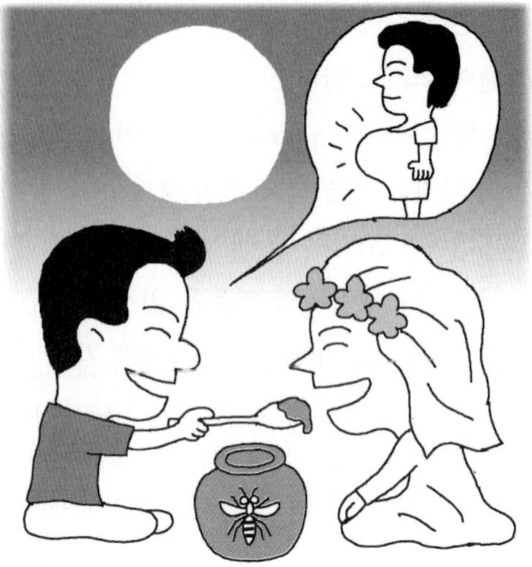

그림 김도원

신혼. 신혼기. 신혼여행.

영어 'honeymoon'에서 온 외래어다. 스칸디나비아에서는 남녀가 결혼하면 아이를 낳도록 열심히 노력한다는 뜻으로 부부가 1개월간 벌꿀honey주를 열심히 먹었는데, 이것이 'honeymoon'의 뿌리가 되었다. 그러나 16세기 초 이 말이 생길 당시에는, '부부의 애정이란 달의 차고 기우는 것처럼 변천이 많은 것'이라는, 부정적인 의미로 쓰였다고 한다. '신혼부부처럼 매우 친밀한 관계'를 뜻하는 '밀월蜜月'은 이 'honeymoon'을 직역한 말이다.

허니문은 지금은 '신혼'이라는 뜻보다는 '신혼여행'이라는 뜻으로 더 많이 쓰인다. 그러나 원뜻은 '결혼 후 1개월 동안', 즉 '신혼기新婚期'라는 말이고, 'honeymoon' 자체에 '여행'이라는 의미는 없다. 결혼식을 마치면 곧바로 신혼여행을 떠나는 현대의 풍습에서 새로운 뜻이 파생한 것으로 보아야 한다.

신혼여행을 가리키는 '밀월여행蜜月旅行'은 이 'honeymoon'을 직역한 '밀월'에 '여행'을 결합한 말이다. 결국 '밀월'과 'honeymoon'은 같은 말인데도, 한자어 '밀월'은 '신혼부부처럼 매우 친밀한 관계'를 뜻하는 말로 사용되고, 외래어 '허니문'은 '신혼여행'을 가리키는 말로 분리되어 사용되고 있다. ➡밀월

> 대통령 당선자는 지금 당선의 기쁨을 나누기는커녕 경제 살리기의 고된 강행군에 나서고 있지만, 그래도 지금은 이른바 허니문 기간에 해당된다. 지금 사람들은 김 당선자의 언동을 '보고 듣는' 기간이다.

혁명革命

뭐? 하늘의 뜻이 바뀌는 거라고?

이전 왕조를 뒤집고 새 왕조가 들어서는 일. 비합법적 수단으로 정권을 잡거나 국가나 사회조직을 급격히 바꾸는 일.

'革(혁)'은 대개는 '가죽'의 뜻으로 쓰이지만 여기에서는 '바뀌다'의 뜻이다. 또 '命(명)'은 대개는 '목숨'의 뜻으로 쓰이지만 여기에서는 '하늘의 뜻'이다. 따라서 혁명을 직역하면 '하늘의 뜻이 바뀐다'는 의미가 된다. 『역경易經』에 실려 있는 말로, 고대 정치사상의 기초가 된 '역성혁명易姓革命'에서 나온 말이다.

역성혁명이란 세습되는 '통치자의 성姓이 바뀐다易'는 것이므로 전 왕조를 무너뜨리고 새 왕조가 들어서는 것을 말한다. 그런데 이것을 "천자天子는 하늘의 명령을 받아 천하를 다스리는데, 통치자의 성姓이 바뀌는 것은 바로 그 천명(命·하늘의 뜻)이 바뀌기革 때문"이라며, 무자비한 왕권찬탈을 합리화해서 '혁명'이라 일컬은 것이다. 그러나 이 말은 단지 무력으로 왕위를 빼앗을 때만이 아니라, 덕이 있는 군주라 하더라도 자신의 천명이 다한 것을 깨닫고 덕망 있는 인물에게 왕위를 물려주는 '양위讓位'의 경우에도 사용되었다.

근세에 이르러서는 'revolution'의 역어譯語로 채용되어 '피지배계급이 지배계급으로부터 정치권력을 빼앗아 사회가 크게 변혁하는 것'을 뜻하는 말로 사용되었다. '산업혁명産業革命' '기술혁명技術革命'이라 할 때의 혁명은 의미가 더욱 확대되어 '급격한 변화'의 뜻으로 사용된 경우다. ➡쿠데타

현관玄關

그것은 신묘한 세계에 들어가는 관문

건물의 출입구에 나 있는 문간.

원래는 선사禪寺의 침전寢殿 입구를 가리키는 불교어였다. '玄(현)'은 '검다'의 뜻이지만, 검은 것은 '심오함'과 통하기 때문에 여기에서는 '신묘하다' '불가사의하다'는 뜻으로 쓰였다. '關(관)'은 보통은 '빗장'이란 뜻으로 쓰이지만 여기에서는 '입구' '관문'이란 뜻이다. 따라서 '현관'은 '신묘한 곳에 들어가는 입구', '선禪의 세계에 들어가는 관문'이란 뜻인 셈이다.

선사의 침전 입구를 '현관'으로 부른 것은 『노자老子』의 기술에 바탕을 둔 중국인들의 생각이 반영된 것이다. 나중에 '선사의 서원이나 본당 입구'란 뜻으로도 쓰이다 근대에 이르러서는 '일반주택의 정면에 있는 문간'을 뜻하는 말로도 쓰였다. 어떤 사람은 일본에서 만든 한자어라고 주장하는데 코미디 같은 소리다.

> 은현리 현관문을 열 때 늘 발밑을 조심한다. 시멘트 금간 곳에 괭이밥 노란 꽃이 아직 피어 그 친구 밟을까 싶어 큰 몸이 움찔움찔한다. 밤에 피는 달맞이꽃이 있고 낮에 피는 낮달맞이꽃이 있다. 수돗가에 낮달맞이꽃이 무리지어 핀 지도 오래다. 한국일보 100712

혈세血稅

"놈들이 생혈을 짜내 외국에 팔아먹는다고!"

국민이 고생해서 바친 소중한 세금.

19세기 말 일본의 명치정부가 프랑스어 'impôt du sang'을 직역해 만든 말이다. 'impôt'는 '세稅', sang은 '피血'의 뜻이다. 지금은 아무렇지도 않게 사용하지만, 이 말이 처음 사용됐을 때는 엄청난 파란이 있었다.

'혈세'가 처음 쓰인 것은 명치정부가 국민개병제(國民皆兵制·강제징집병제)를 규정한 '징병고유徵兵告諭'에서다. 정부는 국민들에게 제도를 쉽게 설명하기 위해 '혈세'란 말을 비유적으로 사용했는데, 글뜻을 이해하지 못한 농민들이 자신들의 생혈生血을 짜내 외국에 팔아먹는 것으로 오해해 1873년 서일본西日本 지역에서 무장봉기가 발생한 것이다. 일본사에서는 이것을 '징병령반대일규徵兵令反對一揆'라 부른다. 문제의 문건내용은 다음과 같다.

凡ソ天地ノ間，一事一物トシテ稅アラザルハナシ，以テ國用ニ充ツ，然ラバ則チ人タル固ヨリ心力ヲ盡シ國ニ報ゼザルベカラズ，西人之ヲ稱シテ血稅トイフ，其生血ヲ以テ國ニ報ズルノ謂ナリ.

이 세상 모든 것이 세 없는 것이 없다. 이것으로 나라의 쓰임에 충당한다. 그러므로 사람이란 마음과 힘을 다해 나라에 보답해야 한다. 서양인은 이것을 血稅(혈세)라 한다. 그 生血(생혈)을 가지고 나라에 보답한다는 말이다.

1873년 7월 2일자 동경일일신문東京日日新聞 기사를 번안한 다음 내용을 보면 당시의 봉기가 얼마나 심각했는지 알 수 있다.

요코하마의 기시다 긴지(岸田銀次·기자)가 배로 히젠노쿠니(備前國·오카야마현)를 찾았는데, 큰 소동이 난 것처럼 부두에 사람들이 모여 있었다. 살펴보았더니, 서쪽 산의 신사에 두세 개의 장대를 세우고, 검은 얼굴을 한 사람들이 모여 있었다. 몽둥이와 죽창을 가지고 있는 사람도 있었는데, 그들이 긴지를 죽이려 하자 도망쳐 몸을 숨겼다. 긴지 뒤에 있던 아주머니는 아이를 데리고 산으로 도망치고, 노인은 어린이를 데리고 산으로 도망쳤다. 배로 숨는 사람도 있었다. 긴지가 사람들에게 무슨 일인지 물었더니 "금년(1873년) 봄부터 주변에 유언비어가 있었죠. 천조(天朝·일본왕조)가 당인(唐人·중국인)에게 속아 당인이 하라는 대로 하는데, 일본사람의 씨를 말리려고 18세에서 20세까지의 남자는 피를 빨아 쇠약하게 하고, 15세 이상의 여자는 외국으로 보내버린다는 겁니다. 오쿠군邑久郡에서는 벌써 많은 사람이 피를 빼앗겼다고 합니다"라고 말했다. …

일반화되지 않은 비유가 얼마나 큰 오해를 불러일으키는지 알 수 있는 예다. 어쨌든 이 사건 이후로 '혈세'는 갑자기 유명한 말이 되었고, 점차 지금 우리가 사용하는 의미가 되어 갔다.

> 혈세를 절취하는 공무원은 공직公職이 아니라 공적公敵이라는 것이 우리의 분노 섞인 비유다. 하지만 그들 공적에 대해서까지 공직사회가 '제 식구 봐주기'로 기울어 왔다고 하니 우리는 그 범위에서 '공직과 공적의 공모'를 개탄하지 않을 수 없다. 문화일보 090326

혈혈단신孑孑單身

의지할 곳 없는 홀몸.

'우뚝하게 외로이 선 모양'이란 뜻의 '혈혈孑孑'과 '홀몸'이란 뜻의 '단신單身'이 결합한 말이다. '孑(혈)'은 글자의 형상에서도 알 수 있듯이 '외롭다'는 뜻이다. '홀로'라는 뜻이 연상되기 때문인지 '홀홀단신'으로 잘못 쓰는 경우가 많다.

> 의주에서 홀홀단신(→ 혈혈단신) 월남했다는 그는 평양으로 떠나는 대통령에게 빛바랜 사진을 보여주면서 "꼭 가족 상봉을 성사시켜 달라"며 눈시울을 붉혔다.

형설지공螢雪之功

그 불빛이 예사롭지 않은 건 이유가 있다

책을 읽으며 꾸준히 학문에 정진하여 얻은 보람.

진晉나라의 차윤車胤과 손강孫康이 반딧불이螢와 눈雪에서 나온 불빛으로 공부해 성공했다는 고사에서 온 말이다. 젊은 시절의 차윤과 손강의 집은 등잔기름을 살 수 없을 정도로 가난했다. 그래서 차윤은 여름이 되면 반딧불이를 모아 그 불빛으로 책을 읽었고, 손강은 겨울에 눈을 창가에 쌓아 그 빛으로 책을 읽었다. 훗날 이런 노력이 헛되지 않아 차윤은 상서랑尙書郎에 올랐

BANDI & LUNI'S
BOOKSTORE

대형서점 '반디앤루니스'의 로고 '반디앤루니스'는 차윤과 손강의 에피소드에서 따온 이름이다. 서점 홈페이지에는 이런 설명이 있다. "'Bandi & Luni's'는 반디불이를 영어로 옮긴 Bandi와 달빛을 의미하는 라틴어 luna에서 생성된 Luni의 합성어로, 반딧불과 눈에 비친 달빛으로 공부했다는 차윤과 손강의 '형설지공'에서 비롯된 이름입니다. 반디앤루니스에는 형설지공의 전통과 정신을 현대적인 의미로 재해석하고 이어가자는 취지가 담겨있습니다."

고, 손강은 어사대부御史大夫에 올랐다. 상서랑은 황제의 측근에서 조서詔書를 다루는 일을 하는 벼슬이고, 어사대부는 관리의 비행에 대한 감찰과 탄핵을 하는 벼슬이다.

> 9시면 연습실 전등을 껐다. 그러면 분수대 가로등 불빛으로 대본 연습을 했다. 형설지공이 따로 없었다. 의지가 약해지면 캡슐을 없앤 마이신 가루약을 삼켰다. 쓰디쓴 맛을 혓바닥에서 느끼며 와신상담을 떠올리기 위해서였다. 조선일보 971224

호가호위狐假虎威

때로는 그런 지혜도 필요하겠지만…

남의 권세를 빌려 위세를 부림.

'狐(호)'는 '여우'의 뜻이고, '假(가)'는 대개는 '거짓'의 뜻으로 쓰이지만 여기에서는 '빌리다'의 뜻이다. '虎(호)'는 '호랑이', '威(위)'는 '위세'의 뜻이므로 '여우가 호랑이의 위세를 빌린다'는 말이다. 『전국책戰國策』「초책楚策」에 실린 다음과 같은 우화에서 비롯됐다.

그림 김도원

호랑이가 여우를 잡아먹으려고 하자 다급해진 여우는 "나는 천제天帝로부터 백수百獸의 왕으로 임명되었소. 만일 나를 잡아먹으면 천제의 노여움을 사게 될 것이오. 내 말이 믿어지지 않거든 내 뒤를 따라와 보시오"라고 둘러댔다. 호랑이가 여우의 뒤를 따라가자 실제로 모든 동물들이 도망을 쳤다. 짐승들은 여우가 아니라 호랑이가 무서워 도망쳤는데도 호랑이는 이를 알아차리지 못하고 여우의 말을 믿은 것이다.

> 권력 안팎에는 호가호위 세력이 진을 치게 마련이다. 부패와 일탈을 유혹하는 불나방도 많다. 모두 헌정질서를 어지럽히고 국가동력을 갉아먹는 해충들이다. 세계일보 090322

호남湖南지방

전라남북도를 통칭하는 지방명.

'湖(호)' 는 금강錦江의 옛이름인 '호강湖江' 을 가리키므로, '금강 이남' 이라는 뜻이다. 동쪽으로는 소백산맥을 경계로 한다.

호도糊塗

근본조처를 취하지 않고 일시적으로 감춤.

'糊(호)' 는 '풀' 이라는 뜻도 있지만, 여기에서는 '흐리다' 의 뜻이다. '塗(도)' 는 '칠하여 없애다' 는 뜻이므로 '흐리멍덩하게 덮어 없애는 것' 이 호도의 본래 의미다. 『송사宋史』에 나오는 말이다.

> 정부는 시장을 일시적으로 호도하려 하기보다는 시장이 요구하는 바를 정확히 읽고 시장이 신뢰하고 받아들일 수 있는 정책을 내놓아야 한다.

호두

그들의 못된 버릇은 지금도 변하지 않았다

호두나무의 열매.

'호도胡桃' 에서 왔으나 어원과 멀어졌다 해서 '호두' 를 표준어로 삼고 있다. '胡(오랑캐호)' 가 붙은 것은 중국 원산이 아니라 '胡에서 받아들였다' 는 뜻이다. 중국에서는 예부터 동서남북 변방에 사는 이민족을 '胡' 라 불렀다. 여기에는 미개하고 열등하다는 의미가 내포되어 있는데, 흉노·몽골·돌궐·여진 등 북방 유목민遊牧民을 비롯해서 중앙아시아·서부아시아 등 서역西域 여러 나라, 운남성 일대의 남만南蠻 등도 이 '胡' 의 범주에 넣었다. 자기 민족을 세계 문명의 중심이라고 생각한, 이른바 중화사상中華思想의 흔적이다.

호두 외에도 이민족이 중국에 전해준 것은 많다. 호마胡馬, 호마(胡麻·참깨), 호밀胡-, 호초(胡椒·후추) 등이 그런 것들이다. 호두는 원래 중국에 추자楸子라고 하는 것이 있었는데, 한나라 무제武帝 때 장건張騫이 서역에서 새로운 추자를 들여오자 이것을 '호도胡桃'라 불렀던 것이 훗날 우리나라에 전해지면서 이름도 함께 들어왔다. ➡오랑캐

→호두과자

천안 하면 생각나는 것이 '천안삼거리'와 '능수버들', 그리고 '호도과자'다. 그러나 강산이 몇 번이나 바뀔 만큼 세월이 흐른 탓에 이제 예전의 '천안삼거리'와 '능수버들'은 찾아보기 힘들다.

호랑이 굴에 들어가지 않으면 호랑이 새끼를 잡을 수 없다

실크로드에서 일어난 호랑이 소탕작전

모험을 하지 않으면 큰일을 성취할 수 없음을 일컫는 말.

『후한서後漢書』「반초전班超傳」에 나오는 말로, 후한의 외교가이자 전략가인 반초班超가 한 말이다.

한나라 시대의 서역 서역이란 옛날 중국이 중국 서쪽에 있던 여러 나라를 통틀어 이르는 말이다. 누란은 그 동쪽 끝, 거대한 로프노르 호수 근방에 세워진 나라다. 실크로드의 요지를 차지하고 동서무역의 거점으로서 전한 후기에서 후한 시대까지 크게 번영했으나 7세기 이후 폐허가 됐다. 그 옛날의 영화가 다시 빛을 본 것은 1900년, 스웨덴의 탐험가 스벤 헤딘이 우연히 불교 유적과 사람이 살던 흔적을 발견하면서부터다.

반초는 74년 서역西域 지배의 임무를 띠고 옛 실크로드의 요충지인 누란樓蘭에 파견되었다. 누란의 왕은 처음에는 일행을 극진히 대접했으나 어느 날 갑자기 태도가 변했다. 중국과 대립하고 있던 흉노가 문제를 삼았기 때문이다. 이 사실을 안 반초는 '불입호혈, 부득호자(不入虎穴, 不得虎子)', 즉 '호랑이 굴에 들어

가지 않으면 호랑이 새끼를 잡을 수 없다'는 말을 남긴 뒤 흉노의 사신 일행을 급습하고 누란을 복속시켰다.

반초가 죽은 지 2000년이 가까워오지만, 그가 한 말은 지금까지도 사람들의 입에 오르내리는 것을 보면 말의 생명력이란 참으로 대단한 것임을 알 수 있다.

> 양당 의원들의 이색 행보는 지난 수십년간 자신들을 외면해온 지역 주민들을 향한 절박한 구애인 동시에 지방선거와 대통령선거를 염두에 둔 중장기 포석으로 읽힌다. 호랑이를 잡기 위해 호랑이굴로 들어가는 식의 역발상인 셈이다. 문화일보 050523

호열자虎列刺

한자 한 획의 차이가 신기한 오해를 낳았다

'콜레라'를 한눈투로 일컫는 말.

네덜란드어 'cholera'의 일본어 음역音譯을 우리 한자음으로 읽은 말이다. 지금은 대부분 '콜레라'로 적고 있어 사어死語가 되다시피 했지만, 옛 문헌에서는 종종 볼 수 있다.

이 말이 정착되는 과정에는 신기한 현상이 있었다. 콜레라는 원래 인도 벵갈지방에서 유행하던 풍토병風土病이었는데, 유럽의 식민지 정책으로 전 세계에 확산됐다. 일본에는 1822년경에 처음 상륙했고 1858년경 크게 유행했다. 일본인들은 이 병을 처음에는 "코로리" 하며 죽는다 해서 '코로리コロリ'라고 부르고 '虎狼痢(호랑리)'라는 한자로 적었다. '호랑이虎나 늑대狼처럼 무서운 병이고 설사痢를 동반한다'는 의미다. 그 후 이 병의 원어인 네덜란드어

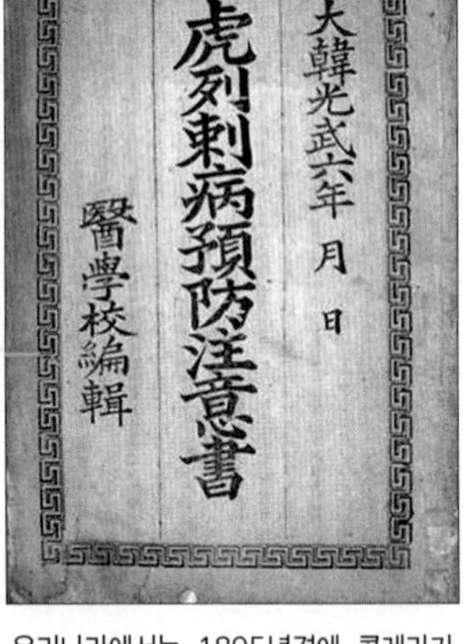

우리나라에서는 1895년경에 콜레라가 유행하기 시작해 1902년 창궐했다. 이에 대비해 1902년 관립의학교官立醫學校는 『호열자병예방주의서虎列剌病預防注意書』(독의약박물관 소장)를 만들었다. 세 번째 글자가 刺(자)가 아닌 剌(랄)로 되어 있는 것으로 보아 '호열자'는 오독誤讀에 의해 굳어진 말임을 알 수 있다. 剌과 刺는 언뜻 같은 글자 같지만 왼쪽 가운데 ㅁ의 모양이 다르다.

'cholera' 를 살려 다시 만든 한자어가 '虎列剌' 또는 '虎列拉' 이다.

콜레라의 전염이 일본보다 늦은 우리나라와 중국은 이 '虎列剌' 과 '虎列拉' 을 받아들여 사용했다. 이중 '虎列剌' 을 우리 한자음으로 읽으면 '호열랄' 인데, 누군가가 '剌(어그러질랄)' 을 '刺(찌를자)' 로 잘못 읽었고, 이것이 보편화되어 '호열자' 가 된 것이다. 많은 사람들이 'cholera' 의 중국어 음역인 '虎列剌(후례라)' '虎列拉' 을 우리나라와 일본이 받아쓴 것으로 알고 있으나 이는 사실과 다르다.

의미상으로 보면 '호열랄' 보다 '호열자' 가 좋을지도 모른다. 虎列刺(호열자)를 풀면 '호랑이虎가 살점을 찢고列 찌르는刺 것과 같은 고통을 느낀다' 는 뜻이 되기 때문이다. 이 그림은 1877년 일본에 콜레라가 창궐했을 때의 모습을 그린 것으로, 관리로 보이는 사람들이 호랑이 머리, 늑대의 몸, 살쾡이의 고환 모습을 하고 있는 콜레라균을 향해 석탄산(石炭酸, 페놀)을 끼얹고 있는 모습이다(그림 木村竹堂,1886).

> 1895년 7월 콜레라가 대유행해 사망자가 속출하자 내무아문은 에비슨 박사를 '호열자 방역총책임자' 로 임명했다. 이것이 한국 역사상 체계적인 방역활동의 시발점이 된다. 국민일보 110202

호치키스

기관총은 이것을 보고 고안했다

철사를 넣고 종이를 철할 때 쓰는 문구.

일본어와 발음이 비슷해 일본어에서 온 말로 알고 있는 사람도 있으나, 영어 'Hotchkiss' 에서 온 외래어다. 우리말 순화어는 '종이찍개' 다. 지금은 보통명사로 쓰이지만 원래는 기관총이나 기관포 등을 고안·개량한 것으로 유명한 미국의 발명가 벤저민 버클리 호치키스(Benjamin Berkeley Hotchkiss·1826~1885)의 이름을 따 지은 상품명이었다.

그러나 호치키스가 종이찍개를 발명한 것은 아니고, 그가 (이미 세상에 있었던) 종이찍개에서 철사가 연속해서 나오는 모습을 보고 기관총을 고안했다는 데 착안해 제조회사가 자신들이 만든 신제품 종이찍개에 호치키스란 이름을 붙인 것이다. 보통명사는 '스테이플러stapler' 다.

1826년 미국 코네티컷에서 태어난 호치키스는 20대 중반부터 총기제작사로 일하며 윈체스터 라이플 등 새로운 총기를 개발했다. 40대에는 프랑스로 건너가 직접 군수품 공장을 차려 '호치키스 건' 으로 알려진 '회전포신기관총' 을 최초로 만들었다.

홍위병紅衛兵

인해전술을 지휘한 팽덕회도 그들에게 맞아죽었다

'극단적 행동을 불사하는 급진파' 를 비유적으로 일컫는 말.

원래는 중국의 문화혁명 때 모택동毛澤東의 권력을 유지하기 위해 결성된 대중조직이다. 1927년 모택동이 조직했던 공산당 부대의 이름을 딴 것으로, 모택동 정권, 즉 '붉은紅 정권을 방위하는 위병衛兵' 이라는 뜻이다. 주로 중고생과 대학생으로 구성되었는데, 1966년부터 1968년까지 반봉건, 반자본주의의 기치를 내걸고 고위관리나 지식인들을 거리로 끌고 나와 무자비한 박해를 가했다.

이 와중에 대표적 실권파(實權派·자본주의 노선을 주장하는 사람들)로 지목된 유소기劉少奇는 홍위병에게 붙잡혀 감금됐다가 병사했고, 유소기와 함께 일했던 등소평鄧小平도 사상개조를 위해 농촌으로 쫓겨났다. 그런

군중집회에서 환성을 지르는 홍위병 홍위병은 문화혁명의 선도역을 맡았던 준군사조직으로, 1966년 5월 강청江青 등에 의해 중국 최고 명문인 북경대학北京大學과 청화대학清華大學을 중심으로 조직되어 전국 중·고·대학으로 확대되었다. 이들은 『모택동어록』을 가지고 다니면서 자본주의 노선을 주장하는 고위관리나 지식인을 몰아내는 데 앞장섰다.

가 하면, 6·25때 인민의용군 총사령관으로 참전해 김일성과 함께 6·25전쟁을 지휘했던 팽덕회彭德懷도 홍위병들에게 맞아죽었다. ➡반면교사

> 당내의 이른바 '개혁 전위대' 도 마찬가지다. 온건 중도세력을 배신자로 낙인찍고 낙선운동을 하겠다고 위협하는 행태 또한 '나는 옳고 너는 틀렸다' 식의 독선에서 비롯되는 것이다. '홍위병식 정치' 로는 결코 민심을 얻을 수 없다. 동아일보 041120

홍일점紅一點

푸른 잎 속에 한 점 붉은 꽃이 피어 있네

많은 남성 중에 섞여있는 한 사람의 여성.

북송北宋의 왕안석王安石이 석류를 노래한 『영석류시詠石榴詩』에 나오는 말이다. 당송팔대가唐宋八大家로 일컬어지는 그가 붉은 꽃이 매달려 있는 석류나무의 아름다운 모습을 보고 즉석에서 읊은 칠언시七言詩다.

석류꽃 그림 채정수

萬綠叢中紅一點 (만록총중홍일점),

온통 푸른 잎 속에 한 점 붉은 꽃이 피어 있네,

動人春色不須多 (동인춘색불수다)

사람을 움직이는 봄빛 많은들 무엇 하리

그러니까 여럿 가운데서 오직 하나가 이채를 띠는 것을 '홍일점' 이라 말한 것인데, 이것이 붉은치마紅裳처럼 여성을 연상시킨다 해서 사람들은 '여러 남성들 속에 홀로 있는 여성' 을 가리키는 말로 쓰게 되었다. '여성들 사

이에 낀 남성' 이란 뜻의 '청일점靑一點' 은 여기에서 파생된 말이다.

> 서울대 전자공학과 77학번으로 입학했을 때 그는 과의 홍일점이었다. 공대 전체를 따져도 여학생은 건축과 한 명을 더해 단 두 명. 친구를 만나기도, 제대로 공부하기도 어려워 입학하자마자 유학을 꿈꿨다. 동아일보 110308

화냥

청나라에 끌려갔다 돌아온 여인이라고?

남편 아닌 남자와 통정通情하는 음탕한 여자.

'화냥년' 은 이런 여자를 비속하게 이르는 말이고, '화냥기' 는 '여자가 바람날 기미' 를 말하고, '화냥질' 은 그런 기미로 인해 문제를 일으키는 것을 말한다. 그렇다면 문제의 '화냥' 은 어디서 온 말일까.

『금성판 국어대사전』(1991)은 기생의 이름인 '화랑花娘' 이 변한 것이라고 적고 있으나, 그보다 더 그럴듯하게 유포된 것은 '환향녀還鄕女설' 이다. 병자호란(丙子胡亂·1636) 때 청나라에 끌려갔던 여인들이 돌아왔을 때 '고향으로 돌아온 여인' 이라는 뜻으로 '환향녀' 라 불러 멸시했는데, 이것이 오늘날의 '화냥녀' 가 되었다는 것이다. 충분히 있을 법한 이야기이다. 그러나 충북대 조항범趙恒範 교수는 『우리말 어원이야기』(한국문원)에서 환향녀설을 다음과 같이 부정하고 있다.

> 조선이 청나라에 유린당하던 시대부터 쓰인 것으로 추정되는 '화냥' 이란 말은 '음탕한 계집' 이라는 뜻의 만주어 '하얀' 이 변한 단어다. 이 '하얀' 에 우리말 '년' 이 결합된 말이 '하얀년' 인데, 이것이 입에서 입으로 옮겨지면서 '환양년' 을 거쳐 '화냥년' 으로 정착했다. 그런데 '하얀' 이 '환양' 으로 바뀌면서 엉뚱한 해석이 곁들여졌다. '환양' 을 '환향還鄕' 으로 잘못 이해한 나머지 '고향에 돌아온 여자' 라고 해석한 것이다. ➡만주

화두話頭

"해탈이라니? 누가 너를 잡아맸느냐?"

이야기의 첫머리. 늘 생각해야 할 중요한 문제. 고민해야 할 문제.

한자는 간단하지만, 뜻을 이해하기는 간단치 않다. 이 말은 원래는 불교에서 '참선 수행을 위한 실마리'를 일컫는 말이다. 즉, 수행자에게 정신적 변화를 가져오게 하기 위해서 던지는 '의심의 실마리'가 화두다. 예를 들어 선종禪宗의 2조 혜가대사慧可大師와 3조 승찬대사僧璨大師가 나누었다는 선문답禪問答에 다음과 같은 것이 있다.

승찬대사 : "스님, 고뇌에서 해탈解脫할 수 있는 방법을 가르쳐 주십시오."

혜가대사 : "해탈이라니? 누가 너를 잡아맸느냐?"

승찬대사 : "아닙니다. 아무도 절 잡아맨 사람이 없습니다."

혜가대사 : "그렇다면 어째서 다시 해탈을 구하느냐?"

승찬대사는 이 대화를 통해 깨달음을 얻게 되는데, 여기에서 "누가 너를 잡아맸느냐?"와 같은 질문이 화두에 해당된다. 다시 말해 화두란 불도를 수행시키는 과정에서 '본질에 대한 의구심을 이끌어내는 질문'을 일컫는 것이다. 지금 우리가 일상적으로 쓰고 있는 화두는 이 같은 불교의 전문적인 뜻이 세속화되어 쓰이는 것이다.

> 청와대는 2011년 신년화두로 '일기가성一氣呵成'을 선정했다. 일을 단숨에 매끄럽게 해낸다는 의미로, 좋은 기회가 주어졌을 때 미루지 않고 이뤄야 한다는 뜻을 담고 있다. 세계일보 101231

화룡점정畵龍點睛

말은 쉽지만 실천하기는 어려운 일

맨 마지막의 소중한 손질.

'點(점)'은 '점을 찍다', '睛(정)'은 '눈동자'의 뜻이므로 '용을 그리면서 눈동자에 점을 찍었다'는 말이다. 그렇게 한 사람은 바로 중국 양梁나라의 장승요(張僧繇·494?~550)다. 당대의 화단을 풍미하던 그가 금릉(金陵·지금의 남경)에 있는 안락사安樂寺의 벽에 용을 그리고 있었다. 이를 구경하던 사람들은 마치 살아있는 듯한 그림에 감탄을 금치 못하면서도 "용에 눈동자가 없으니 이상하다"고 수군거렸다. 이를 들은 장승요는 "일부러 빠뜨렸습니다. 눈동자를 그리면 용이 승천해버리거든요"라고 대답했다.

15대 대통령 선거일인 1997년 12월 18일자 조선일보 만평이다. 신경무 화백은 '畫龍點睛'이란 말로 그 날의 분위기를 표현했다. 이날을 위해 김대중·이회창 후보는 물론이고, 선관위도 언론도 최선을 다했다는 의미가 담겨 있다. 만일 이것을 '화룡점청'으로 읽는다면 무지를 드러내는 일이므로 주의할 일이다.

그러나 사람들은 이것을 믿으려고 하지 않고 자꾸만 눈동자를 그리도록 했다. 결국 성화에 못 이긴 장승요는 눈동자를 그려 넣기로 하고 천천히 붓을 움직였다. 그러자 엄청난 일이 벌어졌다. 장승요가 용의 눈에 눈동자를 그리자마자 천지를 진동하는 굉음과 함께 벽이 갈라지더니 실제로 용이 승천해버렸던 것이다.

누군가가 만들어낸 이야기를, 『역대명화기歷代名畵記』를 지은 당나라 장언원(張彦遠·815~877?)이 주워담은 것이겠지만, 장승요가 얼마나 사실적인 그림을 그렸는지 짐작할 수 있는 에피소드다.

장승요는 동진東晉의 고개지顧愷之, 송宋의 육탐미陸探微와 함께 '육조六朝의 삼대가三大家'로 일컬어진다. 남조 양梁나라 무제武帝의 우군장군을 역임한 무관武官이기도 했던 그는 특히 인물화에 뛰어났는데, 일설에 따르면, 무제는 지방 각지에 나가 있는 자식들이 보고 싶으면 그에게 그림을 그려오도록 했을 정도로 생생한 그림을 그렸다고 한다.

표지가 책의 이미지를 결정짓는 중요 요소라고 판단한 출판사들은 10여 개가 넘는 시안試案을 만드는 경우도 보통이다. 이렇게 표지에 공을 들이는 이유는 출판의 화룡점정이라 불리는 막판 표지작업이 희비를 엇갈리게 하기 때문이다.

화류花柳

누가 그들을 아무나 꺾을 수 있다 했나?

기생이나 몸을 파는 여인.

'화류계花柳界'는 그런 사람들의 세계를 말한다. 중국에서 예부터 이런 여인들이 있는 곳을 '화가유항花街柳巷'이라 불렀는데, 이것을 줄인 말이다. 이곳 입구에 꽃과 버드나무를 심었기 때문이다. 이 말은 다시 '아무나 쉽게 꺾을 수 있다'는 버드나무의 특성과 결부되어 오늘날까지 이어져 내려오고 있다. '노류장화路柳墻花'는 '아무나 쉽게 꺾을 수 있는 길가의 버들과 울타리의 꽃'이라는 뜻이다.

버드나무

'화류계 정은 삼 년이요 본디 정은 백 년'이라고 했다. 외모보다는 마음이 중요하다는 뜻이다. 그런데 몸매 잘 빠지고 얼굴 좀 반반하면 만사형통이니, 세태가 왜 이처럼 겉치레로만 흐르는지 안타깝다. 동아일보 961008

화신化身

부처의 모습에 '증오의 화신'이라니…

어떤 추상적인 특질이 구체화 또는 유형화한 것.

일반적으로는 '~의 화신'의 형태로 쓰인다. 예를 들어 '안창호는 민족혼의 화신이다'라는 말은 '민족혼'이라는 추상적인 개념이 '안창호'라는 구체적인 형상으로 나타나는 것이므로 '안창호=민족혼'이라는 말이다.

원래는 불교어로 '중생을 교화教化하기 위해서 형상을 바꾸어 나타난 부처의 몸'이라는 뜻이다. 부처는 교화할 대상의 성질이나 능력에 따라서 그를 가르치기에 알맞은 모습으로 나타나는데, 이렇게 '변화化해서 나타난 부처님의 몸身'을 화신이라고 한다. 예를 들어 금강산 보덕암普德庵에는 회정懷正이라는 수도승을 깨우치기 위해서 문수보살文殊菩薩·보현보살普賢菩薩이 산골노인이 되어 나타났다는 전설이 있는데, 바로 이때의 산골노인이 부처의 화신인 것이다.

그렇다면 화신과 짝을 이루는 말은 부처의 모습에 합당해야 한다. 예를 들어 '미의 화신' '정의의 화신' '사랑의 화신' '정열의 화신' 처럼 사용하는 것은 합당하지만, '악의 화신' '분노의 화신' '증오의 화신' '보복의 화신' 처럼 사용하는 것은 합당하지 않다. 하지만 실제로는 '~의 화신'이라고 할 때는 부처의 모습에 합당하지 않은, 즉 후자와 같은 예로 더 많이 쓴다. 세상의 혼탁함이 언어에 반영된 탓일 것이다.

> '우리들은 이 바다 위해, 몸과 맘을 다 바쳤나니, 바다의 용사들아 돛 달고 나가자.' 평소 즐겨 부르던 노래처럼 조국을 지키느라 꽃다운 젊음을 바친 이들은 국민의 가슴에 호국의 화신으로 영원히 남을 것이다. 동아일보 100429

화투花鬪

투전이 일시에 모습을 감춘 이유

짝을 맞추어 점수를 다투는 놀음용 카드나 그 놀음.

우리나라의 전통놀음인 '투전鬪牋'과 일본의 놀음인 화찰(花札·はなふだ·하나후다)에서 한 글자씩 따서 만든 말이다. '투鬪'는 '싸우다'의 뜻이다.

투전은 길쭉한 기름종이에 1에서 10까지의 숫자를 적은 패를 돌려주고 그

숫자의 조합에 따라 끗수를 따지는 게임이다. 예를 들어 1자가 2개면 '1땡', 2자가 2개면 '2땡', …9자가 2개면 '구땡', 10자가 2개면 '장땡'이라고 부르는데, 높은 숫자가 낮은 숫자를 이기는 형식이다.

김득신(1754~1822)의 『밀희투전密戲鬪牋』 그들이 쥐고 있는 것은 15cm 정도의 기름종이에 숫자가 적혀 있는 투전패다. 이 투전패를 화툿장으로 바꾸면 영낙없는 요즘의 고스톱이다.

화찰, 즉 하나후다는 일본의 딱지놀음으로, 화투는 이것을 거의 그대로 들여왔다. 그림이 일본의 민화에서 왔기 때문에 하나후다가 일본의 독창적인 오락인 것으로 생각하는 사람이 많으나, 그 뿌리는 서양의 '카드(트럼프)놀이'에 있다. 16세기 후반 포르투갈 상인을 통해 일본에 들어온 카드놀이가 크게 유행하여 사회문제가 되자 막부幕府가 나서서 이를 금지했고, 그 단속을 피하기 위해 일본식으로 개조한 것이 하나후다다. 예를 들어 하트(♥) 다이아몬드(◆) 클로버(♣) 스페이드(♠)와 숫자를 춘春·하夏·추秋·동冬의 화花·조鳥·풍風·월月로 바꾸어 만든 것이다. 19세기 말 이 하나후다가 쓰시마對馬 상인들을 통해 조선에 들어오자 그때까지 우리의 대중적 오락이었던 투전은 자취를 감추고 하나후다가 그 자리를 차지했다. '재미'의 경쟁력에서 볼 때 투전은 화투만 못했던 것이다.

> 도박에 손을 대면 재산을 축내게 마련이다. 그래서 옛날 집안 어른들은 화투짝만 봐도 집안 망한다고 질겁을 했다. 그러나 이런 것은 모두 옛 얘기가 되고 말았다. 한국일보 900716

환갑還甲

61세를 달리 이르는 말.

'還(환)'은 '되돌아오다'의 뜻이고, '甲(갑)'은 첫째 천간天干이다. 60년이면 간지干支가 한 바퀴 돌아 다시 태어난 해의 간지로 돌아온다 해서 생긴 말이다. '환력還曆' '회갑回甲' '주갑周甲' 도 같은 말로, 모두 육십갑자六十甲子를 '한 바퀴 돌았다' 는 의미를 갖고 있다. 축하할 때는 주로 '화갑華甲' 이라고 일컫는데, 이것은 '華' 를 파자破字하면 '十' 여섯 개와 '一' 한 개로 되어 '61' 을 뜻한다 해서 나왔다. ➡간지

> 사람이 환갑을 기념하는 것은 살 만큼 살아 세상 이치를 알 만치 됐다는 반추의 정신이 담겨 있다. 국가도 마찬가지다. 광복 60주년에 성대한 기념사업을 준비하는 것은 숨가쁘게 달려온 현대사를 되돌아보고 새 출발을 다지자는 결의에서다. 서울신문 050215

환골탈태換骨奪胎

본떠 지었으되 더 아름답게 짓는 것

'이전의 모습을 버리고 완전히 달라지는 것' 을 비유하는 말.

'환골換骨' 이란 '뼈를 바꾼다' 는 뜻으로, '고인古人의 시를 본떠 시작詩作하는 것' 을 말하고, '탈태奪胎' 란, '태(胎-아기집)를 빼앗아奪 자기 것으로 만든다' 는 뜻으로 '고시古詩의 뜻을 바꾸어 표현하는 것' 을 일컫는다. 즉, '환골탈태' 란 옛사람이 지은 시문詩文을 본떠지었으나 나름대로 자기 생각을 덧붙이고 다듬어 더 아름다운 작품을 만들어내는 것을 일컫는 말이다. 따라서 독창성 없이 단순히 남의 작품을 베끼기만 했거나 남의 작품에 약간의 첨삭을 가한 것을 환골탈태라고 말하는 것은 안 된다. 그럴 때는 표절剽竊이나 모방模倣이라고 해야 한다.

글 속에 환골탈태를 인용할 때도 이런 점에 주의해야 한다. 예를 들어 '그것은 종래의 형식을 환골탈태한, 종전에 볼 수 없었던 참신한 작풍이다' 라는 글은 성립되지만, '그것은 종래의 형식을 환골탈태했을 뿐인, 아무런 신선미도 없는 작풍이다' 라는 글은 성립되지 않는다.

지금은 단지 시문에만 국한하지 않고 좀더 광범위한 용도로 '이전의 모습을 크게 바꾸어 개선하는 것' 을 비유하는 말로 쓴다. 출전은 남송南宋 석혜

홍釋惠洪의 시화집인 『냉재야화冷齋夜話』다. '탈퇴脫退' 라는 말에 익숙해져서인지, 글쓰기를 직업으로 하는 사람의 글에서도 '환골탈퇴' 로 잘못 쓰는 것을 볼 수 있다.

> 정부는 변해야 한다. 스스로 기득권을 버리고 환골탈태의 자세로 제살깎기에 앞장서지 않으면 국민은 어떤 변화와 개혁도 따라가지 않을 것이다. 국민은 바보가 아니다. 선진화혁명의 성공 여부는 정부의 거짓 없는 솔선수범에서 비롯될 것이다. 조선일보 070607

황금률黃金律

"남에게 대접을 받고자 하면 너희도 남을 대접하라"

예수의 산상설교를 묘사한 그림(칼 하인리히 블로흐, 1890) '심령이 가난한 자는 복이 있나니 천국이 그들의 것임이요' 로 시작해서 '애통하는 자는 복이 있나니…, 온유한 자는 복이 있나니…, 의에 주리고 목마른 자는 복이 있나니…, 긍휼히 여기는 자는 복이 있나니…, 마음이 청결한 자는 복이 있나니…, 화평하게 하는 자는 복이 있나니…, 의를 위하여 박해를 받은 자는 복이 있나니 천국이 그들의 것임이라' 로 끝나는 말은 이때 나온 것이다.

뜻이 심오하여 인생에 유익한 가르침을 주는 말.

원래는 『마태복음』(7장12절)에 나오는 '남에게 대접을 받고자 하는 대로 너희도 남을 대접하라' 라는 예수의 가르침에 대해 붙여진 명칭이다. 예수가 30년경 제자들과 일반인들에게 이웃에게 해야 할 도리를 요약한 것으로, 기독교 윤리의 근본원리이자 예수가 가르친 교훈 중에 가장 위대한 가르침으로 존중되고 있다. 기독교에서는 이때의 설교를 '산상설교山上說敎' 라 하고, 이 설교를 정리한 것을 '산상수훈山上垂訓' 이라 한다. '律(율)' 은 '율법律法' 이나 '계율戒律' 의 뜻이다.

> 고침단명高枕短命은 예로부터 쾌면과 건강을 위한 황금률로 여겨져 왔다. 베개를 높이 베면 오래 못 산다는 뜻이다. 의학적으로도 근거가 있다. 베개가 높으면 목뼈가 정상적인 'C' 자 형을 이루지 못해 목 부위 근육이 긴장하게 된다. 그러면 혈액순환이 나빠져 숙면이 어렵고, 피곤하며, 목디스크나 목관절염을 초래한다. 경향신문 030808

황제皇帝

그가 세운 질서는 2000년을 이어갔다

임금을 왕이나 제후와 구별하여 이르는 말.

진시황秦始皇이 만들어낸 말이다. 은殷·주周시대에는 군주를 '왕王'이라고 했는데, 주나라 말기에 각지의 제후들이 너도나도 왕을 칭하며 일어나사, 기원전 221년 이를 제압하고 중국 최초의 통일국가인 진제국秦帝國을 연 사람이 진시황(정식 호칭은 '시황제')이다.

진시황 중국 최초로 제국을 건설한 제왕이므로 그의 모습을 상상하면 당연히 준수한 얼굴이 떠오를 것이다. 하지만 실제로는 준수함과는 거리가 있다. 그의 외모를 추측해볼 수 있는 기록이 『사기』의 「시황본기始皇本紀」에 있는데, '진왕은 봉준蜂準, 장목長目, 지조摯鳥가슴'이라고 적혀 있다. '봉준'은 매부리코, '장목'은 가는 눈, '지조가슴'은 새가슴이란 뜻이다. 이 그림은 명나라 때 간행된 『삼재도회三才圖會』에 실려 있는 것이다.

진시황은 그 후 여러 가지 개혁을 실시했는데, 승상 왕관王綰에게 자신을 부르는 존호를 새 제국을 다스리는 데 어울리는 것으로 고치게 한 것도 그중 하나다. 이때 왕관이 올린 타이틀은 '태황泰皇'이었다. 삼황오제三皇五帝의 천황天皇·지황地皇·태황泰皇 중에서 태황이 가장 존귀했기 때문이다. 그러나 진시황은 이를 물리치고 '황제'를 새로운 존호로 정하도록 했다.

그 이유에 대해서는 여러 가지 설이 있다. 자신이 삼황三皇과 오제五帝의 덕을 다 갖추었다 해서 삼황의 '皇'과 오제의 '帝'를 따왔다는 설도 있고, 왕의 조상을 칭송하여 부르는 '황조皇祖'에서 '皇'을 따고, 하늘의 최고신인 '상제上帝'에서 '帝'를 땄다는 말도 있다. 또는 '황황煌煌한 상제上帝', 즉 '빛나고 빛나는 천제天帝'라는 뜻으로 지은 이름이라는 말도 있다. 청나라가 멸망할 때까지 사용되었던 '황제'라는 칭호는 진시황의 발명품인 것이다.

> 더욱 놀라운 것은 5대 재벌 총수가 주식 1주 없이 계열사를 지배하는 변칙적인 구조가 퍼져 있다는 점이다. 총수들이 핵심 계열사를 장악하고 이 회사들을 중심으로 순환출자를 통해 전체 계열사를 지배하는 황제식 지배 경영체제의 전형인 것이다. 한국일보 990915

횡설수설 橫說竪說

동아일보는 왜 칼럼 이름을 그렇게 지었을까?

조리가 없는 말을 함부로 지껄임.

'橫(횡)'은 '가로'의 뜻이고, '豎(수)'는 '세우다'의 뜻이므로, 아무리 생각해도 '횡설수설'의 의미와 잘 연결되지 않는다. 그 이유는 지금 우리가 쓰고 있는 횡설수설은 원래 뜻과 전혀 다르게 굳어졌기 때문이다. 원래 이 말은 '해박한 지식을 동원하여 여러 각도에서 논지를 펼쳐 남을 깨우치는 조리있는 말'이라는 뜻이었다.

고려대 김언종金彦鍾 교수는 "『장자莊子』「서무귀편徐無鬼篇」에 나오는 '횡설종설橫說從說'이 횡설수설의 원형이다"라고 했다(『한자의 뿌리』). '세로 從(종)'은 '세울 豎(수)'와 서로 통하는 글자이므로 횡설수설은 '가로말 세로말'이란 뜻이 되어 '마치 씨줄과 날줄처럼 짜임새 있는 언설'의 뜻이었음을 짐작할 수 있다.

횡설수설 네 글자가 연결되어 처음 쓰인 것은 송나라의 선종사서禪宗史書인 『경덕전등록景德傳燈錄』으로, 여기에 '且如四祖下牛頭融大師(차여사조하우두융대사) 橫說豎說(횡설수설) 惟未知向上關棙子(유미지향상관려자)', 즉 '이를테면 사조四祖 도신道信대사 문하의 우두牛頭 법륭法融대사는 횡설수설했으나 오히려 불법의 깊은 뜻을 몰랐

橫說竪說

▲題하야曰橫說竪說이라題가이미如是하니勇將之下에無弱卒이아니오弱將之下에無勇卒로橫說竪說의題下에는千言萬語가橫說竪說에不過할것이다▲그러나우리는正理直論이라고自信이堅固한言論도결못하면片言隻字이라도「엇더하다」認定만하시면「第幾條」에依하야千金을消하고赤誠을盡하야艱辛히印機에서떠러지는新聞紙를山더미가치시려서警察署로잡아가는車輪에는「言論自由」라는鍍金廣告板이殘骸도업시慘酷하게蹂躙되는이판인데▲더구나無條理無順序한橫說竪說이야다시말할것잇나外에「잘못하다가는讀者는一張을보기도전에「너좀가만히잇거라」하고쌍거풀눈을자쳐뜨시는무서운곳지곳지곳한光景을보기가쉬울지마는橫說竪說은도로혀이러한곳에그價値가업스라는法도업자▲이런말을작고하다가는정말橫說竪說은한마듸도못하고잡혀갈는지도其亦難測이오衆하야수日은우리東亞日報가百날을잡히는날이오橫說竪說도呱呱의聲을發히는때니가구러여속俗하는말이야하야무엇하리아무리橫說子이라도「謹祝東亞日報一百號紀念」이라는嚴肅한祝辭만올리고橫說竪說은잠간참지아니할수업다누가조와할는지는알수업스나

1920년 7월 25일자 동아일보에 게재된 『횡설수설』 첫회다. 『횡설수설』은 조선일보의 『만물상萬物相』, 중앙일보의 『분수대噴水臺』, 아사히신문의 『천성인어千聲人語』 같은 성격의 칼럼으로 지금도 하루도 빠짐없이 실리고 있다. 이미 90년이 지난 글이라 해석이 쉽지 않지만, 대충 첫 문장은 이렇다. '제목하여 횡설수설이라 한다. 제목이 이미 이러하니 용장勇壯 밑에 약졸弱卒이 없는 게 아니고, 약장弱將 밑에 용졸勇卒이 없어, 횡설수설 제하에는 천언만어千言萬語가 횡설수설에 불과할 것이다.' 당대 최고의 문필가가 썼을 것인데, 용장과 약졸, 약장과 용졸의 호응이 되지 않아 '짜임새 있는 언설'과는 거리가 있는 글이다. 그렇다면 이때 이미 횡설수설의 뜻이 지금처럼 '조리 없는 말을 지껄이는 것'이란 뜻으로 바뀌었을 것이다. 고려대 김언종 교수는 '짜임새있는 언설'이란 뜻의 '횡설수설'이 지금의 뜻으로 바뀐 것은 '한말 이후'라고 했다.

다' 라는 문구가 있다는 것이 김 교수의 설명이다. 마치 '독불장군獨不將軍' '장광설長廣舌' '표변豹變' 처럼 원뜻과 정반대로 굳어진 예로, 누군가가 잘못 쓰기 시작한 것을 제때에 바로잡아주지 못해 일어난 일이다. 김 교수는 그 시점을 '한말韓末' 이후로 보고 있다.

> 나카가와 쇼이치 일본 재무상이 선진 7개국 재무장관 회의 후 열린 기자회견에서 술 취한 사람처럼 눈을 제대로 뜨지 못하고 횡설수설해 국제적 망신을 샀다. 동아일보 090217

효시嚆矢

효시 '적시鏑矢' 라고도 부르는 이 화살은 옛날 사람들이 전쟁터에서 개전을 알리는 용도로 사용했다. 일본에서는 이것이 하늘을 날 때 내는 "휴-" 하는 소리가 마魔를 물리쳐준다 해서 지금도 주택 신축을 축하하거나, 회임을 축하하는 선물로 사용한다.

사물의 시초. 최초의 선례.

'嚆(효)' 는 '울다' 의 뜻이고 '矢(시)' 는 '화살' 의 뜻이므로, '우는 살' 이라는 말이다. 속을 파낸 10cm 전후의 사슴뿔 · 물소뿔 등을 화살자루 끝에 매단 화살인데, 이것을 쏘면 날아가면서 "휴-" 하는 소리를 내기 때문에 전장戰場이나 사냥터에서 아군끼리 신호를 할 때 사용했다. 특히 중국에서는 상대 진영과 정식으로 싸움을 시작할 때는 먼저 이것을 쏘아 개전開戰을 알렸는데, 이 때문에 '사물의 시초' 라는 뜻이 생겼다.

> 1941년 대구에서 출판업을 시작해 6·25전쟁 직전 동아출판사를 세운 김상문은 광복 이후 초중등 교과서의 효시인 『신생국어독본』을 출간해 참고서 시장을 석권했다. 조선일보 110307

후라빠

전쟁을 거치면서 치마가 짧아졌다!

'행실이 방정치 못한 여성' '건달여성' '왈가닥' 을 뜻하는 비속어.

지금은 별로 들을 수 없으나 70년대까지만 해도 종종 들을 수 있었던 말이

다. 영어 '플래퍼flapper'에서 온 말인데, 영어가 직접 들어오지 않고 일본에 들어가서 'フラッパ-(후랏빠)'가 되었다 우리말 속에 들어왔기 때문에 일본어식 발음이 되었다. '플래퍼'란 1차대전 이후 여성들의 사회참여로 인해 생겨난 미국의 신여성을 말한다.

1922년에 발행된 잡지 'FLAPPER'의 표지다. 플래퍼란 1차세계대전 이후 여성들의 사회참여로 인해 생겨난 미국의 신여성을 일컫는 말이다. 허리까지 올라가는 짧은 치마를 입고 담배를 물고 색소폰 소리에 몸을 흔들어대는 것이 플래퍼의 전형적인 모습이다. '행실이 방정하지 못한 여성'이나 '건달여성'을 뜻하는 우리말 속의 속어 '후라빠'는 이 플래퍼가 일본을 거쳐 들어오면서 만들어졌다.

원래 '플래퍼'는 '펄럭거리는 것'을 뜻하는 말이었다. 그것이 신여성을 가리키는 말이 된 것은 1차대전 이후 미국에서 유행한 주름치마와 관련이 있다. 1차대전 전까지는 치마 길이가 땅바닥에 닿을락말락 할 정도여서, 여성들은 치마를 질질 끌면서 정숙하게 걸어다녔는데, 전쟁을 거치면서 치마 길이가 순식간에 짧아져 무릎 언저리가 보일락말락해진 것이다.

행실도 달라졌다. 예를 들어 어머니 세대는 바이올린 음률에 맞추어 우아하게 춤을 추었다면, 딸 세대는 시끄러운 색소폰 소리에 천박하게 몸을 흔들어댔을 뿐만 아니라, 상스럽다고 입에 담지 않았던 성에 관한 이야기도 아무렇지도 않게 했다. 이런 행동들은 귀부인처럼 행동했던 어른 세대들의 눈에는 거슬려 '행실이 방정하지 못한 여성'이라는 말로 '플래퍼'가 정착된 것이다.

후레자식

배운 것 없고 막되게 자라 버릇없는 놈.

우리나라 사람들이 자주 쓰는 욕 중 하나로, '호래자식'이라고도 한다(작은 말). 이 말의 어원에 대해서는 여러 가지 추측이 있다. 대표적인 것으로는 '홀獨+의+자식', 즉 부모 중 어느 한편이 없는 가정의 자식이란 뜻에서 나왔다는 것이다. '호노자식胡奴-'에서 왔다는 설명도 있다. '胡'는 '오랑캐', '奴'는 '노비'의 뜻이므로 '오랑캐노비의 자식'이라는 말이다.

> 여왕벌이 알을 낳을 때 정자낭으로부터 정자를 흘려 알을 수정시키면 그 알은 암컷이 되어 일벌이나 장래 여왕벌로 태어난다. 그러나 여왕벌이 정자낭을 막아 미수정란을 낳으면 그 알은 수벌로 태어난다. 반수이배체라 부르는 이 묘한 성결정 때문에 벌 사회의 수컷들은 모두 아비 없이 태어난 후레자식들이다. 문화일보 971120

흐지부지

우리가 만든 사자성어가 사라진 까닭

분명히 끝맺지 못하고 적당히 넘겨버리는 모양.

우리 조상들이 만든 한자어 '휘지비지諱之秘之'가 변한 말이다. '諱(휘)'는 '꺼리다' '피하다'의 뜻이지만, '죽은 사람의 이름'이라는 뜻도 있다. '휘'는 과거 제왕들에 대한 신하들의 과잉충성에서 비롯된 악습惡習이다. 즉, 한국·중국·일본에서는 제왕이 죽으면 누구든 그의 이름에 있는 글자로 사람의 이름을 짓거나, 지명·관직·물건의 이름을 지을 수 없었다. '秘(비)'는 '숨기다'의 뜻이므로, '휘지비지'는 '그 일을 싫어해서 꺼리거나 비밀로 하다'는 뜻이다.

떠오르는 태양 산동성山東省 대문구大汶口 문화유적지에서 출토된 도자기에 그려져 있는 그림이다. 학자들은 기원전 3000~2000년경에 그려졌을 것으로 보이는 이 그림을 '旦'(아침단)의 원형으로 본다. 볼수록 멋진 글자이지만, 이 글자가 들어간 단어는 보기 힘들다. 그것은 이성계로부터 비롯된 일이다. 이성계는 '旦'의 힘찬 기상을 좋아해서 자신의 이름을 旦으로 고쳤는데, 그가 죽은 뒤에는 이 글자를 아무나 쓸 수 없었기 때문에 모양이 비슷한 '且(또차)'로 대체하거나 다른 글자로 바꿔 써야 했다. 구한말까지 '새해 아침'이란 뜻의 '元旦(원단)'을 '元朝'로 바꿔 썼던 것도 마찬가지 이유다. 이처럼 '죽은 사람의 생전이름諱을 피避하는 것'을 '피휘避諱'라 한다.

고려대 김언종金彦鍾 교수는 휘지비지 같은 한자어가 사라진 것에 대해 이렇게 말했다. "과거에는 우리 조상들이 예지를 발휘해 만든 한자어가 많았다. 이것이 사라진 것은 중국·일본 등 한자문화권 나라들과 대등한 입장에서 교류가 시작된 1900년대 중반부터 우리나라가 한자문화권으로부터 퇴조를 보였기 때문이다."(『한자의 뿌리』). ➡유야무야

> 보선타락 문제는 선거가 끝났다고 해서, 그리고 금융실명제의 충격파에 묻혔다고 해서 결코 흐지부지 넘겨버릴 수 없는 사안이다. 돈봉투와 청중 동원, 지역감정 자극 등 온갖 저질행태가 총동원됐던 보궐선거는 지난날의 구습과 조금도 다르지 않았다. 경향신문 930818

흑막黑幕

겉으로 드러나지 않은 음흉한 내막.

원래는 일본 전통 고전극인 가부키歌舞伎에서 장면이 바뀔 때 무대를 감추거나, 배경을 사용해서 어둠을 표현하기 위한 검은 천을 가리켰다. 그 검은 천 뒤에서 무대감독이 스태프를 지휘했기 때문에 '권력자가 보이지 않는 곳에서 책략을 꾀하는 것' 이란 뜻으로 확대 해석됐다. 또 '幕(막)' 은 '막부(幕府·무가정권의 본부)' 등에서 볼 수 있듯이 '침범하기 어려운 장소', 또는 '권력자가 모여 있는 곳' 임을 암시한다.

> 부패와 비리 사건이 어제 오늘의 일도 아니고, 그런 사건들의 흑막이 남김없이 밝혀진 적도 없고 보면 이 나라에서 터진 독직사건과 권력형비리치고 의혹사건 아닌 게 없지 않은가. 한국일보 011217

흥청망청興清-

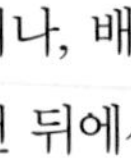

왕은 그것을 '마음의 정화작용' 으로 보았다

돈이나 물건 등을 아끼지 않고 마구 쓰는 모양.

'흥청興清' 이란 연산군燕山君이 궐 안에 출입시킨 미색이 뛰어난 기생들을

일컫는 말이었다. '맑음淸을 일으킨다興' 는 뜻이므로 기생들과 주연을 벌이고 쾌락을 추구하는 것을 '마음의 정화작용' 으로 본 것이다. 말년의 연산군이 얼마나 많은 괴로움에 휩싸였는지 짐작할 수 있다.

많을 때는 그 흥청의 수가 1000여 명에 이르렀는데, 그중에서 임금을 가까이 모실 수 있는 흥청을 '지과흥청地科興淸', 잠자리를 같이 할 수 있는 흥청을 '천과흥청天科興淸' 이라 불렀다고 한다. '망청' 은 운을 맞추기 위해 '망한다' 는 뜻으로 훗날 자연스럽게 붙여진 것이다.

> 근교 유흥업소는 밤만 되면 건물 전체를 네온사인으로 그려놓는 불야성이 된다. 그러니 휴일만 되면 고속도로는 주차장으로 변하고 상반기에만 에너지 수입에 141억 달러를 썼다. 작년 경상수지적자가 237억 달러에 이른 것도 흥청망청하는 소비 탓이 크다. 동아일보 970816

희생犧牲

백성의 마음을 먼저 헤아린 왕들의 이야기

남을 위해 헌신하거나 목숨을 바치는 것.

원래는 '제사를 지낼 때 산 채로 바치는 짐승' 을 가리키는 말이다. '犧(희)' 와 '牲(생)' 이 모두 그런 짐승이란 뜻이다. 더 자세히 말하면 '희犧' 는 털에 잡색雜色이 섞이지 않은 소를 가리키고, '생牲' 은 살아있는 소를 가리키는데, 때로는 산 사람으로 이를 대신하기도 했다.

'제물' 이란 뜻이 '남을 위한 헌신' 이란 뜻으로 바뀐 것은 은殷나라를 세운 탕왕湯王의 이야기에서 비롯됐다. 원래 탕왕은 하夏나라 걸왕桀王의 제후였는데, 걸왕의 폭정이 극심해지자 걸왕을 치고 은나라(=商나라, 기원전 1600년경~1046년)를 세웠다. 하지만 그가 세운 나라의 운영은 순탄치 않았다. 건국 초기 무려 5년 동안이나 비가 오지 않아 백성들이 초근목피草根木皮로 연명해야 했던 것이다.

이때 신하들이 흉년을 면하기 위해서는 사람을 잡아 제물로 삼아 제사를 드려야 한다고 했다. 그러나 탕왕은 이를 거부하고 스스로 제물이 되어 제단에 섰는데, 제사가 다 끝나기도 전에 비가 내려 목숨을 보전했다고 한다. 마치 세종世宗 초에 오랜 가뭄으로 백성들의 생활이 어려워지자 상왕으로 물러나 있던 태종 이방원李芳遠이 스스로 기우제를 지내다 죽었는데, 그가 죽자마자 비가 내렸다는 '태종우太宗雨' 이야기와 비슷하다.

희수喜壽

나이 77세를 달리 이르는 말.

'장수를 축하하는 의미'를 곁들어 하는 말로, '喜(기쁠 희)'를 초서로 쓰면 '七七'이 된다 해서 생겼다. 나이 '70세'를 '장수를 축하의 의미'를 곁들여 일컫는 '稀壽(희수)'와는 음은 같으나 글자가 다르다. 이것은 당나라 두보杜甫가 쓴 『곡강이수曲江二首』의 두 번째 수의 한 구절인 '인생칠십 고래희(人生七十古來稀·사람이 일흔 살까지 사는 것은 예로부터 드물었다)'에서 '稀(드물희)'를 가져온 것이다.

'喜(기쁠희)'의 초서. 七자가 겹쳐 있어 '77세'를 장수를 축하하는 의미를 곁들여 '喜壽(희수)'라 한다.

이런 식으로 나이를 돌려 표현하는 경우는 이밖에도 많다. 99세를 '백수白壽'라 하는 것은 '百'에서 하나(一)가 부족하다 해서, 88세를 '미수米壽'라 하는 것은 '米'를 파자破字하면 '八八'이 된다 해서, 80세를 '산수傘壽'라 하는 것은 '傘'을 파자하면 '八十'이 된다 해서, 90세를 '졸수卒壽'라 하는 것은 '卒'을 초서로 쓰면 '九十'이 된다 해서 만들어진 말이다. ➡고희

> 희수를 한 해 앞둔 나이에도 불구하고 역저 『의식에 대한 사회학자의 도전』을 펴낸 이만갑 서울대 명예교수의 학문적 열정도 한여름 무더위 속에 상큼한 자극을 느낄 수 있게 해준다.
>
> 동아일보 960725

후 기

교열기자의 꿈

그때도 취업은 쉽지 않았다

대학 4학년 때, 그러니까 1986년 초가을, 교직과정을 이수한 나는 학교 교사 자리를 알아보고 있었다. 다시 일본에 가서 본격적으로 일문학을 공부하고 싶었지만, 학비와 생활비를 스스로 해결해야 하는 나는 일단 취직을 해서 얼마간의 돈을 모은 뒤 일본으로 건너갈 요량이었다. 그러던 어느날 학교도서관 로비에 놓인 긴의자에 앉아 있다가, 도서관에서 자주 보던 한 친구가 "조선일보 났다"며 꺼낸 신문을 몇몇이 돌려보고 있었다. 곁눈질로 보니 '조선일보 수습기자 모집' 이란 글씨가 커다랗게 쓰여 있었다. 그들은 소위 '언론고시' 를 준비하는 학생들이었다.

그들이 사라진 뒤 나도 그것을 보았다. 큰 활자로 '一般(일반)·寫眞(사진)·校閱職(교열직)…8일 마감' 이란 부제도 붙어 있었다. 내 시선은 '교열직' 이란 글자에 멎었다. 그러나 나는 그 기자가 무슨 기자인지 몰랐다. 곧 공고에 나와 있는 인사과로 전화를 걸었더니 인사과는 교열부로 돌려줬다. 그러나 교열부 사람들은 퉁명스러운 말투로 이렇게 대답했다. "그것도 모르는 사람이 어떻게 들어오려고 그러쇼…." 어쨌든 나는 이렇게 전혀 준비되지 않은 상태로 신문사를 기웃거리기 시작했다.

나는 어찌어찌 1차시험을 통과했다. 이제 2차시험을 보아야 하는데, 교열기자는 일반 기자(취재기자)와 달리 '작문' 시험과 '실기' 시험이 있었다. 작문 시험의 제목은 '나의 가을'이었다. 나는 1984년 가을, 외대 교환교수로 와 있었던 히로세 에이코廣瀨英子 수녀님과 나고야名古屋성에 갔던 일을 죽죽 써 내려갔다(당시 나는 일본 문부성 프로그램으로 나고야대학에서 공부하고 있었다). 그런데 문제는 실기였다. 언제 내가 교열쇄를 구경이나 했던가. 그러나 그런 걱정은 할 필요가 없었다. 웬 악필원고의 복사본을 주고 정서하라는 것이 실기문제였기 때문이다. 그것이 이규태李圭泰 선생(2006년 작고)의 『이규태코너』 육필원고라는 것과, 불과 3일 전에 활자화됐던 원고라는 것을 안 것은 시험장을 나온 직후였다. 3일 전 조선일보를 보지 못했던 나는 그것을 3분의 2밖에 옮기지 못했다.

하지만 그때의 실패는 며칠 후 있었던 면접시험장에서 만회를 했다. 임원석에서 "그런 실력으로 교열기자 하겠나?"라는 단호한 목소리가 들려왔다. 아마도 그는 나의 형편없는 실기 점수를 보았기 때문일 것이다. 그러더니 그는 바로 한자 성어 몇 가지를 불러주고 칠판에 적어보라고 했다. 다행히 모두 내가 아는 것이었으므로 나는 달필로 그것을 적었다. 나중에 나는 그가 방우영方又榮 사장(현 상임고문)인 것을 알았다. 그때 방 사장이 내가 모르는 한자를 불렀더라면 나는 다른 길을 걸었을 것이다.

내일의 言論을 이끌 젊은이를 찾습니다

제23期 朝鮮日報 修習記者 모집

朝鮮日報社는 제23기 修習記者를 모집합니다. 지난 3월로 창간 66년의 역사를 기록한 民族紙 朝鮮日報는 국내 最古의 年輪에, 最大의 발행부수가 말해주듯, 韓國言論의 頂上임을 자부하고 있습니다.

그러나 우리는 결코 이에 自足하지만은 않습니다. 민족과 역사의 발전이라는 大命題아래 正論의 길을 고수하면서, 끊임없는 자기혁신의 苦行속에 새로운 21세기를 지향하고 있습니다. 이에 朝鮮日報는 이같은 시대적사명에 동참할 패기있고 유능한 일꾼을 찾고자 하는 것입니다. 굳건한 民族觀과 투명한 역사의식을 갖춘 깨어있는 젊은 知性, 오늘이라는 역사의 현장속에 뛰어들어 끊임없이 부딪치고 고뇌하면서 내일을 창조해갈 人材를 찾고자 합니다. 지금 朝鮮日報는 미래의 大記者를 기다리고 있습니다.

一般 寫眞 校閱職…8일마감

▲모집 인원=一般, 寫眞, 校閱職 각 부문 약간명
▲전형 방법=1, 2차 필기(사진은 實技포함), 면접
▲응시 자격=①4년제 정규대학 졸업및 졸업예정자 ②남자는 병역필 또는 면제자 ③1958년 1월1일 이후출생자
▲1차필기시험
과 목 : 국어, 외국어(英, 日, 佛語중 택일), 상식
일 시 : 10월12일(일)오전10시
장 소 : 추후발표
▲2차시험(1차합격자에 한함)
일반 기자 : 논문, 작문
사진 기자 : 사진이론, 사진실기
교열 기자 : 교열실기
▲제출 서류=①입사지원서(본사소정양식·본사 경비실서 교부) 1통 (선택 외국어明記) ②졸업 또는 졸업예정증명서 1통 ③명함판사진 2장(입사지원서및 수험표에 부착) ④병역관계 증빙서류(주민등록 초본, 남자에한함) 1통
▲서류 접수 : 10월8일(수)오후 4시까지
▲서류접수처 : 人事課(735)6611 교214, 215

朝鮮日報社

本社辭令

玉大桓 李東翰 池海範 朴奉鉉 李濬 崔埈碩 崔壯源 姜孝祥 李巨山 李美京 金成溶 朴晟希 林賢燦 鄭良均 鄭夏宗 張鎭漢 金聖洙 張承旭 吳慶煥 李貞和

任 修習社員
命 編輯局勤務

<11月17日字>

위쪽은 조선일보 23기 수습기자 모집을 알리는 사고(1986년 10월 2일자)이고, 아래쪽은 수습사원 발령 내용이 실린 조선일보 사보다. 그때는 서울올림픽을 앞두고 있어 평소보다 훨씬 많은 20명을 뽑았다(이중 교열기자는 5명). 그로부터 만 25년이 흐른 지금 조선일보를 비롯해 조선미디어그룹에 남아 있는 사람은 10명이다.

다시 악필원고를 만나다

1986년 11월 17일 나는 이렇게 교열기자로 사회생활을 시작했다. 곧 적지 않은 고정급이 나오는 덕분에 생활은 급속히 안정되었다.

일을 배워가면서 나는 왜 악필원고를 해독하는 것이 입사시험 문제로 나왔는지 알게 되었다. 당시는 납활자시대였다. 지금은 기자가 컴퓨터로 원고를 써 전송하면 그것이 바로 교열쇄가 되지만, 당시는 문선공文選工이 육필원고를 들고 일일이 활자를 뽑아야 교열쇄가 만들어졌다. 당연히 원고에는 엄청난 양의 오류가 있었다. 오탈자는 기본이고, 뒤집힌 활자, 누운 활자, 판독을 못해 뒤집어 박아놓은 활자 등 지금의 교열쇄와는 비교도 할 수 없을 정도로 복잡했다. 능숙한 교열자들은 이것을 신속하고 정확하게 바로잡았다. 그것은 참으로 대단한 능력이었고, 신문은 그들의 그런 능력을 빌려야만 만들어질 수 있는 것이었다.

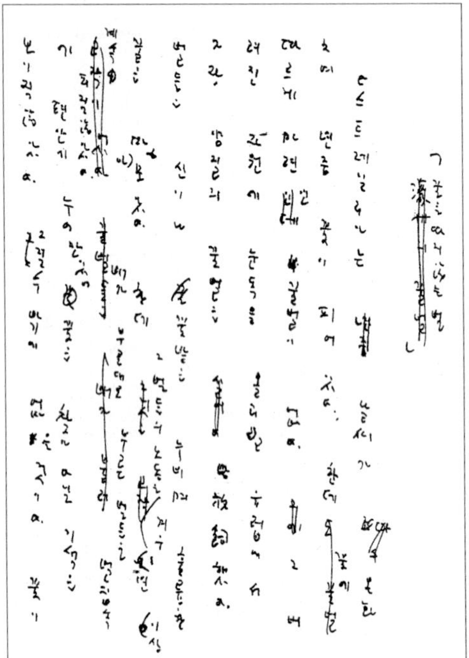

1987년 5월 19일자 『이규태코너』의 원고다. 입사시험에 나올 정도로 악필이다. 그러나 이런 원고도 교열자의 손을 거치면 깨끗한 활자로 다시 태어났다. 정서하면 이렇다. '꿀을 따지 않는 벌 // 오스트레일리아는 날씨가 온화하여 년중 꽃이 피어 있다. 한데 꽃에 따르게 마련인 꿀벌이 없다. 그 버려진 자원에 눈독을 올리고 유럽에서 가장 양질의 꿀벌을 放飼했다. 벌들은 신이나 꽃밭을 누비며 훌륭한 꿀을 따 모았다. 한데 그 벌들의 노동은 겨우 1년 이상 계속되질 않았다. 배가 부를대로 부른 벌들은 벌집 속에서 편안히 누어만 있어 꽃을 찾아다닐 기색을 보이지 않았다. 그럴 수밖에 없을 것이다. 꽃이

편집국의 풍속도도 지금과는 많이 달랐다. 지금은 평상시나 마감시간(강판시간)이나 외견상으로는 크게 다를 것이 없지만, 당시의 편집국은 마감시간이 가까워지면 마치 도떼기시장처럼 시끌벅적했다. 현장에서 전화로 불러주는 기사를 복창하며 받아 적

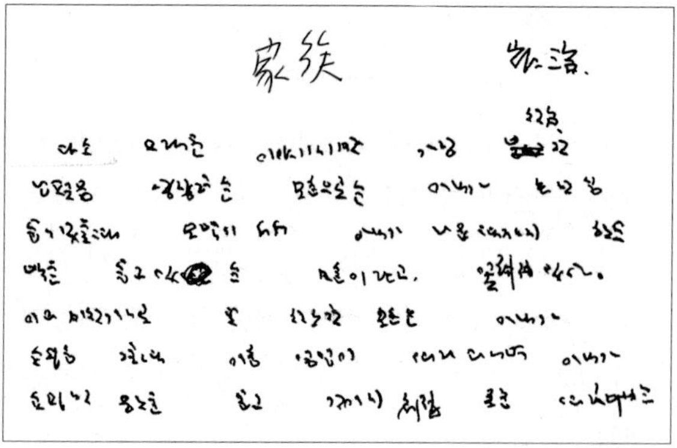

최인호가 『샘터』에 연재한 『가족』의 원고(2001)다. 마치 아랍어 같기도 하고 히브리어 같기도 해서 해독이 쉽지 않다. 이규태와 최인호는 육필시대 최고의 글쟁이라는 것과 매우 독특한 서체를 가졌다는 공통점이 있다. 그러나 이규태는 90년대 초 신문 제작이 전산화되면서 모든 원고를 컴퓨터로 썼으나 최인호는 지금도 원고지에 손으로 글을 쓰고 있다. 최인호가 언젠가 조선일보 편집국에 들렀을 때 "왜 기계로 글을 쓰지 않느냐"라고 묻자, "자판 두드리는 소리에 생각이 달아나버린다"라고 대답한 적이 있다. 이것을 정서한 것은 609쪽에 실려 있다.

는 소리, "자 자, 빨리 내. 빨리!" 하며 원고를 독촉하는 소리, 어디론가 쏜살같이 달려가는 발소리….

입구 쪽에 있던 교열부 자리에서는 오후 3시가 되면 개구리울음 소리가 들리기 시작했다. 두 사람이 짝을 이뤄 한 사람은 교열쇄를 읽으며 고쳐나가고 한 사람은 원고를 보며 빠진 부분을 바로잡았기 때문이다. 시간이 갈수록 개구리울음 소리는 더욱 커지고 5시가 지나면 부원들은 허기를 느낀다. 그러면 부장 임병학林炳學은 사동을 시켜 호떡을 사오게 했다.

하지만 우리의 생활이 늘 빠듯한 것만은 아니었다. 마감시간에는 이렇게 정신없지만 그 시간 이외에는 대체로 여유가 있었다. 특히 취재기자들이 현장에 나가 있는 오후 3시 이전에는 별로 할일이 없어 어떤 이는 바둑을 두기도 했고, 어떤 이는 그날치 일간지를 모두 갖다놓고 뒤적거리기도 했다. 그러나 어느 조직에서나 그렇듯이 신참들에게는 그런 시간에 허드렛일이 주어졌는데, 그중 하나가 최인호崔仁浩 육필원고를 '번역'하는 일이었다.

당시 40대 초반이었던 최인호는, 한일 고대사의 미스터리를 다룬 『잃어버린 왕국』이란 소설을 3년여 동안 연재했다. 앞서 말한 대로 그때는 누구나 원고를 손으로 썼는데, 그의 원고는 매우 독특했다. 마치 아랍어 같기도 하고 히브리어 같기도 한 그의 글씨를 도저히 알아볼 수 없어서 문화부의 담당기자는 원고를 문선부文選部로 넘기기 전에 교열부에서 번역을 한 뒤 넘기도록 했다.

그러니까 우리는 최인호가 쓴 한글원고를 다시 한글로 번역하는, 참으로 해괴한 일로 매일 두어 시간을 보냈다.

이 일은 동기생 장승욱(張承旭·저술가·시인)과 오경환(吳慶煥·현 경기북부취재본부장)이 잘했다. 그러나 우리는 그런 일에 별로 투덜대지 않았다. 소설 읽는 재미라든가, 낱말맞히기 게임 같은 재미 때문일 수도 있었겠지만, 그보다는 저명인의 육필肉筆이 주는 알 수 없는 친근감 때문이 아니었을까 하는 생각도 든다. 교열기자를 가리켜 '음지의 봉사자' 라 부르는 것은 바로 이런 직업적 특성 때문일 것이다.

육필시대가 그립다

육필시대의 교열부 생활은 행복했다. 조간신문의 특성상 자주 야근을 하기는 했지만, 우리는 잘나가는 부서의 기자들과 똑같은 대우를 받았고, 신분에 어떠한 불안도 느끼지 않아 미래를 여유있게 설계할 수 있었다. 급히 기사를 써내야 하는 스트레스도 없었고, 사람을 만나면서 느껴야 하는 고단함도 없었다. 더구나 신문교열에는 단순한 밥벌이 이상의 '그 무엇' 이 있어 교열기자 생활은 더없이 즐거웠다. 어떤 이는 '그 무엇' 이 '따끈따끈한 뉴스를 읽는 재미' 라고도 했고, 어떤 이는 '우리말 지킴이로서의 자부심' 이라고 하기도 했다. 나의 경우는 이 두 가지에 '말을 알아가는 재미' 하나가 더 있었다. 말을 알아가는 재미란 예를 들면 이런 것이다.

90년대 초 교열부에 넘어온 『이규태코너』의 원고에는 중국의 사대영물四大靈物이라는 '기린' 에 관한 내용이 들어있었다. 사슴의 몸, 소의 꼬리, 이리의 이마를 하고 있는 기이한 형상의 이 짐승은 예부터 중국인들이 성군聖君이 나타나는 징조로 믿었던 상상의 동물이다. 그런데 교열쇄에 나타난 '麒麟' 이란 한자가 맞는지 확인하려고 국어사전을 열어보고선 동물원의 목이 긴 짐승(giraffe·지라프)과 똑같은 한자를 쓴다는 사실을 알았다. 나는 그 이유가 늘 궁금했다. 그런데 어느 날 다른 기사를 통해 중국에 아프리카산 지라프가 최초로 들어온 것이 명나라 때인 1414년이었고, 당시는 영락제永樂帝의 철권통치 시대였다는 사실을 알았다. 결국 '지라프'가 '기린'이란 귀한 이름을 갖게 된 것은 영락제를 성군으로 칭송하려는 신하들의 '아첨의 산물'일 것으로 생각이 모아졌을 때 미묘한 희열을 느꼈다.

'타산지석他山之石'을 이해할 때도 그랬다. 타산지석을 국어사전에서 찾아보면, '(다른 산에서 난 나쁜 돌도 자신의 옥돌을 가는 데 소용이 된다는 뜻에서) 하찮은 남의 언행일지라도 자신을 수양하는 데 도움이 된다는 말'로 풀이되어 있다. 따라서 '우리는 그의 훌륭한 업적을 타산지석으로 삼아…' 처럼 표현하면 오용誤用이 되는 것이다. 하지만 국어사전의 이런 풀이만으로는 '다른 산의 돌'이란 뜻의 '타산지석'이 왜 그런 깊은 의미를 갖게 되는지 알 수가 없다.

이런 궁금증을 갖고 있던 중에 중앙일보 1995년 6월 29일자에 실린 한양대 정석원鄭錫元 교수의 글에 다음과 같은 내용이 있었다. '하나의 구슬을 완성하기 위해서 옥장玉匠은 거대한 원석原石을 쪼고 깨서 갈고 닦아 빛을 낸다. 이때 필요한 것이 숫돌이다. 숫돌은 그저 평범한 돌에 불과하다. 구슬로 구슬을 갈 수는 없지 않은가. 만약 값나가는 돌이라면 오히려 구슬을 가는 데 이용할 수 없다. 다시 말해 그것을 이용할 수 있는 것은 보잘것없는 돌이다.' 나는 이 글을 보고 무릎을 쳤다. 여기에는 타산지석을 왜 '훌륭한 업적'에 비유하면 안 되는지를 알 수 있는 정보와 함께 고사성어 타산지석에 들어 있는 삶의 교훈도 있었던 것이다.

심지어는 '장부의 키'로 고민하기도 했다. '장부丈夫'란 말할 것도 없이, '다 자란 씩씩한 남자'를 이르는 말이다. 여기서 '丈(장)'이란 길이의 단위이고 '夫(부)'는 '우뚝 선 어른大이 동곳一을 꽂고 있는 모습을 본뜬 글자로 '사내'를 일컫는다. 그런데 잘 생각해보면 이상한 것이 있다. 1장은 10척(尺·자)을 말하고, 1척은 30.3cm이므로, 1장은 3m가 넘는다는 계산이 된다. 그렇다면 장부의 키는 3m가 넘는 것이다. 처음에 나는 이것을 중국 특유의 과장법이겠거니 하다가, 한 책에서 주周나라의 계산법으로는 1장이 8척이고 1척이 약 22.5cm에 해당한다는 것을 알았다. 그렇다면 '장부'는 키가 180cm쯤 되는 사내를 가리키고, 결국 이를 보면 수천 년 전이나 지금이나 사람의 체격은 변하지 않은 것을 알 수 있다. 나는 이렇게 신문과 책을 통해 터득한 지식들을 꼬박꼬박 적어두었고, 그것이 많아져 이 책의 근간이 되었다.

편집국에서 원고지가 사라지다

육필을 기초로 한 편집국의 풍경은 90년대 들면서 변화의 바람이 불기 시작했다. CTS라 부르는 컴퓨터 조판 때문이다. 기자들이 쓴 원고가 문선공의 채자採字 과정을 거쳐 교열쇄가 만들어지는 시스템에서 기자가 컴퓨터에 쓰면 바로 교열쇄가 되는 시스템으로 바뀐 것이다. 덕분에 교열기자들의 작업환경은 크게 좋아졌다. 모니터에서 흘러나오는 글을 종이 원고와의 대조 없이 죽죽 읽어나가면 됐기 때문에 교열쇄를 읽느라 목이 아플 필요도 없었고 허기를 느낄 필요도 없었다.

그러나 교열기자들은 그것이 행복이 아니라는 사실을 곧 알게 되었다. 오류에 빨간줄이 그어지는 맞춤법 프로그램이 나오자 일부 신문경영자들은 교열기자 없이도 신문을 만들 수 있다고 생각한 것이다. 그러니까 교열기자를 신문 제작의 주역主役으로 보던 관점에서 보조역補助役으로 보려는 변화가 생긴 것이다.

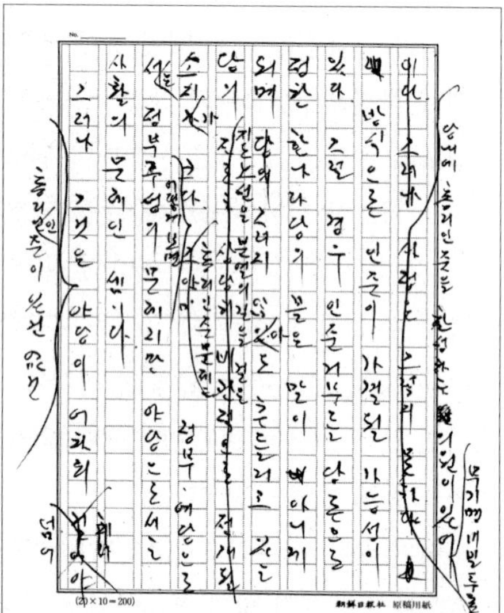

김대중金大中 조선일보 고문이 쓴 1998년 3월 2일자 사설의 육필원고다. '직필直筆의 언론인'으로 통하듯이 글씨의 선도 곧고 분명하다. 그러나 탈고한 원고에는 쓴 글 위에 줄을 긋고 다시 가필한 곳이 적지 않아 알아보기가 쉽지 않다. 몇 자 틀리면 새 원고지에 다시 쓰는 일반인과 달리, 아무리 틀린 곳이 있어도 원고지를 잘 바꾸지 않는 것이 육필시대 신문기자들의 관행이었다. 따라서 육필시대의 신문사는 이 같은 원고의 오류를 신속·정확하게 바로잡기 위해 노련한 교열자의 도움이 반드시 필요했다.

교열기자들의 불안은 이때 시작됐다. 업계에는 앞으로 신문사에 교열부가 없어진다는 소문이 파다했다. 실제로 90년대 중반 몇몇 신문사는 교열부를 축소하거나 폐지하고 취재기자로 하여금 교열까지 책임지게 하는 체제로 전환했다. 그러나 이 같은 움직임은 그렇게 오래가지 않았다. 우리말은 컴퓨터에 입력된 정보로 오류 처리가 가능할 만큼 간단한 언어가 아님이 밝혀졌기 때문이다. 교열기능을 없앴던 신문사들은 다시 교열팀을 꾸렸다.

하지만 교열기자들의 시련은 그것으로 끝난 게 아니었다. IMF 외환위기를 겪은 후 기업들이 앞다투어 신경영기법을 도입했듯이 신문사도 예외는 아니었다. 인터넷 신문의 발달로 경쟁이 치열해지자 이제는 전문성이 강한 부서를 중심으로 분사分社를 단행하기 시작한 것이다. 조선일보도 2003년 8월 교열부를 분사해 별도회사의 책임하에 신문교열을 책임지게 했다.

나는 이때 조선일보를 사직하고 ㈜어문조선의 이사로 교열회사 운영에 참여했다. 그러나 큰 울타리를 벗어난 교열회사의 운영은 쉽지 않았다. 무엇보다 직원들이 좋은 근로 조건 아래에서 안정되게 일하게 하는 데 한계가 있었다. 다행히 조선일보를 만들며 한국어를 지키겠다는 똑똑한 젊은이들을 영입한 덕분에 나는 그들과 함께 강소사단强小事團을 만들어 신문을 만들고 있다.

스마트시대의 교열기자

나는 이렇게 교열기자로 만 25년, 말 그대로 사반세기를 남의 글만 읽으며 살아왔다. 그동안 세상은 너무 많이 변했다. 육필시대에서 CTS시대로, 그리고 다시 스마트시대가 되었다. 스마트시대는 필연적으로 종이의 위축을 동반한다. 이것은 종이의 존재를 전제로 존재하는 교열기자들에게 달갑지 않은 일이다.

어떤 이는 세상이 이렇게 변하면 종이가 완전히 사라질지도 모른다고 말한다. 그러나 나는 그렇게 생각하지 않는다. 종이의 분량이 줄어들 수는 있을 것이지만, 영향력은 변하지 않을 것이다. 마치 소금물을 졸이면 물이 줄어든 만큼 짠맛이 강해지듯이 분량이 줄어든 만큼 종이의 힘은 더 강해질 것이라는 이야기다. 논리는 간단하다. 지금까지 세상을 이끌어온 것은 종이로 지식을 쌓고, 종이의 경쟁에서 이겨 성공한 사람들이다. 그들은 그런 종이의 가치를 알기 때문에 지금도 규칙적으로 종이신문·종이잡지를 읽고, 그 속에서 지식과 아이디어를 얻는다. 이런 흐름은 앞으로 수십 년이 지나도 변치 않을 것이다. 한마디로 종이는 뉴미디어와 공존할지언정 뉴미디어에 치여 사라지지는 않는다는 말이다. 이것이 바로 지금의 교열기자들이 '말과 글'에 대해 더욱 애착을 가져야 하는 이유다.

1950~60년대에 교열기자를 지낸 민기閔畿 선생은 "교열기자는 읍참마속 정도는 한자로 쓸 수 있고, 그 뜻을 풀이할 수 있어야 한다"라고 말했다(『요철의 격전지』). 세월은 많이 흘렀지만, 교열기자의 자질을 언급할 때 이것은 지금도 정곡을 찌르는 말로 통한다. 아마도 이 글을 읽는 독자 중 읍참마속 네 글자를 모두 적을 수 있는 사람은 많지 않을 것이다. 하지만 교열기자는 그것을 모두 적을 줄 알아야 한다는 것이다.

조선일보를 사직하고 (주)어문조선에서 일하던 2003년 12월 이진한 화백이 그려준 그림이다. 이 화백은 90년대 조선일보에 『독불장군』이란 시사만화를 연재했다.

그러나 교열기자는 읍참마속을 쓰고 풀이하는 것만으로 자질을 갖추었다고 말할 수는 없다. 복잡한 국어문법을 비롯해서 한글맞춤법과 표준어규정을 꿰뚫고 있어야 하고, 외래어도 최소한 500개 정도는 사전을 보지 않고도 즉석에서 댈 수 있어야 한다. 뿐만 아니다. '제천'은 충남인지 충북인지, 일본 '니가타'의 한자는 新潟인지 新寫인지, 또 버지니아공대 총기난사사건은 몇 년도에 있어났고 그 핵심인물은 누구인지 즉석에서 댈 수 있어야 공장의 컨베이어벨트처럼 쉬지 않고 흘러나오는 '글'의 강물 속에서 '불량품'을 재빨리 집어낼 수 있다.

어떤 사람은 손가락만 치면 정보가 나오는데

굳이 복잡한 규정을 외울 필요가 있겠느냐며 교열기자가 하는 일에 대해 너무 쉽게 말한다. 그러나 그런 손가락 끝 지식만으로는 중요한 문서를 검열할 수 없다. 그런 지식에서는 통찰洞察이 나오지 않기 때문이다. 문서 교열을 하는 데 있어서 이 통찰은 매우 중요하다. 통찰이 있어야 검색창에 뜨는 수많은 거짓말들을 걸러낼 수 있고 참정보만을 받아들여 소중한 신문, 소중한 잡지, 소중한 책을 제대로 만들 수 있는 것이다. 세상의 모든 것이 '가볍고 영악하게' 간다 해도 교열기자만은 '무겁고 우직하게' 갈 필요가 있다.

'문장이란 나라를 다스리는 위대한 사업이며, 영원히 썩지 않는 성대한 일이다文章經國之大業 不朽之盛事.' 위나라 황제 조비曹丕가 설파한 문장론이다. 그러나 굳이 이런 거창한 문구를 갖다대지 않더라도, 활자로 나타나는 모든 문장은 소중하다. 그리고 그것을 바르고 아름답게 하는 일은 매우 가치 있는 일이다. 이것이 내가 25년간 교열기자로 살아온 뒤 내린 결론이다. '글의 힘'을 아는 모든 분들께, 특히 주시경周時經 선생의 후예로서 묵묵히 자신의 소임을 다하고 있는 전국 신문사 교열부 선후배들께 이 책을 바친다.

2011년 11월 17일 장진한 적음

최인호 원고 정서

다소 오래된 이야기지만 가장 한심한 남편을 상징하는 모습으로는 아내가 화장실 들어갔을 때 오똑이 서서 아내가 나올 때까지 핸드백을 들고 있는 모습이라고 알려져 있다. 이와 마찬가지로 또 한심한 모습은 아내가 쇼핑을 할때 이를 열열이 따라 다니며 아내가 쇼핑한 물건을 들고 강아지처럼 졸졸 따라다니는

색인

ㄷ

ㄹ

ㅂ

ㅅ

ㅇ

ㅊ

ㅋ

ㅌ

ㅎ

장진한 張鎭漢

한국외국어대학교 일본어과 졸업. 일본 나고야대학 수학. 1986년 조선일보에 어문기자로 입사. 2003년 조선일보 협력회사인 (주)어문조선의 설립에 참여하고 2004년부터 2012년까지 대표를 지냄. 현 TV조선 보도본부 전문위원. 지은 책에 『글쓰기, 잘라서 읽으면 단숨에 통달한다』 『글, 절대로 그렇게 쓰지 마라』 등이 있고, 옮긴 책에 『가정에서 할 수 있는 10분 논술작문』 『논리적인 문장이 자동적으로 써지는 책』 등이 있다.

한국인이면 반드시 알아야 할
신문 속 언어지식

초판 인쇄 2019년 3월 15일
초판 발행 2019년 3월 20일

지은이 장진한
펴낸이 이찬규
펴낸곳 북코리아
등록번호 제03-01240호
주소 13209 경기도 성남시 중원구 사기막골로 45번길 14
우림2차 A동 1007호
전화 02-704-7840
팩스 02-704-7848
이메일 sunhaksa@korea.com
홈페이지 www.북코리아.kr
ISBN 978-89-6324-652-9 13800

값 19,000원

글, 절대로 그렇게 쓰지 마라

장진한 지음 | 변형국판 | 2도 | 336쪽 | 15,000원

신문과 잡지에 실린 명문과 비문으로 배우는 신개념 글쓰기 책. 신문사 어문기자로 근무해온 저자가 다년간 신문을 만들면서 터득한 갖가지 글쓰기 지식을 모았다. 논술문, 자기소개서, 논문, 보고서, 기획서 등의 글쓰기 기술이 필요한 이들에게 글을 더 쉽고 아름답게 쓰는 비법을 전수한다.

한국의 이공계는 글쓰기가 두렵다

임재춘 지음 | 변형국판 | 172쪽 | 8,000원

기술글쓰기(Technical Writing)의 핵심은 '읽는 사람을 고려할 것, 논리적인 틀을 갖출 것, 간결하고 명확하게 쓸 것'의 세 가지이다. 이 책은 글쓰기를 두려워하는 한국의 이공계열 출신 과학기술자들이 쉽고 빠르게 익힐 수 있는 기술글쓰기 방법을 간결하고 명쾌하게 제시한다.

한국의 이공계는 영어쓰기가 두렵다

임재춘 지음 | 변형국판 | 2도 | 248쪽 | 14,000원

글쓰기를 어려워하는 이공계가 '3C(Clear · Correct · Concise)' 원리로 약도 그리듯 쉽게 영어쓰기 하는 방법을 제시한 책. 구글의 번역과 검색 기능을 활용하여, 우리글을 정확하게 쓰기만 해도 원어민 교정이 필요 없는 영작 기법을 제시한다.

한국의 직장인은 글쓰기가 두렵다

임재춘 지음 | 변형국판 | 168쪽 | 9,000원

'주장-근거-증명-주장'으로 이어지는 '힘글쓰기(Power Writing)'의 원리를 적용하여 직장인의 글쓰기 문제를 단번에 해결해 주는 책. 직장에서 쓰는 기획서, 보고서, 제안서뿐만 아니라 신문의 기고문, 대학교 논술, 발표와 면접, 유학 에세이까지 활용할 수 있다.